U0164063

雪中取火且鑄火為雪

周夢蝶新詩論評集

黎活仁 蕭蕭 羅文玲
主編

編者前言

周夢蝶先生出生於一九二〇年十二月，本名周起述，河南省淅川縣人，宛西鄉村師範肄業，一九四八年隨軍來台，一九五六年自軍中退伍，做過書店店員、小學教員等工作，一九五九年起在台北武昌街擺書攤維生，專賣詩集和純度極高的文學作品，吸引當時許多嚮往文學的青年男女，使武昌街頭，成為六〇、七〇年代台北重要的文化街景之一。周先生曾參加「藍星詩社」，發表詩作，此外曾於《聯合報》副刊撰寫「風耳樓尺牘」，發表書簡形式的文言散文，著有詩集《孤獨國》、《還魂草》、《周夢蝶．世紀詩選》、《十三朵白菊花》、《約會》、《周夢蝶詩文集》全套。

周夢蝶的詩融合儒、釋、道三家哲學，兼攝中外宗教，冶為一爐。真情消融於詩情，賡續了古典詩詞情境悠閒而神韻幽邈之路，興味盎然。不但續寫了中國傳統文學的新頁，更為當前詩壇開拓一條新路。曾獲中國文藝協會新詩特別獎（1967），笠詩社第一屆詩獎「詩創作獎」（1969），中央日報文學成就獎（1989），第一屆國家文化藝術基金會文藝獎（文學類，1997），其贊詞即云：「周夢蝶先生作品，無論思想內容及藝術形式，均能體現東方文化的精髓，與中國美學的風貌，將禪理與道家的精神，融入闊遠深沉的詩作之中；既有民族歷史宏觀的映照，也有生命現實微觀的參透，更表現出中國文人為文學奉獻、篤行善道的執著與風骨。人格風格高度統一，文學哲學渾然一體，建構出一個完整的心靈世界。在當今文壇，以苦行堅持個人情志、完成文學事業、淡泊自持、無怨無悔如周先生者，洵屬少見。——一九九七年八月十六日」)。其後，一九九九年二月，所著《孤獨國》膺選為「台灣文學經典」之一，並獲詩歌藝術學會第四屆詩歌藝術貢獻獎（1999）。

二〇一〇年恭逢周公九十壽慶，明道大學秉持對學術、文人的敬仰，特聯合香港大學中文學院、中國武漢大學中文系、徐州師範大學，提早於二〇〇九年十二月二十日聯合主辦「周夢蝶與二十世紀華文文學國際研討會」（International Conference on Zhou Mengdieand Chinese Literature of the Twentieth Century），發表論文十五篇祝賀。經過一年的匿名審查、作者修正、編者編輯，始完成今日《雪中取火且鑄火為雪——周夢蝶新詩論評集》專書，呈現於詩人及讀者面前，作為真正的獻禮，願詩人長保康泰，華文文學持續輝煌。

《雪中取火且鑄火為雪——周夢蝶新詩論評集》分為二輯，輯一稱為「兩岸觀點」，由兩岸學者拈題論述，高師大教授曾進豐為國內研究周夢蝶的權威，幾度以全面性全知觀點俯瞰其詩，此次最為周全。有趣的是，兩岸學者田崇雪、白靈竟然都以「問」為論述主題，發展出不同的結語；沈玲、蕭水順則分別選擇「雪」與「蝶」貫穿周夢蝶詩作及其一生情意之所繫，各能圓其所說。輯二定名為「香港論述」，則由香港大學教授黎活仁所率領的研究團隊，藉由巴舍拉（Gaston Bachelard,1884-1962）等西洋詩學論述，以窺東方周夢蝶詩作奧秘，頗有令人恍然之處，時空可以遠離，詩意竟能匯通，耐人尋味。

忝為周詩的崇揚者，學術研討會的催生者，謹誌論集編輯緣由於書前，祈願詩人、詩評家都能創造出「雪中取火且鑄火為雪」的永恆藝術！

明道大學 蕭蕭 寫於 2010 年 12 月

目 次

輯一：兩岸觀點

輯二：香港論述

輯一

兩岸觀點

雪國的蝶影

周夢蝶詩歌中有關「雪」的物質想像研究

沈　玲（徐州師範大學副教授）
方環海（廈門大學海外教育學院教授）

「因為我們在世間所能感到和所能理解的，僅僅是事物一端，而事物只是借此一端，才呈現在我們面前，影響我們的官能和心靈，至於其他一切，則伸入到無窮的黑暗中。」

——奧古斯迪·羅丹（Augeuste Rodin，1840-1917）

摘 要

雪既是周夢蝶詩歌的背景，也是其生命的背景。他有關「雪」的詩，用語奇特，詩思飄忽，情感無定。本文在分析周夢蝶詩歌中關於雪的意象時，試圖對其物質想像進行認知解讀。周夢蝶詩歌中關於雪的物質想像，從開始的「孤獨」之象，經歷「虛無」之象，再到「寧靜」之象，正可展示他對「雪」的物質想像的三種審美意象，也分別順承了中國的儒、釋、道的思想，展示出「雪是雪」、「雪不是雪」、「雪只是雪」的三個物質想像的認知境界。當然，周夢蝶並沒有固守一隅，而是始終在儒、道、佛三者之間遊走。

關鍵詞

周夢蝶、詩歌、宗教、物質想像、認知、意象

* 本研究得到江蘇省普通高校人文社會科學專案基金「當代臺灣華文詩歌的語義認知研究」（07SJB750013）資助，謹致謝意。

一、引言

莊周夢蝴蝶，蝴蝶夢莊周，蝶非夢，夢非蝶，蝶亦是蝶，夢亦是夢，蝶本無夢，夢本無蝶，莊周夢蝶何所似，雪化為水差可擬，亦夢亦蝶亦莊周，亦雪亦水虛空中。這或許就是一個讓大陸讀者非常陌生的固守詩之「孤獨國」的臺灣詩人周夢蝶及其詩給讀者的印象吧。

印象中僅知周夢蝶為臺灣詩壇的一位詩僧，其他一概茫然，恍惚之間似乎眼前就出現這樣一幅圖景：微雪中，一位青衣素衫的老者，手持佛珠，「新雨後晚風前曳杖獨遊，臨流小立」。[1]等到通過網路打開香港大學黎活仁教授的研究團隊整理傳過來的詩集，方才對周夢蝶其人有個囫圇的印象。周夢蝶，本名周起述，籍貫河南，年已九十。師範肄業後曾任圖書管理員與小學教員，1948 年去台，曾做過店員、守墓者等工作，在臺北街頭擺書攤謀生，竟達 21 年，並無意間成為臺北一景。一生坎坷，處境悲涼，後因病蟄居五峰山下，半日讀書，半日靜坐，看破紅塵，皈依佛門，談經論道。[2]著有詩集《孤獨國》、《還魂草》、《十三朵白菊花》和《約會》四種。坎坷的經歷影響了周夢蝶的性格，多孤僻、內向的特點，特立獨行、標新立異，對世俗社會始終保持心

1 〈不怕冷的冷〉：引自《十三朵白菊花》，頁 119-120。

2 據有學者回憶，周夢蝶雖然難以親近，外表似乎拒人千里，但是內心極其柔軟，特別富有同情心，即便是有時被人利用，也只是私下裏自己和自己生悶氣，由此可見其為人純粹與可愛的一面。

靈的清醒，同時也帶有一點點叛逆、決絕與孤傲。淒涼的境遇同時也影響著詩人的創作，如同《還魂草》封面上以一襲黑衣枯坐的周夢蝶所表現出的那種孤絕暗淡清癯的身影使人難以忘懷一樣，在他的詩中，我們總是看到滿布著孤獨、寂寞、蕭瑟與荒冷的色彩。也許正如古遠清所說，周夢蝶自己本來是一團火，但他在社會中得到的卻是一團雪，在這雪與火的夾攻下，人們看到他屬於火的那份沉摯與淒哀，也看到他屬於雪的那份澄淨與清寒。[3]也像他自己所言：「於雪中取火／且鑄火為雪」，較充分說明他的「外冷內熱」型的藝術家風格。[4]

當人們試圖走進周夢蝶的詩歌世界時，可以說，無論從哪個角度研究，認識的只不過是周夢蝶的詩歌文本自身，或者說，詩所呈現的也只是詩人精神世界之一隅，不可能提供更多的東西。但於此已足夠，就閱讀經驗而言，欲瞭解一位詩人，惟其詩便足矣。但讓我們難以釋懷的是，詩人的生命究竟遭到何等折磨與壓抑，才使詩歌呈現為這等狀態？在無上的激情、感傷與放浪形骸之外，又體現於筆墨之間，以那份直率與脫俗，展示著生命的狂放與韻致？

美國意象派詩人埃茲拉·龐德（Ezra Pound, 1885-1972）認為：「真正的天才是處於這樣一種幸福的關係之中，他能夠把某一概念轉變成審美的意象，並把審美的意象準確地表

3 古遠清（1941- ）：〈「藍星」詩人群〉，《長江師範學院學報》第 24 卷第 6 期，2008 年 11 月，頁 13-19。

4 王德培（1945- ）：〈鄭愁予、周夢蝶現代詩古典韻味之比較〉，《伊犁教育學院學報》第 18 卷第 2 期，2005 年 6 月，頁 39-42。

現出來。」[5]中國作家賈平凹（1952- ）則說：「藝術家最高的目標在於表現他對人間宇宙的感應，發掘最動人的情趣，在存在之上建構他的意象世界。」[6]周夢蝶就是這樣一位擅於創造意象的天才、藝術家。意象是構成詩的意蘊的生命核心。周詩中經常出現的意象主要有佛陀、基督、蝴蝶、雲、花、雪、火等。其中，「雪」是一個很有意思的主題意象，翻開他的詩集，時刻感到有一種濕漉漉的感覺，那朦朧的、淒迷的、飄忽的、清寂的雪，在他的詩行裏飄灑著、浸染著、氤氳著⋯⋯在他的眼中，「雪」呈現出來的嚴峻冷峭的自然生態空間是最宜於詩人鑄造其個人潔淨悠遠、平和空靈的內心世界的。本文通過周夢蝶所構築的詩歌世界的典型意象——雪，透視其心靈深處昇華出的具有理性意義的「真奧之思，深微之情」，並對其詩中的「雪」的物質想像進行認知意義上的解讀。

二、巴什拉的詩學元素與周夢蝶對「雪」的物質表達

(一) 巴什拉關於「水」的詩學理論

在西方傳統的宇宙論中，「氣、水、土、火」是宇宙構成的四大基本元素，彼此可以有條件地實現相互轉化，而且

---

5 王義軍：《審美現代性的追求》（上海：上海文藝出版社，2003），頁 7。

6 賈平凹（1952- ）：《靜虛村散葉》（西安：陝西人民出版社，1990），頁 4。

有各自變形的實體，例如瀑布、海洋、雨、雪、冰等都是水的不同變形。[7]而與雪關係密切的水一般象徵生命，冰則是傳統意義上的死亡象徵。[8]相應的，巴什拉（Gaston Bachelard, 1884-1962）認為詩學包括四個元素：水、地、火、大氣。尤其強調物質的想像，關於水的物質想像在他的詩學理論中居於重要地位。清澈、流動、無處不在是水的物理性質，巴什拉把水分為清澈的水、流動的水、戀情的水、深邃的水、沉睡的水、死水、合成的水、母性的水與女性的水、純潔與淨化的水、淡水、狂暴的水等多種類型。

於人類而言，水的重要性自不必說。傳統視野中的水泛指川溪湖泊，而對審美意象來說，「水」經常被具體化與人格化，並同人世倫理規範、美德異能等一一對應起來。《周易》中「井」卦講的就是所謂的「水」之美德。「空氣中的水汽，冷卻到攝氏零度以下時，就有部分凝結成冰晶，由空中降下，叫做雪」，作為一種固態的水，雪在降到地面融化成泥濘雪水後不僅有了水的傳統象徵意義，在飄飄灑灑半融化的降落過程中，比普通的水經歷複雜的雪水還增添了神秘的變形力量。[9]寫水，並不單單寫水的本體，還有很多關於水變化而來的雲、霧、冰、雪等，也可能寫水這個意象所象徵的事物。從一定程度上說，「雪」與「水」完全一體，不

7 胡家巒：《歷史的星空——文藝復興時期英國詩歌與西方傳統宇宙論》（北京：北京大學出版社，2001），頁 40。

8 Scholes, Robert & A Walton Litz, eds. *The Viking Critical Library James Joyce Dubliners: Text, Criticism and Notes*. New York: Penguin Group, 1976：434.

9 Scholes, Robert & A Walton Litz, eds. *The Viking Critical Library James Joyce Dubliners: Text, Criticism and Notes*. New York: Penguin Group, 1976：442.

過狀態稍有差異而已，水是液態，也是常態，而雪是固態的水，一種變態的水，所以「雪」所引發的隱喻情境一樣可以用「水」的詩學理論進行闡釋。[10]如從當代臺灣詩人余光中的「堆雪人，打雪仗，滾雪球／放學回家，母親熱烘烘的灶頭／一縷飯香派到籬外來接我」[11]「雪下在中國的土地上／童年的冬夜怎麼也不冷」[12]的詩句中，我們感到雪成了余光中溫暖的飄著飯香的、充滿童趣的甜蜜童年生活記憶的承載物。那麼「雪」在周夢蝶的詩歌世界中又呈現出怎樣的意蘊呢？

巴什拉認為，我們精神的想像力主要在兩個軸向上展開，一是想像力在新生事物面前產生了飛躍，它嬉戲於色彩繽紛、五花八門及意料之外的事情之中；一是想像力深挖存在的本質，它欲在存在中既找到原始的東西，也要找到永恆的東西，在自然界中，它在我們的身心中，身心之外，產生出萌芽，而在這些萌芽裏，形式深入於實質中，形式是內在的。[13]很少有一種自然物象能夠像雪這樣，給大地的容顏帶來如此大的變化，進而在人的生活與情感中佔據如此大的空間。作為歷代詩人慣用的一個意象，雪是象徵意象的結合點，以不同的情態，寄託著不同的情思，在中國幾千年的詩歌發展史中，一直紛紛揚揚地下著。由於比普通的水多了一

10 張智輝：《散文美學論稿》（北京：中國社會科學出版社，2004），頁208。

11 余光中：〈大寒流〉，《白玉苦瓜》，頁154。

12 余光中：〈雪的感覺〉，《安石榴》，頁180。

13 巴什拉：頁1。

點寒氣和一道融化的環節，經歷固態到液態變形的「雪」意象也就更加豐富。[14]

根據自然科學研究，一片雪花從天空降落到地面或融化或失去它的形狀需要八到十分鐘，這就是雪的全部生命過程；每一片雪的形狀，是由天空的溫度、風的速度和方向、雲層的高度等種種力量聯合決定的。而周夢蝶有關「雪」的詩，奇特的用語，飄忽的詩思和無定的情感，恰和雪的特點類同。[15]

（二）意象層次與周夢蝶的「雪」

根據創作理論，要表達「雪」的意象之意，大概可以有兩個層次：第一層次是對雪的物象特徵進行直接的鋪寫，[16] 如同南朝劉勰（466？-539？）《文心雕龍．原道》中云：

---

14 韋虹（1969- ）：〈《死者》的雪——一場固態「大洪水」的隱喻〉，《外國語言文學》2009 年第 1 期，頁 56-63。

15 向明（1928- ）：〈重見淹沒的輝煌——發現朱英誕和他的《冬葉冬草集》〉，《文訊》2008 年 10 月號，頁 17。

16 這種鋪寫之法的詩極多，例如南朝梁吳均（469-520）有〈詠雪〉詩：「微風搖庭樹，細雪下簾隙。縈空如霧轉，凝階似花積。不見楊柳春，徒見桂枝白。」不論是寫雪「如霧轉」的動態美，還是寫雪「似花積」的靜態美，都能狀難寫之景如在目前；唐白居易（772-846）〈夜雪〉：「已訝衾枕冷，複見窗戶明。夜深知雪重，時聞折竹聲。」通過聽覺來描寫雪，非常獨到。而柳宗元（773-819）的〈江雪〉：「千山鳥飛絕，萬徑人蹤滅。孤舟蓑笠翁，獨釣寒江雪。」誠如宋代蘇軾（1037-1101）所言：「漁翁句好真堪畫，柳絮才高不道鹽。」小說家羅貫中（約 1330-約 1400）在《三國演義》第三十七回寫劉備風雪訪孔明途中遇見黃承彥的口吟雪詩：「仰面觀太虛，疑是玉龍鬥。紛紛鱗甲飛，頃刻遍宇宙」，又把雪花比擬為玉龍鱗甲剝落紛飛。

「雲霞雕色，有逾畫工之妙；草木賁華，無待錦匠之奇。夫豈外飾，蓋自然耳」，這是具象的寫法。第二層次則是結構某種特殊的語境場面，形成特殊的意境，在意境中表達抽象化的「雪」的意象。周夢蝶基本將自己約束在第二層次，體現了他別樣的詩意追求。正如清代方士庶（1692-1751）在《天慵庵筆記》中所云：「山川草木，造化自然，此實境也。因心造境，以手運心，此虛境也。」[17]周夢蝶的詩歌，通過有限的形象表達無盡的言外之意，象外之象，景外之景，使作品具有味外之味與韻外之意，難分虛實。在詩作中，周夢蝶善於通過深化意境、場面烘托來增加雪夜中人的活動與感懷，形成人化的意境，此為第二層次的一個重要方面。同時周夢蝶也在意境中以情感的起伏貫穿全篇，通過幾個變幻的場面，獲得意境的昇華。雪成為隨化自然、美好短暫生命的表徵，成為詩人留戀人生、埋怨時光短暫複雜情懷的對應物，此為第二層次的又一重要方面。

中國古代文論認為，意是內在的抽象的心意，象是外在的具體的物象；意源於內心並借助於象來表達，象是意的寄託物。周夢蝶以他的才情寫出了包括「雪」在內的許多令人匪夷所思的意象與想像，當然不是為了追求意象的奇特與突兀，炫耀其藝術上的高明，而是借助「雪」這一客觀的審美意象，融進自身的主觀之意。主觀之意與客觀之象融為一體，雪的藝術形象既有了理性也有了感情，既激發了讀者的

17 方士庶（1692-1751）：《天慵庵筆記》（叢書集成初編本，北京：商務印書館，1936），頁 109。

想像，同時也寄託了詩人內心深處的感受。年年下雪，年年雪化，這就是生命的規律，所幸的是，雪在化，卻不是了無痕跡，至少在周夢蝶的詩中留下了印跡。詩人喜靜、喜幽、多寫雪，自然有他對現實的幻滅感，也是其堅守絕世獨立的自身品格的體現。真正的藝術並不是去陳述世界的表象，而是要超越世界之表象，揭示其隱藏的生命實質，這種妙造自然的意象，並非通過技術層面的模仿和套用能達到的，作者還必須胸羅宇宙、思接千古，如王羲之（303-361，一作321-379）所說：「仰觀宇宙之大，俯察品類之盛」[18]，而後俯仰自得，洞察宇宙、歷史、人生的真意，這也是中國傳統美學精神中所宣導的藝術品格，著眼於意蘊深沉的歷史感和人生感，而非僅僅刻劃個體的物象和實體。

例如〈除夜衡陽路雨中候車久不至〉：「時間走著黑貓步子／雨落著。細碎而飄忽／像雪」。[19]對周夢蝶而言，寥寥幾筆的類似小詩很多，雖然只有短短幾行，但在有限的篇幅裏，卻以離奇的比喻準確表現了詩人的感受。天遠地闊，蒼山白水，在無垠的宇宙間，在淡遠的人世裏，人都被縮微到極限，過去的現在的一切活動都彷彿變得十分離索，濃縮到夜色裏，而在這夜色裏，詩人卻躁動不安，唯有「雪」才可以表達自己內心的感受。看起來僅僅是寫一片景，但恰如作者自己的精神世界，指向的卻是人生的皚皚冰雪，包含著作者對生命以及萬物的真切體悟。

---

18 《蘭亭集序》，引自 http://zhidao.baidu.com/question/64380050.html。

19 《十三朵白菊花》，頁 157。

從心理學上看，人類的認知活動必須要經歷感覺、知覺、思維和想像等幾個階段，如同陸機（261-303）在《文賦》中所言：「情童蒙而彌鮮，物昭晰而互進」，就是說意蘊揭示得愈深刻，形象的特徵就愈鮮明突出。基於自己的人生閱歷，周夢蝶具有一個詩家難得的非凡而深刻的藝術洞察力，他總能抓住事物的本質，把形象的價值取向放在首位，把自然物象提取成某種較為規範的程式和符號，讓筆墨為形象服務，並在畫面中對這些符號進行平面化序列性的排列與組合，這無疑是一種較為便捷的語言策略。同樣的題材，他用筆力只輕輕一轉，一種新鮮的詩歌意象立即呼之欲出。

在進行構思活動時，周夢蝶常常將現實事物所揭示的內在意蘊滲透和凝聚在外在的形象裏，以虛寫而為實景，在筆墨有無之間，在天地之外，營構出一種特別的瑰奇。他始終堅持並顯示出因心造境的情感意象特質。在關於「雪」的描寫中，他有意削弱「雪」的素描效果，常以雪為喻體，直接用虛實對比的處理方法突出「雪」意象自身的形式魅力，因心再造出純屬自我的意象，力圖以充滿東方神韻的簡約語言，創造出那種在簡單中呈現豐富的藝術靈奇，最終形成了周夢蝶式的詩歌面貌和藝術風格。此外，在以雪喻人時，詩人則極力讚揚雪的冰清玉潔、卓然傲立，由此可見詩人的價值取向。

「意象最突出的功能，就在由眼耳相接的些微之物，引人入于玄遠之境，與萬化冥合」，[20]真正的藝術所要表現的

20 汪裕雄：《意象探源》（合肥：安徽教育出版社，1996），頁 331。

意象，不是現實物體的表象，意象本身的美學內涵就包含著對於日常物象的超越，那些疏離於敍事內容和精神內涵的形式和意象，縱然再完滿，對於真正的詩歌而言，也只不過是裝飾而已，而周夢蝶對於日常物象的超越是徹底的，但不是為超越而超越，其超越表象乃源於揭示本質。受中國傳統美學精神的啟示，在周夢蝶的詩中，對自然萬象的表現，不是依靠絢爛的五彩，而是憑藉樸素的黑白水墨，彰顯那單純的色調，靈動的氣韻。

「雪」可以虛構也可以紀實，以景感發，或者鋪陳雪景，都無不可。但雪所蘊含的這種時空性特徵既是暫時的，同時也是永恆的。正因如此，情感化了的雪才作為人們心靈時空和社會時空的象徵而折射著多樣的內涵。[21]周夢蝶的許多詩歌作品以其性質而言，虛構與紀實往往纏攪一處，難以分清孰虛孰實，這也許並非是作者心血來潮時的恣意妄為，而是苦心孤詣的慘澹經營。雪，作為實寫，是人物活動的環境與背景，是人物活動的一方舞臺；作為虛寫，就是詩意的隱喻和象徵。雪之意象，因為結合了人物活動的不同情境，暈染了不同的情感、情緒與心理的色調，所以增加了意象所產生的審美立體效應。

21 王思文：〈中國古代詠雪詩歌的文化意蘊〉，《西藏大學學報》第 1 期，2002 年 3 月，頁 38-41。

三、「雪」物質想像的三分世界

意象可以分為簡單和複合兩類。簡單意象是一種形象用語，不涉及其他任何事物就能夠引起內心的映象及激起肉體上的感覺，而複合意象則包含兩個並列或相互參照的物體，或者一種事物為另一種事物所代替，也可能是一種體驗轉化為另一種體驗。[22]張伯偉（1959- ）認為：「如果我們套用這種分類，而將單純意象定義為一個意象喻示，複合意象為以數個意象喻示的話，那麼，博喻式的批評所運用的便是複合意象」。[23]周夢蝶詩中的雪，也呈現出卓異而複雜的面貌，表現出複合意象，很顯然這與其生命經歷和情感經歷密切相關。

從 39 歲開始，周夢蝶就開始了靠擺書攤賣書為生的生活，21 年的時間，處於街市一隅，眼觀六路，耳聽八方，人世間的世態炎涼與人情冷暖對他來說應該司空見慣。其詩中那種對人文形態經過提純和昇華的形象，無疑閃現著作者審美祈求的情感靈光，散發出一種濃濃的理想色彩與幻想情調。而且一抹淡靜與幽冷自始至終都浮動在他的詩中，那種萬古空濛與湖波激蕩，那種天街夜色與月下如夢，都給了他無數的幻想和靈感。周公閉目修行，坐忘天人之際，那漫天飛舞的雪花，也正是穿越茫茫宇宙的靈光，照耀著他孤獨寂

22 劉若愚（1926-1986）：《中國詩學》（趙帆等譯，鄭州：河南人民出版社，1990），121 頁。

23 張伯偉（1959-）：《禪與詩學》，杭州：浙江人民出版社，1992），116 頁。

寞的行程。

周夢蝶曾自述心路歷程：早期一味情苦，中期諸味雜陳而有逸氣，晚則檀香味濃，但以情一以貫之。臺灣學者曾進豐還將周夢蝶的詩風分為三個時期進行論述，[24]若細品起來，周夢蝶詩歌中對雪的物質想像，從開始的「孤獨」之象，經歷「虛無」之象，再到「寧靜」之象，正可以展示他對「雪」的物質想像的三種審美意象，而就其表象而論，這孤獨、虛無與寧靜，確也分別順承了中國的儒、釋、道的思想，對此可以形象地表達為「雪是雪」、「雪非雪」、「雪只是雪」三個物質想像的認知境界。[25]

(一) 儒者的「雪是雪」——物質的孤絕想像

在「風花雪月」這四個舊時詩文裏經常描寫的自然景物中，因了想像的緣故，恐怕「雪」和「月」是最富於詩意的了。「昔我往矣，楊柳依依，今我來思，雨雪霏霏」，[26]從《詩經》至今，那「雪」，似乎就一直在下著，飄著，從未停歇。雪既可以有「山舞銀蛇、原馳蠟象」的壯美，也有「白茫茫大地真乾淨」的淒冷，一樣的雪景，認知上卻有巨大的差異，也正因其象徵的豐富性才引得文人墨客競相歌詠。

24 曾進豐：〈周夢蝶詩導論〉，《周夢蝶．世紀詩選》（臺北：爾雅出版社，2000），頁 7-8。

25 胡玉偉：〈徘徊於此岸和彼岸之間〉，《遼寧工學院學報》第 3 卷第 1 期，2001 年 3 月，頁 36-38，80。

26 出自《詩經．小雅．采薇》：http://wenda.tianya.cn/wenda/thread?tid=091729ad91275bd5&clk=wttpcts

「達則兼濟天下，窮則獨善其身」的儒家思想，可以說是中國傳統知識份子的精神信仰。他們以天下為己任，以積極入世的進取態度，通過學而優則仕的途徑施展自己的政治抱負和才華，「先天下之憂而憂，後天下之樂而樂」的憂患意識恰是他們滿懷抱負的人格寫照。但一旦「入世」受挫，欲「達」而不能的時候則退而求其次，寄情山水或浪跡江湖或隱遁於世，以「出世」的姿態保全自身。但並不是完全的消沉，「出世」可以說是對「入世」理想無望的無奈與悲苦，對「追求」的失落與絕望。一旦時機到來，他們還會義不容辭地擔負起肩上的重任而兼濟天下的。「出世」與「入世」，在一動一靜，有張有弛間突顯了中國傳統知識份子的人格寫照。周夢蝶自幼飽讀詩書，誦讀四書五經，讀過師範，入過伍，而後拋妻別離到了臺灣。追求過、進取過，無奈造化弄人，欲「達」不能，只好獨善其身了，靠擺書攤，管茶莊甚至當守墓人賴以生存。

在現代工業化的文明社會，人在不斷物化的過程中陷入孤立，生存空間狹小，人際關係淡薄，被物質文明囚禁的人感到孤獨、疏離、軟弱與無助，陷入失落與絕望的境地，心理進入孤絕狀態，追問「所有的路。為甚麼？都如此委曲，細瘦而又多歧／且生著雙翼」。「雪」，成了詩人筆下一個最常用的意象，周夢蝶喜歡用「雪」來抒寫心中的寂寞、失落、愁緒、傷感、悲痛以至憤怒。在〈雲〉中周夢蝶說，「永遠是這樣無可奈何地懸浮著，我的憂鬱是人們所不懂的」，應該說是周夢蝶最為真實的心理狀態。

〈十三月〉：我仍須出發！／／悲哀在前路，正向我招手含笑／任一步一個悲哀鑄成我底前路／我仍須出發！／／灼熱在我已涸的脈管裏蠕動／雪層下，一個意念掙扎著／欲破土而出，矍然！／[27]

〈詠雀五帖〉之五：連雪的模樣甚至／連雪的名字都沒聽說過／更遑論雪的體溫／更遑論以身殉？／[28]

詩中所流露的內心悲苦，是他對現實生活中的一切事物萬般無奈的反應，在這種心態下，他筆底的雪流出的大多是詩人的傷感，那種希望與絕望的混合體始終在其心底衍生。儒家雖主張「辭不盡言，言不盡意」，但我們仍然感覺到，詩人生活的環境和心態外化為自然景物，在他柔美的詩句中飄灑著。清幽、閑曠乃至蕭瑟的意境體現著詩人淡漠、孤獨、幽冷的情緒，「冷豔」、「清愁」、「孤寂」、「冥滅」、「空」等詞語多次出現在其筆端。這種雪的「孤絕」之象，在《孤獨國》中表現最多：

〈冬天裏的春天〉：雪落著，清明的寒光飄閃著；／淚凍藏了，笑蟄睡了／／而鐵樹般植立於石壁深深處主人的影子／卻給芳烈的冬天的陳酒飲得酡醉！／／今夜，奇麗莽紮羅最高的峰巔雪深多少？／有否鬚髭奮張的錦豹在那兒瞻顧躊躇枕雪高臥？／／雪落著，清明的寒光盈盈斟入／石壁深深處鐵樹般影子的深深

27 《還魂草》，臺北：文星書店，1965，頁 35-36。
28 《約會》，臺北：九歌出版社有限公司，2002，頁 84。

裏去；／／影子酩酊著，冷颼颼地釀織著夢，夢裏／鐵樹開花了，開在瞑目含笑錦豹的額頭上。／[29]

這首詩從視覺上描繪了雪光激射的寒凜境象，隱隱透出了自身所處環境的森嚴與孤寂，雪在詩歌裏不僅僅是一個信物，更代表著一種情緒。詩人有感於世路艱難，抒發了愴痛之感。雪在寒冷中成形，愈顯其清傲，其實，鮮麗的不是物象，而是反襯了雪之晶瑩，淨則愈淨，垢則愈垢。一方面，如前人一樣淋漓盡致地展現詩人孤芳自賞，幽潔自持的性格志趣，另一方面也寄託了內心深處與世委蛇而又不甘淪棄的孤清與落寞。又如〈讓〉：

讓軟香輕紅嫁與春水，／讓蝴蝶死吻夏日最後一瓣玫瑰，／讓秋菊之冷豔與清愁／酌滿詩人咄咄之空杯；／／讓風雪歸我，孤寂歸我／如果我必須冥滅，或發光——／我寧願為聖壇一蕊燭花／或遙夜盈盈一閃星淚。[30]

儒家思想常從自然中體悟大道，這裏，詩人寫雪絕不只是為了描摹雪的物態，而是借雪怡情、抒懷、表節，所以這「物質想像」某種程度上說也就是「精神想像」。雖生長環境不好，但依然頑強自下而上，不隨俗浮沉而保持真我，「讓風雪歸我」、「我寧願為聖壇一蕊燭花／或遙夜盈盈一閃

29 出自《孤獨國》，臺北：藍星詩社，1959 年 4 月。

30 出自《孤獨國》，臺北：藍星詩社，1959 年 4 月。

星淚」的詩句似乎傳達出一種「我不下地獄，誰下地獄」的悲壯，那份幽獨寥落，冷清荒寒的感覺正是人生遭遇挫折時的體驗。「風雪」照應著詩人冷靜、深邃的對於人生社會的觀照，體現著高潔之志與孤寂之感交融一體的雙重感情取向。詩人始終處於反思之中，總是躲在幽僻之地，帶著一點辛酸的笑容，審視著繁華與落寞。

在臺灣詩人中，周夢蝶是完全憂鬱的，朦朧而幽遠，性格孤僻，沉默寡言的他遠離了鎂光燈，對採訪之類也絕對敬而遠之，類似於那種「驛外斷橋邊，寂寞開無主」的人生狀態。在這悲苦與孤絕裏，他伸手就可觸摸到雪的心臟，在柔軟處留下的步履，深度而清晰地鋪展開來，像一段飄零的記憶，起起落落，斷斷續續。

> 〈孤獨國〉：昨夜，我又夢見我／赤裸裸的趺坐在負雪的山峰上。／／這裏的氣候黏在冬天與春天的介面處／（這裏的雪是溫柔如天鵝絨的）／這裏沒有嬲騷的市聲／只有時間嚼著時間的反芻的微響／這裏沒有眼鏡蛇、貓頭鷹與人面獸／只有曼陀羅花、橄欖樹和玉蝴蝶／這裏沒有文字、經緯、千手千眼佛／觸處是一團渾渾莽莽沉默的吞吐的力／這裏白晝幽闃窈窕如夜／夜比白晝更綺麗、豐實、光燦／而這裏的寒冷如酒，封藏著詩和美／甚至虛空也懂手談，邀來滿天忘言的繁星……／／[31]

31 出自《孤獨國》，臺北：藍星詩社，1959 年 4 月。

根據巴什拉的詩學理論分析，「天鵝」是與「情性」相關的一種意象，這可以說是周夢蝶心中最為柔軟的地方。這首詩意象繁多，雖也有「曼陀羅花、橄欖樹和玉蝴蝶」，但即便取象明麗，詩情仍然幽暗淒清。描寫出來的景致絕少山花爛漫，而是冰涼若水、清爽舒暢；既陰森凝重，又淡雅靈動。由此可見，周夢蝶所愛之景，絕非暴露在陽光下的明豔動人，而是重翠蔭蔽，詩中瀰漫著陰鬱蕭索的厚重感：

> 〈盛夏〉：一直逃到眼見得最後一片樹葉／都燒焦了的所在我的熱乃發一聲喊：／那是雪！是自有玫瑰以來／最本色／而不畏人說的一段夏日／無刺的／／[32]

這種氣質，大有前世「遺民」的傾向，獨守書攤的那份迂腐與一根筋，執著的堅守與堅守的執著，也是寂寞的生存與生存的寂寞。確實如田崇雪說的那樣，在這樣一個實用主義的國度，竟然還有人把理想、信仰當作旗幟扛著，肩上越是沉重，信念越是巍峨，顯得極其悲壯。[33]

> 〈有贈〉：我的心忍不住要掛牽你——／你，危立於冷凍裏的紅梅！／／為什麼？你這般遲遲洩漏你的美？／你把你豔如雪霜的影子抱得好死！／／梅農的雕像輕輕吟唱著，／北極星的微笑給米修士盜走

---

32 《約會》，臺北：九歌出版社有限公司，2002，頁 188-189。

33 田崇雪（1967- ）：〈序篇——在歷史的夾縫中〉，《遺民的江南》（上海：學林出版社，2008.12），頁 1，94。

了……／／雪花怒開，嚴寒如喜鵲竄入你襟袂／噫，你枕上沉思的繆司醒未？[34]

寒冬的雪花隨風飄零，落無定處，不由自主，那些在生活上顛沛流離，人生「入世」頗不得意的人們往往會觸景傷懷，借雪的這一特徵抒發物換星移之傷、人生無常之悲，這一點早在中國古代就有很多文學理論作品先後進行闡述，西晉陸機（261-303）有云：「遵四時以歎逝，瞻萬物而思紛；悲落葉於勁秋，喜柔條於芳春；心凜凜以懷霜，志眇眇而臨雲，……慨投篇而援筆，聊宣之乎斯文。」[35]鍾嶸（468-518）的說法也是如此，「氣之動物，物之感人，故搖盪性情，形之舞詠」，[36]南朝劉勰（467-538）在其《文心雕龍》中說：「人稟七情，應物斯感。感物吟志，莫非自然」。[37]

在各種景物上詩人都可以融合對社會、自然、人生的深奧底蘊的觀照和領悟，記下人生的歡樂和痛苦以及生命追求的坎坷。雪在詩中早已不再是純粹的景物，而是熔鑄了詩人審美情感、審美理想的一種文學意象，是被情感化、心靈化了的審美對象。詩人望天地而興歎，對人生而感喟，親人離世的悲哀，歡聚時光的短暫，黃昏也罷，夕陽也好，都產生出諸般的情感牽絆，說明詩人在景、物、事的觸動之下，感

34 《孤獨國》：臺北藍星詩社，1959 年 4 月。

35 陸機《文賦》：出自 http://jpk.nenu.edu.cn/2004jpk/yuwenxuelikecheng/wenzhangjiedulun/html/1lianjie/wenfu.htm。

36 鍾嶸《詩品．序》：出自 http://hi.baidu.com/%B4%BF%C6%B7%BF%A7%B7%C8%B6%B9/blog/item/b7dbd180eebeaba80df4d261.html。

37 劉勰《文心雕龍．明詩》。

情迸發，靈感驟至，寫出好詩，特別是面對雪景，淒清孤冷極易使人生發出內心深處的萬種情思。面對現實情境的孤獨與無奈，周夢蝶產生了沉重的失落感，心理的不平衡，對現實世界的失望，促使他往彼岸世界去尋找內心的安寧和平靜。這樣的「雪」，所處的也是所謂的第一層次：山就是山，水就是水，雪就是雪的求真境界。[38]既然有「求」，求之不得勢必悲苦，因人有孤絕之悲，眼中筆下之雪自有孤絕之悲色彩了。

(二) 佛家的「雪非雪」——物質的虛無想像

宗教色彩是周夢蝶詩歌的一個鮮明特色。展卷而讀，老衲、禪杖、華嚴經、老丈、吠陀經、袈裟、吠陀經、因果經、恆河沙、醍醐、拈花人、舍利、香客、菩薩、珂蘭經、禪、維摩經、天女、七寶池，童子、優曇華、念珠、蓮花、世尊、千手、千眼、主、天國、基督、耶穌、摩西、凱撒、上帝，這些出於佛教或基督教的宗教字眼觸目皆是。無疑，佛家的思想影響著詩人。像余光中認為的那樣，在所有居士之中，周夢蝶端坐的地方與出家離得很近，他「常常予人詩僧的感覺」[39]。

在〈虛空的擁抱〉中，周夢蝶寫道：「向每一寸虛空／

---

38 《五燈會元》卷十七載青原惟信禪師云：「老僧三十年前未參禪時，見山是山，見水是水。及至後來，親見知識，有個入處。見山不是山，見水不是水。而今得個休歇處，依前見山只是山，見水只是水。」

39 余光中（1928- ）：〈一塊彩石就能補天嗎？〉，《中央日報》（臺北），1990-01-06。

問驚鴻的歸處／虛空以東無語／虛空以西無語／虛空以南無語／虛空以北無語」。四處無語中驚鴻的歸處終不知曉，只有虛空。以虛空之眼看萬物之景，萬物無處不「虛空」。詩人把自己的「虛空」意識寄託於由「虛空」發展來的佛家的「虛無」思想上，可以說是周夢蝶繼孤絕悲苦以後的「矯枉過正」期。儒家的「看透」與佛家的「虛無」，骨子裏其實是一脈相承。《還魂草》和《十三朵白菊花》中的一些詩作較為集中地體現了佛家「雪不是雪」虛無物質想像時期的思想。佛教的觀念被完全消化、象徵化並被賦予美感，喜禪用典，重意象，而一味的「情苦」仍然持續在詩作中。

《景德傳燈錄》卷十五載德山語：「汝但無事於心，無心於事，則虛而靈，空而妙。」「道不假修，但莫污染；禪不假學，貴在息心。心息故心心無慮，不修故步步道場。無慮則無三界可出，不修則無菩提可求。」[40]虛無大致有三：人生的虛無、景物的虛無、意象的虛無，這三者並不是各自孤立地存在，而是相互映襯、相互聯繫的。[41]詩人在〈第九種風〉中引《大智度論》說：「菩薩我法二執已亡，見思諸惑永斷；故能護四念而無失，歷八風而不動。惟以利生念切，報恩意重，恒心為第九種風所搖撼耳。八風者，利衰苦樂毀譽稱譏是也；第九種風者，慈悲是也。」[42]空靈安詳，周夢蝶的詩歌生發出一種佛家的意境。佛教「高舉的是自利

40 《禪宗語錄輯要》，上海：上海古籍出版社，1992。

41 李泓臻：〈守望一方虛無美的淨土——透過《雪國》看川端康成的日本式虛無〉，《牡丹江教育學院學報》2008 年第 3 期（總第 109 期），頁 10-11。

42 《十三朵白菊花》，頁 22。

利他、慈悲度世的旗幟，堅定地反對把出世間和世間割裂開來，認為只有深入世間、深入眾生，才是真實的出世解脫之道」。[43]在他的詩中，筆墨佛心，盡化作雪之象，所寫的壇花疏影，孤鳥清聲，乃是落盡繁華留下鉛華的藝術世界：空明疏朗，清雅靜逸，無半點塵世流俗之氣，而盡顯出凡入佛之境界。

雪的意象在周夢蝶詩作中多富有佛理。出家並不等於「出世」，相反，是為了更好地「入世」，淡泊無為與寂寥閒適，未必就一定是「消極厭世」，其參佛也是為了超度臺北街頭「一個個活著的死魂靈」。在他看來，佛不是要離開生活，而是為了醒著生活，用透徹的態度包容人生所遭遇的一切困難和挫折。從許多細小的日常事務中去體貼，接近佛菩薩無盡的慈悲智慧，去喚醒人人自我的覺悟。[44]佛教常把心的狀態稱為「心水」、「明鏡」，包含的心不正是柔軟如心水，從容的生活不正是清明如鏡嗎？詩具有形象性、具體性，要求在日常情境中領悟佛理，處處不離開具體的現實情境和事物。[45]詩歌和佛所面對的世界，都是日常的俗世世界，日常的俗世事物，物件完全一致，所以，周夢蝶以詩歌的手段通往佛境。

雪路即將化為虛無，但它畢竟真實存在過，留住它，就

43 杜繼文：《中國佛學與中國文化》（宗教文化出版社，2003），頁 31-32。

44 班班多傑：〈藏傳佛教「自空見」之源流考釋〉，《哲學研究》2003 年第 6 期，頁 60-69。

45 朱美黛：〈偶開天眼覷紅塵，卻歎身是眼中人——周夢蝶《斷魂記》評析〉，《國文天地》22 卷 3 期，2006 年 8 月號。

是留住真實。佛家的雪可以說有三種基本表現方式：一是示佛之雪，由現實中的雪表現其獨特的對佛的理解；二是喻佛之雪，用生動形象的比喻，給人們以佛的啟示；三是融佛之雪，將雪的象徵意義與佛理巧妙地融合在一起。周夢蝶多取第三種，在借助雪的意象感悟佛理時，同時給人帶來對雪的審美享受。

〈第九種風〉：在迢迢的燭影深處有一雙淚眼／在沉沉的熱灰河畔有一縷斷髮／呼號生於鼎鑊／呻吟來自荊棘……／而欲逃離這景象這景象的灼傷是絕絕不可能的！／恒河是你；不可說不可說恒河之水之沙也是你。／／不必說飛，已在百千億劫的雲外。／誰出誰沒？涉過來涉過去又涉過來的／空中鳥跡。第幾次的扶搖？／鷺鷥又回到雪嶺的白夜裏了！[46]

對「恒河之水之沙」,《金剛般若波羅密經》云：「須菩提，如恒河中所有沙數，如是沙等恒河，于意云何？是諸恒河沙，寧為多不？須菩提言：甚多世尊。但諸恒河尚多無數，何況其沙？須菩提，我今實言告汝若有善男子善女人以七寶滿爾所恒河沙數三千大千世界以用佈施得福多不？須菩提言：甚多世尊。佛告須菩提：若善男子善女人于此經中，乃至受持四句偈等，為他人說，而此福德勝前福德。」[47]佛

46 《十三朵白菊花》，頁 22-23。

47 《無為福勝分第十一》：出自《金剛般若波羅密經》（姚秦三藏法師鳩摩羅什譯）。

教思想的具體體現就是雪的「空」的觀念，從探索人生的意義出發，探索人與宇宙的關係問題，並尋求人生與宇宙的真實，形成「緣起」、「無常」、「無我」的「空」世界觀。「空中鳥跡。第幾次的扶搖？／鷺鷥又回到雪嶺的白夜裏了」，「雪」這一意象傳達出了佛教「空」的思想。白色的山嶺或荒嶺，天地間白茫茫一片，恍若無始無終，無真無假，無惡無善，萬事盡皆虛空。

雪是虛幻的，腳印是真實的，虛幻中裹夾著真實，佛教的空幻意識流散在詩行間。雖然在詩的國度裏他演繹的輪迴之雪，無不轉瞬即逝，但卻也展現了無常的美：

> 〈好雪！片片不落別處〉：冷到這兒就冷到絕頂了／冷到這兒。一切之終之始／一切之一的這兒／／我們都是打這兒冷過來的！／（好薄好薄的一層距離）／匆匆啊，已他鄉了／／且已不止一步了的／匆匆的行人啊／何去何從？這雪的身世／在黑暗裏，你只有認得它更清／用另一雙眼睛。／／生於冷養于冷壯于冷而冷于冷的——／山有多高，月就有多小／雲有多重，愁就有多深／而夕陽，夕陽只有一寸！／／有金色臂在你臂上扶持你／有如意足在你足下導引你：／／憔悴的行人啊！／合起盂與缽吧／且向風之外，旛之外／認取你的腳印吧／／往日的崎嶇，知否？／那風蓑雨笠，那滴滴用辛酸換來的草鞋錢／總歸是白費的了！／路，不行不到／行行更遠／何日是歸？何處是滿天／迎面紛紛撲來的鵲喜？／／「風不識字，摧

> 折花木。」／春色是關不住的——／聽！萬嶺上有松／松上是驚濤；看！是處是草／草上有遠古哭過也笑過的雨痕／[48]

人近老年，青春不再，尤其是面對風塵和憂鬱的折磨，作者深感歲月無情，人生易老。一天天向墳墓靠近，因而連「莊周夢為蝴蝶」的超然物外的理想都冷卻了。雪可以掩蓋一切表象的東西，然而一切都是一片空虛，雪的意象兼具空的內涵，夜雪裏，只有腳印表明有人走過，然而人已經不見，雪地茫茫一片空靈，世間萬物轉瞬即逝，唯有萬事無常後的真空。周夢蝶多次用雪的意象昇華出「空」的主題：

> 〈樹〉：等光與影都成為果子時／你便怦然憶起昨日了。／／那時你底顏貌比元夜還典麗／雨雪不來，啄木鳥不來／甚至連一絲無聊時可以折磨折磨自己的／觸鬚般的煩惱也沒有。／是火？還是什麼驅使你／衝破這地層？冷而硬的。／你聽見不，你血管中迴圈著的吶喊？／「讓我是一片葉吧！／讓霜染紅，讓流水輕輕行過……」／／於是一覺醒來便蒼翠一片了！／雪飛之夜，你便聽見泠泠／青鳥之鼓翼聲。[49]

觸鬚般細小的煩惱都沒有了，這是怎樣的狀態？是一種

---

48 《十三朵白菊花》，頁 26-29。

49 《還魂草》，臺北：文星書店，1965 年，頁 15-16。

對人生各種煩惱的完全解脫，一種超脫眾生的空。我們知道，佛家追求的境界是虛靈、空妙，以平等心看世界，佛典多次強調這種平等心，如三祖《信心銘》:「至道無難，惟嫌揀擇。但莫憎愛，洞然明白。」[50]《心經》:「無眼界，乃至無意識界。」《圓覺經》卷上云:「譬如眼光，曉了前境，其光圓滿，得無憎愛。」佛教有堅忍不拔的達觀，「雪飛之夜，你便聽見泠泠／青鳥之鼓翼聲」，非常值得玩味與揣摩。雪夜，萬籟俱寂，四處空濛，沒有遠方、沒有路途，四處飛揚的雪裹住了一切，此時「你便聽見泠泠／青鳥之鼓翼聲」，微妙地點綴出了雪夜的萬籟無聲，從而反襯出夜空的廣大與沉寂和人心的「靜」。當生命歸於寂靜無聲的無所作為，當七情六欲泯滅無跡時，那人該是怎樣的一種心態？通達、平靜或者還有無言的堅韌吧。那隻「青鳥」拚命「鼓翼」的形象和那「泠泠」拍翅聲剎那間給人以視覺和聽覺上的震撼，洞見生命現象後的佛教的達觀態度深深地浸潤著詩人的思想。沖天而起的青鳥體現了詩人堅定的意志和獨立性。

什麼是永恆？留存了虛無的死亡才是永恆。佛教的「六道輪迴」學說宣揚的生死觀說明人們的生生死死是生死相續，猶如車輪的旋轉一般，永無止境，永不停歇。原本也是積極入世的熱血青年的周夢蝶，在遭遇了太多的磨難之後，退居佛門，靜心息慮，觀心禪定，冷眼看世界，不管什麼熱風吹雨灑江天了。在詩作中宣揚的死亡即永生的思想，恰是佛教禪機的形象化圖解：

---

50 《五燈會元》卷一。

〈再來人〉：懷著只有慈悲可以探測的奧秘／生生世世生生／你以一片雪花，一粒枯瘦的麥子／以四句偈／以喧囂的市聲砌成的一方空寂／將自己，／舉起。／／在禪杖與魔杖所不能及的上方／在香遠益清的塵中／一朵苦笑照亮一泓清曉是你靜默之舞蹈／在倏生倏滅的／足音與輪影中／不離寸步／與希微踵接。／／長於萬水千山而短於一喝！／在永遠走著，而永遠走不出自己的／人人的路上——／不見走，也不見路／只有你！只有你的鞋底／是重瞳／且生著雙翼。[51]

佛教中的很多佛理故事往往都是通過具體的事物、簡單的生活細節來點醒世人，追求一種難以言傳的感悟，像大家熟悉的「求人不如求己」、「送一輪明月」、「禮物」等。也有些佛理是以一種豐富而得體的象徵形式，去表達難以言傳的生命感悟和情感超越的，所以，一些佛家就以詩為載體，用意會方式來表情達意，以象徵的意象和比喻來旁敲側擊地比喻事理，達到潛移默化的說理效果。「以佛入詩」的王維可謂典範。在周夢蝶的詩作中，雪不僅給佛者澄靜空靈的視覺審美之感，而且也是「水月兩忘，方可稱斷」的佛家心得，虛無的美被雪的自然美同化、美得如雪一般清澈，這正是周夢蝶對「虛無」的頌歌。此刻也才明白了「無物堪比倫，叫我如何說」的佛意：

51 《十三朵白菊花》，頁 55-56。

> 〈靈山印象〉：一眼就不見了！／寒過，而且徹骨過的／這雪花，就這樣／／讓一隻手／無骨／而輕輕淺淺的／拈起——／／雷霆轟發／這靜默。多美麗的時刻！／那人，看來一點也不怎樣的／那人，只用一個笑／輕輕淺淺的／就把一個笑／接過去了……／[52]

在〈靈山印象〉小引中周夢蝶引用《指月錄》:「爾時世尊在靈山會上拈花示眾，眾皆默然，惟迦葉尊者破顏微笑。世尊曰:『吾有正法眼藏，實相無相，不立文字，教外別傳：付囑摩訶迦葉。』」甚至引用無名氏之詠雪詩:「一片一片又一片，四片五片六七片，八片九片十來片：飛入梅花都不見。」正如余光中（1928- ）說，在物欲橫流的大都會，周夢蝶是手持蓮花防禦現代或後現代的紅塵。[53]滅我為無，沒有佛像、佛畫，也沒有背唱經文，只是瞑目，長時間靜默，紋絲不動地坐著，然後進入無思無念的境界。這種「無」，不是西方的虛無，相反卻是萬有自在的空，是無邊無涯無盡藏的心靈宇宙。[54]

「那人，只用一個笑／輕輕淺淺的／就把一個笑／接過去了」有點類似於佛家的釋迦拈花，迦葉微笑，不立文字，見性成佛。詩取借於這一佛教的傳說故事，又將個人的人生

52 《十三朵白菊花》，頁 30-31。

53 余光中（1928- ）:〈一塊彩石就能補天嗎？〉，《中央日報》（臺北），1990-01-06。

54 戴曉威（1965- ）:〈「生」之渴望與「無」的審美意象〉，《棗莊學院學報》第 25 卷第 4 期，頁 35-37。

體驗融入佛經典故，詩人遁世，卻又知於世，寥寥數筆即成，然視之思之無窮。面對城市的喧囂，詩人靜靜地坐於靈山，注視著遙遠的天際，心鶩八極，神游萬仞，感受自然和創造的快樂，體悟生命的道理，所以他的審美意象在時空的畫卷上，既有空空之相，也有寂寂之形。

這種「虛空」，不是西方的虛無，是典型的東方式的「虛無」，可以容納和包容任何事物，卻不被任何事物所牽掛，是孕育了充滿無限可能性的「虛無」，是萬有自在的空，是無邊無際無盡藏的心靈宇宙，「是以『無』為最大的『有』，『無』是產生『有』的精神本質，是所有生命的源泉。」[55]所以，在周夢蝶看來，佛教的「虛空」、「虛無」也許比儒家的「入世」更具意義和價值，對雪的物質想像也就進入了山不是山，水不是水、雪不是雪的虛空境界。

(三) 道家的「雪只是雪」——物質的靜默想像

一生境遇坎坷，晚年更是遭遇喪子之痛的周夢蝶在生活中更是更多地吸收佛家、道家思想，作為自己處逆為順、安以自適的一種手段，佛家道家思想成為周夢蝶生活中的精神依賴或者慰藉。道教堅守人的精神上的尊嚴，以超越人生困境和世俗情欲的方式，把人生從所有無法消除的災難和痛苦中拯救出來，從而使人獲得一種超越現實的心靈寧靜和精神自由的品格無疑是弱不禁風，貧無立錐，現實處境艱難甚至

55 葉渭渠：《東方美的現代探索者——川端康成評傳》（北京：中國社會科學出版社，1989），頁 216。

是孤絕無望的周夢蝶尋找到的又一精神慰藉物。魯迅說從一個作家給自己起的筆名大致可以看出他當時的思想。「夢蝶」筆名起自莊子的〈齊物論〉篇，也可見周夢蝶對莊子絕對自由思想的嚮往。

周詩中關於「雪」的想像也就出現了第三種──物質的靜默想像。這種想像境界裏的周夢蝶，將詩的佛境轉化為生命悟境的成熟，風格漸趨空靈飄逸，幽深靜謐，蘊含著道家「道可道，非常道」、「所可道者，意之粗也；不可道者，意之精也」的無窮趣味。「隔著一片淚光，看你在雲裏雲外走著／一陣冷冷如藍鐘花的香雨悄然落下來」[56]傳達的是一種靜默。類似的，「遺落於我蹤影的有無中」、「向雷電的眼底幽幽入睡」、「驚鴻的歸處」、「直到高寒最高處猶不肯結冰的一滴水」、「斷魂和敗葉隨風」、「一片幽香」、「繽紛為千樹蝴蝶」等等意象也都展示了這種靜默的境界。正所謂不以物喜，不以己悲，才能無求；因為無求，才能無為、才能無染，也才能從成功與失敗中得到智慧。〈還魂草〉中那株根植於聖母峰頂的仙草，可以說是詩人心靈的象徵：「這是一首古老、雪寫的故事／寫在你的腳下／而又亮在你眼裏心裏的，／你說，雖然那時還很小／（還不到春天一半裙幅大）／你已倦於從夢幻釀蜜／倦于在鬢邊襟邊簪帶憂愁了」。在屢遭變故、貧困交加之中，他淡泊無欲，與塵囂世俗日遠。[57]

56 〈絕響〉，《還魂草》（臺北：文星書店，1965），頁 126。

57 許華敏：〈無根的腳印啊！把憂愁埋藏〉，《中州統戰》，2000 年第 5 期，頁 35。

止息一切欲求之心，尋得對世俗社會認識上的平常心，這就是道，也正是所謂的「無多慮，無多知。多知多事，不如息意；多慮多失，不如守一。慮多志散，知多心亂。心亂生惱，志散妨道。」[58]也只有排除一切思慮之心，才能「心靜」、淡定，達到「道」的境界：

〈車中馳思〉：多想就這樣盲目地搖盪著，搖盪著／流向遠處，更遠處／醉舟似的／——永遠不要停歇！／／暝色滿窗。這倥傯的愉悅！／風景歷歷向後逸去／那神情，疲倦而閒雅的／／一番采聲過後／又一番采聲湧起的／謝幕的姿態。／／越過八仙橋／便想起住在雲中／那些耐冷的仙子們／何以能卸脫塵凡／像卸脫昨夜褪色的臙脂？／一般是血肉身／一般是千丈的火焰／蟠結在千丈的發絲上。／／笛為誰吹？花為誰紅？／在天河以西，天河以東。／／說心與心腳印與腳印／總有紅線牽著——／誰能作證？當時間如一陣罡風／浪險月黑，今日的雲／已不復是昨日的薔薇……／／再下一站便是金雀園了。／哪裏來的這樣多古怪的心跳！／為什麼不見山時眼熱？／而當山翠滴滴入望時／卻又戚蹙著像走在雪中，霧裏。／／猶記去年來時／榴花照人欲焚／而今該已累累滿樹了。／／[59]

58 《景德傳燈錄》卷三十載《息心銘》。

59 《還魂草》，臺北：文星書店，1965 年，頁 103-105。

「一番采聲過後／又一番采聲湧起的／謝幕的姿態」，大幕拉起，眾人散盡，詩人才從背景中漸漸顯身，同之前的人聲鼎沸形成巨大反差。一場鬧騰，以一場清靜收場：「而當山翠滴滴入望時／卻又戚蹙著像走在雪中，霧裏」，這種繁華終歸寧靜的寫法幾乎佔據了周詩中的主要地位。好景似乎總是不常在，無論曾經多少繁華，多麼吸人眼球，到最後莫非皆成過眼雲煙，晨鐘暮鼓，渚清沙白。周夢蝶在熱鬧開始時就看出了冷清，在喧笑中發現了眼淚：

〈聞雷〉：幾無地可以立錐，無間可以容發；／殺死。而又／殺活。這靜默！／奔騰澎湃的靜默／不見頭，不見尾，無鱗亦無爪的靜默／活色生香，神出鬼沒的靜默／／喔——花雨滿天！／誰家的禾穗生起五隻蝴蝶？／當羣山葵仰，眾流壁立／當疾飛而下的迦陵頻迦／在無盡藏的風中安立、清睡：／是誰？以手中之手，點頭中之點頭／將你：巍巍之棒喝／／擎起。更纖毫無須著力！／當一片雪驚異於自身的一片白／而不見了名字：／就在「不見」的睫影深處，定知／有顆微笑在你微笑裏的深黑的眸子。／／[60]

詩中詠歎的「這靜默！／奔騰澎湃的靜默／不見頭，不見尾，無鱗亦無爪的靜默」就是遠離塵世，超凡脫俗的表徵。詩人捕捉到的意象諸如「甘地墓旁的紫丁香」、「銀灰色

60 《十三朵白菊花》，頁 12-13。

的天末」、「滿山滿谷白雲底耳朵」、「一夜頭白的烏鴉」、「三角形的夢」、「白羽白爪」等，發現「當一片雪驚異於自身的一片白／而不見了名字」，似乎無處找尋個體的存在，脫略形骸，隱去小我，物我化一，寄身於這些花草虹霓、飛禽走獸了。記得他曾說人分兩種：一種佔面積，一種不佔面積；他就是屬於那種不佔面積的人——「只是一眼睛的沙漠，一靈魂的靜」。[61]

> 〈不怕冷的冷〉：據說：嚴寒地帶的橘柑最甜／而南北極冰雪的心跳／更猛於歡悅／／最宜人是新雨後晚風前／當你曳杖獨遊，或臨流小立／猛抬頭！一行白鷺正悠悠／自對山，如拭猶濕的萬綠叢中／一字兒沖飛——／冷冷裏，若有鼓翼之聲來耳邊，說：／「先生冒寒不易」／／[62]

「最宜人是新雨後晚風前／當你曳杖獨遊，或臨流小立／猛抬頭！一行白鷺正悠悠／自對山，如拭猶濕的萬綠叢中／一字兒沖飛」，周夢蝶以簡潔筆墨敍述的不僅僅是新雨後晚風前的一種愜意，更是勾畫了自我的形象。在中國歷史上，有很多文人受道家逍遙自適人生哲學的影響而寄情於山林，過一種清淨無為、與世無爭的生活，表現出平淡恬靜的生活態度，含括了老莊的虛靜淡泊，瀟灑自得的隱士襟懷，更有著

61 黃重添：《臺灣新文學概觀》（廈門：鷺江出版社，1991），頁 149。
62 《十三朵白菊花》，頁 119-120。

對個人志節操守的重視以及對個人精神自由的維護，而周夢蝶對「雪」的物質想像，也具有超人姿態，散發出一種清冷淡雅的美：

> 〈聽月圖〉：只為伊／單單只為伊而摩頂／而善哉善哉／／圓滿千二百功德／比層巒，比無窮的碧落／還直而長且高：／伊的耳朵／／不安了！／／極度歡喜的不安。／／雪！／伊想——／肩下一陣癢癢／星星點點的／茁生起無數／梅花的翅膀／／誰都聽見了！／／潺潺而上的石徑／鳥和樹／齊透明為聽覺／為月色自己／／[63]

周夢蝶親近自然、體悟自然，努力捕捉那自然的呼吸和律動中隱藏的種種生機，因此寫下了「雪！／伊想——／肩下一陣癢癢／星星點點的／茁生起無數／梅花的翅膀」的詩句。詩情浮動，字裏行間，有不堪回首的往事，更有生命的歡歌、哀歌以及空靈如天籟的簫心。這樣的作品，既給人以如夢般的審美享受，又能帶你進入到寂靜的沉思狀態：

> 〈雪原上的小屋〉：高處是一小塊低柔而不說什麼的／咖啡色的天空／之外就全包裹在厚厚的奶油色的下面／只有母親的襁褓／纔能體會的／雪的下面／／有枝而無葉／也不曉得從那兒飛來的三棵樹／隨意各自

---

63 《十三朵白菊花》，頁123-124。

選定一個位置／／不太遠也太近的／便悄然站在那裏／誰也不嫌棄誰／／而在天空與地面的黏合處／參差著一份兩份人家／他們住屋的一小半全坐在雪裏／而屋頂上有囪，囪上有煙／嫋嫋的奶油色／欲舒還卷／蝙蝠的翅膀似的／／諸神默默／只有那三棵樹的影子／微彎而不認命的／／三棵樹的影子／穿過那路／向那邊，沒人走過的／那邊的那邊／／[64]

萬物靜觀皆自得，四時佳興與人同。這裏把「雪」的靜默之象描寫得很到位，像一幅簡約的水墨畫，也是周夢蝶屈指可數的幾首採取「鋪陳」寫法寫的詩：在「雪的下面／／有枝而無葉／也不曉得從那兒飛來的三棵樹／隨意各自選定一個位置／／不太遠也太近的／便悄然站在那裏」的詩句中；在「他們住屋的一小半全坐在雪裏／而屋頂上有囪，囪上有煙」的描畫中，我們看到「靜」已成為一種氣質，一種修養和境界。天空、雪、房屋、煙囪、炊煙和樹，普通的人間景色在靜默裏充滿了生命和情意。非淡泊無以明志，非寧靜無以致遠，也只有靜，才能觀照萬物，對塵世生活充滿盎然的興致，正是所謂的「山中習靜觀朝槿，松下清齋折露葵」，靜坐端然，浮雲落日，靜思塵世，如在目底：

〈雪女〉：遺下風雪。雪外的木屋。屋外的路。路外

64 《十三朵白菊花》，頁 32-34。

> 的／紅而鬱苦的雙履……／[65]

雪、木屋、路、雙履和那省略號，營構了一個相互依存的畫面，在有限和無限之間，在有形和無形之間，融為一體，道化自然，物我兩忘。雪是什麼？雪只是雪，只是一種存在，沒有色彩，沒有狀態，這就是雪的物質想像的第三種境界，即山只是山，水只是水、雪只是雪的靜默境界：

> 〈蛻〉：去，帶著淚珠一串／回來，更長的一串。／／用傘撐起一個雨季／孰若用雨季：更長更濕更苦的／撐起一把傘。／當我醒自泥濘的白天，發見／泥濘卻在自己的這邊。／／門前雪也不掃；／瓦上霜也不管。／春天行過池塘，在鬱鬱的草香／蜻蜓吻過的微波之上／／匆匆的，打了一個美麗的環結，之後／忽然若有所悟／直向不曾行過的行處歇去……／／明年髑髏的眼裏，可有／虞美人草再度笑出？／鷺鷥不答：望空擲起一道雪色！／／[66]

即便是雨季，也只是「更長更濕更苦的／撐起一把傘」；即便是詩人醒著，但依然是「門前雪也不掃；／瓦上霜也不管」；即便是在「髑髏的眼裏」，仍然「望空擲起一道雪色」。無論是崎嶇、泥濘還是坦途，既然存在著，那就存

65 《約會》（臺北：九歌出版社有限公司，2002），頁 168。

66 《十三朵白菊花》，頁 14-16。

在著。順其自然，不強求、不逆天、安以自適，「直向不曾行過的行處歇去」。故而周夢蝶願「處江湖之遠」，而不「居廟堂之高」，景物入懷，山水寄情，坐而論道，追求心與天地獨往來的道家自由境界。

周作人（1885-1967）在給俞平伯（1900-1990）校點的《陶庵夢憶》作序時寫道：「張宗子是個都會詩人，他所在意的是人事而非天然，山水不過是他所寫的生活的背景。」[67]在周夢蝶的眼裏，雪是晶瑩、純淨的，同時又是多面、立體的，一定程度上說，「雪」在周夢蝶的詩裏，也只是他抒寫內心情感的一個符號，心理的背景。他很少仔細地描摹雪景雪姿，「會心處不必在雪」。雪落在地上，也落在詩人的心湖裏，濺起一圈圈的漣漪，波動的難道僅只是思緒？也許雪的單調、淒清、陰冷，正體貼著他的心情，敏感的心能感受到那種淒清寂寞的情緒。雪的白，雪夜的靜，雪地的空曠恰好吻合了詩人追求的「物我相忘，身心皆空」的境界。

（四）物質想像的圓通與遊走

正如周夢蝶在〈詠歎調〉之二所言：

> 「同樣的土壤，同樣的陽光／同樣的／上帝的雨雪和慈悲／何以？蓼紅而蘆白／薺甜而荼苦／玫瑰的身上

67 周作人（1885-1967）：《〈陶庵夢憶〉序》，《陶庵夢憶（插圖本）》（明張岱著，濟南：山東畫報出版社，2006），附錄三。

紋著密密的刺／／這是可說而不可說的／你的腳印吃著你的／他的腳印吃著他的／鞋子。」[68]

我們一直認為，詩歌的意象與想像是不可言說的，沒有什麼確切的依據，純屬個人的感悟。對周夢蝶，我們也是永遠無法捉摸他的形象，現實中他從來都是長衫一襲，呈現出一種老道入定、物我兩忘的寂滅狀態。根據學者研究，他從道家思想中汲取的高曠超絕的生命精神，融入了基督的原罪思想和宿命的生命悲感，結合佛陀的慈悲和基督救贖而成廣義的宗教情懷，鑄成一種對從生苦難全然的負擔和承載的人道精神，將小我的悲苦提升為對人生的大徹大悟：

〈聞鐘〉：乘沒遮攔的煙波遠去／頂蒼天而蹴白日；／如此令人心折，光輝且妍暖／那自何處飛來的接引的手？／／雪塵如花生自我底腳下。／想此時荼蘼落盡的陽臺上／可有誰遲眠驚夢，對影歎息／說他年陌上花開／也許有只紅鶴翩蹮／來訪人琴俱亡的故里……／／空中鳥跡縱橫；／星星底指點冷冷的——／我想隨手拈些下來以深喜／串成一句偈言，一行墓誌；／「向萬里無寸草處行腳！」／／悠悠是誰我是誰？／當山眉海目驚綻于一天瞑黑／啞然俯視：此身仍在塵外。／／[69]

68 《十三朵白菊花》，頁 177。

69 《還魂草》（臺北：文星書店，1965 年），頁 17-18。

「雪塵如花」是雪如花？還是雪夜如塵？綜觀其詩歌中「雪」的物質想像，有的是悲苦，有的是虛無和靜默，不同的態度，看到的「雪」也是不同的存在狀態，正是「以我觀物，萬物皆著我之色彩」。周夢蝶似乎並沒有固守於儒道佛之中的一家，而始終在儒道佛三者之間遊走。他以兼收並蓄的思想，在儒道佛之間融會貫通，為我所用。其實佛學本身也暗通儒學，它的所謂「本心清淨」之說，「業障」之說，「直指本心」、「即心即佛」之說，都和儒家的「性善」論、「後天染惡」論、「求其放心」論極為相似，[70]佛與道之間更為接近，無論是道家對虛空世界之「大道」的尋求，以達到回歸自然的「逍遙遊」境地，還是佛家通過修煉和「頓悟」達到「真如」的彼岸世界，都是一種對現實塵世世界的解脫，而達到精神上的真正自由。[71]對此，田崇雪（1967- ）教授有個概括，在此不贅引出：由儒入佛，是因為無望；由佛還儒，是因為塵緣未斷、六根未淨；由儒入道，是因為想追尋一個兩全的人生；而由道還儒，則是完全參透了人生，這個世界根本就不存在著可以安托靈魂的樂土。所以我們看到的，是半道、半儒、半佛，也是半迷半醒，半瘋半癲，也唯有詩歌才能安慰他的躁動不安的靈魂。[72]

周夢蝶的詩歌表現出其對世間苦難、生死不滅、人生無

70 姚鶴鳴：〈詩悟和禪悟及其現代解讀〉，《江海學刊》2002 年第 5 期，頁 170-176。

71 吳開晉（1934- ）：〈洛夫詩中的禪道意蘊〉，《山東大學學報》（哲學社會科學版）2003 年第 6 期，頁 78-80。

72 田崇雪（1967- ）：〈序篇〉，《遺民的江南》（上海：學林出版社，2008 年 12 月），頁 1、94。

常三個方面的深切體驗和感悟。本文對雪的物質想像的儒道佛三種境界的分立，可以說完全是為了研究需要的人為分立，絕對不可能把詩人約束在某一個想像、某一種境界裏，大多是複合的，詩人也是處於三個境界的游離狀態，尤其是晚年，許多作品所體現出的對人性的張揚和生命本能的追求是他對佛教精神的跨越。[73]這恐怕正是周夢蝶成其為周夢蝶的理由，他動用了他的藝術積累和生活積累而譜寫出來的一曲曲生命的歌吟，一篇篇情采斐然的篇章，沒有艱苦的人生歷練和在這歷練中累積起來的藝術識見，沒有追求上鍥而不捨，切磋琢磨的深厚素養，要達到這種境界是不可能的。可以說，儒家的入世和有為的思想，激發周夢蝶熱愛人生；道家的無為又使他淡泊名利，在逆境中潛隱退守；佛家的靜達圓通，引導他走向通達。而生活中能夠真正做到既積極入世，熱愛現實人生又能做到在順境中淡泊、在逆境中從容，通達地面對境遇變化的人又有幾個？非經歲月的磨難很難達到這種境界，何況不是每一個背後隱藏著苦難的人都能達到這種境界的。

四、結語

在周夢蝶的詩歌裏，雪已成為詩人心靈的客觀對應物，體現了中國傳統文人特立高達的心靈境界，他能夠想像出來

73 何祖健（1958- ）：〈川端康成與佛教精神〉，《湖南大學學報》（社會科學版）第 14 卷第 4 期，2000 年 12 月，頁 99-103。

的特別意象、他所遭遇的複雜情境、他能夠駕馭和不能駕馭的思想困惑，都在他的詩歌文本裏得以體現，[74]雪既是周夢蝶詩歌的背景，也是他生命的背景。他的詩歌作品，完全是基於個人體驗的厚重敍述，那種置身於物外的效果，如「雪」般純淨自然的語言，把宗教式的大自然與肉身的人體合力打造的威懾力進行具象化，給人一種強烈的心靈衝擊，充分體現出容不得半點褻瀆和侵犯的生命的最高尊嚴，揭示了宗教、人與自然關係的一個側面，具有非常獨特的審美價值。[75]

今年北方的冬天來得確乎比往年早了很多，大概又是什麼厄爾尼諾的原因吧。初冬的一場微雪，隨風潛入濃濃的夜色裏，秋象逝去未盡，這雪來的也正是時候，透過路燈昏暗的亮光，看見雪花正以其驚人的光芒照著城市邊緣的黑暗，步履逶迤，姿態輕盈地飄過寂寞的夜空，留下潔白洗去心塵。在這樣靜默的夜色裏，手捧一卷周夢蝶詩集，獨自坐在尚有點點細雪飄落的陽臺，鋼琴聲時遠時近，細數院落裏蝸居著的一戶戶人家昏黃的窗口，詩人的言語宛如一條條蚯蚓，從泛黃的紙張中緩緩爬出，鑽入靈魂，攜同胸中往事，隱匿於光照之中，像一位滄桑老人回望著片片舊歲時光。那些快樂的童趣、成長的煩惱、立業的艱辛、幸福的情感，一切的一，一的一切，都在等待著一個抽象和實體的轉換。在

74 張業松：〈暗夜的苦痛和想像——魯迅文學的一個側面〉，《韓中言語文化研究》第 14 輯，2007 年 10 月，頁 191-192。

75 格奧爾格・齊美爾（Georg Simmel, 1858-1918）：《現代人於宗教（第二版）》（曹衛東等譯，北京：中國人民大學出版社，2005）。

對社會無端的逃離中驚動了遠古的屈原、王維們，押著詩人的韻腳奔向千年。這也就是雪的意象，在穿越中呼嘯過來，也在回眸時凝噎告別。無疑地，周夢蝶似乎不屬於我們這個所有人的季節，但他確是以綿綿的「雪」在努力拯救我們一個個沉重的肉身，從而使我們能夠在心靈的歸屬中走入沉寂。

生命孤獨的自我問答

論周夢蝶的詩

田崇雪（徐州師範大學副教授）

摘 要

從語言學角度我們發現，周夢蝶的詩歌創作有一個顯著特徵，問句使用之多，新詩已降，無人能匹。問句／號入詩乃中國詩人的詩意／詩藝傳統，周夢蝶秉承了這一傳統並將其表意功能發揮到極致，寓無限詩情於問號之中。從整體上來看，周夢蝶的問句詩可以看成是生命孤獨的自我問答。在詩意上主要表現為反抗、懺悔和自戀等諸特徵，在詩藝上則表徵為獨白、對話和潛對話等諸形式。

關鍵詞

周夢蝶、問號、生命孤獨、反抗、懺悔、自戀、獨白、對話、潛對話

一、引言

在諸般文類中，詩的主情性是毫無疑問的，即便是敍事詩，也並不是為了給你講一個離奇的故事，而是敘寫一種濃烈的感情。

當感情無比熾烈的時候，詩人可以大河奔流直抒胸臆，驚嘆號一個接著一個。

當欲言又止欲說還休欲罷不能言有盡而意無窮的時候，省略號一個接著一個。

那麼，當困惑滿耳滿眼鋪天蓋地，當命運陷入僵局，當生命日暮窮途，當罪孽加身、絕望降臨、孤獨無依，想任何一個個體都難免質問蒼天、叩詢大地、呼號父母；當天也不應、地亦不靈、父母也徒呼奈何的時候，孤獨絕望的個體便只有瘋了魔了般的絮絮叨叨自言自語。於是，獨白、對話和潛對話便成了詩人以生存感知存在的唯一方式。此之謂司馬遷（BC145-BC87？）所云：「人窮則反本，故勞苦倦極，未嘗不呼天也；疾痛慘怛，未嘗不呼父母也。」[1]

中國詩人，問句入詩，詩經、屈原（BC340-BC278），開其源，李白（701-762）、杜甫（712-770），汲其流，蘇軾（1037-1101）、歐陽修（1007-1072）、辛棄疾（1140-1207）、李清照（1084-1155）斷其後，直至近代南社諸君子，一路

1 司馬遷：《史記・屈原賈生列傳》（北京：中國友誼出版公司，1993），頁407。

問將下來。問天、問地、問祖宗、問家國；問歷史、問人生、問未來、問命運，問出了一串中國「詩人哲學家」的群雕造型。這也就是中國特色的的「詩哲傳統」，一身二任，詩人扮演了哲學家的角色，有別於西方的「哲詩傳統」。

可惜的是，這種「詩哲傳統」，新詩已降，鮮有承繼。除了卞之琳（1910-2000）零星的「斷章」之外，至少，在大陸這一邊，詩人們差不多都忙於「歡樂頌」[2]去了，多半喪失了懷疑的權利，追問的傳統，直至七十年代「朦朧詩」崛起，以北島（趙振開 1949- ）為首的「今天」派們開始，重啟詩之「追問」的傳統。「冰川紀過去了，／為什麼到處都是冰淩？／好望角發現了，／為什麼死海裏千帆相競？」[3]北島的一首《回答》，破空而來，用「詩」與「思」的形式對那個思想禁錮的時代予以徹底的顛覆和否定。

雖然同是追問，但卻有境界之別。從對一己身世之悲的追問，到對整體的家國滄桑的追問，再到命運的蒼渺浩茫的追問，見出詩意之高下，詩藝之優劣。那麼，周夢蝶（1921- ）的詩作該是哪一種境界呢？

周夢蝶，原名周起述，河南省淅川人，童年失怙，性格內向，家境貧寒，幼讀私塾，古文甚好。1943 年考入開封師範，因家貧、戰亂而輟學。1947 年又入宛西鄉村師範，同年加入了國民黨青年軍。17 歲時由母親包辦，為人夫、

2 胡風（1902-1985）：1949 年底，胡風寫下一組氣勢磅礴的長詩《時間開始了》，包括《歡樂頌》、《光榮贊》、《青春曲》、《安魂曲》、《又一個歡樂頌》5 個樂篇，長達 4600 行。

3 北島：《北島詩歌集回答》（海口：南海出版公司，2003），頁 7。

為人父。1948 年他抛婦別離，隻身一人隨國軍來台，開始了漫長的人生孤旅。1956 因體弱多病不堪任勞而退役。貧寒無以聊生，做過店員，擺過書攤，看過茶莊，當過守墓人。還有一個始終沒有改變的角色——詩人。通觀其詩，悲劇精神一以貫之。承繼著古老的「詩哲」傳統，身世之悲、命運之苦、家國滄桑盡收筆端。循著周夢蝶詩歌鋪天蓋地的「問號」，我也產生了如下的疑問：詩歌和詩人的滄桑為什麼可以在詩人的筆下是那麼的雲淡風輕？在木魚敲落的呢喃聲中，那個敲木魚的人是在感傷還是祈禱呢？從此岸到彼岸，只一水之隔，為什麼就這麼難度呢？正是困惑著周夢蝶的困惑，我才想到從周夢蝶詩的「？」入手來探索一下周氏詩歌的詩意和詩藝，勘探其境界之高低，看能否接近周夢蝶詩境之萬一。

二、天問：愛情、宗教、哲學、命運

迄今為止，周夢蝶完整意義上的詩集計有四部，分別是《孤獨國》、《還魂草》、《十三朵白菊花》、《約會》，收錄詩篇計有：33＋47＋47＋54＝181 篇，出現的問號計有 38＋93＋93＋104＝388 個。平均每首詩 2 個多問號。我們知道，被清代學者劉獻庭（1648-1695）在《離騷經講錄》中贊其為「千古萬古至奇之作」屈原（BC340-BC278）之《天問》也才 373 句，173 個問號。如此看來，周氏之詩其問號使用頻率之繁，數量之多，超越了中國詩祖，當屬漢詩第一。

我不想只是簡單地對其問號做個統計，更不想簡單地對其問句分分類別，我只是想從周氏所問的物件出發來看一看到底是一種什麼樣的原因使得這樣一位表面上看來出世超塵的「行雲流水一孤僧」陷入如此長時間的困惑？成為一個「常懷千歲憂的大傷心人」？[4]

倘若能夠徵得所有周夢蝶詩論者同意，我更願意把排列在其第一部詩集《孤獨國》中的第二首《索》看成是周夢蝶整個詩歌創造的序詩。因為在這短短的「十行」詩中完全可以「一目」了然於周夢蝶詩的全部「天問」：愛情、宗教、哲學、命運。

是的，是愛情、宗教、哲學和命運。這些問題看起來很宏大，其實倒也非常具體；這些問題看起來彼此沒有關係，其實倒是非常地難解難分。

> 是誰在古老的虛無裏／撒下第一把情種？／／從此，這本來是／只有「冥漠的絕對」的地殼／便給鵑鳥的紅淚爬滿了。／／想起無數無數的羅蜜歐與朱麗葉／想起十字架上血淋淋的耶穌／想起給無常扭斷了的一切微笑……／／我欲摶所有有情為一大渾沌／索曼陀羅花浩瀚的瞑默，向無始！[5]

通過一首或數首詩來試圖還原或索解詩人的「本事」，

---

4 余光中（1928-）：《一塊彩石也能補天嗎？》，曾進豐（1962- ）《婆娑詩人周夢蝶》（臺北：九歌出版社有限公司，2005），頁 137。

5 周夢蝶：《孤獨國．索》（臺北：藍星詩社，1959）頁 2。民國八十五年打字：曾進豐。

我以為於詩的闡釋並無多大幫助，尤其是對周夢蝶這樣的把愛情與宗教、哲學、命運貫通起來思考的詩哲而言更沒有必要。我們只需知道那大概是在遭遇了一次幾乎致命的邂逅之後，或者說為愛所傷的體無完膚及至痛徹骨髓之後，詩人仰天長嘯，發出了天下情種共同的追問：是誰在古老的虛無裏／撒下第一把情種？大類另一句天下情種共同的追問：「問世間情是何物，直教人生死相許。」更類天下情種共同的感歎：「恨重重，怨重重，天下最苦是情種！」[6]所不同的是，周夢蝶先生沒有止於情的困苦，而是超越了，由沉湎到救贖到承擔。

但無論如何那一定是為情所苦、苦不堪言時的吶喊呼號。短短十行，有凡夫俗子的愛情苦痛（一、二句，質問），有超凡脫俗宗教家的擔荷（最後句，救贖），有超拔滾滾紅塵的哲思（一、二句，空色），而所有這一切又都是「冥漠」的命運。

那麼我們看那個「誰」到底是誰也就不言自明了。能播撒第一把情種的肯定是人類始祖的始祖。在基督教那裏毫無疑問應該是上帝，在佛教那裏則是不可知的因緣／緣法，在伊斯蘭教那裏就是真主阿拉。連兩性都起源於宗教，那麼兩性之愛當然應該源於宗教。至於兩性的自我體認，兩性如何相處，如何生生不息，那自然是哲學的事了。而連哲學也無能為力的地方，命運就會粉墨登場了。

6 中國大陸根據張恨水（1895-1967）同名小說改編的長篇電視連續劇《夜深沉》主題歌。詞：王健（1928- ），曲：溫中甲，唱：田震。

如果說〈索〉是《孤獨國》最具代表性的經典名篇，那麼〈菩提樹下〉則可以看成是《還魂草》中最具代表性的經典名篇，同時也成了周夢蝶作為詩人的名片。

> 誰是心裏藏著鏡子的人呢？／誰肯赤著腳踏過他的一生呢？／所有的眼都給眼蒙住了／誰能於雪中取火，且鑄火為雪？／在菩提樹下。一個只有半個面孔的人／抬眼向天，／以歎息回答／那欲自高處沉沉俯向他的蔚藍。／／是的，這兒已經有人坐過！／草色凝碧。縱使在冬季／縱使結趺者的跫音已遠逝。／你依然有枕著萬籟／與風月的背面相對密談的欣喜。／／坐斷了幾個春天？／又坐熟了幾個夏天？／當你來時／雪是雪，你是你／一宿之後，雪即非雪，你亦非你／直到零下十度的今夜／當第一顆流星驀然重明／你乃驚見：／雪還是雪，你還是你／雖然結趺者的跫音已遠逝／唯草色凝碧。[7]

每每面對〈菩提樹下〉，總是感到語言的匱乏。不知道該如何解讀才能不辜負周先生那種溫「求道」、「悟道」、「得道」而又「佈道」的虔誠。

翁文嫻說這是「情詩」，[8]蕭蕭（1947- ）說這是「禪

7 周夢蝶：〈菩提樹下〉，《還魂草》，臺北：領導出版社，1977 年，頁 58-59。

8 翁文嫻：《看那手持五蓮花的童子》，臺北：唐山出版社，1998，頁 279。

詩」，[9]我說這是「道詩」。因為萬物一理，何必拘泥？我們要探索的是緣何一首〈菩提樹下〉卻能讓天下所有有慧根和無慧根的人都能魄動心驚？在沒有記住詩人之前就先已記住了詩？而且像電光石火一般烙印於衷？我想，一方面固然是作為歌者的周夢蝶唱出了我們所有人的靜默，更為重要的是起首的那兩個醒目的問號，輕輕地扣問，深深地觸動，牢牢地刺痛。是啊，茫茫世界，到底誰是心裏藏著鏡子的人呢？誰肯赤著腳踏過他的一生？十分之一？千分之一？萬分之一？……這世界也就一個釋迦，一個耶穌，一個阿拉！那麼凡夫俗子為什麼做不到呢？苦啊！在愛情和欲望之間，在功利和審美之間，在過程和結果之間，在禁錮和自由之間，在身與心、靈與肉、輕與重之間。任誰選擇起來都相當的艱難。誰能於雪中取火，且鑄火為雪？換一句話說也就是誰能經受得住那種反反覆覆出生入死的熬煎？而且是看不到希望，看不到未來，看不到終點。「是的，這兒已經有人坐過！」好在畢竟已經有了先行者。兩個「縱使」句應該是詩人的決心，更是詩人的自許。是的，即便這個世界上所有人都背叛了我，還有我自己沒有背叛自己；即使面對的是世界的末日，是死亡，我還有向死而生。這世界原本就是一大混沌，我只要心中懷揣著一面明鏡。所謂「雪是雪，你是你」──「雪非雪，你非你」──「雪還是雪，你還是你。」標明的無非是求道者的「煉獄」生涯，同時也是「自我救贖」的生涯──從混沌到澄明。周夢蝶先生用一首詩佈

9 蕭蕭：《臺灣新詩美學》（臺北：爾雅出版社有限公司，2004），頁 140。

道於蒙昧如我者，功莫大焉。

王國維（1877-1927），的「治學三境界」說，[10]蘇軾（1037-1101）的「廬山煙雨浙江潮」說，青原惟信的「山水」說，當然還有自有人類以來就有的兩性間最深刻最動人心魄的感情——愛情，不都是需要這樣一種熬煎嗎？所謂「山重水複」，所謂「柳暗花明」。境界，便是在這種辯證的否定中得以螺旋式的攀升。只不過周夢蝶先生的「道」更形象、更動人、更深沉，也更讓人過目難忘回味無窮。

那麼，〈菩提樹下〉中的「誰」同樣是不言自明了的。是釋迦、是我、是你、是大千世界、是芸芸眾生，只要你付得起「雪中取火」、「鑄火為雪」的代價，只要你付得起「坐斷春天」、「坐熟夏天」的代價。不必擔心你的工夫枉費，有凝碧的青草見證著。「情」理、「佛」理、「哲」理於一首〈菩提樹下〉合而為一。豈止是合一，更是水乳，你中有我，我中有你。

> 六十六年九月十三日。余自善導寺購菩提子念珠歸。見書攤右側籐椅上，有白菊花一大把：清氣撲人，香光射眼，不識為誰氏所遺。遽攜往小閣樓上，以瓶水貯之；越三日乃謝。六十七年一月廿三日追記。

> 從未如此忽忽若有所失又若有所得過／在猝不及防的朝陽下／在車聲與人影中／一念成白！我震慄於十三

10 王國維：《人間詞話》（北京：中華書局，2009），頁1。

／這數字。無言哀於有言的輓辭／／頓覺一陣蕭蕭的訣別意味／白楊似的襲上心來；／頓覺這石柱子是塚，／這書架子，殘破而斑駁的／便是倚在塚前的荒碑了！／／是否我的遺骸已消散為／塚中的沙石？而遊魂／自數萬里外，如風之馳電之閃／飄然而來——低回且尋思：／花為誰設？這心香／欲晞未晞的宿淚／是掬自何方，默默不欲人知的遠客？／／想不可不可說劫以前以前／或佛，或江湖或文字或骨肉／雲深霧深：這人！定必與我有某種／近過遠過翱翔過而終歸於參差的因緣——／因緣是割不斷的！／只一次，便生生世世了。／／感愛大化有情／感愛水土之母與風日之父／感愛你！當草凍霜枯之際／不為多人也不為一人開／菊花啊！複瓣，多重，而永不睡眠的／秋之眼：在逝者的心上照著，一叢叢／寒冷的小火燄。……／／淵明詩中無蝶字；／而我乃獨與菊花有緣？／淒迷搖曳中。驀然，我驚見自己：／飲亦醉不飲亦醉的自己／沒有重量不佔面積的自己／猛笑著。在欲晞未晞，垂垂的淚香裏／[11]

如果說〈菩提樹下〉是《還魂草》中最具代表性的經典，那麼〈十三朵白菊花〉則是同名詩集的經典。

先說「13」這個數字。在西方的一些國家和民族裏，十三是被視為不吉利的凶數。大約有 1／4 的西方人忌諱

11 周夢蝶：《十三朵白菊花》（臺北：洪範書店有限公司，2002），頁 48-51。

「13」，要是「13 日」正趕上「星期五」那就會被認為更不吉利。不僅僅是因為其源於宗教典故：出賣耶穌的猶大是耶穌的第十三個門徒，更為重要的是從更遠的遠古時代。據說，猶太教以星期五日落到星期六日落為休息日，稱為安息日。每到這天，12 個巫婆（witch）都要舉行狂歡夜會，第 13 個魔鬼（monster）是在夜會高潮時出現的撒旦（Satan）。聖經的一些解釋者認定，亞當和夏娃就是在這個日子偷嚐了禁果，亞當和夏娃的兒子該隱也是在「黑色星期五」殺死了他的弟弟亞伯。不僅普通人，名人也懼怕「13 日」和「星期五」。每當這時，歌德（Johann Wolfgang von Goethe, 1749-1832）總是睡大覺，拿破崙（Napoleon Bonaparte, 1769-1821），絕不用兵，俾斯麥（Otto Von Bismarck, 1815-1898）不簽署任何條約，即使是不觸動任何人根本利益的文件，他也不願簽字。美國前總統胡佛（Herbert Hoover, 1874-1964）、羅斯福（Franklin Delano Roosevelt, 1882-1945）也很迷信，有人還記得，每月「13 日」羅斯福都不出門，儘管並非每個 13 日都趕上「星期五」。因此，13 便成了凶險和死亡的象徵。

再看菊花。梅、蘭、竹、菊，自古就是中國文人心目中的「四君子」。菊花不僅是中國文人人格和氣節的寫照，而且被賦予更廣泛而深遠的象徵意義。菊之花語的確很多，除了隱士這一眾所周知的的象徵之外，菊花還有一種死亡與哀悼的象徵，尤其是白菊花，就更是一種淒清、哀怨的象徵。

如此看來，「十三朵白菊花」的寓意也就可想而知。放達如周夢蝶者初見之時不也是「震慄」、「輓辭」、「頓覺一陣蕭蕭的訣別意味」嗎？而且，接踵而至的是一連串的死亡意象：「塚」、「荒碑」、「遺骸」、「遊魂」……然而，周夢蝶畢竟是周夢蝶，連「守墓人」都做過了，還有什麼生死不能勘破？還害怕面對死亡嗎？非但不怕，反而激發起詩人更多的詩思和哲思：關於得失，關於靈魂，關於物我，關於生死，關於愛恨，關於冷熱，關於歌哭。尤其是那一句「花為誰設？」這一問動魄驚心！「用詩的悲哀征服生命的悲哀」，[12] 至少面對《十三朵白菊花》一詩時是非常中的的。

謹以此詩持贈／每日傍晚／與我促膝密談的／橋墩

總是先我一步／到達／約會的地點／總是我的思念尚未成熟為語言／他已及時將我的語言／還原為他的思念／／總是從「泉從幾時冷起」聊起／總是從錦葵的徐徐轉向／一直聊到落日啣半規／稻香與蟲鳴齊耳／對面山腰叢樹間／嫋嫋／生起如篆的寒炊／／約會的地點／到達／總是遲他一步——／以話尾為話頭／或此答或彼答或一時答／／轉到會心不遠處／竟浩然忘卻眼前的這一切／是租來的：／一粒松子粗於十滴楓血！／／高山流水欲聞此生能得幾回？／明日／我將重來；明日／不及待的明日／我將拈著話頭拈著我的未磨圓的詩句／重來。且飆願：至少至少也要先他一步／到達／約會的地點／ [13]

12 周夢蝶：《孤獨國》（臺北：藍星詩社，1959），扉頁引奈都夫人語。

13 周夢蝶：《約會》（臺北：九歌出版社有限公司，2002），頁 93-95。

讀過很多關於孤獨的詩文，讀過很多關於知音之歎的詩文，即便是李白的〈獨坐敬亭山〉、〈月下獨酌〉讀來都沒有周夢蝶這首〈約會〉讓人感到孤獨，感到淒清、感到空靈，感到美。

「約會」的物件是一荒郊中的「橋墩」。「約會」的話題是「泉從幾時冷起」？「約會」的時間是「向日葵轉向」半周。「約會」的境界是「忘我」。「約會」的結果是下一次的「約會」而且還要堅持「先他一步」。一個孤獨者的造型就這樣完成。

茫茫人海，你能與誰如此「約會」？誰又能與你如此「約會」？

世界上險峰最多的山嶺往往坐落在最荒蕪的莽原，最清澈的溪流往往流淌在最深邃的密林，同樣，最簡潔的真理也往往掌握在孤獨人的手中。高朋滿座不代表不孤獨，孑然一身也不一定就孤獨。孤獨分層次，更分境界。

孤獨是把酒臨風，是長歌當哭，是孤帆遠影，是燈紅酒綠之後的燈火闌珊。能夠真正享受孤獨的人，不是野獸就是神明。孤獨，是靈魂的舞蹈。

高山流水欲聞此生能得幾回？問的多好啊！透著欽羨，更透著感傷和淒涼。

羨我舒卷之自如麼？[14]

---

14 周夢蝶：《孤獨國．雲》（臺北：藍星詩社，1959），頁4。

問的是「自由」與「禁錮」、「輕」與「重」的永恆矛盾，不過是巧借了為我們常人所豔羨的自由自在而又輕浮至極的「雲」的由頭。當屬哲思。

> 為什麼？你這般遲遲洩漏你的美？／你把你豔如雪霜的影子抱得好死！[15]
>
> ……
>
> 雪花怒開，嚴寒如喜鵲竄入你襟袂／噫，你枕上沉思的繆司醒未？[16]

問的是「愛情」與「藝術」，可謂是「知音」間的試探、款曲和酬謝贈答。

> 什麼是我？／什麼是差別，我與這橋下的浮沫？[17]
>
> 而我的影子卻兀自滿眼惶惑地審視著我：／「你是誰？你叫什麼名字？」[18]
>
> 我有幾個六月？／我將如何安放我底固執？[19]
>
> 悠悠是誰我是誰？／當山眉海目驚綻於一天瞑黑／啞然俯視：此身仍在塵外[20]

15 周夢蝶：《孤獨國．有贈》（臺北：藍星詩社，1959），頁 8。

16 周夢蝶：《孤獨國．有贈》（臺北：藍星詩社，1959），頁 8。

17 周夢蝶：《孤獨國．川端橋夜坐》（臺北：藍星詩社，1959），頁 33。

18 周夢蝶：《孤獨國上了鎖的一夜》（臺北：藍星詩社，1959），頁 38。

19 周夢蝶：《還魂草．六月》（臺北：文星書店，1965 年），頁 43。

20 周夢蝶：《還魂草．聞鐘》（臺北：文星書店，1965 年），頁 18。

何去何從？當斷魂和敗葉隨風[21]

……

此一組聲聲追問關乎人本的，關乎哲學的，響自歷史的源頭，和歷史一樣悠久。它曾引人超凡入聖，它仍然在輕敲著追尋生命奧秘的智者的耳鼓。這是生存在這個世界上的人所永久思考的問題，即是「我從哪裏來，到哪裏去?」的問題。再通俗一點，就是追問人存在的意義和目的的問題。

有了生命，就有了生死；有了生死，就有了「為什麼要生要死？」「能否只生不死？」以及「能否不生不死」等等問題。這樣說來，輪迴轉世的理論就是為了解決這些麻煩問題而發展起來的？不是，恰恰相反：這些複雜問題本身就是因為不相信輪迴這一簡單事實以後才產生出來的。要是人人都相信輪迴，誰還提這樣的問題？

那麼，詩人連同我們到底是信還是不信呢？這是一個問題。

梅雪都回到冬天去了／千山外，一輪斜月孤明／誰是相識而猶未誕生的那再來的人呢？[22]

問去年今日，還記否？／花光爛漫；石亭下／人面與千樹爭色。[23]

---

21 周夢蝶：《還魂草・天問》（臺北：文星書店，1965 年），頁 138。

22 周夢蝶：《還魂草・囚》（臺北：文星書店，1965 年），頁 132。

23 周夢蝶：《還魂草・落櫻後，遊陽明山》（臺北：文星書店，1965 年），頁 133。

同來明年何人？此橋此澗此石可仍識我／當我振衣持缽，削瘦而蕭颯。[24]

櫻花誤我？我誤櫻花？／當心愈近而路愈長愈黑，這苦結／除卻虛空粉碎更無人解得！[25]

此一組聲聲追問是關乎愛情的。源自孤獨的自覺和自覺的孤獨，更確切地說是起自一種愛情的渴望。法國作家阿．德．繆塞（Alfred de Musset, 1810-1857）說：「愛情是信仰，是地上幸福的宗教。」而巴爾扎克（Honoré de Balzac, 1799-1850），更進一層地認為：愛情是人類最完美的宗教。愛情的存在不僅僅為了生命的延續和生命的使然，而是心靈的甘露，是長流的泉水，更是源自心靈的昇華。作為信仰的愛情，是學不來的，它不是一門課程，同時，愛情也是學習所成就不了的，這種宗教與信仰，是源自人的心靈深處的迴響、共鳴。對於愛情，雖然簡樸到一簞食、一瓢飲，然而，周夢蝶畢竟還是食人間煙火的，次一組追問就是明證。

一粒舍利等於多少堅忍？世尊／你底心很亮，而六月底心很暖——[26]

24 周夢蝶：《還魂草．落櫻後，遊陽明山》（臺北：文星書店，1965 年），頁133。

25 周夢蝶：《還魂草．落櫻後，遊陽明山》（臺北：文星書店，1965 年），頁135。

26 周夢蝶：《還魂草．六月》（臺北：文星書店，1965 年），頁 43。

類似的聲聲追問則是關乎承受、關乎修煉、關乎如何從此岸抵達彼岸的。

綜上看來，所謂周夢蝶的「千歲憂」、「傷心人」依然延續了古往今來所有詩人哲學家們共同的憂患和傷心：關於愛情，關於宗教，關於哲學，關於命運。其優長之處在於其以一個「手持五蓮花的童子」的視覺，其清澈的眼神，天真的追問，懵懂的懷想如紛紛開且落的山中芙蓉，空靈、渺遠。周夢蝶以耄耋之年仍然謙卑如初的追問，我想，倘世尊真的就在現世，恐怕也會為其執著而動容的。

三、詩意：孤獨、反抗、懺悔、自戀

從周夢蝶的詩歌問句入手，不但可以探得其天問的主題，而且還可以探得其詩作的詩意。我不知道周夢蝶先生日常生活操什麼樣的語言與人交談，但從現有的資料來看，除了堅持新詩寫作、並且把無窮的追問付諸於詩篇之外，他還堅持文言寫作，用文言把詩中所無法表述而且又不得不表述的前序後跋表述出來，而且還多半將這種文言寫作用於為數不多的與他交往的幾個知己之間的隨筆和信劄。

不要小看這種寫作方式的選擇，在周夢蝶這裏卻深蘊著極大的矛盾和困惑。

這是一種姿態：在傳統與現代、東方與西方的時空座標上，周夢蝶以一人之力，站成了一道獨立的風景。我將其看成是古老文明的一介孑遺。

孑遺姿態的第一種要義就是孤獨

孤獨之於周夢蝶不再是一般的無依無靠，獨來獨往，而是一種因了靈魂的高度和精神的深度而陷入的四顧茫然的悲涼，是一種大孤獨。不再是時間的、空間的、具體的，而是普遍的、永恆的、存在方式的、超凡脫俗、出神入聖。平常詩人的題材多半都是具體的時間、具體的地點、具體的人物、具體的對象、具體的情景，而在周夢蝶這裏卻超越了這些「具體」，他一個人直接面對上帝諸神，直接面對茫茫的時間、空間。

> 永遠是這樣無可奈何地懸浮著，／我的憂鬱是人們所不懂的。／／羨我舒卷之自如麼？／我卻纏裹著既不得不解脫／而又解脫不得的紫色的鐐銬；／滿懷曾經滄海掬不盡的憂患，／滿眼恨不能霑勻眾生苦渴的如血的淚雨，／多少踏破智慧之海空／不曾拾得半個貝殼的漁人的夢，／多少愈往高處遠處撲尋／而青鳥的影跡卻更高更遠的獵人的夢，／尤其，我沒有家，沒有母親／我不知道我昨日的根托生在那裏／而明天——最後的今天——我又將向何處沉埋……／／我的憂鬱是人們所不懂的！／羨我舒卷之自如麼？／[27]

雲的「自由」、雲的「高度」、雲的「憂患」、雲的「慈

---

27 周夢蝶：《孤獨國．雲》（臺北：藍星詩社，1959），頁 4-5。

悲」、雲的「孤獨」、雲的「茫然」，的確是橫亙於天地之間的「雲」之造型，雲之精神，但又何嘗不是詩人自身的造型和精神？於詩人而言，「雲」就是「我」，「我」就是「雲」。以渺渺對茫茫。

當然，最為典型的還是那首以詩名冠之以書名的〈孤獨國〉：

> 昨夜，我又夢見我／赤裸裸地趺坐在負雪的山峰上。／／這裏的氣候黏在冬天與春天的介面處／（這裏的雪是溫柔如天鵝絨的）／這裏沒有嬲騷的市聲／只有時間嚼著時間的反芻的微響／這裏沒有眼鏡蛇、貓頭鷹與人面獸／只有曼陀羅花、橄欖樹和玉蝴蝶／這裏沒有文字、經緯、千手千眼佛／觸處是一團渾渾莽莽沉默的吞吐的力／這裏白晝幽闃窈窕如夜／夜比白晝更綺麗、豐實、光燦／而這裏的寒冷如酒，封藏著詩和美／甚至虛空也懂手談，邀來滿天忘言的繁星……／／過去佇足不去，未來不來／我是「現在」的臣僕，也是帝皇。／[28]

負雪的山峰依然必須要有一定的高度，近乎天界的高度：沒有市聲，沒有誘惑，只有時間近乎停滯的寂寥和空靈。在這裏，夜就是晝，晝就是夜，星星是最忠實的友朋。前後左右上下只有我一人，我是現在的臣僕，也是皇帝。以

28 周夢蝶：《孤獨國．雲》（臺北：藍星詩社，1959），頁25-26。

渾渾對茫茫。

愛與孤獨是孿生的。孤獨使愛變得神聖，愛使孤獨變得深刻。周氏下面的這首〈還魂草〉可謂是愛與孤獨的複調交響。

> 「凡踏著我腳印來的／我便以我，和我底腳印，與他！」／你說。／／這是一首古老的，雪寫的故事／寫在你底腳下／而又亮在你眼裏心裏的；／你說。雖然那時你還很小／／（還不到春天一半裙幅大）／你已倦於以夢幻釀蜜／倦於在鬢邊襟邊簪帶憂愁了。／／穿過我與非我／穿過十二月與十二月，／在八千八百八十之上／你向絕處斟酌自己／斟酌和你一般浩瀚的翠色。／／南極與北極底距離短了，／有笑聲曄曄然／從積雪深深的覆蓋下竄起，／面對第一線金陽／面對枯葉般匍匐在你腳下的死亡與死亡／／在八千八百八十之上／你以青眼向塵凡宣示：／「凡踏著我腳印來的／我便以我，和我底腳印，與他！／[29]

愛？還是不愛？這的確是一個問題。周夢蝶的婚姻是傳統的，談不上愛或不愛。雖然有妻有子，但卻由於大時代浪潮的裹捲，隻身來台。對彼時的周夢蝶來說，可謂國破家亡。更兼體弱多病、居無定所、衣食無著，無法給愛一個最基本的承諾，愛於周夢蝶而言是奢侈的。然而，再奢侈畢竟還是

29 周夢蝶：《還魂草．還魂草》（臺北：文星書店，1965 年），頁 89-91。

讓他品嚐到了，於是便有了這首愛與孤獨的〈還魂草〉。

對愛我者的最高的承諾竟然是「以我，和我的腳印，與他！」故事雖然古老——幾乎與人類的歷史等長，但是畢竟中間的距離太大，不亞於南極與北極，於是便有了這也許讓愛我者未必能懂的承諾：凡踏著我的腳印來的，我便以我，和我的腳印與他。

「孤」、「高」、「絕」、「寒」是《還魂草》的四大特色。

> 飛躍啊，我心在高寒／高寒是大化底眼神／我是那眼神沒遮攔的一瞬。／[30]
>
> 梅雪都回到冬天去了／千山外，一輪斜月孤明／誰是相識而猶未誕生的那再來的人呢？／[31]
>
> 這條路好短，而又好長啊／我已不止一次地，走了不知多少千千萬萬年了／[32]
>
> 大地蟄睡著，太陽宿醉未醒／看物色空濛，風影綽約掠窗而過／我有踏破洪荒、顧盼無儔恐龍的喜悅。／[33]
>
> 今夜，奇麗莽紮羅最高的峰巔雪深多少？／有否鬚髭奮張的錦豹在那兒瞻顧躊躇枕雪高臥？／[34]
>
> 而我的影子卻兀自滿眼惶惑地審視著我：／「你是

30 周夢蝶：《還魂草．逍遙遊》（臺北：文星書店，1965 年），頁 66。

31 周夢蝶：《還魂草．囚》（臺北：文星書店，1965 年），頁 132。

32 周夢蝶：《孤獨國．在路上》（臺北：藍星詩社，1959），頁 27。

33 周夢蝶：《孤獨國．第一班車》（臺北：藍星詩社，1959），頁 30。

34 周夢蝶：《孤獨國．冬天裏的春天》（臺北：藍星詩社，1959），頁 35。

誰？你叫什麼名字？」／[35]

那寡獨而高的北極星／因為怕冷／想長起一雙翅膀／飛入有燈光的窗戶裏去／[36]

是第幾次？我又在這兒植立！／在立過不知多少的昨日。／你問我從何處來？太陽已沉西／星子們正向你底髮間汲水。／[37]

悠悠是誰我是誰？／當山眉海目驚綻於一天瞑黑／啞然俯視：此身仍在塵外。／[38]

「誰是相識而猶未誕生的那再來的人呢？」、「今夜，奇麗莽紮羅最高的峰巔雪深多少？有否鬚髭奮張的錦豹在那兒瞻顧躊躇枕雪高臥？」這一聲聲追問，呈現出的是聖者的孤獨，是高貴者的孤獨，是為時間和空間雙重遺棄的孤獨。

孑遺姿態的第二種含義就是反抗

反抗之於周夢蝶不是訴諸於暴力，而是訴諸於溫柔的呢喃，訴諸於弱水三千中的一瓢，訴諸於滾滾紅塵中的一莖青蓮，訴諸於以靜制動、以空制色、以超越制沉湎、以壁立千仞制趨之若鶩。

讓軟香輕紅嫁與春水，／讓蝴蝶死吻夏日最後一瓣玫

35 周夢蝶：《孤獨國．上了鎖的一夜》（臺北：藍星詩社，1959），頁 38。

36 周夢蝶：《孤獨國．四行北極星》（臺北：藍星詩社，1959），頁 58。

37 周夢蝶：《還魂草．守墓者》（臺北：文星書店，1965 年），頁 7。

38 周夢蝶：《還魂草．聞鐘》（臺北：文星書店，1965 年），頁 18。

瑰，／讓秋菊之冷艷與清愁／酌滿詩人咄咄之空杯；／／讓風雪歸我，孤寂歸我／如果我必須冥滅，或發光——／我寧願為聖壇一蕊燭花／或遙夜盈盈一閃星淚。[39]

在周夢蝶四部詩集裏，還很難找到如此直白的宣言：非暴力不合作。讓風雪歸我，孤寂歸我，如果我必須冥滅，或發光——我寧願為聖壇一蕊燭花，或遙夜盈盈一閃星淚。孤絕的反抗，反抗的孤絕。孤高的自許，自許的孤高。大有「我不入地獄，誰下地獄？」[40] 的悲壯。

需要提醒的是，這可是周夢蝶的第一部詩集當中的第一首詩，別有深意存焉。我在上一節裏曾經說過《孤獨國》裏的第二首〈索〉可以看成是周夢蝶全部詩歌的序言，那麼這第一首則可以看成是周夢蝶全部詩歌的宣言。

一瓣蝸牛心裏有一座火山，／一莖狗尾草心裏有一尊金字塔；／寄語鷹隼莫向乳燕雛雞獰笑：／沉默的冰河底層有更多洶湧的血！／ [41]
從天堂裏跳下來／抖一抖生了銹的手臂 [42]

39 周夢蝶：《孤獨國．讓》（臺北：藍星詩社，1959），頁 1。
40 釋迦世尊說：「我不入地獄，誰入地獄，不惟入地獄，且常住地獄，不惟常住地獄，而且莊嚴地獄。」地藏王菩薩說：「地獄未空，誓不成佛，眾生度盡，方證菩提。」《大乘理趣經》說：「不怖地獄，不求生天，不為己身，而求解脫。」這都是佛教中自我犧牲的服務精神。
41 周夢蝶：《孤獨國．匕首》（臺北：藍星詩社，1959），頁 50。
42 周夢蝶：《孤獨國．匕首》（臺北：藍星詩社，1959），頁 50。

> 插起雙翅／飛向十字街頭──／買一柄短劍／一張無絃琴／一罎埋著冬天裏的春天的酒／一把可以打開地獄門的鑰匙……[43]

在修溫柔法的周夢蝶全部詩歌集子裏，還很少能看到像《匕首》（五首）如此金剛怒目的詩句。我將其看成是周氏獨有的反抗，為一切弱小者（蝸牛、狗尾草、雛燕……）辯護的反抗；我將其看成是周氏獨有的警告，向一切強者發出的最嚴厲的警告：弱者有弱者生存的權利，弱者也有弱者的尊嚴。

孑遺姿態的第三種含義是懺悔

懺悔就是反思，反省。是人的心理特徵之一。主要是通過無情的解剖自己而獲得人性的昇華和道德的完善。因此，懺悔是需要勇氣的。懺悔之於周夢蝶這樣一個自覺地承擔起人類罪孽的詩人來說是其詩作的題中應有之意。懺悔主題最集中地體現在〈無題〉（七首）當中，尤其是第五首，向來為論者所關注。

> 二十年前我親手射出去的一枝孽箭／二十年後又冷颼颼地射回來了／／我以吻十字架的血唇將它輕輕啣起／輕輕吞進我最深深處的心裏／／在我最深深處的心裏，它醒睡著像一首聖詩，一尊烏鴉帶淚的沉默／／

43 周夢蝶：《孤獨國．匕首》（臺北：藍星詩社，1959），頁50-51。

這沉默，比「地獄的冷眼」更叱吒尖亮／它使我在種種媚惑面前震懾不敢仰視／[44]

懺悔是佛教和基督教共有的精神資源。一個是因果報應，一個是原罪觀念。

懺悔的前提是信仰。對一個信仰匱乏的民族來說，懺悔往往只等於後悔，基於利害考慮的後悔，而不是基於靈魂不安的懺悔。在一個利害觀念壓倒是非觀念的族群裏，要讓一個真誠的懺悔顯揚而出是非常難的。上個世紀八十年代末，大陸學者劉小楓（1956-）在他的《拯救與逍遙》中就已經意識到懺悔問題的嚴峻性，他說：「五四新文化運動以來，漢語思想界日漸忽視或輕視西方精神結構中的猶太——基督教精神傳統，是一個嚴重的失誤。」是的，一百年了，大故迭起的一百年，對海峽兩岸的中國知識份子而言，懺悔仍然是一個沒有過時的話題。在這一百年裏，在兩岸知識人裏，周夢蝶借著他的詩歌給我們樹立了一個非常高的標畫。

從周夢蝶的這首無題來看，其懺悔是真誠的、深刻的。懺悔、祈禱，向那縹緲的命運去懺悔，懺悔我的原罪。懺悔我的每次心靈失守，懺悔我每次的狂妄，懺悔我的不屑，懺悔我對生命態度的無所謂，懺悔我曾經的每次心存惡念，……

我要／把身上的衣服全部脫下／把心上的衣服全部脫

44 周夢蝶：《孤獨國．無題之六》（臺北：藍星詩社，1959），頁 56。

> 下／散髮跣足，兀立於「伊甸園之東」——／只有哀悔與我相對沉默的地方／讓年年月月日日嗚嗚咽咽／亂箭似的時間的急雨／刮洗去我斑斑血的記憶[45]
> 上帝呀！我求你／借給我你智慧的尖刀！／讓我把自己——／把我的骨，我的肉，我的心……／分分寸寸地斷割／分贈給人間所有我愛和愛我的。／不，我永無吝惜，悔怨——／這些本來都不是我的！／這些本來都是你為愛而釀造的！／——現在是該我「行動」的時候了，／我是一瓶渴欲流入／每顆靦腆地私語著期待的心兒裏的櫻汁。／[46]

懺悔不是逃避而是擔當，懺悔不是死亡而是再生，懺悔不是絕望而是希望。讀周夢蝶的詩，最讓人感佩的就是這種擔當。這是一種大悲憫、大智慧。閱讀上面的兩首詩總能讓人不自覺地想起佛教的經典故事〈捨身飼虎〉。這是一種捨卻己身濟蒼生的精神，是在為整個人類而努力的一種境界，周夢蝶就是這種用詩來鍥而不捨地追求思想境界的人。是的，有些事情必須有人去做，而且人們也必須要有一種精神來支撐。一個沒有人願意出頭去擔荷，沒有精神支撐的族群是永遠也站不起來的。

45 周夢蝶：《孤獨國．無題之七》（臺北：藍星詩社，1959），頁57。

46 周夢蝶：《孤獨國．禱》（臺北：藍星詩社，1959），頁3。

孑遺姿態的第四種含義是自戀

自戀之於周夢蝶來說是來源於自卑的情結。自卑之於周夢蝶來說是源於他的身世、身體和生平經歷的長期受挫。通過閱讀周夢蝶的年譜我們約略知道，他是一個遺腹子，他是一個多病身，他是一個流浪者。倘若不是寫詩，這些因素加諸於一身則完全可以斷定他是一個生活的「弱者」，或者乾脆就是一個「無能」者。這不能不使人自卑。「自卑」這個名詞乍聽之下，很容易讓人聯想到是負面的特質，但事實上，每一個人在成長過程中，都會因為各種不同的原因而產生或多或少的自卑心理，可以說普遍存在於每一個人身上。只是程度的不同而已。上述因素滙聚於周夢蝶一身使他成了一個深度的自卑者。然而，周夢蝶畢竟不是一個「無能」者，他用詩的創造超越了自卑。反過來，他又用詩的創造走向了自卑的另一個極端——自戀。

自戀，這個名詞來自希臘神話。那西賽斯（英語：Narcissus）是一名俊美的希臘青年，他拒絕了女神厄科（Echo，意譯：回聲，是一名有漂亮嗓子的女神）的求愛。他註定會愛上他自己在湖中的倒影，作為懲罰。因為沒法令他的愛變得完滿，他日益消瘦，最後變成了一朵以他命名的花——那西賽斯，也就是水仙花。

佛洛伊德在《超越快樂原則》和《自我與本我》的深度闡釋而使自戀成為一個心理學術語，特指一種孤傲的專注於自我的病態表現。一個人將本來應該投向外部事物的力比多或性能量完全傾注於自己身上，沉浸在關於自我的幻想當中而喪失了現實感，因此無法與別人建立起親密的關係。

弗洛姆則將自戀視為更為廣泛的社會心理現象：「對自戀者來說，唯一完全真實的東西是他們自己，是情感、思想、抱負、願望、肉體、家庭，是他們所有的一切或屬於他們的一切……凡與他們有關的一切，都光彩煥發，實實在在。身外的人與物都是灰色的、醜陋的、黯淡無光，近乎虛無。」[47]在弗洛姆看來，任何形式的自戀都存在著一個共性，即對外在世界缺乏真正的興趣。缺乏外在目標的精神能量幾乎把全部價值都投向了自我，在內在編造了一個自成一體的世界，他所有的希望和夢想，尊嚴和驕傲都繫在上面。所以，對自戀者自戀的傷害等於是對他整個人格的傷害，他會感到自身的存在受到了嚴重威脅。

美國心理學家科胡特對於「自戀」的定義是應該引起我們重視的。他說，自戀其實就是人類的一般本質，每個人本質上都是自戀的。自戀是一種藉著勝任的經驗而產生的真正的自我價值感，是一種認為自己值得珍惜、保護的真實感覺。也就是說一般個體的自戀並不是不健康的，而且我們整個社會也是允許適度自戀的，而只有個體過度自戀並超出了社會對與自戀允可的範圍那才是不健康的。是的，自戀意味著「自我接受」——一種清醒的，實際的接受自己的真面目，並伴以自重和人性的尊嚴 。

自戀作為一種審美觀念傾向在自傳體小說創作中表現得尤為明顯。創作過程在榮格看來是「紮根在人心中的有生命

47 弗洛姆：《弗洛姆著作精選》（上海：上海人民出版社，1989），頁 215。

的東西」（《榮格文集》，改革出版社，1997 年）。不管是自覺還是不自覺，它都形成了巨大的心理能量，並在創作過程中釋放出強有力的統攝作用。自傳體小說的敍述方式大多採用第一人稱，小說主人公雖不等於作者本人，但其中的情節設計、感覺描寫都基於作者的生活經歷和心理體驗，作者的願望、價值取向、藝術追求大都體現在作品及其人物身上，所以創作主體的心理常顯現出自戀意味。在創作中的自戀情結召喚下，表現自我成為一種不可扼制的激情，自我的一切（身體、願望、欲望、思想等）成為小說所要表達的中心，更有甚者，把個人感情和欲望的表達視為小說的終極目的。

徵之以周夢蝶的詩歌創作，一方面既孤傲地專注於自我，沉浸在關於自我的幻想當中，在內在編造了一個自成一體的世界並將所有的希望和夢想，尊嚴和驕傲都維繫在上面，另一方面又接受自己、珍惜自己、保護自己、尊重自己等兩個方面的精神特徵在周夢蝶的詩作當中均有濃烈的表現。

> 上帝已經死了，尼采問：／取而代之的是誰？／／「詩人！」／水仙花的鬼魂／王爾德忙不迭的接口說。／／不知道誰是誰的哥弟？／上帝與詩人本一母同胞生：一般的手眼，一般的光環；／看！誰更巍峨更謙虛／誰樂於坐在誰的右邊？／[48]

48 周夢蝶：《約會・詩與創造》（臺北：九歌出版社有限公司，2002），頁 17。

只能那麼直白了。直接點出了詩人是水仙花的鬼魂，直接點出了上帝與詩人本一母同胞生。雖然巧借的是王爾德之口，但任誰都能聽出周夢蝶的話外音：能夠接替上帝的只有詩人，只能是詩人。新詩以降，除了那個大呼小叫地喚地球做母親，要吞沒太陽、月亮的郭沫若，好像還沒有哪位詩人有如此大的口氣。

> 甚矣甚矣甚矣衰矣衰矣衰矣／枇杷與晚翠梧桐與早凋／／寧悠悠與鷗鷺同波燕雀一枝／一任雲月溪山笑我凡鳥／[49]
>
> 當陽光如金蝴蝶紛紛撲上我襟袖，／若不是我濕冷襤褸的影子澆醒我／／我幾乎以為我就是盤古／第一次撥開渾沌的眼睛。／[50]
>
> 我想找一個職業／一個地獄的司閽者／慈藹地導引門內人走出去／慈藹地謝絕門外人闖進來／[51]
>
> 我想，我該如何／分解掬獻我大圓鏡般盈盈的膜拜？／——太陽，不是上帝的獨生子！而耶穌，並非最後一個肯為他人補鞋的人／[52]
>
> 我是三萬六千五百零一塊之外的一塊頑石／凍結中之凍結／[53]

---

49 周夢蝶：《約會．鳳凰》（臺北：九歌出版社有限公司，2002），頁 22。

50 周夢蝶：《孤獨國．霧》（臺北：藍星詩社，1959），頁 7。

51 周夢蝶：《孤獨國．四行八首之二》（臺北：藍星詩社，1959），頁 58。

52 周夢蝶：《孤獨國．向日葵之醒二首》（臺北：藍星詩社，1959），頁 63。

53 周夢蝶：《十三朵白菊花．人面石》（臺北：洪範書店有限公司，2002），頁 7。

看看這些意象吧：鳳凰、盤古、地獄的司閽者、上帝、耶穌、頑石，都是一些宏大到不能再宏大的意象營構。自卑——自負——自許——自戀，構成周夢蝶詩國生涯。

當一個人覺得他被鋪天蓋地的虛空所包圍，陷入漫無邊際的虛無感時，他會感到只有自我才是真實的、實在的和牢靠的。在虛無的世界中，時間之維在自己存在的那一刻斷裂了，過去不再有意義，未來也顯得虛無縹緲，從過去通往未來的歷史連續性消失了；空間聯繫也在自己存在的那一點上解體了，個人置身其中的各種命定的關係，都是那樣虛假不實和靠不住。在這種心態的支配之下，人們很容易將自我當作整個世界的中心，將個人生存視為唯一目的，從而形成強烈的自戀傾向。自戀是一種自我中心主義，它是將所有的興趣和愛戀集中於一己之身，但是它又不同於利己主義，利己主義表現為指向外物的欲望和需要，是以客體為本位的，自戀主義則與焦慮相連，表現為內心鬱積的宣洩，是以主體為本位的，它只是將內心的情感投射到外物上去，將外物變成其心理狀態的一種鏡像，因此如果說利己主義主要是倫理學、社會學的，那麼自戀主義則主要是心理學、美學的了。

現實生活中的周夢蝶是的確是「弱」的：弱於爭逐，弱於衣食，弱於一切世俗的欲望，穿上滿鞋家園的荒涼隻身來台，靈與肉雙重的漂泊？悟著宇宙？悟著生死。

藝術世界中的周夢蝶又是強大的：借著超人的詩的創造，成了精神世界、藝術世界裏的孤獨國主。他一直在寫詩，「以詩的悲哀征服生命的悲哀」，[54]因為他認為「上帝因寂寞而創造萬物，人又何獨不能由創造而體認上帝？」

四、詩藝：獨白、對話、潛對話、謙卑

從周夢蝶詩歌的問句入手不但可以探得「天問」宏大的主題、「詩意」的獨特內涵，而且還可以探得周夢蝶最獨特的詩歌藝術之方式和方法。

要說周夢蝶詩的創作全憑靈感，沒有自覺那是不真實的。在《約會單篇》（代後記）裡他曾經說過：「新詩易學而難工」。看似簡單的一句話，卻點出一世紀新詩所面對的巨大考驗。在破除了舊有的格律、平仄、七言、五言等形式要素，在摒棄了傳統的「主題」、「意象」的狀況下，創作新詩無異於重新定義詩的法則。所以他才斗膽將詩人和上帝並提：「上帝與詩人本一母同胞生：／一般的手眼，一般的光環」[55]。

那麼，抱著為新詩立法這一宏願的詩人周夢蝶其詩的藝術到底到達了第幾重境界了呢？其最突出特色是什麼呢？反覆的閱讀和咀嚼，我發現：鋪天蓋地的問號，對，就是這些鋪天蓋地的問號背後所潛藏著的獨白、對話和潛對話使周夢蝶把新詩推向了一個極高的境界。

首先要聲明的是，這裏的獨白、對話和潛對話，絕不單

54 周夢蝶在其《孤獨國》的扉頁上引用奈都夫人的話。

55 周夢蝶：《約會．詩與創造》（臺北：九歌出版社有限公司，2002），頁17。

純是語言學意義上的，還有藝術學意義上的，更有哲學意義上的。

獨白既是只有一個參加者的主動的語言表達，不考慮是否有其他出場的或未出場的受動參加者（語言學意義上的），又是指說話主體與未出場或假想的對話者之間的對話（戲劇臺詞之一種），還是指米哈伊爾·巴赫金（M. M. Bakhtin, 1895-1975）認為的與「對話」相對的那個概念——「獨語」。因此，此處的「獨白」便同樣有了「對話」的含義。

相對於「獨白」的「對話」當然也包含著這三層意思。既是兩個或更多的持不同立場的人之間，在同一個情景下圍繞著同一個主題在不同的語境下展開的語言交談（語言學意義上的），還是指文學作品中人物語言的表現形式之一（小說、戲劇裏的談話、詢問和爭議等等藝術學意義上的），同時還是指米哈伊爾·巴赫金所指出的「生活就其本質說是對話。」之中的「對話」（哲學意義上的）。

潛對話一方面是相對於「對話」，確切地說是相對於「公開對話」而言的，特別是指在小說敘事中，作者與人物、人物與人物、人物的內心與其外在言行之間面對同一事件，而採取的不同的甚至是截然相反的態度，但是這種態度不是通過公開的方式展開的，而是通過一種潛藏於心、不露於色的方式表現出來的。另一方面還是相對於「獨白」，確切地說是相對於「內心獨白」而言的。

潛對話並不是不對話，而是與世俗的人生無法合拍，或者是在這個世界上是在找不到一個在靈魂上、精神上與之比肩的對話者時，而不得不做出的一種「獨白」的姿態。再直白地說，就是一個人這個世界上實在是找不到一個能夠聽得懂、可以交流的人的時候，不得不自己跟自己對話。其通常的表現形式就是言外之意，弦外之音，話中之話。在周夢蝶這裏就是詩中之詩。

因此，潛對話可以說是包含了獨白和對話的。其最明顯的特徵就是超前性、創造性和懺悔性。因而成了世界上真正的詩人和真正的思想者的主動選擇的生存方式。質言之，潛對話就是不願再通過口頭，而是通過文本或者心靈進行交流的一種對話形式。

獨白、對話和潛對話，尤其是潛對話，於周夢蝶的詩歌創作而言，經歷了一個從單一層面的抒情性問詢到成為人物抒情方式的重要手段或策略的轉變；從一種新詩抒情技巧到一種新詩思維方式的轉變。即從文學的意義上升到哲學的意義。

是誰在古老的虛無裏／撒下第一把情種？[56]

這是一句質詢就是非常典型的獨白，沒有具體的談話的對象第二者在場，同時對話者不是沒有出場而是壓根就沒有，因此也不是戲劇藝術上的內心獨白，而是類似於巴赫金所說的「獨語」──不需要對話者，甚至不需要聽者，「詢問者」與「詩人」合二為一。此一問句所開拓出的詩意空間一如

56 周夢蝶：《孤獨國．索》（臺北：藍星詩社，1959），頁 2。

「詢問者」／「詩人」所面對的「古老的虛無」，渺渺茫茫，可謂是道盡了一切為情所困者共同的心聲：人生苦的根源在哪裏？在多情！多情的根源在哪裏？在情種的生生不息！那麼自然：是誰在古老的虛無裏，撒下第一把情種？沒有誰，「誰」都擔不起。

> 羨我舒卷之自如麼？／我卻纏裹著既不得不解脫！

此一句即可看成是戲劇藝術上的獨白的對話——對話者是潛在的，可以是你、是我、是他，是一切不自由者。「雲」被詩人作為抒情主人翁的這一問，道出了「雲」看似雲卷雲舒自由自在的個性外表裏所裹捲著恰恰是不自由。

> 而我的影子卻兀自滿眼惶惑地審視著我：／你是誰？你叫什麼名字？」[57]
> 宇宙至小，而空白甚大／何處是家？何處非家？／[58]
> 何所為而去？何所為而來？／這世界，以千面環抱我[59]

上述種種「問詢」，既是獨白，又是對話，還是潛對話。圍繞著的一個共同題目就是「我是誰」、「我從哪裏來」、「我要到哪裏去」這三個永恆的話題。我與我的影子的對話，我與

---

57 周夢蝶：《孤獨國．上了鎖的一夜》（臺北：藍星詩社，1959），頁 38。
58 周夢蝶：《還魂草．絕響》（臺北：文星書店，1965 年），頁 125。
59 周夢蝶：《還魂草．絕響》（臺北：文星書店，1965 年），頁 127。

這個世界對話，道出了詩人作為哲人的最根本的困惑：對自我認知的困惑，同時也是對宇宙人生認知的困惑。來路去路，時間空間，歸宿家園……是個體自我覺醒的標誌，是「千歲憂」的起點。

> 是第幾次？我又在這兒植立！在立過不知多少的昨日。／／十二月。滿山草色青青。是什麼／綠了你底，也綠了我底眼睛？／／幽禁一次春天，又釋放一次春天／如陰陽扇的開闔，這無名底鐵鎖！／／你問我從何處來？太陽已沉西／星子們正向你底髮間汲水。／／一莖搖曳能承擔多少憂愁？風露裡／我最豔羨你那身斯巴達的金綠！／／記否？我也是由同一乳穗恩養大的！／在地下，在我纍纍的斷顎與恥骨間／伴著無眠——伴著我底另一些「我」們／花魂與鳥魂，土撥鼠與蚯蚓們／在一起瞑默——直到我從醒中醒來／我又是一番綠！而你是我底綠底守護……[60]

蕭蕭說這首詩是對莊子精神的最好體現，[61]我亦深以為然。齊萬物、一死生、道輪迴，都在「是第幾次？」、「是什麼，綠了你的，也綠了我的眼睛？」、「你問我從何處來？」、「一莖搖曳能承擔多少憂愁？」、「記否？我也是一乳穗恩養大的！」這一連串的「獨白」和「對話」中——呈現。這是

60 周夢蝶：《還魂草．絕響》（臺北：文星書店，1965 年），頁 7-8。
61 蕭蕭：《臺灣新詩美學》（臺北：爾雅出版社有限公司，2004），頁 140。

〈守墓者〉最深刻的哲理。「墓草」、「枯骨」、「真人」、花魂、鳥魂、土撥鼠、蚯蚓等一切有生命和無生命的輪番扮演著「你」做「我」。

「一莖搖曳能承擔多少憂愁？風露裏／我最豔羨你那身斯巴達的金綠！」這是作為「枯骨」的我問作為「綠草」的你。「直到我從醒中醒來／我又是一番綠！而你是我底綠底守護……」這是作為「綠草」的我問作為「守墓者」或「枯骨」的你。當我活著，我是守墓者，守著墳，守著綠；當我死了，草是是守墓者，守著墳，守著我，守著我們。人、花魂、鳥魂、土撥鼠、蚯蚓、草……

> 誰是心裏藏著鏡子的人呢？／誰肯赤著腳踏過他的一生？／所有的眼都給眼蒙住了。／誰能於雪中取火，／且鑄火為雪？／在菩提樹下，／一個只有半個面孔的人，／抬眼向天，／以歎息回答／那欲自高處沉沉俯向他的蔚藍。／／是的，這兒已經有人坐過！／草色凝碧。／縱使在冬季／縱使結跗者的足音已遠去。／你依然有枕著萬籟／與風月的背面相對密談的欣喜。／／坐斷了幾個春天？／又坐熟了幾個夏天？／當你來時／雪是雪，你是你／一宿之後／雪即非雪，你亦非你／直到零下十度的今夜／當第一顆流星暗然重明／你乃驚見：／雪還是雪，你還是你／雖然結跗者的足音已遠去／唯草色的凝碧。[62]

62 周夢蝶：《還魂草・菩提樹下》（臺北：文星書店，1965 年），頁 53-54。

此詩可用潛對話來闡釋最為典型。

「誰是心裏藏著鏡子的人呢？／誰肯赤著腳踏過他的一生？」言外之意：沒有誰，除了佛，除了我！如果要追問對話者，那就是佛自身和芸芸眾生。誰能於雪中取火，／且鑄火為雪？言外之意：沒有誰，除了佛，除了我！對話者同樣是佛和芸芸眾生。坐斷了幾個春天？／又坐熟了幾個夏天？沒有誰知道，除了修行者自身。劫難種種復重重，不可勝數！

在這個世界上，唯有先行者佛祖是我的知音，我的同道。我那脫胎換骨鳳凰涅槃般的再生也只有榮榮枯枯枯枯榮榮的連天碧草衰草可用作證。

令人驚歎的是，周夢蝶將這種「獨白」、「對話」和「潛對話」發揮到了極致，讓我們在閱讀其詩的時候始終能夠感覺到有一種聲音、兩種聲音或多種聲音在耳畔迴盪：肯定、否定、爭辯、歎息……是詩人自己，詩人筆下的眾生、萬物。

那麼這種獨白、對話和潛對話這種創作方式之於周夢蝶意義何在呢？其獨特的藝術魅力表現在哪裏呢？在於使周夢蝶的「詩」與「思」均具有了巨大的超越性、創造性。將新詩提升到了一個非常高的境界。

說到「境界」，不能不說王國維。清代學者王國維在學術上最大的貢獻竊以為是「境界」說的提出。在一個國民性幾乎癌變的中國，「境界」的發現其意義是空前的。

「有有我之境，有無我之境」。「淚眼問花花不語，亂

> 紅飛過千秋去」，「可堪孤館閉春寒，杜鵑聲裏斜陽暮」，有我之境也」。「采菊東籬下，悠然見南山」。「寒波澹澹起，白鳥悠悠下」，無我之境也。有我之境，以我觀物，故物皆著我之色彩。無我之境，以物觀物，故不知何者為我，何者為物。古人為詞，寫有我之境者為多，然未始不能寫無我之境。此在豪傑之士能「樹立耳」。無我之境，人惟於靜中得之；有我之境，終於由動之靜時得之。故一優美，一宏壯也。」[63]

所謂「無我之境」，並不是真的沒有我，沒有文本主體，而是這一主體隱藏著，即主體以隱主體的方式蘊含於其中。而且王氏認為，藝術應當講究境界。在抒情文學（主要是指詩詞）中，有兩種很不同的境界，一種是優美，一種是宏壯。而這兩種不同的美學境界，關鍵就在於抒情主體處於不同的位置，一為顯主體，即所謂「有我」；一是隱主體，即所謂「無我」。王國維更欣賞「無我」之境，也就是主體不直接暴露的境界。他認為處於這種境界，詩詞主體與物件沒有直接的利害關係，因此直觀時處於寧靜的狀態，也就是說，在更高的水準上超越現實的利害關係，進入更自由的審美境界。

以王國維的「境界」說來看周夢蝶的詩，我們發現，周夢蝶的詩毫無疑問當屬於王國維所欣賞的「無我」之境。而這種無我之境的獲得周夢蝶的藝術法寶就是引入「獨白」、

63 王國維：《人間詞話》（北京：中華書局，2009），頁 1。

「對話」和「潛對話」。把「自我表現」讓位於「抒情主人翁個體靈魂或多個自由精靈的盡情舞蹈」，讓他／他們產生「獨白」、「對話」和「潛對話」，而作為導演的詩人自身隱退於帷幕深處和所有的讀者一樣冷靜地諦聽著這些來自心靈深處的獨語、私語和對語。

「古今中外，真正的詩人，在其詩歌藝術創造中，總是通過自我隱藏和自我表達的對立中拷問、思索和處理人性深處共通性的命題；在自我覺悟和自我反省中，試圖向人類生命世界的可知與不可知事物，有限與無限領域深度掘進，以釋放生命的潛能，透視生命的內景，檢討生命的過錯，超越生命前定的局限。從而逐步形成人類精神模式的多重性構建，以及世界人文文化的理想體系。這樣才能真正身體力行地實踐和實現化大眾的美學目標和人文理想。」[64]

從周夢蝶與天、與地、與上帝、與佛祖、與鬼神的對話來看，無疑他是自負的，能夠擁有資格與上述諸神對話想不自負都難；然而，同樣，還是從他與天、與地、與上帝、與佛祖、與鬼神的對話來看，無疑，他又是謙卑的。在萬物面前，我們幾乎看到了或聽到了周夢蝶雙手合十、納頭便拜、俯首低眉的姿態。是一種敬畏，一種謙卑，一種對人性的深刻的瞭解和同情之後才有的謙卑和敬畏。

---

64 阿庫烏霧（1964- ）、阿諾阿布：《文化詩學：對話與潛對話》，彝族人網 2008-9-16 15：03：38。

五、結語

因了周夢蝶由鋪天蓋地的問號組成的詩，使我想起了俄羅斯作家陀思妥耶夫斯基（Fyodor Mikhailovich Dostoevsky, 1821-1881），那同樣是一個自卑、自尊、自負的靈魂，一個一刻也沒有停止過對靈魂進行拷問的靈魂。艱辛備嘗的周夢蝶之所以對清貧的生活甘之如飴，多半亦如陀思妥耶夫斯基那樣把人生的苦難當成了領悟佛祖、上帝並通向至善的唯一道路。「這種意義的苦難是不能夠用外在社會原因解釋的。它只能歸結為是信仰賦予的使命，是上帝召喚的考驗。說到底，因為人的存在，所以就要面對苦難。並且，苦難越深，就越接近上帝，越可能領悟上帝。而沒有苦難的人，他們與上帝無緣。是的，苦難是領悟上帝的必要條件，也是獲得救贖的唯一途徑。正如苦難是內在於生命之中的那樣，救贖也並不意味著外在的力量使自己得救，而是意味著『因信得救』。……承受苦難就是承擔責任，承受苦難就是贖回墮落的罪。假如沒有重重的人生苦難，救贖就顯得毫無意義。」[65]

中國的曹雪芹（1715-1763 或 1724-1764）說：「滿紙荒唐言，一把辛酸淚。都云作者癡，誰解其中味。」

德國的尼采（Friedrich Wilhelm Nietzsche, 1844-1900）

65 劉再複（1941- ）：《罪與文學：靈魂的對話與小說的深度》，見再複迷網站：http：//www.zaifu.org/。

云：「一切文字，吾愛以血書著者。」

法國的繆塞（Alfredde Musset, 1810-1857）說：「最美麗的詩歌是最絕望的詩歌。有些不朽的篇章是純粹的眼淚。」

由周夢蝶的問號入手，我讀出了周夢蝶的「天問」，讀出了周夢蝶的「深情」，讀出了周夢蝶的「眼淚」，「血書」、「絕望」和「澄明」。周夢蝶是我們這個時代古典的遺民，現代的移民。他的全部詩作都可以看成是生命孤獨的自我問答。當與人對話不可能的時候，便只有轉向與神靈對話。

孤絕冷凝歸於淡雅真醇

淺論周夢蝶詩風及其轉折

曾進豐（高雄師大副教授）

摘要

詩壇孤峰別流周夢蝶，詩齡逾半世紀，詩作近四百篇，其殊異姿采，始終令人側目。1950、60 年代，詩人自孤絕冥想出發，咀嚼生命的濃黑，卻也開始了溫暖的想像，如此擺盪於雪火兩端、掙扎而難遣的悲情，一一凝鑄為《孤獨國》與《還魂草》；《十三朵白菊花》彙輯 1970 至 90 年代作品，詩人從世界邊陲進入世界「裡面」，真正寢食人間煙火，感愛世間參差因緣，並且演繹無邊佛法，散發菊花般的清氣幽香；《約會》收錄 1990 年代以迄世紀末所作，詩人以曠達的襟抱，迎納客觀一切，面對宇宙萬象，即事欣然，物我交融，頗有蒙莊化蝶之樂；新世紀作品集《有一種鳥或人》，造詞質樸純淨，筆端輕鬆幽默，流露率真詼諧與從容自得的趣味。宏觀夢蝶詩歌整體風貌，洵為從刻意造境到境隨筆生，從孤絕冷凝歸於淡雅真醇，終而創生了瑩潔無瑕的現代詩典範。

關鍵詞

周夢蝶、風耳樓、孤絕、淡雅

前　言

周夢蝶詩齡逾半世紀，詩作近四百篇，處女詩集《孤獨國》於 1959 年 4 月出版，冥想孤絕、冷寂淒清之中包孕些許溫暖想像。1962 年起，虔心禮佛習禪，以街頭為道場，1965 年，《還魂草》問世，寓濃情於禪理，藉宗教擺脫塵俗糾葛。2002 年，《十三朵白菊花》、《約會》同時誕生，寧靜說法，轟雷陣陣。前者收錄 1967 年至 1989 年作品，1990 年至 2000 年的作品則集中於《約會》一書。[1] 2009 年底，推出《周夢蝶詩文集》三卷，除了經典詩集《孤獨國》、《還魂草》重新排版發行，以及珍貴的尺牘集《風耳樓墜簡》之外，還包括《有一種鳥或人》，彙整新世紀詩作四十餘篇，又自浩瀚文學刊物中蒐羅遺珠六十篇左右，輯成《風耳樓逸稿》，幾乎都是 1950、60 年代作品。[2]最早的〈皈依〉一詩，發表於 1953 年[3]，最後一首〈蝸牛與武侯椰〉則是 1987 年底所寫，先後相距 35 年。時間跨度極大，足以呈現詩人關注素材之漸次拉寬、表現手法之精進嫻熟，數量雖不

1 《十三朵白菊花》中有一首例外，即〈胡桃樹下的過客〉，係 1962 年所作。《約會》中發表於 1990 年以前的有五首。詳參拙著《聽取如雷之靜寂──想見詩人周夢蝶》第五章（台南市：漢風出版社，2003 年 5 月），頁 51-74。

2 不屬於 1950、60 年代的只有三首，分別為〈走在雨中〉（1971 年）、〈秋興──催成二十二行〉（1974 年）、〈蝸牛與武侯椰〉（1987 年）。

3 周夢蝶：〈皈依〉，《青年戰士報》，1953.5.20。後來改題〈擁抱〉，刊於 1958 年《藍星週刊》195 期。見《風耳樓逸稿》（台北縣中和市：印刻文學生活雜誌出版公司，2009 年 12 月），頁 256。

算多，但重要性不言可喻。周夢蝶作為詩壇孤峰別流，其殊異之風姿，不論是早期的「孤絕冷凝」，抑或是晚近的「淡雅真醇」，始終引人關注側目。本文將全面性地觀照其整體詩作，依五本詩集年代先後為序，並對照《風耳樓逸稿》作為補充，析論各階段風格之發展情形與轉折變化。

一、《孤獨國》：冬天裡的春天

《孤獨國》時期的周夢蝶，終日讀書冥想，蜷縮於俗世角落，以孤絕之心靈探看身裡身外。於詩壇的出發，有如蝸牛觸鬚，緩慢、寧靜且忐忑。他說：「我沒一飛沖天的鵬翼，／祇揚起沉默忐忑的觸角／一分一寸忍耐的向前挪走：／我是蝸牛。」[4]此一階段，詩人刻意隔絕外界風景，瑟縮於邊陲角落，而多以直敘手法書寫內在的生命經驗，語言並傾向概念化。

探勘的主題，首先重在掘發生命的本質：「生命——／所有的，都在覓尋自己／覓尋已失落，或掘發點醒更多的自己……」，[5]相信生命的意義在於永不停止「追尋」，同時體認到它的無奈：「命運是一疊牌／一葉葉地穿插著快樂與悲哀／你若願，你將遇著／你若不，你仍須遇著」，[6]冥冥之中因果已定，一切本屬必然，任誰也無法抗拒。

詩人深刻地瞭解，世間冷暖之感受皆肇端於情：「是誰

---

4 周夢蝶：〈蝸牛〉，《風耳樓逸稿》，頁 225。

5 周夢蝶：〈默契〉，《孤獨國》（台北市：藍星詩社，1959 年 4 月），頁 21。

6 周夢蝶：〈十月〉，《風耳樓逸稿》，頁 274-275。

在古老的虛無裡／撒下第一把情種？／／從此，這本來是／只有『冥漠的絕對』的地殼／便給鵑鳥的紅淚爬滿了。」[7]熱火寒冰的愛情，叫人難以捉摸：「而在繁紅如火的榴樹身上／卻結滿北極十二月纍纍的奇寒。」[8]明知其不可思議，卻因妄想執著而陷溺苦境：「讓我帶著你眼角的一抹虹／到地獄深處去跳舞吧／縱然大地已給紅紫燒遍」，[9]無數的羅蜜歐與朱麗葉，甘心被俘虜、被折磨，往往淚盡血流尚不能跳離。〈畸戀〉四首，淋漓刻劃其蠱惑與耽溺，茲抄錄其一，概見其餘：

掬滿腔純摯的洋溢的虔熱，仰吻
你嶙峋、凝靜而清明的前額。
是什麼？將它冶煉得如此聖美而不可思議！
彷彿有什麼不可折撓的在它深深處危立著
而驀地俘去我所有的狂喜、膜拜。

甘地墓旁的紫丁香落了開了又落了，
而他空絕的跫音與警戒的矚視
卻依然如沉雷瞑電在我聾聵背後震閃炙射
使我不得不時時叩醒把守著我的咽喉的金劍
當蠱惑的醲軟酥脆頻頻朝我招手時。[10]

7 周夢蝶：〈索〉，《孤獨國》，頁 2。
8 周夢蝶：〈無題〉七首之二，《孤獨國》，頁 53。
9 周夢蝶：〈無題〉，《風耳樓逸稿》，頁 252。
10 周夢蝶：〈畸戀〉四首之一，《孤獨國》，頁 44。

其次，慨嘆時間消逝，寂寞如影隨形，而生入世苦行與亙古負重之慈悲，是另一重要主題。周夢蝶深情地行走在「一串永遠數不完的又甜又澀的念珠」的人生道路上，默默地以淚鑄笑，再以笑撫平荊棘，且喃喃祈禱：「讓風雪歸我，孤寂歸我／如果我必須冥滅，或發光——／我寧願為聖壇一蕊燭花／或遙夜盈盈一閃星淚。」[11]〈現在〉、〈冬至〉、〈烏鴉〉、〈行者日記〉等，發出哽咽而愴惻的嗚號，「悼戀」時間的流轉遷逝：「濕漉漉的昨日啊！去吧，去吧／我以滿缽冷冷的悲憫為你們送行／／我是沙漠與駱駝底化身／我袒臥著，讓寂寞／以無極遠無窮高負抱我；讓我底跫音／沉默地開黑花於我底胸脯上」。[12]詩人緊緊偎抱孤獨、寂寞，轉換心情審顧世間榮枯，想像自足天地，挖掘「此在」的意義：

這裡沒有文字、經緯、千首千眼佛
觸處是一團渾渾莽莽沉默的吞吐的力
這裡白晝幽闃窈窕如夜
夜比白晝更綺麗、豐實、光燦
而這裡的寒冷如酒，封藏著詩和美
甚至虛空也懂手談，邀來滿天忘言的繁星

過去佇足不去，未來不來
我是「現在」的臣僕，也是帝皇。[13]

---

11 周夢蝶：〈讓〉，《孤獨國》，頁 1。

12 周夢蝶：〈行者日記〉，《孤獨國》，頁 28-29。

13 周夢蝶：〈孤獨國〉，《孤獨國》，頁 25-26。

冷寂不再是缺憾，孤獨國成為理想的寄託，至美的可能。沒有醜陋、紛爭與虛假，只有寒冷如酒、吞吐皆美的「現在」。置身靜止的瞬間，詩人直接與上帝交流對話，於此神秘經驗中，解悟永恆的意義：「從另一個新的出發點上／從燃燒著絢爛的冥默／與上帝的心一般浩瀚勇壯的／千萬億千萬億火花的灰燼裡。」[14]一次又一次更窈窕更夭矯地出發，見證了生命的不朽。換言之，1950 年代的周夢蝶，在幽獨悲哀的浸潤滲透之中，希望的火種蠢蠢萌動，「影子酩酊著，冷颼颼地釀織著夢，夢裡／鐵樹開花了，開在瞑目含笑錦豹的額頭上。」[15]冬天裡孕育著春天的契機。

二、《還魂草》：唯其不如此，所以如此

「孤獨國」畢竟是想像的世界，現實生活中的周夢蝶始終擺盪在聖凡、情智兩端，一方面渴欲解消困頓、逃脫俗緣，一方面卻又多情地手指紅塵、涉足人間，是以矛盾掙扎構成《還魂草》的主調。1960 年代是其創作鼎盛期，情感多方輻射：既敘寫世間萬般情、智、慾，剖釋人性幽邃的潛流，也記錄為情感迷惑纏陷，以及藉助禪佛擺脫塵緣、喪滅情意的努力。苦情、忍情，甚至有諸多不便言說的「隱情」，佔據了詩的大部分空間；意象繁複多變，佛禪等典故的運用，益趨稔熟；語言則出入古今新舊，簡淨洗練，典麗

14 周夢蝶：〈消息〉，《孤獨國》，頁 42-43。

15 周夢蝶：〈冬天裡的春天〉，《孤獨國》，頁 35-36。

而精美。

《還魂草》「紅與黑」一輯，全部以「月份」為題，藉由時序交替及各月的特徵，抒感述情。〈二月〉寫「絳珠草因受神瑛侍者日夕澆灌之恩無以為報，乃拚一生流淚以自懺」的纏綿故事，林黛玉為了報恩付出一生淚水，賈寶玉則將一生美好交予愛情，此乃循環的宿緣。詩的開頭便說：「這故事是早已早已發生了的／在未有眼睛以前就已先有了淚／就已先有了感激／就已先有了展示淚與感激的二月。」[16]〈六月〉及〈六月之外〉等作[17]，有靈的衝突、慾的誘惑與可買辦的愛情。臨深履薄、愧影愧衾，當是詩人深層私密的顫慄記錄。在「焚麝十九首」一輯裡，詩人試圖將感情埋葬，願一切從來不曾發生。如〈你是我底一面鏡子〉的幻覺與不真實；〈絕響〉的以血淚彈奏濃黑與苦澀：

我是為領略尖而冷的釘錘底咆哮來的！
倘若我有三萬六千個毛孔，神啊
請賜與我以等量的鐵釘
讓我用血與沉默證實
愛與罪底價值；以及
把射出的箭射回

16 周夢蝶：〈二月〉，《還魂草》（台北市：領導出版社，1987 年 7 月，四版），頁 28-29。

17 周夢蝶詩題：〈六月〉有四首，〈六月之外〉一首。詳見拙著《聽取如雷之靜寂——想見詩人周夢蝶》第五章〈周夢蝶詩之編目編年〉，頁 49-74。

是怎樣一種痛切。[18]

細心護持、甘願領受愛與罪的「痛切」，如此毫無保留的犧牲精神，同樣表現在〈囚〉一詩的自責、自悔與自我禁錮。周夢蝶總是如此地孤注一擲而義無反顧，然而，這個「柏拉圖式」的浪漫世界，完全是由層出不窮的錯覺、幻覺兩條線縱橫交錯編織而成。

前一階段的周夢蝶，藉著「夢」撐持孤獨國度的美好，此時，詩人要訪問南山、尋覓桃花底消息了。流露「隱逸」心態的詩作相繼出現，如〈七月〉一詩第二、三節云：

荻奧琴尼斯在木桶中睡熟了
夢牽引著他，到古中國穎川底上游
看鬢髮如草的許由正掬水洗耳
而鯤鵬底魂夢飆起如白夜
冷冷底風影瀉下來，自莊周底眉角……

悲世界寥寂如此惻惻又飛回
飛入華爾騰湖畔小木屋中，在那兒
梭羅正埋頭敲打論語或吠陀經
草香與花香在窗口擁擠著
獵人星默默，知更鳥與赤松鼠默默……[19]

18 周夢蝶：〈絕響〉，《還魂草》，頁 112-113。
19 周夢蝶：〈七月〉，《還魂草》，頁 34-35。

荻奧琴尼斯、許由、莊周、梭羅等，皆屬淡泊名利、自覺獨善者流，詩人嚮往憬慕，則其寓意不言可喻。約莫同時發表的〈九月〉一詩，更點染一幅躬耕山林、俯仰宇宙的悠然自得圖畫，宛如現代版〈歸園田居〉。詩云：

這兒底高曠是我底笠屐畫出來的——
我鑑賞這兒底風，
這兒底風鑑賞我飄飄的衣襟。

種五十畝酒穀
再種五十畝酒穀
再加上三日一風，五日一雨
我底憂愁們將終年相視而笑了！

當歲之餘。當日之餘。當時之餘
便伴著一身輕，到山海經裡
無絃琴邊……和大化，或自己密談去！
有時也向遲歸的雲問桃花源底消息
而昏鴉聒噪著，投入暝暝的深林裡了……[20]

此外，更多的作品是在演繹佛理，進行對禪思的捕捉與宣示，如〈聞鐘〉、〈菩提樹下〉、〈還魂草〉、〈托缽者〉、〈燃燈

20 周夢蝶：〈九月〉，發表於《藍星詩頁》14 期，1960.1。見《風耳樓逸稿》，頁 278-279。

人〉等。從聽聞鐘聲、趺坐菩提樹下，塵慮皆忘、欣喜悟識；再由托缽、擺渡到捨筏登岸，挺立孤峰頂上：「彷彿有隻伸自地下的天手／將你高高舉起以寶蓮千葉／盈耳是冷冷襲人的天籟。」與天地自然交感，終於「看峰之下，之上之前之左右。／簇擁著一片燈海——每盞燈裡有你。」[21]託化為燈，燃亮千盞萬盞明燈，表現出對自我無限的信心與肯認。

周夢蝶說：「世容有不帶煙火味的詩，但絕無或絕少不食煙火的詩人。」[22]深具「人間性」的詩，方能感染人意，搖蕩性靈，因此，成功的詩人必然是人間的、生活的。然而，現實盡是災難不幸與殘缺遺憾，詩人需抱持著「服役於痛苦」的勇氣，透過創作，「將事實之必不可能者，點化為想像中之可能。」[23]轉化入世沉哀，征服生命悲苦，所以說「詩乃詩人的理想」[24]。從這樣的角度解讀周詩，則詩中溫柔情事，若欲按圖索驥求其「本事」，恐將失望落空；且發現高曠悠然之境，殆為想像的展延擴張，這些全都是苦悶的變形與現實的突破。觀詩知人，離魂、斷魂為夢蝶之人間形色，還魂、再來則是其心志所寄；「孤獨國」座立在負雪的山中，「還魂草」也深植於孤峰頂上，詩人畢竟高寒，一向適宜等待。

---

21 周夢蝶：〈孤峰頂上〉，《還魂草》，頁 130-133。

22 周夢蝶語。見王保雲〈雪中取火‧鑄火為雪——訪詩人周夢蝶〉，《海工青年》第 4 期，1983.11。

23 周夢蝶：〈致張信生〉，《風耳樓墜簡》（台北縣中和市：印刻文學生活雜誌出版公司，2009 年 12 月），頁 244。

24 周夢蝶語。見同註 22。

三、《十三朵白菊花》：清香兀自襲人

《十三朵白菊花》有少數作品延續《還魂草》風格，維持一貫冷凝、悲苦色調，唯在取材及表現上，漸趨輕鬆、生活化。1980 年代，周夢蝶終於懂得人就是人，世間的種種都與我有關，「原來活著，並不如我所『以為』的那麼簡陋，草率，孤絕與慘切。」[25]他從世界的邊緣走入世界「裡面」，因此，絕大部分的作品，已真正寢食人間煙火，又能漸次脫卻其中，言禪思、談哲理不再蹙眉愁容。

周夢蝶隨著青年軍輾轉來台，在膩脂流水漲膩、鶯燕熙攘飛舞的現代都會，蝸居了大半輩子，覺知感情的十字架太重，既背不動也不願成為別人的十字架。他習慣於孤寂和淒清，「不喜歡被打擾，被貼近／被焚／那怕是最最溫馨的焚。」[26]因此，「以佛咒掩耳，枕流而臥」，藉助梵唱與山水清音阻絕喧囂、蕩滌濁穢，甚而：

從此你便常常

到斷崖上，落照邊

去獨坐。任萬紅千紫將你的背景舉向三十三天

而你依然

霜殺後倒垂的橘柚似的

---

25 周夢蝶：〈答王穗華〉，《風耳樓墜簡》，頁 256。

26 周夢蝶：〈焚〉，《十三朵白菊花》（台北市：洪範書店，2002 年 7 月），頁 9-11。

堅持著：不再開花[27]

獨身或兼身，荒涼的自由或溫馨的不自由，詩人作了明智的抉擇。

詩人偏愛充滿意外、詭譎、不可預知的數字「十三」。前一期的作品〈十三月〉，死魂靈喃喃獨白，強調死亡不是結束、毀滅，所謂「方生方死，方死方生」，生死不過是日夜的交替罷了，於是結尾云：「灼熱在我已涸的脈管裡蠕動／雪層下，一個意念掙扎著／欲破土而出，矍然！」[28] 又成為生之頌歌。「十三」兼生兼死，成仙成灰皆可，當它和冷白菊花結合，宛如蕭蕭的訣別，陰氣森森。詩人始則震慄哀傷，繼而疑惑求索，參差人生究竟，歸結於感愛大化、水土，感愛心香的賜予。乃在淒迷搖曳中，驚見自己與淵明與菊花與天地萬物都自有因緣：

雲深霧深：這人！定必與我有某種
近過遠過翱翔過而終歸於參差的因緣——
因緣是割不斷的！
只一次，便生生世世了。

感愛大化有情
感愛水土之母與風日之父

27 周夢蝶：〈無題〉，《十三朵白菊花》，頁 44-45。
28 周夢蝶：〈十三月〉，《還魂草》，頁 40-41。

感愛你！當草凍霜枯之際
不為多人也不為一人開
菊花啊！複瓣，多重，而永不睡眠的
秋之眼：在逝者的心上照著，一叢叢
寒冷的小火燄。……

淵明詩中無蝶字；
而我乃獨與菊花有緣？
淒迷搖曳中。驀然，我驚見自己：
飲亦醉不飲亦醉的自己
沒有重量不佔面積的自己
猛笑著。在欲晞未晞，垂垂的淚香裡。[29]

這是佛家輪迴觀之體現，類似的宗教思想，於〈第九種風〉裡有更淋漓的展現：「誰出誰沒？涉過來涉過去又涉過來的／空中鳥跡。第幾次的扶搖？／鷺鷥又回到雪嶺的白夜裡了！／曾在娑羅雙樹下哭泣過的一群露珠／又閃耀在千草的葉尖上了！」[30]發願一次又一次地輪迴、再來，只因「利生念切，報恩意重」，經受著「慈悲」的搖撼召喚。

同樣是演繹佛法與哲理，此時鮮少凝滯板重，倒是多了輕鬆自然，如：「雷霆轟發／這靜默。多美麗的時刻！／那人，看來一點也不怎樣的／那人，只用一個笑／輕輕淺淺的

29 周夢蝶：〈十三朵白菊花〉，《十三朵白菊花》，頁 48-51。
30 周夢蝶：〈第九種風〉，《十三朵白菊花》，頁 20-24。

／就把一個笑／接過去了……」[31]，顯然是在詮解「拈花微笑」的以心傳心、參悟禪理；「從不識飲之趣與醉之理；／在舉頭一仰而盡的剎那／身輕似蝶，泠泠然／若自維摩丈室的花香裡散出／越過三十三天／越過識無邊空無邊非想非非想乃至／越過這越過。……」[32]，則在衍釋佛教無我無別、苦空無常之說，生老病死，成住壞空，一切虛幻無邊。又如：「誰說幸福這奇緣可遇不可求／就像此刻——一暖一切暖／路走在足下如漣漪行於水面——／想著東方過此十萬億佛土／被隔斷的紅塵中／似曾相識而／欲灰未灰的我／笑與淚，乃魚水一般相煦相忘起來」[33]，幸福的感覺，肇端於購得一領舊大衣，襯底墨書最初持有者之名，遂思及人世間萬般因緣，也許似曾相識，或者相煦相忘，這一切早在佛祖預言授記之中。其中，尤以〈好雪！片片不落別處〉一詩，造語純淨，意境透徹玲瓏，流露一種圓滿的欣喜。末節云：

> 「風不識字，摧花折木！」
> 春色是關不住的——
> 聽！萬嶺上有松
> 松上是驚濤；看！是處是草
> 草上有遠古哭過也笑過的雨痕[34]

---

31 周夢蝶：〈靈山印象〉，《十三朵白菊花》，頁 30-31。

32 周夢蝶：〈空杯〉，《十三朵白菊花》，頁 41-43。

33 周夢蝶：〈於桂林街購得大衣一領重五公斤〉之二，《十三朵白菊花》，頁 169-171。

34 周夢蝶：〈靈山印象〉、〈空杯〉、〈好雪！片片不落別處〉，《十三朵白菊花》，頁 30-31、41-43、26-29。

一切萬法皆由無中生有，復返歸於無形——且聽那松濤蕩蕩，看那草色青青，春色妙不可言，萬象本自清淨。

再者，詩人將十五六七歲的小姑娘與九宮鳥的鳴聲連結，奏起朝氣蓬勃的交響曲：「於是，世界就全在這裡了／／世界就全在這裡了／如此婉轉，如此嘹亮與真切／當每天一大早／九宮鳥一叫」[35]，欣賞晨光，一片「忘機」況味；公車上見鄰座一老婦，年約七十六七歲，姿容恬靜，額端刺青作新月樣，手捧紅梅一段，詩人一時神思飛動，連連驚呼「車遂如天上坐了」、「春色無所不在」[36]。以上兩首都還有「人」在其中，另有詠物移情者，如〈藍蝴蝶〉的自覺自足，〈疤——詠竹〉的感動感激，以及〈兩個紅胸鳥〉的閒逸自在：「多半聊一些昨日雨今日晴的舊事／一些與治亂，與形而上學無關的——」，不期而遇的一漁一樵，就如此聊開了：

久違了！
山高？天高？船高？
一個說。且煙波萬里的
揚一揚眉，撲了撲風中
不勝寒的羽翼

山還是山

35 周夢蝶：〈九宮鳥的早晨〉，《十三朵白菊花》，頁96-99。

36 周夢蝶：〈老婦人與早梅〉，《十三朵白菊花》，頁150-153。

天空還是誰也奈何他不得的天空
賞心豈在多，一個說：
拈得一莖野菊
所有的秋色都全在這裡了[37]

隱者、智者之言，瀰漫字裡行間，更且氤氳幽靜氛圍，散發出一股菊花般的淡雅清香，兀自襲人。

四、《約會》：即事多所欣

周夢蝶歆慕桃花源地，時時想著凌空飛去陶隱居的眼底，從「孤獨國」到「小木屋」，似是根性的呼喚，又如溯洄歸返的旅程。住在小木屋裡，每天自清涼的薄荷草香裡醒來，以湖水以魚肚白洗耳洗眼：

友愛怎樣奢侈的偏向著我啊！
冬季來時。雪花如掌
撲打著我孤峭而高的窗子。
巧有金光閃閃小飛俠似的黃蜂闖入
於四壁間凡所有處壘窩
且雍雍熙熙難兄難弟一般
與我共用一個火爐：
一襲縕袍一輪太陽。

37 周夢蝶：〈兩個紅胸鳥〉，《十三朵白菊花》，頁 134-136。

受驚若寵。至少有一次：
天開了！在某個琥珀色的傍晚
當我扶著鋤頭在荳畦間小憩——
一隻紫燕和一隻白鴿飛來
翩翩，分踞於我的雙肩。[38]

小木屋是我與黃蜂、飛燕、白鴿以及草葉共同擁有的家，這裡的一切，都如舊相識熟悉親切，因此：「即使在黑得可以切成一大塊一大塊的深夜／我依舊能摹索著毫無失誤的到家：／七月四日是我的小木屋的名字／雖然也是每一隻飛鳥每一匹草葉的。」小木屋成為另一個理想烏托邦，充滿著友愛與不期而遇，萬物各得其所，物我關係親密和諧。設若心靜、心空，則人間處處可歸可隱，所以，不論是淡水風耳樓，或是新店五峰山下的浪漫貴族，都是詩人的「小木屋」，都可命名為「七月四日」。

周夢蝶以曠達心胸，迎納客觀自然，因而詩中景、物紛呈布列：頌竹、詠雀惜落日、歌野薑花……，聯類不窮，觸目成趣。如欣賞〈淡水河側的落日〉嬰兒似的：「由柘紅而櫻紅而棗紅醬紅鐵紅灰紅／落日的背影向西／終於，消魂為一抹／九死其未悔的／臙脂」，蓋已極盡摹繪形容之能事，又擅於寫景以抒情、詠物以寓意，所以有「如是如是。曾經在這兒坐過的／這兒便成為永遠——」[39]之情思與理趣。再

38 周夢蝶：〈七月四日〉，《約會》（台北市：九歌出版社，2002 年 7 月），頁 115-118。

39 周夢蝶：〈淡水河側的落日——記二月一日淡水之行並柬林翠華與楊景

如〈詠雀五帖〉，之一、之二、之三偏重於雀之形象刻劃，之四、之五則已人雀不分，甚而發生「雖然子非雀，雖然雀非子」之詰難，且得如下結論：「奢侈啊！除非／除非你不甘的雀魂／自欲滅不滅的雀睫下竄出／一躍而躋身玉山或更高更高於玉山／不可能的極峰而一口吸盡／那芳烈，那不足為外人道的徹骨」，[40]一如莊子與惠子濠上魚樂之辯，麻雀擁有「小自在的天下」？或尚存「唯美而詩意的最後一筆」之缺憾？恐怕只有牠本身才清楚。

周夢蝶面對宇宙萬象，寂然凝慮，經常神遊物外。例如乍見大白鷺鷥佇立水牛背上，意態閒遠，顧盼自若，水牛惟默默吃草，渾若不知覺，遂癡想為文殊、普賢二大士遊戲人間，現身說法，「以警世之有足無目，或有目無足者歟？」：

眼之上有眼，之上復有眼；
足之下有足，之下復有足——

路是倒退著一步一步走過來的！
一眼望不到邊：荷葉上的淚點。[41]

「大士說法」之聯翩浮想，誠然妙不可言。再如偶獲一方竹枕，兩端微翹如船，四角各鐫有蝴蝶圖案。製作者為一日婦，恰巧與影歌雙棲女星松田聖子同名，詩人自此耳存目

德〉，《約會》，頁 99-102。

40 周夢蝶：〈詠雀五帖〉，《約會》，頁 78-85。

41 周夢蝶：〈四行．附跋〉，《約會》，頁 98。

想：「隱隱若有我／從我眸中／越過你／飛向天外天的天末／／泠泠然！若一往更不復往，／只將睡姿留在這裡。」自謂蒙莊化蝶之樂不是過：

> 不可待不可追不可禱甚至不可遇：
> 何來的水與月！
> 千水中的一水
> 千月中的一月
> 或然之必然，偶然之當然
> 不相知而相照：居然在掌上，在眉邊。
>
> ……………………………
> ……………………………
>
> 再拜竹枕你
> 再拜松田聖子你。知否？
> 是你，是你使我不修而脫胎換骨的！
> 橫身已百千萬偈
> 歇即菩提。誰道枯木未解說法？[42]

狀態出神，遨遊馳思，頗有「華山處士何須見，不覓仙方覓睡方」[43]所詠之飄然快適。玄妙的神秘經驗，恐已超出言語

42 周夢蝶：〈竹枕．附跋〉，《約會》，頁 63-65。

43 南懷瑾先生詩句。見本詩〈附跋〉引述。

文字所能承載，是可說而不可說的。

在周夢蝶看似孤清冷寂的生命之中，其實是無比的熱鬧繽紛，不僅有生物的積極參與，即使是落葉冰雪、暖風寒月或流水硬石，也都有情有覺，印成知己。因此，每日傍晚可以與「總是先我一步到達」的橋墩促膝密談，不問蒼生，不問鬼神，「總是從『泉從幾時冷起』」聊起」，直到「如篆的寒炊」嫋嫋生起。彼此靈犀交通，會心不遠，「以話尾為話頭／或此答或彼答或一時答」，對話問答十分熱烈。高山流水幾回能聞？既是清音難得，知己難逢，詩人悅樂滿足之餘便下定決心：

> 明日
> 我將重來；明日
> 不及待的明日
> 我將拈著話頭拈著我的未磨圓的詩句
> 重來。且飆願：至少至少也要先他一步
> 到達
> 約會的地點[44]

思念之切、癡想之深不難想見。

周夢蝶戲謂自己乃「無可救藥的樂觀主義者」，實際上，他是有著「即事多所欣」的曠達襟抱。最明顯的莫若於〈斷魂記〉一詩之表現：訪友途中一再徬徨歧路，輾轉艱

44 周夢蝶：〈約會〉，《約會》，頁 93-95。

難，卻能不疑不慌，灑脫以待：「魂，斷就斷吧！」竟而翻覺風雨多情，災星即福星：「魂為誰斷？不信歧路盡處：／就在石橋與竹籬笆／與三棵木瓜樹的那邊，早有／破空而來，拳拳如舊相識／擎著小宮燈的螢火蟲／在等你。災星即福星：／隔世的另一個你」，歧路的盡頭或有舊相識、再來人，以至於苦難風雨反而是成全的賜予，於是：

> 當我推枕而起
> 簷外的新竹已一夜而鬱鬱為笙為箏為筑
> 為簫，而在兩岸桃花與綠波間
> 一出手，已撐得像三月那樣遠[45]

在詩人欣然與瀟灑的觀照下，所有的失落與茫然，最後都化作溫馨與圓滿。

五、《有一種鳥或人》：偶爾、果爾，詼諧與從容

周夢蝶深受《莊子》「齊物論」影響，主張萬物齊一、生命平等。舉凡〈藍蝴蝶〉、〈紅蜻蜓〉、〈九宮鳥的早晨〉、〈詠雀五帖〉，以及諸多歌詠螢火、蝸牛等詩作，皆意在揭示生命的尊嚴並無高下崇卑之分。例如〈蝸牛與武侯椰〉一詩，稱美卑微的蝸牛，匍匐而上椰樹頂梢，其所付出的仁、

45 周夢蝶：〈斷魂記〉，《約會》，頁 157-159。

智、勇，較之諸葛武侯竟然毫不遜色：「不可及的智兼更不可及的愚——／這雙角／指揮若定的／信否？這錦江的春色／這無限好的／三分之一的天空／嚇，不全仗著伊／而巍巍復巍巍的撐起？」蝸牛毅力媲美聖賢豪傑，「悠悠此心，此行藏此苦節／除了猿鳥，除了五丈原的更柝／更有誰識得！」[46]另外，〈走總有到的時候〉允為續作，再度頌美蝸牛，讚其與先知穆罕默德「同一鼻孔出氣」，共同宣示真理：不走不到，不管走得多慢，終究有走到的一天。詩的後半部（第二節），更從「悠悠此心」到回顧此生風雨：

真難以置信當初是怎樣走過來的
不敢回顧，甚至
不敢笑也不敢哭——
生怕自己會成為江河，成為
風雨夜無可奈何的撫今追昔[47]

亂離人生，骨肉參商，所有的無可奈何，不敢回顧、不敢哭笑，只怕淚水潰決，洶湧成江成河。主角從蝸牛轉換為詩人，撫今追昔、難以置信的正是詩人風雨滄桑的一生。

新世紀以降，周夢蝶有如古剎老僧，雲淡風清，唯獨詩心如泉汩汩：「搖落安足論／瘦與孤清，乃至／輾轉反側。

46 周夢蝶：〈蝸牛與武侯椰〉，《風耳樓逸稿》，頁 320-321。

47 周夢蝶：〈走總有到的時候——以顧昔處說等仄聲字為韻詠蝸牛〉，《有一種鳥或人》（台北縣中和市：印刻文學生活雜誌出版公司，2009 年 12 月），頁 106-107。

只恨無新句／如新葉，抱寒破空而出／趁他人未說我先說」[48]，偶一出手，總是「風騷啊！一波比一波高！」[49]詩集《有一種鳥或人》，造詞質樸淺顯，筆端詼諧輕鬆。詩題如〈擬作〉二題〈之一・李白與狗〉、〈有一種鳥或人〉、〈惘然記——戲擬南斯拉夫 Predrag Bogdancvic Ci 學劍有作〉、〈沙發椅子——戲答拐仙高子飛兄問諸法皆空〉、〈試為俳句六帖——帖各二十字遙寄 Miss 秦嵐日本東京都〉……，將「李白、狗」、「鳥、人」並置，且多「擬」、「仿」、「戲擬」、「戲答」、「試為」之題，已覺新鮮，內容更是妙趣橫生。諸如以「沙發椅子」詮解「諸法皆空」，首節即示現「妙有」之想：「那人纔一動念說：我有／我已有了。」次節鋪陳諸多一發而不可收拾的「有」，收束的三、四節才真正說「空」作答：

> 娬媚也罷，不娬媚也罷
> 而已而已的一個名字
> 　　——沙發椅子！
>
> 攪眾緣為一緣：
> 亞力山大，碧姬芭杜、穆罕默德

---

48 周夢蝶：〈花心動——丁亥歲朝新詠二首〉之二，《有一種鳥或人》，頁90。

49 此係摘自周夢蝶：〈潑墨——步南斯拉夫女作者 Simon Simonovic 韻〉詩句，見《有一種鳥或人》，頁31-32。

——沙發椅子！[50]

不論婖媚或不婖媚，英雄先知或凡夫俗子，在「以無量恆河沙數恆沙之沙之名為名」的宇宙之中，都只是「一個時空」的「一個名字」而已，如同「沙發椅子」一般，是實亦是虛。妙哉斯言，直指佛法「真空妙有」之義諦。再如〈偶而〉一詩，採正反辯證法，笑談生活中可能的「意外」。詩分五節，一、三、五節皆喃喃反覆「生活中不能沒有偶爾」一句，其餘二、四節則一正一反，趣味於焉產生：

偶爾接到一張喜帖，燙金，印有
花圓月好或春雷動了的喜帖；
偶爾一點飛花落入硯池裡；偶爾
一聲溫旭如慈母的叮嚀
來自北京或洛杉磯；最難得
在深夜，在後陽臺或前陽臺
當我負手而立，偶爾
一縷幽香細細來自天上
或來自住著三朵紅茉莉的隔壁（第二節）

然而然而然而像這樣這樣
「被卡在電梯裡足足兩小時

50 周夢蝶：〈沙發椅子——戲答拐仙高子飛兄問諸法皆空〉，《有一種鳥或人》，頁 64-65。

縱然有蕭薔或陸小芬作陪」或
如某士人，唯美的頹廢主義者所艷稱：
「奈何日。咯一口血
由侍婢柔若無骨的手扶著
到前庭看紅芍藥」
像這樣，這樣的偶爾
咱可是想也不敢想，真的
想也不敢想。[51]（第四節）

前者種種「偶爾」，叫人喜出望外；後者諸多「偶爾」，令人無福消受，雖然生活中沒有偶爾，實在不堪忍受。

九十高齡的周夢蝶，永保赤子童心，其率真與幽默，還表現在對於「酒」的態度上。他不但調笑陶公淵明「有止酒詩／卻不止酒。」且高調附和詩仙李白謂：「從來飲者與聖者與大道與青天／總一個鼻孔出氣：／而詩心與天地心之萌發／應自有酒之日算起——」；更援引〈酒德頌〉作者劉伶之言，認為「酒有九十九失而無一好」之說，實乃「婦人之言如何信得？」[52]稱美酒中有深味，力主酒不可止、不宜戒。夢蝶雖不似淵明嗜酒如命，尚有李白勸君「杯莫停」之豪情，完全與古來飲者賢聖聲氣相通，心心相印。

周夢蝶乃頗具自知、自覺的詩人，同時也是最懂得自嘲、自解的詩人，例如有人問起近況，他以詩代簡，曰：

51 周夢蝶：〈偶爾〉，《有一種鳥或人》，頁 127-129。

52 周夢蝶：〈止酒二十行〉，《有一種鳥或人》，頁 50-52。

甚矣甚矣吾衰矣吾衰矣。眼見得
字越寫越小越草
詩越寫越淺，信越寫越短
酒雖飲而不知其味
無夕不夢。夢裡不是雨便是風
卻從不曾出現過蝴蝶

且喜四月已至。四月
孟夏的四月是我的季節
聽！這笛蕭。一號四號八號十三號
愚人節兒童節浴佛節潑水節。而且

太陽曆纔過了，太陰曆又來
誰說人生長恨；水，但見其逝？[53]

甘於以愚人、兒童自居，安於時間的遷逝，隨順自然、豁達以對。雖然他還自嘲為「人形之鳩」，佔據鵲巢窮下蛋：「甚至一不做二不休，乾脆／把別家的巢／當作自己的。」[54]事實上，真正做到「不負如來不負卿」[55]，俯仰無愧無怍的也只有他。然而，「選擇最後一人成究竟覺」[56]的周夢蝶，愚

53 周夢蝶：〈四月——有人問起我的近況〉，《有一種鳥或人》，頁 66-67。

54 周夢蝶：〈有一種鳥或人〉，《有一種鳥或人》，頁 125-126。

55 周夢蝶：《不負如來不負卿》（台北市：九歌出版社，2005 年 9 月），係先生閱讀《石頭記》百二十回之心得，此處則僅借用書名字面義，無關書之內容。

56 周夢蝶：〈我選擇——仿波蘭女詩人 Wisslawa Szymborska〉，《有一種鳥或

癡無知或無愧無怍？「是誰說的？芭蕉禪師漆園吏 Heraclite／是誰說的，都已無關緊要；／千載下，有螢火的所在，定知有／自吹自綠自成灰還照夜的腐草」[57]，我就是我，「我與我周旋久，寧作我！」[58]再也沒什麼好抱怨好遺憾的。

六、結語

周夢蝶以詩說法，詩是其霜雪淬礪的生命滋味。他一向堅持「吃甚麼桑葉兒結甚麼繭兒／肘偏能生柳。不信從熱灰裡不能／爆出一顆冷豆來？」[59]將近一甲子「雪中取火，鑄火為雪」的斑斑歷程，微觀其發展轉折：《孤獨國》表現「寧靜孤絕」之美；《還魂草》有掙扎、有矛盾，透顯「苦情雕飾」的特徵；《十三朵白菊花》散發幽靜、閑曠乃至蕭瑟之「清趣」；《約會》悠然灑脫，搖曳清涼之「禪趣」；《有一種鳥或人》則繁複歸於簡約，詩心回到本然的純淨，流露率真之「諧趣」。前兩階段抒情凝重，且刻意造境，呈現「孤絕冷凝」之風姿；後三階段因對佛理有明晰之穎悟，對人生世相練達透徹，已然安時處順、哀樂不入，生活自在，生命和諧，故能執簡馭繁，境隨筆生，由清趣而禪趣而諧趣，創造了瑩潔無瑕、淡雅真醇的風騷典律。

人》，頁 139-141。

57 周夢蝶：〈果爾十四行〉，《有一種鳥或人》，頁 79-80。

58 周夢蝶：〈致鄭至慧〉之二，《風耳樓墜簡》，頁 151。

59 周夢蝶：〈無題〉，《有一種鳥或人》，頁 53-56。

偶然與必然

周夢蝶詩中的驚與惑

白　靈（台北科技大學副教授）

摘要

周夢蝶的一生都活在或者說猶疑在驚嘆號「！」與問號「？」兩端，他是自有新詩以來，使用這兩個符號頻率最多的詩人。他的詩基本上皆是直接與自我、隱性的他者、自然、和宇宙對話，但他要探求的卻是人面對生命和人心最底層時的驚訝與困惑。本文以他愛用擅用常用也越用越頻繁的驚嘆號「！」與問號「？」為焦點，探討他不斷標示的符號背後所欲呈現的生命的偶然與必然、驚駭與疑慮究竟為何？他在四本詩集兩百多首詩中，總共使用了驚嘆號（！）349 次，及問號（？）363 次之多，而且後兩冊詩集比前二冊詩集使用的次數還多。更特別的是，幾乎很少詩人在詩篇首句即使用驚嘆號（！）的，周氏共使用 24 次。他的詩以探索人與情與欲的糾纏、自然事物與宇宙時空的奧秘、以及「一」與「一切」之關係為最大宗。

本文另由「物質三相需求能量圖」模擬出「身心靈三態需求能量圖」，以此看出他詩中的生命觀與宇宙觀早期是「驚多於惑」，其後是「惑多於驚」，最後衍發出「驚惑同觀」（如實觀照）的生命美學，且越後期「瞬時自如感」頻率越高，本文後段即就此項發展與內外時空環境的變動，做了探討。

關鍵詞

周夢蝶、偶然、必然、驚嘆號、問號、能量

一、引言

周夢蝶的詩「總也不老」，他是海峽兩岸「年歲最高的年『輕』詩人」[1]。他的心是七分孩童三分老頭，「世界老時我最先老，世界小時我最先小」[2]，這不是虛語或童言，是他實質的生命情境。他像是帶着前世的歲數來到這世上的人，又是隨時準備好前往他世投胎的嬰兒，從九歲到九十歲，始終如一，改變的只是他日趨枯瘦的外表。他的一生都活在或者說猶疑在驚嘆號「！」與問號「？」兩端，他大概是自有新詩以來，使用這兩個符號頻率最多的詩人。表面上他的詩都跳過現實與社會，直接與自然和宇宙和自己對話，但他要探求的卻是人面對生命和人心最底層時的驚訝與困惑。

他的一生始終給自己許許多多的限制和束縛，家徒四壁、簡衣薄食、儒家的禮數、佛的戒定、古典的牙塔、幾件長袍、一支雨傘，面對陌生人和群眾時拘謹緘默，與至友或女性獨處時卻又滔滔不絕。他超過一甲子孤寂地四處為家，但他是最自由的人，卻又是一生「為情所苦」[3]的癡人傻人呆人，他既是「手持蓮花的童子」[4]，也是「今之古人」[5]，

1 周氏有「不知老之已至之／初生之犢」一語，見周夢蝶：《十三朵白菊花》（臺北：洪範書店有限公司，2002），頁 186。

2 見周夢蝶：〈藍蝴蝶〉，《十三朵白菊花》，頁 142。

3 劉永毅：《周夢蝶．詩壇苦行僧》（臺北：時報文化，1998），頁 147。

4 翁文嫻：〈看那手持五朵蓮花的童子〉，見曾進豐編《娑婆詩人周夢蝶》（臺北：九歌出版社有限公司，2005），頁 89。

他是從「大觀園」走出來的人物，更準確地說，他根本是走在「大觀園」裡的人物——整個世界其實就是他的「大觀園」——而他就是用盡一生描繪這大觀園質地而非外貌、畫他如何起如何滅的惜春，雖然他更像是既「不負如來」也「不負卿」的寶玉，詩作品就是他描繪的成果，也是他「心出身不出」[6]的佛堂和寺宇。沒有人注意他如何出入這世界，他不忮不求、卻是情癡一個，他如僧如丐、對人又常以十報一，他是頑石，他是幻影，他是螢火，他給了後世詩人很難追隨的身影和典範。

因此他的詩每一首都是「直到高寒最處仍不肯結冰的一滴水」[7]，凡心太重的人很難仰首一窺究竟，俗塵落滿身的人很難理解他的真和他的清澈，用情不深之人很難明瞭他內在強烈的陰性的、柔軟的、阿尼瑪（anima）特質。他也是當前兩岸詩人最靠近禪、最能面向宇宙之根之心之所由、而又最終能明白自己一無所知也終究敢一無所有的詩人，他應該是自有新詩以來最靠近生命底質也將之寫得最透底的詩人！

面對這樣的前行代詩人豈能不戒慎恐懼，最後恐也只能瞎子摸象、暫據自身意識的狹弄一角自言其說而已。本文即僅擬以他愛用擅用常用也越用越頻繁的驚嘆號「！」與問號「？」為焦點，探討他不斷標示的符號背後所欲呈現的生命的偶然與必然、驚駭與疑慮究竟為何？

5　劉永毅：《周夢蝶．詩壇苦行僧》，頁 111。

6　周夢蝶：《不負如來不負卿》（臺北：九歌出版，2005），頁 189。

7　周夢蝶：〈落櫻後．遊陽明山〉，《還魂草》，頁 123。

二、周夢蝶之驚（！）惑（？）與詩性哲學

「擇善」，而後「固執之」，是周夢蝶一生人格、性情、行為、作事、到作詩的最高原則，光以他詩中頻繁使用的驚嘆號（！）與問號（？）為例，近乎是詩詩可見，而且越晚期使用得越多。它們所標舉的意義，比起他詩中也常用的破折號（——）和刪節號（……），更有行文上的言外之意。

(一) 周氏的「專用」符號

在他四本詩集兩百多首詩中，竟然總共使用了驚嘆號（！）349 次，及問號（？）363 次之多，而且後兩冊詩集比前二冊詩集使用的次數還多，後兩冊驚嘆號（！）使用 228 次，問號（？）使用 226 次，比起前二冊的驚嘆號（！）使用 121 次，問號（？）使用 137 次，近乎加倍，第一本詩集《孤獨國》驚嘆號（！）55 次多於 問號（？）的 39 次，[8] 第二本詩集《還魂草》問號（？）98 次多於驚嘆號（！）的 66 次，[9]第三詩集《十三朵白菊花》113 次對 110 次、第四本詩集《約會》115 次對 116 次，[10]二種符號使用次數都非常接近。更特別的是，幾乎很少詩人在詩篇首句即使用驚嘆號（！）的，周氏共有 24 首詩在首句即以驚嘆之勢劈出，而他在詩篇首句即使用問號（？）的，則有 14 首詩。

8 周夢蝶：《孤獨國》（臺北：藍星詩社，1959）。

9 周夢蝶：《還魂草》（臺北：文星書店，1965）。

10 周夢蝶：《約會》（臺北：九歌出版，2002）。

如下表所示：

詩集	出版時間	首數	「！」使用的次數	「？」使用的次數	首句使用「！」的首數	首句使用「?」的首數
1.《孤獨國》	1959 年	47	55	39	7	1
2.《還魂草》	1965 年	75	66	98	6	3
3.《十三朵白菊花》	2002 年	54	113	110	4	4
4.《約會》	2002 年	54	115	116	7	6
共　　計		230	349	363	24	14

當人要表達高興、驚奇、著急、希望……等感情時，常以驚嘆號來表示，它經常被置於嘆詞、感嘆句、命令句、強烈的祈使句、反詰疑問句、加重語氣的陳述句等之後，是詩文中最能表達情感的標點符號。驚嘆號（！）因此常有如子彈和炮火，每個符號的背後隱藏的可能是一連串的驚訝、驚奇、或驚嘆。對周氏而言，則更常像是將爆或未爆的手榴彈（看得見）和地雷（看不見），常在不可預期處丟出，有時令人疑惑它的必要性和內在意涵。但對周氏而言，那顯然是釘子一般的釘住，釘在詩行之中或之尾，代表的是一瞬間的感動、感嘆、感傷，甚至福至心靈的感恩。因此在閱讀當中，若輕易就跳過這符號的意涵，會是漏踩了隱藏著重要訊息的地雷。若能加以羅列和探討顯然是一件具興味的妙事。

而問號（？）當然就是疑問的符號，有不知道的事想問別人，或是明明知道，卻故意問人，就要在問話裡加問號。按一般慣常的使用，大多是設問、疑慮、困惑、質問，因此多用於疑問句（懷疑、發問、反問）之後。而周氏可說無所不問，且常常是「大問」──問人問天問地、問古問今問未來，問的多是一般人難以回答的「天問」，或是不需別人回答的「孤獨的問」，像柵欄一般把別人或把自己一圈圈圍在其中，故意讓人或自己無法呼吸、透氣，是明知答案龐大無比或沒有答案卻還要問的問。比如五〇年代時，不到四十歲的周夢蝶為了代收藍星詩刊的印刷費，登門向詩社社員的吳望堯（「非肥皂」的發明人）索討，起先遭吳氏冷淡對待，情急時周氏連問了四個問題，或略可窺周氏「好問」的特質，和他何以詩中要「安置」多特多問號，以及他面對宇宙與生命何以會充滿質疑（？）與暫獲解答時又驚又訝（！）的生活態度。此周氏質吳氏的四問是：

（1）何謂四度空間？

（2）何謂物質不滅，能量不滅？又，兩者是否互攝，且能互變？

（3）世界有末日否？若有，可不可能有第二第三第N個新世界誕生？新與舊之間為盡同，為不盡同？

（4）人的腦細胞有多少？是否因老幼男女而有差別？

「如此科學」的「周式逼問法」，使得多才的吳望堯「笑了。一時兩眼放光，而且發直」，其後費了五個小時，才回答了周氏前三個問題。[11]其實周氏四問正如屈原的〈天問〉一百七十多問中「陰陽三合，何本何化？圜則九重，孰營度之？惟時何功，孰初作之？」之類的天文疑惑，「並非屈原不懂而向讀者請教，倒是他在當著考試官，出題考讀者

11 劉永毅：《周夢蝶．詩壇苦行僧》，頁104。

哩。」「無非借發問口氣，以反跌出他自己對於某項問題的知識罷了」，[12]周氏問吳氏亦可作如是觀，此由其提問的方式和內容可略知一、二。周氏在詩中大多數的「惑」或「問」，更常態的是對自我命運的質問，那是被大時代和時空環境「偶然」操弄後的「必然」結果，是與同一代人的命運綁在一起的，非個人所能獨立扭轉的，是地雷似爆炸的驚嘆號（！）所生之「驚魂」、「驚恐」和「驚嚇」後，所產生的「驚訝」及坑洞，是坑洞四周由殘灰瓦礫所堆積如柵欄的土石，圈圍住一生所衍生的「困惑」和不解（？）。乾脆說，是「！」之後的「？」。

(二) 以「驚」與「惑」為樂

1998 年周氏在〈我為什麼要寫作〉簡短的毛筆書帖上寫的是：

> 最激賞電影「秋林街三十六號」壓軸警語：
> 探索人情與物態的奧祕
> 作上帝的耳目
> 所恨障深慧淺，日短路長學詩近二十年，猶捉襟見肘、水滴而石不穿，
> 奈何奈何！[13]

---

12 蘇雪林：《天問正簡》（臺北：文津出版社，1992），頁 26。

13 見劉永毅：《周夢蝶．詩壇苦行僧》，前揭頁周夢蝶手稿翻拍。

「探索人情與物態的奧祕，作上帝的耳目」，說的正是對世間情理事物人的驚訝與困惑，因而自覺「無知」而不停追索，但即使窮「二十年」（其實此時離其第一首詩已超過四十載）之精力，「猶捉襟見肘、水滴而石不穿」，實因「障深慧淺」所致。雖是自謙之辭，也是蘇格拉底式「認識你自己」的勇敢與坦白。然而周氏何以能無時無詩不「驚」與「惑」呢？其追索的過程似乎是另一次縮小版的哲學發展過程。即以詩集《還魂草》為例，處處可見「周式的逼問」：

> 是水負載著船和我行走？／抑是我行走，負載著船和水？[14]
> 悠悠是誰我是誰？[15]
> 誰是智者？能以袈裟封火山底岩漿[16]
> 笛為誰吹？花為誰紅？[17]
> 為什麼不撒一把光／把所有的影子網住？／火曜日，你是誰底火曜日？／誰是你底火曜日？[18]
> 多想化身為地下你枕著的那片黑！[19]
> 誰是肝膽？除了秋草／又誰識你心頭沉沉欲碧的死血？[20]

14 周夢蝶：〈擺渡船上〉，《還魂草》，頁 16。
15 周夢蝶：〈聞鐘〉，《還魂草》，頁 20。
16 周夢蝶：〈四月〉，《還魂草》，頁 30。
17 周夢蝶：〈車中馳思〉，《還魂草》，頁 97。
18 周夢蝶：〈你是我底一面鏡子〉，《還魂草》，頁 103。
19 周夢蝶：〈囚〉，《還魂草》，頁 118。
20 周夢蝶：〈囚〉，《還魂草》，頁 119。

> 幾時纔得逍遙如九天的鴻鵠？[21]
>
> 千山外，一輪斜月孤明／誰是相識而猶未誕生的那再來的人呢？[22]

上述連環炮般的「周式驚惑」幾乎無一疑惑有人可幫他回答，他是不斷在自己腳前埋地雷和植下欄柵的人，故意讓自己寸步難行，他是以「驚」與「惑」為樂的人。

(三) 周氏的「兩階段驚異」

正因有「驚異感」與「困惑感」的人，「才會意識到自己的無知」[23]，而「驚異」二字本身即有「困惑」隱藏於內，因此才會像「牛虻一樣，有刺激人想熱擺脫無知而求知的作用」，因而成為求知的開端、哲學的開端。[24]周氏說要要作上帝的「耳」和「目」，正是詩藝與生命的「探索」並進，因而發現人生到處是「驚」與「惑」(異)，畢其一生亦無法窮其究竟。如果按照亞里斯多德對「驚異」的看法，此辭的本質是與「無知」聯繫在一起，通過驚異才起而追求知識（如哲學、科學），[25]最終即在消除驚異，不再無知，即不再驚異。若按柏拉圖追求「理型」「理念」「觀念」(可理解的世界／不可視的)，而壓抑、虛無化包含感官在內的感

21 周夢蝶：〈囚〉，《還魂草》，頁 119。
22 周夢蝶：〈囚〉，《還魂草》，頁 120。
23 張世英：《哲學導論》(北京：北京大學出版社，2002)，頁 128。
24 張世英：《哲學導論》，頁 129。
25 亞里斯多德：《形而上學》(苗力田等譯，臺北：知書房出版社，2001)，頁 29。

性人事物（可感覺的世界／可視的）等，則「驚異」屬於感性表象，自然也在壓抑範圍，因而使得哲學、知識等必然得「消滅驚異」，遠離無知後，即不再驚異。如按此說法，周氏「障深慧淺」、「猶捉襟見肘、水滴而石不穿」倒是好事了，才得始終未脫「驚異感」與「困惑感」。

黑格爾更擴大了上述的範疇，認為哲學、藝術、宗教等「絕對知識」的三個形式都只是「以驚異為開端」，當展開後其目的則都在遠離「驚異」。他仍把「驚異」理解為「激起精神的東西的開端」，詩即「從混沌未分狀態到能區分主客的過渡時刻」所引發之詩興的完成作品，或即由「不分主客到區分主客」之「中間狀態」的「驚異」所引起，此「中間狀態」是「處於沉浸完全無精神性和徹底擺脫自然束縛的精神性之間」。[26]之前無詩興，過此也無詩興。之前是無知階段，過此是知識階段。尼采則對前此哲學強調的主體、主體性、主客二分，乃至超感性的舊形上學提出批判，明確主張藝術家比那些舊的傳統形而上學哲學家「更正確」，藝術家之熱愛塵世與感官，而舊形而上學者卻把感官斥為異端，只使人變得枯竭、貧乏、蒼白。他提倡人應該「學習善於忘卻，善於無知，就像藝術家那樣」[27]，他提倡的是超主客關系、超知識，以達到所謂最高境界的「酒神狀態」，──類似老子超欲望、超知識，「復歸於嬰兒」的主客渾一、與萬物為一的詩人境界。到了海德格則更進一步恢復了「人的存

26 張世英：《哲學導論》，頁 131。

27 尼采：《悲劇的誕生》，三聯書店，1986 年，頁 231。

在感」，把詩與哲學合成一體，認為一旦有了人與存在相契合的感悟，人就聆聽到了存在的聲音或召喚，因而感到一切都是新奇的，拋棄了事物原為主體私欲的對象，由平常事物看出不平常，「驚異使世界變得好像第一次出現」，所看到的事物皆呈現剛破曉似的光亮，此所謂新奇的事物實乃事物之本然，而「詩人就是聽到事物本然的人」，因此詩的驚異就是哲學的驚異！周氏所謂「探索人情與物態的奧祕」而得為「上帝的耳目」，當即此「聽到（耳）或見到（目）事物本然」的狀態，因而感到一切都是新奇的，自然是「驚」與「惑」不斷了。

由上述討論可看出，詩興皆因驚異而引起，卻可分兩個階段：從無自我意識的「主客不分」到能「主客二分」此一「中間狀態」中可激起「驚異」，引發詩興；如果再從「主客二分」到「超越主客二分」，即從有知識到超越知識的時刻，同樣也會激起驚異，引發詩興。前一階段的驚異是由「無知」到「求知」途中「看見」一個新視域或新世界，後階段的驚異則是由「求知」到「超知識」（另一種無知／棄知）途中「創造」出的新領悟新境界。前一階段可說是由自我（主）與對象（客）不分的無知狀態向自我與對象拉鋸及抗爭的進程，通常是有所求、與生活對應經驗的致知過程，是屬於外在的「前階段驚異」。後一階段則可說更進一步由有所求到領悟「一即一切」之已無需再外求的慧見（即內在的「後階段驚異」）[28]。上述討論或可以圖一及圖二表示。

28 張世英：《哲學導論》，頁 132-135。

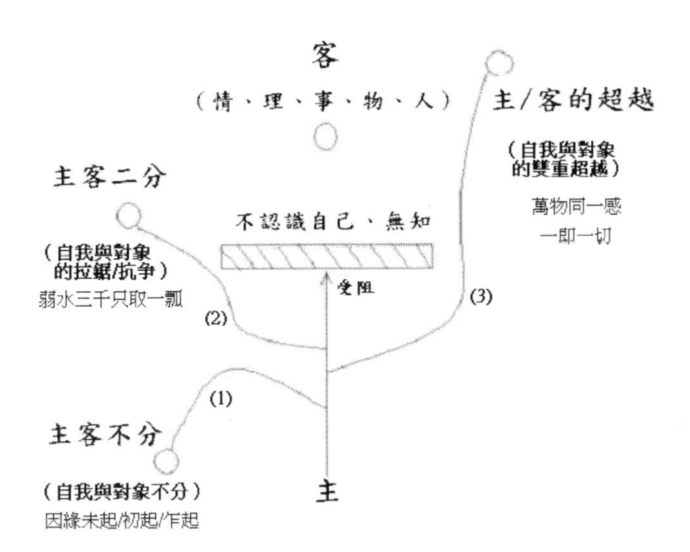

圖一 由主客不分、主客二分到主客的超越示意圖

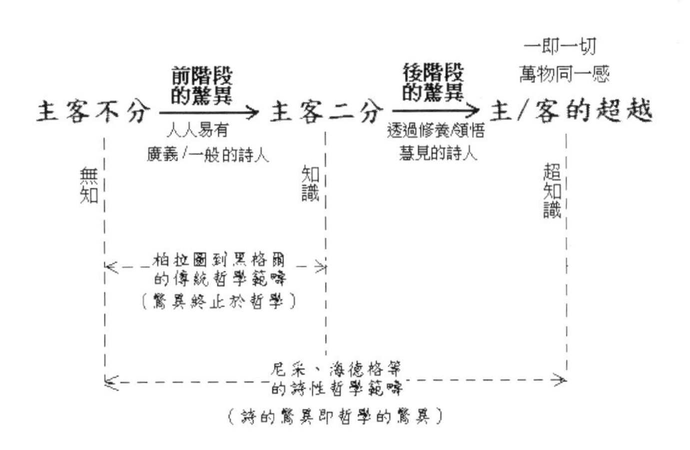

圖二 兩階段驚異與主客關係示意圖

周氏一生驚與惑連連，由此才能在詩中呈現「存在的逼問」（如上述《還魂草》的例子） 和慧見（體悟並在生活中實踐「一即一切」或「偶然即必然」的無所求境界，多見於後兩本詩集，見第三節的討論），自是能經常處於海德格所謂「存在於敞開之中」。

(四) 周氏詩篇首句的「！」與「？」

即以他詩篇首句使用「！」的句子為例：

上帝呀！我求你[29]

又踅過去了！／連瞥一眼我都沒有[30]

不知道那生來就沒有耳朵的怎樣覺得！[31]

不不，你應該是快樂的！[32]

我不知道該如何適應這氣候！[33]

你的軟紅鞋著地時有多輕飄！[34]

沒想到你會藏匿在這兒！[35]

是第幾次？我又在這兒植立！[36]

沒有比脫軌底美麗更懾人的了！[37]

---

29 周夢蝶：《孤獨國》、〈禱〉，頁 3。

30 周夢蝶：〈現在〉，《孤獨國》，頁 12。

31 周夢蝶：〈畸戀〉四首之四，《孤獨國》，頁 47。

32 周夢蝶：〈無題〉七首之一，《孤獨國》，頁 53。

33 周夢蝶：〈無題〉七首之二，《孤獨國》，頁 53。

34 周夢蝶：〈無題〉七首之四，《孤獨國》，頁 54。

35 周夢蝶：〈鑰匙〉三首之二，《孤獨國》，頁 48。

36 周夢蝶：〈守墓者〉，《還魂草》，頁 10。

37 周夢蝶：〈四月〉，《還魂草》，頁 30。

「凡踏著我腳印來的／我便以我，和我底腳印，與他！」[38]

都浮到眼前來了！[39]

再為我歌一曲吧！[40]

依然空翠迎人！[41]

吃臙脂長大的！[42]

窅然！不知老之已至的／初生之犢[43]

一眼就不見了！[44]

「有你的，總是有你的！」[45]

早該走了！[46]

好球！[47]

入秋了！[48]

我要堅持到六十纔走！[49]

主說：要有火！[50]

所以，睡吧，一笑而得其所哉的睡吧！[51]

---

38 周夢蝶：〈還魂草〉，《還魂草》，頁 84。

39 周夢蝶：〈一瞥〉，《還魂草》，頁 104。

40 周夢蝶：〈關著的夜〉，《還魂草》，頁 108。

41 周夢蝶：〈落櫻後・遊陽明山〉，《還魂草》，頁 122。

42 周夢蝶：〈紅蜻蜓〉之二，《十三朵白菊花》，頁 140。

43 周夢蝶：〈血與寂寞〉之 4，《十三朵白菊花》，頁 186。

44 周夢蝶：〈靈山印象〉，《十三朵白菊花》，頁 30。

45 周夢蝶：〈吹劍錄〉十三則之十三，《十三朵白菊花》，頁 198。

46 周夢蝶：〈約翰走路〉，《約會》，頁 019。

47 周夢蝶：〈為全壘打喝采！〉，《約會》，頁 027。

48 周夢蝶：〈弟弟呀〉之二，《約會》，頁 076。

49 周夢蝶：〈堅持之必要——光中詞兄七十壽慶〉，《約會》，頁 133。

50 周夢蝶：〈七十五歲生日一輯〉之〈風從何處來〉，《約會》，頁 144。

魂，斷就斷吧！[52]

由上舉四本詩集首句含驚嘆號（！）的句子大略即可見出周氏內在心境的起伏轉折，比如從早年《孤獨國》的「上帝呀！我求你」、「又踅過去了！／連瞥一眼我都沒有」、「不不，你應該是快樂的！」、「我不知道該如何適應這氣候！」之帶有祈求、自我警醒、感傷、無所適從的句子，到《還魂草》的「沒有比脫軌底美麗更懾人的了！」、「都浮到眼前來了！」、「再為我歌一曲吧！」、「依然空翠迎人！」之可以坦然面對、迎接、靜觀，再到後兩本詩集之「有你的，總是有你的！」、「早該走了！」、「入秋了！」、「所以，睡吧，一笑而得其所哉的睡吧！」、「魂，斷就斷吧！」之更灑脫、自如、任其所適，大致可看出前中後期詩作的變化，從「探索奧祕」（前階段驚異）到「與奧祕同一」（後階段驚異），這些變化只是由含驚嘆號（！）的詩集首句比較而來的。這種比較看起來像是「偶然」的摘選並列而已，卻定有其「必然」的脈絡可尋。

而他詩篇首句使用「？」的句子為例證有：

我怎麼好抱怨荊棘呢？[53]

天不轉路轉。該歇歇腳了是不？[54]

---

51 周夢蝶：〈所以，睡吧〉，《約會》，頁 148。

52 周夢蝶：〈斷魂記〉，《約會》，頁 157。

53 周夢蝶：〈無題〉七首之三，《孤獨國》，頁 54。

54 周夢蝶：〈十三月〉，《還魂草》，頁 40。

這是什麼生活？[55]

誰是心裏藏著鏡子的人呢？[56]

誰知？我已來過多少千千萬萬次[57]

即使早知道又如何？[58]

誰知此生曾暗飲白刃多少？[59]

血與寂寞／誰大？[60]

悲哀究竟有幾層？／你能看透幾層？[61]

信否？有你的，總是有你的[62]

是否有意比季節的腳步早半拍？[63]

不信一室之內有兩個星期五？[64]

是誰？是誰使荷葉／使荇藻與綠蘋／頻頻搖動？[65]

不信草葉有眼，有耳？[66]

其「惑」（？）的變化與「驚」（！）首句例中由「主與客對抗」到「主客渾一」的進程若合符節，比如上述十餘例中大

---

55 周夢蝶：〈六月之外〉，《還魂草》，頁 50。

56 周夢蝶：〈菩提樹下〉，《還魂草》，頁 58。

57 周夢蝶：〈蛻〉，《十三朵白菊花》，頁 14。

58 周夢蝶：〈叩別內湖〉，《十三朵白菊花》，頁 100。

59 周夢蝶：〈詠歎調之六〉，《十三朵白菊花》，頁 180。

60 周夢蝶：〈血與寂寞〉，《十三朵白菊花》，頁 182。

61 周夢蝶：〈癸酉冬續二帖〉之一，《十三朵白菊花》，頁 49。

62 周夢蝶：〈重有感〉之一，《十三朵白菊花》，頁 86。

63 周夢蝶：〈細雪〉之三，《十三朵白菊花》，頁 111。

64 周夢蝶：〈仰望三十三行〉，《十三朵白菊花》，頁 119。

65 周夢蝶：〈垂釣者〉之一，《十三朵白菊花》，頁 125。

66 周夢蝶：〈不信〉，《十三朵白菊花》，頁 147。

致可看出，由早年「我」與「荊棘」、「路」、「生活」的對應經驗（即外在的「前階段驚異」）和企盼「不抱怨」、「歇歇脚」、「猶豫」，到後來內省後的慧見（即內在的「後階段驚異」）：「誰知？我已來過多少千千萬萬次」、「即使早知道又如何」、「信否？有你的，總是有你的——」、「是否有意比季節的腳步早半拍？」、「是誰？是誰使荷葉／使荇藻與綠蘋／頻頻搖動？」、「不信草葉有眼，有耳？」等的自適自在，與萬物齊一腳步的心態越發明顯，再一次可看出由「探索奧祕」（前階段驚異）跳昇到「與奧祕同一」（後階段驚異）的境界成了他後來詩作中的主軸。

三、身心靈三態需求能量圖與周夢蝶詩作的關係

周夢蝶的詩作中可說「五步一惑，十步一驚」，這固然與詩人本身的好學、敏感、好奇、多情、塵緣未盡有關，因「情未了」，也就最多只能「心出身未出」，否則「心出身出」早就出家去了。雖然按周氏自己的標準是「心出身未出」，但更精確地說，應該是「心出身半出」，他待己的簡薄，持的「戒定」，由「戒定」而生的「慧」，比今世的比丘們，更有警醒世人、牽引眾生深沉省思的作用。其實，「心身出不出何礙」，那是世俗觀點或宗教戒律的看法。更重要的，還在這其中隱涵的如何讓自身「自如自在」，這是他一生追尋的目標，雖然，常在掙扎矛盾之中，卻是更真誠的面對自己、面對生命、面對宇宙，不帶有一絲牽強，非宗教性

的選擇，這也是他還能赤子之心猶熾、詩作仍能不輟的原因。

(一) 物質三相與身心靈三態需求能量圖

這樣的生命追索過程無疑更值得我們看重和嚮往。而「自如自在」在生命形態中究竟何指？與周氏的驚惑與身心靈三態的釋放或「出」何涉？為瞭解此點，或可以科學中熱力學的觀念加以間接理解。前此，筆者曾以「物質三相圖」模擬「語言亂度的三相圖」，談論過管管的詩作，略謂管管許多「蝶飛式」的詩語言宛如從亂度較低的「固著性的日常語言」（相當於物質的固態，s（solid）區），透過「降壓升溫法」（相當於越過或快速通過物質的液態，l（liquid）區），可以快速達到亂度最高的「蹦躍性的語言」（相當於物質的氣態，g（gas）區），因此其理路難測，屬於不易「偵測追蹤得到」的生命形態和語言模式。[67] 而因管管是前輩詩人中「紅塵打滾得最凶」的一位，集「孫悟空、嬰兒、少年、濟公」四生命形態於一身，與周夢蝶的「大隱於市」、「不忍紅塵」，宛如「街頭哲學家」的邊緣觀世是兩個極端，因此我們若以物質之「固液氣三態的變化」來對照周夢蝶的「身心靈追索」的過程，或可改以圖三來表示：

67 參見白靈：〈不際之際，際之不際——管管詩中的生命熱力和時空意涵〉一文，明道大學主辦之「管管詩作研討會」，彰化，2009 年 9 月。

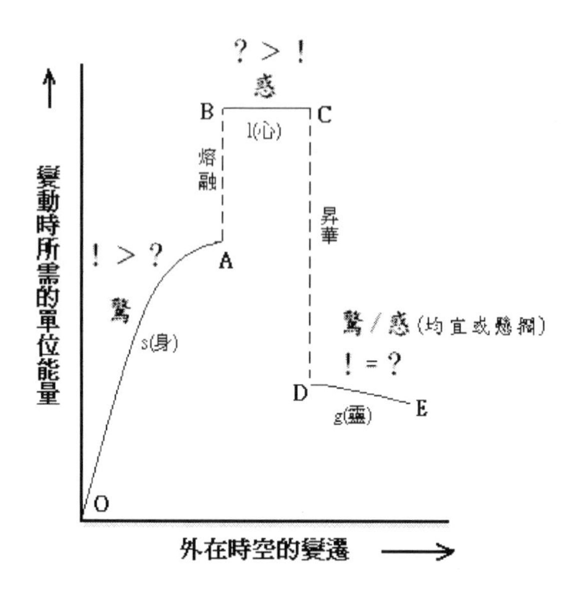

圖三　身心靈三態需求能量圖與周氏驚/惑的關係

在討論管管的語言時，所提及的物質的三相，在此則改以「物質三相相互變化」時「所需的單位能量」[68] 當縱座標，需要的能量越高越往上移動；而橫座標本代表「溫度」，在此即相當於「外在時空的變遷」(可視為個人各種累積的能量或有形無形「資產」也越高)，時間越久越向右移動，形狀如圖三。因此圖三可視為模仿一般「物質三相需求能量圖」製作的「身心靈三態需求能量圖」。

68 在科學熱力學中稱為「熱容量」，即升高溫度一度 C 需吸收的熱量，一般以 Cp（恆壓熱容量）表示，不同相所需熱量不同，圖三則參考 Cp 對 T（溫度）之一般常具的圖形完成。參見 Keith J.Laidler, John H. Meisev, Physical chemistry, Benjamin／Cummings Co, 1982, p132。

(二)兩種需求能量圖的對應和模擬

在原來「物質三相需求能量圖」中，s（solid）代表固態（如冰）的 OA 曲線，其「需求能量」(圖中 OA 線）由最低 O 點逐步向 A 點移動走高，越往上走越需要吸收更大的能量；若改作「身心靈三態需求能量圖」時，可代表最初由幼至成長過程中身體的變化佔有主導的地位，時間雖短卻顯得緩慢而漫長，所需能量由 O 至A快速走高，代表吸取大量能量才能向上移動。若對周夢蝶等一代人而言，則是「驚天動地」的時代大變化，人人如驚弓之鳥，各自逃竄躲藏、快速移動以求存活，除了短暫的幼年歲月，幾乎無一處可安身之處，生活的最大困境即是如何讓自己活下去、保存性命和獲得立錐之地，農業社會和溫情主義開始瓦解，他們還來不及搞清楚狀況、問一句「為什麼」可能就已半路喪命、陳屍荒野，那是一段「驚」(！）的歲月，驚魂、驚恐、驚訝、驚心、卻也可能是一生最值得寶藏的「驚奇時光」。

尤其對周夢蝶而言，他離鄉遠渡臺灣時已在老家度過二十七、八年的歲月，他的幼兒、少年、一半的青年時光、四五歲時的戀愛感、和其後的結婚生子等等都已留在那兒，可以說一生最值得回味的幾乎都「埋在老家」了，匆忙離家的決定隨即無可轉圜，命運的大手一下子將所有子民在「間不容髮之瞬時片刻中」──或者極「偶然」的機遇之間──斷裂成兩岸，此後不能不只剩回顧和疑惑而已，面對此「偶然」之前和之後的人生，他的詩如何能不驚（！)、又如何能不惑（？)。這樣絕然的斷裂究竟是「偶然」還是「必然」？還是「偶然」即是「必然」？也因此成了他一生不斷質問的「大問」。

在原來「物質三相需求能量圖」中，l（liquid）代表液態（如水）的 BC 曲線，而由 OA 到 BC 線是一大跳，溫度停留不動，要劇烈吸收極大的「單位能量」（圖中 AB 熔融虛線），才能由較低的 A 點跳躍到 B 點，也才能如由固態冰化為液態水，得到自由如液態流動的機會。若改作「身心靈三態需求能量圖」時，可代表在那時空劇變的瞬時片刻，面對的是選擇了從此數十年難以移動身心的共產社會，還是選擇了可稍稍「流動心情」的資本社會，事實上也不是真正的自我選擇，而多半是「偶然」機遇下被動地作了選擇。由於如留家老家還有一大群親人共同面對變局，而進入可稍稍「流動心情」的臺灣，卻絕大多數是獨自一人，那種絕然的孤寂感可想而知。此後他要比年輕他十歲上下的同輩詩人更甘於自苦之心境，其實與他更長的大陸經驗不無相關，他的視野更高、心境更寬、更冷也更孤寂，自我約制力也更堅定，「大隱於市」卻又「不忍紅塵」，於他眼中日日流動的應是「兩岸新舊風景男女」的交相折疊，是既苦又甘、既澀又甜的，流動的不再是身體而是心情，不是流動，是翻攪，他像離了舊大觀園的寶玉，站在新大觀園的門檻，質疑著、困惑著，要不要進入，那個門檻的樑柱，一邊寫著「玉」、另一邊寫著「欲」。他遲疑再遲疑，困惑再困惑，最後乾脆讓「驚」與「惑」自如進出，讓自己成為那門檻。

原來「物質三相需求能量圖」中，g（gas）代表氣態（如水蒸氣）的 DE 曲線，而由 BC 線到 DE 線又是一大跳，溫度再度停留不動，依舊要劇烈吸收極大的「單位能量」（圖中 CD 昇華虛線），才能由 C 點跳躍到 D 點，也才能如由液態水化為氣態水蒸氣，得到自由如氣體更大自由流動的機會，而一旦成為氣態後（D 點開始），都不需要太多的單位能量（D 到 E 點皆在縱座標屬於較低的位置），即可獲得更高的溫度（橫座標向右移動時），即無需費太多力氣即能更輕易地達到變化溫度位階的目的。若改作「身心靈三態需求能量圖」來看時，可代表周氏在「自苦也自持自修」的由「戒」到「定」到「慧」往復煎熬過程中常能暫獲解脫，雖不斷活在試煉中，卻也由此而得「慧見」，只需極少許能量（包括日常所需）即能使自身維繫於「既驚又惑」也「既不驚又不惑」、或也是「靈」可自在「俯瞰身心」的狀態，也得以由前節所說由「探索奧祕」（外在的「前階段驚異」）進程到「與奧祕同一」（內在的「後階段驚異」），一朝成為「上帝的耳目」，自然是「驚」「惑」由之了。

由上述「身心靈三態需求能量圖」大致可看出，他的生命觀與宇宙觀早期是「驚多於惑」（OA 線／能量需求快速走高／外在時代影響／偶發機緣），其後是「惑多於驚」（BC 線／能量需求維持在極高檔／反思求道／生命困境），最後終知人生與宇宙的深義，由其中衍發出「驚惑同觀」（DE 線／能量需求大為降低／不假外求／一即一切）的生命美學，且越後期「瞬時自如感」頻率越高。

(三) 或然之必然與偶然之當然

讀周夢蝶的詩不能不注意他的童年和少年對他一生行為

處世的影響，甚至詩作發展的影響。比如他圍繞著母親與兩位姊姊成長（也是他此後更善於與女性相處的原因，何況「自小就圍著家婦轉的人是幸福的人」、[69]也是他一生離不了情、無法說不的主因）、家教極嚴（使得他自律極嚴）、每年要背一次四書（儒比佛道對其影響更徹底，且何以「心出身未出」）、古典底子極厚（更擅長文言文）、十九歲才正式上小學，以及「驚心動魄」的兩次「愛戀感」（一次五歲、一次十八歲且自己已婚一年），尤其是末者，只見過一次面，「只有短短四、五分鐘」、「半句話不說，只是專注而忘我地你看我、我看你」，卻使得他的感受是「死心塌地」、即使一甲子後「每一念至，便『割心割肝』──分不清是甜蜜還是痛苦的那種『割心割肝』」，而且在耄耋時仍想著若「再見一次面，那該有多好」。[70]比如他詩中常出現的「你」：

> 季節頂著季節纍纍然來／又纍纍然去了！／你在那裏？你，眼中之眼／一切鑰匙的鑰匙……／在見與不見之間距離多少？[71]

> 長於萬水千山而短於一喝！／在永遠走著，而永遠走不出自己的／人人的路上──／不見走，也不見路／

---

69 Andre Parinaud：《巴什拉傳》（上海：東方出版中心，2000），顧嘉琛、杜小真翻譯，頁 24。

70 劉永毅：《周夢蝶．詩壇苦行僧》，頁 173-174。

71 周夢蝶：〈絕響〉，《還魂草》，頁 114。

只有你！只有你的鞋底／是重瞳／且生著雙翼。[72]

不論是《還魂草》中「你在那裏？你，眼中之眼／一切鑰匙的鑰匙……」的「你」、或《十三朵白菊花》中「只有你！只有你的鞋底／是重瞳／且生著雙翼」的「你」皆是同一人，「眼中之眼」即是「重瞳」，「一切鑰匙的鑰匙」即是「生著雙翼」。

一般人恐難解這樣簡單又複雜的感受，而在周詩中卻成了他一生詩作中屢現的「為情所苦」、不得不尋求解脫、在各式各樣儒、釋、道、基督、上帝、科學、哲學、佛學中上下打滾尋索以了斷自身的決定性影響。這也是現代版的《紅樓夢》中「石頭」的「情結」與「玉」（欲的諧音）的「想像」（弱水三千只取一瓢」）和「遺落」的「瞬間縮影」，「偶然」的「四、五分鐘」成了他一生「周式悲劇」的「必然」，恐也是「周式逼問」、「周式禪詩」、「周式驚惑」、和最終「不負如來也不負卿」的最大肇因，其餘的親情、友情、愛情、萬物情的「可感的、動人的瞬間」皆可以此類推。上述討論可以下面圖四表示，或可看出周氏精神能量與孤獨感的關係。

72 周夢蝶：〈再來人〉，《十三朵白菊花》，頁 56。

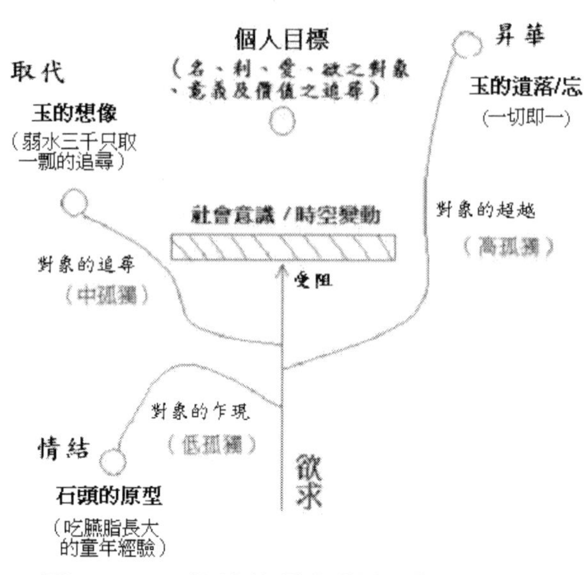

圖四　周氏精神能量與孤獨感的關係

如同巴什拉「屬於整個一生中都注視自己童年的那類人」，[73]周夢蝶不斷注視的是他童年和那個一生最「驚心動魄」的「偶然」，一個「偶然」緜延了他一生，成了他一生「最不肯結冰的那滴水」。巴什拉對這「偶然」形成的「瞬間」有精彩的詮釋：

> 時間的本質存在於瞬間之中。……瞬間不是人為切斷的結果，而持續才是人為延長的結果。[74]
>
> 回憶是沒有日期的……已逝去的過去在我們身上擁有

73 Andre Parinaud：《巴什拉傳》，顧嘉琛、杜小真翻譯，頁 10。

74 金森修：《巴什拉：科學與詩》（石家莊：河北教育出版社，2001），武青艷，包國光翻譯，頁 96。

未來。[75]要設法通過現在來理解過去，而不是孜孜不倦地由過去來闡釋現在。……

綿延是由無綿延的瞬間組成，我們應當指出在瞬間……注意力……的地位。……生命在被動的瞻望中不可能得以理解；理解生命，更甚於經歷生命……生命是強加於時間的瞬間……總是在瞬間中找到它最初的存在。[76]綿延只是一個數，這數的統一體是瞬間。[77]意識是瞬間的意識，而瞬間的意識才是意識。……未來……就在現在之中。[78]

「時間的本質存在於瞬間之中」、「生命是強加於時間的瞬間……總是在瞬間中找到它最初的存在」，說的是「瞬間」（包括「偶然」造就的）的不可思議性。而且發生的「瞬間」常是不可解的，必須「通過現在來理解過去」，因為「理解生命，更甚於經歷生命」，時間性或時間感，成了「瞬間感的哲學」。

然而那樣的「瞬間」若沒有周氏其後一生詩的創作，恐也是惘然，因為：

時間只有在創造中延續。時間的意識……始終是一種利用瞬間的意識，這種意識總是積極的，從不是被動

75 Andre Parinaud：《巴什拉傳》，顧嘉琛、杜小真翻譯，頁 13。
76 Andre Parinaud：《巴什拉傳》，顧嘉琛、杜小真翻譯，頁 74。
77 Andre Parinaud：《巴什拉傳》，顧嘉琛、杜小真翻譯，頁 75。
78 Andre Parinaud：《巴什拉傳》，顧嘉琛、杜小真翻譯，頁 76。

的……[79]

詩就是瞬間性的形而上學。宇宙的展望、靈魂的秘密、存在的秘密，全部包含在詩中。假如詩只是服從生活的時間，那它就是生活以下的東西。……

幸福的詩性經驗卻能夠在閱讀理解的某一瞬間，使多個生活的時間完全重合。……詩創造出自己的時間。……創造一種複合性瞬間，……使很多同時性結合起來。……稱為垂直的時間。[80]

世界只有當它得到再創造時，它的存在才有詩意。[81]

無限小是我們驚奇的幾何中心，它使我們所有一切預見迷失方向。[82]

詩人是形而上學學者的天生嚮導……詩歌是在靜止的瞬間的垂直時間裡找到它特有的活力。[83]

人是欲望的創造物，而不是需要的創造物。……愛，死和火在同一瞬間凝為一體……喪失一切以贏得一切。[84]

因為只有透過「再創造時，它的存在才有詩意」，而且會「創造一種複合性瞬間，……使很多同時性結合起來。……稱為垂直的時間」，此「垂直的時間」彷彿是橫躺著流逝的

79 Andre Parinaud：《巴什拉傳》，顧嘉琛、杜小真翻譯，頁 78
80 Andre Parinaud：《巴什拉傳》，顧嘉琛、杜小真翻譯，頁 102-103。
81 Andre Parinaud：《巴什拉傳》，顧嘉琛、杜小真翻譯，頁 14。
82 Andre Parinaud：《巴什拉傳》，顧嘉琛、杜小真翻譯，頁 38。
83 Andre Parinaud：《巴什拉傳》，顧嘉琛、杜小真翻譯，頁 79。
84 Andre Parinaud：《巴什拉傳》，顧嘉琛、杜小真翻譯，頁 118。

時間中豎立起的生命座標，插入地聳進天，走得再遠回頭都可以看見，這使得「詩歌是在靜止的瞬間的垂直時間裡找到它特有的活力」，也使得「愛，死和火在同一瞬間凝為一體……喪失一切以贏得一切」。

因此當周夢蝶在詩中不斷重複「一失永失」、「一痛永痛」、「一折永折」、「一有永有」、「一暖永暖」、「一往便不復往」……等等如此絕然的字眼時，其心境是站在「垂直的時間」的尖塔上，一悟再悟的真誠話語，比如；

> 為什麼悲喜總與意外相約？／離奇的運數啊！[85]
>
> 怎樣荒謬而又奇妙的遇合！／這樣的你，和這樣的我。／是誰將這扇不可能的鐵門打開？[86]
>
> 回眸一笑便足成千古[87]
>
> 因緣是割不斷的！／只一次，便生生世世了。[88]
>
> 只要眼下這一剎那好就好！……就這樣，便五百世了！[89]
>
> 如此輕盈，清清淺淺的一份光／雖則只有——／一流盼／便三千復三千了／……如乳的／白血・但得一滴飲／三千復三千的煩渴／便一失永失[90]
>
> 昔日之日猶今日之日／今日之日卻迥異於昔日／一

85 周夢蝶：〈一瞥〉，《還魂草》，頁 106。

86 周夢蝶：〈關著的夜〉，《還魂草》，頁 109。

87 周夢蝶：〈行到水窮處〉，《還魂草》，頁 68。

88 周夢蝶：〈十三朵白菊花〉，《十三朵白菊花》，頁 50。

89 周夢蝶：〈漫成三十三行〉，《十三朵白菊花》，頁 39。

90 周夢蝶：〈所謂伊人〉，《十三朵白菊花》，頁 114。

痛，永痛！[91]

亞里斯多德在《形而上學》中說「既非必然，也非經常發生，我們稱之為偶性（按：即偶然）。……機遇或偶性是沒有確定原因的，而只是碰巧，即不規定」[92]、「……允許變化無常的質料才是偶性的原因」、「不存在關於偶性的科學，因為全部的科學或是關於長久或是關於經常的事物。若不然，怎麼可能學習或傳授他人呢」[93]。因此傳統的哲學、科學對「偶然」是無能為力的，如此又如何明白周氏「悲喜總與意外相約？／離奇的運數啊！」、「怎樣荒謬而又奇妙的遇合」之驚惑感，以及把「或然之必然，偶然之當然」[94]、「若一切已然將然未然總歸之於／必然和當然」[95]視為人生奧祕的內涵、以及因何可達至於「一流盼／便三千復三千了」、「但得一滴飲／三千復三千的煩渴／便一失永失」、「只一次，便生生世世了」、「只要眼下這一剎那好就好」的那種極致的境地？巴什拉說「活躍在我們身心中的，不是歷史的記憶，而是宇宙的記憶。……在一種不綿延的時間中生活」[96]，他說的便是周氏的「一」——一有、一折、一失、一暖、一痛——是時間長流裡站起來的「一」，垂直於人生的「一」，因為我們可以在「每個原子中發現了宇宙全部財

91 周夢蝶：〈疤〉，《十三朵白菊花》，頁 106。

92 亞里斯多德：《形而上學》，苗力田等譯，頁 153。

93 亞里斯多德：《形而上學》，苗力田等譯，頁 163。

94 周夢蝶：〈竹枕〉，《約會》，頁 64。

95 周夢蝶：〈半個孤兒〉，《十三朵白菊花》，頁 206。

96 Gaston Bachelard：《夢想的詩學》，劉自強譯，三聯書店，1996，頁 151。

富……每個個體都概括著整個歷史」[97]，周夢蝶緊緊「抓住了」或者說「放開了」這個「一」，因此可以一而再、再而三的獲得「瞬時的」新生和自如自在。

四、周氏詩中的驚惑變化與內外時空的關係

由第三節所述「身心靈三態需求能量圖」中已大致可看出，周氏的生命觀與宇宙觀之變化趨勢：早期因外在時代環境快速變動及大量偶發機緣，因而能量需求快速走高，屬於「驚多於惑」時期。其後因生存環境受限、轉而反思求道以解決生命困境，因而能量需求維持在極高檔，是「惑多於驚」時期。最後漸得人生與宇宙深義，明白「一即一切」、再不假外求，因而能量需求大為降低，並由其中衍發出「驚惑同觀」的生命美學，且越後期「瞬時自如感」頻率越高。底下即就此項發展與內外時空環境的變動略述於下：

(一)「驚多於惑」時期：驚天動地中時空的膨脹

此時期對應於「身心靈三態需求能量圖」(圖三)，即其中的 OA 線。周氏初到台灣的前幾年，與其他詩人相同，自然是驚恐未平、驚魂未定，而因周氏較為年長，情緒要較其他詩人穩定，且因全民戰鬥意志仍高昂，日日期盼反攻回

97 Andre Parinaud：《巴什拉傳》，顧嘉琛、杜小真翻譯，頁 68。

去，在詩中不免意志堅強，熱血激昂，期待在短時間內可以再一次驚天動地，也因此產生的「時空的膨脹感」非常顯明，表現了他日後較為少見的積極奮勇、樂觀亟望、仍可勉強壓得住陰影的一面，尤其是寫詩的前幾年，此階段使用的「驚」（！）「惑」（？）符號明顯較少，且「驚」（！）多於「惑」（？），且是向外尋索的，多少帶有理想性和夢幻的。比如下舉詩例：

> a. 而向日葵依舊在凝神翹望，向東方！／看有否金色的車塵自扶桑樹頂閃閃湧起；／／小草欠伸著，惺忪的睫毛包孕著笑意：／它在尋味剛由那兒過來的觭幻的夢境／它夢見它在葡萄酒色的紫色海裏吞吐馳驟／它是一頭寡獨、奇譎而桀驁的神鯨……／當陽光如金蝴蝶紛紛撲上我襟袖，／若不是我濕冷襤褸的影子澆醒我 我幾乎以為我就是盤古／第一次撥開渾沌的眼睛。[98]

> b. 今夜，奇麗莽扎羅最高的峰嶺雪深多少？／有否鬚髭奮張的錦豹在那兒瞻顧躊躇枕雪高臥？／雪落著，清明的寒光盈盈斟入／石壁深深處鐵樹般影子的深深裏去。／影子酩酊著，冷颼颼地釀織著夢，夢裏／鐵樹開花了，開在瞑目含笑錦豹的額頭上。[99]

98 周夢蝶：〈霧〉，《孤獨國》，頁 6-7。
99 周夢蝶：〈冬天裡的春天〉，《孤獨國》，頁 35-36。

c. 我愛咀嚼釀郁悱惻的詩／我愛咀嚼「被咀嚼」的滋味／當「誘惑」把櫻口纔剛剛張開一半兒／我已縱身投入[100]

d. 喜馬拉雅山微笑著／想起很早很早以前的自己／原不過是一粒小小的卵石／「哦，是一個夢把我帶大的！」[101]

e. 拂去黏在髮上眉上鬢上的露珠／從懷疑瀰漫灰沉沉的夜霧裏／爬上額菲爾斯最高的峰巔／打開眼，看金雲抱日出[102]

f. 拚一生——／把氤氳在我心裏的溫潤的笑／凝鑄成連天滴滴芳綠／將淚雨似的落花的搖搖的夢兒扶住[103]

上舉詩例 a 的「而向日葵依舊在凝神翹望，向東方！」、「觭幻的夢境」、「奇譎而桀驚的神鯨」、「幾乎以為我就是盤古」等的時空擴張，雖然最後還是被「濕冷襤褸的影子澆醒」，卻已表達了胸懷的廣闊無比。詩例 b「今夜，奇麗莽扎羅最高的峰嶺雪深多少？／有否鬚髭奮張的錦豹在那兒瞻顧躊躇枕雪高臥？」、「鐵樹開花了，開在瞑目含笑錦豹的額頭

100 周夢蝶：〈四行八首（三）我愛〉，《孤獨國》，頁 59。
101 周夢蝶：〈四行八首（四）夢〉，《孤獨國》，頁 59。
102 周夢蝶：〈四行八首（五）悟〉，《孤獨國》，頁 60。
103 周夢蝶：〈四行八首（七）青春〉，《孤獨國》，頁 61。

上」，說的是再高冷春天也終究會到達，把時間帶入空間的至高處，即使再冷的身體也終得溫暖。「疑惑」也有「驚喜」的可能。獲得「哦，是一個夢把我帶大的！」詩例 c「我已縱身投入」誘惑的櫻口，說的是對愛欲的急切感。詩例 d 及 e 兩度再提到地球的高峰，詩例 f 是「拼一生」也要把「在我心裏的溫潤的笑」鑄成「連天滴滴芳綠」（他一生在詩中都經常呈現這樣的慈悲情懷），藉時間的長度來完成空間的寬廣，從驚天動地的時代暫獲休憩的周氏果然有儒家淑世的襟懷。

（二）「惑多於驚」時期：寂天寞地中時空的壓縮

此時期對應於「身心靈三態需求能量圖」即其中的 BC 線，宛如物質因能量大幅度的吸熱由固態進入液態，相當於周氏由一個時空被丟入另一時空，且相對放五、六〇年代大陸其後的思想禁錮，在臺灣至少還維持了某一限度的自由，可以寫詩可以發表可以出書。此時周氏由前一期的「等待再度驚天動地」（返回大陸老家），但等待等到末了卻不了了之，最後熱血冷却，激情消褪，一切皆落入「寂天寞地」之中。古今中外不知有多少詩人就這樣被「政治是高明的騙術」給唬弄了，周氏的「孤獨感」末了圍成了「孤獨國」，企盼求得一株絳草，讓自己可以「還魂」。可惜的是，天底下難以求得這樣的「還魂草」。最後只剩下過往的「瞬間」可以拯救他，他的時空一如同時代的其他詩人，從大江大海無望地「坐困愁島」，那過往的「瞬間」逐漸展現巴什拉所謂「垂直時間」的作用（見第三節），以詩的神話語言拯救了他。此時他的時空是被壓縮的，從被動的外在到主動的內在，對自身的運命大大質疑，「惑」（？）因此也明顯多於「驚」（！）。比如下舉詩例：

a. 這是十月。所有美好的都已美好過了／甚至夜夜來弔唁的蝶夢也冷了／／是的，至少你還有虛空留存／你說。至少你已懂得什麼是什麼了／是的，沒有一種笑是鐵打的／甚至眼淚也不是……[104]

b. 是誰？聰明而惡作劇地／將孿生的他們和我／將孿生的快樂和快樂／分割。誰稀罕這鱗刺？這鰾與鰭／／這累贅的燕尾服？這冷血[105]

c. 誰曉得我曾睡扁時間多少？／夜長如愁，寒冷寸寸龜裂／那自零下出發／載著開花了的十二月的郵船擱淺在那兒？[106]

d. 天不轉路轉。該歇歇腳了是不？／偃臥於這條虛線最後的一個虛點。鏘鏘／我以記憶敲響／推我到這兒來的那命運底鋼環。[107]

104 周夢蝶：〈十月〉，《還魂草》，頁 36-37。
105 周夢蝶：〈濠上〉，《還魂草》，頁 15。
106 周夢蝶：〈十二月〉，《還魂草》，頁 36-37。
107 周夢蝶：〈十三月〉，《還魂草》，頁 36-37。

e. 當夜色驟亮時／我必須努力忘記我是誰！[108]

f. 這是什麼生活？／一年三百六十日，三百六十日風雪！／我囚凍著，我被囚凍著／髣髴地獄門下一把廢鎖——／空中嘯的是鳥，海上飛的是魚／我在那裏？既非鷹隼，甚至也不是鮫人／我是蟑螂！祭養自己以自己底肉血。[109]

g. 都浮到眼前來了！／那些往事，那些慘痛的記憶／（有如兩株孿生的樹生生給撕散劈開了的）／都浮到眼前來了！[110]

h. 我是為領略尖而冷的釘錘底咆哮來的！[111]

上舉詩例 a 的「至少你還有虛空留存」、「沒有一種笑是鐵打的／甚至眼淚也不是」是對壓縮時空的始作俑考的反諷；詩例 b 則直接以詰問方式控訴「將孿生的他們和我／將孿生的快樂和快樂／分割」的惡作劇者；詩例 c 說自零下出發的「夜長如愁，寒冷寸寸龜裂」、詩例 d 說我要「以記憶敲響／推我到這兒來的那命運底鋼環」、詩例 e 說「我必須努力忘記我是誰！」、詩例 f 說「我被囚凍著」「我在那裏？」

108 周夢蝶：〈六月之外〉，《還魂草》，頁 51。
109 周夢蝶：〈六月之外〉，《還魂草》，頁 52。
110 周夢蝶：〈一瞥〉，《還魂草》，頁 102。
111 周夢蝶：〈絕響〉，《還魂草》，頁 112。

「我是蟑螂！祭養自己以自己底肉血」，皆是將自身壓縮至時空的最底層的呼告和吶喊，是客體對主體不均衡的欺逼。到詩例 g 說「都浮到眼前來了！／那些往事，那些慘痛的記憶」，他開始以傷養傷，以愛的內在的傷治療恨的外在的痛和孤寂。到詩例 h「我是為領略尖而冷的釘錘底咆哮來的！」時，他則已開始明白自身具有的能耐了，他要以昔日的「偶然」對抗今日之「必然」。

(三)「驚惑同觀」前期：修天禪地中時空的交疊

此時期對應於「身心靈三態需求能量圖」即其中的 DE 線，相當於物質由液態進入氣態，體積空間活動極為自由，再有變動時所需單位能量大為降低，相當於內在能量提昇後再無需外求。此時也相當於詩人不論處在什麼樣糟的座標和時空，不會始終甘願被綑被綁，坐困其中而毫無抗爭，以是在漫長被壓制的現實環境當中使用各種方法對命運展開反擊和抗爭，此時即是周氏開始求道後於詩創作中集聚的焦點。其後才逐漸明白個人力道之有限、由外求轉為內省，這是他詩作的大轉折。何況周氏是何等用功之人，除詩藝不恥向人討教外，更向多位修禪禮佛者尋求解脫之道，如是因緣，使得他開始成為一位街頭哲學家、坐在台北大觀園門口側觀人生的打禪者。他在詩中的領悟與他的求道禪坐與是並進的，如此歷經數十年的沉思，使得他的詩深得人生與宇宙的深義，由其中衍發出「驚惑同觀」（如實觀照）的生命美學。此時他一度被壓縮的內在時空，再度獲得激昂和開敞，對命連這怪獸也改採寬容的態度對待，不同時空的同時收放、並置、對比、和觀照也更加自如。比如：

a. 一株草頂一顆露珠／一瓣花分一片陽光／聰明的，記否一年只有一次春天？／草凍、霜枯、花冥、月謝／每一胎圓好裏總有缺陷孿生寄藏！[112]

b. 誰是心裏藏著鏡子的人呢？／誰肯赤著腳踏過他底一生呢？／所有的眼都給眼蒙住了／誰能於雪中取火，且鑄火為雪？[113]

c. 不是追尋，必須追尋／不是超越，必須超越——／雲倦了，有風扶著／風倦了，有海托著／海倦了呢？隄倦了呢？／／以飛為歸止的／仍須歸止於飛。／世界在我翅上／一如歷歷星河之在我膽邊／浩浩天籟之出我脇下……[114]

d. 說火是為雪而冷的／那無近遠的草色是為誰而冷的？／宇宙至小，而空白甚大／何處是家？何處非家？[115]

---

112 周夢蝶：〈乘除〉，《孤獨國》，頁 20。

113 周夢蝶：〈菩提樹下〉，《還魂草》，頁 58。

114 周夢蝶：〈逍遙遊〉，《還魂草》，頁 67。

115 周夢蝶：〈絕響〉，《還魂草》，頁 113。

e. 為一切有緣而忍結不斷／為一切有緣／你向劍上取暖，鼎中避熱。／且恨不能分身／如觀世音／為人人／渴時泉，寒時衣，倦時屋，渡時舟，病時藥……[116]

f. 活著就是痛著！／疤結得愈大愈多／世界便愈浩瀚愈巍峨愈蒼翠／而身與天日愈近／心與泥土愈親[117]

周氏於此時期對人生的驚惑較能如實觀照，再度展現他早年宏大的宇宙觀和早期即具有「拼一生」也要把「在我心裏的溫潤的笑」鑄成「連天滴滴芳綠」的慈悲情懷，從上舉詩例 a 的「每一胎圓好裏總有缺陷孿生寄藏」是很早即有的體會。其後於詩例 b 的「誰是心裏藏著鏡子的人呢？／誰肯赤著腳踏過他底一生呢？／所有的眼都給眼蒙住了」是說無人可明亮如鏡、也無人能堅苦赤腳走一生，但禮教與政治道德卻可能以此要求，因此須知自身之不足實為常情，於是求道修行乃是必經之路。詩例 c 的「世界在我翅上／一如歷歷星河之在我膽邊／浩浩天籟之出我脇下……」將小我與世界交疊合一，是由「修天禪地」所得的領會，而得以回復早年宏觀的時空視野。詩例 d 的「何處是家？何處非家？」、詩例 e 的「如觀世音／為人人／渴時泉，寒時衣，倦時屋，渡時舟，病時藥……」，以及詩例 f 的「活著就是痛著！／疤結得愈大愈多／世界便愈浩瀚愈巍峨愈蒼翠／而身與天日愈近

116 周夢蝶：〈焚〉，《十三朵白菊花》，頁 57。

117 周夢蝶：〈疤〉，《十三朵白菊花》，頁 107。

／心與泥土愈親」皆是回復自身所具良善本性、以己渡人，也是他藉與不同時空的對比、觀照（如身與天日／心與泥土）而獲得存在感與同一感。

（四）「驚惑同觀」後期：耳天目地中時空的懸擱

此時期對應於「身心靈三態需求能量圖」即其中的 DE 線的延伸，相當於物質進入氣態後，只需更少能量，即能使活動空間更為自由，相當於周氏在內在能量提昇至再不假外求後，獲得「瞬時自如感」的頻率越發提高，對生命本質、所謂「宇宙之根的疑惑」（宇宙即世界即時空）不再窮追，甚至將之「懸擱」，因為面對世界或宇宙，必須「用讚賞代替感知」、[118]因為「活躍在我們身心中的，不是歷史的記憶，而是宇宙的記憶」，[119]何況「每個原子中」皆可發現「宇宙全部財富」，且「每個個體都概括著整個歷史」，[120]「一」其實即「一切」的縮影和展演，是具體自足的，如此所有的「瞬間」皆是「永恆」，所有的「或然」都是「必然」，所有的「偶然」都是「當然」，只需與奧祕同一，成為上帝可來去的「耳」和「目」即可，因為「宇宙之根」的謎題同一朵花的謎題相同，「是沒有底的」。比如下舉詩例：

a. 如果每一棵樹皆我，我皆會飛，想飛／飛到那裏？

118 Gaston Bachelard：《夢想的詩學》，劉自強譯，頁 150。

119 Gaston Bachelard：《夢想的詩學》，劉自強譯，頁 151。

120 Andre Parinaud：《巴什拉傳》，顧嘉琛、杜小真翻譯，頁 68。

／那十字：冷冷的，與我相終始的十字／是否也會飛，想飛／飛到那裏？／／所有的樹，所有的我——／唉，所有的點都想線／線都想面，面都想立體／立體想飛／飛想飛飛／／一直飛到自己看不見自己了／那冷冷的十字，我背負著的／便翻轉來背負我了／雖然時空也和我一樣／沒有翅膀[121]

b. 何所為而去？何所為而來？／這世界，以千面環抱我／像低迴於天外的千色雲影／影來，影在；／影去，影空。／／頓覺所有的星是眼。所有的／大如蚊虻，細如月日／長宙與長宇都在我視下了／當雲湧風起時／誰在我底靜默的深處湛然獨笑。／／而拂拭與磨洗是苦拙的！／自雷電中醒來／還向雷電眼底幽幽入睡。而且／睡時一如醒時；／碎時一如圓時。[122]

c. 直到有一天這望眼／已彼此含攝；直到／天上的與天下的／已彼此成為彼此；／不即不離，生於水者明於水[123]

d. 而今歲月扶著拄杖／——不再夢想遼闊了——／扶著與拄杖等高／翩躍而隨遇能安的影子／正一步一沈吟／向足下／最眼前的天邊／有白鷗悠悠／無限好之

121 周夢蝶：〈想飛的樹〉，《十三朵白菊花》，頁 77。

122 周夢蝶：〈圓鏡〉，《還魂草》，頁 116-117。

123 周夢蝶：〈荊棘花〉，《十三朵白菊花》，頁 81。

夕陽／之歸處／歸去／／微瀾之所在，想必也是／滄海之所在吧！[124]

e. 識得最近的路最短也最長／而最遠的路最長也最短：／樹樹秋色，所有有限的／都成為無限的了[125]

f. 一一無限好的事物都安立在／無限好的所在／鳥和他的巢／鶯花和他的啼笑／有你的，總是有你的／信否？一瓢即三千／而涸轍之鱗之可樂／凡冷暖過的／應各同其戚戚……[126]。

g. 至於花，花的謎題／是沒有底的！[127]

h. 不可待不可追不可禱甚至不可遇：／何來的水與月！／千水中的一水／千月中的一月／或然之必然，偶然之當然／不相知而相照：居然在掌上，在眉邊。／／從來不曾一而二二而三三而／無量無邊的飛過；／而飛自今日始！[128]

i.最最奢侈的狩獵，也是／最最一無所有的狩獵吧！

124 周夢蝶：〈鳥道〉，《十三朵白菊花》，頁 132。
125 周夢蝶：〈鳥道〉，《十三朵白菊花》，頁 133。
126 周夢蝶：〈於桂林街購得大衣一領重五公斤〉，《十三朵白菊花》，頁 166。
127 周夢蝶：〈率然作〉，《十三朵白菊花》，頁 200。
128 周夢蝶：〈竹枕 附跋〉，《約會》，頁 64。

／／風在下／浩浩森森的煙波在下／撒手即滿手[129]

到後來，周氏的體悟更深，果然是「以贊賞代替感知」，遂無往而不自如、無遇而不自得，比如上舉詩例 a 的「時空也和我一樣／沒有翅膀」，時空即宇宙，其「根」不必求，但反求諸己即是。詩例 b 的「所有的／大如蚊虻，細如月日／長宙與長宇都在我視下了」，將蚊虻放大，日月縮小，宇與宙即不必遠求，「睡時一如醒時；／碎時一如圓時」即事事皆歸位，不完美即完美的形式之一。詩例 c 的「這望眼／已彼此含攝」、「天上的與天下的／已彼此成為彼此」，意即此即彼，彼即此，既不同又相同，互為含攝，何須他求。詩例 d 的「不再夢想遼闊了」、「微瀾之所在，想必也是／滄海之所在吧！」，及詩例 e 的「所有有限的／都成為無限的了」、詩例 f 的「花的謎題／是沒有底的！」、詩例 g 的「一一無限好的事物都安立在／無限好的所在」、詩例 h 的「或然之必然，偶然之當然／不相知而相照：居然在掌上，在眉邊」，涵義皆相近。而詩例 i 的「最最奢侈的狩獵，也是／最最一無所有的狩獵吧！」、「撒手即滿手」，與第三節提到的巴什拉所言「喪失一切以贏得一切」的意義相近，到後來，周夢蝶已走到哲學的前頭了。

129 周夢蝶：〈即事－水田鷺鷥〉，《約會》，頁 67。

五、結語

周夢蝶的一生都活在或者說猶疑在驚嘆號「！」與問號「？」兩端，他是自有新詩以來，使用這兩個符號頻率最多的詩人。他的詩基本上皆是直接與自我、隱性的他者、自然、和宇宙對話，但他要探求的卻是人面對生命和人心最底層時的驚訝與困惑。本文僅對他愛用擅用常用也越用越頻繁的驚嘆號「！」與問號「？」為焦點，探討他不斷標示的符號背後所欲呈現的生命的偶然與必然、驚駭與疑慮究竟為何？

他在四本詩集兩百多首詩中，總共使用了驚嘆號（！）349 次，及問號（？）363 次之多，而且後兩冊詩集比前二冊詩集使用的次數還多，第一本詩集驚嘆號（！）55 次多於問號（？）的 39 次，第二本詩集問號（？）98 次多於驚嘆號（！）的 66 次，第三詩集 113 對 110、及第四本詩集 115 對 116，二個符號使用次數都非常接近。更特別的是，幾乎很少詩人在詩篇首句即使用驚嘆號（！）的，周氏共使用 24 次，他在詩篇首句即使用問號（？）的，則有 14 首詩。

他的詩以探索人與情與欲的糾纏、自然事物與宇宙時空的奧秘、以及「一」與「一切」之關係為最大宗。他前中後期詩作的變化，大致是依循「具體人生經驗」到「道的抽象經驗」的路徑。如果由「物質三相需求能量圖」所模擬出的「身心靈三態需求能量圖」來看時，大致可看出一個謹守儒家傳統、古典文學涵養深厚的知識份子，如何在時代的大變動中「由苦到持到修到自行解脫」而得「慧見」的過程，由此「慧見」，到末了他只需極少許的能量（包括日常所需）即能使自身維繫於「既驚又惑」也「既不驚又不惑」，或也是「靈」可自在「俯瞰身心」的狀態，也得以由「探索奧祕」（外在的「前階段驚異」）進程到「與奧祕同一」（內在的「後階段驚異」），一朝成為「上帝的耳目」，自然是「驚」「惑」由之了。

他的生命觀與宇宙觀早期是「驚多於惑」（能量需求快速走高／外在時代影響／偶發機緣），其後是「惑多於驚」（能量需求維持在極高檔／反思求道／生命困境），最後終知人生與宇宙的深義，由其中衍發出「驚惑同觀」（能量需求大為降低／不假外求／一即一切）的生命美學，且越後期「瞬時自如感」頻率越高，本文即就此項發展與內外時空環境的變動，做了探討，並略分為四個時期。「或然之必然，偶然之當然」是他的慧見，他從「抓住了」沒有「底」的「一」到「放開了」這個「一」，是經過漫長的「磨折」的，因此其後可以一而再、再而三的獲得「瞬時的」新生和自如自在。「最最奢侈的狩獵，也是／最最一無所有的狩獵吧！」、「撒手即滿手」即是他一生最終的標竿，而中間艱苦的過程即是他詩集的總呈現。

後現代視境下的「蝶道」與「詩路」

以周夢蝶「蝶詩」的空間轉換作爲探索客體

蕭水順（明道大學副教授）

摘要

周夢蝶拔起於台灣現代詩壇之上，高居於孤冷的峰頂，但他從十五歲開始即以「夢蝶」為號，選擇「蝴蝶」作為自我的隱喻，本文試圖以「蝶道」見證周夢蝶的「詩路」，如何從古典的哲學氛圍中，穿過現代主義的情致與精緻，來到後現代的溫熱，如何從驚醒的、有形的「蘧蘧然周也」，翔飛出「栩栩然胡蝶也」開闊而自在的的詩境，因而發現孤獨國境的蝴蝶，有著新詩革命中的古典堅持，在孤獨國內，蝴蝶與古典意象齊飛、蝴蝶與太陽爭光、蝴蝶與花比美、蝴蝶與濕冷空間相映襯；孤峰頂上的蝴蝶，則顯現現代主義下的自我清醒：蝴蝶是生與死對立又和諧的雙翅，蝴蝶是入夢大覺死而重生的象徵，蝴蝶是流變蟬蛻進入永恆的介面；近期的蝴蝶，世間飜飛，有著重生的喜悅，映現後現代的物我圓融，因此，眾生是另一種蝴蝶，凝神是另一種蝴蝶，開悟是另一種蝴蝶，蝶與周齊，蝶與萬物合的哲思，盎然漾起無限生意。

本文以不同時期的蝴蝶飛舞、空間有所轉換，作為周夢蝶詩作風格的轉變依據，以蝴蝶所對應的空間情境，分析古典風貌而至後現代盛行的時代，周夢蝶詩作從孤冷而至溫潤的人情溫度。不變的是：「夢」與「蝶」一直貫穿著周夢蝶一生的詩作，顯示周夢蝶一生深陷於情意之中，執著不移。

關鍵詞

周夢蝶、蝴蝶、後現代視境、空間書寫

一、前言：蘧蘧然周也

風格即是人格，台灣現代詩人所思、所作，往往可以讓讀者找到詩人借物以自喻的思路歷程，如紀弦（路逾，1913- ）的〈狼之獨步〉，既可以視之為紀弦個人獨來獨往、為新詩革命不計毀譽的個性，也可以將此詩當作新詩前程的預言；如覃子豪（1912-1963）的〈瓶之存在〉，則是覃先生以瓷之本質的圓潤光澤、瓶之線條的柔美順暢，象徵他對生命圓融的體悟，是他生命哲學與生命美學沉思後的結晶；如蓉子（王蓉芷，1928- ）前期的詩作〈青鳥〉、後期的〈青蓮〉，都足以視為蓉子生命教養的投射。林亨泰（1924- ）的〈風景〉以層層疊疊的農作物、陽光，隱喻台灣本土文化的豐厚內涵，而以層層疊疊的防風林抗禦外來文明的激盪；白萩（何錦榮，1937- ）則以〈雁〉之族群命運與意志，做為人類（特別是台灣人）生命力與意志力的象徵。這些詩與詩人，內化後的意象與生命，渾然糅合，息息相通，成為現代詩壇最瑰麗而雋永的景觀，值得注視。

周夢蝶（周起述，1921- ），拔起於台灣現代詩壇之上，高居於孤冷的峰頂，早期論者常以「恍如自流變中蟬蛻而進入永恆／那種孤危與悚慄的欣喜！／髣髴有隻伸自地下的天手／將你高高舉起以寶蓮千葉／盈耳是冷冷襲人的天籟」的〈孤峰頂上〉[1]作為其人其詩的自況之作，審視〈孤

1 周夢蝶：〈孤峰頂上〉，《還魂草》，台北：領導出版社，1977，頁 130-

峰頂上〉，確實足以負荷此一重責，標舉著《孤獨國》、《還魂草》[2]時期孤高而冷且近於（浸於）佛理的詩篇。但從《十三朵白菊花》、《約會》[3]出版之後，李奭學（1956- ）認為「物我或人我不分的現象，構成《約會》和《十三朵白菊花》最獨特的美學。兩卷佳音，至善盡繫於此。」[4]奚密（1955- ）則以為這兩冊詩集是「修溫柔法的蝴蝶」，說「詩人深刻體會『情』是『溫馨的不自由』〈於桂林街購得大衣一領重五公斤〉，他勇敢地承受，並喜悅地擁抱它。」[5]

133。

2 周夢蝶：《孤獨國》，台北：藍星詩社（藍星詩叢），1959 年 4 月，32 開，共 63 頁，絕版已久。周夢蝶：《還魂草》，台北：文星書店（文星叢刊 163），1965 年 7 月，40 開，共 153 頁；新版《還魂草》，台北：領導出版社，1977 年 1 月，32 開，共 206 頁。

3 周夢蝶：《十三朵白菊花》，台北：洪範書店（洪範文學叢書 296），2002 年 7 月，25 開，214 頁。周夢蝶：《約會》，台北：九歌出版社（九歌文庫 638），2002 年 7 月，25 開，192 頁；2006 年 10 月增訂版，加入余光中、羅任玲等專論，增至 208 頁。此二書同年同月出版，無法分其先後，但《十三朵白菊花》書末附錄〈歲末懷人六帖代後記〉，第六帖書贈「明廷王慶麟兄及其細君橋橋一笑」，提及「出書好比嫁女兒。吉期一日未屆，嫁粧永遠置不齊全；一旦花轎到門，鼓樂聲喧，再不齊全也只好齊全了。」所記日期為公元二〇〇一年辛巳小除夕。《約會》書後則有〈筆述趙惠謨師教言二則（代後記）〉一文，文末註記「公元二〇〇二年愚人節之又又次日，夢蝶於新店五峰山下時年八十有二。」可以定其出版先後。且，《十三朵白菊花》之作，多完成於民國六〇、七〇年代，《約會》則多民國八〇年代之作，以此得知。

4 李奭學：〈花與滿天——評周夢蝶詩集兩種〉，曾進豐編：《婆娑詩人周夢蝶》，台北：九歌出版社，2005 年 3 月，頁 249。

5 奚密：〈修溫柔法的蝴蝶——讀周夢蝶新詩集《約會》和《十三朵白菊花》〉，曾進豐編：《婆娑詩人周夢蝶》，頁 254。此文原載台北：《藍星詩學》16 期，2002 耶誕號，頁 136-140，引文見頁 140。

年輕詩人羅任玲（1963- ）亦強調：「『自然』不再是周夢蝶悲苦的代言人，而是『道』的化身，邁向溫暖、自由、美和愛的道路。」[6]綜此而言，「孤獨」、「悲苦」等詞語已無法承擔周夢蝶詩生命之確真面貌，《十三朵白菊花》、《約會》時期的周夢蝶彷彿從孤峰頂上走回溫熱的人世間，特別是寫於二十世紀九〇年代之後的《約會》詩集，輯一謂之「陳庭詩卷」、輯二凡四題十首稱為「為曉女弟作」、輯四則是「辛巳除夕對酒有懷小林正樹等諸大師」的「遠山的呼喚」，全是為人而作、因人而書的詩篇，輯三以「約會」為名，更可以看出周夢蝶與世間人、世間事、世間情、世間物，頻繁約會，交感互動的軌跡。新世紀之後的新作，輯為《有一種鳥或人》，[7]收入四十四首詩，其中「擬仿」之作七首，副題標示「致」、「寄」某人之「酬答」詩十四首，詩集近半之作因人而起興，周夢蝶性不喜酬酢，心卻牽繫世間人、世間事、世間情、世間物，這部新集又是有力的新證。[8]

周夢蝶寫詩伊始，即以本姓之「周」緊扣莊子之名，而以「夢蝶」為號，形成姓與名完美結合、詩與人完美結合的「周夢蝶」三字行於世。台灣新詩壇能像「周夢蝶」三字，其姓、其名、其詩、其人完美結合的，則是另一位藍星詩人

6 羅任玲：〈自然中的二元對立與和諧——周夢蝶《十三朵白菊花》、《約會》析論〉，曾進豐編：《婆娑詩人周夢蝶》，頁 281。

7 周夢蝶：《有一種鳥或人》（周夢蝶詩文集），台北：印刻文學生活，2009 年 12 月 29 日。書中作品全為民國九〇年代，二十一世紀之作。

8 周夢蝶：《風耳樓墜簡》（台北：印刻文學生活，2009 年 12 月 29 日），收錄一九七〇至一九八六年之尺牘，達一百五十札以上，足見其之一生用情之深與切。

「余光中」（1928- ）。不同的是，「余光中」三字為父母所賜，寄寓著長輩的期許；「周夢蝶」三字則是詩人十五歲時因為閱讀《今古奇觀》裡〈莊子鼓盆成大道〉的小說，使得從小在拘謹、保守環境中成長，外在形體又受到相當限制的他，心中興起飛向自由天地、自在心境的一份嚮往。[9] 因此回歸到《莊子》原典，從莊子（莊周，約前 369-前 286）〈齊物論〉思想來認識周夢蝶詩境，尋探周夢蝶詩路的轉折，未嘗不是最好的途徑。

莊周夢蝴蝶的故事，來自《莊子・齊物論》：

> 昔者莊周夢為胡蝶，栩栩然胡蝶也，自喻適志與，不知周也。俄然覺，則蘧蘧然周也。不知周之夢為胡蝶與，胡蝶之夢為周與？周與胡蝶，則必有分矣，此之謂物化。[10]

「蘧蘧然周也」與「栩栩然胡蝶也」之間，是以「夢」作為連結，[11]在哲學論述與戲劇演出上，偏向於文學之美。

周夢蝶的第一首新詩（寫於 1939 年，詩人十九歲），[12]

9 劉永毅（1960- ）：《周夢蝶——詩壇苦行僧》，台北：時報文化出版公司，1997，頁 28。

10 〔清〕王先謙：《莊子集解》，台北：漢京文化公司，1988，頁 26-27。

11 周夢蝶：〈四行八首（四）．夢〉：「喜馬拉雅山微笑著／想起很早很早以前的自己／原不過是一粒小小的卵石／『哦，是一個夢把我帶大的！』」，《孤獨國／還魂草／風耳樓逸稿》（周夢蝶詩文集）之《孤獨國》，台北：印刻文學生活，2009 年 12 月 29 日，頁 91。本文《孤獨國》之詩稿，均採用此新版本。

12 劉永毅：〈周夢蝶生平大事年表〉，《周夢蝶——詩壇苦行僧》，頁 215。按詩中主角即是「蝴蝶」:「誰也沒有看見過春，／我也是一樣的。／但，當蝴蝶在花叢中飛舞的時候／我知道，春來了！」[13]頗有「春江水暖鴨先知」、「春在枝頭已十分」之意。台灣日制時代詩人楊華（楊顯達，1900-1936）的第一首新詩〈小詩〉五則（寫於1926年，詩人二十七歲），第一則「人們看不見葉底的花，／已被一雙蝴蝶先知道了。」[14]同樣以青少年的年歲寫出人生的第一首新詩（兩人同樣有豐富的舊詩創作），同樣以蝴蝶飛舞象徵（或盼望）春意盎然，楊華以「華」（花）為號，周夢蝶以「蝶」為名，也有相互輝映之趣。不同的是蝴蝶從周夢蝶十五歲以「夢蝶」為名的少年，穿過二十八歲的第一首新詩，甚至於飛越孤峰頂上，永遠翩飛於周夢蝶的詩情間。因此，選擇「蝴蝶」作為周夢蝶的自我隱喻，以「蝶道」見證周夢蝶的「詩路」，如何從古典的哲學氛圍中，穿過現代主義的情致與精緻，來到後現代的溫熱，如何從驚醒的、有形的「蘧蘧然周也」，翔飛出「栩栩然胡蝶也」的詩境，正是本文寫作的要義。

此大事年表，周夢蝶 1921 年出生於河南省淅川縣馬蹬鄉，1931-1937 年進私塾讀四書、詩經，1939 年十九歲入河南省立開封小學讀一年即畢業，寫作第一首新詩〈春〉十六行，就在此年。

13 周夢蝶：〈春〉，引自劉永毅：《周夢蝶──詩壇苦行僧》，頁 29。

14 楊華：〈小詩〉，羊子喬（楊順明，1951- ）編：《楊華作品集》，高雄：春暉出版社，2007，頁 1-2。〈小詩〉原載於《台灣民報》141 號，1927 年 1 月 23 日。

二、〈齊物論〉裡的蝴蝶

《莊子・齊物論》的篇旨，依據章炳麟（1869-1936）的說法「先說喪我，終明物化，泯絕彼此，排遣是非。」劉咸炘（1896-1932）則認為「此篇初明萬物之自然，因明彼我之皆是，故曰齊物。」錢穆（1895-1990）的《莊子纂箋》認為兩人的說法恰當。[15]秉持這種「泯絕彼此」、「彼我皆是」的觀念來看〈齊物論〉文末莊周夢為蝴蝶的寓言，近人劉武《莊子集解內篇補正》有所敘論：

> 栩栩然者蝶也，蘧蘧然者周也；魂交則蝶也，形接則周也。故曰：「則必有分矣」。然蝶為周所夢化，則周亦蝶也，蝶亦周也，分而不分也，即上文所謂「彼出於是，是亦因彼」，「是亦彼也，彼亦是也」。[16]

這種說法強調宇宙萬物本有分際，莊周、蝴蝶原本有所區隔，但魂交則莊周可以成為蝴蝶，形接、蝴蝶又恢復為莊周，這就是莊子的「物化」說，「物化」可以融攝異質的兩者，使兩者合而為一。物與物之間因為有分際（必有分），所以才能無分際（物化）。白靈（莊祖煌，1951- ）曾引《莊子・知北遊》:「物物者與物無際，而物有際者，物際者

15 錢穆：《莊子纂箋》，台北：東大圖書公司，2004 年 5 月五版六刷，頁 8。

16 〔清〕王先謙：《莊子集解》，〔民國〕劉武：《莊子集解內篇補正》合刊本，台北：漢京文化公司，1988，《莊子集解內篇補正》，頁 73。

也；不際之際，際之不際者也。」（使物成為物的，與物沒有分際，物若彼此有分際，是物自己使之有分際；沒有分際的分際，即使有分際也等於沒有分際），[17]用以論述管管（管運龍，1929- ）「沒有母奶界線」的人生，[18]是指管管不曾區隔物與物之間的分際，所以才有「不際」之作。但是，沒有分際，還不到「物化」的境界。「物化」之說，或許引錢鍾書（1910-1998）論氣韻、神韻的說法，可以更為透徹：「曰『氣』曰『神』，所以示別於形體；曰『韻』，所以示別於聲響。『神』寓體中，非同形體之顯實；『韻』裊聲外，非同聲響之亮澈；然而神必托體方見，韻必隨聲得聆，非一亦非異，不即而不離。」[19]若是，莊周、蝴蝶有所區隔（就如形體與神、聲響與韻），所以「非一」；莊周、蝴蝶魂交形接（就如神寓體中、韻裊聲外），所以「非異」；這正是不即不離的「物化」說。

因為「非一」，所以觀照的主體與客體可以對望，觀照的主體要有主體的認識，才能造就觀照的美感。因為「非異」，所以觀照之當下，主體與客體可以泯然無別，是亦彼，彼亦是，此為「化」境。

王國維（1877-1927）《人間詞話》的「境界」說中曾提

17 黃錦鋐：《新譯莊子讀本》之〈知北遊〉，台北：三民書局，2007，頁297。

18 白靈：〈不際之際，際之不際——管管詩中的生命熱力和時空意涵〉，蕭蕭、方明編：《現代詩壇的孫行者——管管作品學術研討會論文集》，台北：萬卷樓圖書公司，2009年12月，頁192-195。

19 錢鍾書：《管錐編》第四冊，北京：中華書局，1979，頁 1365。轉引自張海明：《玄妙之境》，長春：東北師範大學出版社，1998，頁284。

及「有我之境」與「無我之境」:「有我之境,故物皆著我之色彩。無我之境,故不知何者為我何者為物。」[20]其中「不知何者為我何者為物」可能受到莊子「不知周之夢為胡蝶與,胡蝶之夢為周與?」的影響,意指觀照的主體(創作者)要能化身為被觀照的客體,渾然化一,才是勝於「有我之境」的化境。此則引文引自滕咸惠《人間詞話新注》,滕咸惠《人間詞話新注》依王國維原稿順序加以編排(此則為第三十三則),註解時在「有我之境,故物皆著我之色彩」下,引用叔本華《世界是意志和表象》云:「在抒情詩和抒情的心境中,……主觀的心情,意志的影響,把它的色彩染上所見的環境。」在「無我之境,故不知何者為我何者為物」下,引用叔本華的話:「每當我們達到純粹客觀的靜觀心境,從而能夠喚起一種幻覺,彷彿只有物而沒有我存在的時候,……物與我就完全溶為一體。」[21]為王國維受叔本華影響找出脈絡,強調主觀詩人與客觀詩人之不同。

但王國維手定本《人間詞話》,將此則移前為第三則,加入「以我觀物」、「以物觀物」八字:「有我之境,以我觀物,故物皆著我之色彩。無我之境,以物觀物,故不知何者為我何者為物。」劉紹瑾(1962-)《莊子與中國美學》書中引述此則,認為王國維的「以我觀物」、「以物觀物」,承襲邵雍(1011-1077)的觀點:「以物觀物,性也;以我觀物,情也。性,公而明;情,偏而暗。」(邵雍:《皇極經世

20 王國維:《人間詞話》(第三則),王國維著、滕咸惠校注:《人間詞話新注》,台北:里仁書局,1994,頁 57-59。

21 王國維著、滕咸惠校注:《人間詞話新注》,頁 58-59。

緒言》)，[22]這種「以物觀物」的觀點，應該是由莊子「物化」所演繹出來的創作學，劉紹瑾因此進而以莊子學說指出「以物觀物」之所以感應宇宙萬物的特質與重要：一、「以物觀物」的方式的一大特點，是人對宇宙萬物的那種直觀的把握方式，由此必然導致人、宇宙、萬物的合一。二、「以物觀物」的方式強調人為宇宙之一物，而不應該成為宇宙萬物的主宰者，更不應該被視為萬象秩序的賦予者。三、「以物觀物」的方式要求保存自然萬物的自然狀態，必然導致自然萬物的具體性、生動性、多重暗示性。[23]以莊子這種美學觀點，對應周夢蝶新詩，周夢蝶作品中的直觀、不為主宰、多重暗示性，早已是他詩作的核心價值，數十年來時時為人所稱揚。

〈齊物論〉裡的蝴蝶夢，以七十三個字的寓言，生動化其前的長篇大論，蝴蝶與蝴蝶夢因而成為莊子哲學裡重要的意涵：一、莊周的蝶化，乃象徵著人與外物的契合交感。莊子透過美感的經驗，藉蝶化的寓說來破除我執，泯除物我的隔離，使人與外在自然世界，成為一大和諧的存在體。二、莊子將自我、個人變形而為蝴蝶，以喻人生的天真爛漫，無拘無束。蝴蝶翩翩飛舞，遨翔各處，不受空間的限制；牠悠遊自在，不受時間的催促；飄然而飛，沒有陳規的制約，也無誡律的重壓。三、宇宙如一大花園，人生歡欣於一片美景之中——如蝶兒之飛舞於花叢間。因此，要說「人生如夢」

22 劉紹瑾：《莊子與中國美學》，廣州：廣東高等教育出版社，1992，頁84。

23 劉紹瑾：《莊子與中國美學》，頁84-97。

的話，在莊子心中所浮現的，便是個美夢。四、莊子藉「物化」（Things Being Transformed）的觀念，融死生的對立於和諧之中。[24]這是哲學家陳鼓應（1935- ）對於莊子「蝴蝶夢」的體會，也是詩人周夢蝶詩中不經意就飄飛起蝴蝶意象的緣由，本文將從《莊子・齊物論》的這隻蝴蝶開始觀察牠在周夢蝶詩中不同的空間轉換，藉以領略周夢蝶新詩的韻味。

三、孤獨國境的蝴蝶：新詩革命中的古典堅持

周夢蝶的第一本詩集《孤獨國》，列入藍星詩社「藍星詩叢」，出版於一九五九年四月（寫作時間：1952-1959）。其時年輕的詩社「創世紀」在高雄蓄勢待發（一九五四年十月創社，一九五九年四月轉向「世界性、超現實性、獨創性以及純粹性」發展）；「現代派」已經組織完成（一九五六年二月），「波特萊爾一切新興詩派之精神與要素」、「新詩乃是橫的移植，而非縱的繼承」、「知性之強調」、「追求詩的純粹性」等信條，喧騰於時人口中；「中國詩人聯誼會」剛成立（一九五七年詩人節）、「現代主義論戰」正酣（覃子豪的〈新詩向何處去〉發表於一九五七年八月《藍星詩選・獅子星座號》，紀弦的〈從現代主義到新現代主義〉、〈對於所謂六原則之批判〉發表於一九五七年八月、十二月《現代詩》

24 陳鼓應：《莊子哲學》，台北：台灣商務印書館，1999，頁25-30。

第十九期、二十期)，現代派與藍星詩社詩壇霸主之爭掀起滔天巨浪；周夢蝶則隱於軍營與書肆中，不受外來思潮影響，自成孤獨王國，《孤獨國》詩集扉頁上引用奈都夫人的話：「以詩的悲哀征服生命的悲哀」，默默呈現周夢蝶其人其詩永恆之基調。

《孤獨國》收進詩作三十三首，蝴蝶翔飛於其中者有〈讓〉、〈霧〉、〈乘除〉、〈默契〉、〈孤獨國〉、〈向日葵之醒〉等六首，篇數雖為五分之一弱，卻是《孤獨國》主精神之所在，甚至於延伸到其後之創作仍保有相類之氛圍，如意象喜用基督教義與佛教故事、古典詩詞、莊子寓言、怪誕傳奇等相關典故，伴隨蝴蝶者一定是花與陽光，而相對於蝴蝶的空間意象必然偏於濕冷，茲分論如次：

(一) 蝴蝶與古典意象齊飛

《孤獨國》中周夢蝶堅持應用古典意象，轉化傳統意涵，生長新義，其中以基督教、佛教、伊斯蘭教的教義，古典詩詞、莊子寓言、西洋文學、奇幻小說或電影，最常入詩。如〈讓〉詩之空杯、聖壇，〈霧〉詩的夸父、羲和、后羿、盤古，〈乘除〉裡的上帝，〈默契〉化用羅蜜歐與茱麗葉、白雷克、惠特曼、世尊、迦葉尊者，〈孤獨國〉中的曼陀羅花、千手千眼佛，〈向日葵之醒〉既有莊子的鵬、伊甸園的毒蛇，還有上帝及其獨生子。

以〈霧〉詩為例，〈霧〉這首詩共有八段，每兩段為一小節，每一小節各抒其義，第一節四行寫冷霧罩大地，第二節細述諸神望日之殷切，第三節以小草的綺幻夢境寫出期待的喜悅，末四行為第四節，描摹陽光降臨如盤古開天闢地一樣神奇，讓人興奮張開眼睛看世界。試看古典意象最多的二、四兩節：

> 夸父哭了，羲和的鞭子泥醉著
> 眈眈的后羿的虹弓也愀然黯了顏色；
>
> 而向日葵依舊在凝神翹望，向東方！
> 看有否金色的車塵自扶桑樹頂閃閃湧起；
>
> ……
>
> 當陽光如金蝴蝶紛紛撲上我襟袖，
> 若不是我濕冷襤褸的影子澆醒我
>
> 我幾乎以為我就是盤古
> 第一次撥開渾沌的眼睛。[25]

前兩行使用夸父逐日、后羿射日，是大家所熟悉的與太陽相關的中國神話故事。羲和亦然，羲和是駕馭日車之神，屈原〈離騷〉:「吾令羲和弭節兮，望崦嵫而勿迫。」[26]就是希望

25 周夢蝶：〈霧〉,《孤獨國／還魂草／風耳樓逸稿》(周夢蝶詩文集）之《孤獨國》，頁 32-33。

26 屈原：〈離騷〉,〔宋〕洪興祖撰：《楚辭補注》，台北：頂淵文化事業公司，2005，頁 27。

羲和不要急於揮動馬鞭，將太陽趕下西山。羲和在《山海經·大荒南經》中更是太陽之母，生下十個太陽；羲和在黃帝時代則為考定星曆，懂得占日的官員。夸父、羲和、后羿，無不是因為太陽為大霧所掩，因而借用的遠古神話人物，期能擴大想像空間，這是周夢蝶化用古典意象最重要的收穫。羲和泥醉未能駕車，夸父不能逐日，后羿無法射日，連諸神都束手無策，足見大霧深鎖，天地黯黯無光，色彩也消沉不見，所以「后羿的虹弓也愀然黯了顏色」。「后羿的虹弓也愀然黯了顏色」此句總結東方神話無日可追、無日可趕、無日可射，因而黯了顏色，卻也開啟下一段太陽金色馬車與向日葵的西洋神話，更為末節「陽光如金蝴蝶」埋下伏筆。

古典意象的「扶桑」，指的是浴日的東方，與羲和趕車所望的「崦嵫」西山，同樣應用神話拉長了詩中極東至極西的空間感；最後一節，「盤古」開天闢地的神話典故，也有相同的拓展上下空間的作用。換言之，周夢蝶詩中的神話、典故，增厚了詩的神秘與文化厚度，也拉大了詩的想像空間，令人著迷。

〈霧〉詩中的蝴蝶，鍍上金色，用以譬喻太陽的光熱。準此以視周夢蝶《孤獨國》中蝴蝶飛舞的空間，幾乎都設計在太陽下，值得注意。

(二) 蝴蝶與太陽爭光

小小的昆蟲蝴蝶，在周夢蝶詩中，一直與太陽同在，與太陽爭光，如《孤獨國》中最後的一首詩〈向日葵之醒〉之第二首末句，以「——太陽，不是上帝的獨生子！」作結，何以「——太陽，不是上帝的獨生子」？因為這首五行詩的首二句就說：「鵬、鯨、蝴蝶、蘭麝，甚至毒蛇之吻，蒼蠅的腳……／都握有上帝一瓣微笑。」上帝鍾愛的不僅是太陽，鵬、鯨、蝴蝶、蘭麝都為上帝所寵愛，甚至毒蛇之吻、蒼蠅的腳，即使是人類認為微賤、有害之物，都是天地生養的生命，應該給予同樣的尊榮、等量的愛。基督博愛，佛渡眾生，莊子言道之無所不在，在螻蟻、在稊稗、在瓦甓、在屎溺，每下愈況（《莊子・知北遊》），均屬此等襟懷。

〈向日葵之醒〉之第一首雖未言及蝴蝶，但仍以懸殊的對比，強調對陽光的追尋：

> 我矍然醒覺
> （我的一直向高處遠處衝飛的熱夢悄然隱失）
> 靈魂給驚喜擦得赤紅晶亮
> 瞧，有光！婀娜而夭矯地湧起來了
> 自泥沼裏，自荊棘叢裏，自周身補綴著「窮」的小茅屋裏……
>
> 而此刻是子夜零時一秒
> 而且南北西東下上擁擠著茄色霧[27]

「光」與泥沼、荊棘叢、窮、小茅屋，是一對比；「赤紅晶

27 周夢蝶：〈向日葵之醒〉（二首之一），《孤獨國／還魂草／風耳樓逸稿》（周夢蝶詩文集）之《孤獨國》，頁 94。

亮」與茄色霧（茫與冷），是另一對比。兩組對比的前者「光」、「赤紅晶亮」，面積小，後者所屬比例則偏大，這又是另一種對比。巨大對比的作用在於強調「光」之引人、「向」（日）之扭轉力。因此，當「蝴蝶」與「太陽」同在，是將「蝴蝶」拉至「太陽」等高的位置，〈乘除〉一詩就有這種對比性的拉拔作用：

一株草頂一顆露珠
一瓣花分一片陽光
聰明的，記否一年只有一次春天？
草凍、霜枯、花冥、月謝
每一胎圓好裏總有缺陷孿生寄藏！

上帝給兀鷹以鐵翼、銳爪、鉤脗、深目
給常春藤以嬝娜、纏綿與執拗
給太陽一盞無盡燈
給蠅蛆蚤虱以繩繩的接力者
給山磊落、雲奧奇、雷剛果、蝴蝶溫馨與哀愁……[28]

太陽只一盞卻是無盡的燈，蠅蛆蚤虱數以億計且有繩繩不絕的接力者卻是卑賤而微弱；磊落的山、奧奇的雲、剛果的雷，與蝴蝶的溫馨與哀愁；這種對照性的寫作，都維繫著

28 周夢蝶：〈乘除〉，《孤獨國／還魂草／風耳樓逸稿》（周夢蝶詩文集）之《孤獨國》，頁 46。亦收入《還魂草》（領導版），台北：領導出版社，1977 年 1 月，頁 180。

一種不對稱的均衡、不均衡的對稱，彷彿圓好與缺陷並存。

蝴蝶與太陽，巨大的異質性對比，周夢蝶的詩以這樣的型態震撼讀者心靈。並推及於其他巨大的異質性事物，如葉嘉瑩教授為《還魂草》撰序所引用的「於雪中取火且鑄火為雪」[29]等等。如此巨大的異質性對比，就空間思考而言，無疑也是給讀者一個開闊而浩瀚的世界。

（三）蝴蝶與花比美

較諸蝴蝶與太陽的巨大異質性對比，蝴蝶與花，在體積上同屬輕薄短小而細且弱，在優美與壯美的屬性上同屬優美之體，雖然一為動物一為植物，卻有著同質性的諧和之美，因此，在周夢蝶的「蝶詩」中，有蝶飛舞，必有花在，蝴蝶守護著花，花守候著蝴蝶，形與象不離，氣與神緊緊相隨。以《孤獨國》的六首「蝶詩」來看，〈讓〉詩有「讓蝴蝶死吻夏日最後一瓣玫瑰」之句；〈霧〉裡出現「向日葵」與「金蝴蝶」；〈乘除〉說「一株草頂一顆露珠／一瓣花分一片陽光」；〈默契〉更出現對仗性的佳美句子，傳達出對愛的執著與投入：「每一閃蝴蝶都是羅蜜歐癡愛的化身，／而每一朵花無非茱麗葉哀豔的投影」；〈孤獨國〉「這裏沒有眼鏡蛇、貓頭鷹與人面獸／只有曼陀羅花、橄欖樹和玉蝴蝶」；〈向日葵之醒〉中「蝴蝶、蘭麝，甚至毒蛇之吻，蒼蠅的腳……／都握有上帝一瓣微笑。」

29 葉嘉瑩：〈序〉，周夢蝶：《還魂草》（領導版），頁 5。原詩〈菩提樹下〉，見《還魂草》（領導版），頁 58-59。

蝴蝶與蛾同屬鱗翅目昆蟲，牠們的翅膀都由一片片美麗的鱗片相疊而成，蝴蝶的鱗片結構更是複雜，因而折射出的色彩變化萬千，蝶翅幻化的色彩就像花瓣那樣多采多姿，可以相互媲美。「蝴蝶是會飛的花，花是不會飛的蝴蝶」，如此相互為喻的句子，應該來自於繁複的蝶翅與花瓣的形構與色譜。

蝴蝶的身體結構分為頭、胸、腹三節，四片蝶翅、六隻蝶足分置胸、腹兩側，重要的頭部則包括一對作為嗅覺器官的觸角，一張吸食花蜜、露水的吻器，一對靈活注視左右遠近、敵友親疏的複眼，每個複眼由六千至一萬個單眼所構成，更是令人嘆為觀止。如果以蝴蝶的複眼譬喻周夢蝶的詩眼，或許也有蝶翅與花瓣的互喻效果。

蝶與花結合點最多的是〈讓〉這首詩：

讓軟香輕紅嫁與春水
讓蝴蝶死吻夏日最後一瓣玫瑰，
讓秋菊之冷豔與清愁
酌滿詩人咄咄之空杯；

讓風雪歸我，孤寂歸我
如果我必須冥滅，或發光——
我寧願為聖壇一蕊燭花
或遙夜盈盈一閃星淚。[30]

30 周夢蝶：〈讓〉，《孤獨國／還魂草／風耳樓逸稿》（周夢蝶詩文集）之《孤此詩季季都有花卉，春天的軟香輕紅是花，夏日的玫瑰是花，秋日的菊（是花）還要酌滿詩人的空杯（暗指詩人之詩是因菊而開的花），甚至於聖壇上的燭花、星淚，其實都是「花」的另一種化身或隱喻。蝴蝶與花的關係此詩以「死吻」表示，情愛的糾葛、綿纏，盡在這兩字裡。[31]比〈讓〉詩早兩年發表的〈詠蝶〉之作，[32]更以羅蜜歐、茱麗葉之殉情，暗喻蝴蝶對花的癡與愛：「你的生命只是一個『癡』，／你的宇宙只有一個『愛』；／你前生定是殉情的羅蜜歐，／錯認百花皆茱麗葉之靈魂。／／最後的一瓣冷紅殞落了，／你的宇宙也隨著給葬埋；／秋雨秋風作了你的香塚，／可有朵朵花魂為你弔睞？」[33]這是周夢蝶唯一以「詠蝶」為名的詩篇，直述他對蝴蝶與花不可兩分的觀點與感受。

蝶與花之生生死死之情愛糾葛，延續這種觀點，更需要進一步探究的是〈讓〉詩中「冥滅」與「發光」的「重生」觀，唯有「冥滅」才能「發光」，是周夢蝶眾多以「深情」

獨國》，頁 27。亦收入《還魂草》（領導版），頁 148。

31 周夢蝶〈幸福者〉一詩也有類近的詩句：「你是幸福者——／你醉眼朦朧，／把世界緊緊偎抱著／像死吻最後一瓣飛花的春蝶。」此詩發表於 1954 年 11 月 4 日《青年戰士報》副刊，未收入《孤獨國》中，由曾進豐於 2009 年輯入《孤獨國／還魂草／風耳樓逸稿》（周夢蝶詩文集）之《風耳樓逸稿》中，頁 232-233。

32 周夢蝶〈詠蝶〉發表於 1955 年 8 月 11 日《青年戰士報》副刊，〈讓〉發表於 1957 年 9 月 13 日《藍星週刊》166 期。參見曾進豐編：《周夢蝶先生年表暨作品、研究資料索引》，台北：印刻文學生活，2009 年 12 月 29 日，頁 31、33。

33 周夢蝶：〈詠蝶〉，《孤獨國／還魂草／風耳樓逸稿》（周夢蝶詩文集）之《風耳樓逸稿》，頁 240。

暗喻「至聖」的詩作裡，抵死纏綿的不二選擇。這種以死為生的蝶詩，會在《還魂草》的時代表現得更為深刻，我們將於第四節中繼續闡幽探微。

(四) 蝴蝶與濕冷空間相映襯

〈讓〉這首詩其實還顯示出周夢蝶「蝶詩」共有的空間暗示，那就是與「蝶」相映襯的永遠是濕冷孤寂的空間，濕冷孤寂，其實一直是周詩的現實空間，蝴蝶、花與陽光，則是周詩的想望空間。〈讓〉詩中「風雪歸我，孤寂歸我」的空間設計，符合此一準則，一方面對映出蝴蝶與花的美適，一方面也讓詩中的我有著趨於「冥滅」的覺悟與決志。

《孤獨國》中其他的蝶詩亦然，〈霧〉當然是鋪天蓋地的冷霧籠罩全身、全世界，「濕冷劈頭與我撞個滿懷」與「陽光如金蝴蝶紛紛撲上我襟袖」是典型的濕冷與蝴蝶相映襯的代表句；〈乘除〉中，「一株草頂一顆露珠／一瓣花分一片陽光」所對映的，不就是「草凍、霜枯、花冥、月謝」的滅絕之境；〈默契〉這首詩在點醒所有的生命都在覓尋自己、或掘發自己，「當北極星枕著寂寞，石頭說他們也常常夢見我……」是將自己與北極星、石頭的冷、硬、執拗、寂寞，做著類比性的繫連，北極星代表的是冬季深夜，端指的是正北，都是「冷」的極致徵兆。〈向日葵之醒〉是醒自「泥沼裏，荊棘叢裏，周身補綴著『窮』的小茅屋裏……」，這些詩篇都深刻書寫身陷濕冷空間的孤寂感，蝴蝶成為生命中最大的寄託。〈孤獨國〉這首主題詩，成為最適切的代言作：

〈孤獨國〉

昨夜，我又夢見我
赤裸裸地趺坐在負雪的山峰上。

這裏的氣候黏在冬天與春天的介面處
（這裏的雪是溫柔如天鵝絨的）
這裏沒有嬲騷的市聲
只有時間嚼著時間的反芻的微響
這裏沒有眼鏡蛇、貓頭鷹與人面獸
只有曼陀羅花、橄欖樹和玉蝴蝶
這裏沒有文字、經緯、千手千眼佛
觸處是一團渾渾莽莽沉默的吞吐的力
這裏白晝幽闃窈窕如夜
夜比白晝更綺麗、豐實、光燦
而這裏的寒冷如酒，封藏著詩和美
甚至虛空也懂手談，邀來滿天忘言的繁星……

過去佇足不去，未來不來
我是「現在」的臣僕，也是帝皇。[34]

〈孤獨國〉分為三段，首段「負雪的山峰」表出空間的

34 周夢蝶：〈孤獨國〉，《孤獨國／還魂草／風耳樓逸稿》（周夢蝶詩文集）之《孤獨國》，頁 53-54。

孤高與冷肅，末段寫時間永不移轉，停駐於此時。這兩段的最後都以句點（。）結束，確認隔絕、閉鎖之無可消除。中間一段則寫孤獨國之極靜與至冷，象徵心性的本來面目既清且明，空間則設定為廣大的虛空，面對的是不言無語的遙遠的繁星，即使忘言也能相互神會心領；寒冷如酒，詩和美卻封藏在深處，象徵「獨與天地精神相往來」的心既定且靜，其內在卻又豐美無數。這裡，人為的「文字、經緯、千手千眼佛」都不足以為救贖，唯有代表覺悟、和平與自在的曼陀羅花、橄欖樹和玉蝴蝶四處飛舞。[35]

〈孤獨國〉所呈現的空間，是周夢蝶在吵雜嘣騷的台灣新詩革命期，在論戰不斷中，保留下來的一塊獨立自主、蝴蝶翔舞的清靜地。整部《孤獨國》，他極目注視外在空間，設計空間，將空間推至極限，因而擴大了現實中孤獨與濕冷的淒清之感。蝴蝶，是孤獨國時期周夢蝶想望裏的小小寄託，以這樣小小的古典式的飛翔與自在，對抗極大的空間的孤寂。

四、孤峰頂上的蝴蝶：現代主義下的自我清醒

《孤獨國》裡的蝴蝶之意與象，仍然在《還魂草》中繼

35 曼陀羅花是天界四華（通「花」）之一，天界四華乃顯示瑞兆之花，相傳佛陀入定時，自天上飄墜而下，「天花亂墜」即指此吉兆。橄欖樹為生命之樹，基督教義中橄欖樹葉常用來象徵災難結束、和平到來。玉蝴蝶是指如花似玉的蝴蝶，至美的象徵。

續翔飛，那是作為蝴蝶的本質性的永恆、永恆性的本質。即使如此，《還魂草》中的蝴蝶，其實又飜飛出新的生命、新的蝶道。在為《石頭記》百二十回所做「初探」之書：《不負如來不負卿》，周夢蝶無意間透露出他的詩觀：「將事實之必不可能者，點化為想像中之可能：此之謂創造。」[36] 又曰：「詞人之所以異於人者無他：敏於感受，妙於想像而已。」[37] 「詩所以寄興寓情；其所賦詠，不必一一皆耳聞目擊。所以者何？一朵浪花自海上飛起，是一朵浪花；飛回去，便是海了。」[38] 敏於感受，妙於想像，周夢蝶詩作之所以創作不離這八個字，因而他詩中的蝴蝶是想像中海上飛來的浪花，作為一位冥想型詩人，竟日兀坐苦思，凝神專注，周夢蝶及其詩中蝴蝶，必有彩翼可以引渡讀者到完全自在的新境界。

《還魂草》詩集初版於一九六五年（文星書店），距《孤獨國》之發行已七年，這七年中現代主義的虛無感，超現實主義為了覓尋「真」不擇途徑的戲碼，都在周夢蝶冷眼下，靜靜演出。但獨坐街頭的他，其實心中思慮分明，自有抉擇。從一九五九年取得書攤營業許可證，周夢蝶就在台北市武昌街一段七號「明星咖啡屋」廊柱下擺攤售書，以維生計，所售之書都屬於當時最為前衛、現代性與實驗性強烈之作，《現代文學》、《歐洲雜誌》、《劇場》等推廣新藝術的雜誌，置放在最醒目的位置。這個書攤之所以成為台北市值得

36 周夢蝶：《不負如來不負卿》，台北：九歌出版社，2005，頁 109。
37 同前注，《不負如來不負卿》，頁 47。
38 同前注，《不負如來不負卿》，頁 87。

記憶的文化景點，不是因為攤主是一位現代詩人，更不是因為攤主長年一襲藍色布衣，低眉觀心的僧家道行，而是這個攤位不擺放流行、暢銷的書籍雜誌，專門展售冷門嚴肅的現代經典，儼然是西洋現代文學的中繼站，台灣當代文學的展示窗，戒嚴時期被視為禁忌的前衛作品，學校不能講授，圖書館不知購藏，文藝青年只能來此領洗。施洗者約翰[39]卻又垂眉閉目，不言無語，這樣特殊的衝擊是當時現代文學愛好者心中雜陳的五味、翻滾的潮浪。

周夢蝶二十一年的書攤生涯，竟成為台灣二十世紀六〇年代、七〇年代現代文學的施洗約翰，周夢蝶不一定自知。市場、寺廟，就在趺坐處五公尺之外，喧囂紅塵就在身旁，周夢蝶或許也不清楚。論評者喜歡以「大隱隱於市」加以解讀，但是周夢蝶並沒有隱的念頭或條件，他所能掌握的是眾聲喧嘩中的一己安穩，萬方風雨中的一方寧靜。不過，古奧宗教經典與現代前衛思潮的相互滲透、迎合與抵拒，現代思潮下的迷失、慌亂與醒覺，周夢蝶的詩中卻是清晰回應，特別是回應在穿過孤獨國的蝴蝶身上。《還魂草》共有十一首蝴蝶詩：〈十月〉、〈六月──又題：雙燈〉、〈六月〉、〈駢指〉、〈失題〉、〈晚安！小瑪麗〉、〈關著的夜〉、〈囚〉、〈落櫻後，遊陽明山〉、〈燃燈人〉、〈孤峰頂上〉，這十一首蝴蝶詩共同指向：夢與醒的對比實境，死與生的體會與認證。

據美學研究者分析，東方美學有幾個重要特點：一、東

---

39 施洗者約翰「行在主的前面」，「為主預備合用的百姓」（〈路加福音〉第一章．第十七節），「預備主的道，修直他的路！」（〈路加福音〉第三章．第四節），和合本《聖經．路加福音》，頁 79、84。

方美學有著濃厚的神秘色彩；二、東方美學認為審美活動是直覺體驗性的；三、東方美學是主體性美學，它以強烈的主觀性為重要特徵；四、東方美學是生命美學；五、東方美學理論是詩性的理論。[40]周夢蝶詩作驗證了其中神秘色彩、直覺體驗與生命美學，尤其是《還魂草》這部詩集，向來為詩評家所熱中討論者，不外乎這三項。如以莊子〈齊物論〉來說，前面一大半的皇皇碩論、夸夸之言，不如短短這一則莊周夢為蝴蝶的小寓言，既是直覺體驗，又富神秘色彩，從此發展出來的《還魂草》蝴蝶詩，更是生命美學的實質體現。分述如下：

(一) 蝴蝶是生與死對立又和諧的雙翅

長期關注周夢蝶其人其詩的學者曾進豐指出：「周夢蝶在詩中表現莊、禪的神秘經驗，用得最多也最為有效的技巧就是弔詭語法。」[41]他引述黃永武的「矛盾語法」說：「矛盾逆折的語法，是在間隔甚短的距離中，容納兩個相反的意思，而詩人能將兩個相反的意思，在須臾之間，聯貫一氣，創造出一個相互衝激而躍起的高潮，這樣的詩句，往往能給人警策的印象。」[42]並認為弔詭語法就是黃永武的矛盾語法，並歸納出周夢蝶以這種弔詭語法所造就的四種「智

40 邱紫華：《東方美學史》（上卷）〈自序〉，北京：商務印書館，2003，頁1-12。

41 曾進豐：《聽取如雷之靜寂》，台南：漢風出版社，2003，頁221。

42 黃永武：《中國詩學．設計篇》，台北：巨流圖書公司，1976，頁 91。此段話為曾進豐所引，見《聽取如雷之靜寂》，頁219。

境」：一、外「物我彼此」，二、破「是非正反」，三、齊「終始本末」，四、一「大小短長」，全面鳥瞰周夢蝶作品，以禪學、莊學的體認來體認周公之詩，頗見其效。[43]不過，以生命美學而言，從蝴蝶詩中，周夢蝶是在「蘧蘧然」與「栩栩然」之間往來穿梭，是在「夢」與「覺」之際體驗，因而在「生」與「死」交會時，體悟到二者的對立與和諧，此一「外」死生、「破」死生、「齊」死生、「一」死生的哲思，其實也值得在此論述。

這種生死、死生的弔詭思緒，當然與弔詭語法互為因果，先有這種思緒而後發展出這種語法，或者先認知這種弔詭語法因而悟及禍福之相倚伏，已難以細察。老子的思考模式，也喜歡以相對而論的方法告訴我們純樸、清靜、簡素、無為的好處，他發現「有無」是相對而互生的，「難易」是相對而相成的，「長短」是相對而互顯的，「高下」是相對而相倚的，「音聲」是相對而和諧的，「前後」是相對而相隨的。老子不僅使用字詞上的「反義詞」：曲／全，枉／直，窪／盈，敝／新，少／得，缺／成，沖／盈，屈／直，拙／巧，訥／辯，無／有，難／易，短／長，下／高，虛／實，弱／強，也喜歡以相反的詞語、句構，傳達相同的觀念，可見這種淵源為時已久。[44]

佛家亦然。《大林間奧義書》說：梵是「非粗、非細、非短、非長、非赤、非潤；無影、無暗；無風、無空；無

43 曾進豐：《聽取如雷之靜寂》，頁 219-229。

44 蕭蕭：《老子的樂活哲學》，台北：圓神出版社，2006，頁 55-70。

著；無味、無臭、無眼、無耳、無語、無意、無熱力、無氣息、無口、無量、無內、無外。」「奧義書哲學家認為，只有排除了一切具體事物的屬性後，才能表達梵的無性之美、『大全』之性，才能表明梵的無限性和自由性。」[45] 佛家、莊子、老子，以至於周夢蝶，都使用這種『二律背反』的獨特思維邏輯，面對相互否定的、且又一方不能取消另一方的存在的兩個命題，面對各自都具有真理性、存在的必然性的兩個命題之時，[46]是一種語言與真理並生、真理與語言共存的場域，是心靈靠身體而依存、身體賴靈魂而活動的靈肉二元而合一的相同緣由。若以蝴蝶詩來看，蝴蝶振飛的雙翼，或許是最好的啟發。

《還魂草》中蝴蝶詩，處處可見生與死既對立又和諧的徵象與意涵，有似蝴蝶振飛的雙翼，最明顯的是兩首月份詩：

1.〈十月〉[47]

「就像死亡那樣肯定而真實／你躺在這裡。……所有美好的都已美好過了／甚至夜夜來弔唁的蝶夢也冷了」；「死亡」是肯定而真實的，「蝶夢」卻是美好的、夜夜來弔唁死亡（你），死亡與蝶夢，一種對比性的存在，「弔唁」則顯現和諧。這首詩裡另有兩次出現「矛盾性」的語言：「十字架

45 邱紫華：〈印度哲學和古典美學思想的總體特徵〉，《印度古典美學》緒論，武漢：華中師範大學出版社，2006，頁 7。

46 同前注，頁 11。

47 周夢蝶：〈十月〉，《還魂草》（領導版），頁 36-37。《孤獨國／還魂草／風耳樓逸稿》（周夢蝶詩文集）之《還魂草》，頁 127-128。

上漆著／和相思一般蒼白的月色」，將死亡（十字架）與愛（相思）同舉；「沒有一種笑是鐵打的／甚至眼淚也不是……」，將笑與哭同舉（它們都不是鐵打的），二者皆為對立又和諧的徵象。

2.〈六月〉[48]

「死亡在我掌上旋舞／一個蹉跌，她流星般落下／我欲翻身拾起再拚（疑為拼字）圓／虹斷霞飛，她已紛紛化為蝴蝶。」此詩中，死亡蹉跌如流星——不是一顆流星，而是獅子座流星雨一般壯觀的星群，所以才有「拼圓」的意念，結果卻在虹斷霞飛的背景下，紛紛化為蝴蝶。死亡化為蝴蝶，可以視為對立後的和諧。

在這兩首出現蝴蝶的「月份詩」中，死亡雖陰冷，卻有化蝶的可能，死亡與蝴蝶，有如蝶之雙翼，和諧鼓風而翔飛。藉此，我們可以進入下一階段的言說：蝴蝶是重生的象徵。

(二) 蝴蝶是入夢大覺死而重生的象徵

周夢蝶詩作深受佛教思想影響，在重佛教的印度思想中，對「永恆」、「無限」（梵），有著肯定或否定的兩種表述方法，猶如前小節所述矛盾語法，都表現出泛神論的共同特點：「既立足於物質形式，又力圖超越物質形式；既顯現為生命，又力圖超越生命；既有詩性思維自由的想像和象徵，

48 周夢蝶：〈六月〉，《還魂草》（領導版），頁 48-49。《孤獨國／還魂草／風耳樓逸稿》（周夢蝶詩文集）之《還魂草》，頁 139-140。

又有理性思維的嚴密的邏輯推理；既是現實的，又是超現實的。」[49]正是這種泛神論的思想，構成了印度思想中靈肉二元的人生哲學，「所謂『靈肉二元』的人生觀，是指印度思想在尊重現實人生的同時，更尊崇精神生活乃至出世和解脫的終極理想。」[50]在周夢蝶《還魂草》階段的詩作中，則顯現為肉身入夢，解脫而為靈的活潑生機，蝴蝶成為「入夢大覺、死而重生」的象徵，「入夢」乃必經之途徑，「大覺」是解脫的終極理想，入夢才能自覺，大夢始可大覺。

夢與覺、死與重生的意象，在這一階段的蝴蝶詩中頻繁出現，成為《還魂草》的主旋律。

又題〈雙燈〉的〈六月〉，詩一開始出現的是喚不醒的「飛灰」，一種死絕滅絕的意象：「再回頭時已化為飛灰了／便如來底神咒也喚不醒的」；永難再見的那雙燈，「除非你能自你眼中／自愈陷愈深的昨日的你中／脫蛹而出。第二度的／一隻不為睡眠所困的蝴蝶……」[51]第二度的醒覺便可以永遠不為睡眠所困，那是脫蛹而出的、重生的蝴蝶。另一首〈六月〉，詩的開始是「蘧然醒來／繽紛的花雨打得我底影子好濕！」詩的結束才可能是「死亡」如流星般落下紛紛化為蝴蝶。[52]〈駢指〉說：「定」從風中醒來，「蝴蝶」翩躚著

---

49 邱紫華：〈印度哲學和古典美學思想的總體特徵〉，《印度古典美學》緒論，頁 7。

50 同前注，頁 12。

51 周夢蝶：〈六月〉（又題〈雙燈〉），《還魂草》（領導版），頁 44-45。《孤獨國／還魂草／風耳樓逸稿》（周夢蝶詩文集）之《還魂草》，頁 135-136。

52 周夢蝶：〈六月〉，《還魂草》（領導版），頁 48-49。《孤獨國／還魂草／風耳樓逸稿》（周夢蝶詩文集）之《還魂草》，頁 139-140。

自風中醒來。[53]佛家所謂的「風」是指人生歷練上的「稱、譏、毀、譽、利、衰、苦、樂」，唯有能「定」，不為所動，才能是翩躚「醒來」的蝴蝶。〈失題〉中的你，髣髴是初花，「在驚蟄眼下，從幽夢中／驟然醒來」，笑著「醒來」，所以才有妙諦自眉梢灑落而又飛起，如「蝶振翼」。[54]這些詩中的覺與醒，都暗喻著重生、新生的美，如蝶一般化蛹而翩躚。

原題〈連瑣〉（《聊齋誌異》女鬼名）的〈關著的夜〉，期望跪求老道的是「返魂香」；[55]〈囚〉詩中的背景是「青而復枯，枯而復青」的宿草——重生的空間；要尋訪的你（一羽蝴蝶）「在紅白掩映的淚香裏／以熟悉的觸撫將隔世訴說……」——（訴說隔世）重生的主角；「誰是相識而猶未誕生的那再來的人呢？」——再來，不就是隔世、重生？[56]〈落櫻後．遊陽明山〉首句即是「依然空翠迎人」，點明的是「再遊」。〈燃燈人〉中的「滅盡還甦」、「一隻蝴蝶正為我／預言著一個石頭也會開花的世紀」，再三重複的都是「枯而復青」、「滅盡還甦」，蝴蝶就在詩中入夢而復覺，入死而出生。此一入死而出生的蝴蝶，不與俗文學「梁祝故事」中

---

53 周夢蝶：〈駢指〉，《還魂草》（領導版），頁 70-71。《孤獨國／還魂草／風耳樓逸稿》（周夢蝶詩文集）之《還魂草》，頁 160-161。

54 周夢蝶：〈失題〉，《還魂草》（領導版），頁 82-83。《孤獨國／還魂草／風耳樓逸稿》（周夢蝶詩文集）之《還魂草》，頁 169-170。

55 周夢蝶：〈關著的夜〉，《還魂草》（領導版），頁 108-111。《孤獨國／還魂草／風耳樓逸稿》（周夢蝶詩文集）之《還魂草》，頁 195-198。

56 周夢蝶：〈囚〉，《還魂草》（領導版），頁 118-120。《孤獨國／還魂草／風耳樓逸稿》（周夢蝶詩文集）之《還魂草》，頁 204-206。

的「化蝶」、「還魂」情節相涉，卻也無妨從這樣的方向，確立蝴蝶一世一世穿梭而下的深情之本質所在。

（三）蝴蝶是流變蟬蛻進入永恆的介面

「蝴蝶」，顯然就是周夢蝶詩中的圖騰，體現他苦思凝鑄的智慧，透露出他生命主體狂醉激情的嚮往，誠如東方美學研究者所肯認的：「東方民族的『意象』是體現創造者生命慾望衝動的、充滿旺盛生命力的、洋溢著主體狂醉激情的藝術形象。圖騰崇拜的心理衝動決定了以符號化的物質形式來代替人的內心觀念，把內心的願望和情緒轉化為『以假當真』的形象。這種全新的自由的建構組合、任意的變形、大膽的創新，最符合『純藝術』的創造精神：它體現了人類超越時空的想像的任意性、自由性，顯現了人類自由的本質。可以說，圖騰意識是虛幻意識，是催化藝術詩性思維的強有力的激素，它激發了東方創造性意象藝術的產生，使意象藝術成為東方藝術的根本特徵。」[57]從這樣的體認出發，無疑的，「蝴蝶」已然是周夢蝶藝術的根本特徵，尤其是入夢覺醒、死裡重生的蝴蝶。[58]或者說，因為蝴蝶，周夢蝶的詩作在風暴雨亂中進入真正的永恆境界。

《還魂草》時期中的重點詩，〈孤峰頂上〉可以算是標

57 邱紫華：〈原始宗教的虛幻思維對詩性思維的催化〉，《東方美學史》（上卷）第二章，頁 77。

58 丁旭輝：《台灣現代詩中的老莊身影與道家美學實踐》之第六章〈蝶意象的擴張與物化美學的闡揚〉，第一節〈形體的解脫與新生的喜悅〉，有著相似論述，可以參看。高雄：春暉出版社，2010 年 1 月，頁 225-253。

竿之作，這首詩蝴蝶所在的空間設計，顯示《孤獨國》時期「以我觀物」的開闊實境，已悄悄轉換為《還魂草》的「以物觀物」的虛擬情境，契合莊周夢為蝴蝶的變形、物化之說，在生與死的細縫——可能的空間裏，突破既有的藩籬與限制，深情投注而自在飛翔。這時的空間轉換，不僅是以空間之宏偉：「浩瀚而煥發的夜／靜默在你四周潺潺流動」，去對比「你在濃縮：／盡可能讓你佔據著的這塊時空／成為最小」，[59]不僅是以蝴蝶的謙卑的小，去對比時空的浩瀚與煥發；更以「重生」之「跨越時空」去推展更新的向度：

而在春雨與翡翠樓外
青山正以白髮數說死亡；
數說含淚的金檀木花
和拈花人，以及蝴蝶
自新埋的棺蓋下冉冉飛起的。[60]

更進一步，要從流變蟬蛻中進入永恆，那才是時間與空間都可以無窮展放的世界，一無限制的逍遙遊：

擲八萬四千恒河沙劫於一彈指！
靜寂啊，血脈裏奔流著你

---

59 周夢蝶：〈失題〉，《還魂草》（領導版），頁 82-83。《孤獨國／還魂草／風耳樓逸稿》（周夢蝶詩文集）之《還魂草》，頁 169-170。

60 周夢蝶：〈孤峰頂上〉，《還魂草》（領導版），頁 131。《孤獨國／還魂草／風耳樓逸稿》（周夢蝶詩文集）之《還魂草》，頁 217-218。

當第一瓣雪花與第一聲春雷
將你底渾沌點醒——眼花耳熱
你底心遂繽紛為千樹蝴蝶。[61]

「八萬四千恒河沙劫」與「一彈指」,「心」與「千樹蝴蝶」,巨大而不可思議的對比,是流變與永恆的懸殊差異;有如羚羊掛角、無迹可尋的蝶道,是周夢蝶詩中唯一可以查詢的介面,卻也是恍兮惚兮的介面。「一彈指」間,翻湧「八萬四千恒河沙劫」,「八萬四千恒河沙劫」也不過是「一彈指」間;「心」可以繽紛為「千樹蝴蝶」,「千樹蝴蝶」的繽紛也不過是一念之頃、一「心」之醒。流變與永恆,有賴蝴蝶翩翩為之串連,蝴蝶因重生而翩翩,是蟬蛻進入永恆最佳的介面。

《還魂草》時期的蝴蝶,是生與死對立又和諧的雙翅,是入夢大覺死而重生的象徵,更是流變蟬蛻進入永恆的介面。這一時期的空間設計,異於《孤獨國》時期將空間推闊推大至無極無限,以蝴蝶之小寄寓著無限濕冷裏的光與溫暖;《還魂草》時期的空間觀,是在現代主義反身回顧自我、挖掘自我,要在虛無感籠罩下覓得自我的時代風潮裏,周夢蝶審視蝴蝶(亦即審視自我),發現生與死、流變與永恆,都在蝴蝶(亦即自我)的身上可以清晰理會,因而以周遭的兩極性空間設計,凸顯蝴蝶的出入自在。蝴蝶,才是此

61 同前注,周夢蝶:〈孤峰頂上〉,《還魂草》(領導版),頁 130。《孤獨國/還魂草/風耳樓逸稿》(周夢蝶詩文集)之《還魂草》,頁 216。

一時期空間設計之眼。

五、世間飄飛的蝴蝶：後現代的物我溫潤

一般後現代主義論述者，主要強調的焦點都放在技巧的使用，如孟樊所指明，台灣的後現代詩承襲了不少現代詩的手法與精神，同時也自西方吸取不少概念和理論，獲得很多啟示，因而形成如下特色：寓言、移心、解構、延異、開放形式、複數文本、眾聲喧嘩、崇高滑落、精神分裂、雌雄同體、同性戀、高貴感情喪失、魔幻寫實、文類融合、後設語言、博議、拼貼與混合、意符遊戲、意指失蹤、中心消失、圖象詩、打油詩、非利士汀氣質、即興演出、諧擬、徵引、形式與內容分離、黑色幽默、冰冷之感、消遣與無聊、會話……。[62]這是一九九五年孟樊對後現代主義的最初心得。直至二〇〇七年十二月，以〈夏宇的後現代語言詩〉為題的論文中，仍然指出「語言詩派」在英美後現代詩派中所受到的矚目，不只是因為它們反主流，更為重要的是他們造就了獨樹一幟的文本政治的風格。孟樊強調「在對『寫實』不信賴這一點共識上，夏宇轉而擁抱語言（作為符號）本身，則與美國語言詩人如出一轍。」[63]換言之，「語言詩學」（the

62 孟樊：《當代台灣新詩理論》，台北：揚智文化公司，1995，頁 280。

63 孟樊：〈夏宇的後現代語言詩〉，中央研究院中國文哲研究所：《兩岸後現代詩學學術研討會論文集》，台北：中央研究院中國文哲研究所，2007 年 12 月 10 日，頁 150-151。

Language Poetics）一直是後現代詩學研究者之重心所在。

如果將後現代詩學之所以興起，轉向精神層面思考，諸如語言詩派（the Language Poets）的技巧使用，原是為了要從現代主義講究機械、數據、標準、精密、完美、高貴、冷峻中解脫而出，因此，後現代主義精神所在，應該是博愛眾生、撤除分際、觀照邊陲、給付溫馨。美國學者認為：「後現代理論拒斥統一的、總體化的理論模式，把它視為啟蒙運動的理性主義神話，……它遮蔽了社會領域內的差異性和多元性，同時在政治上導致了對多元性、多樣性和個體性的壓制，並助長了順從性和同質性。與現代觀點截然相反，後現代主義者肯定不可通約性（incommensurability）、差異性和片段性，視它們為壓迫性的現代理論形式與現代理性的解毒劑。」[64]在這種後現代視境下，正符應走出《孤獨國》、走下《還魂草》〈孤峰頂上〉、進入後現代主義時期的周夢蝶詩作；就周夢蝶而言，所謂「後現代主義時期」是指以《約會》詩集為中心，往前含括《十三朵白菊花》，往後納入新世紀新詩集《有一種鳥或人》。筆者曾以「引佛語而寄佛理」、「苦世情而悟世理」、「窺禪機而見禪理」的三階段論述周夢蝶的美學成就，[65]以蝴蝶詩作而言，在《十三朵白菊花》、《約會》出版之後，更驗證「窺禪機而見禪理」的論

64 〔美〕斯蒂文．貝斯特、道格拉斯．凱爾納（Steven Best & Douglas Kellner）著，張志斌譯：《後現代理論》（*Postmodern Theory*），北京：中央編譯出版社，2004，頁 50。

65 蕭蕭：〈台灣新詩的出世情懷——從佛家美學看周夢蝶詩作的體悟〉，《台灣新詩美學》，台北：爾雅出版社，2004，頁 139-157。

述，足以含括周夢蝶詩中佛禪喜樂、無限生機，兼及後現代主義所顯現的人性溫暖。

或許有人會懷疑孤居新店山城的周夢蝶，會刻意認識後現代主義嗎？其實，詩人嗜書如癡，早年在武昌街擺攤售書時，攤架上所陳列的盡是前衛性、現代性濃烈的作品，就是周夢蝶絕不排拒新潮藝術的最佳證明。在《不負如來不負卿》書上，曾記錄他為摯友林水亭之問「寫實主義與超現實主義之異同」，以「放屁」一事為例，為其說解曰：「今若有人焉，深信林黛玉放的屁有藥香或茯苓霜味，而貴妃楊玉環放的有荔枝味：此之謂寫實主義，當無異議。抑若更有人焉，堅持薛（謝）道韞放的屁有雪香或柳絮味而王昭君放的，有琵琶和胡沙味——：此情與想之若或有，而事與理之所必無也。所謂超現實也。」[66] 可以見出他為寫實主義與超現實主義所做的思考與理解，幽默風趣而又足以點醒他人。因此，如果說他詩中的蝴蝶，在後現代視境下，翔飛出真正的滿園子的詩的春意，人性的溫馨，也是勢之必然。

這段時期翩飛在人世間的蝴蝶，有《十三朵白菊花》的〈聞雷〉、〈十三朵白菊花〉、〈九宮鳥的早晨〉、〈不怕冷的冷〉、〈藍蝴蝶〉、〈率然作〉；《約會》裡的〈香頌〉、〈即事——水田鷺鷥〉、〈堅持之必要——光中詞兄七十壽慶〉、〈花，總得開一次——七十自壽兼酬夏宇阿蘋及林翠華〉等十首詩，具有物我圓潤之相。最新詩集《有一種鳥或人》，也有〈四月——有人問起我的近況〉、〈黑蝴蝶的三段論法〉

66 周夢蝶：《不負如來不負卿》，頁 50-51。

二詩，值得一起感受蝴蝶傳達的衷心喜悅。分述如次：

(一) 眾生是另一種蝴蝶

周夢蝶喜歡以蝶自喻，周之為蝶，蝶之為周，其實已無法析分或兩離：「我是一隻小蝴蝶／世界老時／我最後老／世界小時／我最先小」。[67]甚至於夢蝶之與莊周，莊周之與夢蝶，亦無法析分或兩離：「即使從來不曾在夢裏魚過／鳥過蝴蝶過／住久了在這兒／依然會惚兮恍兮／不期然而然的／莊周起來」。[68]

在後現代主義《約會》時期，周夢蝶更將蝶之美好感覺往外投射，古之詩人陶淵明、今之詩人余光中，都是他素所折服的詩人，也都在周詩中輝映著蝴蝶美好的影子。周夢蝶嘗自稱：「忝為陶公私淑之門牆」，[69]研究周夢蝶的專家曾進豐亦明指周夢蝶「對於陶公篤於志節、遺世獨立的精神，傾倒備至；對於其詩文癡迷程度，與東坡、稼軒無分軒輊。」[70]認為陶、周二公無論在生活態度、精神胸襟、生命意識或詩風歸趨上，可說是「古今兩素心人」。[71]因此，在

67 周夢蝶：〈藍蝴蝶——擬童詩：再貽鶯子〉，《十三朵白菊花》，台北：洪範書店，2002，頁 142-148。

68 周夢蝶：〈不怕冷的冷——答陳媛兼示李文〉，《十三朵白菊花》，頁 118。

69 周夢蝶：〈止酒二十行〉，《有一種鳥或人》（周夢蝶詩文集），台北：印刻文學生活，2009 年 12 月 29 日，頁 51。〈止酒二十行〉，原載《文訊》雜誌 281 期，2009 年 3 月。

70 曾進豐：〈夢蝶烏托邦——一個思想淵源的考察〉前言，彰化：明道大學「周夢蝶與二十世紀華文文學兩岸三地學術研討會」論文集，2009 年 12 月 20 日，頁 1。

71 同前注，曾進豐：〈夢蝶烏托邦——一個思想淵源的考察〉結語，頁 24。

〈十三朵白菊花〉裏，周夢蝶雖明言陶淵明未曾與蝶有緣，卻曲折表示自己詩中的蝶與淵明詩中的菊，遙相呼應，令他有著淚中有笑的迷醉感：「淵明詩中無蝶字；／而我乃獨與菊花有緣？／淒迷搖曳中。驀然，我驚見自己：／飲亦醉不飲亦醉的自己／沒有重量不佔面積的自己／猛笑著。在欲晞未晞，垂垂的淚香裏」。[72]

對於同屬「藍星詩社」的余光中，周夢蝶從未諱言自己對他的崇敬之心：「我早期的現代詩習作，受余光中先生影響相當大。他每每能指出我詩中的某些缺點，因他對中英文學理論懂得最多，兼又吐屬優雅，有時一言半語，都能令人疑霧頓開，終身受用不盡。」[73]因此在余光中七十壽慶，以詩相賀時，即以蝶相喻：「與落霞的紫金色相輝映；／隔岸一影紫蝴蝶／猶逆風貼水而飛；／低低的，低低低低的」，[74]以此象徵余光中詩心的堅持，且以尊貴的紫金色與之輝映。

甚至於無所謂尊貴或不尊貴的鄰居小姑娘，周夢蝶也賦予盎然生機，活靈活現於〈九宮鳥的早晨〉。此詩，詩人先寫小蝴蝶的瀟灑英姿，彷彿享受真愛而無所畏懼的人：「猶似宿醉未醒／闌闌珊珊，依依切切的／一朵小蝴蝶／黑質，白章／遶紫丁香而飛／也不怕寒露／染溼她的裳衣」，次寫小姑娘的無邪、專注：

72 周夢蝶：〈十三朵白菊花——附小序〉，《十三朵白菊花》，頁 50-51。

73 姚儀敏：〈以詩的悲哀征服生命悲哀的周夢蝶〉，《中央月刊》第二十五卷第八期，1992 年 8 月，頁 139。

74 周夢蝶：〈堅持之必要——光中詞兄七十壽慶〉，《約會》，台北：九歌出版社，2002，頁 136。

不曉得算不算是另一種蝴蝶
每天一大早
當九宮鳥一叫
那位小姑娘，大約十五六七歲
（九宮鳥的回聲似的）
便輕手輕腳出現在陽台上
先是，擎著噴壺
澆灌高高低低的盆栽
之後，便鉤著頭
把一泓秋水似的
不識愁的秀髮
梳了又洗，洗了又梳
且毫無忌憚的
把雪頸皓腕與蔥指
裸給少年的早晨看[75]

小蝴蝶與小姑娘，兩者異象而同質——未受污染的心靈，專注的神采，不識愁滋味的的天真神態。將這樣的特質與陶淵明其人、余光中其詩相比擬，竟可呼應「與莊嚴性、純粹性及個體性等現代主義價值相對立，後現代藝術展現了一種新的隨心所欲、新的玩世不恭和新的折衷主義。……絕大多數的後現代主義藝術卻能在一種多元化的美學風格和美

75 周夢蝶：〈九宮鳥的早晨〉，《十三朵白菊花》，頁 97-98。

學遊戲中愉快地接受現狀並與之安然共處。」[76]隨心所欲，隨遇而安，是《約會》時期的周夢蝶與後現代主義者共通的適然心境。

（二）深情專注是另一種蝴蝶

蝶與花相互為喻，在《孤獨國》時期，周夢蝶已然開啟以「深情」暗喻「至聖」的創作途徑，蝶與花抵死纏綿是周詩的不二選擇。周夢蝶眉批《石頭記》之作，命名為《不負如來不負卿》，[77]此七字正可視為詩人一生創作的契機所在，既要不負如來至聖，又要不負卿之至愛，因而一往情深、深情專注以回報，周夢蝶對於佛與愛之深情執著，一絲不苟，體現於個性、生活，也體現於閱讀、[78]寫作（其詩、

76 〔美〕斯蒂文．貝斯特、道格拉斯．凱爾納著，張志斌譯：《後現代理論》，頁 15。

77 相傳這是六世達賴的詩句：「曾慮多情損梵行，入山又恐別傾城；世間安得雙全法，不負如來不負卿。」

78 《不負如來不負卿》中常將小說人物當作真人對話，如第十回，抄謄《莊子．應帝王》卒章，「祝願可卿與阿鳳促膝並肩而讀之，思之再思之，庶可省心力，祓不祥，卻病而延年。」（頁 33）。如第二十四回，引印度詩哲泰戈爾之詩「不要因為峭壁高，便把情愛供在上面了。」期望「美婢林紅玉思之再思之。」（頁 61）。如第二十五回，「敬代賈三姐探春作」偈語四言十二韻，「祝願其母趙及胞弟環終身誦之。庶可以無過矣，可以無大過矣。無過，則福自生矣。懇懇懇懇。」（頁 63）如第二十九回，「恨余生也晚，不及與賈太夫人相切磋，並向冤家寶黛此無猜之兩小求證耳。」（頁 71）如第四十二回，集老杜陳后山詩四句二十四字，「舉與畫師賈四小姐互勉。」（頁 97）如百六回，「父子兼知己，拭目萬人看；情親見今日，相識幾生前？此余集后山陳師道句也。敬望政老前輩寓目，並祝願：勿為世俗之見所狃，貴所遠而忽所近，則骨肉幸甚，家國幸甚，天下幸甚！」（頁 227）

其瘦金體書法)。《不負如來不負卿》書中，曾提及少時日記一則，略謂：「人之大患，莫甚於愛欲。當其有感而發或無風自動，雖顛沛流離之際，難捨綢繆；雨雪道路之中，不忘燕好。人類之所以繁衍綿延，生生不息者以此；人類之所以蠶繭膠漆，轉轉牢固，不得解脫者亦以此。」[79]周夢蝶詩中雖然多愛少欲、深之以情淡之以色，但其蠶繭膠漆，轉轉牢固，不得解脫，卻未因此而輕而緩。何況，不負如來不負卿之「卿」，顯然並非單指一人，《風耳樓墜簡》之尺牘達一百五十札以上，《有一種鳥或人》酬答之作佔一半，如此不負人人，如此深切以對人人，情愛因而成為周夢蝶心中沈重的負擔，不得稍減，且無法豁免。

這樣的情深意重，此一時期顯現為花蝶之死吻苦戀。

如〈率然作〉即言花有花的不得已，蝴蝶也有蝴蝶的不得已。說「蝶」:「永遠／為『不得已』而尋尋覓覓／而生生世世生生／而將一個又一個春天／而將多少福慧修成的翩翩，一笑／付之於成灰的等閒」；說「花」的謎題是沒有底的:「生怕自己的心跳被蝴蝶聽見／又恨不得天下有耳朵的全是蝴蝶」。因此，「既生而為花／既生而為蝴蝶／你就無所逃於花之所以為花／蝴蝶之所以為蝴蝶了」。[80] 執著的宿命觀，塑造了周夢蝶其人、其骨、其詩、其字，永遠淡枯瘦瘠。

〈香頌〉仍屬蝶戀花之作，所有的蝴蝶沒有自己的生

79 周夢蝶:《不負如來不負卿》，頁 17。

80 周夢蝶:〈率然作〉，《十三朵白菊花》，頁 199-201。

命，所有的蝴蝶都是為所有的花而活的！決然之意，斷然之語，何其堅定！何其深沈！

> 蝴蝶沒有自己的生命；
> 所有的蝴蝶都是為
> 所有的花而活的！
> ……
> 君不見：所有的蝴蝶
> 生生世世修溫柔法的蝴蝶
> 欸！乃不知有冬
> 更無論梅與雪
> 五瓣的紅與六瓣的白[81]

周夢蝶藉蝶戀花之抵死纏綿，以見其用情之深固不徙。因而啟悟讀者：若非深情專注，則生命將一無所有。

（三）開悟是另一種蝴蝶

開悟，智慧，是所有皈依佛、法、僧者所最期盼的，周夢蝶形容那種如雷之棒喝，令人開悟，彷彿「更纖毫無需著力」就可「擎起」，悟道之狀是以「喔——花雨滿天！／誰家的禾穗生起五隻蝴蝶？」[82]加以比擬，藉蝴蝶飛舞的美妙，狀寫悟道的喜悅。

81 周夢蝶：〈香頌——書雲女弟賀年卡「雪梅爭春」小繪後〉，《約會》，頁66-67。

82 周夢蝶：〈聞雷〉，《十三朵白菊花》，頁13。

《十三朵白菊花》裏的〈藍蝴蝶〉，《約會》裏的〈即事——水田鷺鷥〉，更進一步表現出開悟後的自在，物與物相接時的融融洽洽、和和諧諧。

〈藍蝴蝶〉中的蝴蝶是物化的我，卻也是蝴蝶之自我，象徵任何個體之自我期許與肯定：「我敢於向天下所有的／以平等待我的眼睛說：／我是一隻小蝴蝶！」彷彿佛陀降世時，一手指天，一手指地：「天上地下，唯我獨尊。」生命的獨立、尊嚴與自信，都在這樣的宣示中得到啟發。〈藍蝴蝶・之一〉即言：雖然藍之外還有藍，飛之外還有飛，雖然蝴蝶還是蝴蝶，一隻不藍於藍、甚至不出於藍的藍蝴蝶，卻創造出屬於自己的天空、屬於自己的藍，蝴蝶即天空、即藍、即飛，即一切。〈藍蝴蝶・之二〉說藍色是比「無限大」大，比「無限小」小，「像來自隔世的呼喚與丁嚀」，「在藍了又藍又藍又藍／不勝寒的蟬蛻之後」，藍蝴蝶與天空一樣，一藍，永藍。其中的「隔世」、「蟬蛻」，又呼應著「重生」、「永生」，生命極大的滿足與歡騰。[83]

二十世紀九〇年代《約會》裏的〈即事——水田鷺鷥〉，以萬綠之上的一點白（蝴蝶），不辯而自明：蝶即一切。

只此小小
小小小小的一點白
遂滿目煙波搖曳的綠

83 周夢蝶：〈藍蝴蝶〉，《十三朵白菊花》，頁 142-148。

不復為綠所有了[84]

〈即事——水田鷺鷥〉，以即目所見領悟「撒手即滿手」，O＝∞（零即無限）的道理，「最最奢侈的狩獵，也是／最最一無所有的狩獵吧！」是我看蝴蝶、蝴蝶看我看世界，逍遙自在的領略。

此一時期的空間設計，不在於「背景」的藍天空或綠水田之大且廣，而在於蝴蝶（或詩人）的「心」承諾了物與物的融洽、諧和，心與心的無垢交會。因此，蝴蝶不僅是一切，在不同的時空中蝴蝶是無限的可能，如〈花，總得開一次——七十自壽兼酬夏宇阿蘋及林翠華〉詩中，周夢蝶相信，在夢的應許下，蝴蝶永遠翔飛在不同的時空裏、時空外：

不同姓不同命而同夢
或映於春波之綠，或遊於廣漠之野
蝴蝶在渡船頭
在幾千年前莊子的枕上
各飛各的[85]

因此，在二十一新世紀所創作的蝴蝶詩中，蝴蝶只是一個引子，只扮演點醒、點化的作用，如〈四月——有人問起

84 周夢蝶：〈即事——水田鷺鷥〉，《約會》，頁 91-92。
85 周夢蝶：〈花，總得開一次——七十自壽兼酬夏宇阿蘋及林翠華〉，《約會》，頁 139。

我的近況〉，說「夢裏不是雨便是風／卻從不曾出現過蝴蝶」，即便如此，卻仍然歡喜孟夏四月有著愚人節、兒童節、浴佛節、潑水節，何節不是喜悅？詩末反問：「誰說人生長恨：水，但見其逝？」[86]即使蝴蝶不再出現夢中，詩人看見水之東逝，也隱然看見源頭活水不斷湧現而無憾。〈四月──有人問起我的近況〉說的是夢中不再出現蝴蝶，〈黑蝴蝶的三段論法〉則是標題中有蝴蝶，內文卻一無蝴蝶出現，「附跋」略謂：一九九九年十月十日覃子豪先生逝世三十五週年，詩人與友人赴三峽禮拜覃先生之墓，禮畢，細雨中有一大於掌的黑蝴蝶，側翅倚風，掠其肩三匝而逸。[87]事隔五年，詩成之日卻已是二〇〇四年十一月。詩分三段，都有「你說」之語，「你」可以是覃子豪先生、也可以是黑蝴蝶（眾生是另一種蝴蝶）。此三段論法，可以綰結周夢蝶「蝶詩」的共同意涵：

之一：玫瑰，「是要你去愛，去成仙或成灰／而不是要你去閱讀去參究與悟解的」──呼應著「不負卿」的深情。

之二：「我有不復牽挂此世界／也不為此世界所牽挂的歡喜」──此乃「不負如來」（佛家美學）的領悟與喜悅。

之三：「幾曾聞泰山與一拳石比高」？──這是彷彿「無頂的妙高山、無涯的香水海」[88]的空間胸懷，唯有這樣的空間才有深情的「逍遙遊」。

學者如此稱頌莊周夢為蝴蝶：「無論從現實或象徵的角

---

86 周夢蝶：〈四月──有人問起我的近況〉，《有一種鳥或人》，頁 66-67。

87 周夢蝶：〈黑蝴蝶的三段論法〉，《有一種鳥或人》，頁 113-115。

88 周夢蝶：〈藍蝴蝶〉，《十三朵白菊花》，頁 147。

度看，中國文學史上，再沒有別的夢比莊子的蝶夢更重要了。莊子的蝴蝶起飛後，中國文學也跟著起飛，翼展擴向八殥外的八紘，八紘外的八極：倉頡在天雨粟、鬼夜哭的時辰創造的文字，開始把時間接疊、把空間屈曲，倏然由實入虛，由虛返實，虛實相生間超越萬期，以至於無窮；莊子的蝴蝶起飛後，現實與非現實的界限泯滅，作家可以隨時走入鏡中，又從鏡中返回現實；就像一月映入千江；再從千江回映天上，還原為一月。」[89]周夢蝶的「蝶詩」以一生的創作呼應這種稱頌，也值得我們以這段稱頌頌揚他的「蝶詩」。

六、結語：栩栩然蝴蝶也

蝶有蝶道，詩有詩路，周夢蝶從十五歲開始即與莊周、蝴蝶結下不解的宿緣，發展出蝶道與詩路相互會通、相互牽引的迷人途徑。

從古典的哲學氛圍，基督文化與佛教教義雜糅的孤獨玄思中，周夢蝶的詩任蝴蝶與古典意象齊飛、任蝴蝶與太陽爭光、任蝴蝶與花比美、任蝴蝶與濕冷空間相映襯，蝴蝶成為巨大孤獨國裡最美好的依靠。其後，《還魂草》寫作時，正是台灣詩壇現代主義狂飆的時代，所有的詩人無不往內省視自己，孤峰頂上的蝴蝶藉此審視自我，保持詩壇暴風雨中的一方寧靜，維繫自我的清醒，得以讓蝴蝶成為生與死對立又

89 黃國彬：《莊子的蝴蝶起飛後——文學再定位》(*After Zhuang Zi`s Butterfly Took Off : Literature Reoriented*)，台北：九歌出版社，2007，頁 10-11。

和諧的雙翅，入夢大覺、死而重生的象徵，同時是流變蟬蛻進入永恆的最佳介面。穿過現代主義的情致與精緻，周夢蝶不再高居於孤冷的峰頂，終於來到後現代的溫熱人間，周夢蝶以最完美的融融圓潤，見證蝶與周齊，蝶與萬物合的哲思，盎然漾起無限生意；以完善而周全的蝴蝶詩，從驚醒的、有形的「蘧蘧然周也」，翔飛出「栩栩然蝴蝶也」的詩境。

余光中曾以為「希臘人以靈魂為蝶，自垂死者口中飛出；基督徒以凡軀為蠋，死而成蝶，是為靈魂。」[90]若是，蝴蝶顯然是周夢蝶詩中的靈魂，翔飛七、八十年而不歇止，從古典、現代到後現代，翔飛出台灣詩壇稀有而罕見的、令人著迷的意境。

---

90 余光中：〈蠋夢蝶——贈周夢蝶先生〉（原載《純文學》第二卷第四期，1967 年 10 月），曾進豐編：《娑娑詩人周夢蝶》，頁 322-324。

引用文獻

周夢蝶詩文集（依出版序）

周夢蝶：《孤獨國》，台北：藍星詩社（藍星詩叢），1959 年 4 月。

周夢蝶：《還魂草》，台北：文星書店，1965 年 7 月。

《還魂草》（領導版），台北：領導出版社，1977 年 1 月。

周夢蝶：《十三朵白菊花》，台北：洪範書店，2002 年 7 月。

周夢蝶：《約會》，台北：九歌出版社，2002 年 7 月。

周夢蝶：《不負如來不負卿》，台北：九歌出版社，2005。

周夢蝶：《孤獨國／還魂草／風耳樓逸稿》（周夢蝶詩文集），台北：印刻文學生活，2009 年 12 月 29 日。

周夢蝶：《有一種鳥或人》（周夢蝶詩文集），台北：印刻文學生活，2009 年 12 月 29 日。

周夢蝶：《風耳樓墜簡》（周夢蝶詩文集），台北：印刻文學生活，2009 年 12 月 29 日。

中文書目（依作者姓氏筆畫序）

〔清〕王先謙：《莊子集解》，〔民國〕劉武：《莊子集解內篇補正》，合刊本，台北：漢京文化公司，1988。

〔宋〕洪興祖撰：《楚辭補注》，台北：頂淵文化事業公司，2005。

中央研究院中國文哲研究所：《兩岸後現代詩學學術研討會論文集》，台北：中央研究院中國文哲研究所，2007 年 12 月 10 日。

丁旭輝：《台灣現代詩中的老莊身影與道家美學實踐》，高雄：春暉出版社，2010 年 1 月。

王國維著、滕咸惠校注：《人間詞話新注》，台北：里仁書局，1994。

羊子喬編：《楊華作品集》，高雄：春暉出版社，2007。

孟樊：《當代台灣新詩理論》，台北：揚智文化公司，1995。

邱紫華：《東方美學史》，北京：商務印書館，2003。

張海明：《玄妙之境》，長春：東北師範大學出版社，1998。

陳鼓應：《莊子哲學》，台北：台灣商務印書館，1999。

曾進豐：《聽取如雷之靜寂》，台南：漢風出版社，2003。

曾進豐編：《周夢蝶先生年表暨作品、研究資料索引》，台北：印刻文學生活，2009。

曾進豐編：《娑婆詩人周夢蝶》，台北：九歌出版社，2005。

黃永武：《中國詩學・設計篇》，台北：巨流圖書公司，1976。

黃國彬：《莊子的蝴蝶起飛後——文學再定位》（*After Zhuang Zi`s Butterfly Took Off : Literature Reoriented*），台北：九歌出版社，2007。

黃錦鋐：《新譯莊子讀本》，台北：三民書局，2007。

劉永毅：《周夢蝶——詩壇苦行僧》，台北：時報文化出版公司，1997。

劉紹瑾：《莊子與中國美學》，廣州：廣東高等教育出版社，

1992。
蕭蕭、方明編：《現代詩壇的孫行者──管管作品學術研討會論文集》，台北：萬卷樓圖書公司，2009。
蕭蕭：《台灣新詩美學》，台北：爾雅出版社，2004。
蕭蕭：《老子的樂活哲學》，台北：圓神出版社，2006。
錢穆：《莊子纂箋》，台北：東大圖書公司，2004。
錢鍾書：《管錐編》，北京：中華書局，1979。

中文篇目（依作者姓氏筆畫序）

姚儀敏：〈以詩的悲哀征服生命悲哀的周夢蝶〉，《中央月刊》第二十五卷第八期，1992 年 8 月。
曾進豐：〈夢蝶烏托邦──一個思想淵源的考察〉，彰化：明道大學「周夢蝶與二十世紀華文文學兩岸三地學術研討會」論文集，2009 年 12 月 20 日。

中文譯著

〔美〕Steven Best & Douglas Kellner（斯蒂文・貝斯特、道格拉斯・凱爾納）著，張志斌譯：《後現代理論》（*Postmodern Theory*），北京：中央編譯出版社，2004。

輯二

香港論述

詩歌與上升下降的敘事

周夢蝶的研究

黎活仁（香港大學教授）

摘 要

本文以巴什拉「四元素詩學」（地、水、火、大氣）中有關「上升與下降」的理論，對周夢蝶的想像力進行研究。周夢蝶的想像力屬於「大氣」的詩人，常用「高處」一詞，另外，他的佛教信仰近於淨土宗，淨土位於極遙遠的宇宙彼岸，因此借巴什拉的語言，周夢蝶一方面要上升，另一方面，卻是要下降到宇宙深淵的極樂世界。

關鍵詞

周夢蝶、巴什拉、《大氣的夢想》（*Air and Dream*）、台灣文學、淨土宗

一、引言

上升下降之論，見於巴什拉（Gaston Bachelard, 1884-1962）的《大氣的夢想》（*Air and Dream*）[1]一書。本論文擬以上升和下降的運動研究周夢蝶（周起述，1921- ），建構為一種敘事詩學。

巴什拉以《空間詩學》（*The Poetics of Space*）最為有名，至於「四元素」（地、水、火、大氣）詩學，在研究詩歌而言，已成為經典。《大氣的夢想》是「四元素」詩學系列的一種，有很多奇想，對詩的解讀極具啟發。前輩學者對周夢蝶的評議，譬如於樹、飛翔[2]的分析，部分想法也接近「四元素」詩學，至感興味。巴什拉的《大氣的夢想》[3]第3 章發端說：上升與下降的隱喻，後者遠比前者為多，這一論述，不完全適用於周夢蝶。「上升與下降」是學術界較少致力的課題，拙稿相信有助研閱窮照。周夢蝶喜用「高處」一詞，這一點值得留意，以下是兩例，其中《還魂草．山》提到「天外還有天」：

> 說天外還有天／雲外還有雲。說一寸狗尾草／可與獅

1 Gaston Bachelard, *Air and Dreams: An Essay on the Imagination of Movements*, trans. Edith R. Farrell and C. Frederick Farrell (Dallas：Dallas Institute, 1988).

2 羅任玲（1963-），〈周夢蝶詩中的二元對立與和諧——以《十三朵白菊花》、《約會》為例〉，曾進豐（1962- ）編，《娑婆詩人周夢蝶》（台北：九歌出版社有限公司，2005），頁 275。

3 Bachelard, *Air and Dreams*, 91.

子底光箭比高（《還魂草・山》，文 62-63[4]，印 153）
春天緣著地下莖的脈搏嬝嬝上升／一直升到和自己一樣／不能再高的高處／嫣然一笑／就停在那裏／／沒有誰知道甚至春天自己也不知道／為什麼，如此癡癡／浪費她的美：／乃不知有搖落，更無論（《十三朵白菊花・絕前十行》，46[5]）

表 1：周夢蝶使用「高處」用語的作品

詩集名	作品名	數量
《孤獨國》[6]	〈雲〉（藍 4，印 30）、〈向日葵之醒・之一〉（藍 62，印 94）	2 首
《還魂草》	〈五月〉（文 28，印 124）、〈菩提樹下〉（文 53，印 147）、〈豹〉（文 58，印 150）、〈山〉（文 62，印 153）、〈駢指〉（文 73，印 160）、〈你是我底一面鏡子〉（文 110，印 190）	6 首
《十三朵白菊花》	〈雪原上的小屋——師玄賀年卡速寫卻寄〉（32）、〈絕前十行——附跋〉（46）、〈迴音——焚寄沈慧〉（64）、〈觀瀑圖〉（127）	4 首
《約會》	〈香頌——書雲女弟賀年卡「雪梅爭	2 首

4 本論文引周夢蝶《還魂草》，據臺北、文星書店 1965 年版，頁碼附於引文之後，簡作「文」，收於 2009 年「INK 印刻文學生活雜誌出版有限公司」《周夢蝶詩文集：孤獨國　還魂草　風耳樓逸稿》的新版，則簡作「印」。

5 本論文引周夢蝶《十三朵白菊花》，據台北：洪範書店有限公司，2002 版，頁碼附於引文之後。

6 周夢蝶《孤獨國》，藍星詩社 1959 年版，簡作「藍」，收於 2009 年「INK 印刻文學生活雜誌出版有限公司」《周夢蝶詩文集：孤獨國　還魂草　風耳樓逸稿》的新版，則簡作「印」。

	春」小繪後〉(68)、〈即事──水田驚艷〉(91)	
《風耳樓逸稿》	〈石頭人語　外一章〉(239)	1首
《有一種鳥或人》	〈九行　二首・之一〉(57)、〈急雨即事〉(111)、〈我選擇共三十三行──仿波蘭女詩人 Wisslawa Szymborska〉(139)	3首

二、彌陀淨土和蓮花藏世界

劉永毅《周夢蝶・詩壇苦行僧》說周夢蝶學佛之後，思想比較定下來，承認自己「略近於佛教的『淨土宗』，老老實實的持戒修行」。[7]（這一提示有重要意義：(1)。淨土宗的「極樂世界」）在「天外天」;(2) 其詩可能有《觀無量壽經》的 16 觀的影響，周夢蝶怎樣透過詩境觀想淨土的莊嚴相，是一個課題，理論上，觀想可能是他每天的功課之一，周夢蝶大概有條件這樣做，他長期維持非常簡單的獨居生活，最主要的工作是苦吟，有關周氏訪問和回憶相當多，[8]

7 劉永毅，《周夢蝶　詩壇苦行僧》（台北：時報文化出版企業股份有限公司，1998），頁 140。淨土宗的理論，參釋大安等，《淨土宗教程》（北京；宗教文化出版社，2006）。隆蓮（1938-　），《淨土學導引》（北京：宗教文化出版社，2006）。研究周夢蝶與佛教的論著有：黃如瑩，〈臺灣現代詩與佛：以周夢蝶、敻虹、蕭蕭為線索之考察〉，碩士論文，國立臺南大學，2006；林峻楓，〈禮佛習禪・不孤的覺者：側寫詩人周夢蝶〉，《台灣詩學季刊》，27（1999）：頁 59-61；林淑媛，〈空花水月：論周夢蝶詩中的禪意〉，《台灣詩學季刊》，28（1999）：頁 38-42；蕭蕭（蕭水順，1947-　），〈佛家美學特質與周夢蝶詩的體悟〉，彰師大「第五屆現代詩學研討會」論文，2001，頁 167-222。

8 陳玲玲，〈鳥到青天倦亦飛：管窺周夢蝶先生的詩境〉，《書評書目》，80

但沒有記錄他平日念佛頌經起居的生活。

(一) 關於「極樂世界」

禪宗和淨土宗在宋代開始合流，[9]早期的禪宗講求長期結跏趺坐觀照，需要長時間的修習，不利於生產，[10]而且需要一定的學養基礎，一般人難以配合。至於淨土宗，不分賢不肖，甚至犯過罪的，只要口唸「阿彌陀佛」（這叫做「稱名念佛」），在彌留之時，「阿彌陀佛」就來接引到「極樂世界」，在蓮花中化生，這是成佛的一個階段，但信眾多視此為目的。

「淨土三經」，即：(1)《佛說阿彌陀經》（又稱《小阿彌陀經》；(2)《觀無量壽佛經》——簡稱《觀經》；(3)《大乘無量壽經》——亦稱《大阿彌陀經》。淨土三經詳細描寫

(1979)：27-39；陳旻志，〈我將自己坐隱成暑：周夢蝶其人其詩〉，《藍星詩學》，3 (1999)：頁 21-40；林清玄 (1953-)，〈現代・文學・夢〉，《越過滄桑》（台北：健行文化出版事業有限公司，1992），頁 24-28；宋雅姿 (1951-)，〈滾滾紅塵的苦行僧：專訪詩人周夢蝶〉，《文訊》，221 (2004)：頁 116-21；宋雅姿，〈周夢蝶得天獨厚好眼力〉，《文訊》，220 (2004)：頁 62-63；王保雲 (1956-)，〈雪中取火・鑄火為雪——訪詩人周夢蝶〉，曾進豐，《娑婆詩人》，頁 294-96；翁文嫻，〈誰能於雪中取火——與周夢蝶對談〉，《創作的契機》（台北：唐山出版社，1998），頁 283-97；應鳳凰，〈「書人」周夢蝶的秘笈〉，《書評書目》，70 (1979)：頁 67-70。

9 陳揚炯 (1932-2004)，《中國淨土宗通史》（南京：江蘇古藉出版社，2000），頁 417-22；海波，《佛說死亡——死亡學視野中的中國佛教死亡觀研究》（西安：陝西人民出版社，2007），頁 126-40。

10 季羨林 (1911-2009)，〈中國佛教史上的《六祖壇經》〉，《佛教十五題》（北京；中華書局，2007），頁139；從生產力講述漸修、頓悟的優劣，法師不事生產，長期接受供養，則國家稅收不易得到平衡，造成排佛的原因，提倡頓悟，可節省不少時間。如周夢蝶，實屬於漸修一類。

了「極樂世界」的美景，淨土的台以黃金砌成，由無量珠寶合成各種器皿，異香處處、想用餐之時，百味自然盈滿，衣著亦隨意念即至。[11]女子在變為男身之後，也能進淨土，這對女性而言，也開了方便之門。〈於桂林街購得大衣一領重五公斤（之二）〉就是詠蓮花化生的佛土：

> 只一千一百元就換得一襲／永恆的安全辮／髣髴中／西方過此十萬億佛土／蓮花世界的七寶池／便香遠益清的／與我同行復同在了／／比六小劫長／一彈指短——／心開即／花開時／吳又闍尊者曾密密／／為我授記（《十三朵白菊花・於桂林街購得大衣一領重五公斤（之二）》，169-70）

〈附註〉說：「經言：西方過此十萬億佛土，有世界名極樂；此方眾生，若有至心稱念彼佛無量光壽名者，雖極罪重惡人，亦得下品下生：於蓮胎中，歷時六小劫，花開見佛聞法，悟一切智，住不退轉。」（《十三朵白菊花・於桂林街購得大衣一領重五公斤・之二》，171）這段話見於《佛說阿彌陀經》。[12]據劉永毅《周夢蝶・詩壇苦行僧》一書，周夢蝶

11 方立天（1933- ），《佛教哲學》（長春：長春出版社，2006），頁112-14。全佛編輯部主編，《佛教的蓮花》（台北：全佛文化事業有限公司，2001），頁53-87，〈蓮花在佛教中的意義部分〉；〈《淨土三經》屬於哪一個宗派的經典〉，《佛教200題》，黃頌一主編（成都：四川出版集團、四川人民出版社，2005），頁396-99。

12 見《佛說阿彌陀經》，繆留根，《淨土五經白話直講》（北京：宗教文化出版社，2004），頁2-3。

自言〈風荷〉是淨土宗的題材[13]：

> 輕一點，再輕一點的吹吧／解事的風。知否？無始以來／那人已這兒悄然住心入定／是的，在這兒，水質的蓮胎之中。（《十三朵白菊花・風荷》，90）

佛教認為胎生、卵生、濕生（從濕氣濕地而生，如魚蝦、蚊蟲、螞蟻等）和化生（憑借業力而生，如天神、餓鬼等），其中以化生最好；人一般是以胎生，但也有卵生、濕生和化生的。[14]往生淨土者，可以在蓮花內化生，蓮花猶如孕育嬰兒的子宮，故名蓮胎。[15]《還魂草》的〈孤峯頂上〉似是用《觀無量壽經》16 觀的「華座觀」的描寫，平日觀想阿彌陀佛的蓮花座，也是一項程序，往生的人臨終時，菩薩會手持蓮花座來迎，《還魂草・孤峯頂上》正是描述這一想像：[16]

> 恍如自流變中蟬蛻而進入永恆／那種孤危與悚慄的欣喜！／髣髴有隻伸自地下的天手／將你高高舉起以寶蓮千葉／盈耳是冷冷襲人的天籟。（《還魂草・孤峯頂上》，文 145，印 216）

---

13 劉永毅，頁164。

14 方立天，頁117。

15 林克智（1939- ），《實用淨土宗辭典》（北京：宗教文化出版社，2007），頁375。

16 林克智，頁373。

（二）《華嚴經》的蓮花藏世界

《十三朵白菊花》中〈空杯（并序）〉，也提及淨土，但「香水海」是見於華嚴宗的「蓮花藏世界」。清代魏源（1794-1857）將《華嚴經》〈普賢菩薩行願品〉附在三經之後，成為淨土第四經；清末民初時印光大師（趙紹伊，1861-1941）又將《楞嚴經》〈大勢至菩薩念佛圓通章〉加進去，是為淨土第五經。據劉永毅《周夢蝶・詩壇苦行僧》一書，周夢蝶長期修習《楞嚴經》。[17]「蓮花藏世界」有無數香水海，香水海之上有大蓮花：[18]

> 投四香水海碧琉璃的醉影／於欲飛的杯中——／我的鷺鷥之腳翹跂著驚嘆著：／好一片無邊浩瀚的綠／而愈仰愈高，愈渴愈難的淚眼啊！／眼是耿耿而永遠醒著又睡著的。／許或有風，但不是從冷熱來／許或有霧如圓光／溶溶，而檸檬黃的／湧現於何人，劫前劫後／平滿的頂上？（《十三朵白菊花・空杯（并序）》，41-42）

此詩的中段出現《維摩詰經》天女散花的故事，《維摩詰

17 劉永毅，頁80。應鳳凰，〈「書人」周夢蝶的秘笈〉，曾進豐，《娑婆詩人》，頁287，289。

18 方立天，頁113。全佛編輯部，《佛教的蓮花》，頁89-95，〈《華嚴經》的蓮華藏世界海〉。魏道儒，《中國華嚴宗通史》（南京：鳳凰出版社，2008），頁26-27。

經》和《六祖壇經》對淨土有不同的態度，《維摩詰經》是提倡唯心淨土的：

> 菩薩取於淨國，皆為饒益諸眾生故。譬如有人，欲於空地，造立宮室，隨意無礙，若於虛空，終不能成！菩薩如是，為成就眾生故，願取佛國，願取佛國者，非於空也。……若菩薩欲得淨土，當淨其心；隨其心淨，則佛土淨。(《維摩詰經・佛國品》[19])

從上升、下降來看，天女散花是下降的書寫，如「塵緣糾結已除盡，天花便不會沾在身上。」(《維摩詰經・觀眾生品》[20]）詩中只提及香，沒有花，「無邊空無邊非想非非想」的「雙遣法」(「非 x 」亦「非 x 」的句式最為特徵)，除了表達佛教的瞭解之外，在修辭上也是一種類似苦吟的語言遊戲，重複使用否定的無、非等字詞而致有趣的節奏，白居易（772-846）詩多用這種筆法：[21]

> 從不識飲之趣與醉之理；／在舉頭一仰而盡的剎那／身輕似蝶，泠泠然／若自維摩丈室的花香裏散出／越過三十三天／越過識無邊空無邊非想非非想乃至／越

---

19 陳引馳（1966-）、林曉光注釋，《新譯維摩詰經》(台北：三民書局，2007)，頁127-28。

20 陳引馳，頁129。

21 川合康三（KAWAI Kōzō，1948-)，〈韓愈白居易——對立融和——〉《中國文學報》，41（1990）：頁95。認為白居易這種句式，不勝枚舉。陳沛然，〈《維摩詰經》之不二法門〉，《新亞學報》，18（1997）：頁415-38。

過這越過。(《十三朵白菊花・空杯并序》,42)

第三段出現「朝陽」,這是上升的意象,吞吐「十方虛空」(無窮無盡的空間),也是上升的意象:如果天女散花可視為下降,那麼這首詩的無意識組織是「上升、下降、上升」:

依舊是青田街;依舊是鼻前眼下/似我還似非我的/這隻高腳杯子——/多少護念多少期許都玉暗而珠沈了/在蹉跎復蹉跎的明日之外/枕著朝陽,他存想復存想:/「誰醉誰醒?如此瘦如此脆薄的/我的喉嚨,能吞吐得了這十方虛空不?」(《十三朵白菊花・空杯并序》,43)

(三)關於日想觀

《觀無量壽經》有 16 觀,分別是:日想觀、水想觀、地想觀、樹想觀、八功德水觀、像想觀、觀音菩薩想觀、大勢至菩薩想觀、雜想觀、總想觀、普想觀、上輩生想觀、中輩生想觀和下輩生想觀。

《觀無量壽經》16 觀提供一個簡單的求道的方式,就是透過以靜心觀想淨土的莊嚴相,即極樂世界的景象、觀音、蓮座等,凡 16 個層次,那麼到了大去之期,就有接引佛攜蓮座來迎接,到極樂世界的蓮花中化生。

小川環樹(OGAWA Tamaki, 1910-93)在〈落日的觀

照〉開發了中國文學的對落日意象的研究，小川氏認為蘇東坡（蘇軾，1037-1101）「樹頭初日掛銅鉦」（〈新城道中二首〉[22]）之句，是受《觀無量壽經》的「日想觀」的影響。

> 近了近了近了……／落日依依之紅與西山垂垂之紫／有限與無限／從容與慷慨：／／善哉善哉／要不要述偈，以有言印於無言／像「華枝春滿，天心月圓」那種？（《約會・蝕（之二）》，[23]25）

「華枝春滿，天心月圓」為弘一大師（李叔同，1880-1942）圓寂時示夏丏尊（1886-1946）的偈。在王偉明的訪問稿〈事求妥貼心常苦——周夢蝶答客問〉，周夢蝶談到求死的傾向，或者應該說：「看破生死，放下執著，厭離娑婆，欣求極樂。」[24]

> 問：「人莫不有死。面對死亡的衝擊，您又有些甚麼體會？」
> 答：「《徐志摩日記》：『我唯一的引誘是佛。它比我大得多，我怕它！』區區不自度量，曾仿其句式口吻，貂續之曰」：我唯一的嚮往和追尋是死。它比我堅強

22 蘇軾，〈新城道中二首〉，《蘇軾詩集合注》，馮應榴（1741-1801）輯注（上海：上海古籍出版社，2001），頁411。

23 本論文引周夢蝶《約會》，據台北、九歌出版社有限公司2002版，頁碼附於引文之後。

24 隆盎，頁160。

得多，我愛它！」[25]

羅任玲以「二元對立與和諧」的概念解讀是詩，是寓目所及唯一的「過度詮釋」，文學評論難免都是「詮釋與過度詮釋」，羅任玲認為詩人企圖「得到完全的解脫，獲致真正的自由」，[26]這也沒錯，應該說周夢蝶一心透過「日想觀」等觀想程序，一窺極樂世界的繁華瑰麗，求死的意志，十分明顯。

自以下的表顯示，周夢蝶詩中的落日和夕陽沒想像中的頻密。中國古典文學於太陽，一般稱之為白日，或什麼「景」之類，[27]然而，佛教就不同了，太陽在佛經顯得十分重要，「大日如來」（Mahā-vairocana）就是太陽的別名，這是因為世間的太陽與大日如來類似，故用以類比，太陽是有侷限的，只照見外，不及於內，活動在白天，不及於晚，大日如來智慧之光則遍照所有地方，無分內外晝夜。[28]

---

25 王偉明（1954- ），〈事求妥貼心常苦——周夢蝶答客問〉，《詩網絡》，1（2002）：頁12。

26 羅任玲，頁280。

27 小池一郎（KOIKE Ichirō），〈「暮れる」ということ——古代詩の時間意識——〉（〈日暮與歲暮：古代詩時間意識研究〉），《中國文學報》，24（1974）：頁1-21；森博行（MORI Hiroyuki），〈魏・晉詩における「夕日」について〉（〈魏晉詩中的夕陽〉），《中國文學報》，25（1975）：頁11-32；山之內正彥（YAMANOUCHI Masahiko，1933-）：〈落日と夕陽——唐詩における夕日の詩語初探——〉（〈落日與夕陽：唐詩夕日詩語初探〉），《東洋文化研究所紀要》，63（1974）：頁41-119。

28 〈毗盧遮那〉，《佛教大辭典》，任繼愈（1916-2009）編（南京：江蘇古籍出版社，2002），頁917（毗盧遮那，梵文Vairocana）。

表 2：周夢蝶詠太陽的作品

詩集名	作品名	數量
《孤獨國》	日出：〈四行・五・悟〉（藍 60，印 92）	5 首
	太陽：〈晚虹〉（藍 18，印 45）、〈乘除〉（藍 20，印 46）	
	陽光：〈霧〉（藍 7，印 33）、〈乘除〉（藍 20，印 46）	
《還魂草》	朝陽：〈朝陽下〉（文 5，印 103）	6 首
	太陽：〈九行〉（文 3，印 102）、〈守墓者〉（文 8，印 105）	
	白日：〈聞鐘〉（文 17，印 114）	
	落日：〈五月〉（文 27，印 123）	
	日出：〈五月〉（文 27，印 123）	
	陽光：〈天窗〉（文 1，印 101）	
《十三朵白菊花》	朝陽：〈空杯 并序〉（43）、〈十三朵白菊花〉（48）、〈牽牛花〉（82）	13 首
	太陽：〈迴音——焚寄沈慧〉（60）、〈吹劍錄・之七〉（192）	
	天日：〈疤〉（107）	
	落日：〈紅蜻蜓〉（139）	
	夕陽：〈好雪！片片不落別處〉（27）、〈詠歎調・之六〉（180）	
	陽光：〈詠歎調・之二〉（177）	
	白日：〈詠歎調・之四〉（178，179）	
	日影：〈吹劍錄・之十二〉（198）	
《約會》	日輪：〈香讚〉（15）	15 首
	金鐶蝕：〈讀 K 先生攝影有所思二	

詩集名	作品名	數量
	題・凝視〉(187)	
	白日:〈詠雀五帖〉(79)	
	太陽:〈仰望三十三行〉(121)、〈讀K先生攝影有所思二題・凝視〉(187)	
	金陽:〈七月四日——梭羅湖濱散記二十年後重讀二首之一〉(115)	
	朝陽:〈詠雀五帖〉(78)	
	落日:〈蝕・之二〉(25)、〈約會〉(94)、〈淡水河側的落日紀二月一日——淡水之行並柬林翠華與楊景德〉(99)、〈垂釣者・之二〉(126)	
	夕陽:〈遠山的呼喚——日影片掃描二首之二〉(185)	
	陽光:〈用某種眼神看冬天〉(53)	
《風耳樓逸稿》	太陽:〈永恆的微笑〉(235,235)、〈螢〉(249)、〈八月〉(285)、〈手〉(311)	4首
	白日:〈四行 四首——答贈海上高嘯雲中尉・二〉(247)	1首
	陽光:〈獨語 外二首〉(248)、〈擁抱〉(256)、	2首
	夕陽:〈水牛晚浴〉(224)	1首
《有一種鳥或人》	太陽:〈果爾十四行〉(80)	1首
	白日:〈賦格——乙酉二月廿八日黃昏偶過台北公園〉(73)	1首
	夕陽:〈山外山斷簡六帖——致關雲・之五〉(46)、〈我選擇共三十三行——仿波蘭女詩人 Wisslawa Szymborska〉(140)	2首

（四）水想觀

完成日想之後，就想念著水，觀看著水，看到清澈的水，就聯想起冰，看到水結成了冰，就把冰作琉璃來觀想，[29]前引〈空杯（并序）〉一詩，有「碧琉璃」，也有水鳥鷺鷥，「佛教的《大般若經》，又稱《白鷺池經》」，因為佛祖在白鷺池邊說法之故，[30]「無邊浩瀚的綠」，應是指海水或琉璃;

> 投四香水海碧琉璃的醉影／於欲飛的杯中——／我的鷺鷥之腳翹跂著驚嘆著：／好一片無邊浩瀚的綠（《十三朵白菊花．空杯并序〉，41）

〈鳥道〉一詩，也可以從「日想觀」（夕陽、歸去）而「水想觀」（微瀾、滄海）加以解讀，羅任玲[31]也注意到詩中的水元素，至於「無限」，則不妨從佛教的「無量數」的角度推論。夕陽西下時，水鳥的描寫是讓畫面出現水，進而作水想：

> 正一步一沈吟／向足下／最眼前的天邊／有白鷗悠悠／無限好之夕陽／之歸處／歸去／／微瀾之所在，想

29 繆留根，頁181。

30 全佛編輯部主編，《佛教的動物》，下冊（台北：全佛文化事業有限公司，2001），頁142。

31 羅任玲，頁278。

必也是／海之所在吧！（《十三朵白菊花·鳥道》，132）

以下是我的一點猜測，周夢蝶的名句是如當年葉嘉瑩品題的「雪中取火且鑄火為雪」，[32]這種「寒」「暖」的對立，羅任玲也討論過，[33]問題是周夢蝶的詩很少看到冰，冷凍溫度的設定要往下調整，才容易達到「琉璃想」。溫度不夠，據羅任玲說，是因為對人間有過多的眷戀，云云。

表 3：周夢蝶作品中所見的「冰」

詩集名	作品名	數量
《孤獨國》	冰河——〈匕首·一〉（藍 50，印 80）	1 首
《還魂草》	〈落櫻後，遊陽明山〉（文 134，印 208）	1 首
《十三朵白菊花》	南北極的冰雪——〈不怕冷的冷——答陳媛兼示李文〉（119）	1 首
《約會》	洞庭湖的層冰——〈集句六帖·之六〉（48）、〈七十五歲生日一輯·風從何處來〉（144）	2 首
《風耳樓逸稿》	〈永恆的微笑〉（234）、〈十一月〉（280）、〈十一月〉（291）	3 首
《有一種鳥或人》	（沒有）	0 首

32 葉嘉瑩（1924- ），〈序周夢蝶先生的《還魂草》〉，曾進豐，《娑婆詩人》，頁33。

33 羅任玲，頁271。

（五）關於觀音觀

1987 年，周夢蝶 67 歲，由新店遷淡水外竿，1993 年，73 歲，由淡水外竿搬到紅毛城附近的小樓居住，西面向海，景致亦佳。[34]淡水有觀音山，而《觀無量壽經》16 觀有觀音觀，是想像觀音的莊嚴相，由頭的到服飾，照理應逐一作觀想，周夢蝶詩中的淡水觀音，卻忙於交代對母親的懷念，[35]並無觀想的程序。

> 住外雙溪時／望裡的觀音山永遠隱在雲裡霧裡／然而，瓔珞嚴身／梵音清遠可聞／／如履之忘足，魚之忘水／而今，去我不及一寸的大士／欸！卻絕少絕少絕少照見／——眼不見眼（《約會．失乳記——觀音山即事二短句．之一》，155-56）
>
> 從來沒有呼喚過觀音山／觀音山卻慈母似的／一聲比一聲般切而深長的／在呼喚我了／／然而，我看不見她的臉／我只隱隱約約覺得／她是弓著腰，掩著淚／背對著走向我的（《約會》，（〈失乳記——觀音山即事二短句．之二〉，156）

34 曾進豐，《聽取如雷的靜寂：想見詩人周夢蝶》（台南：漢風出版社，2003），頁23，25。陳旻志論文有兩三頁記敘淡水與周夢蝶的關係，頁34-37。

35 曾進豐，《想見詩人周夢蝶》（頁179-82）列舉周夢蝶提及母親的詩：有《孤獨國》的〈雲〉（藍頁4-5，印頁30-31）、《十三朵白菊花》的〈藍蝴蝶〉（頁142-48）、〈半個孤兒〉（頁204-07）、〈雪原上的小屋〉（頁32-34）、《約會》的〈集句六帖之四〉（頁46）和〈失乳記〉（頁155-56）等。

觀音在印度本來是男子漢，到中國因為受《搜神記》和道教的影響，變成女性，[36]觀音本已成佛，法相如千江水月，隨緣示現，一般為中國人所熟知的，是慈母的形象，手持淨瓶、楊柳枝，以甘露滋潤眾生。[37]淨土宗鼓勵儒佛融和，觀音信仰向來都用以突現中國人的孝道。[38]

(六) 月輪觀

上面提及觀音，在密教而言，如果以觀音為本尊，先觀想月輪，再及於本尊（譬如觀音）。月輪代表法性、清淨、寂滅等，[39]「月輪依地輪而轉，地輪依日輪／日依火，火依風（《約會・香讚》，15）。奚密也說過，「單遣法」和「雙遣法」，是這首詩的特色之一：[40]「風依無所依／無所依依無無所依／無無所依依無無無所依……（《約會・香讚》，15）

---

36 全佛編輯部主編，《觀音寶典》（台北：全佛文化事業有限公司，1999），頁24。

37 全佛編輯部，《觀音寶典》，頁70。

38 李利安（1961- ），《觀音信仰的淵源與傳播》（北京：宗教文化出版社，2008），頁417；三友健容（MITOMO Kenyō，1945-），〈法華一乘思想與觀音菩薩〉，《觀世音菩薩與現代社會：第五屆中華國際佛學會議中文論文集》，黃繹勳、William Magee主編（法鼓文化事業股份有限公司，2007），頁25-43；金明求（KIM Myung Goo），〈觀音顯化與變形〉，黃繹勳，頁211-51；顏素慧，《觀音小百科》，25刷（台北：橡樹林文化、城邦文化事業股份有限公司，2008）；李翎輯著，《觀音造像儀軌》（北京：宗教文化出版社，2007）。

39 全佛編輯部主編，《密宗的重要名詞解說》，（台北：全佛文化事業有限公司，2007），頁166-67。

40 奚密（1955- ），〈修溫柔法的蝴蝶──讀周夢蝶新詩集《約會》和《十三朵白菊花》〉，曾進豐，《娑婆詩人》，頁252。

至於〈集句六帖〉「月亮是圓的／詩也是——」，說「如果在藝術上，詩人有心求圓，他知道人生終究多「半圓」的時候。」[41]

《華嚴經》重視月輪，日本佛教真言宗的開山祖師、弘法大師空海（Kōbo Daishi，俗名佐伯真魚，774-835）則稍作修訂，認為眾生離不開佛光，如「日月的光明，日月是性，光明是相，性與相本不應分離，故性常住。」於是以日月輪也為觀想對象。[42]

三、對宇宙的鄉愁

巴什拉認為尼采（Friedrich Wilhelm Nietzsche, 1844-1900）有「上升情結」（complex of height），[43]尼采經常在山上走來走去，周夢蝶的特徵是上升。

41 奚密，頁254。

42 中川榮照（NAKAGAWA Eishō，1930-），〈光の形而上學をめぐる東と西の思想——主そして光の原理的構造とその展開——〉（光的形而上學與東西方思想：光的原理構造及其他〉），《東西思維形態の比較研究》（《東西思維形態的比較研究》），峰島旭雄（MINESHIMA Hideo，1927-）編（東京：東京書籍株式會社，1975），頁694；勝又俊教（KATSUMATA Shunkyō，1909-）編，《弘法大師著作全集》，冊2，14版（東京：山喜房佛書林，1994），頁64。

43 安德列・巴利諾（André Parinaud），《巴什拉傳》（*Gaston Bachelard*），顧嘉琛、杜小真譯（北京：東方出版中心，2000），頁252；Bachelard: *Air and Dreams*, 頁16.

(一) 對天空的凝視

巴什拉說雨果(Victor-Marie Hugo, 1802-85)認為自然界迫使人們作凝視，譬如面對於像孔雀開屏似的萊茵河，能不多看一眼嗎！[44] 我們則可以找到周夢蝶凝視天空的證據，《約會・詠雀五帖・之一》說小麻雀每天早上凝視朝陽，這當然是擬人的寫法：

> 側著臉／凝視／每天一大早擠公車的朝陽／／溢鞦韆似的／一隻小麻雀／蹲在雞冠花上(《約會・詠雀五帖・之一》，78)

〈讀 K 先生攝影有所思二題・凝視〉(收入《約會》)目前不見有學者加以解讀，看內容則似乎是觀看日蝕的詩，「金鐶蝕」是日輪重疊在月輪的後邊，太陽的光使圓周周邊呈金環狀，結合淨土和華嚴觀想日月輪的角度來理解，這首詩是透過金鐶蝕同時凝視日相和月形，得到寂靜、清淨和追尋往生極樂的效果：

> 猶十分真切的記得／那夜　月全蝕／而隔日之次日之

---

44 巴利諾239；Bachelard，*Water and Dream*, p.30；丹尼・卡瓦拉羅(Dani Cavallaro)，〈凝視〉(“Gaze”)，《文化理論關鍵詞》(*Critical and Cultural Theory*)，張衛東、張生、趙順宏譯(南京：江蘇人民出版社，2006)，頁139-49。Jeremy Hawthorn, “Theories of the gaze,” *Literary Theory and Criticism*, ed. Patricia Waugh (New York：Oxford UP，2006), p.509-518.

又次日／太陽　金鐶蝕（《約會·《約會》》，187）

極樂世界是在太空的「天外天」。回到太空的集體無意識學說，下引二者可為談助：其一是蘭克（Otto Rank, 1884-1939）的「出生受傷」（the birth trauma），蘭克說誕生就是要跟母體分離（separation），就是一種受傷的過程，人類無意識之中有著歸返誕生前狀態的願望　（reunion with mother）；[45]伊利亞德（Mircea Eliade, 1907-86）也有永遠回歸之論，說人類總是期待回到宇宙最初創造的時空，[46]在《還魂草·一瞥》和《周夢蝶集·九行　二首之二》有一首近作，寫的正是要回歸母體的心情：

> 如果時光真能倒流／就讓我回到未出生時——／回到不知善之為善，美之為美／回到陰陽猶未判割／七竅猶未洞開時。(《還魂草·一瞥》，文 114，印 193）
>
> 不如結伴，及早／回故鄉過冬吧！／還有什麼好猶豫的？／纔說到故鄉，故鄉的梅花就開了！／還有什麼好猶豫的？（〈九行二首——讀鹿苹詩集扉頁有所思·之一〉，有 57-58）
>
> 想再回到尚未出生以前／／怕是不可能了。(〈九行二

45 Otto Rank, *The Trauma of Birth* (New York: Harper & Row, 1973), p.192.

46 Mircea Eliade, *The Myth of the Eternal Return*, trans. Willard R. Trask (Princeton, N.J.: Princeton UP, 1971).

首——讀鹿苹詩集扉頁有所思・之二〉有 58[47])

山縣三千雄（YAMAGATA Michio, 1914- ）《神秘家和神秘思想》一書認為《老子》一書有著「下降性」，原因是「谷」（即深淵）具備這一特徵；[48]然而，巴什拉說尼采所描寫深淵，實賦予上升的動力，位於深淵的樹木，常常好像一枝箭，射上太空，[49]「動力」是巴什拉哲學的特徵之一。[50]在周夢蝶的詩，也發現這種「動力」的想像力：

> 以為它是一張神弓／想搭在它的弓弦上如一隻箭／輕飄飄地投射到天堂的清涼裏去（《孤獨國・晚虹》，藍18，印 44）
> 自大峽谷鳥飛不到的最深深處擊出／誰能捧接？（《約會・為全壘打喝采——漫題耳公版畫編號第八十四》，27）

巴什拉說文學家把宇宙想像成一位母親是很少的，但宇宙有水，而尼采於是將之引申為乳，[51]而達到這一想像。

---

47 曾進豐編，《周夢蝶詩文集：有一種鳥或人》（台北：INK印刻文學生活雜誌出版有限公司，2009），頁57-58。

48 山縣三千雄，《神秘家と神秘思想》（《神秘家和神秘思想》，東京：創文社，1981），頁105-12。

49 Bachelard，*Air and Dream*, p.148.

50 巴利諾，頁233。

51 Bachelard, *Air and Dreams*, p.130.

(二)追求自由與蝴蝶

巴什拉說，飛行物穿越空氣前進，超越大氣，故成就絕對的自由意識，名詞中的大氣，幾乎等同形容詞的自由，[52] 從小在保守環境中長大的周起述，「嚮往一個自由自在的天地」，「在十五歲時，偷偷替自己取了『夢蝶』這個名字。」[53]

巴什拉《大氣與夢想》又說蝴蝶以美麗的翅膀常見於夢想，這比較特別的存在，鳥類雖然有漂亮的顏色，但是停下來才看得清楚，飛行之時看到的通常是青／藍（blue）或黑，但蝴蝶實際上因翅膀太大而不能高飛。

表 4：周夢蝶詠蝴蝶作品[54]

詩集名	作品名	數量
《孤獨國》	〈讓〉(藍 1，印 27)、〈霧〉(藍 7，印 33)、〈乘除〉(藍 20，印 46)、〈默契〉(藍 21，印 47)、〈孤獨國〉(藍 25，印 53)、〈向日葵之醒・之二〉 (藍 62，印 95)	6 首
《還魂草》	〈十月〉(文 32，印 127)、〈六月——又題：雙燈〉(文 40，印 136)、〈六月〉(文 44，印 140)、〈駢指〉(文 74，印 161)、〈失題〉(文	12 首

52 Bachelard, *Air and Dreams*, 8.

53 劉永毅28。宋雅姿，〈專訪詩人周夢蝶〉，頁119。

54 不少學者提及過周夢蝶筆下的蝴蝶，參蕭蕭，頁210；林峻楓，頁59；王保雲，〈圓融智慧的行者：試談周夢蝶其人其詩〉，《文訊月刊》，19（1985）：頁20。

	86，印 160）、〈晚安！小瑪利〉（文 97，印 178）、〈關著的夜〉（文 117，印 195）、〈囚〉（文 129，印 204）、〈落櫻後，遊陽明山〉（文 134，印 207）、〈燃燈人〉（文 142，印 214）、〈孤峰頂上〉（文 146，印 216）	
《十三朵白菊花》	〈聞雷〉（13）、〈漫成三十三行〉（40）、〈空杯 并序〉（42）、〈十三朵白菊花〉（50）、〈迴音——焚寄沈慧〉（61）、〈九宮鳥的早晨〉（97）、〈不怕冷的冷——答陳媛兼示李文〉（118）、〈藍蝴蝶〉（142-48）、〈率然作〉（199）	9 首
《約會》	〈香頌——書雲女弟賀年卡「雪梅爭春」小繪後〉（66-67）、〈即事——水田驚艷〉（91）、〈堅持之必要——光中詞兄七十壽慶〉（136）、〈花，總得開一次——七十自壽兼酬夏宇阿蘋及林翠華〉（139）	4 首
《風耳樓逸稿》	〈幸福者〉（232，233）、〈詠蝶〉（240）、〈輓詩〉（254，255）、〈落花夢〉（262）、〈手〉（312）	5 首
《有一種鳥或人》	〈四月——有人問起我的近況〉（66）、〈黑蝴蝶的三段論法〉（113）	2 首

蝴蝶不利於飛翔，又到無法飛到彼岸的樂園（極樂世界），如果能夠把蝴蝶和天空、極樂世界結合，就合乎詩人的想像力了，於是就有了詩人的代表作〈藍蝴蝶〉，「我能成為天空麼？」，這就是「凝視」太空時的提問：

> 你問為甚麼我的翅膀是藍色？／啊！我愛天空／我一直嚮往有一天／我能成為天空。／我能成為天空麼？

（《十三朵白菊花・藍蝴蝶》，143）

太空是自然之母，母體回歸所在，因此，詩人日夕思念的母親，也趁機會緬懷一番，透過把自已內心的鬱結表白，而得到釋放的一種療救效果，人誰無母，故亦易得共鳴：「母親似的／惻惻／使你喜驚」（《十三朵白菊花・藍蝴蝶》，147）。飛呀飛的，已到達「蓮華藏世界」的香水海，應注意，往來「蓮華藏世界」需要神通，[55]定有接引佛來迎，因此「身世幾度回頭再回頭？」：

身世幾度回頭再回頭？／風依舊／無頂的妙高山／無涯的香水海依舊／風色與風速愈抖擻而平善了／在藍了又藍又藍又藍（《十三朵白菊花・藍蝴蝶》，147）

〈率然作〉和〈香頌——書雲女弟賀年卡「雪梅爭春」小繪後〉，內容用了較多篇幅詠蝴蝶：

至於花，花的謎題／是沒有底的！／她們多半堅持不透明或半透明的靜默／除了恣意將香澤向迷路散播（《十三朵白菊花・率然作》，200）

既生而為花／既生而為蝴蝶／你就無所逃於花之所以為花／蝴蝶之所以為蝴蝶了（《十三朵白菊花・率然

55 洪啟嵩（1958- ），《神通的原理與修持》，4版（台北：全佛文化企業有限公司，2009）；丁敏，《佛教神通：漢譯佛典神通故事敘事研究》（台北：法鼓文化事業股份有限公司，2007）。

作》，201）

奚密的書評，討論過〈藍蝴蝶〉和〈率然作〉，認為蝴蝶只有兩週左右的生命，但周夢蝶的筆下，賦予牠們「脆弱和永恒的結合」，這個感性的論述，大概可以成立，因為「藍蝴蝶」實際上是描寫「太空與極樂世界」。至於「修溫柔法的蝴蝶」，「帶給我們『感動的美』」，[56]則可以用巴什拉《水的夢》的邏輯來欣賞，這是自戀情結（或名那喀索斯（Narcisse）情結，或名水仙情結）的作用，話說希臘的水仙，看到自己的倒影，「感到他的美沒完成，必須完成他的美」，巴什拉因此引申為「自我陶醉把所有人變成花」，反過來「又賦予花的自身的美貌的意識」，自我陶醉於是成為一種「宇宙的海市蜃樓」。[57]

除了以藍蝴蝶／天空擬人之外，《孤獨國》的〈雲〉，據劉永毅給周夢蝶寫的傳記說，也是他自況的作品，人人以為他可以隨意舒卷如雲，不知道他也有煩惱，煩惱就當年懷念遺落在大陸的母親、夫人和孩子，無限牽掛。[58]這是還沒正式學佛時期的寫法，禪宗的「真如緣起論」認為真如緣起時，雜有「阿賴耶識」，「阿賴耶識」是不乾淨的，因此就有佛教也常稱之為「無明」（Avidyā）的煩惱，結跏趺坐觀照，首先就是要清除煩惱。《十三朵白菊花》和《約會》以

56 奚密，頁254。

57 巴利諾，頁237；Bachelard, *Water and Dream*, p.24。

58 劉永毅142；吳達芸，〈評析：周夢蝶的孤獨國〉，《現代文學》，39（1969）：頁22-23。

後的周夢蝶，在宗教上已大澈大悟，不再停留在這一心境。

《還魂草》的〈行到水窮處〉是據王維（？-761）〈終南別業〉[59]「行到水窮處，坐看雲起時。」的名句加以重寫的代表作。王維這首詩重點意趣在「雲起」二字，白雲緣起聚合，說明相本空虛，周夢蝶重寫時，雲霧也加以隱藏，把環境放在香水海上的蓮花座上，淨土的空間是無量的，香氣在佛教代表潔淨，在莊嚴的淨土帶來愉悅的感覺，[60]「不見窮，不見水」是「單遣法」，「水」是「色」，「色」即是「空」，源泉和漣漪只是比喻：

> 行到水窮處／不見窮，不見水——／卻有一片幽香／冷冷在目，在耳，在衣。／／你是源泉，／我是泉上的漣漪；／我們在冷冷之初，冷冷之終（《還魂草．行到水窮處》，文 69，印 158）

布魯姆（Harold Bloom, 1930- ）的「誤讀」（misreading）認為後起文學家創作之時，面對前代作品的壓力，無意識中免不了對前代經典，產生「殺父戀母情結」的「殺父」傾向，這種傾向是對經典文本進行扭曲、改造，而達到創新的效果。代表作〈行到水窮處〉在重寫〈終南別業〉之時，把詩

---

59 王維，〈終南別業〉，《中國禪詩鑒賞辭典》，王洪、方廣錩等編（北京：人民大學出版社，1992），頁142-45。姜劍雲說「行到水窮處，坐看雲起時」能表達不因走進窮途的執著，從雲的緣起卷舒領悟大自然的妙趣，《禪詩百首》（北京：中華書局，2008），頁152-53；林淑媛，頁40。

60 全佛編輯部主編，《佛教的香與香器》（台北：全佛文化事業有限公司，2001），頁49。

裡面的環境，由人間改為極樂世界。這首詩採《聖經》（*The Holy Bible*）「套層」（Envelope）式的重複，即開端與結尾相同或幾乎相同，「這種框架主要是為了突出重點」。[61]

極樂世界以黃金和各種寶石打造而成，至於禪詩卻又偏好大自然，白雲是常見的題材。如果〈藍蝴蝶〉是後期的作品，可能會由藍色改為白色。天虹也是很好的擬人對象，虹也是緣起聚合，與雲一樣，很快失去踪影，可用以詮釋佛教的空，在四元素詩學而言，虹像一把弓箭，配合上升的想像。

表 5：周夢蝶作品所見的天虹

詩集名	作品名	數量
《孤獨國》	后羿的虹弓——〈霧〉（藍 6，印 32）、弓箭——〈晚虹〉（藍 18，印 44）、〈無題七首〉（之二）（藍 53，印 85）	3 首
《還魂草》	〈六月〉（文 44，印 140）、〈駢指〉（文 74，印 161）、〈一瞥〉（文 93，印 174）、〈落櫻後，遊陽明山〉（文 135，印 208）、〈孤峰頂上〉（文 148，印 218）	5 首
《十三朵白菊花》	〈紅蜻蜓〉（139）	1 首
《約會》	〈未濟八行〉（29）	1 首
《風耳樓逸稿》	〈曉起〉（238）、〈如果〉（241）、〈我願做一朵黃花〉（251）、〈無題〉（252）、〈輓詩〉（254）、〈結〉	6 首

61 西蒙·巴埃弗拉特（Shimon Bar-Efrat）《聖經的敘事藝術》（*Narrative Art in the Bible*），李鋒譯（上海：華東師範大學出版社，2006），頁244-45。

	（257）、	
《有一種鳥或人》	〈山外山斷簡六帖——致關雲〉（46）	1首

（三）人和樹的垂直性

依《大氣的夢想》的分析，人和樹的共通點就是「垂直性」（verticality）。[62]巴爾札克《塞拉菲塔》（*Séraphita*）說：只有人類才能在某種器官具有「垂直感情」，塞拉菲塔長大之後，前額隆起，像要飛起來那樣；巴什拉於是引申說：「垂直感情」把人變成弓箭，想像可以把長大和飛翔結合起來。[63]論尼采和分析「樹」的兩章，都有論及松樹的「垂直性」。[64]

應鳳凰〈周夢蝶詩集《還魂草》〉一文很早已提及周夢蝶用「植立」一詞，[65]「植立」的樹，說得不好，就是不合漢語規範，但人的集體無意識的感覺，依巴什拉的分析，卻是會如此，即有「垂直性」的問題。

立普斯（Theodor Lipps, 1851-1914）曾以「移情說」解釋豎立的物體為何會有上升的感覺，那是因為我們是以雙腳用力撐著地面，抗拒自己身體的重量的，故形成審美主體的

62 Bachelard, Air and Dreams, p.10.

63 巴利諾259；Bachelard, *Air and Dreams*, p.58.

64 Bachelard, *Air and Dreams*, p.130, 204.

65 應鳳凰指出《孤獨國．晚安！剎那》也說人是「植立」的，這是因為不合漢語規範，故有此論——〈周夢蝶詩集《還魂草》〉，頁41。

心理錯覺。[66]樹的會飛，可以用「移情說」以為談助。

《十三朵白菊花》的〈想飛的樹〉，如羅任玲的分析：「『樹』就是詩人自己」，「『翅膀』則是讓詩人獲得自由的依靠」，而「『飛』的意象，在周夢蝶的四本詩集中一直不斷出現」，「足見是重要課題」：[67]

> 從破土的一剎那，無須任何啟示／每一棵樹都深知，且堅信自己／會飛。雖然，像所有的神蹟一樣／每一棵我和你／都沒有翅膀／／如果每一棵樹皆我，我皆會飛，想飛／飛到那裏？／那十字：冷冷的，與我相終始的十字／是否也會飛，想飛／飛到那裏？／／所有的樹，所有的我——／唉，所有的點都想線／線都想面，面都想立體／立體想飛／飛想飛飛／／一直飛到自己看不見自己了／那冷冷的十字，我背負著的／便翻轉來背負我了／雖然時空也和我一樣／沒有翅膀（《十三朵白菊花・想飛的樹》，76-78）

巴什拉說很多人在夢中都試過飛行，一覺醒來之時，才為自己不能飛翔感到奇怪。[68]落蒂說〈想飛的樹〉是周夢蝶第 2 階段的代表作，詩中開始是背著十字架飛，之後由十字架背著周夢蝶飛，這個十字架，使人想起葉嘉瑩所說：「周

66 朱光潛，《西方美學史》，《朱光潛全集》，卷7（合肥：安徽教育出版社，1991），頁272-73。

67 羅任玲，頁275。

68 巴利諾，頁254；Bachelard, *Air and Dreams* p.22-23.

夢蝶是一位想求解脫而未得解脫的詩人。」[69]但從詩中淨土教義推論，樹／周夢蝶之所以會飛，是因為有接引佛或菩薩來迎之故，「背十字架」是有為他人犧牲（即死）的意思，接引佛或菩薩把十字架接過來，因此周夢蝶沒有翅膀，都可以翺翔，也就是解脫了。李奭學〈花雨滿天──評周夢蝶詩集兩種〉在評論這首詩的時候，說如果以「孤獨」作為前兩本詩集的標誌，那麼第三、第四本詩集卻是走向宗教解脫之途，[70]可為談助。

要建構「颱風的詩學」（poetics of the storm）是困難的，因為不易在文學作品找到材料，而且這種可命名為「憤怒的詩學」（poetics of anger）的現象與「垂直性」是對立的，巴什拉如是說。[71]這讓我想到翁文嫻的感歎，她認為〈燃燈人〉「靜似奔雷」的對比，實為點睛之句；[72]以巴什拉的語言出之，「燃燈人」（燃燈佛？）是有作為人的「垂直性」，「奔雷」卻是「憤怒的詩學」，兩者對立。

> 在苦行林中。任鳥雀在我髮間營巢／任枯葉打肩，霜風洗耳／滅盡還甦時，坐邊撲滿沉沉的劫灰／／隱約有一道暖流幽幽地／流過我底渴待。燃燈人，當你手

69 落蒂（楊顯榮，1944-），〈悲苦掙脫與妥協──從周夢蝶三首詩看他的詩情詩境〉，《藍星詩學》，19（2003）：頁182。

70 李奭學（1956- ），〈花雨滿天──評周夢蝶詩集兩種〉，曾進豐，《娑婆詩人》，頁248。

71 巴利諾，274；Bachelard, *Air and Dreams*, p.16.

72 翁文嫻，〈看那手持五朵蓮花的童子──讀周夢蝶詩集「還魂草」〉，曾進豐，《娑婆詩人》，頁101。

> 摩我頂／靜似奔雷，一隻蝴蝶正為我／預言著一個石頭也會開花的世紀（《還魂草・燃燈人》，文 142，印 213-14）

蕭麗華認為有關禪的詩歌於寫景之外，對聲音也極為敏感，「禪者本欲去六根塵染」，「尤其是耳根所對的『聲』塵（六塵之一），《楞嚴經》即有〈耳根圓通章〉以為提示，趺坐之時，雖耳聞的眾音，就讓其自然歸於寂靜。唐代禪詩充滿音聲意象，極具創意云云。[73]可以想像，周夢蝶每天閉目觀照，用耳朵的時間比例甚高，詩歌的音聲語彙自然繁富。

《十三朵白菊花・聞雷》就可以用「憤怒的詩學」加以分析。先前說周夢蝶的宇宙溫度不凍，不易結冰，故不從水想順序作「琉璃想」，奔雷卻像如天空那麼大的琉璃掉在大地上而發出的巨響，奔雷又像《維摩詰經》的散花天使，尤其是隨著的傾盤大雨到來，更有「花雨滿天」的感覺，只出現在《阿彌陀經》淨土的鳥「迦陵頻迦」，[74]也疾發而下，迦陵頻迦的出現，表示「聞雷」即「憤怒的詩學」恰恰有助觀想淨土的莊嚴相：

> 頓時。信宿於我耳中眼中的夜夜／轟然，已碎為琉璃。／／幾無地可以立錐，無間可以容髮；／殺死。而又／殺活。這靜默！／奔騰澎湃的靜默／不見頭，

73 蕭麗華，〈宴坐寂不動，大千入毫髮唐人宴坐詩析論〉，《第三屆中國唐代文化學術研討會論文集》（台北：樂學書局，1997），頁192。

74 全佛編輯部，《佛教的動物》，下冊，頁179-81。

不見尾，無鱗亦無爪的靜默／活色生香，神出鬼沒的靜默／／喔——花雨滿天！／誰家的禾穗生起五隻蝴蝶？／當羣山葵仰，眾流壁立／當疾飛而下的迦陵頻迦／在無盡藏的風中安立、清睡：／是誰？以手中之手，點頭中之點頭／將你：巍巍之棒喝（《十二朵白菊花・聞雷》，12-13）

要回歸太空，需要力的意志，德勒茲（Gilles Louis Réné Deleuze, 1925-95）說尼采（Friedrich Wilhelm Nietzsche, 1844-1900）的從水蒸汽和原子分裂，領略細微的東西也有具力的能量。[75]弓、像弓一樣的虹、樹，都存在力的意志的，雷也是，傾盤大雨，宇宙變成「碧琉璃」，在前述 16 觀之中，進至作「琉璃想」。據《佛說觀無量壽佛經》，水想修成，就可以窺見極樂國土，極樂國土的寶珠，每一顆放出八萬四千種色彩，映照著琉璃，如同千個太陽。[76]可以想像，雨後的日出和虹，與此可以類比。

四、結論

巴什拉引 O.V・德・L・米洛茲（Oscar Vladislas de Lubicz Milosz, 1877-1939）的〈美之王的詩篇〉（"The Psalm of the King of Beauty"）說，詩人的夢想是要「掉進神的深

75 德勒茲，《尼采與哲學》（*Nietzsche and Philosophy*），周穎、劉玉宇譯（北京：社會科學文獻出版社，2001），頁47，92。

76 繆留根，頁181-83。

淵」，或者「天就好像一個顛倒的深淵」。[77]

周夢蝶的樂園（即佛教的淨土）是在宇宙的深淵，他的作品整體方向是朝著「向高處（活仁案：宇宙的深淵）墜落的主題」，[78]上升與下降，是同一回事，這應該是極為罕見的文學現象。

77 巴利諾，頁261-62；Bachelard, *Air and Dreams*, p.106.

78 巴利諾，頁261.

周夢蝶詩與佛教

屈大成（香港城市大學助理教授）

摘要

本文分有關「釋迦牟尼、淨土和觀音、禪宗、佛典佛語、佛教教理、其他」六節，檢視周詩之引用各種佛教用語，旨在供給研讀周詩者多點佛教方面的資料。另提出周詩涉及釋迦牟尼和佛教基本佛理的用語甚多，非純粹的「禪詩」；周氏較近期的作品，仍未脫多用佛教典故的習慣；以及周氏有自創新的佛語等筆者個人的觀察，望為研讀者所注意。

關鍵詞

周夢蝶、佛教、禪、釋迦牟尼、淨土、觀音

一、前言

周夢蝶（1921- ），台灣現代詩人，迄今出版了《孤獨國》（1959）、《還魂草》（1965）、《約會》（2002）、《十三朵白菊花》（下簡稱《白菊花》）四部詩集，收入詩作二百多首。[1]周氏自小接觸佛教，長期讀佛典，又親近道源（1900-1988）、印順（1906-2005）、南懷瑾（1918- ）等大德，其詩作吸收佛典禪語，充滿佛家色彩，已成評論者和讀者的共識。[2]例如葉嘉瑩說周詩有一「大家所共同認知的不變的特色」，乃其「所一直閃爍著的一種禪理和哲思」；[3]周伯乃指周氏創作的特點，是「佛學上的典籍，和那些佛教裡常見的事物都被他運用作象徵或比喻，而且常常帶有一種啟示性和暗示性的效果」；[4]翁文嫻說周詩之思想，「偏向我佛慈悲」；[5]李立平說：「在台灣眾多現代派詩人中，周夢蝶的詩宗教色

1 本文所用周氏詩集版本為：《還魂草》（台北：領導出版社，1978 年）、《約會》（台北：九歌文庫，2002 年）、《十三朵白菊花》（台北：洪範書店，2002 年）。《孤獨國》原由台北藍星詩社出版，筆者未見其書，本文用曾進豐提供的打字本。

2 有關周氏的生平，詳參看劉永毅：《周夢蝶──詩壇苦行僧》（台北：時報文化，1998 年）。

3 參看氏著：〈序周夢蝶先生的《還魂草》〉，收入《還魂草》，頁 5。

4 參看氏著：〈周夢蝶的禪境〉，收入曾進豐編：《娑婆詩人周夢蝶》（台北：九歌出版社，2005 年），頁 88。

5 參看氏著：〈看那手持五朵蓮花的童子──讀周夢蝶詩集《還魂草》〉，《中外文學》，第 3 卷第 1 期（1974 年 6 月），頁 224。

彩最為強烈，禪味最重」；[6]高巍指讀周詩，「會嗅到一股濃重的佛經味」。[7]就算是強烈批評新詩之唐文標，也說周詩滲雜了「野孤禪」。[8]由於周詩富沉苦鬱結的意味，加上周氏本人生活刻苦，故被稱為「詩壇苦行僧」。不過，周氏是否投歸佛門，借詩宣揚佛理，則說法不一。例如吳達芸認為周氏「喜歡用佛經典數，只是對佛法的愛好，或只是一種表現技巧而已」，「他並不是一個佛門弟子」。[9]陳玲玲指《還魂草》出版後，周氏學佛日深，用佛典也相對增加，但這不代表「他的人與思想也都跟著靠過去」。[10]王保雲認為周詩〈菩提樹下〉一首，顯現出「和禪家之悟境是不盡相同的」。[11]無論如何，周詩充滿著多種佛典佛理，如不能先點出瞭解，賞析或會不夠深入。楊風便指周氏引入禪語佛理，作品「晦澀難懂」；[12]陳義芝於注釋周詩時，也表示「周詩多用佛學詞語、典故，故沒有一點這方面的修養，讀起來會感到有點

6 參看氏著：〈以詩的悲哀，征服生命的悲哀——周夢蝶其人其詩〉，《世界華文文學論壇》，2003 年 5 月號，頁 59。

7 參看氏著：〈詩與禪的對坐——評周夢蝶先生的《絕響》〉，《名作欣賞》，1993 年第 5 期，頁 109。

8 參看氏著：〈什麼時候什麼地方什麼人〉，收入氏著：《天國不是我們的》（香港：文化出版事業公司，1978 年），頁 216-220。

9 參看氏著：〈評析周夢蝶的《孤獨國》〉，《現代文學》第 39 期（1969 年 12 月），頁 32。

10 參看氏著：〈鳥到青天倦亦飛——管窺周夢蝶先生的詩境〉，《書評書目》第 80 期（1979 年 12 月），頁 31。

11 參看氏著：〈圓融智慧的行者——試談周夢蝶其人其境〉，《文訊月刊》第 19 期（1985 年 8 月），頁 18。

12 參看氏著：〈晦澀詩的實質美與形式美——以周夢蝶、旅人和林亨泰為中心〉，《台灣現代詩》第 14 期（2008 年），頁 16-17。

吃力」。[13]

筆者專業是中國佛教研究，不諳現代詩的賞析或評論，無資格撰寫這方面的文章。可是，筆者瀏覽有關周詩的論文，當中雖會指出引用佛典佛語之處，也有曾作分類歸納者，但總覺有遺漏，[14]因此草成拙文，嘗試對周詩之引用佛典佛語，進行通盤的檢視，期能為研讀周詩者提供多點佛教方面的資料。[15]

周詩的題目，不少包含佛語：《孤獨國》收入的「孤獨國、剎那、晚安！剎那、悟」；《還魂草》收入的「菩提樹下、行到水窮處、托缽者、虛空的擁抱、空白、圓鏡、燃燈人、孤峰頂上」；[16]《約會》收入的「香讚、香頌、白雲三願」；[17]《白菊花》收入的「第九種風、[18]靈山印象、空杯、

13 參看氏著：《不盡長江滾滾來：中國新詩選注》（台北：幼獅文化，1993年），頁 154。

14 據筆者的閱讀，以黃如瑩整理周詩所用的佛典佛語，最為完備。參看氏著：〈臺灣現代詩與佛——以周夢蝶、敻虹、蕭蕭為線索之考察〉（國立台南大學人文學院語文教育學系國語文教學碩士論文，2006 年）。另可參看馮瑞龍：〈周夢蝶作品中的「禪意」〉，《藍星詩刊》第 11 號（1987 年 4 月），頁 5-14；蕭蕭：〈佛家美學特質與周夢蝶詩作的體悟〉，《現代詩的語言與教學》，2001 年 11 月號，頁 167-222。

15 筆者只檢視出現了佛典佛語的詩句，其他所謂佛家或禪宗意境的描述，如欠佛典佛語，其實很難判定是道是佛，拙文略而不論。

16 孤峰即須彌山。孤峰頂上也是禪家常用語。例如《鎮州臨濟慧照禪師語錄》記臨濟義玄說：「一人在孤峰頂上，無出身之路」。參看高楠順次郎、渡邊海旭編：《大正新修大藏經》（下簡稱《大正藏》）（台北：新文豐出版社股份有限公司，1983 年翻印本）卷 47，頁 497 上。

17 禪家用「白雲」比喻人之了無執著與自由無礙。

18 周氏於詩首引用《大智度論》說：「菩薩我法二執已亡，見思諸惑永斷；故能護四念而無失，歷八風而不動。惟以利生念切，報恩意重，恆心心為

再來人、目蓮尊者」。疑似者有《孤獨國》收入的「索、四行」；[19]《還魂草》收入的「擺渡船上、[20]聞鐘」；《約會》收入的「四行」；《白菊花》收入的「四行、密林中的一盞燈」等。[21]而周氏更多以佛典佛語入詩，以下分六節交代，最後作一小結。

二、有關釋迦牟尼用語的引用

周氏的詩作，不少談及釋尊生平的各個階段以及其活動。例如釋尊之出生和成道：

> 纔得串演一次唯我獨尊的人立
> 像二五零三年前一個嬰兒所串演的。
> 時間：你底衣裳：一分一寸地蛻落，蛻落

第九種風所搖撼耳。八風者，利衰苦樂毀譽稱譏是也；第九種風者，慈悲是也」。筆者多番檢索，都未能於《大智度論》找到相類似的文字。唯元照（1048-1116）《四分律含注戒本疏行宗記》卷上引用這論，談到「八風」說：「《智論》云：衰利毀譽稱譏苦樂，四違四順，能動物情，名為八風」（見藏經書院編：《卍續藏經》[台北：新文豐出版股份有限公司，1993 年翻印本]卷 62，頁 364 下），但這段文字也不見於《大智度論》。這些引文的出處，望高明指點。

19 「索」是觀音所持物的一種，用來降伏難以教化者。「四行」的字面的意思是指詩歌有四句。如眾周知，佛教偈頌也多由四句組成。

20 佛典常把佛法比喻為船筏，可將眾生由生死的此岸運載到解脫的彼岸。

21 周氏有些詩作沒收入四本詩集，筆者觀察到部分這些詩作的詩題用了佛語，包括「皈依、剎那、結、剃」。參看曾進豐：《德取如雷之靜寂——想見詩人周夢蝶》（台南：漢風出版，2003 年）第 5 章「周夢蝶詩之編目編年」。

你一直在想——你是否與釋迦同大？
一條雙頭蛇，蟠伏於菩提雙樹間的
可也能成為明鏡在胸通身是眼的智者？（《還魂草・閏月》）[22]

據佛傳故事，釋迦牟尼一出生，即走七步，舉起右手說：「天上天下，唯我為尊。三界皆苦，何可樂者」，[23]上引詩首句本此。釋尊長大後出家修行，於菩提樹下覺悟：

在菩提樹下。一個只有半個面孔的人
縱使結趺者底跫音已遠逝
坐斷幾個春天？
又坐熟多少夏日？（《還魂草・菩提樹下》）
從世尊自菩提樹下起
到燈火闌珊，相對無語的此時——（《白菊花・再來人》）

釋尊之能夠覺悟，首先乃由於累世修行的因緣：

走在我底髮上。燃燈人
曾為半偈而日食一麥一蔴
曾為全偈而將肝腦棄捨

22 本文引用周詩，為免繁瑣，只於正文標出其詩集名和詩題，不注出頁數。
23 參看《太子瑞應本起經》卷上，《大正藏》卷 3，頁 473 下。

在苦行林中。任鳥雀在我髮間營巢（《還魂草・燃燈人》）

上引詩的首句「走在我底髮上」，周氏附註引用《因果經》解釋說：「爾時善慧童子見地濁濕，即脫鹿皮衣，散髮匍匐，待佛行過」。次句和第三句所言的「半偈、全偈」，周氏再引用同經說：「過去帝釋化為羅剎，為釋迦說半偈曰：『諸行無常，是生滅法。』釋迦請為說全偈。渠言：『我以人為食，爾能以身食我，當為汝說。』釋迦許之。渠乃復言：『生滅滅已，寂滅為樂。』釋迦聞竟，即攀高樹，自投於地。」[24] 上引詩第四句「苦行林」，則指釋尊今世出家後初次修行之地。除前世外，釋尊今世也修行了十一年，周氏有詩說明：

若曾有人以十一年的苦寒
將自己
靜定為一脈雪山。不信
二十一年臙脂的流水
甚至磨洗不出半隻貝殼的耳朵？
睡終有覺起時
且且，除了覺與覺與覺
世界坐在如來的掌上
如來，勞碌命的如來（《約會・花，總得開一次》）

24 參看《過去現在因果經》卷 1，《大正藏》卷 3，頁 622 上、623 下。

周氏並附注說：「佛十九歲出家，三十成道，前後於雪山潛修，凡十一寒暑」。

釋尊成道後，於恒河兩岸一帶遊化，周詩描述道：

> 長年輾轉在恒河上
> 恒河的每一片風雨
> 撫著空鉢。想今夜天上（《還魂草·托鉢者》）
> 傍著靜靜的恆河走
> 靜靜的恆河之月傍著我走——
> 我是恆河的影子
> 靜靜的恆河之月是我的影子（《白菊花·月河》）

最後，釋迦牟尼於娑羅雙樹入滅：

> 曾在娑羅雙樹下哭泣過的一羣露珠（《白菊花·第九種風》）

釋尊入滅後火化，留下「舍利」，意即遺骨，相傳堅實不壞，佛教徒視作聖物，起塔供養。周詩有言：

> 一粒舍利等於多少堅忍？世尊（《還魂草·六月》）

周氏並想像釋尊在滅盡後還會甦醒，身旁會有劫盡剩下的灰燼：

> 滅盡還甦時，坐邊撲滿沉沉的劫灰（《還魂草・燃燈人》）

周詩常提到的「恆河」是印度的聖河，河兩岸是釋迦牟尼及其弟子活躍之地：

> 哦，那時我不過是恒河一粒小小的流沙（《孤獨國・畸戀之四》）
> 它將折向恒河悲憫的那一邊？（《還魂草・天問》）
> 恒河是你；不可說不可說恒河之水之沙也是你（《白菊花・第九種風》）

周詩首部詩集的書名《孤獨園》，乃取自同名詩作。「孤獨園」或是「祇樹給孤獨園」的簡稱。祇樹給孤獨園乃中印度舍衛城給孤獨長者和祇陀太子共同捐獻給釋尊，是佛教最早的寺院之一。給孤獨長者本名須達，因他憐孤獨，好布施，故得此名；周氏只擇取「孤獨園」三字，或要突顯自己孤獨一人的情懷。另一佛教聖地北印度佛影窟，相傳釋尊因應龍王請住，於窟中一度踊身入石，猶如明鏡，在於石內，復映現於外，留下佛影，為人供養。[25]周詩也有提及：

> 向佛影的北北北處潛行（《白菊花・叩別內湖》）
> 在你影入三尺的石壁深處，將有（《白菊花・再來人》）

---

25 參看《觀佛三昧海經》卷 7，《大正藏》卷 15，頁 681 中。

釋尊之說法，音聲震響如鼓，遠近皆聞，譬為「鼓聲」；其引導眾生，稱「接引」，周詩說：

不能不的鼓聲比能不的（《約會・集句六帖之三》）
那自何處飛來的接引的手？（《還魂草・聞鐘》）

釋尊付囑佛法時，用手摩著弟子的頭頂，稱「摩頂」。周詩說：

流過我底渴待。燃燈人，當你手摩我頂（《還魂草・燃燈人》）
單單只為伊而摩頂（《白菊花・聽月圖》）

而釋尊預言弟子他日成道，作佛因緣，稱「授記」，周詩說：

吳又闍尊者曾密密
為我授記（《白菊花・於桂林街購得大衣一領重五公斤之二》）

在受眾方面，聽法必須明白細聽，稱「諦聽」，周詩多次用到：

縱使隔著薄薄的一層幽明諦聽（《還魂草・一瞥》）
諦聽著。在經緯的此端或彼端（《白菊花・第九種風》）

正以寂靜諦聽
諦聽那寂靜（《白菊花・觀瀑圖》）

當釋尊說法時，會有天華降下，令場合變得莊嚴。周詩有這樣的描述：

像花雨，像伸自彼岸的聖者的手指……（《還魂草・托缽者》）
孔雀藍的花雨滿天（《約會・約翰走》）
花雨中，世尊以微笑宣說（《約會・重有感之一》）
喔——花雨滿天！（《白菊花・聞雷》）
花雨滿天，香寒而稠且溼（《白菊花・叩別內湖》）

佛典中的天華，種類繁多，周詩提過的有曼陀羅華、白蓮花、蓮花：

索曼陀羅花浩瀚的瞑默，向無始！（《孤獨國・索》）
只有曼陀羅花、橄欖樹和玉蝴蝶（《孤獨國・孤獨國》）
咀嚼曼陀羅花，傾聽寂靜，凝視漂鳥……（《孤獨國・畸戀之三》）
齊蟬化為白蓮。你將微笑著（《還魂草・尋》）
曾經我是靦覥的手持五朵蓮花的童子（《還魂草・燃燈人》）
知否？這兒纔一瓣白蓮開（《白菊花・目蓮尊者》）

又釋尊出世說法，稀有難得，因此佛典會以三千年才開花一次的曇花作比喻，這也是成語「曇花一現」的出處。周詩說：

在黃昏曇花一現的金紅投影中穿織著十字（《孤獨國・晚安！剎那》）
問優曇華幾時開？（《還魂草・托缽者》）
夢將悄悄，優曇華與仙人掌將悄悄（《還魂草・尋》）
曇花啊。你在那裏？（《白菊花・耳公後園曇花一夜得五十三朵感賦》）

據佛教相傳，釋尊具備三十二種殊勝容貌，異於凡人，即所謂「三十二相」，周詩也有這方面的內容：

你以青眼向塵凡宣示（《還魂草・還魂草》）
紺目與螺碧（《白菊花・不怕冷的冷之一》）
眉間點著圓小而高且亮的紅痣的（《白菊花・第九種風》）
那廣於長於三藏十二部的妙舌（《白菊花・觀瀑圖》）
有金色臂在你臂上扶持你（《白菊花・好雪！片片不落別處》）

「青眼」和「紺目」即三十二相中的第 29「真青眼相」，這相說佛眼紺青，如青蓮花。「螺碧」或即是第 31「頂髻相」，因這相又稱髮螺右旋。「眉間紅痣」或即第 32「白毛相」，這相說佛兩眉之間長白毫，常放光；雕塑家造像時，常於佛眉間鑲入白玉、水晶，好像一圓點。「妙舌」即第 27「大舌相」，這相說佛舌頭廣長薄軟，伸展則可覆至髮際，象徵說法無礙。「金色臂」即第 14「金色相」，這相說佛身及手足悉為真金色。除形相外，釋尊還擁有神通，以助其教化。周詩提及「如意足」：[26]

> 有如意足在你足下導引你（《白菊花・好雪！片片不落別處》）

如為十地以前菩薩說法，釋尊會化現千丈之身，以收震懾效果：[27]

> 一般是千丈的火燄
> 蟠結在千丈的髮絲上（《還魂草・空中馳想》）

三、有關淨土和觀音用語的引用

在眾佛菩薩中，以阿彌陀佛和觀音最受中國人信奉。阿彌陀佛是西方淨土，亦即是極樂世界的主人，往生淨土被視為眾生死後極大的福樂。周詩沒提及阿彌陀佛，但有談到淨土：

---

26 如意足的能力包括飛行，移遠作近，一念即至等。

27 參看《觀佛三昧海經》卷 4，《大正藏》卷 15，頁 668 中。

只一千一百元就換得一襲
永恆的安全瓣
髣髴中
西方過此十萬億佛土
蓮花世界的七寶池
便香遠益清的
與我同行復同在了（《白菊花・於桂林街購得大衣一領重五公斤之二》）

周氏附註引經說：「西方過此十萬億佛土，有世界名極樂；此方眾生，若有至心稱念彼佛無量光壽名者，雖極罪重惡人，亦得下品下生：於蓮胎中，歷時六小劫，花開見佛聞法，悟一切智，住不退轉」。這段引文首兩句出自《阿彌陀經》：

佛告長老舍利弗：「從是西方過十萬億佛土，有世界名曰極樂。其土有佛，號阿彌陀，今現在說法……」[28]

其後一段取材自《觀無量壽經》：

下品下生者，或有眾生作不善業五逆十惡，具諸不善。……具足十念，稱南無阿彌陀佛，稱佛名故。於念念中，除八十億劫生死之罪，命終之時，見金蓮

28 《大正藏》卷12，頁346下。

> 花，猶如日輪，住其人前。如一念頃，即得往生極樂世界。於蓮花中滿十二大劫，蓮花方開，當花敷時。觀世音、大勢至以大悲音聲，即為其人，廣說實相除滅罪法，聞已歡喜，應時即發菩提之心。[29]

按《觀無量壽經》把往生淨土者分為三根九品，最低下的下品下生者，到淨土後，要於蓮花中安坐滿十二大劫，方可出來，而非周氏所引述的「六小劫」。[30]而往生淨土者須藏身於蓮花中的說法，也見於周氏其他詩作：

> 是水鑄的。如果人人都是蓮花化身（《白菊花・迴音》）
>
> 輕一點，再輕一點的吹吧
> 解事的風。知否？無始以來
> 那人已這兒悄然住心入定
> 是的，在這兒，水質的蓮胎之中（《白菊花・四行・風荷》）

又據《阿彌陀經》所記，淨土有各種奇妙雜色之鳥，包括舍利和迦陵頻伽，[31]前者又稱百舌鳥，能說人語，周詩也提到這兩種鳥：

---

29 《大正藏》卷 12，頁 346 上。

30 據《觀無量壽經》所說，下品中生者，需於蓮花中藏身六劫，方可出來。周氏或混淆了下品中生和下品下生。參看《大正藏》卷 12，頁 346 上。

31 參看《大正藏》卷 12，頁 347 上。

神使鬼差。縱身有百口口有百舌（《還魂草・落櫻後・遊陽明山》）
當疾飛而下的迦陵頻迦（《白菊花・聞雷》）

在佛菩薩的系統裏，觀音是阿彌陀佛的脇侍，但對中國佛教徒來說，觀音救苦救難，被譽為大慈大悲觀世音菩薩，受重視程度不遜於阿彌陀佛。周詩對觀音的描述見下：

觀音仰臥在對岸淡水河的左側
落日，嬰兒似的
依依在觀音膝下的右側
在觀音默默念自己的名字（《約會・淡水河側的落日》）
望裡的觀音山永遠隱在雲裡霧裡
然而，瓔珞嚴身
梵音清遠可聞（《約會・失乳記之一》）
從來沒有呼喚過觀音山
觀音山卻慈母似的
一聲比一聲（《約會・失乳記之二》）

周詩又描述觀音（即詩中所謂「慈雲大士」）的外表，頂上有光環，戴寶冠，穿寶衣，有千眼千手，於塵世外看望眾生：

跟慈雲大士一樣
在軟紅十丈的塵外看我

我，想必也是

寶衣寶冠

手千而眼千

且頂有圓光，巍巍

照十方界如滿月？

直到，直到有一天

恍如隔世的你

無端闖進大士藕孔的心裏

至幸或至不幸的

你發現：在膏之下肓之上

赫然！好大兩個黑窟窿

——跟我一樣！（《白菊花・吹劍錄之十一》）

觀音的大能之一，是當世人稱念觀音的名號時，觀音便會因應世人苦痛的不同，分身散體，變化為不同身分，救渡世人：

欲分身為一株藥樹（《約會・病起二首之二》）

且恨不能分身

如觀世音

渴時泉，寒時衣，倦時屋，渡時舟，病時藥……

（《白菊花・再來人》）

我欲分身無量復無邊

身身皆耳，皆眼（《白菊花・山泉》）

上引《白菊花・吹劍錄之十一》中所謂「千手千眼」，即指觀音菩薩具有「千手」，每一手掌上各有一眼，故有「千眼」;「千手」代表無量大悲利他的方便，「千眼」象徵應機智慧圓滿無礙，故觀音又常稱為「千手千眼觀世音菩薩」。周詩中常出現「千手千眼」一類的話，當指稱觀音：

> 這裏沒有文字、經緯、千手千眼佛（《孤獨國・孤獨國》）
> 為什麼不生出千手千眼來？（《還魂草・天窗》）
> 即使我以千手點起千眼
> 再由千眼探出千手（《還魂草・你是我底一面鏡子》）
> 夢見千指與千目網罟般落下來（《還魂草・囚》）
> 孤負千眼千手（《白菊花・迴音》）

此外，周詩句「不信功德山王如來的普光」（《白菊花・詠歎調之五》）中的「功德山王如來」，也是觀音。據《觀世音菩薩授記經》的記載，觀音在阿彌陀佛滅度後成佛，號「普光功德山王如來」。[32]又周詩「救苦尋聲」（白菊花・迴音）一語，乃觀音慈悲力的描述。德清（1546-1623）有言：「以慧為命，以物為心，尋聲救苦，名觀世音」。[33]

32 參看《大正藏》卷 12，頁 357 上。
33 參看《憨山老人夢遊集》卷 33，見藏經書院編：《卍續藏經》卷 127，頁 695 上。

四、有關禪宗用語的引用

周詩並無出現「禪宗、禪法」一類的字詞，唯兩次用到「禪」字，意指「禪宗」之「禪」：

你底心裏有很多禪（《還魂草・晚安！小瑪麗》）

不許論詩，不許談禪（《還魂草・落櫻後・遊陽明山》）

周氏還常將禪宗故事、公案、禪詩、禪語等入詩，例子眾多，以下先出標題，分點列舉：

(一) 拈花微笑

釋尊在靈山會上，拈花示眾，眾皆默然，唯迦葉尊者破顏微笑，釋尊即說：「吾有正法眼藏，涅槃妙心，實相無相，微妙法門，不立文字，教外別傳，付囑摩訶迦葉」。[34] 周詩表達如下：

從每一滴金檀花底淚光中

從世尊沒遮攔的指間（《還魂草・尋》）

周氏怕讀者未能意會，加附注說：「世尊在靈山會上，以金檀花一朵示眾，眾皆默默，惟迦葉尊者破顏微笑」。周氏另

34 參看《五燈會元》卷 1，《卍續藏經》卷 138，頁 2 中。

一首詩說：

那人，看來一點也不怎樣的
那人，只用一個笑
輕輕淺淺的
就把一個笑
接過去了……（《十三朵白菊花・靈山印象》）

這詩的意思更加隱晦，故周氏於序文引用《指月錄》所述「拈花微笑」的故事，令讀者看得明白，文長不錄。[35]周詩其他例子還有：

當世尊指間的曼陀羅照亮迦葉尊者的微笑（《孤獨國・默契》）
一朵微笑能使地獄容光煥發（《還魂草・豹》）
數說含淚的金檀木花
和拈花人，以及蝴蝶（《還魂草・孤峰頂上》）
一株含笑的曼陀羅（《白菊花・再來人》）

值得注意的，是釋尊所拈之花，《大梵天王問佛決疑經》記是「金色千葉大婆羅華」，[36]《佛祖統紀》引述時略稱為「金色波羅花」，[37]周氏則稱為「金檀花」和「曼陀羅」。按

35 《指月錄》原文見卷 1，《卍續藏經》卷 143，頁 28 上。
36 參看《卍續藏經》卷 87，頁 653 中。
37 參看卷 5，《大正藏》卷 49，頁 170 下。

曼陀羅花相對應的梵語字是 māndāra，天花的一種，金色波羅花或是波羅奢樹之花（相對應的梵語字是 kanaka），兩花非一。周氏用典似甚隨意。此外，周詩提及的鷄足山也跟「拈花微笑」有關：

> 再由鷄足山直趨信天翁酒店（《還魂草・豹》）

據《大唐西域記》的記載，迦葉得釋尊授記，於釋尊入滅後，到雞足山捧佛衣入定，等待彌勒的降臨。[38]因此這山也是禪宗名山。[39]

(二) 橋流水不流

禪宗先驅傅翕（497-569）之名偈：「空手把鋤頭，步行騎水牛，人從橋上過，橋流水不流」。[40]周詩以下三句，用到「橋、水、橋下流」等字詞，靈感可能取自此偈：

> 哦，誰能作證？除卻這無言的橋水？
> 而橋有一天會傾折
> 水流悠悠，後者從不理會前者的幽咽……（《孤獨國・川端橋夜坐》）

---

38 參看卷 9，《大正藏》卷 51，頁 919 中。另《白菊花・折了第三隻腳的人》有言：「彌勒幾時下生等等」。

39 雲南也有雞足山，當地相傳迦葉在這裏入滅，實誤。參看侯沖：〈雲南雞足山成為迦葉道場的由來〉，《中華文化論壇》1994 年 04 期，頁 53-55。

40 參看《景德傳燈錄》卷 27，《大正藏》卷 51，頁 430 中。

橋下流的總是（《約會・癸酉冬續二帖之二》）

（三）斷臂求法

中土禪宗初祖菩提達摩（？-535）從南印度到中土，跟梁武帝（502-549 在位）見面，話不投契，便走到嵩山少林寺的山洞坐禪，慧可（487-593）在洞外拜師求法，為表決心，自斷左臂，達摩知是可造之材，收他為徒，慧可也成為禪宗二祖。[41]以下周詩首句說慧可，次句說達摩：

一尊斷臂而又盲目的空白
面如僧趺坐凝默（《還魂草・空白》）

（四）爭祖呈偈和磨磚成鏡

禪宗五祖弘忍（602-675）找繼承者時，囑徒眾各呈一偈，看看誰已得悟。神秀（605-706）偈說：「身是菩提樹，心如明鏡臺；時時勤拂拭，勿使惹塵埃」；惠能（638-713）偈說：「菩提本無樹，明鏡亦非臺；本來無一物，何處惹塵埃？」弘忍以神秀執著「拂拭」明鏡，仍未得悟，判惠能偈為優勝。[42]又馬祖道一（709-788）想坐禪成佛，其師南嶽懷讓（677-744）故意在他面前拿磚頭在石上磨，馬祖問老師做什麼，懷讓答道：「磨作鏡」。馬祖很奇怪，問道：「磨

41 參看《景德傳燈錄》卷 3，《大正藏》卷 51，頁 219 中。

42 參看《六祖壇經》，《大正藏》卷 48，頁 348 中 349 上。

塼豈得成鏡耶」；懷讓反問說：「坐禪豈得成佛耶」，以此打破馬祖對坐禪的偏執。[43]周詩出現「圓鏡、拂拭、磨洗」等詞，當源自這兩個禪宗故事：

> 鑄成一面圓鏡
> 影去，影空。
> 拂拭與磨洗是苦拙的（《還魂草．圓鏡》）
> 且拂拭了又拂拭再拂拭（《約會．仰望三十三行》）

（五）本來面目

惠能逌問弟子惠明道：「不思善、不思惡，正與麼時，那箇是明上座本來面目？」惠明言下大悟。惠能的意思，是超越善惡之分別，才能覺悟心性的本來面目。周詩有言「本來、面目最初」：

> 哭向本來，哭向默默呼喚我的（《白菊花．人面石》）
> 遠行者的面目之最初（《白菊花．蛻》）

（六）見山是山

惠能弟子青原惟信有一段自述其修行的經歷的話，為愛讀禪書者耳熟能詳：

43 參看《景德傳燈錄》卷 5，《大正藏》卷 51，頁 240 下。

老僧三十年前未曾參禪時，見山是山，見水是水；後來參禪悟道，見山不是山，見水不是水；而今個休歇處，依然見山是山，見水是水。[44]

以下周詩「雪是雪，你是你；雪既非雪，你亦非你；雪還是雪，你還是你」的句式，明顯模仿青原惟信的話：

來時，雪是雪，你是你
一宿之後，雪既非雪，你亦非你
直到零下十年的今夜
當第一顆流星睹然重明
你乃驚見：
雪還是雪，你還是你（《還魂草・菩提樹下》）[45]

（七）日面佛月面佛

馬祖一次身體不適，寺院主慰問他，馬祖說：「日面佛，月面佛」。[46]據《佛名經》所載，日面佛壽長一千八百歲，月面佛壽僅一日夜。[47]馬祖的回應，是要表示生命是長是短，無二無別。周詩曾出現「月面佛」一詞：

指著未來的月面佛起誓：將彼此（《約會・既濟七十

44 參看《五燈會元》卷17，《卍續藏經》卷138，頁670上。
45 《白菊花・兩個紅胸鳥》也說：「山還是山」。
46 參看《碧巖錄》，《大正藏》卷48，頁142下。
47 參看卷7，《大正藏》卷14，頁154上。

七》)

(八) 吸盡西江水

龐蘊(?-808)問馬祖:「不與萬法為侶者是什麼人?」馬祖答道:「待汝一口吸盡西江水,即向汝道。」龐蘊言下頓悟。按江水根本無法一口可喝盡,即沒有人可以離開萬法,故修行關鍵,只在於不執著萬法。這句話兩見於周詩:

使我有一口吸盡西江水的壓迫(《還魂草・一瞥》)

不可能的極峰而一口吸盡(《約會・詠雀五帖之五》)

(九) 佛頭著糞

一次相國崔群(772-832)前往湖南東寺,見鳥雀在佛頭上拉屎,問如會(744-823)說:「鳥雀有沒有佛性呢?」如會答道:「有。」崔氏追問牠們既然有佛性,為何又這樣做。如會反問:「牠們為什麼不向鷹頭上拉屎呢?」[48]言下之意,是我佛慈悲,就算頭上附糞,也不計較。周詩以下一句,靈感或來自這故事:

拉屎拉屎在你的頭上臉上(《約會・詠雀五帖之三》)

48 參看《景德傳燈錄》卷7,《大正藏》卷51,頁255中。

（十）南泉斬貓

南泉普願（748-834）因東西兩堂爭奪貓兒，向大眾說：「道得即救取貓兒，道不得即斬卻也。」大眾沒法應對，南泉便斬殺貓兒。其後趙州從諗（778-897）自外歸來，知道這事，即脫鞋放在頭上而去。南泉說道：「汝適來若在，即救得貓兒。」[49]鞋本穿在腳上，趙州卻安在頭頂，是要顯示看得貓兒這麼重要，是顛倒之見。周詩有言：

> 把草鞋與牛鼻袴頂在頭上（《約會・既濟七十七》）

「牛鼻袴」即短如牛鼻的短褲。除草鞋外，周氏還要把牛鼻袴放頭上，有加強顛倒的意味。

（十一）草鞋錢

普願考問黃檗希運（？-850）戒定慧三學的道理是甚麼，黃檗回應說：「十二時中不依倚一物」，並謙稱這非自己的見解。普願譏諷道：「漿水價且置，草鞋錢教阿誰還！」[50]意思是說黃檗仍未覺悟，浪費了「草鞋錢」。周詩也用到這詞：

> 那風簑雨笠，那滴滴用辛酸換來的草鞋錢（《白菊

49 參看《景德傳燈錄》卷 8，《大正藏》卷 51，頁 258 上。

50 同上注，頁 257 下。

花・好雪！片片不落別處》）

（十二）梅香撲鼻

黃檗名偈：「塵勞回脫事非常，緊把繩頭做一場；不經一番寒徹骨，爭得梅花撲鼻香」。[51] 偈意是說要得到覺悟，必須久歷磨練。周詩以下兩句，明顯取材自這偈：

> 那芳烈，那不足為外人道的徹骨（《約會・詠雀五帖之五》）
>
> 寒過，而且徹骨過的（《白菊花・靈山印象》）

（十三）通身是眼

雲巖曇晟（782-841）問道吾圓智（769-835）道：「大悲菩薩之千手千眼有何作用呢？」道吾答道：「如人夜半，雙手放在背後交叉握著，也摸到枕頭。」雲巖說：「我也曉得！」道吾追問：「你為何曉得呢？」雲巖答道：「遍身是手眼。」道吾說：「太過分了，你只懂得八成。」雲巖道：「師兄為何這樣說呢？」道吾說：「通身是手眼。」[52] 雲巖自稱「遍身手眼」，道吾自稱「通身手眼」，皆自許為觀音，各不相讓，無高下之分。周詩以這公案入詩：

51 參看《黃檗斷際禪師宛陵錄》，《大正藏》卷 48，頁 387 中。

52 參看《碧巖錄》，《大正藏》卷 48，頁 213 下。

一般的手眼，一般的光環（《約會・詩與創造》）
幾度我以手中之手眼中之眼（《約會・細雪之二》）
可也能成為明鏡在胸通身是眼的智者？（《還魂草・閏月》）

（十四）棒喝

德山宣鑒（782-865）和臨濟義玄（？-867）為了杜絕弟子的妄念，首創用棒打、大喝等激烈的方法，史稱「德山棒，臨濟喝」。周詩有言：

將你：巍巍之棒喝（《白菊花・聞雷》）
足音與輪影中
長於萬水千山而短於一喝！（《白菊花・再來人》）

又臨濟形容「喝」之妙用說：「有時一喝如金剛王寶劍，有時一喝如踞地金毛師子，有時一喝如探竿影草，有時一喝不作一喝用」，[53]周詩用當中的「金剛寶劍」喻來比喻理智：

我理智的金剛寶劍猶沉沉地在打盹（《孤獨國・錯失》）

（十五）立處皆真

臨濟說：「佛教無用功處，只是平常無事，屙屎送尿，

53 參看《鎮州臨濟慧照禪師語錄》，《大正藏》卷 47，頁 504 上。

著衣吃飯，困來即臥。……你且隨處作主，立處皆真」。[54]
意思是無論處於任何境地，當下即真實。周氏有可能得到啟發，寫下一句：

自立足處走出（《約會・細雪之一》）

（十六）無寸草處

洞山良价（807-867）對弟子開示說：「兄弟，秋初夏末，東去西去，直須向萬里無寸草處去始得」，[55]旨在鼓勵大眾向無妄念處努力。周詩直接引用良价的話！

我想隨手拈些下來以深喜
串成一句偈言，一行墓誌
「向萬里無寸草處行腳！」（《還魂草・聞鐘》）

（十七）香巖一擊

溈山靈祐（771-853）考問香巖智閑（？-898）道：「父母未生時，試道一句看。」香巖百思不解，心灰意冷，覺得無望得悟。後來清理草木時，偶拋瓦礫，擊竹作聲，忽然省悟所謂「父母未生時」，是指人無始以來本具的心性。周詩用到「未生」這表達方法，或是源自這公案：

54 同上注，頁 498 上。
55 參看《瑞州洞山良价禪師語錄》，《大正藏》卷 47，頁 523 中。

誰是相識而猶未誕生的那再來的人呢？（《還魂草·囚》）

直入恆河第一沙未生時（《白菊花·月河》）

（十八）貧無立錐

香巖領悟「父母未生時」後，仰山慧寂（807-883）再考問他：「近日見處如何？」香巖說：「去年貧無卓錐之地，今年貧錐也無。」仰山回應道：「汝只得如來禪，未得祖師禪」。「貧錐也無」，即表示不止是所執之對象，連能執之心也沒有了。周詩襲用說：

幾無地可以立錐，無間可以容髮（《白菊花·聞雷》）

（十九）枯木龍吟

有弟子問香巖說：「如何是道？」香巖答道：「枯木龍吟」。[56]按枯木中空，比喻無心的狀態；無心而說法，仿若龍吟。周氏以反問方式肯認枯樹可說法：

誰道枯木未解說法（《約會·竹枕》）

（二十）金身莖草

趙州說：「此事如明珠在掌，胡來胡現，漢來漢現。老

56 參看《景德傳燈錄》卷 11，《大正藏》卷 51，頁 284 中。

僧把一枝草作丈六金身用，把丈六金身作一枝草用。佛即是煩惱，煩惱即是佛」。[57]「丈六金身」是高大佛祖，「一莖草」是微細之物，兩者無二無別。周詩引入這說法：

丈六金身與一莖草誰大？（《約會・花，總得開一次》）

（二十一）覿面不逢

《撫州曹山本寂（840-901）禪師語錄》附《註釋洞山五位頌》有偈頌說：「三更初夜月明前，莫怪相逢不相識，又作麼劫中違背來，隱隱猶懷舊日嫌」、「失曉老婆逢古鏡，分明覿面更無真，爭奈迷頭還認影」。[58]「覿面不逢」的意思，是說雖然近在咫尺，但見面不相逢，比喻本性就在心中，卻不能認得。這語見於《白菊花・迴音》。

（二十二）千水千月

五代宋初洞山守初禪師語錄有載：「問：如何是透法身句？師云：千江有水千江月，萬里孤舟萬里身」，[59] 意思是說法身無邊，處處皆一。周詩用「千水、千月」二詞製造出不同組合：

千水中的一水千月中的一月

57 參看《五燈會元》卷 4，《卍續藏經》卷 138，頁 128 上。

58 參看卷下，《大正藏》卷 47，頁 542 中。

59 參看《古尊宿語錄卷》卷 38，《卍續藏經》卷 118，頁 657 下。

無量無邊
不可待不可追不可禱甚至不可遇：
何來的水與月！
千水中的一水
千月中的一月（《約會・竹枕》）
天上的月何如水中的月？
水中的月何如夢中的月？
月入千水　水含千月（《白菊花・月河》）

（二十三）足目

周詩以下四句，意思頗隱晦：

眼之上有眼，之上復有眼
足之下有足，之下復有足——（《約會・四行》）

詩末周氏有頗長的說明：「廿餘年前於三峽近郊，乍見水牛背上有大白鷺鷥佇立，意態閒遠，顧盼自若；而水牛惟默默俯首噬草，時而輕搖其尾，渾若不覺知者。莞爾之餘，忽生癡想：此白鷺鷥此水牛得非文殊普賢二大士遊戲人間，現身說法，以警世之有足無目，或有目無足者歟？吁，未可知也」。詩句「眼、足」二字，當取自「有足無目，有目無足」二語。而這二語，出自昭覺寺克勤（1063-1135）對於普願三名弟子郢州茱萸、長沙景岑、趙州的評價：「南泉雖則養子之緣。其奈憐兒不覺醜，殊不知這三人：一人有目無足，一人有足無目，一人足目俱無。雖然如是，皆可與南泉為師」。[60]足和目，代表凡夫跟世間的接觸點，足和目的能力越強，對世間的執著越深，因此足目俱無之趙州，境界最高。周氏反過來用，認為有目無足，或有足無目，皆未能看透世情，更需要眼上有眼，足下有足。

（二十四）四十九年一字不說

禪宗認為佛教的奧義，不落言詮，釋尊雖然孜孜不倦地說法，其實無一字涉及究極真理，聽者也未嘗得聞正法。黃檗說：「終日說，何曾說？終日聞，何曾聞？所以釋迦四十九年說，未嘗說著一字」。[61] 周詩句「說了等於沒說」、「可也聽見我的聽見」似乎是要表達這意思：

> 說了又說，說了
> 又說又說——該說的都說了，卻又
> 說了等於沒說
> 說了等於沒說，誰信
> 更誰識得這半句偈的半字？
> 可也聽見我的聽見？
> 欸！聽見我聽見你的聽見的（《白菊花．山泉》）
> 說法呀！是誰，又為誰而說法？（《白菊花．老婦人與早梅》）

60 參看《宗門拈古彙集》卷 9，《卍續藏經》卷 115，頁 621 中。
61 參看《黃檗斷際禪師宛陵錄》，《大正藏》卷 48，頁 385 下。

（二十五）芥子須彌

芥子為芥菜種子，體積微小，比喻極小之物；相反的是須彌山，比喻極大之物。《維摩經》說：「唯應度者，乃見須彌入芥子中，是名住不思議解脫法門。」[62]禪家多以「芥子納須彌、須彌納芥子」一類的說法，來表示超越大小、高低、迷悟、生佛等差別。[63]周詩更用半個「芥子」比喻自己：

> 半個芥子大，乃至秋毫之末之我（《白菊花・血與寂寞之五》）

（二十六）禪詩

有一些詩歌雖非出自禪師手筆，但歷代都看作是禪詩，最出名的是王維（699-759）之作。例如王維詩〈終南別業〉：「中歲頗好道，晚家南山陲。興來每獨往，勝事空自知。行到水窮處，坐看雲起時。偶然值林叟，談笑無還期」，周詩曾加引用：

> 行到水窮處（《還魂草・行到水窮處》）
> 不識水到何處窮，雲從幾時起……（《白菊花・人面

62 參看卷中，《大正藏》卷 14，頁 546 中。
63 參看《大慧普覺禪師普說》卷 18，《大正藏》卷 47，頁 887 上。

石》)

王維詩〈辛夷塢〉:「木末芙蓉花,山中發紅萼。澗戶寂無人,紛紛開且落」,周詩也有參用:

淵明夢中的落英與摩詰木末的紅萼(《白菊花・老婦人與早梅》)

詩中「摩詰」即王維字號。又「淵明夢中的落英」,出自陶淵明(365-427)《桃花源記》:「忽逢桃樹林,夾岸數百步,中無雜樹,芳草鮮美,落英繽紛」。此外,周詩「泉從幾時冷起」(約會・約會),乃取自明末清初書法家董其昌(1555-1636)為西湖靈隱寺所題的楹聯:「泉自幾時冷起?峰從何處飛來?」

此外,周詩也用到一些禪宗術語,例如「話頭、話尾」:

以話尾為話頭
或此答或彼答或一時答
我將拈著話頭拈著我的未磨圓的詩句(《約會・約會》)

話頭即公案中供學人參究用的字或句,如參究不通,話頭變成話尾。又如「拈提」,即提示禪門的綱要;「眼目」,即禪門的核心。周詩皆有用例:

拈提過了
此刻，你說，你唯一的渴切與報答
是合十拈提（《約會・淡水河側的落日》）
諸佛束手。自從他在鏡中亡失了眼目（《白菊花・折了第三隻腳的人》）

又最多人認得的禪宗術語之一，莫過於「頓悟」，周詩也有一例：

頓悟鐵鞋是最盲目的蠢物！（《還魂草・孤峰頂上》）

五、有關佛典佛語的引用

周氏有以佛經故事入詩。例如：

便如來底神咒也喚不醒的
天眼一般垂照在你肩上左右的（《還魂草・六月或雙燈》）[64]

周氏附註引用《楞嚴經》，指出上兩詩句乃述說阿難為摩登伽女引誘，釋尊唸咒解救之事。[65]又如：

64 《白菊花・無題》也說：「甚至在你以佛咒掩耳，枕流而臥的剎那」。
65 參看卷 1，《大正藏》卷 19，頁 106 下。

你說。雖然夜夜夜心有天花散落（《還魂草・豹》）

若自維摩丈室的花香裏散出（《白菊花・空杯》）

周氏於前一首詩序文引用《維摩經》所說「天花散落」的故事：維摩乃釋尊的在家弟子，精通大乘教義。一次，維摩病倒，大小乘弟子到維摩方丈室探病，天女散落天花，菩薩心無執著，天花不會粘著他們；小乘人分別心重，天花便附著他們的身上，不能撥開。[66]再有一例：

一現永現！像善財

已美麗的完成了他的五十三參（《白菊花・耳公後園曇花一夜得五十三朵感賦》）

據《華嚴經》的記載，善財童子受文殊菩薩的指示，遍遊南方諸國，歷一百一十城，向五十三位善知識參學，故稱五十三參。[67]

其他引用佛教譬喻、用語的詩句還有很多。例如《仁王般若經》記波斯匿王目睹釋尊展現神通變化：「千花臺上遍照如來，千花葉上千化身佛、千花葉中無量諸佛，各說般若

66 參看卷中，《大正藏》卷 14，頁 547 下。

67 《白菊花》卷 4「山泉」篇的開首引《華嚴經》說：「爾時文殊告善財童子：由此向南，緩緩而行，勿自傷足！」佛經原文參看卷 46，《大正藏》卷 9，頁 689 下。

波羅蜜多」。[68]周詩取用「千花千葉皆有佛」這意思：

看千百個你湧起來，冉冉地
自千花千葉，自滔滔的火海（《還魂草・尋》）
將你高高舉起以寶蓮千葉（《還魂草・孤峰頂上》）

《法華經》有「頂珠喻」，比喻釋尊不輕易把最深奧的一乘教法，授予他人：「唯髻中明珠，不以與之。所以者何？獨王頂上有此一珠，若以與之，王諸眷屬必大驚怪」。[69]髮中「頂珠」，象徵隱藏的深法。周詩明顯借用了這譬喻：

有一顆頂珠藏在你髮裏（《還魂草・孤峰頂上》）

又《維摩經》記文殊菩薩問維摩「何等是菩薩入不二法門」，維摩默然無言，文殊讚歎道：「善哉！善哉！乃至無有文字語言，是真入不二法門」。[70] 維摩無言，勝過千言萬語，中國佛教徒把這故事濃縮成「維摩一默一聲雷」、「一默如雷」等短語。周詩取用這說法：

我問阿雄：曾聽取這如雷之靜寂否？（《白菊花・牽牛花》）
常時像等待驚蟄似的等待著你

68 卷下，《大正藏》卷 8，頁 841 上。
69 參看卷 5，《大正藏》卷 9，頁 38 下。
70 參看卷中，《大正藏》卷 14，頁 551 下。

深靜的雷音。而且堅信（《白菊花・再來人》）

又同經以燈火之無盡比喻教化之無盡：「無盡燈者，譬如一燈，燃百千燈，冥者皆明，明終不盡。……夫一菩薩開導百千眾生，令發阿耨多羅三藐三菩提心」。[71]「無盡燈」一詞也見於周詩：

給太陽一盞無盡燈（《孤獨國・乘除》）

周氏有時直接引用佛典。例如「空中鳥跡縱橫」（《還魂草・聞鐘》）和「空中鳥跡」（《白菊花・第九種風》）出自《維摩經》；[72]「不即亦不離」（《約會・三個有翅的和一個無翅的》）、「不即不離」（《白菊花・荊棘花》）出自《圓覺經》；[73]「歇即菩提」（《約會・竹枕》）出自《首楞嚴經》；[74]「止止！不須說」（《約會・為全壘打喝采》）出自《法華經》；[75]「應念而至」（《約會・蝕之三、約會・風》）見於《大寶積經》。[76]又如「可憐的老衲！不識心生種種法生，心滅種種法滅」（《約會・「怪談」剪影四事・無耳芳一》）中的後兩

71 參看卷上，《大正藏》卷 14，頁 543 中

72 參看卷中，《大正藏》卷 14，頁 547 中。

73 參看《大正藏》卷 17，頁 915 上。

74 參看卷 4，《大正藏》卷 19，頁 121 下。另《白菊花・蛻》有說：「直向不曾行過的行處歇去」。

75 參看卷 1，《大正藏》卷 9，頁 6 下。

76 參看卷 19，《大正藏》卷 11，頁 105 中。

句，出自《大乘起信論》。[77]此外，「像『華枝春滿，天心月圓』那種」(《約會・蝕之二》)，乃取自近代律宗大師弘一（1880-1942）圓寂前寫下的偈語：「君子之交，其淡如水；執象而求，咫尺千里。問余何適，廓爾忘言；華枝春滿，天心月圓」。

除在序跋附注外，周氏沒把佛典的名稱入詩，唯一次提到「貝葉經」。貝葉經是用貝葉書寫的經典，為保存和流傳佛法的方式，而非某一種特定佛經：

貝葉經關世界於門外（《還魂草・晚安！小瑪麗》）

周氏反而兩次提到古印度婆羅門教聖典《吠陀經》：

棱羅正埋頭敲打論語或吠陀經（《還魂草・七月》）
讀吠陀經千轉（《白菊花・於桂林街購得大衣一領重五公斤之一》）

六、有關佛教教理術語的引用

佛教教理的術語極多，不少都見於周詩。周詩沒有出現「佛法、佛教」，但曾用過「妙諦」一詞，為佛法的同義詞：

77 參看卷上，《大正藏》卷 32，頁 586 上。

一些妙諦翩翩（《還魂草・失題》）

佛教的教法，是針對世間之眾生，解決他們的苦困。眾生，又叫有情，周詩俱用到：

滿眼恨不能霑勻眾生苦渴的如血的淚雨（《孤獨國・雲》）
我欲摶所有有情為一大渾沌（《孤獨國・索》）

如眾生得聞佛法，即遇解脫機緣，這些眾生又稱「有緣」，周詩說：

為一切有緣而忍結不斷
為一切有緣（《白菊花・再來人》）
誰說視一切眾生如赤子的慈舟
只渡有緣（《白菊花・詠歎調之五》）

佛教對於世間，常用「苦、無常、無我」加以描述，以顯示世間的困苦、短暫、虛幻。這類用語，周詩不時出現：

當心愈近而路愈長愈黑，這苦結（《還魂草・落櫻後・遊陽明山》）
而淡，而酸，而苦，而苦苦（《白菊花・紅蜻蜓之二》）
它將落向死海苦空的那一邊？（《還魂草・天問》）
想起給無常扭斷了的一切微笑……（《孤獨國・索》）

佛經常把苦分為「生、老、病、死、愛別離、怨憎會、求不得、五陰盛」八種，周氏曾於一詩句中提及三種：

> 沒有昏夜；沒有怨憎會，愛別離，求不得（《白菊花・迴音》）

「無我」的意思，是指世間事物不受一己支配，又譯作「非我」，周詩也用到：

> 穿過我與非我（《還魂草・還魂草》）
> 禾非我
> 戈亦非我（《約會・花，總得開一次》）
> 似我還似非我的（《白菊花・空杯》）
> 難就難在「我」最丟難掉（《白菊花・叩別內湖》）

眾生的困苦之所以難以去除，是因為有輪迴。就算今世的困苦過去了，還有下一生困苦的出現，永無盡期。周詩常常表達這個意思：

> 流轉與流轉——你可能窺見（《還魂草・托缽者》）[78]
> 不知我生之初之初
> 曾幾度為烏為鳶？幾度
> 烏鳶而人，人復為烏為鳶

---

78 流轉是輪迴另一個譯法。

如輪轉風發？（《約會・白雲三願》）
此生或彼生，此世界或彼世界
腳印永遠跟著腳走（《約會・「怪談」剪影四事・碗中武士》）
再世又再世為人之後（《約會・重有感之一》）
身世悠悠，此生已成幾度？（《約會・七十五歲生日一輯・不信》）
飲十次刃，換百次骨
輪千次回（《白菊花・疤》）

而且，周氏屢用到「生生死死」一詞，包含著強調生而死，死而生，輪迴不止的意味：

生生世世修溫柔法的蝴蝶（《約會・香頌》）
生生世世生生
那人的指尖
欸！生生世世生生（《約會・重有感之三》）
生生世世生生（《約會・垂釣者之二》）
「我是你的。我帶我的生生世世來
為你遮雨！」（《白菊花・積雨的日子》）
而生生世世生生（《白菊花・率然作》）
只一次，便生生世世了（《白菊花・十三朵白菊花》）
生生世世生生（《白菊花・再來人》）

眾生輪迴有六個去處，最低下和苦痛的是地獄。墮落地獄者，幾陷於萬劫不復之地，難以解救。周詩多番出現「地獄」一詞：

> 一把可以打開地獄門的鑰匙……（《孤獨國．匕首之二》）
> 我曾吻抱過地獄一萬零一夜（《孤獨國．匕首之三》）
> 這沉默，比「地獄的冷眼」更叱咤尖亮（《孤獨國．無題之六》）
> 一個地獄的司閽者（《孤獨國．四行之二》）
> 一朵微笑能使地獄容光煥發（《還魂草．豹》）
> 天堂寂寞，人世桎梏，地獄愁慘（《還魂草．天問》）
> 地獄的光輝（《約會．「怪談」剪影四事．雪女》）[79]

按地獄的種類甚多，分為八熱地獄、八寒地獄、十六小地獄等，其中之一稱「灰河」，周詩曾提到：

> 在沈沈的熱灰河畔有一縷斷髮（《白菊花．第九種風》）

又中國相傳地獄有血河，名奈何，河上有橋，死後亡魂如順利過橋，即不受血河之苦，周詩見有這橋名：

> 在奈何橋畔。自轉眼已灰的三十三天（《還魂草．天問》）

79 《還魂草．六月之外》也有「地獄」一詞，不過意屬基督教，不列出。

六道中最高上和快樂的是天界，周詩常提到「三十三天」：

> 自轉眼已灰的三十三天（《還魂草・天問》）
> 已響徹三十三天（《約會・詠雀五帖之四》）
> 越過三十三天（《白菊花・空杯》）
> 去獨坐。任萬紅千紫將你的背景舉向三十三天（《白菊花・無題》）

以及「非想非非想處天」：

> 非想非非想（《約會・癸酉冬續二帖之二》）
> 從無到有到非有非非有（《約會・七十五歲生日一輯・詠蟬》）
> 無端引來南斗與北斗非想非非想的眼睛（《約會・仰望三十三行》）
> 越過識無邊空無邊非想非非想乃至
> 越過這越過。……（《白菊花・空杯》）

按天界分「欲界、色界、無色界」三級二十八層，三十三天是欲界第二天，位階雖不高，但位於須彌山頂，可算是世間之最；而非想非非想處天是無色界第四天，為天界最高級，周詩常提到這兩種天，原因或在此。

輪迴的原則，是依據自身前世所作的善惡業而定，是為自作自受，周詩說：

然則，自受自作，亦無所用其怨與怒了！（《約會・白雲三願》）

眾生輪迴不止，是因為作惡業；而作惡業乃緣於有「煩惱、愚癡、顛倒、差別心」，周詩出現這些術語：

觸鬚般的煩惱也沒有（《還魂草・樹》）
愚癡付火。自灰燼走出（《還魂草・囚》）
「什麼是我？
什麼是差別，我與這橋下的浮沫？」（《孤獨國・川端橋夜坐》）
沒有驚怖，也沒有顛倒（《還魂草・孤峰頂上》）
那人已將前路乃至無邊顛倒裳衣的夜空（《約會・七十五歲生日一輯・致某歌者》）

人行善作惡，會於心種下因緣，日後再滋生善惡行為，故佛典稱心作「心田」。周詩有一例：

鑽爬到你心田遠遠深深處（《孤獨國・匕首之五》）

煩惱以至輪迴的起點，層層上溯，找不到始源，佛典稱為「無始」，亦屢見於周詩：

索曼陀羅花浩瀚的瞑默，向無始！（《孤獨國・索》）
上帝是從無始的黑漆漆裏跳出來的一把火（《孤獨

國・消息之一》）
在無終亦無始的長流上
在旋轉復旋轉的虛中（《白菊花・月河》）

佛典主要內容之一，是教人修行成佛，修行方式眾多，佛典有歸納為「戒、定、慧」三學，以便佛弟子把握，周詩有提及：

以戒香定香慧香的粉末
金剛的粉末鑄成（《白菊花・於桂林街購得大衣一領重五公斤之一》）

在戒方面，周詩有一句，含有「戒……酒」的說法：

戒了一冬一春的酒的陽光（《還魂草・山中拾掇》）

犯了戒便要「懺悔」，周詩用到這詞：

我摟著死亡在世界末夜跳懺悔舞的盲黑的心（《孤獨國・烏鴉》）
遲來的懺悔（《約會・「怪談」剪影四事・黑髮》）

三學中之定，即禪定，周詩用到「入定、僧定」：

還向仙人掌裏鏘然入定（《還魂草・駢指》）

有睡影如僧定在他垂垂的眼皮上（《約會·垂釣者之一》）

或者意思相近的「瞑默、冥想」：

索曼陀羅花浩瀚的瞑默，向無始！（《孤獨國·索》）
在一起瞑默——直到我從醒中醒來（《還魂草·守墓者》）
從未開鑿過的春天裡合唱著冥默（《還魂草·濠上》）
耽於自殘和冥想（《約會·三個有翅的和一個無翅的》）

禪定是要做到「不動心」（白菊花·除夜衡陽路雨中候車久不至）。常用的坐姿叫「結跏趺坐」，即互交二足，結跏安坐，周詩用「趺坐」這簡稱：

我趺坐著（《孤獨國·寂寞》）
赤裸裸的趺坐在負雪的山峰上（《孤獨國·孤獨國》）
趺坐在鐵窗的陰影下（《約會·遠山的呼喚》）

三學中之慧，即智慧，周詩兩次用到：

多少踏破智慧之海空（《孤獨國·雲》）
借給我你智慧的尖刀！（《孤獨國·禱》）

如以智慧觀察萬法，佛家稱「觀照」，周詩有一例：

我好合眼默默觀照，反芻——（《孤獨國．匕首之四》）

觀察空理時之心稱「空心」，周詩說：

縱然你是蟑螂，空了心的。在天國之外，六月之外（《還魂草．六月之外》）

空心而直節（《約會．竹枕》）

圓滿的智慧，佛教的瑜伽行學派稱為「大圓鏡智」，周詩也用到：

分解擲獻我大圓鏡般盈盈的膜拜？（《孤獨國．向日葵之醒之二》）

鑄成一面圓鏡（《還魂草．圓鏡》）

眾生通過戒定慧三學的修行，最終成佛。這境界可稱為「悟」，周詩有用例：

雖然你底坐姿比徹悟還冷（《還魂草．孤峰頂上》）

澈悟的怡悅，解脫的歡快（《孤獨國．鑰匙之二》）

明悟，大明悟；孤寂，大孤寂（《約會．細雪之一》）

覺悟也或叫「解脫」，意為從煩惱束縛中解放出來。周詩多次用到這詞：

> 我卻纏裹著既不得不解脫
> 而又解脫不得的紫色的鐐銬（《孤獨國・雲》）
> 和一聽特別快車趨近解脫邊緣時灑落的尖笑……（《孤獨國・晚虹》）
> 鼾聲如縷：悶厭已沉澱，解脫正飄浮（《孤獨國・上了鎖的一夜》）

佛典又稱成佛境界為「涅槃、圓寂、寂滅」，周詩用「冥滅」一詞，意思相若：[80]

> 如果我必須冥滅，發光——（《孤獨國・讓》）

涅槃的本意是煩惱之火的熄滅，佛典有比況為「清涼」，這詞也見於周詩：

> 輕飄飄地投射到天堂的清涼裏去（《孤獨國・晚虹》）
> 透骨的清涼感啊（《約會・七十五歲生日一輯・詠蟬》）

據小乘教理，眾生證入涅槃，煩惱止息，不再輪迴，也不會再回來世間，是為「灰身滅智」，周氏寫下似乎表達這意思的詩句，為數不少：

80 梁武帝《摩訶般若懺文》有這用例：「諸佛以慈悲之力，開方便之門，教之以遣蕩，示之以冥滅，百非俱棄，四句皆亡」。見《廣弘明集》卷 28，《大正藏》卷 52，頁 332 中。

> 那些愚癡付火。自灰燼走出
> 看身外身內，煙飛煙滅（《還魂草・囚》）
> 滅盡還甦時，坐邊撲滿沉沉的劫灰（《還魂草・燃燈人》）
> 以你為軸心，我流轉
> 直到灰飛影滅不可說不可說劫（《白菊花・人面石》）
> 許是天譴。許是劫餘的死灰（《白菊花・焚》）
> 欲灰未灰的我（《白菊花・於桂林街購得大衣一領重五公斤之二》）
> 成灰與欲仙（《白菊花・吹劍錄之十》）

佛教整個業報輪迴和修行成道的理論，建基於因果法則，周詩亦提及「因、果、緣」等觀念：

> 彼岸、因法？緣法？果法？（《約會・既濟七十七》）
> 果後果，因中因，緣外緣（《約會・重有感之一》）
> 如是果如是因如是緣（《約會・白雲三願》）
> 因之蘭，絜之果（《白菊花・迴音》）
> 締結過生死緣？（《白菊花・吹劍錄之八》）
> 雲深霧深：這人！定必與我有某種
> 近過遠過翱翔過而終歸於參差的因緣——
> 因緣是割不斷的！（《白菊花・十三朵白菊花》）

佛教的修行還有兩點值得注意。一是出家要比在家為優勝。[81]周詩提到剃髮、赤腳、持缽，穿袈裟等出家者的特徵：

散髮跣足，兀立於「伊甸園之東」——（《孤獨國·無題之七》）
在削髮日（《白菊花·焚》）
那人一度赤足
行過曠野（《白菊花·血與寂寞之一》）
於你缽中。無根的腳印啊！（《還魂草·托缽者》）
當我振衣持缽，削瘦而蕭颯（《還魂草·落櫻後·遊陽明山》）
冷眉，赤足，空缽（《約會·癸酉冬續二帖之二》）
合起盂與缽吧（《白菊花·好雪！片片不落別處》）
那人的瓦缽（《白菊花·詠歎調之一》）
以及肩背：袈裟般（《還魂草·托缽者》）
而苦成一襲袈裟（白菊花·紅蜻蜓之二）

其次，修行要如釋尊一樣，須經歷多世。周詩舉出一個例子：

香燈師十世
纔修得獨身的自由（《白菊花·於桂林街購得大衣一領重五公斤之一》）

81 出家，佛典又稱非家。《還魂草·絕響》有言：「何處是家？何處非家？」

周詩用到的教理術語還有：念力（《約會・白雲三願》）、受身（《約會・詠野薑花九行二章之一》）、慈悲（《白菊花・再來人》）、此岸、彼岸（《約會・重有感之二》）、四句偈（《白菊花・再來人》）、生滅滅生（《白菊花・觀瀑圖》）、無盡藏（《白菊花・聞雷》）、千二百功德（《白菊花・聽月圖》）、舌與鼻、無香之香、非色之色（《白菊花・耳公後園曇花一夜得五十三朵感賦》）、不可說（《白菊花・十三朵白菊花、兩個紅胸鳥、詠歎調之二》）等，不詳釋。

七、其他佛教用語的引用

除上述五節所述者外，周氏還大量用到各種佛語，其中有關空間時間者佔多。試看以下詩句：

> 月輪依地輪而轉，地輪依日輪（《約會・香讚》）
> 乾坤圈和風火輪了（《白菊花・叩別內湖》）

按佛教的宇宙觀，世界由四輪構成，最底層的是「風輪」，之上有「水輪」，再上是「金輪」或「地輪」。周詩所謂的「月輪、日輪」，即月亮和太陽。又「風、水、地」三輪，加上其所依憑的「虛空輪」，合稱大地四輪。「虛空」，在佛教裏，指稱萬物存在的空間，也含有廣大無邊際、空無一物的意味。周詩的用例甚多：

> 甚至虛空也懂手談，邀來滿天忘言的繁星……（《孤

獨國・孤獨國》）
是的，至少你還有虛空留存（《還魂草・十月》）
向每一寸虛空
問驚鴻底歸處
虛空以東無語，虛空以西無語
虛空以南無語，虛空以北無語（《還魂草・虛空的擁抱》）
除卻虛空粉碎更無人解得！（《還魂草・落櫻後・遊陽明山》）
十方無邊虛空照徹（《約會・用某種眼神看冬天》）
我的喉嚨，能吞吐得了這十方虛空不？（《白菊花・空杯》）
十方不可思量的虛空之上（《白菊花・四行・雨荷》）
從虛空裏走出來（《白菊花・吹劍錄之一》）

又佛教認為宇宙由無數的小世界累積而成，佛典稱為「三千大千世界」，周詩有用例：

曾將三千娑婆的埃塵照亮、染濕！（《還魂草・尋》）
一時香滿無邊三千大千世界（《約會・雞蛋花》）
便三千復三千了
樂獨，而愛
三千復三千的煩渴
從一流盼，到三千復三千（《白菊花・所謂伊人》）

每一小世界中央有高山，名妙高山，即須彌山；以此山為中心，周圍有八山、八海環繞，形成一世界。而八海中，除第八海為鹹水外，其他皆為八功德水，有清香之德，故稱香水海。周詩有提及這山名海名：

> 無頂的妙高山（《白菊花・藍蝴蝶之二》）
> 投四香水海碧琉璃的醉影（《白菊花・空杯》）
> 無涯的香水海依舊（《白菊花・藍蝴蝶之二》）

至於有關時間的術語，周詩多用的要算是「剎那」，為時間的最小單位：

> 剎那間，給斑斑啄紅了（《孤獨國・烏鴉》）
> 剎那間凝駐於「現在」的一點（《孤獨國・剎那》）
> 就從這一剎那起（《還魂草・一瞥》）
> 想著這是見你最後的一剎那（《還魂草・絕響》）
> 在舉頭一仰而盡的剎那（《白菊花・空杯》）
> 從破土的一剎那，無須任何啟示（《白菊花・想飛的樹》）

周詩更提出比剎那還要短的時間：

> 一天就是兩歲
> 百年
> 比一剎那的三萬六千分之一

還短！（《約會・花，總得開一次》）

在佛典裏，「剎那」常跟「生滅」合成「剎那生滅」一詞，意表萬事萬物於極短時間中生起與消滅，虛幻不實。周詩有一例：

無盡在，無盡在我剎那生滅的悲喜上（《還魂草・擺渡船上》）[82]

除剎那外，「一彈指」也是佛典常用來形容極短暫之時間。周詩亦用到：

擲八萬四千恆河沙劫於一彈指！（《還魂草・孤峰頂上》）
比六小劫長
一彈指短——（《白菊花・於桂林街購得大衣一領重五公斤之二》）

「劫」是時間最長單位，周詩的用例有：

多生多劫前（《約會・竹枕》）
自無量劫前，一揮手（《約會・八行》）
在九九第八十一劫之後（《約會・病起二首之一》）

82 《白菊花・再來人》有言「在倏生倏滅的」，意思跟剎那生滅相若。

醒來時或劫已千變了（《約會・七十五歲生日一輯・所以，睡吧》）

（記憶中已是久遠劫以前的事了）（《白菊花・積雨的日子》）

不必說飛，已在百千億劫的雲外（《白菊花・第九種風》）

湧現於何人，劫前劫後（《白菊花・空杯》）

經過不可說不可說劫的磨洗與割切（《白菊花・白西瓜的寓言》）

還有「五百世」，也是用來表示長久時間。周詩說：

只要眼下這一剎那好就好！
就這樣，便五百世了！（《白菊花・漫成三十三行》）

佛典又常把時間分為「過去、現在、未來」三世，周詩也用到：

在夢中，劫後的三生（《還魂草・孤峰頂上》）

誰非誰是？我昨我今我未（《白菊花・不怕冷的冷之二》）

縱目十方三世重重皆無盡（《白菊花・詠歎調之五》）

曾十方三世其手
尋索復尋索（《白菊花・血與寂寞之五》）

而佛教中觀學派的教學，旨在掃除一切執著，包括三世在內。例如龍樹（約 2、3 世紀）著、青目（約 4 世紀）注《中論》說：「復次如去來品中說：已去不去，未去不去，去時不去」，[83] 僧肇（384-414）《物不遷論》說：「於今未嘗有，以明物不來；於向未嘗無，故知物不去……」[84] 周詩有類似的句子：

> 過去佇足不去，未來不來
> 我是「現在」的臣僕，也是帝皇（《孤獨國・孤獨國》）
> 過去時即現在時，現在即未來（《白菊花・迴音》）

還值得注意的，是周詩涉及一些佛教習俗。例如《約會・白雲三願》談到西藏佛教流行的天葬，文長不錄。另中國佛教徒於盂蘭盆節的晚上，於水放燈，形成燈海，象徵破除地獄的黑暗，稱「放河燈」。周詩提及「燈海、千燈」，或是這習俗的反應：

> 簇擁著一片燈海——每盞燈裏有你（《還魂草・孤峰頂上》）
> 無端足下乃湧起千燈
> 一燈一佛眼
> 盈耳是梵唄，飛瀑與鳴蟬

83 卷中，《大正藏》卷 30，頁 21 中。
84 《大正藏》卷 45，頁 151 中。

了不識身在天上，人間（《白菊花・四行・夜登峰碧山俯瞰臺北》）

此外，周詩有以下一句：

有煙的地方就有火（《白菊花・第九種風》）

有火就有煙雖為一般的常識推理，但這例子常見於佛教因明學。如窺基（632-682）《因明入正理論疏》說：「謂成山處決定有火，以有煙故；爐中定熱，以有火故。名為煙火相應之物」。[85]而且，周氏曾以「現、比、非」三量這因明學觀念來概述自己的詩觀。[86]所以，上引詩句或有受因明學的影響。

周詩用到的佛教術語實在太多，還可歸類舉出的，有不同種類的眾生，如因陀羅、毘濕奴、妙喜龍（《約會・香讚、七月四日》）；象徵佛法奧義的甘露、醍醐、玄義（《還魂草・落櫻後・遊陽明山、孤峰頂上、白菊花・觀瀑圖・四行・零時一秒》）。又如佛教物品，大至無縫塔（《白菊花・迴音》）、尖塔（《還魂草・五月、約會・細雪》）、木鐘（《還魂草・五月》）、旛（《白菊花・好雪！片片不落別處》），小至素衣（《約會・詠野薑花九行二章之一》）、芒鞋（《還魂草・六月》）、蒲團（《白菊花・詠歎調之五》）、念珠（《孤獨

85 卷上，《大正藏》卷 44，頁 103 上。

86 參看陳玲玲：〈鳥到青天倦亦飛——管窺周夢蝶先生的詩境〉，頁 28。

國・在路上、還魂草・托鉢者》)、禪杖(《白菊花・再來人》)、楊枝、栴檀(《還魂草・落櫻後・遊陽明山、約會・花,總得開一次、白菊花・四行・零時一秒》)、琉璃(《白菊花・聞雷》)、紅拂、綠珠(《約會・蝕之三》)。再如佛典常用的數詞,如恆河沙(《還魂草・關著的夜》)、三萬六千、八萬四千(《白菊花・目蓮尊者、老婦人與早梅、於桂林街購得大衣一領重五公斤之一、血與寂寞之四》)。或者對話中的常用語,如仁者(《白菊花・密林中的一盞燈》)、善哉(《約會・蝕之二、白菊花・聽月圖》)、如是(《約會・重有感之一》)、稽首(《白菊花・目蓮尊者》)等,不能盡錄。

八、結語

本文旨在列舉周氏用以入詩的佛教方面的資料,望對研讀者有助益。另筆者有三點觀察,供大家參考:

一、很多學者都以周詩充滿禪味,除本文首段曾引述者外,還有:洛夫說「周詩中幾乎都有一種精微妙諦,禪的機鋒」;[87]張健指周詩「詩中有禪,禪中有情」;[88]古遠清評周詩「常常詩禪合一,有濃重的佛經味」;[89]田銳生說「他的

87 參看氏著:〈試論周夢蝶的詩境〉,收入張漢良等編:《現代詩導讀》(台北:故鄉出版社,1982 年)第 2 冊,頁 195。

88 參看王保雲:〈圓融智慧的行者——試談周夢蝶其人其境〉,《文訊月刊》第 19 期(1985 年 8 月),頁 15。

89 參看氏著:〈感情顫抖的紀錄——讀周夢蝶的「絕響」〉,《語文月刊》1990 年 5 月號,頁 10。

詩裏充滿了禪思和哲理」；[90]陶保璽指周氏「融會了禪宗大師的靈魂光彩」；[91]吳當認為周詩之一大領域是「禪悟的心得」；[92]奚密指周氏作品以「禪意佛心知名」等。[93]可是，如本文列舉所顯示，除禪宗元素外，周氏大量採用各種各樣的佛語，特別是有關釋尊和佛教基本佛理的用語，馮瑞龍便曾指周氏「受到原始佛教觀念影響」。[94]因此，周詩在佛教方面的思想，遠遠不限於「禪」，如單用「禪」概括周詩的特色，失之偏頗。

二、姚儀敏於訪談周氏後，概括其詩風的轉變說：「晚期因篤信佛教，心情由激切而趨於恬淡，形之於文字，也逐漸擺脫過去喜歡用典、喜歡營造矛盾語法的習慣」。[95]從本文顯示，周氏於 2002 年出版的詩集《約會》和《十三朵白菊花》所輯的詩作，仍出現甚多佛語用典。周氏詩風轉變的實況，有待考察。

三、周氏並非完全照抄佛語，間有自己的創作。例如對應「坐斷」（意為拚命地打坐）一詞，創製「坐熟」（意打坐得到圓滿）（《孤獨國．菩提樹下》）。仿效佛典常說的修慈悲

---

90 參看氏著：《台港文學主流》（開封：河南大學出版社，1996 年），頁 110。

91 參看氏著：〈「垂釣者」走向「九宮鳥的早晨」——對周夢蝶晚近詩歌的賞鑒的沉思〉，《藍星詩學》第 12 號（2001 年 12 月），頁 213。

92 參看氏著：〈感情與憚悟的海——讀《周夢蝶世紀詩選》〉，《明道文藝》第 306 期（2001 年 9 月），頁 103-104。

93 參看氏著：〈修溫柔法的蝴蝶——讀周夢蝶新詩集《約會》和《十三朵白菊花》〉，《藍星詩學》第 16 號（2002 年 12 月），頁 138。

94 參看氏著：〈周夢蝶作品中的「禪意」〉，頁 12。

95 參看氏著：〈以詩的悲哀征服生命悲哀的周夢蝶〉，《中央月刊》第 25 卷第 8 期（1992 年 8 月），頁 140。

法、修禪法等，創「修溫柔法」一詞，比喻蝴蝶為花而活（《約會・香頌》）。對應「無始」，說「有始以來」（《白菊花・胡桃樹下的過客》）。禪家「一念成佛」之說，周氏改造為「一念成白！我震慄於十三」（《白菊花・十三朵白菊花》）。此外，周氏把「忍、結」二字合成「忍結」一詞，意思為對煩惱的忍耐，為佛典罕見：「為一切有緣而忍結不斷」（《白菊花・再來人》）。對周詩的文字運用，可循新創佛語這角度再加探討。

「水」與「夢」的「禪語」

周夢蝶詩歌「水之動態」與「水之動力」的現象學研究

史　言（香港大學博士生）

摘要

本文將現象學文學批評方法引入周夢蝶詩作分析，並以詩人筆下「水」的文學意象作為觀測核心，通過日內瓦學派的「內在閱讀」,「細察」或「直覺」周夢蝶詩歌，進而描述詩人作品「經驗模式的集結」。針對評論界在周夢蝶「以禪入詩」議題上現存的某些不足，本文嘗試予以反思和補充。

關鍵詞

周夢蝶、水、現象學、禪、巴什拉

一、引言：周夢蝶的「以禪入詩」與現有研究的反思

本次研究的設計和構想，是將現象學文學批評方法引入周夢蝶詩作分析，並以詩人筆下「水」的文學意象作為觀測核心，通過日內瓦學派的「內在閱讀」，「細察」或「直覺」周夢蝶詩歌，進而描述詩人作品「經驗模式的集結」，嘗試針對評論界在周夢蝶「以禪入詩」議題上現存的某些不足，予以反思和補充。

(一)「禪」的認識論層次

「日內瓦學派」批評家布萊（Georges Poulet, 1902-90）在《批評意識》（*Conscience Critique*）一書，將「文學作品中的認識論」劃分為三個層次。第一個層次可以稱為現象學（phenomenology）的認識論層次，第二個是笛卡爾（René Descartes, 1596-1650）式的認識論（唯心主義的認識論）層次，第三個，也就是布萊心目中認定的最高層次，即「禪」的認識論層次。[1]最後一個層面，布萊的具體表述如下：

> 它（意識）在那裏不再反映什麼，只滿足於存在，總是在作品之中，卻又在作品之上。這時，人們關於它

1 馬格廖拉（Robert R. Magliola, 1940-）：《現象學與文學》（*Phenomenology and Literature*），周寧譯（瀋陽：春風文藝出版社，1988 年），頁 35-37。

> 所能說的，就是那裏有意識。在這個層面上，沒有任何客體能夠表現它，沒有任何結構能夠確定它，它在其不可言喻的、根本的不可決定性之中呈露自己。[2]

布萊認為，這第三個層次恰解釋了精神的「超驗性的困擾」對文學批評造成的影響，批評在闡明作品的過程中，「需要最終忘掉作品的客觀面，將自己提高，以便直接地把握一種沒有對象的主體性」。[3]這一境界確實讓人們想到「禪」在中國佛教的不可言說性，即所謂「不立文字，教外別傳」，「言語道斷，心行處滅」，禪乃「說是一物即不中」。從這一點來看，馬格廖拉（Robert R. Magliola, 1940-）稱布萊的第三種認識論「與禪宗學說等無差別」——幾近一種無言無物、空靈飄忽、不可湊泊的狀態，所言不虛。[4]然而，布萊雖指出此一境界，並且提醒批評家在經過前兩個層次之後，最終應該尋求第三個層次的認識論，但布萊一生的批評實踐，並沒有真正意義上實現這一目標，其文學批評自始至終是現象學的，[5]甚至是否屬於其所謂的第二層面，也很富爭議。[6]文學

2　布萊（Georges Poulet, 1902-1990）：《批評意識》（*Conscience Critique*），郭宏安（1943-）譯（南昌：百花洲文藝出版社，1993 年），頁 274。

3　同前注。

4　馬格廖拉：《現象學與文學》，頁 37。

5　現象學哲學崛起於 20 世紀 30 年代，學派創始人胡塞爾（Edmund Gustav Albrecht Husserl, 1859-1938）把現象學規定為一種揭示意識本身基本結構或永久範疇的先驗哲學，其出發點是布倫塔諾（Franz Brentano, 1838-1907）「一切意識都具有意向性」言說。主體意識並非一種實體，而是一種關係。一般來說，但凡從胡塞爾思想中產生出的文學理論及批評實踐，均可以「現象學的」加以指稱。王嶽川（1955-）：《現象學與解釋學

作品「禪」的認識論層次，在批評實踐中到底能否得到實現？是否此一境界從一開始，便因為「禪」本身的不可言說性，而成為一則無法被批評語言穿透的終極悖論？這正是本文在思考周夢蝶（周起述，1921-）新詩創作，以及審視當今學界對周夢蝶其人其詩的評論（尤其是對「詩—禪」關係所進行的闡發）時，首先遭遇和面臨的境地[7]。

(二) 周夢蝶新詩的「詩—禪」議題

周夢蝶詩中富含「禪理和哲思」，[8]是眾所共識的特色，其創作「詩禪合一」、「充滿禪道哲思」[9]亦是諸多詩評家普遍一致的看法。目前已有數篇專題論文細緻討論周夢蝶作品

文論》（濟南：山東教育出版社，1999 年），頁 11-36。馬格廖拉：《現象學與文學》，頁 30。

6 布萊所謂的第二種認識論，即「意識拋棄了它的形式，通過它對反映在它身上的那一切所具有的超驗性而向它自己、向我們顯露出來」。布萊據此堅稱自己是笛卡爾主義者（這在其書信中可明顯看出）。但這在文學批評史中成為了一例十分少見的現象：「批評家自己對自己的看法與別人對自己的評價相去甚遠」。布萊：《批評意識》，頁 274。馬格廖拉：《現象學與文學》，頁 35。

7 本文以周夢蝶（周起述，1921-）四部詩集為研究對象，按出版先後順序，依次是：1959 年《孤獨國》、1965 年《還魂草》、《十三朵白菊花》（臺北：洪範書店有限公司，2002 年）及《約會》（臺北：九歌出版社有限公司，2002 年）。2009 年，《孤獨國》、《還魂草》收入《孤獨國／還魂草／風耳樓逸稿》（臺北：INK 印刻文學生活雜誌出版有限公司，2009 年）。

8 曾進豐（1962-）：〈論周夢蝶詩的隱逸思想與孤獨情懷〉，《中國學術年刊》第 19 期（1998 年 3 月），頁 538-539。

9 古繼堂（1936-）：《臺灣新詩發展史》（臺北：文史哲出版社，1997 年），頁 248-249，頁 251。

「以禪入詩」的形式問題，例如將之細分為：「以佛語佛典入詩」、「以禪理入詩」、以「禪悟妙諦」入詩、以「禪境」入詩、以「禪趣」入詩等。[10]同時，諸多學者亦指出了周夢蝶詩歌裏，那種與布萊所謂「禪」的認識論層次十分近似的境界。蕭蕭（蕭水順，1947-）《臺灣新詩美學》曾專列一章「從佛家美學看周夢蝶詩作的體悟」，結語部分指出詩與禪的「最高境界」、「無限可能」皆在「妙悟」二字，[11]具體到現代詩則是「一己之悟」、「一念之悟」、「一字之悟」、「一入之悟」與「一體之悟」五項；[12]孫昌武（1937-）談「禪的妙悟與詩的妙悟」，也有「自悟」、「一念之悟」、「一體之悟」、「直證之悟」的看法；[13]潘麗珠（1959-）對現代詩表現禪意的分類（「靈動超詣的無我之境」、「孤寂而自在的生命覺」、「遠近俱泯的時空觀」）亦可與蕭氏、孫氏的看法互為參證。[14]當然，對於周夢蝶「以禪入詩」，尤其「用典」的技法，學界並非不存微詞，主要是針對詩人早期的作品，認為或有「堆砌之嫌」。[15]例如，周伯乃（1933-）說，自

10 黃如瑩：《臺灣現代詩與佛：以周夢蝶、敻虹、蕭蕭為線索之考察》（國立臺南大學碩士論文，2005 年），頁 19，頁 38-70。

11 蕭蕭（蕭水順，1947-）：《臺灣新詩美學》（臺北：爾雅出版社，2004 年），頁 158。

12 同前注，頁 158-162。

13 孫昌武（1937-）：《詩與禪》（臺北：東大圖書公司，1994 年），頁 62-72。

14 潘麗珠（1959-）：〈中國「禪」的美學思維對現代詩的影響〉，《現代詩學》（臺北：五南圖書公司，1997），頁 34-46。

15 戴訓揚（1954-）：〈新時代的採菊人：周夢蝶其人其詩〉，《幼獅文藝》第 51 期（1980 年 5 月），頁 69。

《孤獨國》到《還魂草》出版前後，周夢蝶的詩「特別令人難懂」，究其原因正在於用典過多，容易「以辭害意」，而「用典的詩，使人有一種雕琢之感，在某方面來看，固然可以顯示其知識的豐富，但也削弱了許多詩的真摯與自然之美」。[16]蕭蕭對此亦分析道：「早期周夢蝶的詩作明引佛號、佛語、佛典、佛事甚夥，就禪詩而言，有跡可尋，落入言詮。即使暗用禪詩禪事，……轉化成功，但終究是借他人口舌以擴展自己的思慮，而非直觀萬象，直探本心，直抒所得。」[17]

（三）現有研究的不足

據筆者觀察，目前學界對於周夢蝶詩作「以禪入詩」的分析及述評，所採用的方法或研究進路大致可歸列為如下四種，分別是：「文獻分析法」、[18]「深度訪談法」、[19]「參與觀

---

16 戴訓揚、吳達芸（1947-）等學者亦有雷同看法。周伯乃（1933-）：〈周夢蝶的禪境〉，《自由青年》第 5 期（1971 年），頁 112-113。戴訓揚：〈新時代的採菊人：周夢蝶其人其詩〉，頁 69。吳達芸：〈評析周夢蝶的《孤獨國》〉，《現代文學》第 39 期（1969 年），頁 21-32。

17 蕭蕭：《臺灣新詩美學》，頁 156。

18 這種方法看重禪與詩、詩人與其學佛（或者參禪）經歷的相關史料，往往分析詩人之禪詩出現、成形、發展的淵源、原因、背景、影響和意義，同時也處理文學史上有關禪詩定義、境界以及學界相關研究文獻的探討。蔡富澧：《臺灣現代詩中的禪境探究：以四位詩人的作品為例》（佛光大學碩士論文，2009 年），頁 5。

19 即研究時由受訪者（詩人自己）與訪問者就研究課題諸元素進行面對面溝通討論的方法。這一方法強調雙方通過深度互動的過程，確認受訪者內心的真實感受與行為認知。蔡富澧：《臺灣現代詩中的禪境探究：以四位詩人的作品為例》，頁 6-7。

察法」[20]和「內容分析法」。[21]其中，前三種方法所涉及的領域，嚴格意義上來講，均屬於偏重文學史學的研究範疇，其考量的元素大部分外於文學作品自身。這無疑導致了某些程度上的「批評的危機」：即周夢蝶的禪詩或禪詩美學，其作為「文獻」所呈現的種種議題，佔據了當前話語舞臺上被照亮的絕大區域，而相較之下，其作為「文本」所蘊含的獨特意義卻被擲至一角，頗受冷遇。從印度佛教談起，及至中國禪宗，再到「新禪詩」[22]的發展、演變等文獻上的追溯，已經成為現今研究周夢蝶詩歌引證的稠密地段；周夢蝶的學佛經歷、與印順（張鹿芹，1906-2005）、道源（1900-88）、廣欽（1892-1986）、南懷瑾（1918-）等法師、佛友的交游，亦似乎被看成明證周詩禪境必然引述的佐證。此外，周夢蝶做過書店店員、小學教員，1959 年起在臺北武昌街擺書攤

20 「參與觀察法」要求研究者透過與詩人的近身觀察，瞭解其生活創作中對於禪境的體認與領悟，力圖從整體脈絡理解事象或行動對個人及整體的意義。蔡富澧：《臺灣現代詩中的禪境探究：以四位詩人的作品為例》，頁 7。

21 簡言之，即研究者經過對書面材料的分析，找出潛在宗教主題或未被闡釋的假設。具體來說，就是從詩人作品中探討「禪」的成分及其成因，以闡釋詩人的禪境。蔡富澧：《臺灣現代詩中的禪境探究：以四位詩人的作品為例》，頁 6。

22 「新禪詩」（或稱「現代禪詩」）一詞，現於周慶華（1957-）《佛教與文學的系譜》，是與古代詩人所寫的「禪詩」相對應的概念。而要給「禪詩」下定義，則是很困難的。按照謝輝煌等學者的見解，「有禪趣的詩，便是禪詩」，禪詩重在「禪味和禪趣」，「而不是弘揚禪宗學理的詩」。周慶華：《佛教與文學的系譜》（臺北：里仁書局，1999 年），頁 229。謝輝煌：〈禪詩瑣論〉，《臺灣詩學季刊》第 27 期（1999 年 6 月），頁 40，頁 44。

維生；46 歲時初讀《禪海蠡測》；特別買了一套道源法師講經的錄音帶，沒事就聽[23]——所有這些，都確實會使文學史學家大感興趣，但是作為詩歌的讀者，或許很少會為了瞭解這些情況才去反覆閱讀周夢蝶的詩，畢竟偉大的作品本身理應蘊含著偉大的價值，與其在作品以外的因素或考慮上徘徊，我們認為，不如將發掘力度更多地放在文本自身。

那麼，現有「內容分析法」的具體操作，是否可以徹底彌補上述不足呢？筆者認為仍有值得商榷之處。首先，誠如前文所言，周夢蝶詩歌蘊含禪境，學界對此有所共識，但是，當述及周夢蝶以禪入詩（或以佛入詩）時，卻又常常跳脫不出「佛理」、「佛境」、「佛典」、「禪意」等抽象概念的束縛。自上世紀 80 年代以降，我們看到大多著述僅僅將周夢蝶的詩歌作為佛教根本思想——如「苦」、「空」、「無常」、「無我」、「圓足之境」、「物我合一」等——在一個現代詩人身上的體現，同時，又往往在注釋佛典方面著力甚重。「詩前引言」、「詩後按語」、「佛典題材」或「禪宗公案」似乎逐漸成為破解周夢蝶詩作的唯一途徑。但誠如潘麗珠〈中國「禪」的美學思維對現代詩的影響〉一文所說，「作為一種文化態勢的中國『禪』的美學思維，對現代詩的影響，其實是有普遍性與包容性的，並非一、二詩人所專有」。[24]僅以臺灣新詩詩壇考量，羅門（韓仁存，1928-）、張健（1939-）、敻虹（胡梅子，1940-）、蕭蕭、沈志方（1955-）、楊平（楊

---

23 劉永毅（1960-）：《周夢蝶：詩壇苦行僧》（臺北：時報文化出版企業股份有限公司，1998 年），頁 77，頁 87-88。

24 潘麗珠（1959-）：〈中國「禪」的美學思維對現代詩的影響〉，頁 34-46。

濟平，1957-）、曾肅良、賴賢宗（1962-）等均是有意經營過「新禪詩」話語的詩人；[25]洛夫（莫洛夫，1928-）、余光中（1928-）、商禽（羅燕，1930-）、鄭愁予（鄭文韜，1933-）、楊惠南（1943-）、劉易齋（劉廣華，1953-）、黃誌群（黃志文，1965-）等的詩作，又怎能說與「禪」毫無瓜葛呢？恐怕佛教的根本思想在這些詩人的創作裏，均可找出為數眾多的例證和顯現，假如同樣對其中的佛典、佛語進行「散文釋義法」[26]式的解讀和說明，無疑是對不同詩人作品個性的泯滅，而最終導致的狀況，或許變為僅有佛學高僧及禪學宗師才能真正閱讀周夢蝶等詩人的「新禪詩」了。

必須說明，理解詩人詩作裏的佛典、佛教題材等元素絕不是毫無價值，寬泛地來看，這些工作近似「文本批評」（textual criticism）的範疇。但文學批評不僅僅是理解和通曉作品中的這些典故，審視這些典故是文學批評的起點，而絕非終點。假如借用一個外科手術的比喻，可以說，在一批準備對手術枱上的文學文本進行「解剖」的批評家行列裏，從事此類工作的研究者站在最前頭。

25 周慶華：《佛教與文學的系譜》，頁 235-239。

26 「散文釋義法」是古爾靈（Wilfred L. Guerin）論形式主義時運用的術語，主要指精讀文本過程中，首先對作品裏的詞的直接意義和內涵意義以及與神話、宗教、歷史或文學有關的典故的闡釋。古爾靈（Wilfred L. Guerin）等著：《文學批評方法手冊》（*A Handbook of Critical Approaches to Literature*），姚錦清等譯（瀋陽：春風文藝出版社，1988），頁 122-123。

二、概論：「禪語」、「夢」、「水」

引言部分所提出的觀點，或許在某些人來看，似乎過分強調了對於「荒路野徑」的探求，有些「小題大作」的味道。然而，我們認為，若要使周夢蝶詩歌在更大範圍的讀者群體裏，引發更為深廣的討論，而非作為某種束之高閣、或「象牙塔」裏僅供少數人賞玩的存在；若要使新一輪周夢蝶研究取得斬獲與推進，而非繼續在同構型的水平上堆砌或在稠密地帶做相似採擷，則有必要於「荒路野徑」中探進，開闢新的視野，尋求新的角度。我們認爲，從一個比較小的切入點下手，在一種「以小見大」的闡發中，才有可能作出一篇大文章來，相反，「大題小做」，卻往往會變得空泛有加，言之無物。所以，本次研究將現象學文學批評方法引入周夢蝶詩歌分析，並集中討論其詩作「水」的文學意象，通過「內在閱讀」，「細察」或「直覺」周夢蝶詩歌，發掘詩人作品「經驗模式的集結」（ensemble of experiential pattern），[27]就是希望能夠做到既堅持宏觀的眼光，又力圖根植於具體而

27 本文所討論的現象學文學批評，主要是指「日內瓦學派」及其同道的批評思想或批評實踐。文學批評的日內瓦學派，又常被稱作「意識批評」、「深層精神分析批評」、「存在批評」、「發生批評」、「主題批評」或「本體論批評」等，是一個比較龐雜的批評群體。日內瓦學派通過對特定文學作品的研究，描述「經驗模式」，在他們看來，「經驗模式」猶如有機網絡，構成作品的統一。與本文相關的某些術語，我們在下文會予以說明。郭宏安：《從閱讀到批評：「日內瓦學派」的批評方法論初探》（北京：商務印書館，2007 年），頁 31。

微的創作與閱讀現象的考察。

(一)「禪語」：一種「美學式話語」

讓我們暫時回到本文開篇。布萊指出文學作品中「禪」的認識論，同時又指出其「不可言喻」性，換言之即是講，文學文本裏那種類似「禪」的美學具體「說了什麼」及其帶來的特定的「追問內容」，具有「根本的不可決定性」。[28]這提示我們，對「說了什麼」或「追問內容」的考察，固然有一定的價值和意義，但揭示其在文學文本裏「怎麼說」，和它所帶來的特定的「追問方式」，或許更為重要。因為前者在人類美學思想的長河中很可能隨著時間的流逝而消失，但後者卻不僅不會消失，反而會隨著後人的不斷思索，展現出更為寬廣的對話和思考空間。[29]這一點，對反思周夢蝶詩歌裏「禪」的因素（即布萊所謂「禪」的認識論層次）十分關鍵。誠如周慶華（1957-）所言，由於「禪」貴在體證，所以「禪詩」原本就是某種表面展現，原本就是「繞路指禪」，而實際上它所做的，是「建構一種可以『啟導』讀者的美學式話語」，這種話語，既要有禪的「神秘成分」，又要有詩的「藝術成分」，[30]二者結合為一體的兩面：前者使「禪詩」（包括「新禪詩」）具備超越性的不可言說特質，後者則又將其「變成接引讀者的媒介，一種具有審美觀的工

28 潘知常（1956-）：〈禪宗的美學智慧：中國美學傳統與西方現象學美學〉，《南京大學學報》第 3 期（2000 年），頁 79。

29 同前注，頁 74。

30 周慶華：《佛教與文學的系譜》，頁 240。

具」，[31]這樣，讀者才能夠受之引導，由詩所呈現的「妙境」最終趨向一種類似於「禪」的「妙悟」。

本文所謂的「禪語」，首先便是上述這樣一種「美學式話語」。周慶華在〈臺灣新禪詩話語的變異性〉，明確提出要區分「語言世界」和「話語世界」：「由語言所建構起來的世界，應當稱為『話語世界』，而不僅僅是『語言世界』而已。語言最小的單位是語詞，而語詞要具有傳達信息的功能。卻得在整體話語的脈絡裏才有可能」。[32]其中，「整體話語的脈絡」是一則關鍵詞，但我們並不試圖像周氏那樣，將「美學式話語」最終導引至後結構主義學家傅柯（Michel Foucault, 1926-84）的「話語權力」或「話語運作」上來，而是希望融入現象學的「言語理論」，特別是對「日內瓦學派」造成重大影響的梅洛-龐蒂（Maurice Merleau-Ponty, 1908-61）的語言學理論加以建構。「語言」在梅洛-龐蒂看來，是連結主、客體兩端的一體性活動，與其發言者不可分離，換言之，語言本身即是一種意義活動或行為活動，是意義的體現或具體形式，而非「意義的符號」，[33]同時亦非可以脫離言者獨立自主或自生意義的存在。[34]為了於「符號的

31 蔡富澧：《臺灣現代詩中的禪境探究：以四位詩人的作品為例》，頁 30。

32 周慶華：《佛教與文學的系譜》，頁 227-228。王福祥（1934-）：《話語語言學概論》（北京：外語教學與研究出版社，1994 年），頁 46-68。

33 梅洛-龐蒂所謂「意義的符號」，主要是針對行為主義和唯心主義的語言理論。前者將語言視為言者「精神活動的符號」，後者則把語言看成言者「思想的符號」。這兩派理論中，語言僅是言者思維活動的「符號」，自身不具有意義，而只是指涉言者思維中的意義。馬格廖拉：《現象學與文學》，頁 20-21。

34 持語言自主或意義自生觀點的理論家，可舉布龍菲爾德（Leonard

語言」與「自主的語言」兩種學說之間達成一種平衡，梅洛・龐蒂將「語言」訴諸於現象學的意向性（intentionality）研究，[35]提出其「言語理論」:「言語」(或「話語」) 是一種表達具體而非概念的語言，語詞是意義的姿態體現，沒有語言也就沒有意義（藉此批判「符號的語言」)，而正因為語言結構和其姿態性體現著意義，它是一種活動，因此它必然要當作言者的表達來理解（藉此批判「自主的語言」)。梅洛-龐蒂尤其強調，詩歌語言意義的體現，是最不透明、卻又最為豐富的，原因在於概念因素與非概念因素（即非情感因素與情感因素）於詩歌具有相同重要的分量。[36]詩人借詩的「言語」體現出詩人「自我與世界」的某些關係（例如想像關係等)，這些關係在現象學家看來，恰反映出詩人的經驗世界是「自我」與「外界」相互包容、相互浸透的產物。梅洛・龐蒂經由對「內在於語言結構的意義」的關注，將人類意識的不同方式歸結為一種基本的「投射」(project)，言語將各個意義層面組織在一起，以言語自身的整體性風格顯現

Bloomfield, 1887-1949）為代表的美國結構主義語言理論學派的學者。布龍菲爾德：《語言論》(*Language*)，袁家驊（1903-80）等譯（北京：商務印書館，1980 年)，頁 166-191。馬慶林：《美國結構語言學與現代漢語語法比較研究》(西安：陝西人民出版社，2003 年)，頁 56-86。

35 索科羅斯基（Robert Sokolowski)：《現象學十四講》(*Introduction to Phenomenology*)，李維倫譯（臺北：心靈工坊文化事業股份有限公司，2004 年)，頁 24-25，頁 139-140。

36 馬格廖拉：《現象學與文學》，頁 20-21。葉維廉（1937-)：〈「比較文學叢書」總序〉，《現象學與文學批評》，鄭樹森（1948-）編（臺北：東大圖書股份有限公司，2004 年)，頁 11-13。

言者的經驗統一。[37]

如上文所言，梅洛-龐蒂指出「自我」與「世界」渾然一體，那麼詩人的任務即是將其自發的、主客體相互溶浸的世界觀，用語言文字表達出來，而批評家的任務則是要找到詩歌裏的這種世界觀，「復活」詩人的「深層自我」。[38]這一點深刻影響了日內瓦學派的批評理念，在他們看來，詩歌中體現的作家的經驗世界應擺放在至關重要的地位，是文本意義的最終聚合處，批評家應對之加以現象學的描述。[39]而詩人偶得的真理（或稱「主觀真理」）通過詩歌語言表現出來的過程，或許正是我們前文所謂不可言說的「禪」的認識論經由「禪語」營造「美學式話語」的過程。

（二）「夢」：從「經驗模式」到「夢想意識」

描述人類意識，是日內瓦學派批評家及其同道普遍贊同的一致基點，人類意識是一種世界觀或個人經驗的網絡，是自我與世界的一種關係。文學作品的作者利用想像選擇，將其世界觀的構成因素進行變異，從中創造出虛構的結構、虛構的「世界」。由於作者利用想像的創造，在語言中通過語言表現這一虛構世界，所以文學作品勢必帶有作者本人獨特的意識印證。日內瓦批評家認為，這些獨特印記（即作者的

---

37 梅洛・龐蒂（Maurice Merleau-Ponty, 1908-1961）：《知覺現象學》（*Phenomenology of Perception*），姜志輝譯（北京：商務印書館，2001 年），頁 231-240，頁 242-243。馬格廖拉：《現象學與文學》，頁 20-22。

38 同前注，頁 5-8。

39 同前注，頁 24-25。

「意向性」）內在於文學作品，只有通過「內在批評」才能得以把握。[40]所謂「內在批評」，正是一種與傳記批評等任何外在於作品的批評相對的方法，現象學文學批評家幾乎均是將主要精力投注於文學結構內的批評，絕少例外。[41]

在詩歌作品裏，內在於詩歌的「經驗模式」是詩人意識得到體現的媒介和「顯現的態式」。「經驗模式」不同於單純的「經驗」，它是「經驗的模式」，潛在於詩人經驗世界的內部，貫穿於任何意識活動（如想像活動），且恒一不變，因而構成了詩人整體風格的統一特徵。詩人的這些經驗模式與其在作品中的具體顯現，是對等的關係，即不論在詩人個人的世界觀中，還是在其想像完成的作品（詩歌）中，其經驗模式基本上沒有差別，[42]所以它既是作家人格統一的真正核心，又是「想像的虛構」與這些「虛構的文字表現」的集結。此處所謂的統一或集結，具有「有機整體」或「由相互關係構成的整體」的意涵，[43]這一點無疑與我們前文指出的「禪語」注重話語脈絡整體性的看法相符合。既然潛在的經驗模式在詩人全部的詩歌中，以一種若隱若現的形式相互辯證關聯，構成詩人全部作品的一致性，那麼現象學批評家肩負的系統性描述任務，最終落足點就在於揭示和評價這一經驗模式。而不同批評家所指這些模式的術語各不相同，鑒於

40 同前注，頁 47-48。

41 索科羅斯基：《現象學十四講》，頁 81-82。馬格廖拉：《現象學與文學》，頁 48，頁 66-67，頁 75。

42 馬格廖拉：《現象學與文學》，頁 50。

43 同前注，頁 54。

本次研究的中心題旨，我們下面將重點討論和借鑒巴什拉（Gaston Bachelard, 1884-1962）對「夢想意識」的研究。

巴什拉的夢想理論是以其詩學想像論作爲哲學背景的，主要包括前期的四元素想像（imagination with four primary material elements）和後期的想像的現象學（phenomenology of the imagination）兩個階段，受到象徵主義、超現實主義、榮格（C. G. Jung, 1875-1961）派精神分析、現象學等的影響頗大。[44]巴什拉早年主要致力於精神分析及四元素想像論的超現實主義，後期則迷戀於現象學及超現實主義範疇中創造性想像的現象學。在前一階段，巴什拉援引傳統精神分析的方法，借助對詩的批評來討論四種原始意象（primordial image）的作用，即通過分析四種詩學元素（火、水、空氣、大地）與夢想的關係，來揭示人的創造行爲的奧秘以及夢想的客觀趨向性。巴什拉認爲，作家的詩意想像可分爲「火」、「水」、「空氣」和「大地」四種元素，這四大元素在古代哲學思想中是萬物的基礎，根植於人類的集體無意識深處，並積澱成爲一種心理結構。[45]到了想像的現象學階段，巴什拉意識到，之前對原始意象的精神分析雖然解決了夢想的客觀趨向性問題，但也爲想像力設置了一定的方向，限制了想像力的自由伸展，於是，巴什拉逐步從對夢想的客觀理性分析轉向主觀直覺性分析，這極大豐富了其夢想理論，使

44 張旭光（1965-）：〈加斯東・巴什拉哲學述評〉，《浙江學刊》第 2 期（2000 年），頁 33。張海鷹：〈加斯東・巴什拉夢想理論的哲學背景探析〉，《東方論壇》第 4 期（2006 年），頁 11。

45 張旭光：〈加斯東・巴什拉哲學述評〉，頁 33。

夢想不再侷限於之前的幾種物質意象。[46]巴什拉晚年對集體無意識學說的反思，和推崇個人意識的轉變，標誌著他真正成為日內瓦學派意義上的現象學者。[47]

在我們看來，巴什拉詩學中有關「夢想」（reverie）的論述，是與「禪」的神秘性質最為接近的，這一點或許可以追溯到榮格神秘主義思想對巴什拉的影響。最初，巴什拉對想像的關注是將想像作爲「認識論障礙」（epistemological obstacle）之成因看待的。所謂「認識論障礙」，主要指那些束縛科學精神、對科學發展造成干擾的阻力，屬於諸如占星術（astrology）、煉金術（alchemy）、巫術（magic／sorcery）等「前科學精神」，凡此種種潛藏在無意識深處的、想像的、非理性的、意識形態的東西都應該被離析出來，使客觀知識純淨化，這個過程用巴什拉的話來說就是「對客觀知識進行精神分析」。[48]但是，對認識論方面種種「障礙」的研究，反而使巴什拉發現了這些「障礙」所具有的無法壓抑的創造性這一事實，這些屬於前科學的意識同詩人的形象創造及每個人的想像活動都來自那深深根植於個人與自然現象相通的感覺之中，於是，從科學領域被驅逐出來的想像和形

---

46 金森修（KANAMORI Osamu, 1954-）：《巴什拉：科學與詩》，武青豔（1973-）、包國光（1965-）譯（石家莊：河北教育出版社，2002 年），頁 231-232，頁 237。達高涅（F. Dagognet）：《理性與激情：加斯東・巴什拉傳》（*Gaston Bachelard*），尚衡譯（北京：北京大學出版社，1997 年），頁 23-25。

47 馬格廖拉：《現象學與文學》，頁 43-44。

48 何建南：〈巴什拉爾〉，《當代西方著名哲學家評傳・卷 3・科學哲學》，涂紀亮等編（濟南：山東人民出版社，1996 年），頁 419。張旭光：〈加斯東・巴什拉哲學述評〉，頁 35。

象，在文學領域裏獲得了至高無上的地位。[49]布萊曾用「拇指姑娘的父母」比喻巴什拉，「原想把他的思想的孩子們丟在大森林裏，卻看見他們滿載財富回來，說出的話充滿了令人驚奇的啟示」。[50]

巴什拉一反那種將理性與想像嚴格區別的傳統，提出「我夢想故我存在」的命題：「我夢想世界，故世界像我夢想的那樣存在。」（I dream the world，therefore，the world exists as I dream it.）[51]「夢想的人」與「他夢想的世界」之間的關係「是最親近的，他們如魚得水，相互滲入。他們處於同一個存在平面」，即「人的存在與世界的存在相連」。[52]這一點，被譽爲一場「想像的哥白尼革命」（the Copernican revolution of the Imagination），[53]它意味著，在巴什拉的夢想世界中，夢想意識不屬於主客關係，而是屬於人與世界的交融（harmony of man with nature），換言之，夢想和想像都是先於主客劃分，是先於感知的主體存在，想像產生詩意形象的能力在思維和感知之前就已然存在了。史密斯（Roch Charles Smith, 1941-）就此引證說，夢想不是一種被喚醒生

49 何建南：〈巴什拉爾〉，頁 438-439。

50 布萊：《批評意識》，頁 170。

51 巴什拉：《夢想的詩學》（*The Poetics of Reverie: Childhood, Language, and the Cosmos*），劉自強譯（北京：三聯書店，1996 年），頁 199。Gaston Bachelard, The Poetics of Reverie: Childhood, Language, and the Cosmos, trans. Daniel Russell (Boston: Beacon, 1969), p. 158.

52 巴什拉：《夢想的詩學》，頁 199。達高涅：《理性與激情：加斯東・巴什拉傳》，頁 26-29。

53 Roch Charles Smith (1941-), *Gaston Bachelard* (Boston: Twayne Publishers, 1982), p. 96.

命之產物，而是根本的主體狀態，巴什拉成就的這場革命無異於是在說，想像存在於現實之前，就像惡夢存在於戲劇表演之前，恐懼的心理存在於面對怪物之前，噁心的感覺存在於墜落之前。[54]因此，夢想者與世界在夢想的意識中，是一種合而爲一的關係，而不是認識與被認識的認識論關係。通過理性思維不能認識夢想世界，而應當投身夢想世界並與之融合，才能產生夢想的意識，這種夢想意識本身便是主客交融的本體存在。當夢想者沉浸此中，主體容身於客體，客體被賦予主體的獨特精神意義，主客之間的截然對立便不復存在。在夢想中看見世界，無異於在夢想中看見自己；在夢想中看見火、水、氣、土，無異於在自我與基本物質的認同中如夢幻般地意識到自我。[55]在巴什拉的夢想意識中，夢想者之外沒有外物的限制，一切有限性皆被超越，以達到物我一體的境界。[56]在這種主客交融的存在狀態下，夢想可以脫離時空的限制，可以緩和「存在與不存在的矛盾」，成爲一種分散的、傳播的存在，或用巴什拉的術語，是一種試圖成爲存在的「次存在」(sub-being)。[57]這就是巴什拉夢想可伊托（我思，Cogito）的核心內涵，雖然用「夢想意識」作爲其

54 Roch Charles Smith, pp. 96-99.

55 祈雅理（Joseph Chiari, 1911-）：《二十世紀法國思潮：從柏格森到萊維—施特勞斯》（*Twentieth-century French Though: from Bergson to Lévi-Strausst*），吳永泉、陳京璇、尹大貽譯（北京：商務印書館，1987 年），頁 20。布萊：《批評意識》，頁 190。

56 張海鷹：《安尼瑪的吟唱：夢想之存在》（廣西師範大學碩士論文，2003 年），頁 20-21。

57 巴什拉：《夢想的詩學》，頁 140。Gaston Bachelard, *The Poetics of Reverie: Childhood, Language, and the Cosmos*, p. 111.

關鍵詞，卻隱含著豐富的無意識內容，是一種處於存在與非存在之間的意識初始狀態。它看重那些理性鬆懈而意識從主體上脫落的瞬間，心靈的想像活動恰恰發生在這種「夢想」的瞬間，在這些特殊的時刻，想像者／夢想者介乎清醒的意識和模糊的無意識之間的「半意識」狀態，因具有微弱的意識的某種確定性，才不至於喪失自身存在，同時又兼具著無意識的不確定性特點，從而保證了創造的的巨大拓展性和無限可能性。[58]

除此之外，在術語運用上，巴什拉還將「夢想」（la rêverie）與「夜夢」（le rêve）明確區分開來。巴什拉認爲，夢想是自然的精神現象，是一種安逸的狀態，一種源自夢想者心靈的現象，它呈現「星狀」，「總是或多或少地集中在某物上」，可以「回到自己的中心，放射出新的光芒」，而這裏的「中心」或「某物」很大程度上與世界最原始的物質元素相關，所以夢想屬於一種有規律可尋的詩意想像。「夜夢」則不同，它是心理學家追求的最具特徵的東西，是夜間的夢，由於是「線狀發展的」，所以「在快速進展中，它忘卻了自己的路」，因而沒有任何規律可言。[59]巴什拉主張的詩學研究，應當是用對「夢想」的研究來代替對「夜夢」的研究，後者在無意識範圍內對想像的過於理性化的還原分析是

58 張旭光：〈巴什拉的「想像哲學」探析〉，《淮南師範學院學報》第 1 期（2001 年 3 月），頁 27。

59 巴什拉：《火的精神分析》（*The Psychoanalysis of Fire*），杜小真（1946-）、顧嘉琛譯（長沙：岳麓書社，2005 年），頁 16-20，頁 143。巴什拉：《夢想的詩學》，頁 37-38，頁 63-68，頁 217-221，頁 229-239。

不恰當的，只會窒息詩意象所蘊含的無盡的意義。[60]

（三）「水」：關於物質的想像

巴什拉想像本體論以其「夢想意識」為鮮明旗幟，顛覆了想像被科學驅逐的局面。若是以往的情形，科學實驗在理性分析中認知世界，而以物質元素爲基本的想像世界沒有地位，現代科學變得日趨非人性化，致使人們對世界的理解難窺全貌，巴什拉堅持科學必須與想像攜手，才能完整地理解世界，才能把被科學分解的世界重新綜合起來。[61]巴什拉想像本體論觀點和其以夢想融合科學與詩兩個領域的嘗試，正是對胡塞爾（Edmund Gustav Albrecht Husserl, 1859-1938）現象學派創建之出發點的呼應。可以說，巴什拉研究火、水、氣、土四種物質原型引起的詩性夢想就是爲了提醒人們要關注這些夢想與世界以及人類自身生命體驗的聯繫。

巴什拉說，「思索物質，夢想物質，生活在物質之中，或者——這是一碼事——使想像物物質化」。[62]想像的物質性特質指出，想像儘管形式靈活多變、樣貌各異，卻都紮根於基本物質之中，物的實在性被巴什拉引入到想像的世界，想像從對物的關照中獲得智慧。在這一點上，巴什拉有意偏離西方古典理性主義形而上學的軌道，而試圖接續到前蘇格拉底（Socrates, 469／470BC-399BC）傳統，恢復到從泰勒斯

60 巴什拉：《火的精神分析》，頁 19。張旭光：〈巴什拉的「想像哲學」探析〉，頁 27。

61 張旭光：〈巴什拉的「想像哲學」探析〉，頁 28。

62 布萊：《批評意識》，頁 175。

（Thales, 624BC-546BC）到赫拉克利特（Heraclitus, 535BC-475BC）及恩培多克勒（Empedocles, 490BC-430BC）時代的哲學面貌，恢復到主體與世界之間的純粹感知關係的哲學狀態，所以巴什拉十分關注煉金術的物質態度，以及把四大元素作爲萬物基礎的古代思想。受恩培多克勒四根說（theory of the four classical elements）的啟發，巴什拉從煉金術四元素等前科學精神中找到了一種科學理性之外的物質觀，一種主體之夢幻想像出來的物質世界，[63]當哲思面對這個物的世界的時候，物所承載的文化和精神內涵化作經驗的「幽靈」。原初的物質照亮了原初的詩，物質元素深入到人的意識幽深之處，人通過對物質的凝思，使物的幽靈滲透到自己的深層的經驗裏，成爲他進行詩學想像的原始材料和動力，當他以語言表達的時候，物便以元素的形式凝結在詞中，又以隱喻的方式浮現於話語的四周。

很明顯，巴什拉詩學想像論中所謂的「物質」，並不是指自然界中確確實實、業已存在的事物，而是古希臘傳統中構成宇宙的火、水、氣、土四種基本物質元素在象徵意義上形成的火的形象、水的形象、氣的形象和土的形象，它們是人類主體最基層和本原的東西，是人類無意識深處的物質原型。在《火的精神分析》中巴什拉如是說，不應當把「詩的靈感的分類與多少帶有唯物色彩的假設連接起來」，不應當「自認爲在人的肉體中再次找到一種佔統治地位的物質元

63 張閎（1962-）：〈物之夢與巴什拉的詩學〉，《中國圖書評論》第 9 期（2006 年），頁 102-103。

素」，這裏所謂的「物質」根本不是「實體根源」，而是心理的「方向」、「傾向」和「發揚」，引導它們的那些「原始形象」「在瞬間賦予缺乏興趣之物以興趣，一種對物的興趣」。[64]這種對物的關照回到了經驗的層面，巴什拉對世界諸元素所做的精神分析，旨在揭示物質世界如何形成人的基本經驗。遠古時期當人類還不具備抽象思維的情況下，原始人只能按感性認知解釋自然現象，隨著人類的進步，對自然現象的認識越來越客觀化，與四元素相關的原初想像在形式上以隱喻的面貌得以呈現，但最初的心理傾向依舊深藏在無意識深處，一旦遇到全新的或者無法解釋的現象，這些心理傾向就會自然而然地表露出來。[65]對想像來說，四大基本元素無疑可以看成一種尚未定型的質料。正因爲如此，當人們冥想四種基本元素時，想像主體才可能與基本元素相互喚醒、相互作用，從而在內心深處產生關於這四種元素的種種詩歌意象，所以這些詩歌意象在體現出想像的創造性同時並不失其物質性，某種新穎的存在於其中生成、顯現、昇華，想像的物質性使想像「尋找到存在的原始性和永恒性」[66]。

巴什拉 1941 年執筆的《水與夢：論物質的想像》（*Water and Dreams: An Essay on the Imagination of Matter*）是巧妙地實現了「四元素詩學」這種構思的傑作之一，也是集中討論

64 巴什拉：《火的精神分析》，頁 94。

65 楊洋：《加斯東・巴什拉的物質想像論：兼論魯迅《野草》中「火」元素想像》（首都師範大學碩士論文，2005 年），頁 10。曹偉芳（1984-）：〈夢想的詩學：試分析加斯東・巴什拉的想像觀〉，《樂山師範學院學報》第 2 期（2008 年），頁 76。

66 張旭光：〈巴什拉的「想像哲學」探析〉，頁 27。

水元素的一部專著。這部著作雖然簡單，也沒有對水的形象包羅無遺，但是它歸納出一些印象深刻的事項，主要是五種核心形象：（1）「搖動的鏡子中映出消瘦的身體」，即水的表面映象。（2）「積水是死水」，指水的幽暗的深度，包括淤積的水或沼澤、腐臭的水；黑夜的實體融化在水中；有粘性的水、膠狀物、橡膠、如血液般的水；淚水，雨水是沉悶的淚水；女性是趨近淚水的存在。（3）「水面上漂浮的死者的頭髮」與「水邊周圍，一切皆是頭髮」，引申至水葬與死亡；女性的死亡、居於溺死邊緣的女性。（4）「一切幸福的液體都是乳汁」的命題，主要討論了在海角看到乳房的構思；河川就是大地實體變成了液體狀態的東西；水是慈祥的母親。（5）「逐波，反被波浪弄」，包括對水感到憤怒的心象；平靜之水令人感到焦急。[67]由此可見，巴什拉「水之夢」的範圍相當寬泛，不僅包含現實世界中「水」的物質形態，還包含一切具有具有「水性」的東西，所以雖說「水元素」的詩性想像力在某種程度上受到物質世界「水」形象的束縛，但並不意味著給精神增加限制而使精神變得貧乏，恰恰相反，正是由於受到物質世界的拓展，精神才更形豐富。巴什拉堅信，把世界分成精神和物質兩部分，是一種「顛倒的錯誤」，物質不是精神的敵人，而是朋友。因此，巴什拉的詩學理論既信奉精神自由的唯心論，也在同等程度上擁有把精神還原

---

67 巴什拉：《水與夢：論物質的想像》（*Water and Dreams: an Essay on the Iimagination of Matter*），顧嘉琛譯（長沙：岳麓書社，2005 年）。金森修：《巴什拉：科學與詩》，頁 154-163。

爲物質的唯物論成分。[68]正是從這個意義上，布萊才說，在巴什拉之前，至少對非精神分析的（non-psychoanalytic）以及非馬克思主義的（non-Marxian）批評來說，意識是一種物質性最少的東西，恰恰是應該在非物質性中來把握它。但是從巴什拉開始，「不可能再談論意識的非物質性了，也很難不通過相迭的形象層來感知意識」，「意識的世界，隨之而來的詩的、文學的世界，都不再是先前那副模樣了。他是弗洛伊德之後最偉大的精神生活的探索者」。[69]

三、水之動態：周夢蝶詩歌「表面構成」三例

我們之所以詳細追溯了巴什拉詩學想像論及夢想理論的諸多要點，原因在於現象學文學批評家對意識方式的分類及命名中，想像是普遍公認的文學活動的主導方式。這與現象學文學批評在文學本體論問題上的見解一脈相承：文學作品是文學批評的關鍵，是作家世界觀想像變形的結果，想像的意識方式理所當然最為重要，研究其他意識方式在作品中的具體形態，勢必先研究作家的想像，揭開作家想像的奧秘，其他方式就會迎刃而解。[70]巴什拉以其「夢想意識」作為描述詩人經驗模式的根基，以火、水、氣、土四重元素論述想像的客觀趨向性，同時反思那種將個別的文學現象套入到普

68 金森修：《巴什拉：科學與詩》，頁 190。

69 布萊：《批評意識》，頁 158。

70 馬格廖拉：《現象學與文學》，頁 61-62。

遍的原型之中的做法，而主張盡可能細緻、準確地把握某個文學意象在主體心理上的特殊反應過程，捕捉該意象與主體情感之間的微妙關係，從而實現「詩人—夢想—讀者」的闡釋線索：「詩人」與「讀者」最終於「夢想」狀態中相互遇合。[71]這種狀態，巴什拉稱之為「回蕩」（retentissement），[72]在我們看來，則正是一種臻至「禪悟」的狀態，或許詩評家陳義芝（1953-）對巴什拉夢想詩學的見解恰道出我們的心聲：「詩人的夢想，不同於現實生活裏的睡夢。詩人藉由有力的形象頓悟，凝聚情感、回憶，翱翔於精神的客觀世界，甚至重新構造一個充滿想像力的客觀世界，予人驚喜或慰藉。」[73]

審視周夢蝶詩歌中水元素物質意象，我們首先觀察到的現象，是水的動態形象的循環復現。當我們對「水」、「河」、「湖」、「海」、「泉」、「雨」、「雪」、「酒」、「淚」等核心詞彙進行搜集和觀察時，我們發現，不論是早期的詩集《孤獨國》、《還魂草》，還是晚近的《十三朵白菊花》、《約會》，水的物質意象都是周夢蝶詩作十分重要的「文學意象」，[74]我們同時認為，「水之動態」更是一例主導構成。

---

71 巴什拉：《空間詩學》（*The Poetics of Space*），龔卓軍（1966-）、王靜慧譯（臺北：張老師文化事業股份有限公司，2003 年），頁 47。達高涅：《理性與激情：加斯東・巴什拉傳》，頁 23。

72 巴什拉：《空間詩學》，頁 36-37，頁 41-42，頁 59-61。龔卓軍：〈空間原型的閱讀現象學〉，《空間詩學》，頁 23。

73 陳義芝（1953-）：〈夢想導遊論夏宇〉，《當代詩學》第 2 期（2006 年 9 月），頁 159-160。

74 我們所說的「文學意象」是取自巴什拉詩學的重要概念。巴什拉並非無差別地對待一切詩歌意象，他在《空氣與幻想》（*Air and Dreams: An*

在此，我們打算先做一初步歸納，嘗試從三個方面分述如下。

(一) 流動意象

水的流動與靜止是最為簡單易明的形象，而周夢蝶詩歌對流水動態的書寫，也是最先引起我們關注的。這些動態之中，有「平穩流動的水」、有「載船而走的水」、有「輕輕行過的水」、有「不肯結冰的水」、有「橋下逝水」、還有「臙脂流水」等：

……橋下的水波依然流轉得很穩平——／……／水流

Essay on the Imagination of Movements）中，以「文學意象」（literary image）區別於一般的「基礎意象」：前者具有使後者面目一新、「在原型規定的主題基礎上發生變化」的功能。很多「基礎意象」往往會不慎而淪爲某種陳詞濫調和僅是虛假價值的虛假意象，按照加拿大文學理論家庫什納（Evam Kushner）對巴什拉詩學的解讀，可稱之爲「沒有生命的意象」。而「文學意象」則與之相對，是「有生命的意象」，它既不是某種修辭形象，也不是詩文細節，更加不是「觀察到的現實片段以及對現實生活的回顧」的組合，文學意象首先是「一個完整的題材」（例如元素詩學即以四種題材的意象爲主題），同時也是作品中「非真實性的功能的痕跡」和「原型的升華」，絕非「現實的重複」，它先於觀察而存在。Gaston Bachelard, *Air and Dreams: An Essay on the Imagination of Movements,* trans. Edith R. Farrell and C. Frederick Farrell (Dallas：Dallas Institute Publications, 1988), pp. 247-253. 塔迪埃（Jean-Yves Tadié, 1936-）：《20 世紀的文學批評》（*La Critique Littéraire au XXèmee Siècle*），史忠義（1951-）譯（天津：百花文藝出版社，1998 年），頁 118-120。庫什納（Evam Kushner）：〈加什頓・巴什拉的批評方法〉，葉舒憲（1954-）譯，《文藝理論研究》第 3 期（1989 年），頁 88。

悠悠，後者從不理會前者的幽咽……[75]

擺盪著——深深地／流動著——隱隱地／人在船上，船在水上，水在無盡上／無盡在，無盡在我剎那生滅的悲喜上。／／是水負載著船和我行走？／抑是我行走，負載著船和水？[76]

你聽見不，你血管中循環著的吶喊？／「讓我是一片葉吧！／讓霜染紅，讓流水輕輕行過……」[77]

直到高寒最處猶不肯結冰的一滴水／想大海此時：風入千帆，鯨吹白浪[78]

冷眉，赤足，空缽／這高高低低的孤寂與孤寂／沉吟著，由橋這頭踱到那頭／復由那頭回向這頭，說：／腳印低於地面，／橋下流的總是逝水！[79]

……不信／二十一年臙脂的流水／甚至磨洗不出半隻貝殼的耳朵？[80]

---

75 周夢蝶：〈川端橋夜坐〉，《孤獨國／還魂草／風耳樓逸稿》，頁 61-62。

76 周夢蝶：〈擺渡船上〉，《孤獨國／還魂草／風耳樓逸稿》，頁 110。

77 周夢蝶：〈樹〉，《孤獨國／還魂草／風耳樓逸稿》，頁 112。

78 周夢蝶：〈落櫻後，遊陽明山〉，《孤獨國 / 還魂草 / 風耳樓逸稿》，頁 208。

79 周夢蝶：〈癸酉冬續二帖 之二〉，《約會》，頁 50-52。

80 周夢蝶：〈花，總得開一次：七十自壽兼酬夏宇阿蘋及林翠華〉，《約如果上述所引都是水的一般形象，那麼我們在周夢蝶詩歌亦可以找出像「湧發的冷泉」、「流動的銀河」等更為具體的意象：

> 每一條路都指向最初！／在水源盡頭。只要你足尖輕輕一點／便有冷泉千尺自你行處／醍醐般湧發。且無須掬飲／你顏已酡，心已洞開。[81]

> 聽！銀河之水流著／為天下所有有心人而流著／向東……[82]

除此之外，我們還可見到諸多具有「水性」的物質意象，這些意象同樣具備水元素的動態特質，比方說「滾動的水銀」、「流不完的如乳的白血」等：

> 雨餘的荷葉／十方不可思量的虛空之上／水銀一般的滾動：／那人輕輕行過的音聲[83]

> 凡有水處都有／清清淺淺的那女子／樂獨，而愛／流血。如乳的／白血。／但得一滴飲／三千復三千的煩渴／便一失永失／……／凡有水處都有／／凡有水處

會》，頁 137-142。

81 周夢蝶：〈孤峯頂上〉，《孤獨國 / 還魂草 / 風耳樓逸稿》，頁 217。

82 周夢蝶：〈既濟七十七行〉，《約會》，頁 31-37。

83 周夢蝶：〈雨荷〉，《十三朵白菊花》，頁 91。

都有／掬不盡也永遠流不完／清清淺淺的／自香寒的彼端／自桂花外[84]

像如上的例子，在周夢蝶詩作中還有很多，當然不可能一一注出，我們在論文的這一部分，先選擇具代表性的作品做一列舉為要。

（二）影動意象

水的動態並不僅僅表現為對流動的水本身的描寫，還表現在水的表面的形象上，即水面映出的物體的搖曳，也就是我們所謂的「影動意象」。周夢蝶筆下，頗有數則與水這種實體輕輕擦過而產生影響的形象，其中，「月的返照」便極具典型意義。

可以說，「水」與「月」不論在禪詩傳統，還是在中國古典美學，都是一則十分常見的搭配，周夢蝶詩歌裏也是屢見不鮮，隨意拾取，就可找出「缺月孤懸天中／又返照於荇藻交橫的溪底」；[85]「天上的月何如水中的月？／水中的月何如夢中的月？／月入千水　水含千月／那一月是你？那一月是我？」[86]；「是水到月邊，抑月來水際／八萬四千偈竟不曾道得一字」[87]等多處。然而，只是指明如此的話，則未見周夢蝶「水／月」組合的真諦，詩人對「水」與「月」的

84 周夢蝶：〈所謂伊人：上弦月補賦〉，《十三朵白菊花》，頁 114-117。

85 周夢蝶：〈寂寞〉，《孤獨國／還魂草／風耳樓逸稿》，頁 40。

86 周夢蝶：〈月河〉，《十三朵白菊花》，頁 4-5。

87 周夢蝶：〈水與月〉，《十三朵白菊花》，頁 93。

體悟，皆突顯在水面之「動」的描繪。我們不妨以〈寂寞〉一首為例，略作闡釋：

> 寂寞躡手躡腳地／尾著黃昏／悄悄打我背後裏來，裏來／／缺月孤懸天中／又返照於荇藻交橫的溪底／溪面如鏡晶澈／衹偶爾有幾瓣白雲冉冉／幾點飛鳥輕噪著渡影掠水過……／／我趺坐著／看了看岸上的我自己／再看看投映在水裏的／醒然一笑／把一根斷枯的柳枝／在沒一絲破綻的水面上／著意點畫著「人」字——／一個，兩個，三個……[88]

這首詩的情境設置其實並不複雜：黃昏時分，「我」坐於一條溪水的岸邊，天空的「缺月」返照於「溪底」，自己的身影與「幾瓣白雲」、「幾點飛鳥」（或者還有岸邊的柳樹）也同樣「映在水裏」。此一時刻，水面「如鏡晶澈」，「沒一絲破綻」，空中的「月」、「雲」、「鳥」、水邊的「我」等一切水中倒影，動者自動，靜者自靜，分別居於水面之上與水面之下兩個世界。而下一個時刻，「我」這個人物形象做了一系列動作（兩次「看」、一次「笑」、數次「點畫」），打破了原本固有的靜態，使沒有「破綻」的水面有了「破綻」，使水中倒映出的那些本來不動的存在（「月」與「我」）皆處於動態之中。如果說，「看」與「笑」的動作均是「我」的無意所為，那麼「著意」二字則明顯與其形成了對比，深有意

88 周夢蝶：〈寂寞〉，頁 40-41。

涵。假如說這首詩喻有「禪意」的話，那麼「月」與「水」在我們看來，都不是真正的機鋒所在，「點畫」反而更為重要，因為正是這個動作勘破了三個層面的對立：一是「動」與「靜」的對立；二是水面上下「內」與「外」的對立；三是「人」與「世界」的對立（「我」與「世界」的對立）。這三種對立關係消弭於一瞬之間，不復存在，難道不正是一種「禪」所謂的「無」的境界嗎？

除了〈寂寞〉裏的「點畫」這一動作，給「水」、「月」組合模式帶來動態特徵的，還有另一個重要意象，即「月傍人行的步態」。〈月河〉有如下詩節：

> 傍著靜靜的恆河走／靜靜的恆河之月傍著我走——／我是恆河的影子／靜靜的恆河之月是我的影子。／／曾與河聲吞吐而上下／亦偕月影婆娑而明滅；／在無終亦無始的長流上／在旋轉復旋轉的虛中。[89]

「河」、「我」、「月」統一在「走」的動態之下，「月影婆娑」實則也是人影婆娑、水影婆娑。據我們觀察，周夢蝶早期詩歌裏，水、月、人影中的主人翁多為男性，步態的書寫亦多以男性為主，如《還魂草》中「踏破二十四橋的月色／頓悟鐵鞋是最盲目的蠢物！／而所有的夜都鹹／所有路邊的李都苦／不敢回顧：觸目是斑斑刺心的蒺藜。」[90]便是男性

89 周夢蝶：〈月河〉，頁 4-5。

90 周夢蝶：〈孤峯頂上〉，頁 218。

的陽剛之力的體現。而在後來的作品，「女性的步態」逐漸成為此例組合中書寫的又一大特色，像對「上弦月」的描摹中，我們看到：

> 清清淺淺的一彎／向上看的蛾眉。／／一步一徘徊／一粒埃塵也不曾驚起／如此輕盈，清清淺淺的一分光／雖則只有——／一流盼／便三千復三千了／……／只要你笑，你就能笑出／自己的眉目：／從宛轉的初啼／到娉婷的二七／從一流盼，到三千復三千／凡有水處都有[91]

此時，再來看男性步態似乎也帶有了一絲女性柔美的情調，如《十三朵白菊花》裏「誰說幸福這奇緣可遇不可求／就像此刻——一暖一切暖／路走在足下如漣漪行於水面——／想著東方過此十萬億佛土／被隔斷的紅塵中／似曾相識而／欲灰未灰的我／笑與淚，乃魚水一般相煦相忘起來」。[92]而將女性步態、水、月、影真正結合為一的意象，當推《約會》裏「月波」的形象最具說服力：

> ……蒹葭之所在即溯洄之所在／自有玉貌玉衣人，雙雙復雙雙／挾天香，躡月波而下／如木樨花落／眾睡皆起。魚群／為私語之星影所驚／齊說：今夜的天河

91 周夢蝶：〈所謂伊人：上弦月補賦〉，頁 114-117。

92 周夢蝶：〈於桂林街購得大衣一領重五公斤 之二〉，《十三朵白菊花》，頁 169-171。

／水聲之冷／總算沒有白冷[93]

由「水」與「月」的組合生發而出「月波」意象，將之看作巴什拉所謂的「文學意象」則絲毫不嫌過分。巴什拉曾提出檢驗「文學意象」可靠性的兩個基本原則：第一，文學意象必須是一種可以按其初始面目加以研究的實體，一種起源，即一種原型的真實。巴什拉說「要配得上文學意象的稱謂，那麼得有原創性價值。文學意象，便是新生狀態的意思」。[94]這種「新生狀態」誠如《夢想的詩學》所述，它們都是對世界的一次開發、對世界的一次邀請，從每一次這樣的開發中，都會湧現出一種衝動的夢想。[95]第二，文學意象必須凝聚著心靈的「雌雄同體」性質，即具備「阿尼瑪」（anima，或稱「陰性靈魂相」）和「阿尼姆斯」（animus，「陽性靈魂相」）的組合。[96]據此反觀「月波」意象，確可得到更大啟

93 周夢蝶：〈為全壘打喝采：漫題耳公版畫編號第八十四〉，《約會》，頁 27-28。

94 Gaston Bachelard, *Air and Dreams: An Essay on the Imagination of Movements*, p. 249. 彭懋龍：《巴什拉的想像力與在 Jean-Pierre Jeunet 電影〈艾蜜莉的異想世界〉的運用》（淡江大學碩士論文，2007 年），頁 25。

95 巴什拉：《夢想的詩學》，頁 29-30。Gaston Bachelard, *The Poetics of Reverie: Childhood, Language, and the Cosmos*, pp. 20-21. 庫什納：〈加什頓・巴什拉的批評方法〉，頁 88-89。

96 「阿尼瑪／阿尼姆斯」是榮格心理學非常著名的原型，簡言之，即是說無論男性還是女性都具有異性的特質。女性身上男性的一面就是「阿尼姆斯」，榮格曾說「女人被一個男性的成分所補償，因此可以說她的潛意識帶有一個男性的印記……由此，我把女人身上制作投射的因素稱爲阿尼姆斯。」相對的，男性中女性的一面就是「阿尼瑪」，「每一個男人的內心深處都帶有女人的永久意象，並不是這個或那個女人的意象，而是

發。

(三) 柔動意象

我們不應忘記巴什拉的提醒，柔軟的特質是水性元素的一大特點，具有融化實體的作用。[97]因風而擺動的頭髮，在巴什拉式的想像中，完全可以引導出水的形象；曲折的河川，海角之岸也能成就母親乳房的構思。[98]我們認為，此類想像的完成，很大程度上有賴於對水的動態曲線的夢想，在周夢蝶詩歌裏，這一點尤其突出，具體則顯現為「頭髮表達水波」和「蝴蝶飛動姿態」兩種。

以「頭髮」表達「水波」的詩例可從〈九宮鳥的早晨〉一首見出：

> 每天一大早／當九宮鳥一叫／那位小姑娘，大約十五六七歲／（九宮鳥的回聲似的）／便輕手輕腳出現在陽台上／先是，擎著噴壺／澆灌高高低低的盆栽／之後，便鈎著頭／把一泓秋水似的／不識愁的秀髮／梳了又洗，洗了又梳／且毫無忌憚的／把雪頸皓腕與蔥

一個確定的女性意象。」巴什拉加以延伸，認爲「阿尼瑪」是詩和未經檢驗的白日夢語言的主宰，而「阿尼姆斯」則以清晰意識的語言和受控制的活動方式表現出來。榮格（C. G. Jung, 1875-1961）：《人類及其象徵》（*Man and His Symbols*），張舉文、榮文庫譯（瀋陽：遼寧教育出版社，1988 年），頁 170。庫什納：〈加什頓・巴什拉的批評方法〉，頁 89。

97 巴什拉：《水與夢：論物質的想像》，頁 94-96。

98 巴什拉：《水與夢：論物質的想像》，頁 79-103，頁 127-147。金森修：《巴什拉：科學與詩》，頁 158-160。

指／裸給少年的早晨看[99]

詩中將少女的一頭秀髮比喻為「一泓秋水」，而「一泓秋水」從一般意義上來說，本該強調一種靜態，因為「泓」的字面意義主要是強調水深而廣，不在水的流動。但周夢蝶的創意恰是以「梳洗」的意象逆反普通想像的常規，梳洗頭髮變為梳洗秋水，長髮的動態曲線成就了水流的曲線。少女的頭髮是一則鮮明的提喻（即把特殊改說成一般、把一般改說成特殊的比喻），表達出水波的曲線動態。另外，〈燃燈人〉裏，把長髮視作「長路」，然後將長路暗喻為「水面」，再經由我們前文分析的「步態」提示出「水波」的意象：「走在我底髮上。燃燈人／宛如菱荷走在清圓的水面上／……／我是如此孤露，怯羞而又一無所有／除了這泥香與乳香混凝的夜／這長髮。……」[100]

頭髮與水的關聯，在周夢蝶詩歌還有幾個變體。比如「髮間藏水」的妙想：「你問我從何處來？太陽已沉西／星子們正向你底髮間汲水。」[101]；「我是水，我是月日／藏你底髮於我底髮裏吧」[102]以及「水邊纖草」對眉髮的比喻：「向水上吟誦你底名字／向風裏描摹你底蹤跡；／貝殼是耳，纖草是眉髮／你底呼吸是浩瀚的江流／震搖今古，吞吐

99 周夢蝶：〈九宮鳥的早晨〉，《十三朵白菊花》，頁 96-99。

100 周夢蝶：〈燃燈人〉，《孤獨國／還魂草／風耳樓逸稿》，頁 213-214。

101 周夢蝶：〈守墓者〉，《孤獨國／還魂草／風耳樓逸稿》，頁 105。

102 周夢蝶：〈絕響〉，《孤獨國／還魂草／風耳樓逸稿》，頁 200。

日夜。」[103]還有「斷髮」與「河」的並置：「在迢迢的燭影深處有一雙淚眼／在沈沈的熱灰河畔有一縷斷髮」[104]等。

周夢蝶筆下「蝴蝶」貼水而飛的姿態，可以聯繫前文「影動意象」的論述，但我們在這裏，更多的是想著重說明蝴蝶飛翔姿態與周夢蝶詩歌其他動物飛翔姿態的區別，這種區別正是水元素特質的表現。且看〈堅持之必要：光中詞兄七十壽慶〉：

> 川端橋上的風仍三十年前一般的吹著；／角黍香依舊，水香依舊／青雲衣兮白霓裳／／……／／與落霞的紫金色相輝映；／隔岸一影紫蝴蝶／猶逆風貼水而飛；／低低的，低低低低的[105]

蝴蝶的飛動是不同於其他動物的，周詩裏出現過「雁」、「飛鳥」、「飛魚」、「燕子」、「青鳥」、「白鷺」、「啄木鳥」、「知更鳥」、「紅蜻蜓」、「灰鴿子」等飛翔的姿態，但所有這些都不會像蝴蝶那樣，展現柔美的飛姿和富有變化的飛翔曲線，特別是在迎風展翅的情況下。而一旦將其與那些迂迴往復的水紋或小漩渦的形象聯繫起來，我們立刻就可以感受到水的柔動性在蝴蝶翩翩然之姿態上的顯露：

> 風流，而不著一字的／獨身主義者。／／被一波高於

103 周夢蝶：〈孤峯頂上〉，頁 217。

104 周夢蝶：〈第九種風〉，《十三朵白菊花》，頁 20-24。

105 周夢蝶：〈堅持之必要：光中詞兄七十壽慶〉，《約會》，頁 135-136。

> 一波的花氣／澆醉，復／澆醒——／／定定的飛著／在你的背後／那藍色：比無限大大，無限小小的藍色／天空的藍色／像來自隔世的呼喚與丁寧／母親似的／惻惻／使你喜驚／／偶爾順著風勢／你側翅而下而上／而幾經磨洗與周折之後／嶄然！又是一種眉目／／身世幾度回頭再回頭？／風依舊／無頂的妙高山／無涯的香水海依舊／風色與風速愈抖擻而平善了／在藍了又藍又藍又藍 ／不勝寒的蟬蛻之後／你，你可曾藍出，藍出／自己的翅膀一步？／／本不為醉醒而設施／也從來不曾醉醒過的天空：／一藍，永藍！／你飛，藍在飛邊；／你不，飛在藍裏。[106]

〈藍蝴蝶 之二〉一詩，「藍」是水的顏色，是天空的顏色，是海的顏色，是酒的顏色，甚至也是風的顏色，它更是翩然而飛的蝴蝶的顏色。周夢蝶其他的作品，如〈七月〉、〈絕響〉、〈約翰走路〉等，「藍」還是「淚」和「雨」的顏色：

> 自鱈魚底淚眼裡走出來的七月啊／淡淡的，藍藍的，高高的。[107]

> 隔著一片淚光，看你在雲裏雲外走著／一陣冷冷如藍鐘花的香雨悄然落下來[108]

106 周夢蝶：〈藍蝴蝶 之二〉，《十三朵白菊花》，頁 146-148。

107 周夢蝶：〈七月〉，《孤獨國／還魂草／風耳樓逸稿》，頁 125。

108 周夢蝶：〈絕響〉，《孤獨國／還魂草／風耳樓逸稿》，頁 201。

孔雀藍的花雨滿天／風乍起。是誰的舞腰如水蛇[109]

由此不難看出「蝴蝶」意象所含有的「水」性。而在一首狀寫蝴蝶飛姿的〈即事：水田鷺艷〉中，我們發現了「白蝴蝶」與「雪」的搭配：

只此小小／小小小小的一點白／遂滿目煙波搖曳的綠／不復為綠所有了／／綠不復為綠所有：／在水田的新雨後／若可及若不可及的高處／款款而飛／一隻小蝴蝶／髣髴從無來處來／最初和最後的／皓兮若雪／／最最奢侈的狩獵，也是／最最一無所有的狩獵吧！／／風在下／浩浩淼淼的煙波在下／撒手即滿手／仙乎仙乎！這倒不是偶爾打這兒過路／翼尖不曾沾半滴雨珠的蝴蝶自己／始料之所及的[110]

「雪」無非是水的一種固體形態，而空中飛雪與白蝴蝶的動態在周詩恐怕當屬最為相似的指稱，因此，就像水可以凝固成雪，我們認為「白蝴蝶」亦只是「藍蝴蝶」的變化形態，而貫穿始終唯一不變的，則是其在空中（或水田倒影中）飛動的姿態。周夢蝶對「蝴蝶」的動態還有一個頗為形象的描摹，即以「醉態」出之。〈藍蝴蝶　之二〉已有「澆醉，復／澆醒」、「本不為醉醒而設施／也從來不曾醉醒過的天空」的

109 周夢蝶：〈約翰走路〉，《約會》，頁 19-21。

110 周夢蝶：〈即事：水田鷺艷〉，《約會》，頁 91-92。

詩句，[111]〈九宮鳥的早晨〉或許更為顯著：「猶似宿醉未醒／闌闌珊珊，依依切切的／一朵小蝴蝶／黑質，白章／遶紫丁香而飛／也不怕寒露／染溼她的裳衣」[112]此外，水元素與「死亡」主題或「女性之死」的關聯，在周夢蝶作品裡，也往往以「蝴蝶」的意象作為接引的媒介：「死亡在我掌上旋舞／一個蹉跌，她流星般落下／我欲翻身拾起再拚圓／虹斷霞飛，她已紛紛化為蝴蝶。」[113]；「擲八萬四千恆河沙劫於一彈指！／靜寂啊，血脈裏奔流著你／當第一瓣雪花與第一聲春雷／將你底渾沌點醒——眼花耳熱／你底心遂繽紛為千樹蝴蝶。／……／而在春雨與翡翠樓外／青山正以白髮數說死亡；／數說含淚的金檀木花／和拈花人，以及蝴蝶／自新埋的棺蓋下冉冉飛起的。」[114]；「不見今日之斷柯／曾是昨夜盛開的薔薇？／枯藤遶枯樹之枯枝而馳；／幽明共此時／顧影淒迷：蝴蝶傍著／亡唇之齒。」[115]

論文這一部分，我們主要是以「水」的物質意象為核心，觀測了周夢蝶詩歌「水之動態」的三個顯現方面：流動意象、影動意象及柔動意象。這項工作實際上是我們遵循日內瓦學派批評方法的必備步驟。日內瓦學派系統描述經驗模式的方法，類同於胡塞爾本質直觀（eidetic intuition）對於本質的觀察步驟，[116]要揭示詩人全部作品中具有相同功能的

111 周夢蝶：〈藍蝴蝶 之二〉，頁 146-148。

112 周夢蝶：〈九宮鳥的早晨〉，頁 96-99。

113 周夢蝶：〈六月〉，《孤獨國／還魂草／風耳樓逸稿》，頁 140。

114 周夢蝶：〈孤峯頂上〉，頁 216-218。

115 周夢蝶：〈迴音：焚寄沈慧〉，《十三朵白菊花》，頁 60-66。

116 現象學所談的「直觀」（intuition），並沒有神秘論色彩，它指的是面對

經驗模式系統，則首先必然要關注反覆出現的經驗模式。法國主題學（lathématique）批評家里夏爾（Jean-Pierre Richard, 1922-）對文學上的普遍本質直觀曾有如下的解釋：「主題的確定一般根據其反覆出現的頻率；作品的主題構成作品的潛在結構，成為我們理解作品組織的鑰匙。作品的主題在作品中反覆出現，反複就是一再強調。」[117]主題學所謂的「主題」（le thème），其實就是一種「內在經驗模式」，而與其緊密相連的「子題」（le motif）則對應文學文本中的「表面構成」。[118]我們對周夢蝶詩作裏三則水之動態意象的描述，正是屬於對這樣一種「表面構成」或「子題」的觀察。

著一個事物的在場顯現，或意向著一個在場顯現的事物。所謂「本質直觀」（eidetic intuition），則是對事物本質的洞察，是對一個內涵或形式的掌握，它首先是一種意向性，包含「典型」（typicality）、「實證的普遍性」（empirical universal）與「想像變異」（imaginative variation）三個層次。現象學認為人們能夠直觀的不只有個別事物的外觀，還有事物所擁有的本質。因此，胡塞爾的本質直觀所要探索的，就是諸現象中共同的普遍實質（general essences）。索科羅斯基：《現象學十四講》，頁59-61，頁256-259。馬格廖拉：《現象學與文學》，頁85。

117 馬格廖拉：《現象學與文學》，頁85。

118 「主題」與「子題」是主題批評的一對基本術語，從詞源學角度來看，法語 “le thème” 的拉丁文詞源為 “thema”，意思是「放的位置」，與 “topos”（地方）相通。因此「主題」指的是文本中的一個「位置」，是一個可以安置具體的詞的位置，這些具體的詞即稱爲「子題」。主題可能是一個變數，是文本中重複出現的語義要素，而子題則是主題在文本中的體現和現實化，例如具體的意象。馮壽農（1950-）：〈漫談法國主題學批評〉，《廈門大學學報》第2期（1989年），頁29-31。王靜：〈從主題到意象：法國主題學發展簡述〉，《法國研究》第2期（2001年），頁54-59。馮壽農：〈閱讀乃是批評的關鍵的第一步：綜述法國主題批評閱讀方法論〉，《文藝理論與批評》第2期（1989年），頁123。

四、水之動力：周夢蝶詩歌「內在經驗模式」一例

誠如上文所言，現象學批評家在文學文本之中仔細區分了「表面構成」與「內在經驗模式」，前者屬於可以經由循環複現而觀察到的、明顯的、文學上的直接因素，例如意象、韻律、聲音等，後者則屬於類似胡塞爾所謂「普遍實質」（general essences）的東西。兩者的關係也確實如胡塞爾論述「現象」與「實質」的關係：現象是外觀，事物通過外觀顯現；事物的實質與現象未必相符，但實質卻一定內在於現象。那麼，文學作品中，潛在的經驗模式就是通過表面構成而具體化和顯現出來。同時，特定經驗模式也不是只有一種表面構成顯現它，反而是往往有多種不同的表面構成作為其顯現方式。[119]就像我們對周夢蝶筆下「水之動態」的歸類，即得到三種不同的意象顯現，而現象學文學批評堅信，某種表面現象的不斷出現，是表明實質的重要標誌（雖然不是唯一和必然標誌）。[120]因此，對周夢蝶詩歌的分析，

119 馬伯樂（Robert Magliola, 1940-）：〈螽斯翼上之釉：現象學的批評〉（"Like the Glaze on a Katydid-wing: Phenomenological Criticism"），李正治（1952-）譯，《當代文學理論》（*Comtemporary Literary Theory*），阿特金斯（G. Douglas Atkins, 1943-）、莫洛（Laura Morrow, 1953-）編，張雙英（1951-）、黃景進（1945-）中譯主編（臺北：合森文化事業有限公司，1991 年），頁 173-174，頁 182。馬格廖拉：《現象學與文學》，頁 85-86。

120 馬格廖拉：《現象學與文學》，頁 86-87。

探尋隱藏於動態的「水」意象之下的「內在經驗模式」，將是我們下一步的研討計畫。

(一) 動力的想像

對於動力的想像，從巴什拉詩學的角度來看，是與「物質想像力」互為表裏、相互充實的想像觀念，巴什拉將其命名為「動力想像力」（dynamic imagination），並將之作為「物質想像力」內在形式上的對應（formal counterpart），這種想像於想像的物質性基礎上又構成了想像的動力學。[121]「物質想像力」和「動力想像力」的區分可以說是從巴什拉思索水元素開始的，在《水與夢：論物質的想像》一書，他說道：「若從哲學上來表達，可區分出兩種想像：一種想像產生形式因（formal cause），另一種產生出物質因（material cause），或是更簡潔地說，形式想像和物質想像。……我認爲想像的哲學學說首先應當研究物質因同形式因的關係。」[122]此處，「動力想像力」所產生的「形式因」強調的是內在的（internal）形式，或精神的形態（spiritual modalities），而不是那些「會消亡的形式」（perishable forms）。[123]巴什拉所

121 Richard Kearney, *Poetics of Imagining: Modern to Post-modern* (Edinburgh UP, 1998), p. 103. 何建南：〈巴什拉爾〉，頁 442。張旭光：〈巴什拉的「想像哲學」探析〉，頁 27。

122 巴什拉：《水與夢：論物質的想像》，2-3。Gaston Bachelard, *Water and Dreams: An Essay on the Imagination of Matter*, trans. Colette Gaudin (Dallas: Spring Publications, c1987), pp. 1-4.

123 於巴什拉看來，「會消亡的形式」是外在性的，是想像低級層面上聯想主義觀點的產物，它完全基於視覺、聽覺等諸感官，是實物（thing）外表的、畫面的（顏色、形狀等），只有最初的知覺在起作用，以隱喻為

謂的「形式」應當深入於實質中，應當是內在的，所以「動力想像力」的本質是一種內在形式的想像，絕非外在、普通形式的想像。巴什拉認爲只有在這個意義上研究了「形式」,「使它們歸屬於各自的物質時，才有可能考慮人的想像的完整理論」，[124]他甚至斷言，一旦遺忘了「形式變換不定的內在動力論」，對「遐想（夢想）形式的變換不定的觀點」就不再正確，想像的動力學爲物質的內在形式注入了永恒運動的活力。[125]

動力想像力使想像在以物質爲本源的同時也附帶上一種不可或缺的動態感。誠如前文所言，動力想像力不在於描述表層形式的變幻不定，而是如一股活水般深入物質的內部。例如，當我們想像一個圓球，便不可能忽視它轉動的特性；想像一支羽箭，就必須想像其離弦飛射的狀態；想像一個少女，也不能少了佳人回眸微笑的動感。[126]

（二）力的爆發與積蓄

巴什拉說，詩的形象（poetic image）「要動，或更確切的說，動力想像力全然是意志的遐想（夢想），它是意志在

其表達手段。故而無法在深化的意義上進入物質的深處，若從物質的深度方面來思考，完全可以拋棄這種「會消亡的形式」，這種形式所組成的形象也「不能真正地適合它們所裝點的物質」。巴什拉：《水與夢：論物質的想像》，頁 3。張旭光：〈巴什拉的「想像哲學」探析〉，頁 27。

124 巴什拉：《水與夢：論物質的想像》，頁 1。

125 彭懋龍：《巴什拉的想像力與在 Jean-Pierre Jeunet 電影〈艾蜜莉的異想世界〉的運用》，頁 22。巴什拉：《水與夢：論物質的想像》，頁 144。

126 Richard Kearney, p. 106.

遐想（夢想）」。[127]這就是巴什拉通過想像的動力學而提出的人類經由物質的遐想體現人類創造意志的論述，對物質的無限深入與精神的無限可塑性對應起來。[128]在考察了周夢蝶詩歌水元素的動態特質之後，思索其內部蘊含的動力系統，十分自然的引起我們的關注，下文將集中討論「動的發力」與「動的蓄力」之間的辨證關聯。

1. 扭曲剛硬之意志

「水之動」的深層內涵首先在於「水之力」的爆發，而爆發之中又隱藏著力的積蓄。我們先來看看這一點是如何表現在周詩對水「扭曲剛硬之意志」中的：

> 戒了一冬一春的酒的陽光／偷偷地從屋頂上窺下來／只一眼！就觸嗅到／掛在石壁上那尊芳香四溢的空杯。／／同時，有笑聲自石壁深深處軟軟伸出／伸向那強橫的三條力線／那雄踞於太極圖上的「三」／而且，軟軟地把後者攪彎了。[129]

這首詩題為〈天窗〉，是要寫設置在屋頂上用以透光和通風的窗子。詩中隱含著「剛硬」與「柔軟」兩種對立的物質形象，並以兩套「直」與「彎」的對立系統加以表現，詩的兩個小節各具一套。首先，「陽光」如酒原是一種曲線的醉

---

127 彭懋龍：《巴什拉的想像力與在 Jean-Pierre Jeunet 電影〈艾蜜莉的異想世界〉的運用》，頁 23。

128 布萊：《批評意識》，頁 175。

129 周夢蝶：〈天窗〉，《孤獨國／還魂草／風耳樓逸稿》，頁 101。

態，但作者偏說「戒了酒的」陽光，且是「戒了一冬一春」，當這種忍耐「觸嗅到」盛酒的「空杯」，則馬上令人想到彷彿如瀑布般一瀉而下的動態，「芳香四溢」四字更給出一種飛瀑之下必有深潭的聯想。我們認為陽光的直線（或折線）與酒香四溢的曲線構成第一則「直／彎」對比。詩歌第二節，用「同時」這則時間狀語引出「笑聲」的意象，其「軟軟伸出」自石壁深深處，有溪流出自深谷閉鎖的啟示。詩人又以「三條力線」和太極圖上的「三」暗喻窗上的鐵柵，「強橫」與「雄踞」兩個形容詞無疑是在提示讀者對剛硬的想像，「軟軟」的笑聲與硬質的鐵柵便形成了第二則「直」與「彎」的對立系統。「彎」是水性柔軟的物質想像，而「直」則代表著某種非水性的剛硬，詩歌結尾說「軟軟地把後者攪彎了」，正是「水」經歷了「一冬一春」的（長時間的）蓄力，沖破「戒」與「深深」的（忍耐的、封鎖的）壓抑，達致以柔克剛或扭曲剛硬的爆發。

2. 逆向運動的夢幻

我們再舉周夢蝶詩歌一則十分特殊的「水」的動力特點，即希望「水向西流」的心志：

> 隻或雙，成行或不成行／在江心，在天末／秋風起時：／秋風有多瘦多長／你的背影就有多瘦多長／／是你在空中寫字，抑／字在空中寫你？／／人人人人人人／何日是了？除非／（秋在高處高高處自沉吟）／除非水流有西向時；／水流幾時西向？／欸！除非

你寫得人人人人盡時。[130]

多想再撈回並烘乾已滅頂的自己！／但，只有「也許」知道：除非，除非我能／把已染污的劍鋒磨缺／把已吞沒的腥羶嘔出——／饒是這樣。教江水往西流有多難／它就有多難。[131]

教水向西流的意願，就是一種逆向運動的夢幻，是對一種反向的力的呼喚，需要具有「逆」的力量，〈月河〉一首便有集中的體現：「想著月的照，水的流，我的走／總由他而非由自——／以眼為帆足為槳，我欲背月逆水而上／直入恆河第一沙未生時。」[132]這種逆水而上，在〈堅持之必要：光中詞兄七十壽慶〉則轉換為蝴蝶逆風而飛的動態：「隔岸一影紫蝴蝶／猶逆風貼水而飛。」[133]此詩從副標題可以看出，乃贈友人慶壽之作，周夢蝶在自己七十壽辰時，亦寫了〈花，總得開一次：七十自壽兼酬夏宇阿蘋及林翠華〉一首，其中同樣用到了「逆流」或「逆水」的形象：

頂從來禿面從來皺齒從來豁／自告別臍帶、初識涕淚之日起／每過一日／就老一歲。一直老到／老得不能

130 周夢蝶：〈為義德堂主廖輝鳳居士分詠周西麟繪鴨雁圖卷 雁之二〉，《約會》，頁 131-132。

131 周夢蝶：〈碗中武士〉，《約會》，頁 173-176。

132 周夢蝶：〈月河〉，頁 4-5。

133 周夢蝶：〈堅持之必要：光中詞兄七十壽慶〉，頁 135-136。

> 再老的某個夜晚／月正圓。驀然／心頭電光一閃／（隔院的仙丹花也開了）／相視一笑：從此晝與夜便袖著手／稻穗一般的低著頭／朝回走：／如水西流，後浪推著前浪／自七十而從心所欲不逾矩／一直流向吾十有五以前以前／墜地的呱呱聲從來不斷[134]

周夢蝶在友人壽慶與自壽的作品裡，皆表現了一種「逆力」的夢想，不論是「逆風」還是「逆水」，我們認為，這或者都是詩人某種時間意識的體現，換言之，以「風」或「水」來指涉時間，以「逆風」、「逆水」來暗示逆反時間之流，據此表達對生死之思的悟見。

一定程度上來說，之前所談的「扭曲剛硬之意志」，也同樣是一種「柔克剛」的「逆力」，因此，我們或許可以初步做出這樣一則推論：周夢蝶詩歌「逆向物理運動」與「走向過去的運動」之間存在一種對等的模式，這正我們所希望發掘的所謂「內在經驗模式」的一則例證。

五、餘論：「闡釋的循環」與「經驗模式的網絡」

「逆向物理運動」與「走向過去的運動」之間的對等模式，作為周夢蝶詩作的一則潛在經驗系統，是詩人經驗模式的結晶化，我們對此雖然有了一個初步的認識，但按照日內

134 周夢蝶：〈花，總得開一次：七十自壽兼酬夏宇阿蘋及林翠華〉，《約會》，頁 137-142。

瓦學派的批評觀，這一經驗模式還應接受「闡釋的循環」的考驗。日內瓦批評家認為，完善的批評過程必須完成一種「循環」過程：從個別作品到創作整體的闡釋，然後再從整體回到個別作品。具體而言，就是從一首詩到另一首詩，觀察其基本結構，發現反覆出現的潛在經驗模式，本文就是在處理這一步驟。之後，還要通過這種經驗模式，洞燭其他任何作品中朦朧的東西，昭示朦朧的因素與詩人作品獨特經驗集結的關係，[135]這正是我們下一步研究的方向之一。

我們下一步研究的方向之二，是在檢驗了上述一則「經驗模式」之後，亦即完成了一個維度上的闡釋循環之後，再找尋其他維度上的不同「經驗模式」，進而探測更廣大範圍的「經驗模式的網絡」。舉例來說，儘管周夢蝶詩歌裏作為表面構成的水之動態意象，其不斷重複出現，並最先引起了我們的關注，但我們也不應忽略某些「靜水」的形象及對其的思索。在靜止的水意象背後，是否也同樣隱藏著其他重要的經驗模式？這是值得我們深思的另一議題。

綜合上面兩個方向的研究展望，我們可以如是書寫我們希望進行的周夢蝶研討計畫路線圖：從周夢蝶具體詩歌入手→總括性描述周詩經驗模式→重建周詩經驗模式網絡→闡述周詩其他具體詩歌。應當承認，本文僅僅處於這一路線圖的初始階段。

135 馬格廖拉：《現象學與文學》，頁 83-84。

引用書目

四劃

巴什拉：《夢想的詩學》（*The Poetics of Reverie: Childhood, Language, and the Cosmos*），劉自強譯，北京：三聯書店，1996 年。

——：《空間詩學》（*The Poetics of Space*），龔卓軍、王靜慧譯，臺北：張老師文化事業股份有限公司，2003 年。

——：《火的精神分析》（*The Psychoanalysis of Fire*），杜小真、顧嘉琛譯，長沙：岳麓書社，2005 年。

——：《水與夢：論物質的想像》（*Water and Dreams: an Essay on the Iimagination of Matter*），顧嘉琛譯，長沙：岳麓書社，2005 年。

王福祥：《話語語言學概論》，北京：外語教學與研究出版社，1994 年。

王靜：〈從主題到意象：法國主題學發展簡述〉，《法國研究》第 2 期，2001 年，頁 54-59。

王嶽川：《現象學與解釋學文論》，濟南：山東教育出版社，1999 年。

五劃

布萊（Poulet, Georges）：《批評意識》（*Conscience Critique*），郭宏安譯，南昌：百花洲文藝出版社，1993 年。

布龍菲爾德（Bloomfield, Leonard）:《語言論》（*Language*），袁家驊等譯，北京：商務印書館，1980 年。

古繼堂：《臺灣新詩發展史》，臺北：文史哲出版社，1997 年。

古爾靈（Guerin, Wilfred L.）等著：《文學批評方法手冊》（*A Handbook of Critical Approaches to Literature*），姚錦清等譯，瀋陽：春風文藝出版社，1988。

七劃

何建南：〈巴什拉爾〉，《當代西方著名哲學家評傳・卷 3・科學哲學》，涂紀亮等編，濟南：山東人民出版社，1996 年，頁 408-451。

八劃

周夢蝶：《十三朵白菊花》，臺北：洪範書店有限公司，2002 年。

——：《約會》，臺北：九歌出版社有限公司，2002 年。

——：《孤獨國／還魂草／風耳樓逸稿》，臺北：INK 印刻文學生活雜誌出版有限公司，2009 年。

周伯乃：〈周夢蝶的禪境〉，《自由青年》第 5 期，1971 年，頁 112-113。

周慶華：《佛教與文學的系譜》，臺北：里仁書局，1999 年。

吳達芸：〈評析周夢蝶的《孤獨國》〉，《現代文學》第 39 期，1969 年，頁 21-32。

金森修（KANAMORI Osamu）:《巴什拉：科學與詩》，武青豔、包國光譯，石家莊：河北教育出版社，2002 年。

祈雅理（Chiari, Joseph）:《二十世紀法國思潮：從柏格森到萊維-施特勞斯》（*Twentieth-century French Though: from Bergson to Lévi-Strausst*），吳永泉、陳京璇、尹大貽譯，北京：商務印書館，1987 年。

九劃

馬格廖拉（Magliola, Robert R.）:《現象學與文學》（*Phenomenology and Literature*），周寧譯，瀋陽：春風文藝出版社，1988 年。

馬伯樂（Magliola, Robert）:〈螽斯翼上之釉：現象學的批評〉（“Like the Glaze on a Katydid-wing: Phenomenological Criticism”），李正治譯，《當代文學理論》（*Comtemporary Literary Theory*），阿特金斯（G. Douglas Atkins）、莫洛（Laura Morrow）編，張雙英、黃景進中譯主編，臺北：合森文化事業有限公司，1991 年。

馬慶林：《美國結構語言學與現代漢語語法比較研究》，西安：陝西人民出版社，2003 年。

郭宏安：《從閱讀到批評：「日內瓦學派」的批評方法論初探》，北京：商務印書館，2007 年。

彭懋龍：《巴什拉的想像力與在 Jean-Pierre Jeunet 電影〈艾蜜莉的異想世界〉的運用》，淡江大學碩士論文，2007 年。

十劃

孫昌武：《詩與禪》，臺北：東大圖書公司，1994 年。
索科羅斯基（Sokolowski, Robert）：《現象學十四講》（*Introduction to Phenomenology*），李維倫譯，臺北：心靈工坊文化事業股份有限公司，2004 年。
陳義芝：〈夢想導遊論夏宇〉，《當代詩學》第 2 期，2006 年 9 月，頁 157-169。
庫什納（Kushner, Evam）：〈加什頓・巴什拉的批評方法〉，葉舒憲譯，《文藝理論研究》第 3 期，1989 年，頁 86-90。

十一劃

梅洛・龐蒂（Merleau-Ponty, Maurice）：《知覺現象學》（*Phenomenology of Perception*），姜志輝譯，北京：商務印書館，2001 年。
張旭光：〈加斯東・巴什拉哲學述評〉，《浙江學刊》第 2 期，2000 年，頁 33-37。
——：〈巴什拉的「想像哲學」探析〉，《淮南師範學院學報》第 1 期，2001 年 3 月，頁 26-30。
張海鷹：《安尼瑪的吟唱：夢想之存在》，廣西師範大學碩士論文，2003 年。
——：〈加斯東・巴什拉夢想理論的哲學背景探析〉，《東方論壇》第 4 期，2006 年，頁 9-13。
張閎：〈物之夢與巴什拉的詩學〉，《中國圖書評論》第 9

期，2006 年，頁 101-103。

馮壽農：〈漫談法國主題學批評〉，《廈門大學學報》第 2 期，1989 年，頁 29-31。

——：〈閱讀乃是批評的關鍵的第一步：綜述法國主題批評閱讀方法論〉，《文藝理論與批評》第 2 期，1989 年，頁 122-125。

十二劃

曾進豐：〈論周夢蝶詩的隱逸思想與孤獨情懷〉，《中國學術年刊》第 19 期，1998 年 3 月，頁 537-569，691-692。

黃如瑩：《臺灣現代詩與佛：以周夢蝶、夐虹、蕭蕭為線索之考察》，國立臺南大學碩士論文，2005 年。

葉維廉：〈「比較文學叢書」總序〉，《現象學與文學批評》，鄭樹森編，臺北：東大圖書股份有限公司，2004 年，頁 1-20。

達高涅（Dagognet, F.）：《理性與激情：加斯東・巴什拉傳》（*Gaston Bachelard*），尚衡譯，北京：北京大學出版社，1997 年。

塔迪埃（Tadié, Jean-Yves）：《20 世紀的文學批評》（*La Critique Littéraire au XXèmee Siècle*），史忠義譯，天津：百花文藝出版社，1998 年。

十三劃

楊洋：《加斯東・巴什拉的物質想像論：兼論魯迅《野草》中「火」元素想像》，首都師範大學碩士論文，2005 年。

十四劃

蔡富澧：《臺灣現代詩中的禪境探究：以四位詩人的作品為例》，佛光大學碩士論文，2009 年。

榮格（Jung, C. G.）：《人類及其象徵》（*Man and His Symbols*），張舉文、榮文庫譯，瀋陽：遼寧教育出版社，1988 年。

十五劃

潘麗珠：〈中國「禪」的美學思維對現代詩的影響〉，《現代詩學》，臺北：五南圖書公司，1997，頁 34-46。

潘知常：〈禪宗的美學智慧：中國美學傳統與西方現象學美學〉，《南京大學學報》第 3 期，2000 年，頁 74-81。

劉永毅：《周夢蝶：詩壇苦行僧》，臺北：時報文化出版企業股份有限公司，1998 年。

十六劃

蕭蕭：《臺灣新詩美學》，臺北：爾雅出版社，2004 年。

十七劃

戴訓揚：〈新時代的採菊人：周夢蝶其人其詩〉，《幼獅文藝》第 51 期，1980 年 5 月，頁 63-85。

謝輝煌：〈禪詩瑣論〉，《臺灣詩學季刊》第 27 期，1999 年 6 月，頁 40-47。

Bachelard, Gaston. *The Poetics of Reverie: Childhood, Language, and the Cosmos*. Boston: Beacon, 1969.

——. *Water and Dreams: An Essay on the Imagination of Matter*. Trans. Colette Gaudin, Dallas: Spring Publications, c1987.

——. *Air and Dreams: An Essay on the Imagination of Movements*. Trans. Edith R. Farrell and C. Frederick Farrell, Dallas: Dallas Institute Publications, 1988.

Kearney, Richard. *Poetics of Imagining: Modern to Post-modern*. Edinburgh UP, 1998.

Smith, Roch Charles. *Gaston Bachelard*. Boston: Twayne Publishers, 1982.

水火融合與魔法師之路

周夢蝶八首「月份詩」的「解／重構」閱讀

余境熹（香港專業進修學校講師）

摘要

以收於《還魂草》中「紅與黑」一輯的八首「月份詩」為研閱對象，藉「元素詩學」、「內在英雄說」等為分析工具，在解構「詩歌有終極解讀」的前設下，提出不無個人色彩的闡釋結論，並試圖據該結論重構一套對八首「月份詩」的系統式閱讀。

關鍵詞

周夢蝶、解構、重構、元素詩學、內在英雄

一、詩學的取捨

(一) 考察對象的複義表現

本篇以周夢蝶（周起述，1921- ）收於《還魂草》「紅與黑」裡的頭八首月份詩（〈一月〉、〈二月〉、〈四月〉、〈五月〉、〈七月〉、〈十月〉、〈十二月〉及〈十三月〉[1]）為研閱對象，所研析的篇數較少，但難度卻不一定偏低。讀著這八首精緻奪目的作品，會對篇中技法泛起崇仰敬慕之情當屬意料中事，但若想清晰瞭解八篇的內容所指，則絕非容易，這可以先據威廉・燕卜蓀（William Empson, 1906-84）的「複義」論說，作一闡述。

燕卜蓀在年僅廿四歲時寫出了《朦朧的七種類型》（*Seven Types of Ambiguity*）一書，以二百多篇古典詩歌或散文為實例，印證了詩歌以意義複雜多變的語言為強有力的表現手段，後來又經再版改訂，修正「複義」的定義，使日後的詩歌研究難以略過其說不加考慮，影響甚深。[2]經燕卜

1 周夢蝶（周起述，1921- ），《還魂草》（臺北：文星書店，1965），頁 21-36。2009 年 12 月《還魂草》推出新版，與《孤獨國》、《風耳樓逸稿》合輯，八首「月份詩」見於周夢蝶，《孤獨國／還魂草／風耳樓逸稿》，曾進豐（1962- ）編（臺北：INK 印刻文學生活雜誌出版有限公司，2009），頁 119-32。

2 William Empson (1906-84), *Seven Types of Ambiguity*, revised ed. (New York：New Directions, 1947); 中譯見威廉・燕卜蓀，《朦朧的七種類型》，周邦憲、王作虹、鄧鵬譯，黃新渠、吳福臨審校（杭州：中國美術學院出版社，1996）。

蒸的歸納，詩文本中語言的「複義」共可分為七種，茲據張德興（1950- ）的概括，[3]舉各首「月份詩」比對，以見所析數首詩歌的特質：

1. 複義一型

一物與另一物相似，尤其是這兩種事物在多方面的性質均相似時，複義便會產生。以〈十月〉為例，羅青（羅青哲，1948- ）認為十月「是秋高氣爽的時候，也是果實成熟腐爛的季節，象徵著人類成熟、衰老與死亡」，從相似性勾連起「十月」、「秋天」、「果實的成熟」、「果實的腐爛」、「人類的成長」和「人類的衰亡」，如是者便推出對〈十月〉的多重理解：「秋天」是肅殺的，從季節指「春夏好時光已過」，從生命講則「十月」代表人生的晚期，故「盜夢的神竊」所偷的既是人的生命，也是人的夢想，虛實兩種事物兼具。[4]

同一詩中，「月光」漆在「十字架」上因可觸發不同聯想，也衍生理解的複義，如羅青認為它上面的白漆微泛黃色，乃是「一種易惹人相思的月光」，令人追念「戀愛」及「生之歡欣」；[5]但戴達則在一篇賞析文字中寫道：「讓那『相思一般蒼白的月色』，漆上了墳頭上的十字架上」，「是為月夜下的孤魂獻上了深深的悼念。伴之而來的是詩人對死

3 張德興（1950- ），〈語義學與新批評派〉，《當代西方文藝理論》，朱立元（1945- ）主編，第 2 版（上海：華東師範大學出版社，2005），頁 114-15。

4 羅青（羅青哲，1948- ），〈周夢蝶的《十月》〉，《娑婆詩人周夢蝶》，曾進豐編（臺北：九歌出版社有限公司，2005），頁 107-08。

5 羅青，同上書，頁 107-08。

亡的迷惘」。[6]因「月光」既可令人聯想到美好，又可令人想到淒涼，兩種相異的性質便使確鑿的論斷難以生成。

2. 複義二型

上下文引起多種意義並存，包括詞語的本義和語法結構不嚴密引起的多義，構成了詩歌文本第二種複義生成的條件。周夢蝶的八首「月份詩」，主要因詞語本義的不明，使上下文可以產生多種不同的理解。例如，朱炎（1936- ）十分欣賞周夢蝶詩歌中的外國典故，曾將對〈五月〉「伊壁鳩魯痛飲苦艾酒」一語的分析，嵌入講述詩人氣質的段落中：

> 周夢蝶所過的日子，幾近於斯多亞哲學（Stoicism）派的克己禁慾的生活方式；而他在〈五月〉一詩中，則說「伊壁鳩魯痛飲苦艾酒」。斯多亞、伊壁鳩魯（Epicureanism）和犬儒（Cynicism）三者，同是紀元前四世紀中興起於希臘的哲學門派。不管其哲學思想多麼不同，但卻有一個共同的目的，就是：打擊人世的痛苦；而他們的生活，也有個共同之處，就是：力行簡樸〔……〕周先生〔……〕的生活方式，與上述諸希臘門派的主張，確然也有可以印證之處。[7]

聯繫可稱允當。但值得留意的是，伊壁鳩魯（Epicurus，

6 戴達，〈十月〉，《新詩鑒賞辭典》，公木（張永年，1910-98）主編（上海：上海辭書出版社，1991），頁836。

7 朱炎（1936- ），〈周夢蝶的詩藝與氣質〉，《婆婆詩人》，頁155。

前 341-前 270）生活雖然簡樸，[8]其學說卻長期受到斯多亞派的抨擊，認為它會導致不受約束的感性快樂的生活，乃至多個世紀以來伊壁鳩魯學派成為享樂主義的代名詞；從伊壁鳩魯「痛飲」烈酒的舉動來看，意義亦似與簡樸迥異。類似的能引起多種理解的典故在「紅與黑」中數量不少，正如余光中（1928- ）所論，「早年他的詩質因用典頻繁而虛實互證今古相成，但用得太多時也會嫌雜與隔，尤以中西古今混用為然。」[9]實增加了八首「月份詩」的含混。

3. 複義三型

以雙關語為典型，同一詞具有兩個似乎並不相關的意義，將使詩歌的複義性增加。以〈十月〉為例，詩中的「你」便可指涉多個並不相聯的對象：

8 按阿蘭．德波頓（Alain de Botton, 1969- ）的整理，伊壁鳩魯「喝水而不喝酒」，「一頓飯有麵包、蔬菜和一把橄欖就滿足了」，甚至以「一罐奶酪」為「盛筵」，反而是他斯多亞派的對頭曾發表五十封內容淫穢的信件，「硬說是伊壁鳩魯酒醉之後性欲狂亂時寫的」。見德波頓，〈伊壁鳩魯的快樂清單〉，《書摘》9（2004）：頁 106。

9 余光中（1928- ），〈一塊彩石就能補天嗎？——周夢蝶詩境初窺〉，《娑婆詩人》，頁 140。

列表一

「我」	「你」	「你」的指涉	「你」的角色
敘述主體	文本中的一員角色	十月（光陰）	被敘述者
		亡友	被敘述者
	回憶中的過去的「我」	昔日的敘述者	與敘述者重疊的被敘述者
	文本外的讀者	真實讀者	與敘述接收者重疊的被敘述者

如果將「死亡」、「躺在這裡」解作肉身機能的停頓和意志的消失，還在共時地閱讀這一文本的、仍然生存的讀者固然不可能是詩歌中的「你」，但若「死亡」指的是個體觀念的巨大轉變，是人一種告別往昔的姿態的話，真實讀者也未嘗不可以自我認同為詩中「虛空」、「懂得什麼是什麼了」的「你」。而正因「你」在作為被敘述者時，指涉上仍會有「十月」或「亡友」的雙重可能，當與敘述者重疊之時，又可能讓人理解作「昔日的敘述者」，「你」這一極不穩定的能指，實起到增加詩的含混程度的作用。——當然，這裡尚未考慮到「你」的所指可能隨節與節、行與行而轉變的情況。

4. 複義四型

一個陳述語的兩個或更多的不同意義合起來，足反映詩歌意義的多重性。以〈七月〉為例，詩句「梭羅正埋頭敲打論語或吠陀經／草香與花香在窗口擁擠著／獵人星默默，知更鳥與赤松鼠默默……」，既可看作是哲人身畔僅得無法知心的花草鳥獸，默無以應，表現的是一種孤立遺世的心境，不無苦味；但花草香氣故意擠向窗邊，其實也可理解成「生公說法，頑石點頭」，而星與鳥獸之「默默」，則可想像成天地眾生專心諦聽真言，表示哲人支持者眾，情調一下子轉成樂觀起來。以此觀之，敘述主體的心情如何，實難判別。

5. 複義五型

燕卜蓀認為一種修辭手段若介於兩種所要表達的思想之間，將導致詩歌的複義；這一見解，對解讀用典頻繁的周夢蝶詩具有甚高的參考價值。如在〈七月〉裡有「許由正掬水洗耳」之句，而許由在《莊子・逍遙遊》中是作為「神人無功」、「聖人無名」的典範來加以書寫的，形象正面；[10]但唐代（618-907）張守節在《史記・伯夷列傳》中作的「正義」，則引用皇甫謐（215-282）《高士傳》的內容，說道：「許由字武仲。堯聞致天下而讓焉，乃退而遁於中嶽潁水之陽，箕山之下隱。堯又召為九州長，由不欲聞之，洗耳於潁水濱。時有巢父牽犢欲飲之，見由洗耳，問其故。對曰：『堯欲召我為九州長，惡聞其聲，是故洗耳。』巢父曰：『子若處高岸深谷，人道不通，誰能見子？子故浮游，欲聞求其名譽。污吾犢口。』牽犢上流飲之。」[11]以見許由仍有浮游於世的缺欠。至於周夢蝶取的是許由的「無待」還是「有待」，讀者多只能周旋於這兩種不同的思想之間，對用典的深意難得判明。

〈五月〉的「烏鴉一夜頭白」也有同樣的解讀情況。

10 李勉（1921- ），《莊子總論及分篇評注》，修訂一版（臺北：臺灣商務印書館股份有限公司，1990），頁33。

11 司馬遷（前135-前90），《史記》，裴駰集解，司馬貞索隱，張守節正義，第2版，第7冊（北京：中華書局，1982），頁2122。

「一夜頭白」指向的是伍子胥（？-前 484）離楚入吳的故事，還是唐人司馬貞在《史記・刺客列傳》裡「索隱」的《燕丹子》故事：「丹求歸，秦王曰『烏頭白，馬生角，乃許耳』。丹乃仰天歎，烏頭即白，馬亦生角」？[12]如果是前者，那麼詩歌表現的便是一種深深的悲哀；但如果是後者，則主要是指事情難以實現。由此觀之，周夢蝶的「月份詩」因所用典故的指向難以核實，使讀者理解增加難度。

6. 複義六型

矛盾的表述迫使讀者自己去尋找解釋，而這多種解釋也互相衝突，讓人不知如何反應，是詩歌複義的第六種表現。〈五月〉以「大地泫然，烏鴉一夜頭白！」為一篇終句，「泫然」是悲慟的，但「烏鴉一夜頭白」既可指悲哀，也可指帶來希望的奇蹟，具有喜悅成分，在表述上與「泫然」矛盾。因此，不同的解釋者會有不同的說法，如翁文嫻（1952- ）認為「天地流淚，烏鴉也在一夜間哭白了頭」，盡取悲哀之意；[13]曾進豐（1962- ）則認為詩句有「改變混濁世道，力有未逮，天下澄清之日邈不可望，但仍祈求『烏鴉頭白』的奇蹟出現」之意，給詩歌光明的尾巴。[14]由於結論人言人殊，統一的理解實不易得。

12 司馬遷，《史記》，第 8 冊，頁 2538。

13 翁文嫻（1952- ），〈看那手持五朵蓮花的童子——讀周夢蝶詩集《還魂草》〉，《娑婆詩人》，頁 100。

14 曾進豐，《聽取如雷之靜寂》（臺南：漢風出版社，2003），頁 102。並參考曾進豐，〈論周夢蝶詩的隱逸思想與孤獨情懷〉，《娑婆詩人》，頁 163。

7. 複義七型

燕卜蓀認為詩歌語言的複義，最後還可表現於一個詞的兩種意義與上下文所給定的脈絡恰好相反的情況中。在〈五月〉的第一節：

> 在什麼都瘦了的五月／收割後的田野，落日之外／一口木鐘，鏘然孤鳴／驚起一群寂寥，白羽白爪／繞塔尖而飛：一番禮讚，一番酬答……

「瘦」了的五月彷彿略呈病容，但「收割」同時能聯繫豐足；木鐘的孤鳴淒然，也因此「驚」起飛禽，蒼涼衰颯，可眾鳥飛翔，發出的卻是正面的「禮讚」與「酬答」，似乎詩人所營造的氣氛並不統一，上下文給定的脈絡因與各個詞意義存著差異，要能準確掌握也有一定困難。

由以上的分析，周夢蝶幾首「月份詩」的語言複義現象多樣，實存有許多種解釋的可能，要掌握詩歌的確切意義，難度亦相應提高，可說是由複義導成作品的「朦朧」。戴訓揚（1954- ）曾謂周夢蝶從「紅與黑」開始，詩作的難明瞭度因種種技法而大為提高：

> 特別是從《還魂草》第二輯「紅與黑」以後的作品，大抵均表現此二成分的對峙與糾纏，而詩的明朗度恰與此二成分的強度成反比，當悲苦的感情與哲理的思維之牽扯越演越烈的時候，使得詩人逐漸遁入內在經驗的世界裡，此時其所顯發的那份隱微的心之境界，

> 並非簡單的意象、語法、結構所能清楚表達的，於是周夢蝶開始使用繁複的意象，矛盾的句法，多樣的技巧，形式幽玄艱澀的風格〔……〕[15]

從幾首「月份詩」的表現看，似亦可窺一斑。而厨川白村（KURIYAGAWA Hukuson, 1880-1923）嘗在《苦悶的象徵》裡提出「文藝鑑賞四階段」說，表示文學作品的讀者是先通過理智和感覺的作用，對作品有初步的感知，繼而建構感覺的心像，再進而觸及內在的情緒、思想、精神和感情，達致作品欣賞的圓滿；[16]如果在理智的認識上就遇到多種選擇的困難，評論當如何進行？

（二）幾種否定詩歌解讀絕對性的論說

可幸的是，堪稱「理論世紀」的上一世紀為評論者提供了多種否定詩歌解讀絕對性的詮釋方法，如新批評的「意圖謬見」說、德國的「讀者接受理論」和後現代解構主義的多種言說等，使對詩歌的解釋不必再刻意追求統一，面對複義，反可以滿足於多元的解讀和富個性的見解。以下先略述各種研究方法之大概，作為本篇提出「一家」見解的學術基礎。

15 戴訓揚（1954- ），〈新時代的採菊人——周夢蝶其人其詩〉，《娑婆詩人》，頁126。

16 厨川白村（KURIYAGAWA Hukuson, 1880-1923），《苦悶的象徵》，林文瑞譯，再版（臺北：志文出版社，1999），頁53-59。

1. 新批評的「意圖謬見」說和德國「讀者接受」說

威廉．維姆薩特（William K. Wimsatt, 1907-75）和門羅．比爾茲利（Monroe C. Beardsley, 1915-85）的「意圖謬見」說認為在評說文本時，「作者的構思或意圖既不是一個適用的標準，也不是一個理想的標準」。[17]至於原因何在，張德興曾作過言簡意賅的解釋：「就詩人意圖而言，如果他成功地實現了自己的創作意圖，那麼詩本身就表明了他的意圖是甚麼。這樣再以詩之外的意圖去評判詩便是多此一舉。如果他不能成功地實現自己的意圖，那麼再以他的意圖評判詩則更不足為憑了。」[18]按照這一思路，即使詩文本的原作者有他要表現的確切獨一的意義，讀者仍可不必完全遵循作者原有的意圖。

可惜的是，新批評未能進而肯定讀者在詮釋作品時的積極意義，反提出了「感受謬見」之說，認為強調讀者對作品的反應是「將詩和詩的結果相混淆」，「其始是從詩的心理效果推衍出批評標準，其終則是印象主義和相對主義」，[19]錯誤地忽略了負責生成文本意義的讀者的能動性。要待德國「讀者接受理論」的興起，提出讀者應據自己的想像，對詩

17 威廉．維姆薩特（William K. Wimsatt, 1907-75）、門羅．比爾茲利（Monroe C. Beardsley, 1915-85），〈意圖謬見〉（“The Intentional Fallacy”），《「新批評」文集》，中國社會科學院外國文學研究所外國文學研究資料叢書編輯委員會編，趙毅衡（1948- ）編選（北京：中國社會科學出版社，1988），頁 209。

18 張德興，頁 117。

19 維姆薩特、比爾茲利，〈感受謬見〉（“The Affective Fallacy”），《「新批評」文集》，頁 228。

歌進行類似「再創作」的新解讀，否定作者意圖具絕對性的評論才得到進一步的豐富，產生更積極的意義。該學派主要代表沃夫爾岡·伊瑟爾（Wolfgang Iser, 1926-2007）便曾聲言：「文學文本只有當其被閱讀時才能產生反應〔……〕文本蘊含著潛在的效果，閱讀使這一效果得以實現」，[20]使詮釋的重心移向文本的接收者。

2. 解構閱讀與詩歌可解的本質性討論

後於新批評的言說，解構主義閱讀更從本質上探研了詩歌可解與否的問題，聲言若要處理複義性高的作品，就不妨讓各種歧異都得保存。較著者如雅克·德里達（Jacques Derrida, 1930-2004）曾倡言，文本的「重述性」（iterability of citationality）遠較寫作者重要，而「重述性」依附於文字意義的重新構成，其進行屬於「創作」以後的階段，是原作者沒有責任的部分，因此文本的「所指」、「確定性」和「當下意圖」都被取消。即是說，文本意義是非「現有」（presence）的，所有的僅是連續的等待閱讀和重述的符號。[21]然而，德里達又說文字的意義是無法確定的，有的只是「能指」（signifer，聲音）和「所指」（signified，意義）的不絕「延異」。[22]於是，閱讀和批評必無一定確切的結論，即使是同一個人，在不同時期也可能對作品有不同的理解；批評

20 沃夫爾岡·伊瑟爾（Wolfgang Iser, 1926-2007），《閱讀行為》（*Act of Reading*），金惠敏等譯（長沙：湖南文藝出版社，1991），頁 207。

21 Jacques Derrida (1930-2004), “Signature Event Context,” *Glyph* 1 (1977): 172-97.

22 雅克·德里達，〈延異〉（“Différence”），汪民安（1969- ）譯，《外國文學》1（2000）：頁 69-84。

的重點，便落在讀者「新造」的意義結構（signifing structure）中，連單一讀者的權威也屬虛無。[23]

與之相應的論說復可見於茱莉雅．克莉斯蒂娃（Julia Kristeva, 1941- ）、哈羅德．布魯姆（Harold Bloom, 1930-）等人的著作。克莉斯蒂娃的「互文性」（intertextuality）理論提出並無所謂原初性的文學文本：任何文本都像鑲嵌畫一般，必然在生產過程中吸納並轉化先前的文本，即都是依賴於其餘存有者及其釋義規範而得以書寫的；如是者，在解讀文本時，外存於文本的一切文化因素都是不應不去考慮的，但這考慮卻又是各人不同的，確定單一的理解由是消除。[24]布魯姆則提出「互詩性」（inter-poetic）的見解，如德里達的「延異」說般強調文字不斷向外指涉的本質，指認以文字書成的詩必將構建出牽涉到文本以外的更廣闊的語言網絡，從而瓦解掉以為詩歌文本自足存在的觀念。[25]另外，安納．杰弗遜（Ann Jefferson）也論稱意義之成立依賴於體制、符碼與規範等外在於文本的存有，皆指向文本的意義無法由單一個體——包括作者與讀者——專斷的結論。[26]

---

23 Derrida, *Of Grammatology*, trans. Gayatri C. Spivak (Baltimore: Johns Hopkins UP, 1976), p.158.

24 Julia Kristeva (1941-), "Word, Dialogue and Novel," *Desire in Language: A Semiotic Approach to Literature and Art*, ed. Léon S. Roudiez, trans. Thomas Gora, Alice Jardine and Léon S. Roudiez (New York: Columbia UP, 1980), p.66.

25 Harold Bloom (1930-), *Poetry and Repression: Revision from Blake to Stevens* (New Haven: Yale UP: 1976) 2-3; Jonathan Culler (1944-), "Presupposition and Intertextuality," *The Pursuit of Signs: Semiotics, Literature, Deconstruction* (London; New York: Routledge, 2001), p.107.

26 Ann Jefferson, "Intertextuality and the Poetics of Fiction," *Comparative Criticism:*

3. 對解構主義的制約

解構式閱讀發展至極致，例如吉爾・德勒茲（Gilles Deleuze, 1925-1995）、費利克斯・瓜塔里（Felix Guattari, 1930-1992）所揭櫫的「分裂分析」，就有過分極端之弊。德勒茲和瓜塔里認為放任各種想像之「流」、收編所有可以想出的結論是沒有問題的：「我們在一本書中所尋找的，是能讓某種避開代碼的事物通過的方式，是一些流，一些積極的、革命的逃脫線，一些與文化相對立的絕對譯碼的線。」[27]麥永雄（1955- ）認為這是「注重關係之中的差異因素，注重多樣性、機遇與生成，是以無羈的思想和欲望之流，取代索緒爾語言學與結構主義能指霸權的一種積極、革命的逃逸線」，[28]從刺激多元思考而言，確實有其作用。然而，若文學評論對各種歧異都加保存，不加制約，讀者都隨意發揮，乃至脫離文學文本，一任想像而行，文學評論終將成為通篇胡言的夢囈。

因此，詩的「文本」研究仍應將注意力集中於「詩歌」之上，而作為接收者、回應者的「評論者」則應提出恰切的理論框架來處理詩文本的複義，以之生成富創造性和啟發性

A Yearbook, ed. Elinor Shaffer, vol.2 (London: Cambridge UP, 1980), p.235-36.

27 吉爾・德勒茲（Gilles Deleuze, 1925-95），〈與費利克斯・加達里關於《反俄狄浦斯》的談話〉（"Gilles Deleuze and Felix Guattari on *Anti-Oedipus*"），《哲學與權力的談判——德勒茲訪談錄》（*Negotiations*），劉漢全譯（北京：商務印書館，2000），頁 26。

28 麥永雄（1955- ），《德勒茲與當代性——西方後結構主義思潮研究》（桂林：廣西師範大學出版社，2007），頁 113。

的文本意義，免使詮釋變成游談無根之事。[29]用茨維坦・托多羅夫（Tzvetan Todorov, 1939- ）的話來說，這就是讓評論者據自身文化和時代背景，將新的闡釋格局賦予作品，並以追求「豐富」、「深刻」與「精彩」為標的。[30]羅婷（1964- ）在她對克莉斯蒂娃理論的分析裡，也特別提示能善用詮釋方法的評論者的重要性，認為正因一個文本所牽涉到的文化因素無數無量，批評者更需對箇中相聯因子作有意義的選擇和解說，才能使詮釋顯得具有意義，而這正是她強調互文性理論「注重讀者與批評家的作用」的原因。[31]

綜合而言，二十世紀各種否認絕對性解讀的詮釋理論使評論者無需因文學作品的複義難解而卻步，而盡可按個人的認識，對文本作出不同的理解。不過，新解與一味地標新立異存著重大差異，若無恰切的解讀框架，評論恐怕會淪為無所用心的文字遊戲。對單一的、絕對的解讀提出異議，當算是一種「解構」的嘗試；但在解構之餘，著意於重建一種合於理性的、具一貫結構的新解，則實是一種富意義的「重構」的追求。本篇取名〈水火融合與魔法師之路：周夢蝶八首「月份詩」的「解／重構」閱讀〉，便是希望在解除八首「月份詩」的單一詮釋後，以牽涉「水」「火」的「元素詩

---

29 Raman Selden and Peter Widdowson (1942-2009), *A Reader's Guide to Contemporary Literary Theory*, 3rd ed. (Lexington, Ky.: UP of Kentucky, 1993), p.47.

30 Tzvetan Todorov (1939-), *Introduction to Poetics*, trans. Richard Howard (Minneapolis: U of Minnesota P, 1981) p.xxx.

31 羅婷（1964- ），《克里斯多娃》（臺北：生智文化事業有限公司，2002），頁 141。

學」和前邁「魔法師之路」的「內在英雄」說，對八首優秀作品作一「重構」意義的解讀，望能勉力給出一些富啟發性的新義。

二、詩歌的詮釋

(一) 主要理論略釋

1. 元素詩學

加斯東・巴什拉（Gaston Bachelard, 1884-1962）將「火」、「水」、「土」和「大氣」四種物質元素引入詩人夢想的研究之中，以科學和詩的互補，開啟了「四元素詩學想像理論」，[32]但該理論的發展其實並不十分順遂。他起初在《火的精神分析》（*The Psychoanalysis of Fire*, 1938）裡，認定「真正的詩人」只隸屬於某一氣質，認為只要詩人坦露其「精靈」是屬於大地、水或大氣其中一種的話，評論者就能據之掌握詩人創作的所有秘密；[33]這一元論的思維，甚至讓巴什拉武斷地說：「水和火在遐想中依然是對立的，聆聽小溪流水的人難以理解側耳細聽火焰絲絲聲的人：他們使用的

32 張旭光（1965- ），〈巴什拉的「想像哲學」探悉〉，《淮南師範學院學報》3.1（2001）：28；〈論巴什拉的科學辯證法〉，《寧夏大學學報（人文社會科學版）》24.1（2002）：頁 12。

33 加斯東・巴什拉（Gaston Bachelard, 1884-1962），《火的精神分析》（*The Psychoanalysis of Fire*），杜小真、顧嘉琛譯（北京：三聯書店，1992），頁 106-07。

不是同一種語言。」[34]但是，從對現實的觀察和從閱讀的經驗中，許多事物如燈油（火、水）、石油（土、水、火）、濕泥（水、土）、水鶴（水、空）、火山灰（火、土）、飛來石（空、土）、焚城的天火（土、空、火）、點水的蜻蜓（水、空）等，其實不都是有著兩種或兩種以上元素的結合麼？強求「真正的詩人」忠實於一種元素，不僅限制了有助思想傳達的媒介，同時也是脫離現實情景的，我們亦鮮少聽聞有「真正的詩人」在作品中完全迴避具複合性的素材。在容易舉出反證的情況下，「元素詩學一元論」與其說是科學的、系譜的判斷，不若說成是巴什拉一種過於主觀的言說，用以分析具體的文藝作品，自然易發生捉襟見肘的情形。

巴什拉大概亦明白《火的精神分析》的不足，自四年後《水與夢——論物質的想像》（*Water and Dreams: An Essay on the Imagination of Matter*, 1942）[35]發表以來，立場日漸轉變，提出詩人其實可以兼容多種元素，以圖擴大元素詩學針對文本時的使用彈性，設計元素詩學的「多重論」表述；[36]可惜這卻使整套學說陷入更尷尬的境地——既然可以兼容，那麼斷言元素匯合的界限在哪裡？元素間的比重又如何計算？以四套物質想像包籠所有詩歌創作的理想終成泡影，四元素的區分是否還不夠全面或打從根本就是多此一舉？研究巴什拉的學者金森修（KANAMORI Osamu, 1954- ）亦指

34 巴什拉，《火的精神分析》，106。

35 巴什拉，《水與夢——論物質的想像》（Water and Dreams: An Essay on the Imagination of Matter），顧嘉琛譯（長沙：岳麓書社，2005）。

36 張旭光，〈加斯東・巴什拉哲學述評〉，《浙江學刊》2（2000）：頁33。

出：「連元素詩學都是不充分的論述。他的確否定了自己的過去〔……〕從理論性角度看，現象學的轉向非常脆弱，經受不住批判性討論。巴什拉最後時期的學術冒險因為一種優美性而吸引了一些詩人，但卻使更具邏輯性天賦的其他許多人疏遠了巴什拉。」又說：「在最後時期，巴什拉的工作通過幻想的渙散和形象的朦朧性把思維的緊張和概念的硬質性包圍進來，由此導致自己倒退了。」[37]

值得指出的是，巴什拉著作尚存著兩個明顯缺憾，對分析文本也不無負面影響——（1）不完整：巴什拉後來在《燭之火》（*The Flame of a Candle*, 1961）裡修正了對火的研究，但其對於水、火結合的疑惑仍然未有得到解決，甚至在有生之年，仍未嘗創出新的、具說服力的結論，即是說，他既一邊質疑著自己此前的研究，一邊又未能提供步武者新的方向，其元素詩學便因而出現殘缺和不確定性，直接套用不但難尋指歸，更是重複著巴什拉自己也為之悵惘的誤判。（2）水準參差：巴什拉元素詩學的各部著作亦有水平不一之病，關於「土」的專著——《土地與休息的夢想》（*Earth and Reveries of Repose*, 1946）和《土地與意志的夢想》（*Earth and Reveries of Will*, 1948）獲得較高評價，但討論「大氣」的《空氣與幻想》（*Air and Dreams*, 1943）則因倉卒寫成，論述周嚴性的不足惹來不少批評，[38]而早期的《火的精神分析》和《水與夢》亦包括了較多嘗試階段的構思，

---

37 金森修（KANAMORI Osamu, 1954- ），《巴什拉——科學與詩》，武青艷（1973- ）、包國光（1965- ）譯（石家莊：河北教育出版社，2002），頁284。

38 金森修，同上書，頁283。

結論仍未成熟；如果在文本的研究之上，試圖直接複製巴什拉幾部著作的言說，不作知性的補充，恐怕也會對分析產生負面影響。

巴什拉的元素詩學具有多種不足，但其率先提供一套詩與科學結合的論說，為詩歌研究提供較現代的、非純印象式的理解新途；其啟發讀者對詩歌內容涉及何種元素的留心，也是一項功績。因此，評論者可考慮借重更多後出的關於「四元素」的討論，對巴什拉提供的基礎作出富有意義的補充，即取巴什拉溝通元素與詩的精神，而充實之以更具說服力的元素論說。本篇提及周夢蝶「水」、「火」和「土」等各種物質想像，發揮其可能的意指時，就不以巴什拉的說法為標準答案，而選擇博採眾家之說，尋求與詩歌上下文最相連貫的解釋。

2. 皮爾森的內在英雄說

另外，本篇除試圖對八首「月份詩」的物質想像作整理和推測外，更欲借重於卡蘿．皮爾森（Carol Pearson, 1944-）的原型理論，對各種元素推動的詩歌內容發展作一階段式的描述，建構這八首作品「通向魔法師的道路」。

在「內在英雄」說中，皮爾森嘗試給出人成長過程中的多種形象，曾細緻劃分出十二種原型，[39]後來又與瑪格麗特．馬克（Margaret Mark）合撰教授以神話原型打造非凡

39 Carol Pearson (1944-), *Awakening the Heroes Within: Twelve Archetypes to Help Us Find Ourselves and Transform Our World* (San Francisco: Harper San Francisco, 1991). 中譯版本：卡蘿．皮爾森，《影響你生命的十二原型：認識自己與重建生活的新法則》，張蘭馨譯（臺北：生命潛能，1994）。

品牌的著作，[40]在其對原型認識的基礎上，延伸為對商業社會具實用意義的學說。由於皮爾森著作的語言不賣弄玄虛，又不似巴什拉般錯踪迷離，可讀性甚高，對原型學說的推廣普及具有很大貢獻，自身亦長居心理學暢銷書之列。

本文主要移用皮爾森在《內在英雄：六種生活的原型》（*The Hero Within: Six Archetypes We Live By*）[41]的論說，以皮爾森基礎構思中的六種原型形象：「天真者」、「孤兒」、「殉道者」、「流浪者」、「鬥士」和「魔法師」為指歸，約繁為簡，嘗試對八首「月份詩」表現的「成長脈絡」加以判明，以之完成筆者對八首作品提供的一種解讀可能。皮爾森嘗按「目標」、「功課」和「恐懼」為六種原型的特徵列出簡表，可作為初接觸其學說者的簡單參考：

列表二[42]

	天真者	孤兒	殉道者	流浪者	鬥士	魔法師
目標	無	安全	善良	自主	力量	整全合一
功課	墮落	希望	放下	認同	勇氣	喜悅信念
恐懼	失去天堂	遺棄	自私	順從	軟弱	膚淺

40 Pearson and Margaret Mark, *The Hero and the Outlaw: Building Extraordinary Brands through the Power of Archetypes* (New York: McGraw-Hill, 2001). 中譯版本：瑪格麗特．馬克、皮爾森，《很久很久以前——以神話原型打造深植人心的品牌》，許晉福等譯（臺北：美商麥格羅希爾國際股份有限公司，2002）。

41 Pearson, *The Hero Within: Six Archetypes We Live By* (San Francisco, California: Harper San Francisco, 1989). 中譯版本：皮爾森，《內在英雄：六種生活的原型》，徐慎恕、朱侃如、龔卓軍譯（臺北：立緒文化事業有限公司，2000）。

42 皮爾森，〈活化生命意義的故事書〉，《內在英雄》，頁27。

按皮爾森的解說，完整的個體人格發展就是以由「天真者」淪為「孤兒」作開始，再以「鬥士」的張揚開拓對困境予以突破，或轉化成傾向犧牲付出的「殉道者」，而又在茫然或挫折中成為「流浪者」，重新探索出路，最後學會種種人生功課，化作圓融的「魔法師」。[43]

(二) 八首「月份詩」的解讀

本篇研閱的八首「月份詩」，在「紅與黑」中是順著月份數的小大來排列的，以〈一月〉為首篇，累進至〈十三月〉，同輯作品中不按小大順序編次的如〈六月〉數首，並不在本篇討論範圍之內。按曾進豐為周夢蝶詩所作的「編目編年」[44]所示，這八首「月份詩」原來並不是順月份序來發表的，例如〈四月〉在 1959 年 7 月 1 日發表，〈二月〉則在 1960 年 2 月 14 日才發表；而一些已刊行的以月份為題的詩，如發表於《藍星詩頁》的〈三月〉、〈五月〉、〈九月〉、〈十一月〉、〈八月〉、〈六月〉和發表於《文學雜誌》的〈十一月〉等，則皆未有收入「紅與黑」中。那麼現時在「紅與黑」中讀到的八首「月份詩」，便是經過詩集編者的篩選增補和重新排序而付梓的；而如此排列的效果，則是使八首詩在內容上縱然不必有順接關係，但藉著數字的順次增加，會給人接續連貫的感覺，足以貫通成一套系統、一個系列。順此接續的感覺發揮，以下試從內容出發，建構八首「月份

43 皮爾森，《內在英雄》，頁 12。

44 曾進豐，《聽取如雷之靜寂》，頁 51-74。

詩」的關聯。

1. 水與火的纏綿：〈一月〉、〈二月〉、〈四月〉

按筆者的理解，周夢蝶的〈一月〉講述的是「天真者」淪為「孤兒」的過程。敘述主體從「天真者」沒有目標的渾沌狀態中遭到驚醒，「渾沌底睡意」的消失換來淒涼的「哭」，並想像要使「駱駝穿過針孔」──《新約聖經》（*New Testament*）的著名譬喻，見於〈馬太福音〉十九章二十四節、〈馬可福音〉十章二十五節及〈路加福音〉十八章二十五節，是耶穌（Jesus of Nazareth，約前 4-約 30）用來形容富人進天國艱難無比的話──重回理想的天國，頗類似於奧托・蘭克（Otto Rank, 1884-1939）所形容的：嬰兒在母親分娩後，自安全滿足的環境分離，進到令人恐懼的未知世界，烙下「出生創傷」，因而一直有回歸母體的想像。[45]不過，皮爾森的「內在英雄」說與此更加若合符契，敘述主體的「哭」是因為他淪為「孤兒」，脫離了原「天真者」渾沌自喜的狀態，直面世界而產生壓力和不安，其「世界觀的主控情緒是恐懼，而他的基本動機是求生存」[46]所致；而渴望重回天國，歸入創造者的庇蔭中，則與「孤兒」以「允諾重回神話中的伊甸園」，即回到無憂的理想環境為「最大的推力」[47]的特色相吻合。可惜的是，正如皮爾森所指出，個人雖然有一天能「重返伊甸園，享受平安、愛和富裕的生

45 米哈伊爾・巴赫金（Mikhail M. Bakhtin, 1895-1975），《佛洛伊德主義評述》（*Freudism*），汪浩譯（瀋陽：遼寧人民出版社，1987），頁 92-96。

46 皮爾森，《內在英雄》，頁 39

47 皮爾森，《內在英雄》，頁 37。

活」，但這必然發生在「通過英雄之旅」，習得多種人生功課後「才能達到」，[48]是以〈一月〉的敘述主體只能為歸到伊甸園的想望悵然，並將其難度比作「駱駝穿過針孔」。

值得注意的是，在〈一月〉中敘述主體已表露出對「水」元素的關注：他在「深海」「仰泳」，聽到的像心跳的聲音也是「清澈」的。按巴什拉《水與夢》的說法，黑夜中的光「可讓幽靈又在水上漫遊」，[49]從〈一月〉找到的對應便是「隱約自己是一線光／仰泳於不知黑了多少個世紀的深海中」，而水之所以是「黑」的，則與巴什拉所言「夜的實體將密不可分地同水的實體摻和在一起」[50]相合，敘述主體沒有強調其恐怖，反而因著「水的本質是清涼」[51]而能帶來生機的，詩中遂傳來如心跳般響、「清澈」的時間之聲，給詩歌留下光明的結尾，從「水」而產生希望。

〈一月〉結尾處的希望是什麼？按皮爾森的觀察，由於「孤兒原型所述說的是一種喪失能力的感覺，渴望重回天真的原初狀態」，「孤兒」時刻想念的便是得到這樣的一種環境：「所有的需要都被慈愛的父親或母親型的人物照顧妥貼。」[52]如是者〈一月〉的敘述主體之所以「焦急地等那人來」，便正是為著重新得到保護，是「孤兒」尋求協助的願望。令「孤兒」欣喜的是，照顧者終於在〈二月〉出現。

48 皮爾森，《內在英雄》，頁 37。
49 巴什拉，《水與夢》，頁 78。
50 巴什拉，《水與夢》，頁 60。
51 巴什拉，《水與夢》，頁 36。
52 皮爾森，《內在英雄》，頁 40。

〈二月〉的「附註」裡說：「絳珠草因受神瑛侍者日夕澆灌之恩無以為報，乃拚一生流淚以自懺。」前段所說神瑛侍者對絳珠草的照顧，就是〈一月〉裡「孤兒」所渴求而最終得到的。從這裡，「水」元素獲得進一步的發揮——按麗貝卡·魯普（Rebecca Rupp）《水氣火土：元素發現史話》（*Four Elements: Wate, Air, Fire, Earth*）的表述，「水」是滋長萬物的「地球的獨特財富」，[53]是「生命的主要成分」，[54]詩歌中的敘述主體就獲得了「水」的滋潤——「淚」並不是〈一月〉中「哭」的延續，而是化成了起「滋長」作用的物質，像「雨」般澆灌，「總是這樣風絲絲雨絲絲的」使敘述主體得到護養，乃至令敘述主體受「水」的沾染，連記憶也變成是「沁」人心脾的，說自己「飲」了「無名的顫慄」，對「水」的保護產生了莫大的感動，且認為這與出生前的胎水狀態呼應，使他把這刻的「淚」，和「在未有眼睛以前就已先有了淚」的感激等同起來。

〈二月〉中，曾為「孤兒」的敘述主體已重新得到照顧，但他並沒有變成一個單純的接收者，而是「學會施受並行」，「進入施與受的流動中」，達到「愛的本質互惠」，[55]既善於接受，也勇於付出，因此並未有落入自私的深潭，自戀於接近「天真者」的狀態，反而是從受照顧的過程中，習得了「自我犧牲與責任」的生命主題，進入皮爾森所說的「殉

53 麗貝卡·魯普（Rebecca Rupp），《水氣火土：元素發現史話》（*Four Elements: Wate, Air, Fire, Earth*），宋俊嶺譯（北京：商務印書館，2008），頁 83-87。

54 魯普，頁 90。

55 皮爾森，《內在英雄》，頁 155。

道者」原型階段，以「關愛及施捨的能力」為有成就的任務。[56]所以在詩和詩的附註中，以「淚」澆灌的「你」使敘述主體甚為感激，有意效法；而像「絳珠草」一般，他將以流「淚」自懺——延續「水」的滋潤——來切實報恩，其「殉道者」的目標於此確定。

另外，詩末的「而你就拚著把一生支付給二月了／二月老時，你就消隱自己在星裡露裡」，「你」的「淚」以「水」的另一形態「露」宣示其關愛他者的本質沒變，卻選擇「消隱」而不居功，便是「殉道者」所需學習的「放下」的功課，成為了敘述主體未來的追求，正如皮爾森所說的：「我們為了某事而犧牲部分我們能夠成就的事，並因此而割捨了一個自我和認同。」[57]敘述主體割捨了舊我，而願望發揮「殉道者」的精神，其心理狀況經〈二月〉的鋪陳，變得十分正面。然而，「殉道者」所最恐懼的「自私」、「私欲」，[58]還是在〈四月〉中不期而至，形成巨大的挑戰破壞。

〈四月〉的元素特徵是「水」的敗陣，例如「總有一些靦腆的音符群給踩扁」，像「波浪」般起伏流動的事物遭到摧毀；[59]「露珠」觸目於「怪劇」，眼睛也變得「咄咄」的，與《世說新語‧黜免》中「被廢在信安」的殷浩（303-356）終日在空中手書「咄咄怪事」相應；[60]又如結合地、

56 皮爾森，《內在英雄》，頁 28。

57 皮爾森，《內在英雄》，頁 149。

58 皮爾森，《內在英雄》，頁 28。

59 魯普，頁 136-37。

60 劉義慶（403-44），《世說新語校箋》，劉孝標（462-521）注，楊勇（1929-2008）校箋，修訂本，第 3 冊（北京：中華書局，2006），頁 774。

火、水、風四元素的「樹」，敘述主體所專注的也只是「樹底下狼籍的隔夜底果皮」，水分已全被抽走；甚至連接胎盤與胎兒、循環輸送帶氧氣和二氧化碳的血液這生命之水的臍帶，也被「四月」說「他從不收聽臍帶們底嘶喊」，加以拒絕。與〈二月〉作一聯繫，就是「殉道者」的「水」已不能再湧出，其付出的精神遭到擊潰。

「水」的潰敗，在〈四月〉中主要源於「火」的興起。詩裡說到：「誰是智者？能以袈裟封火山底岩漿。」是「火」元素的主要表現。敘述主體本有意尋索「智」者，將火「封」滅、撲熄，可是在「脫軌」的誘惑中，最終仍陷於迷醉，失去理「智」，並發出「沒有比脫軌底美麗更懾人的了！」的浩嘆。詩中雖沒有明說「岩漿」的所指，但相信必與「私欲」有關。哈洛德．柯依瑟爾（Harald Koisser, 1962- ）和歐依根．舒拉克（Eugen Maria Schulak, 1963- ）在一部討論「愛」、「欲望」和「出軌」的書裡，引用原為哲學家的教皇英諾森三世（Pope Innocent III, 1160-1216）的話，提出私欲往往戰勝理智：「魔鬼控制整個局面，讓可憐的罪人深陷情欲而不能自拔。魔鬼攻破他們節欲的生活方式，籠絡他們的羞恥心，使他們輕易就拋棄苦行的誓願，一步步挑逗他們的『肉體』，引發陣陣的沸騰和苦惱」，[61]跟以火山沸騰的岩漿為欲望的代指，有著相當形象性的配合，足與〈四月〉對觀。巴什拉也曾指出，「火」雖然一方面可烤熟食物、予人

61 哈洛德．柯依瑟爾（Harald Koisser, 1962- ）、歐依根．舒拉克（Eugen Maria Schulak, 1963- ），《愛、欲望、出軌的哲學》，張存華譯（臺北：商周出版，2007），頁 78-79。

溫暖，可另一邊廂它又能造成火災及懲罰玩火的人，因此「火」被人視為一種社會的禁忌，是為人所規範或甚至禁止的，[62]這也與「私欲」「脫軌」於社會理性的情況相似。

私欲的高張，導致了「水」與「火」的纏綿糾葛，最終以「水」戰敗告終，敘述主體原先在〈二月〉得到的安定感再次破滅，陷入痛苦，如柯依瑟爾、舒拉克引述叔本華（Arthur Schopenhauer, 1788-1860）的說法一樣：激情是「一股強大的傾向，以誘惑的動機對意志施暴，那些動機比任何抵擋它的可能動機都更為強烈，最後完全主宰了意志，相對的，意志也變得被動而痛苦。」[63]正如〈四月〉所提到的：「多少盟誓給盟誓蝕光了」，「殉道者」的決志現在已被放棄，敘述主體變成了一個需要重新尋索人生意義的「流浪者」。

2. 水的復甦和挫折：〈五月〉、〈七月〉、〈十月〉

承接〈四月〉的「火」勢，〈五月〉的「火」更加熾烈。詩中說：「這是蛇與蘋果最猖獗的季節／太陽夜夜自黑海泛起」，除了「太陽」這一明顯的「火」物質想像憑空升起外，「蛇與蘋果」應當指向〈創世記〉中人類始祖為滿足「私欲」犯罪的故事，與〈四月〉代表誘惑的「岩漿」相應，也道出了「火」十分「猖獗」的情況。

皮爾森說：「如果『孤兒』的故事由天堂開始，那麼『流浪者』就從囚禁中起步。」[64]受洶湧的私欲綑綁，敘述

62 巴什拉，《火的精神分析》，頁 8。

63 柯依瑟爾、舒拉克，頁 79。

64 皮爾森，《內在英雄》，頁 73。

主體在〈五月〉中試圖「脫困而出」，為正在「流浪」的自己尋找出路。於是乎，詩中提到了（1）「伊壁鳩魯」和（2）「純理性批判」——（1）伊壁鳩魯因其學說的一小部分提到「唯一無條件的善就是那一切生物所努力追求的——快樂」，其名字「毫無道理地變成了舉世聞名的享樂人生的代表」，[65]詩裡寫這位「享樂主義的代表人物」「痛飲苦艾酒」，而苦艾酒（absinthe）正是以高酒精度數和濃度聞名的飲料，品嚐後會有朦朧感，對人的精神會產生麻醉等作用，甚至因此被指認為一種毒品。[66]「伊壁鳩魯痛飲苦艾酒」，因而可理解成放縱享樂的代表，即敘述主體以享受私欲得滿足的快感，來抗衡私欲帶來的內疚之情。（2）「純理性批判」指向伊曼努爾・康德（Immanuel Kant, 1724-1804）的《純粹理性批判》（*Critique of Pure Reason*），可理解成敘述主體藉高舉「理性」之旗來強壓欲望的嘗試，可是理性走到極端，代表「謙遜」、「可愛」、「理想」、「真心之愛」的「茶花」也遭到「埋沒」，詩裡說的「埋著一瓣茶花」，實是表現理性的矯枉過正。[67]古希臘的哲人、近代的哲人，都無法幫

65 愛德華・策勒爾（Eduard Zeller, 1814-1908），《古希臘哲學史綱》（*Outlines of the History of Greek Philosophy*），翁紹軍譯，第2版（濟南：山東人民出版社，2007），頁253，244。

66 Jad Adams, *Hideous Absinthe: A History of the Devil in a Bottle* (Madison, Wis.: U of Wisconsin P, 2004). 此著零散而縱貫地講述了人對「苦艾腦」作用的探討、苦艾酒在西方世界被認為是藥物並導致成癮，以及苦艾酒在列國被禁的歷史。

67 周伯乃（1933- ）認為：「詩中的『茶花』是由法國小仲馬的小說《茶花女》而來的，他的意思是說，無論一個人的理性如何高，但仍然逃不過情慾的誘惑。」也是指敘述主體無法解決難題。見周伯乃，〈周夢蝶的禪

助「流浪者」解決難題，敘述主體向「哲學」尋求人生答案的嘗試宣告失敗，他也發出「不敢再說誰底心有七竅了！」的感嘆，認為前路並不「玲瓏剔透」。

可幸的是，在〈五月〉的後半，敘述主體還是能通過「水」的淨化作用，對欲望之「火」試行反攻。先是寫到「有哭聲流徹日夜」，藉「哭」重新激活「水」源，繼而以「煙水深處，今夜滄浪誰是醒者？」指向《楚辭・漁父》中「滄浪之水清兮，可以濯吾纓，滄浪之水濁兮，可以濯吾足」[68]的說法，用以水清潔冠纓和污腳的意象，來帶出「水」的淨化功用。而正如魯普所說：「普通清水有許多洗滌結淨能力，不過某些水具有特別有效的清潔功能。」她所說的「某些水」，指的便是所宗教威力加持的「聖水」。[69]經過「哭」與「洗」的蓄積以後，敘述主體還轉向特具「清滌」作用的「聖水」宗教，對私欲進行反擊。終於，「水」昇華為宗教「聖水」的形象，與詩歌開首佛寺鐘鳴聲「應和著」的「絢縵如蛇杖的呼喚」隱含摩西拯救以色列人的故事，「星」喻其為「對崇高理想的嚮往與執著」，[70]而代表「可咒」、「死亡」、「苦難」、「恐怖」的「血」[71]終於「睡去了」，宗教的拯救開始在敘述主體產生作用：詩歌開頭的

境〉，《娑婆詩人》，頁 76。

68 傅錫壬（1938- ）注譯，《新譯楚辭讀本》，重印 2 版（臺北：三民書局股份有限公司，2003），頁 153。

69 魯普，頁 104。

70 奚密（1955- ），〈星月爭輝——現代漢詩「詩原質」舉例〉，《現當代詩文錄》（臺北：聯合文學出版社有限公司，1998），頁 77。

71 巴什拉，《水與夢》，頁 67。

「一口木鐘，鏘然孤鳴」，使「白羽白爪」驚起「繞尖塔而飛」，發出「禮讚」、「酬答」，可為先聲；而現在「呼喚」來自猶太教的摩西，同樣令「大地泫然」，以「淚水」洗得「烏鴉一夜頭白」，艱難之事亦得到成功的希望。[72]

值得注意的是，詩中「為什麼要向那執龜殼的龜裂的手問卜？」之句，說敘述主體雖向宗教尋求幫助，但卻不傾心於問卜、趨吉避凶之類的事情，暗示其對宗教的思考，非落在即時的得失利益，而是要尋找上帝或真理的真義。本來「孤兒」原型期待宗教之助，需要神救援以離開孤立境況，比較重視即時的解救，但〈五月〉的敘述主體卻專注於宗教內蘊與生命意義的關係，不去求問可以帶來即時利益的吉凶情況，實是一種懼怕不經過自身的認同就順從於某一思想的表現，其「探索」精神與「流浪者」原型完全吻合，由此可再證「月份詩」之間能歸結出一定的成長脈絡。[73]這種以自己的方式探索新觀念的做法，在〈七月〉中果然得到延續：敘述主體在依靠宗教的力量以後，開始考慮起是否向外宣揚信仰的問題來。

「水」元素想像在〈七月〉得到重要的提升，甫開篇便寫到「鱈魚底淚眼」，並附註謂：「鱈魚，性拗強，耽寒冷，常潛匿深海岩礁間，每乘興獨游，輒逆流而上」，顯示

72 羅任玲（1963- ）嘗指，「在《孤獨國》和《還魂草》時期，周夢蝶的哭泣都是徹底的黑暗，絕然的悲哀」，然以「水」的清滌作用言，似乎「淚」亦有一定的正面意義。引見羅任玲，〈自然中的二元對立與和諧——周夢蝶《十三朵白菊花》、《約會》析論〉，《娑婆詩人》，頁 267。

73 皮爾森，《內在英雄》，頁 28。

「水」在「潛匿」之後，得到復甦，抗拒困難，「逆流而上」，構成「流浪者」突破困境尋找出路的圖景。詩第二節，一連串「水」物質的想像接續而至：睡在如母體的「木桶」中的「荻奧琴尼斯」在夢裡來到「中國潁川底上游」，所見是正「掬水洗耳」的許由，而「鯤」更化身成「鵬」，如〈逍遙遊〉所述般可以「水擊三千里，摶扶搖而上者九萬里」，[74]結合「大氣」的飛翔作用，[75]使「水」元素凌空升起又「瀉」下來。到第三節，梭羅（Henry Thoreau, 1817-62）也是在「華爾騰湖畔」的小木屋裡敲誦《論語》和《吠陀經》的。由此可見，「月份詩」的敘述主體又回到「水」的陣營來，「火」勢竟至平息。

可是，「流浪者」的旅程其實也尚未找到確切的出路。詩末提問的「醒著，還是睡著聰明？」其實代表兩套不同的人生目標。順接〈五月〉的宗教言說，敘述主體在思考的是他應該滿足於隱世者的「自覺」，還是轉到回向者的「覺他」。詩中的「荻奧琴尼斯」、「許由」、「莊周」其實都是著名的召而不仕的隱士，有獨善其身的傾向，特別是「荻奧琴尼斯」是「睡熟了」的，「莊周」是「夢蝶」的，都與「睡著」相應；但詩中的「梭羅」「醒著」研閱經籍，敲起《論語》，則顯現一些「入世」的痕跡——文本裡既有「自覺」的，也有「覺他」的代表。可惜，敘述主體無論「出世」「入世」都相當寂寞，「鯤」升騰為「鵬」，最終卻「悲世界

74 李勉，頁 31。

75 魯普，頁 236-43。

寥寂如此」，只得「惻惻」地飛回；「孤獨」使梭羅的精神上升，[76]但他在講誦道理時，「擁擠著」「在窗口」的只有「草香與花香」，「獵人星」是「默默」的，連會發聲的「知更鳥」和「赤松鼠」也都「默默」，恰與辛棄疾（1140-1207）只能「喚取紅巾翠袖」以「搵英雄淚」，「無人會，登臨意」[77]的意境相似。原來無論醒著睡著，兩者都缺少知音，何者比較「聰明」，實暫時無法評斷，「流浪者」尚未結束其探尋的旅程。

按「內在英雄」的理論來加以引申，「流浪者」在探索路上，其人際關係是單打獨鬥的，而情緒狀態則是與孤獨感奮戰的，較強調自主，不喜歡一致；〈七月〉裡敘述主體卻有點不滿於寂寞和孤獨，其脫離「流浪者」行列的傾向，已經顯明。[78]當然，由於「水」元素的相對活躍，若得到敘述主體持續發揮，「流浪者」的出路應該很快出現；偏偏，突變卻於此際發生，〈十月〉裡出現了亞里士多德（Aristotle, 前384-前 322）式的「悲劇突轉」，「水」的復甦毀於一旦。[79]

在筆者的建構中，〈十月〉表述的是知音的，同時是理

---

76 Herny D. Thoreau (1817-62), "Solitude," *Walden*, ed. Walter Harding (New York: Houghton Mifflin Company, 1995), 132. 並參考菲力浦・科克（Philip Koch, 1942- ），《孤獨》（*Solitude: A Philosophical Encounter*），梁永安譯（臺北：立緒文化事業有限公司，1997），頁 169-70。

77 辛棄疾（1140-1207），〈水龍吟・登建康賞心亭〉，《中國文學》，張夢新主編（杭州：浙江大學出版社，2004），頁 196。

78 皮爾森，《內在英雄》，頁 28。

79 亞里士多德（Aristotle，前 384-前 322），《論詩》（*Poetics*），崔延強譯，《亞里士多德全集》，苗力田（1917-2000）主編，第 9 卷（北京：中國人民大學出版社，1994），頁 657-58。

想的死亡。接續〈七月〉的內在旅程，敘述主體為擺脫「流浪者」的階段，開始了尋覓知音的嘗試，並可能獲得了一位知心的伙伴。但是，「就像死亡那樣肯定而真實／你躺在這裡。十字架上漆著／和相思一般蒼白的月色」，知音卻於此時忽然棄世，並因其「突發性」加給敘述主體極大的創傷[80]，使他深覺在「永遠沒有褶紋的」、長生而恆常的「死亡」面前，個體完全無能為力，哀嘆代表「死亡」的「蒙面人」已盜走自己和朋友的「夢」，使「所有美好的都已美好過了／甚至夜夜來弔唁的蝶夢也冷了」，尋不著一絲安慰。「至少還有虛空留存」，說的其實是僅剩得虛空留存；「至少你已懂得什麼是什麼了」，說的是繽紛的「夢」已破滅，只得重新面對殘酷的「現實」，為「死亡」所戰勝。

〈十月〉的元素發展十分值得留意，其特徵是「土」的介入，使「水」被填乾。例如，詩中形容「死亡」是「肯定」和「真實」的，是將土地特徵加於「死亡」這一負面事情的做法，如魯普所說的：「正因如此，任何結實可靠、牢不可破的東西，都被人們比喻做岩石。任何特別堅固的東西，也一定是建築在岩基上的。」[81]詩中提到的「馬蹄聲」和「風塵」，又都令人聯想起屬於「土」物質的平原或沙漠，[82]而「馬」這一陸上生物是「蒙面人」的坐騎，「風塵」則與「憂鬱」並列，共同「磨折我底眉髮」，都是負面

80 Glenn R. Schiraldi (1947-), *The Post-traumatic Stress Disorder Sourcebook: A Guide to Healing, Recovery*, and Growth (Los Angeles: Lowell House, 2000), 5.

81 魯普，頁 425。

82 魯普，頁 384，465-68。

的意象；至於詩中的「十字架」，也是立於「土」上的，由「土」引出了牽扯死亡的「墓地」。最後，代表「水」的「眼淚」在詩中被形容為「不是」「鐵打的」──事實上，「眼淚」不是鐵打成的十分正常──這一刻意的形容，可能便源出於「鐵是地殼裡第四種普遍存在的元素」[83]的物質基礎，指向並非鐵打的「水」，無力抵抗「鐵」一般的「土」的重壓，最終黯然敗退。──「水」又遭到挫折，那個願意付出的敘述主體現在又退縮了。

3. 火與水的結合：〈十二月〉、〈十三月〉

承接〈十月〉的內容，「死亡」的經歷一方面令敘述主體陷入「虛空」的消極情境之中，一方面這經歷經過沉澱以後，它又成為敘述主體重新出發的動力──正面地思考「至少還有虛空留存」和「至少你已懂得什麼是什麼了」的話，實際可得出甚富人生哲理的積極想法，如羅青對〈十月〉解讀時所說的：

> 詩人的思想是與佛家「色即是空，空即是色」的觀念相呼應的。如果「色」是指色相，指人的肉身及一切可見的事物，那「空」則是上述種種色相之外所「留存」的永恆素質。所以，當一個人能夠把「虛空留存」，他必明瞭永恆的意義。事實上，死亡就是一種虛空，也是一種永恆。「至少你已懂得什麼是什麼了」一句，是指詩中的「你」已能看清事物的本質。

83 魯普，頁452。

> 看「什麼是什麼」一句，實是從禪宗三十年後「看山是山，看水是水」的觀念中蛻變出來的〔……〕是直指人心，大悟之後的境界。[84]

終於，敘述主體在〈十二月〉裡振作復甦，經過一段思索的時間（「這耳膜銹得快要結繭了」），在重新尋夢與心灰意冷之間（「在夢與冷落之間」），他決定要像結束冬眠的蛇般再次活動——「我是蛇！瑟縮地遐想著驚蟄的。」魯普曾說，由於人類是陸生生物，是「屬於乾土地」的，那些「歷盡千辛萬苦顛簸於海面的旅者」，當「踏上陸地的時候，都要由衷地跪伏在大地上，有些甚至感動得親吻大地母親」，感覺其「踏實」、「安全」；[85]巴什拉也認為人通過對「土」內密性形象的幻想，能體驗到存在的休息[86]——可是在〈十二月〉裡，「蛇」所遐想的卻是「反休息」，期待驚蟄，要破「土」而出。

意外的是，在〈十二月〉裡解救「水」元素的，竟然是「火」。正如巴什拉所論述的，「火」存著「善」和「惡」兩種截然相反的價值，既是在地獄裡燃燒的，卻又能照亮天堂，[87]在〈十二月〉中它發揮了多種正面的功能，例如：在敘述主體所願意夢見的「雪崩」中，雪的融解就需以「火」

84 羅青，頁 109-10。

85 魯普，頁 384-85。

86 金森修，頁 180。

87 巴什拉，《火的精神分析》，頁 8。

元素的「發光發熱，並且熱情」[88]為基礎，要以「火」之熱，才能融化「土」屬性的雪山表層；在同屬「土」元素的「斷崖」上，因「火」的「溫暖」，常春藤才得以「盪著鞦韆」，而「含羞草再也收斂不住了／瞑起眼睛，咀嚼風和陽光」，植物生發，表現的便是「火」元素「點燃一切，給予慰藉」，「改變萬物」的特質。[89]終於，「土」物質想像的「石獅子」也為「火」所喚醒，在「日出」之際「蹭蹭起舞」；而那擱淺在某處「土」上的「水」物質「郵船」則重又「開花了」，「日出」也使「渾沌笑出淚來」，順利讓「水」得到興旺，達到「水」與「火」的融合。

「水」「火」融合在〈十三月〉有一強烈的發揮，可以接續〈十二月〉中它們對「土」的對抗：

> 灼熱在我已涸的脈管裡蠕動／雪層下，一個意念掙扎著／欲破土而出，矍然！

史蒂芬・阿若優（Stephen Arroyo, 1946- ）說「火元素指的是一種宇宙性放射能量，這種能量是興奮的、熱誠的」，[90]蘿莉・白・瓊斯（Laurie Beth Jones）也說「火」能夠「激

88 蘿莉・白・瓊斯（Laurie Beth Jones），《品人：成功四元素》（The Four Elements of Success: A Simple Personality Profile that will Transform Your Team），王嘉蘭譯（臺北：智庫股份有限公司，2008），頁45。

89 瓊斯，頁45。

90 史蒂芬・阿若優（Stephen Arroyo, 1946- ），《生命四元素：占星與心理學》（*Astrology, Psychology and the Four Elements*），胡因夢（胡茵子，1953- ）譯（昆明：雲南人民出版社，2008），頁109。

發能量，冶煉物質，淨化更新」；[91]在詩中，「火」的「灼熱」便是變成像「水」一般的形態，在血脈之中流動，並以其爆發性的能量，「破土而出」。如果說「火」有一定的破壞力的話，那麼它在〈四月〉、〈五月〉等詩中確是對敘述主體的心靈起著負面影響的；但破壞力正反使用的變換，在〈十三月〉裡卻有積極的貢獻，構成了對障礙物「土」的突破。聯繫到〈十月〉裡忽然湧現的「土」類物質想像，「土」之遭到破毀便實際上是敘述主體對「死亡」陰影的擺脫，而他將「火」的衝動從「私欲」引導成強烈的「意志」，亦見證了他對「私欲」能夠有一定程度的控制。

原則上，「火象人感覺水會熄火，而土會把火蓋住」，[92]但「月份詩」的想像十分奇特，在〈十三月〉裡可說是提供了水火融合悖論的又一例證。然而若據皮爾森的「魔法師」原型闡釋：「魔法師」是趨向「統合」的，他「尊重差異」，並能「覺察到同步現象的神奇」，又「致力於和超自然及自然世界和諧共存」的話，[93]那麼敘述主體能對「水」「火」作出配合，克勝難關，實不外「魔法師」形象的外顯表現，合理之餘，又見證著敘述主體在離開「流浪者」狀態之後，生命持續發展的脈絡。

當然，〈十三月〉詩題的設定是很值得考究一番的——一般而言，讀者是慣於接受一年十二個月的循環的：一年以十二月為期，「十二月」後理當回到「一月」，重又開始一年

91 瓊斯，頁 45。

92 阿若優，頁 119。

93 皮爾森，《內在英雄》，頁 21，28，168。

內十二個月份的接續出現，但八首「月份詩」的殿軍之作，在「十二」之數已滿之後，卻以累加的取向，取名為耐人尋味的「十三月」，其原因想是要表明敘述主體的成長，乃是在以往的歲月上持續且繼續加增的，其時間觀呈現「直線」形態，是向前推進的，與「圓形」時間觀的簡單回歸有異，重點落在成長之上。[94]因此，詩歌雖提到「路轉」、「命運底銅環」等，畫出了圓形的圖像；詩中說到的「夜以柔而涼的靜寂孵我／我吸吮著黑色：這濃甜如乳的祭酒／我已歸來」，又都跟〈一月〉那「夜」和「黑」的「深海」呼應，令人聯想出敘述主體已進入一種回歸的狀態，重返了〈一月〉所述如母腹般安全自足的伊甸園世界，但正如「魔法師」雖「回復了天真者的心情」，卻不願回到「天真者」那膚淺水平的狀態一樣，這種局部的呼應只顯示「魔法師」習得並保存了此前成長的功課，其成長之路實際乃是直線向上的。[95]所以，〈十三月〉在「我已歸來」之後，說的乃是「我仍須出發」，而且是有「任一步一個悲哀鑄成我底前路／我仍須出發」的堅決；這又與「魔法師」對困難、痛苦每每作出「統合與肯定」的取向相合，正如皮爾森所說的：

> 魔法師了解，自我肯定、把自己的意願投向天地所需的勇氣和膽識，是要在本身未竟整全之前，有所行動。為達此目的，意謂著他們要讓各路鬼靈重見天

94 關永中，《神話與時間》（臺北：臺灣學生書局有限公司，2007），頁 328。
95 皮爾森，《內在英雄》，頁 165。

> 日。事實上不論我們喜歡與否，我們都是宇宙的共創者，在生命這條路上，永遠都有風險。然而，魔法師會為這個過程負責，且基本上採取信任的態度。[96]

由「天真者」到「孤兒」，由「孤兒」到「殉道者」，由「殉道者」到「流浪者」，再由「流浪者」到「魔法師」，八首「月份詩」的敘述主體終於走畢其「魔法師之路」；但前路挑戰仍多，「魔法師」的未來是文本盡處的一道空白。

(三)「重構」：組詩成立的想像

以上筆者勉力地以「元素詩學」、「內在英雄」兩種論說，對周夢蝶八首「月份詩」作出一己的解讀，並試著在各詩之間，尋出可能的串連，追求「組詩」的成立，目的乃在於使八首詩的析讀研究去除其出於感覺的「隨機性」，而構建出一定的合乎理性的「應然性」。這八首「月份詩」是否可結合成「組詩」，或可借塔爾圖學派（the Tartu School）學者尤里．薛柯夫（Yuri Shcheglov, 1937-2009）和亞歷山大．朱可夫斯基（1937- ）的論說為輔，系統印證。

薛柯夫與朱可夫斯基曾提出詩歌是透過包括「具體化」（concretization）、「擴大化」（augmentation）、「重複」（repetition）、「變異」（variation）、「分割」（division）、「對比」（contrast）、「鋪墊」（preparation）、「聯合」（combination）、「協調」（concord）和「削減」（reduction）等共十種

96 皮爾森，《內在英雄》，頁 171。

「表達設置」（expressive devices）來維持文本主題的連貫的；[97]針對周夢蝶八首「月份詩」的表現，似可將各篇篇內的聯繫，以及各篇的接續聯繫作一簡表整理：

列表三

詩篇	元素	篇內聯繫	詩間聯繫
〈一月〉	水：母體	鋪墊	鋪墊
〈二月〉	水：淚（犧牲）	協調	協調
〈四月〉	火：岩漿（私欲）	聯合	變異
〈五月〉	火：太陽（私欲） 水：淚（清滌）	對比 聯合	重複（火）
〈七月〉	水：鱒魚、鯤鵬（升騰）、穎川水、湖畔（智慧）	聯合	擴大化
〈十月〉	土：墓地、馬、風塵（挫折） 水：淚（失效）	聯合 對比	變異
〈十二月〉	火：陽光、日出（溫暖） 水：淚（清滌） 土：洞穴、雪山、斷崖、石獅（挫折）	聯合 對比	對比 （土失效）
〈十三月〉	火：灼熱（熱情） 水：脉管 土：大地（障礙）、路（悲傷）	聯合 對比	擴大化 具體化 重複（土）

從列表的提示可知，八首「月份詩」不單每首自身符合薛柯夫、朱可夫斯基的「主題連貫」論述，自〈一月〉為後

97 Yuri Shcheglov (1937-2009) and Alexander Zholkovsky (1937-), *Poetics of Expressiveness: A Theory and Applications* (Amsterdam; Philadelphia: John Benjamins, 1987). James Steele, "Poetics of Expressiveness," *Encyclopedia of Contemporary Literary Theory: Approaches, Scholars, Terms*, ed. Irena R. Makaryk (Toronto: U of Toronto P, 1993), 149-50.

文作出鋪墊後，〈二月〉至〈十三月〉各首作品皆能上承此前一篇的脈絡，以其為一通貫的組詩，便有一定的理論基礎。

不過，以上列表的不足之處是：在「詩間聯繫」一欄內，其實只能道出〈二月〉至〈十三月〉各詩承接上一首作品時的連結狀況，並未能交代相隔的詩作之間的呼應關係。勉為補充，未敢望羅列之周詳，聊以見證各詩之間呼應的種種可能而已，或可另附一表如下，以簡列各詩中重複出現的、呼應的內容：

列表四

詩篇	出生／重生	欲望／意志	挫折
〈一月〉	針孔、深海		哭著
〈二月〉		支付、回報	
〈四月〉	臍帶	火山岩漿	踩扁、蝕光
〈五月〉		太陽、蛇與蘋果	不敢說誰底心有七竅
〈七月〉	木桶、小木屋	逆轉	寥寂
〈十月〉		心灰意冷	死亡、蝶夢也冷了
〈十二月〉	驚蟄	反休息	冷落、擱淺
〈十三月〉	孵化	突破	悲哀在前路

雖無法做到完全齊備，但詩篇與詩篇間各有勾連，則為較顯見之事實，亦指向八首「月份詩」可構成一列組詩的結論。

最後，筆者復可據皮爾森的「內在英雄」說置一簡表，從敘述主體的成長脈絡出發，證明周夢蝶八首「月份詩」可組成一個連貫體系的事實：

列表五

詩篇	原型	生命主題	詩間聯繫
〈一月〉	孤兒	水與回歸	鋪墊
〈二月〉	殉道者	水與感激、回報	變異
〈四月〉	流浪者	欲望之火與清淨之水的爭持	變異
〈五月〉	流浪者		重複
〈七月〉	流浪者	智慧之水的復甦和土的阻攔	重複
〈十月〉	流浪者		重複
〈十二月〉	魔法師	清滌之水、熱情之火的結合與對困難之土的突破	變異
〈十三月〉	魔法師		重複

即是說，八首「月份詩」除具有「同題」（月份）的基礎外，其篇與篇的呼應和發展的脈絡都足以使它荷「組詩」之名而無疑。吳潛誠（吳全成，1949-99）在〈衡論詩的長短以及詩系〉中提出：組詩因能包容長詩中「敘事、戲劇、推理等因素」，而整體大結構又「並不純粹依賴連續性的敘事或戲劇情節，也不建立在邏輯論述之上」，基本風格還是短詩式的「抒情」，具有觸動心靈的濃烈效果，是缺乏敘事長詩的中文詩壇所更應該重視的形式。[98]按照他的說法，則貫通周夢蝶八首「月份詩」為一列組詩，實具有一定的提升意義。

---

98 吳潛誠（吳全成，1949-99），〈衡論詩的長短以及詩系〉，《當代台灣文學評論大系（1）文學理論卷》，簡政珍（1950- ）主編（臺北：正中書局，1993），頁 249，226，228。

三、結語

現在以八首「月份詩」為一個整體，從研析敘事組詩的向度對其作出評論，尚可提出兩項較有藝術意義的觀點：（1）喬瑟夫・坎伯（Joseph Campbell, 1904-87）曾提出世界各民族的神話英雄都有一套標準的歷險旅程，說：

> 英雄自日常生活的世界外出冒險，進入超自然奇蹟的領域；他在那兒遭遇到奇幻的力量，並贏得決定性的勝利；然後英雄從神秘的歷險帶著給予同胞恩賜的力量回來。[99]

可以說，「月份詩」敘述主體經歷「火」、「土」試煉，最後仍突破困局，在〈十三月〉說出「我已歸來，我仍須出發」，形成了「英雄從神秘領域，跨越歸返日常生活世界的門檻」[100]的局面，與坎伯此論甚相配合，使得組詩與廣大讀者情有所鍾的英雄題材緊扣，於讀者接受而言，是較易得到理想效果的。[101]尤其是，組詩中最後借重「火」力戰勝

---

99 喬瑟夫・坎伯（Joseph Campbell, 1904-87），《千面英雄》（*Hero with a Thousand Faces*），朱侃如譯（臺北：立緒文化事業有限公司，1997），頁 29。

100 坎伯，同上書，頁 229。

101 坎伯、莫比爾（Bill Moyers, 1934- ），《神話》（*The Power of Myth*），朱侃如譯（臺北：立緒文化事業有限公司，1995），頁 212-14。並參考羅洛・梅（Rollo May, 1909-94），《哭喊神話》（*The Cry for Myth*），朱侃如

「大地」，地獄的惡者「蒙面人」無法永遠欺侮敘述主體，與太陽神克勝幽冥地獄的神話十分相似，[102]對於喚起讀者的深層心理感受，更有相當助益，正如卡爾·榮格（Carl G. Jung, 1875-1961）所說：「當原型的情境發生時，我們就像被一種不可抗拒的強力所操縱，這時我們已不再是個人，而是全人類的聲音在我們心中迴響……誰講到了原型意象，誰就道出了一千人的聲音，可以使人心醉神迷，為之傾倒。與此同時，他把他正在尋求表達的思想從偶然和短暫提升到了永恆的王國之中。」[103]

（2）八首「月份詩」若串成一部組詩，由「內在英雄」說整理而出的成長經驗可謂相當清晰，具有一定的敘事脈絡。如按敘事作品的標準來審視這組詩歌，則它設置了一個「開放式的結尾」，沒有去交代敘述主體的前路是否順遂：「人物的歸宿或作品的結局形成空白，給人留下懸念，

譯（臺北：立緒文化事業有限公司，2003），頁 49-56。

102 米爾恰·伊利亞德（Mircea Eliade, 1907-86），《神聖的存在：比較宗教的範型》（*Patterns in Comparative Religion*），晏可佳、姚蓓琴譯（桂林：廣西師範大學出版社，2008），頁 130；王孝廉（1942- ），〈夸父的神話〉，《中國的神話與傳說》（臺北：聯經出版事業公司，1977），頁 103，157-58，161。

103 卡爾·榮格（Carl G. Jung, 1875-1961），〈論分析心理學與詩的關係〉（"On the Relation of Analytical Psychology to Poetry"），朱國屏、葉舒憲（1954- ）譯，《神話：原型批評》，葉舒憲選編（西安：陝西師範大學出版社，1987），頁 101。並參考安東尼·賽加勒（Stephen Segaller）、墨瑞兒·柏格（Merrill Berger），《夢的智慧》（*The Wisdom of the Dream*），龔卓軍、曾廣志、沈台訓（1967- ）譯，余德慧、蔡昌雄校訂（臺北：立緒文化事業有限公司，2000），頁 221-28。

讓人思索」，[104]使讀者的參與程度大為提高，其邀請讀者介入的機制也可算是別具匠心的。

從提出八首「月份詩」的「複義」，到提出「解構／重構」的新詮釋方向，到編組八首詩歌為一組詩並評議其部分獨特的藝術魅力，筆者對這八個詩歌文本的解讀到此即告收結，如果當中能有一點使人感到新穎可取之處，確實是筆者的榮幸。楊乃喬（1955- ）曾說過，詮釋不應只駐留於解釋的技藝之上，而是應作為「自我理解史」而存在；[105]如果從對八首「月份詩」的技藝式操演，引出「個人成長」的人生命題，能刺激閱讀者的「自我理解」，那將更是筆者的莫大欣榮。

李商隱（813-約 858）《錦瑟》因「用語」和「典故」造成複義，與周夢蝶八首「月份詩」的情況相似，《錦瑟》的解說者也因而有「令狐青衣說」、「詠瑟說」、「悼亡說」、「自傷說」、「詩序說」、「無解說」、「政治詩說」、「詩總序說」、「情詩說」、「情場懺悔說」、「傷唐祚說」以至「調和說」等種種不同的詮釋，而更新銳的析讀仍在不斷產生中。[106]上述筆者對「月份詩」意義的推說僅只是一己之

---

104 姚善義、林江，〈空白藝術簡論〉，《錦州師院學報（哲學社會科學版）》，2（1994）：頁 114。

105 楊乃喬（1955- ），〈論中國詮釋學的主脈：經學詮釋學〉，「輔大中研所第二十三期學刊暨香港大學研究生論文發表會」，輔仁大學中國文學系、香港大學聯合主辦，輔仁大學，2009 年 12 月 18-19 日，頁 10。

106 李商隱（813-約 858），《李商隱全集》，馮浩（1719-1801）注，王步高（1947- ）、劉林輯校匯評，上冊（珠海：珠海出版社，2002），頁 510-22。

言，除了論述的漏洞之餘，亦必多可提供「再解構／再重構」的線索，以文本語言的複義為基礎，周夢蝶八首「月份詩」的終極解讀也實在是難以出現的。

周夢蝶的夢想之旅

以巴什拉的安尼瑪詩學作研究

何超英（香港大學中文學院學生）

摘 要

天馬行空的想像，每個人都曾經擁有。可惜的是，這一人之本能會隨著年齡的增長而逐漸消失，只有愛夢想的詩人才可以繼續保留這一片寧靜而自由的天地。法國哲學家巴什拉根據心理學家C·G容格的深層心理學分析，探討了詩人的夢想。本文嘗試以巴什拉的安尼瑪詩學為研究基礎，進而擴展到童年和宇宙層面，繼續探討周夢蝶的夢想。

關鍵詞

夢想、安尼瑪、孤獨、巴什拉、周夢蝶

一、引言

本文以法國哲學家加斯東·巴什拉（Gaston Bachelard, 1884-1962）[1]的《夢想的詩學》（*The Poetics of Reverie: Childhood, Language, and the Cosmos*）[2]研究周夢蝶。巴什拉提出以煉金術的氣、火、土和水四大物質元素去研究詩學。這四大元素根植於人類的集體無意識，積澱成為一種心理結構。[3]後來，巴什拉逐步從對夢想的客觀理性分析轉向主觀直覺性分析，令夢想不再侷限於之前的四種物質意象，而是擴大至所有宇宙的夢想，宏大者如月亮、太陽、地球，微小者如一隻蘋果、一個酒杯、一株小草等，似乎任何意象都可以成為開啟夢想意識的入口。[4]他於 1960 年更提倡以榮格深層心理學裡的「永恆的女性」原型，作為詩學研究的論據，探討詩人的夢想。「永恆的女性」主要論述的是詩人的夢想會受著一種屬於「安尼瑪」的安寧所影響，前輩學者對周夢蝶的評議，譬如於孤獨[5]、冥想[6]的分析，部分想法也接近

1 加斯東·巴什拉（Gaston Bachelard, 1884-1962）是法國二十世紀著名的科學哲學家，新認識論的奠定者，也是詩學理論家和詩人。

2 巴什拉：《夢想的詩學》，劉自強譯（北京：生活·讀書·新知三聯書店，1996）。

3 張旭光（1965- ），〈加斯東·巴什拉哲學述評〉，《浙江學刊》，2（2002）：33。

4 張海鷹，〈安尼瑪的吟唱：夢想之存在〉，碩士論文，廣西師範大學，2003，頁30-31。

5 吳達芸（1947- ），〈評析周夢蝶的《孤獨國》〉，《娑婆詩人周夢蝶》，曾進豐（1962- ）編（台北：九歌出版社有限公司，2005），頁 62。

6 曾進豐，〈論周夢蝶詩的隱逸思想與孤獨情懷〉，《娑婆詩人周夢蝶》，頁 171。

「永恆的女性」原型，故本文將會以此原型為基礎，進而擴展到童年和宇宙層面，繼續探討周夢蝶的夢想。

二、夢想的最初

(一) 集體無意識裡的原型

瑞士心理學家榮格（Carl Gustav Jung, 1875-1961）[7]的分析心理學提出集體無意識（collective unconscious）概念，與佛洛伊德（Sigmund Freud, 1856-1939）所提倡的個人無意識（personal unconscious）相反。佛洛伊德認為個人無意識曾經一度是意識，但因被遺忘或壓抑而從意識中消失。而榮格則認為在人的心理中，除了個人的無意識內容之外，還有某部分內容是從來沒有在人的意識中出現過，所以它不可能因被遺忘或受到壓抑而消失，這部分內容是來自於遺傳的，由遠古的祖先遺傳給我們，經千百年的沉澱而得來的，[8]稱之為集體無意識。

集體無意識儲存了所有被榮格稱之為原始意象（primordial images）的潛在意象。原始（primordial）解作最初（first）或本源（original），顧明思義這些意象的繼承

7 榮格（Carl Gustav Jung, 1875-1961），瑞士著名的心理學家，亦是精神科醫生。他的主要學說有原型（archetype）、情結（the complex）、人格面具（persona）等。著作有《心理類型學》（*Psychological Types Or The Psychology of Individuation*）、《分析心理學的理論與實踐》（*Analytical Psychology Its Theory and Practice*）等。

8 榮格，《榮格文集》，馮川、蘇克譯（北京：改革出版社，1997），頁 83。

是以先存的形式出現。人們會仿照祖先的生存方式去掌握和回應世界，例如人類對蛇和黑暗的恐懼是源自於我們的祖先對這些恐懼有著千萬年的經驗，因而烙印在人的腦海中。[9]

在人類歷史的演變過程中，集體經驗的不斷累積成為了集體無意識的內容，即是原型（archetype）。原型是無限的，當中以「安尼瑪」和「安尼姆斯」較為人熟悉，又名「永恆的女性」（anima）和「永恆的的男性」（animus）原型，這種男性和女性原型在分析文藝作品裡的男女形象，起了一定的意義。[10]

（二）安尼瑪與安尼姆斯

巴什拉借助榮格深層心理學的大部分論點，指出人類心靈具有深沉的二元性。在任何人的心理中，無論是男性還是女性，都能發現有時合作而有時又齟齬的「安尼瑪」和「安尼姆斯」這一對符號。[11]「安尼姆斯」是剛陽、理性的，「安尼瑪」則是陰柔、感性的，兩者可以並存於人的心理。

根據巴什拉的觀點，男女只要進入了夢想的世界，和諧的陰陽同體性能使他們保持平靜；但是陰陽同體性一旦離開

---

9 Calvin. S. Hall (1909-85) and Vernon. J. Nordby, *A Primer of Jungian Psychology* (New York：Penguin, 1973) 40-41。

10 黎活仁（1950- ），〈「永恆的女性」的投射：林語堂《風聲鶴唳》的分析〉，《林語堂、瘂弦和簡媜筆下的男性和女性》（臺北：大安出版社，1998），頁 9。

11 「安尼姆斯」和「安尼瑪」是拉丁文 animus 與 anima 的音譯。原意為氣及人身的主要活力，後來引申為心智、心靈，也就是榮格深層心理學中永恆的男性和永恆的女性原型。巴什拉將兩者加以大寫區分：Anima 指 esfrit 心靈，Animus 指 âme 心智，前者為陰性，後者為陽性，與我國所謂的陰陽特徵相似。見巴什拉，《夢想的詩學》，頁 23，27。

了原始的所在處——深沉的夢想所在處——就會失去平衡，陷入搖擺不定中。直到夢想漸臻深沉時，這種搖擺逐漸減弱，心理才恢復了性別的和平。[12]在現實生活中，詩人和普通人無異，所以他同樣會在「安尼姆斯」和「安尼瑪」的心理中尋找平衡，每每以筆代口去抒發內心的騷動。巴什拉把詩人創作的舉動解釋為追求內心的安寧。

追求內心的安寧這一抽象的概念究竟需要詩人作著雜亂無章的夢，還是做著自由愉快的白日夢才可達到？其實作夢和夢想（白日夢）這兩個類近的詞語的屬性是有分別的。前者屬於陽性，而後者則屬於陰性。在解釋上，巴什拉的理由是「既無衝突又無事件故事的夢想，為人們提供了真正的安寧，一種陰性的安寧。溫馨，安寧，悠然自得是『安尼瑪』的夢想的箴言，而且只有在夢想中才能找到安寧哲學的基本成分。」[13]

(三) 有關安尼瑪的夢想

巴什拉一再重申夢想具有陰性本質。詩人只有在獨處時才可以在內心深處找到一種屬於「安尼瑪」的寧靜。只有在這種無憂無慮，無野心，無方案計畫的陰性安寧中，詩人才可以獲得真正的安寧，夢想著他的世界。[14]以〈牽牛花〉一詩為例，盛放的牽牛花被偶然路過的周夢蝶看到，於是他在寧靜的想像中把發自內心的讚嘆書寫了出來：「另一個又推

---

12 巴什拉，《夢想的詩學》，頁 75-76。

13 巴什拉，《夢想的詩學》，頁 27。

14 巴什拉，《夢想的詩學》，頁 80。

舉著另一個／轟轟然，疊羅漢似的／一路高上去……／好一團波濤洶湧大合唱的紫色！」[15]顯然，詩人聽到了幻想世界中的男高音在雄壯地演唱。除了對牽牛花產生了形態上的聯想外，詩人更道出了一段玄妙的對話：

> 我問阿雄：曾聽取這如雷之靜寂否？／他答非所問的說：牽牛花自己不會笑／是大地——這自然之母在笑啊！[16]

周夢蝶由牽牛花的微笑進而聯想到自然之母的微笑，其實一切皆源自詩人自身的微笑，「安尼瑪」的寧靜令他夢想著牽牛花的世界、自然的世界和他自己的世界。

眾所周知，心境的寧靜往往是需要獨處的，這裡所指的獨處主要是指思想和個人意識上的獨處，即一種不受外圍環境所影響的孤獨。熟悉周夢蝶的人大多說他在臺北武昌街騎樓廊柱下擺設書攤時，終日坐在那繁華的街頭，偶爾「入定」，讀書、寫詩、聽經、練字，冷對熙來攘往的紅男綠女，似乎紅塵與他無涉。[17]周夢蝶對外界的「隔」，其實是受到「安尼瑪」的影響，從而令他在寫詩的過程中比普通人更容易進入夢想的內部。為了更具體地剖析周夢蝶的詩歌，

15 周夢蝶（周起述，1921- ），〈牽牛花〉，《十三朵白菊花》（臺北：洪範書店有限公司，2002），頁 82。

16 周夢蝶，〈牽牛花〉，《十三朵白菊花》，頁 83。

17 曾進豐，〈周夢蝶之生命與生活〉，《聽取如雷之靜寂》（臺南：漢風出版社，2003），頁 5-6。

接下來將會談及與夢想息息相關的心理要素——孤獨。

三、夢想的入口：孤獨

(一) 孤獨的定義

日本心理學家箱崎總一（HAKOZAKI Sōichi, 1928-88）在《孤獨感的超越》[18]一書中提出：「孤獨的產生，並不限於一個人因不能合群而被摒棄於團體之外，或是一個學生因在升學考試中失敗而幽悶獨處時才感覺到的。孤獨的情緒會以各種不同的姿態，在各種不同的場合中存在。因此，世界上的每個人，都不可能避免孤獨的感覺。……就好像一個在沙漠中孑然獨存的人一樣，真正的孤獨會在你日常生活的無形沙漠中成長、滋蔓。」[19]換言之，「它可以說從一個人出生開始，就一直隨伴著，正如影之隨行，亦步亦趨，終其一生，是永遠也不能擺脫的一種心理感受。」[20]

孤獨感之所以無可避免，這與佛洛伊德的弟子蘭卡（Otto Rank, 1884-1939）所提出的「出生創傷」理論有密切關係。他認為在母親分娩的過程中，由於嬰兒需要從母體中分離，由一個安全而滿足的環境進入一個未知的環境，所受的恐懼和痛苦因而令出生創傷成為所有心理因素的根源。[21]

---

18 箱崎總一（HAKOZAKI Sōichi, 1928-88），《孤獨感的超越》，何逸塵譯（臺北：巨流圖書公司，1981）。

19 箱崎總一，《孤獨感的超越》，頁3。

20 箱崎總一，《孤獨感的超越》，頁3。

21 巴赫金（Mikhail M. Bakhtin, 1895-1975），《佛洛伊德主義述評》（*Freudism*），

而箱崎氏認為，「從人呱呱落地開始，孤獨就如影隨形，一輩子和你分不開。」[22]總的來說，孤獨感是人與生俱來的一種本能反應。

評論家普遍認為周夢蝶的詩作是其孤獨的反應，舉例說「周夢蝶是孤獨的，周夢蝶的詩也是孤獨的」，[23]這意味著周夢蝶生活上的孤獨與其詩歌中所表現的孤獨有著密不可分的關係，而其詩集《孤獨國》更被視為其「孤獨」的代表作。

(二)詩人的孤獨：現實的精神救助

現存有關周夢蝶的生平及訪問相當多，[24]這些資料實有助我們瞭解周氏的創作心境。周夢蝶作為詩的夢想者，孤獨自然常伴左右。然而，詩人的個人經歷也是構成其孤獨的主因。周夢蝶自幼失怙，是一個遺腹子，由母親獨自撫養成人，加上自幼體弱多病，家境貧困，養成他內向、寡言的性

汪浩譯（瀋陽：遼寧人民出版社，1987），頁 92-96。

22 箱崎總一，《孤獨心理學》，李耀輝譯（北京：作家出版社，1988），頁 5。

23 洪淑苓（1962- ），〈橄欖色的孤獨——論周夢蝶《孤獨國》〉，《娑婆詩人周夢蝶》，頁 190。

24 陳玲玲，〈鳥到青天倦亦飛：管窺周夢蝶先生的詩境〉，《書評書目》，80（1979）：頁 27-39；陳旻志（1970- ），〈我將自己坐隱成砦：周夢蝶其人其詩〉，《藍星詩學》，頁 3（1999）：頁 21-40；林清玄（1953- ），〈現代・文學・夢〉，《越過滄桑》（臺北：健行文化出版事業有限公司，1992），頁 24-28；王保雲（1956- ），〈雪中取火・鑄火為雪——訪詩人周夢蝶〉，《娑婆詩人周夢蝶》，頁 294-96；翁文嫻（1952- ），〈誰能於雪中取火——與周夢蝶對談〉，《創作的契機》（臺北：唐山出版社，1998），頁 283-97；應鳳凰（1950- ），〈「書人」周夢蝶的秘笈〉，《書評書目》，70（1979）：頁 67-70。

格，喜歡獨處。在一次專訪中，詩人自白：「我不喜歡自己，非萬不得已，絕不讓自己這張臉在群體的臉與臉的交相輝映之下出現。……有工夫，我想還是在孤獨裡默默修補自己的好。」[25]

另外，年輕時的周夢蝶經歷了日本侵華和國共內戰。在這多事之秋的年代，他不得不離鄉背井，隻身隨軍渡海來台。1997 年初始能重返闊別多年的家鄉河南探親，原以為可以和失散的骨肉團聚，誰知母親、妻兒相繼去逝，只剩下女兒一家人。一連串的不幸因而造就了詩人心理內在深層的孤獨，他的孤獨，已由「形單隻影」轉化到「孑然一身」的層次。周夢蝶對此卻處之泰然，甚至把一切的結果歸因為個人性格使然。他在一封致友人的信中提到：「我這輩子之所以蕭然無侶，之所以不長進，孤陋寡聞，想來跟我乖僻離群，過分的自護、自律、自囿而近於自虐的，這要命的鬼天性不無關係吧！」[26]

簡單而言，周夢蝶並不抗拒孤獨，甚至說他喜歡上孤獨。孤單的周夢蝶在獨處時經常陷入沉思，沉思因而令他的孤獨具體化了。專門研究孤獨的美國學者菲力浦・科克（Philip Koch, 1942- ）對於這種動極思靜的表現借用了中國易經裡的太極圖來解釋，他把陰比作孤獨，把陽比作交會（群體生活）。太極圖由代表陰陽的黑白兩色組成，黑色的一半裡有一個圓的白點，白色的一半裡又有一個黑點，這意

25 曾進豐，〈論周夢蝶詩的隱逸思想與孤獨情懷〉，《娑婆詩人周夢蝶》，頁 159。

26 周夢蝶，《周夢蝶詩文集卷三：風耳樓墜簡》，曾進豐編（臺北：INK 印刻文學雜誌出版有限公司，2009），頁 246。

味著「在交會的極致中，人有可能會突然體驗到最深沉的孤獨，而在孤獨的極致中，人又可能會突然體驗到最深沉的交會」。[27]在「陰陽」互相轉化的情況下，思潮的湧現溫暖了詩人的心，減低了他的孤獨感，使他在心靈上獲得了短暫的安慰，並企圖「以詩的悲哀，征服生命的悲哀」，將生活上的一切磨練和煎熬，轉化為文字的修煉。孤獨是周夢蝶創作的重要泉源，詩歌更是其征服悲哀生活的主要憑藉。

（三）詩歌的孤獨：夢想者的自我回歸

周夢蝶先後出版了四本詩集，依次為《孤獨國》、《還魂草》、《十三朵白菊花》、《約會》，於 2009 年 12 月更推出《周夢蝶詩文集》。[28]在新版詩集推出之前，學者周伯乃（1933- ）根據當時已出版的詩集，把周夢蝶的三百多首詩劃分為三個發展階段。第一個階段是 1959 年四月間出版《孤獨國》以前的作品，那時期的作品大都是抒發其個人的

27 菲力浦．科克（Philip Koch, 1942- ），《孤獨：生活美學系列》（*Solitude: A Philosophical Encounter*），梁永安譯（台北：立緒文化事業有限公司，2004）101；黃珠華，〈余光中詩歌與童年的夢想〉《韓中言語文化研究 第 16 輯 余光中文學研究特輯號》（2008），頁 380。

28 周夢蝶，《周夢蝶詩文集》，曾進豐編（臺北：INK 印刻文學生活雜誌出版有限公司，2009）。全集共三卷，詩集代表作二卷，散文集一卷，並附贈一別冊。卷一除結集了新版《孤獨國》與《還魂草》這兩本珍本之作外，還把周夢蝶未曾出版逸作約六十首收錄於《風耳樓逸稿》，與前兩者合輯；卷二《有一種鳥或人》收錄了周夢蝶 2000 年至今最新詩作；卷三《風耳樓墜簡》收錄周夢蝶與友人、讀者往來之書信，及日記、手札、隨筆雜文等；別冊收錄「周夢蝶先生年表」、「周夢蝶詩作、尺牘及短章小品索引」、「周夢蝶研究資料（評論、訪談述介）索引」。

孤寂感，和那無法壓抑的內心的原有的澎湃的熱情。第二階段是由《孤獨國》出版後到 1965 年出版《還魂草》前後。此時期的詩歌風格呈現出一種從深奧的佛學中體悟了更孤絕的境界。第三階段的周夢蝶則有了很大的轉變，呈現的是更為真摯、更為純粹的詩風。[29]四本詩集當中最能表現詩人孤獨的是他早期的作品，即——《孤獨國》，進而是《還魂草》，表現的是深化了的孤獨。而《十三朵白菊花》和《約會》自然是在孤獨的基礎上尋求精神及風格的改變，繼而走向宗教解脫之途。[30]

巴什拉提出：「在孤獨的夢想中，我們能夠對自己說所有的話。我們仍保留有足夠清楚的意識，以肯定我們對自己說的話確是只對自己說的。」[31]周夢蝶的詩歌創作離不開孤獨，他習慣在生活中、詩中「冥想」，不斷地與自己對話，與天地對話，思考人生萬象。[32]〈雲〉一詩的內容正好表現了這種舉動：

> 永遠是這樣無可奈何地懸浮著，／我的憂鬱是人們所不懂的。／羨我舒卷之自如麼？／我卻纏裹著既不得不解脫／而又解脫不得的紫色的鐐銬；／滿懷曾經滄海掬不盡的憂患，／滿眼恨不能霑匀眾生苦渴的如血

---

29 曾進豐，〈周夢蝶詩之風格轉變〉，《聽取如雷之靜寂》，頁 75。

30 李奭學（1956- ），〈花雨滿天——評周夢蝶詩集兩種〉，《娑婆詩人周夢蝶》，頁 248。

31 巴什拉，《夢想的詩學》，頁 72。

32 曾進豐，〈周夢蝶詩之風格轉變〉，頁 78。

的淚雨，[33]

「我的憂鬱是人們所不懂的」，這一句說明詩人清楚知道交談的對象就是他自己。因為人人以為他可以如雲般隨意舒卷，不知道他也有煩惱，所以他選擇自我傾訴，不打算往外尋找知音。據劉永毅（1960- ）給周夢蝶寫的傳記說，〈雲〉是他自況的作品，道出了他對遺落在大陸的母親、妻子和孩子的無限牽掛，[34]反映了他鮮為人知的孤獨寂寞。除了〈雲〉這詩外，我們只要檢閱周夢蝶的全部詩作，隨處可發現有不少題目和內容都有明顯提到「孤」和「獨」，或者是與孤獨同義的字眼。例如：〈寂寞〉、〈獨語〉、〈孤獨國〉、〈虛空的擁抱〉、〈血與寂寞〉等等。而詩句中提及孤獨的則有：

而我的軌跡，與我的跫音一般幽敻寥獨／我無暇返顧，也不需要休歇／狂想、寂寞，是我唯一的裹糧、喝采！（《〈孤獨國．第一班車》）[35]

你沒有親人，雖然寂寞偶爾也一來訪問你（《孤獨國．上了鎖的一夜》）[36]

---

33 周夢蝶，〈雲〉，《周夢蝶詩文集卷一：孤獨國/ 還魂草/風耳樓逸稿》，頁 30。

34 劉永毅（1960- ），《周夢蝶詩壇苦行僧》（台北：時報文化出版企業股份有限公司，1998）143；吳達芸，〈評析：周夢蝶的孤獨國〉，《現代文學》，39（1969）：頁 22-23。

35 周夢蝶，〈第一班車〉，《孤獨國／還魂草/風耳樓逸稿》，頁 58。

36 周夢蝶，〈上了鎖的一夜〉，《孤獨國/ 還魂草/風耳樓逸稿》，頁 66。

我袒臥著，讓寂寞
以無極遠無窮高負抱我；（《孤獨國・行者日記》）[37]

你底孤寂和我底孤寂在這兒
相擁而睡。（《還魂草・豹》）[38]

世界無盡。寂寞無盡。淚，無盡。（《約會・「怪談」剪影四事》）[39]

以上詩句只能概括地反映詩人內心的獨白。但為何人要與自我對話呢？心理學家布特勒（Pamela E. Bulter）指出人可以通過與自己對話來滿足心底的慾望，同時也可透過「自我交談」和「內心對話」探索自我的存在。[40]周夢蝶不是不食人間煙火的人，他只是普通人，所以他也有喃喃自語的時候，就以〈寂寞〉一詩作說明。詩中所描繪的是一個缺月孤懸、溪面平靜如鏡，偶爾有白雲和飛鳥掠過水面的寧靜境界，他獨自趺坐在岸邊，與自己的倒影相視而笑：

我趺坐著／看了看岸上的我自己／再看看投映在水裏的／醒然一笑（《孤獨國・寂寞》）[41]

---

37 周夢蝶，〈行者日記〉，《孤獨國／還魂草／風耳樓逸稿》，頁 56。

38 周夢蝶，〈豹〉，《孤獨國／還魂草／風耳樓逸稿》，頁 149。

39 周夢蝶，〈「怪談」剪影四事〉，《約會》（臺北：九歌出版社有限公司，2002），頁 172。

40 菲力浦・科克，《孤獨：生活美學系列》，頁 132。

41 周夢蝶，〈寂寞〉，《孤獨國／還魂草/風耳樓逸稿》，頁 40-41。

不論是趺坐的我、岸上的我還是倒影在水裡的我，三者都是詩人的「存在」。不同的面向，在水的映照及內心的省思下，詩人最後「醒然一笑」。周夢蝶與水中倒影相視而笑，實可以用巴什拉《水的夢》的邏輯來欣賞，這是自戀情結（或名那喀索斯（Narcisse）情結，或名水仙情結）的作用。話說希臘的水仙，看到自己的倒影，「感到他的美沒完成，必須完成他的美」，巴什拉因此引申為「自我陶醉把所有人變成花」，反過來「又賦予花的自身的美貌的意識」。[42] 詩人的心境能豁然開朗顯然是因為他觸及了自我的本質，自戀的情結令他探索了自我的美的存在。

在〈無題・五〉中，周夢蝶以吶喊的方式高呼：「我是從沙漠裡來的！」，「我原是從沙漠裡來的！」[43]他再次探觸到個人的內心世界，明言他寧可沉醉在荒寥無垠如沙漠的孤獨當中，也不接受外界的人情，表現了詩人「原型回歸」[44] 的欲望。人誕生前是一無所有的，如同了無人煙的沙漠一

42 安德列・巴利諾（André Parinaud, 1924-2006），《巴什拉傳》（Gaston Bachelard），顧嘉琛、杜小真譯（北京：東方出版中心，2000）237；Bachelard, *Water and Dreams: An Essay on the Imagination of Matter*, trans. Edith R.Farrell（Dallas: Pegasus Foundation, 1983），頁 24。

43 周夢蝶，〈無題・五〉，《孤獨國/ 還魂草/風耳樓逸稿》，頁 87。

44 「原型回歸」指出所有事情現象都有著創造、破壞、再創造的結構。此觀念源自創世神話中一種「原型回歸」的神話類型。這類型的神話結構通常是：1.）神話樂園（原始的宇宙秩序）；2.）樂園破壞（人類的判神，諸神的鬪爭，宇宙洪水等歷劫的過程，也就是失樂園）；3.）樂園重建（恢復宇宙原初的秩序，祖型回歸）。參考王孝廉（1942- ），〈死與再生——原型回歸的神話主題與古代時間信仰〉，《神話與小說》（台北：時報文化出版企業有限公司，1986），頁 99。

樣，詩人要回到平沙無垠的空間歸位，[45]其實是希望在荒蕪的沙漠創造另一個世界。蘭卡指出，人類無意識之中有著歸返誕生前狀態的願望（reunion with mother）；[46]伊利亞德（Mircea Eliade, 1907-86）也有永遠回歸之論，說人類總是期待回到宇宙最初創造的時空，[47]這正好解釋了何以周夢蝶要強調自己是來自沙漠的。

如前文所述，「安尼姆斯」和「安尼瑪」共同存在於男和女的意識當中。詩人在現實和夢想兩者之間周旋，一方面忍受著「安尼姆斯」（現實）的煎熬，另一方面又嚮往著「安尼瑪」的撫慰，最終還是由沉穩堅定的「安尼瑪」帶領詩人走向浩渺的夢想當中。由此，我們可推論詩歌所表現的孤獨主要是受到詩人的自我省思所影響，因為詩人需要在屬「安尼姆斯」的現實中尋找心靈的平衡點，那就是進入屬於「安尼瑪」的夢想當中，與自我對話。

或許我們可以借用巴什拉的觀點為以上論述作一小結：「言語總是與最遙遠最陰暗的欲望相連，而這種種欲望在人類心理的深層推動著人的心理。無意識在不斷喃喃低語，人們在傾聽其低語時，才瞭解到自身的真實。」[48]簡單點說，詩人日常生活所感受到的孤獨被轉化成詩歌的語言，表現在詩歌之上。詩歌中的孤獨其實是詩人自我對話的衍生物。

---

45 王孝廉，頁 91-125。

46 Otto Rank (1884-1939), *The Trauma of Birth* (New York: Harper & Row, 1973), 192.

47 Mircea Eliade (1907-86), *The Myth of the Eternal Return*, trans. Willard R. Trask (Princeton, N.J.: Princeton UP, 1971).

48 巴什拉，《夢想的詩學》，頁 73-74。

四、夢想的內部：回歸童年

當夢想者在孤獨中進行著自我對話時，某些回憶恰好在這時候出現，向詩人訴說著某些他未完成的夢，詩人於是再次發現了屬於他的過去。當中影響最深遠的是童年的歲月，因為每個人都擁有屬於自己的、獨有的童年：一個已沉溺在久遠歷史當中的夢想。巴什拉說夢想中的人是不會衰老的，因為他們能夠自由地穿梭往返於童年至老年的歲月。他們邊夢想，邊回憶；邊回憶又邊夢想。[49]你與我都擁有過去，當我們在現實的瞬間遇上似曾相識的事物時，回想過去立刻使我們察覺這一切都不是憑空捏造的，而是源自一直潛藏在我們腦海深處的記憶。回憶在詩人夢想的過程中起了催化的作用，不但令詩人想起逝去的童年，而且也喚起他對氣味的留戀。

(一) 童年的回憶

上文曾提到孤獨是夢想的主要憑藉，它使詩人進入夢想，但在夢想的過程中往往又需要回想過去，換言之，孤獨也是回憶的本源，它令夢想者想往童年。「這今日的孤獨，使我們復歸於最初的孤獨。那最初的孤獨，孩子的孤獨，在某些心靈中留下了不可磨滅的痕跡。」[50]夢想者今日的孤獨

49 巴什拉，《夢想的詩學》，頁 127。
50 巴什拉，《夢想的詩學》，頁 124。

與童年的孤獨明顯有著一種跨越時空的交流。

周夢蝶的出生，使他成為了周家唯一的根苗，而且家族又有長子早夭的先例，所以周夢蝶的母親對他愛護有加。他一出生身體就很弱，個子又瘦又小，故母親對他就更為關注了，從小就要他整天待在家中，以免他外出和同村的孩子一起玩，一起野，帶壞了他。結果，家庭背景和健康問題令周夢蝶的童年在一個保守、拘謹的環境下渡過，養成了他沉默寡言的性格，詩歌也鮮有流露稚童的真。他寫的童年是含蓄內斂的。如〈集句六帖・六〉：

> 剛睡醒的林野／一條小路如竹馬／自童年那邊／款款行來／天空是／紫丁香色／又是有翅和無翅的／想飛，想沖天的時候到了／一尊狗尾草／優雅的伸手給另一尊狗尾草／據說：洞庭湖的層冰／六百里外的昨夜／已被小魚兒吹破，咬碎／打一個魚肚白的呵欠／早春的風嫋嫋貓背一般弓起[51]

詩中提到的「騎竹馬」是一種以竹竿為馬，騎於胯下的小兒遊戲。詩人把路想像成竹馬，明顯今日的他正在緬懷著昔日的兒時遊戲。但單看這首詩，周夢蝶的童年是孤單的，至少他不像其他小孩一樣擁有兒時玩伴，也沒有那個年紀的孩子應有的「野」。他大部分時間都是在觀看，在感受這天與地。田野間常見的狗尾草，在風的吹拂下一株挨著一株，這

51 周夢蝶，〈集句六帖・六〉，《約會》，頁47-48。

景象在現今繁華的台北市已不復見了，顯然狗尾草的形象在詩人的童年和今日的夢想中重迭。

巴什拉說童年看到的世界是圖繪的世界，帶有它最初的色彩。[52]周夢蝶說天空是紫丁香色的，呵欠是魚肚白的顏色，夢想的世界令他再次看到了那以童年的色彩描繪成的天地。另外，周夢蝶說洞庭湖的冰層被魚兒吹破，咬碎，這天馬行空的想像其實是詩人在告訴我們某個孩子曾構想過的形象。

的確，孩子的想像是飛躍性的，是無垠的。可惜隨著年齡的增長，現實的種種煩擾令我們漸漸失去了訴說童年夢想的語言能力，繼而使童年的夢想從我們的記憶中消失。為了找回這逐漸喪失的語言，巴什拉建議我們「必須參與神奇事物的存在主義，成為充滿讚賞感情的存在的身體和靈魂，面對世界用讚賞代替感知。」[53]對於這項建議，周夢蝶表現得相當成功，我們不妨以他的擬童詩來說明。周夢蝶在他的四本詩集裡共創作了四首擬童詩，分別是《十三朵白菊花》裡的〈藍蝴蝶——擬童詩：再貽鶩子〉和《約會》裡的〈弟弟呀——十行二首擬童詩〉。如〈藍蝴蝶〉一詩，詩人開首即表明自己已化身為一隻蝴蝶：

> 我是一隻小蝴蝶／我不威武，甚至也不絢麗／但是，我有翅膀，有膽量／我敢於向天下所有的／以平等待

52 巴什拉，《夢想的詩學》，頁 148。
53 巴什拉，《夢想的詩學》，頁 150。

我的眼睛說：／我是一隻小蝴蝶！[54]

成為蝴蝶後的詩人，同時也成為了「充滿讚賞感情的存在的身體和靈魂」。[55]面對世界，「牠」用讚賞去代替感知：「為了明天／明天的感動和美／我不睡覺……啊！我愛天空／我一直嚮往有一天／我能成為天空」。[56]詩人讚美著明天和蔚藍的天空。誠然，一切的讚賞只是為了從所感知到的東西（小蝴蝶）那裡得到見證，見證自己終於能說出童年的夢想，一個他不曾向任何人講的夢想：自由地飛翔。根據劉永毅給周夢蝶寫的傳記中提到，從小在保守環境中長大的周起述，「嚮往一個自由自在的天地」，「在十五歲時，偷偷替自己取了『夢蝶』這個名字。」[57]在周夢蝶幻想自己化身為蝶那刻起，他可謂經歷了一次「回憶的詩情與幻象的真實結合」。[58]

在〈弟弟〉一詩，周夢蝶使用了屬於童年的神話的語言，[59]把感知到的黑菌和草葉喚作弟弟，認真地關心著黑菌在下雨時的處境：

下在頭上的雨／弟弟呀！你有你的小黑傘；／下在肚

54 周夢蝶，《十三朵白菊花》，頁142。

55 巴什拉，《夢想的詩學》，頁150。

56 周夢蝶，《十三朵白菊花》，頁143。

57 劉永毅 28。宋雅姿（1951- ），〈滾滾紅塵的苦行僧：專訪詩人周夢蝶〉，《文訊》，221（2004）：頁119。

58 巴什拉，《夢想的詩學》，頁150。

59 巴什拉把孩子的夢想形容為神話，一種他不向任何人講的神話。

> 裡的雨／下在肚裡的雨呢？[60]

至於被露珠壓著肩膀的草葉，詩人也關切地喚著它：

> 只微微的傾斜，／不說話／也不斷折。草葉呀／肩膀纔只有一寸寬的弟弟呀！[61]

微小如黑菌和草葉，詩人卻沒有忽略它們，反而能感知它們的處境，讚賞著它們的堅韌，不怕雨水的浸泡和露珠的欺壓。很明顯，夢想中的詩人再次重拾了童年的夢想，用文字讚賞著那已成回憶的感知。除了讚賞外，我們還可以感受到周夢蝶那屬於孤獨孩子的無緣無故的憂鬱，擔心著黑菌會被浸壞，小草會被壓垮。然而，憂鬱的夢想不是有害無益的，因為它們有助於詩人尋找屬於「安尼瑪」的安寧，並使這種安寧具體化。[62]

除了讚賞外，我們還可以從氣味中找回熟悉的感覺，一種逝去的感覺。

（二）氣味的回憶

氣味擁有一種能喚醒過去的神奇魅力。只要閉上眼睛，嗅覺就會變得靈敏，熟悉的氣味會把人帶進時光的隧道，過去的種種隨即在腦海中浮現。誠如巴什拉所言，閉上眼睛，

60 周夢蝶，〈弟弟〉，《約會》，頁 76。

61 周夢蝶，〈弟弟〉，頁 76-77。

62 巴什拉，《夢想的詩學》，頁 162-63。

人就會開始在安寧的夢想中暢遊，並再找到對這些氣味的回憶。[63]氣味的回憶在人們身上喚醒的東西，是現實的、充滿活力的，它的作用不是引發再現性想像力，而是創造性想像力，它可以釋放「事物常常被掩蓋的本質」，因此，氣味是記憶的昇華。[64]而這些教人喜歡的氣味在過去和現在一樣都是親切的中心，而某些記憶是永遠忠於這種親切感的。[65]對周夢蝶而言，春天的芳香來自草香。例如：

> 春天行過池塘，在鬱鬱的草香（《十三朵白菊花・蛻》）[66]

小草的香氣，見證了周夢蝶童年時代的春天氣息，自此在所有的季節中瀰漫，使詩人把一切有關春天的記憶都回歸到這親切的草香之上，只要一嗅到草的香氣，他就會意識到春回大地。

有時，氣味的奇特混合能喚起詩人記憶深處一種獨一無二的味道。就像以下的親切的回憶一樣：

> 面對泥香與乳香混凝的夜／我窺見背上的天正濺著眼淚（《還魂草・燃燈人》）[67]

---

63 巴什拉，《夢想的詩學》，頁 173-74。

64 勒蓋萊（Annick Le Guerer），《氣味》（*Scent: The Mysterious and Essential Powers of Smell*），黃忠榮譯（長沙：湖南文藝出版社，2001），頁 215。

65 巴什拉，《夢想的詩學》，頁 173-74。

66 周夢蝶，〈蛻〉，《十三朵白菊花》，頁 15。

67 周夢蝶，〈燃燈人〉，《孤獨國/ 還魂草/風耳樓逸稿》，頁 213。

人的體香夾雜著泥土的香氣在夜空中徐徐飄散，幽幽地傳進了周夢蝶的鼻息裡。這樣的相逢是他一種親身的體驗，是在一個離現在很遙遠的生活中的體驗，而這種體驗只能與昔日的自己分享，因為每個人的過去都是獨一無二的。周氏在這裡揭示了他在安寧的夢想裡呼吸到屬於他的過去。這兩種氣味的奇特結合在詩人的記憶中得以實現，故回憶和夢想又再一次交織。

另外，巴什拉說失去的住宅、房間、過道、地窖與倉房也是忠實氣味居留之地，夢想者能輕易嗅出屬於他的氣味：[68]

> 隱約有花氣氤氳如白木樨，孃孃／自我親手為你而編的椅子上散出（《約會．仰望三十三行》）[69]

一張椅子，令周夢蝶嗅到了屬於他的氣味，憶起他曾替人親手編過一張椅子。對周夢蝶而言，這張椅子的氣味是經得起時間考驗。像椅子這樣實在的物質所散發的氣味固然較易觸及到詩人的記憶深處，但形象多變、富流動性的物質也可以發揮同樣的效用。儘管是流動性極高的風，周夢蝶仍能找到屬於他的昔日氣味：

> 川端橋上的風仍三十年前一般的吹著；／角黍香依

68 巴什拉，《夢想的詩學》，頁 174。

69 周夢蝶，〈仰望三十三行〉，《約會》，頁 15。

舊，水香依舊（《約會・堅持之必要》）[70]

三十年前的角黍香和水香，在風的吹拂下，三十年後的周夢蝶在夢想中嗅到了。在這裡，他明顯是將昔日歲月的記憶都置於氣味中。

總括而言，詩人在夢想的過程中，孤獨的沉濺（回憶）會把他帶回到最初的孤獨——童年的孤獨。在那裡，詩人被「安尼瑪」的安寧環抱著，他找回了失去的、屬於孩子的語言，並嗅到了熟悉的、屬於過去的氣味。而這種昇華的集中體現，就是喚醒「永恆童年」的主題。[71]由氣味的昇華作用引申而來的「兒童時代」時刻伴隨著快樂的感覺。[72]只有夢想童年的時候，我們才可以回到夢想之源，回到了為我們打開世界的夢想。只有在孩子的夢想中，我們才能看見宏偉的景物，壯麗的世界。[73]換言之，夢想中的詩人只有回到童年的夢想，才能開啟宇宙性的夢想。因此，想往童年的夢想成為了詩人的必經之路。接下來，我們將談及有關宇宙性的夢想。

70 周夢蝶，〈堅持之必要〉，《約會》，頁 135。

71 史言（1983- ），〈余光中詩歌的嗅覺書寫與大地夢想〉，《韓中言語文化研究第 16 輯　余光中文學研究特輯號》，頁 125。

72 勒蓋萊，《氣味》，頁 214。

73 巴什拉，《夢想的詩學》，頁 20, 128, 136, 138-41。

五、夢想的核心：嚮往宇宙

前文提及孤獨有助詩人暫離現實的世界，進入夢想的國度，並在「安尼瑪」的帶領下自由馳騁，尋找真實的自我。從那一刻起，詩人真正成為了孤獨的構造者。因為他終於能沉思宇宙的某種美麗而不需要計算時間，在剎那間由夢想者成為了夢想世界的人。詩人向世界敞開胸懷，世界也向他開放。[74]然而，在詩人的夢想與世界接軌前，他必須進入更深層的孤獨夢想裡，以平靜的心境去維繫他與世界的紐帶。在周夢蝶的三百多首詩歌當中，有關自然及世界的描寫，例如月、太陽、水、天空、花、草等等俯拾皆是，這全都是因為他開放了自己的思維，那麼世界自然會向他招手。

（一）零距離的想像

巴什拉指出，「在孤獨的夢想中，夢想者與其世界的交流很親近而無『距離』」，[75]夢想者的詞彙因而變成世界的名字。對夢想者而言，比喻是不足夠的，他必須借助形象。為說明這一點，巴什拉舉例詩人為求得真正的陶醉，他會用世界的酒杯暢飲。以下是擴大的酒杯的宇宙性形象：

我的酒杯邊緣在天涯／我傾杯飲下／單獨的一口太陽

---

74 巴什拉，《夢想的詩學》，頁 217。

75 巴什拉，《夢想的詩學》，頁 219。

／蒼白而冰冷的太陽（〈地平線上一切是可能的〉）[76]

在周夢蝶的詩歌中，也有類似的想像：

> 戒了一冬一春的酒的陽光／偷偷地從屋頂上窺下來／只一眼！就觸嗅到／掛在石壁上那尊芳香四溢的空杯（《還魂草・天窗》）[77]

誠然，詩人對酒杯的想像賦予了它一個宇宙性的形象，教我們在實際的世界的酒杯中喝了一口或嗅了一下。此外，周夢蝶還把世界想成自己的身體所能掌控的範圍，彼此是親密的：

> 世界在我翅上／一如歷歷星河之在我膽邊／浩浩天籟之出我脇下……（《還魂草・逍遙遊》）[78]

宇宙在詩人的翅上、膽邊、脇下。很明顯，在周夢蝶的夢想中，世界是被想像的，而被想像的形象往往會被誇大使之成為世界的象徵。又例如在〈約翰走路〉一詩中，世界被想像成酒海，「不信？世界乃一酒海」；[79]時空等同於人的倒影，

76 巴什拉，《夢想的詩學》，頁 218-19。

77 周夢蝶，〈天窗〉，《孤獨國／還魂草／風耳樓逸稿》，頁 101。

78 周夢蝶，〈逍遙遊〉，《孤獨國／還魂草／風耳樓逸稿》，頁 157。

79 周夢蝶，〈約翰走路〉，《約會》，頁 20。

「在海心。有幾重的時空／就有幾重酩酊的倒影」。[80]

除了表明宇宙的夢想對象是千奇百怪外，巴什拉還強調宇宙的夢想是一種對安逸的意識，而這種安逸適應於一種需要，一種慾望：世界是我的慾望。吞食世界只為吞食幸福，世界於是成為動詞「我吃」的直接賓語。[81]周氏也表現了這種追求幸福的慾望：

> 那從那日，我一口吞下／那人的面影／自海一般深沉的碗中。(《約會‧碗中武士》)[82]

在剛推出的詩集裡，詩人把幸福想像成可啜飲的蜜糖，又把三月的美聯想到醲醇而老辣的酒，以更直接的方式來表達個人的慾望：

> 當我初離天國，泣別上帝／他贈我一小盒玫瑰花釀成的糖蜜；／他邊柔撫著我軟稀的短髮／邊用睿智的微笑再四叮嚀誥誡：／「這是我給你的幸福裏的幸福！／一滴一滴慢慢慢慢兒啜飲，／且莫在一夜裏一口氣把它吞盡。(《風耳樓逸稿‧無題》)[83]

> 三月。這醲醇而老辣的／使人喉管發炎的美！我欲鯨

80 周夢蝶，〈約翰走路〉，《約會》，頁 20。

81 巴什拉，《夢想的詩學》，頁 224。

82 周夢蝶，〈碗中武士〉，《約會》，頁 173。

83 周夢蝶，〈無題〉，《孤獨國／還魂草／風耳樓逸稿》，頁 227。

飲（《風耳樓逸稿・三月》）[84]

進一步的是，散佈的安逸感能將世界轉變為「環境」，[85]這「環境」直接關係到呼吸，一種「通過參與世界的某種環境而贏得的宇宙健康的更新」。[86]這是巴什拉的說法，他的根據引自精神病醫生 J・H 許爾茲（Schultz）一篇有關如何教導焦慮症病人確立順暢呼吸的信心的文章。巴什拉認為世界在人的身心中呼吸，人參與了世界的通暢呼吸，人投身到正在呼吸的世界。周夢蝶的詩歌也有作出類似的夢想，如：

冥濛裏依稀可聞蝸牛的喘息；（《孤獨國・霧》）[87]

我願在距離與距離之外／瞻視你底醲郁，呼吸你底峭潔（《風耳樓逸稿・十一月》）[88]

詩人明顯是把自己置身到正在呼吸的世界中，故能呼吸到蝸牛的呼吸。另外，他又幻想自己能呼吸到世界的「峭潔」。可見詩人若要投身世界，與世界同步呼吸，一切是需要夢想的。總括而言，帶有宇宙性的夢想是無限可能的。它不單可以被詩人具體化成酒杯、酒海、身體部分，還可以被詩人概

84 周夢蝶，〈三月〉，《孤獨國／還魂草／風耳樓逸稿》，頁 267。
85 巴什拉，《夢想的詩學》，頁 224。
86 巴什拉，《夢想的詩學》，頁 225。
87 周夢蝶，〈霧〉，《孤獨國／還魂草／風耳樓逸稿》，頁 33。
88 周夢蝶，〈十一月〉，《孤獨國／還魂草／風耳樓逸稿》，頁 280。

念化地想像為是可以吞食、呼吸的，展現出一種與夢想者零距離的可能性。

（二）視覺的想像

夢想者感到他與宇宙除了是零距離外，還意識到他與宇宙有著目光的交流，甚或是一種迫視。雨果（Victor-Marie Hugo, 1802-85）認為自然界迫使人們作凝視，譬如面對於像孔雀開屏似的萊茵河，能不多看一眼嗎！[89]就此，巴什拉把人與世界的目光交流解釋為一種活動。他認為具有銳利目光的夢想，是一種由於看、由於看得清楚、看得準則、看得遠而產生的自豪並受到鼓舞的夢想。詩人比畫家（善於培養目光者）更容易產生這種對視覺的自豪。對於視覺上的自豪感，詩人只需要顯示它。[90]例如〈密林中的一盞燈〉：

> 假如我有一雙夜眼／鑲嵌在時間無窮的背面／世界在我的眼前走過／我在我的眼前走過／我看得見他們／他們卻看不見我／他們看不見我／我也看不見我／世界在你的面前坐著／你在你的面前坐著／你與你與世界天天面對面／他們卻從來看你不見[91]

周夢蝶的確在嘗試用目光去跟世界交流。雖然世界看他不見，但他依然藉文字表示自己看得見世界，因為他要顯示其

89 巴利諾 239；Bachelard, *Water and Dreams,* 30

90 巴什拉，《夢想的詩學》，頁 230-31。

91 周夢蝶，〈密林中的一盞燈〉，《十三朵白菊花》，頁 94。

視覺上的自豪感。除了直接的表達外，周夢蝶還訴諸他者去展示他與世界在交流。詩人保爾．戈爾（Yvan Goll, 1891-1950）指出詩人在眼睛裡能看到一種縮小的，可攜帶的太陽，因此能將其半徑（射線）建立在圓周任何點上的官能原型。[92]周夢蝶詩歌中有關太陽的描寫多不勝數，這全因為他相信「詩人的眼睛即一個世界的中心，一個世界的太陽」。[93]舉偶的詩句有：

> 用某種眼神看冬天／冬天，冬天的陽光／猶如一簇簇惡作劇的金線蟲／在白雪的身上打洞（《約會．用某種眼神看冬天》）[94]

> 我幾乎以為我就是盤古／第一次撥開渾沌的眼睛。（《孤獨國．霧》）[95]

> 戒了一冬一春的酒的陽光／偷偷地從屋頂上窺下來（《還魂草．天窗》）[96]

目光的夢想者擁有比常人更敏銳的視覺，所以他能夠把注視的東西提升到人的水平，以致無生命的物象可以向更廣大的

92 巴什拉，《夢想的詩學》，頁232。
93 巴什拉，《夢想的詩學》，頁232。
94 周夢蝶，〈用某種眼神看冬天〉，《約會》，頁54。
95 周夢蝶，〈霧〉，《孤獨國／還魂草／風耳樓逸稿》，頁33。
96 周夢蝶，〈天窗〉，《孤獨國／還魂草／風耳樓逸稿》，頁101。

幻想開放。周夢蝶除了替自己的目光想像外，他還替宇宙萬物想像，例如花的眼、星星的眼、燭光的眼和秋天的眼：

> 而向日葵依舊在凝神翹望，向東方！（《孤獨國．霧》）[97]

> 那人，那俯仰在波上波下的星影／無眠的眼睛……／在迢迢的燭影深處有一雙淚眼／在沈沈的熱灰河畔有一縷斷髮（《十三朵白菊花．第九種風》）[98]

> 秋之眼：在逝者的心上照著，一叢叢／寒冷的小火燄。(《十三朵白菊花．十三朵白菊花》）[99]

簡單來說，詩人在觀看世界的美的幸福時，他的確與世界有一種目光的交流。周夢蝶的目光猶如圓形的太陽，將其半徑（射線）建立在圓周任何點上，故看到的外物往往是圓形的。尤其當他在詩興來潮時，圓形的東西極接近於一隻眼睛。[100]這涉及到詩人對世界的另一種想像，一種圓形的想像。

---

97 周夢蝶，〈霧〉，頁 32。

98 周夢蝶，〈第九種風〉，《十三朵白菊花》，頁 22。

99 周夢蝶，〈十三朵白菊花〉，《十三朵白菊花》，頁 50。

100 巴什拉，《夢想的詩學》，頁 232。

（三）圓形的想像

1. 純粹的圓形想像

巴什拉指出，當一個形象突然出現在詩人正進行想像的存在中心時，它擁有令詩人目注神凝，並向他注入存在的能耐。這時，夢想者的腦海裡會浮現有形的沉思。所注入的存在既是形象的存在，又是參與使人驚奇的形象的存在。[101] 普通一隻水果，一朵花都可以令詩人想像無限。巴什拉的觀點是，「多虧了果實，夢想者的全部存在都變圓了」。[102]因此，「世界本身成為巨大的果實，月亮和地球都是果實般的星球」。[103]為什麼一顆小小的果實會被夢想者想像成月亮和地球呢？作為讀者的我們只要聯想削蘋果和削梨子的動作，那麼我們自會明白箇中的道理：果實的旋轉令詩人聯想到星體的自轉。周夢蝶的詩歌雖然沒有直接把果實想像成星體，但由果實引申的圓形的想像卻是有跡可尋的。舉隅的詩句有：

> 地球小如鴿卵，我輕輕地將它拾起／納入胸懷。（《孤獨國・剎那》）[104]

> 喜馬拉雅山微笑著／想起很早很早以前的自己／原不

101 巴什拉，《夢想的詩學》，頁 193。
102 巴什拉，《夢想的詩學》，頁 194。
103 巴什拉，《夢想的詩學》，頁 220。
104 周夢蝶，〈剎那〉，《孤獨國／還魂草／風耳樓逸稿》，頁 68。

過是一粒小小的卵石（《孤獨國・四行（八首）・夢》）[105]

瓦缽裡有露珠，露珠裡有月影／而月影顆顆都是圓的！（《約會・蝕之一》）[106]

月亮是圓的／詩也是——（《約會・集句六帖・一》）[107]

詩人把地球想像成鴿卵，把高聳的喜馬拉雅山想像為卵石，一顆圓形的鳥卵在詩人的想像中成為了巨大對象的象徵，這是按照 H・阿爾卜[108]（Arp, 1887-1966）的規律行動：「小的牽著大的鼻子走」。[109]月光折射在露珠裡，令詩人聯想到圓形的、顆顆的露珠就是月影。最妙的是，詩人更由月圓想到了詩歌，說它也是圓的。可見在詩人的世界裡，一切皆是圓的。

此外，巴什拉在另一本著作《空間的詩學》中也有討論到圓的現象學。他指出當人深陷於一種形狀當中，這種形狀將會領導及籠罩我們早年的夢想。相較一般人而言，詩人會從一個更高的點來延續這個夢想，因為他意識到，當一件事

105 周夢蝶，〈四行（八首）・夢〉，《孤獨國／還魂草／風耳樓逸稿》，頁 91。

106 周夢蝶，〈蝕之一〉，《約會》，頁 24。

107 周夢蝶，〈集句六帖・一〉，《約會》，頁 43。

108 H・阿爾卜（Arp, 1887-1966），法國雕刻家、畫家及詩人，抽象藝術的主要代表之一。

109 巴什拉，《夢想的詩學》，頁 220。

物變得與世隔絕時，它就變得圓實。[110]就如周夢蝶〈想飛的樹〉一樣：

> 所有的樹，所有的我——／唉，所有的點都想線／線都想面，面都想立體／立體想飛／飛想飛飛／一直飛到自己看不見自己了（《十三朵白菊花．想飛的樹》）[111]

不消說，周夢蝶看到的不過是草地上一棵樹罷了，但經過他豐富的想像後，這棵樹隨即成了宇宙的軸心，以樹幹的軸心作為點向四周擴展，形成圓周，再由圓形的橫切面累積成圓柱體，如此類推，這顯然是一個圓形存有者的想像。顯而易見，周氏在創作時早已「假設了一個全身貫注於自身當中的存有者型態」。[112]

大地，四季，甚至是人生，都好像水果般在轉。在周夢蝶的概念中，時間和歲月都在周而復始地向前推進著，換言之，他認為時間也是圓的。周氏的時間觀，除了受圓形的想像影響外，其詩可能有佛教「輪迴轉生」的觀念影響。周夢蝶怎樣透過詩境觀想佛教的「輪迴轉生」，是一個值得探討的課題。中年的周夢蝶和佛教結下了不解緣。他早在武昌街販書期間已開始接觸有關佛學的書籍，因緣際遇之下得以受教於禪學大師南懷瑾（1918- ）門下。及後，又因為一部《金剛經》而與台灣佛教界的道源法師（1900-88）結緣。

---

110 Gaston Bachelard, *The Poetics of Space* (Boston: Beacon P, 1969), 239- 40.

111 周夢蝶，〈想飛的樹〉，《十三朵白菊花》，頁 77。

112 Bachelard, *The Poetics of Space,* p.240。

周氏於 47 歲（1967 年），在台灣的善導寺聽過順印法師（1906-2005）講過《金剛經》，聽罷即拜順印為師，皈依佛教，並得賜名「普化」。[113]為說明佛教的圓形時間觀如何影響周夢蝶的詩歌創作，首要工作是瞭解佛教對時間的看法。

2. 由圓形的想像到圓形的時間

佛教的時間觀是一種無盡的圓形回歸的時間信仰。「宇宙」的「宇」和「世界」的「世」指的都是時間的延續，佛法把過去、現在、未來的不斷相續稱之為「三世」，三者是無常輪迴的趨動力。[114]我們可以用「無常」[115]來看佛教對時間的自覺，無常的自覺是：（1）生死流轉是無始無終的；（2）生死流轉是剎那剎那間的生滅；（3）剎那即是始，也是終；（4）時間是一個剎那接一個剎那的相續。[116]

佛教把個人的一生，稱為「一期的生死」，個人的一期生死，只是無始無終時間之中的剎那，剎那已包含在無限的時間之中，一個剎那也包含了無限的時間過程，因此佛教的圓形時間是一個無限的圓。佛教稱最長的時間為劫（halpa），世界即是成、住、壞、空四劫的循環，世界之上又有三千大世界及十方無盡的法界。換言之，循環之上仍有

113 劉永毅，《周夢蝶：詩壇苦行僧》，頁 80，87。

114 洪啟嵩，《佛教的宇宙觀》（臺北：全佛文化事業有限公司，2006），頁 18。

115 佛教經典經常強調世間萬物，不論天或人，不論生物或死物，不論有機體或無機體，通通都是不永恆、不牢固、變化不居、不能持久的，所有事物都是生滅無常的。引自高勝居士編著，《三相：無常、苦、無我之觀慧》，南傳佛教叢書編譯組譯（香港：葛榮州禪修同學會，2007），頁 3。

116 王孝廉，頁 130。

無限層層的循環。只有透過「無我」[117]的自覺才能從層層循環的時間中解脫，從一個無限的圓形時間中解脫出來，進入一種不為時間的時間裡。[118]

3. 詩歌中的圓形時間

周夢蝶的詩歌，對於萬物的生滅、時間的循環著墨不少。春夏秋冬的四季循環，詩人說：「季節頂著季節纍纍然來／又纍纍然去了！」[119]四季的更迭，詩人認為是因為前者被後者「幽禁」住了：「幽禁一次春天，又釋放一次春天」。[120]

除了談四季的循環外，詩人還注意到萬物的生滅問題。例如草的枯榮：「那時宿草已五十度無聊地青而復枯／枯而復青」；[121]花的開謝：「一番花謝又是一番花開」，[122]「我們只驚歎於白芙蕖的花瓣／合攏了／又綻開，綻開／又合攏了」；[123]日的升降：「圓軌永遠逶著圓走／明天。今天的落日／仍將巍巍升起」；[124]人的生死：「從甚麼地方來的，當然／仍甚麼地方回去」，[125]「用去年來過的樣子再來一次／

117 「無我」（anattâ/ non-self, insubstantiality）的特性是：沒有一個永恆不變的「自我」、是不實在的。引自高勝居士，《三相：無常、苦、無我》，頁 25。

118 王孝廉，頁 129-30。

119 周夢蝶，〈絕響〉，《孤獨國／還魂草／風耳樓逸稿》，頁 201。

120 周夢蝶，〈守墓者〉，《孤獨國／還魂草／風耳樓逸稿》，頁 105。

121 周夢蝶，〈囚〉，《孤獨國／還魂草／風耳樓逸稿》，頁 204。

122 周夢蝶，〈孤峰頂上〉，《孤獨國／還魂草／風耳樓逸稿》，頁 219。

123 周夢蝶，〈吹劍錄之三〉，《十三朵白菊花》，頁 190。

124 周夢蝶，〈淡水河側的落日〉，《約會》，頁 100。

125 周夢蝶，〈集句六帖之四〉，《約會》，頁 46。

身世悠悠，此生已成幾度？」[126]

總而言之，周夢蝶認為世間萬物都是有始有終的，剎那的生，即是剎那的終，等同於「因生而死，因死而生」的觀念。佛教主張在無始無終的時間之中，同時能夠得到一種「往還自在」的時間，也就是「生滅滅已，涅槃寂靜」的涅槃（Nirvana）。[127]若要得到真正的解脫，那就要進入「無我」的自我覺悟，才可以突破時間的循環，不再因為對「我」的執著而有所迷惑。[128]在圓形的想像這一環節裡，我們得出的結論是：詩人透過夢想把生活上的哲理和信仰滲透在詩句之上。可以說周夢蝶一心是想透過圓形的想像，以「無常」的自覺去表現圓形的時間觀，從而窺探「無我」境界的真正意義。尋求完全解脫的意圖，十分明顯。

(四) 數字的想像

完成圓形的想像後，就開始想像數字。眾所周知，佛教起源於印度。古印度的宇宙觀認為宇宙的創造和破壞，是周期性地重現的。[129]我們除了要瞭解佛教的時間觀外，還要

126 周夢蝶，〈不信〉，《約會》，頁 148。

127 涅槃是脫離生死的無生死、無時間的狀態。同時又是透過剎那的一種生死相即、時間相即的狀態。引自王孝廉，頁 130。

128 王孝廉，頁 129。

129 這種周期以單位組成。最小的單位是「大時」（yuga），由黎明和黃昏的更替把每一個大時連接起來。4 個大時為之一個完整的周期，稱為「大大時」（Mahāyuga）。在一個「大時」與一個「大時」的循環更迭中，時間的長度總會次第地減弱，每當黑暗出現之時，一個「大時」結束，另一個「大時」隨即開始。所有的周期都是以「消滅」（Pralaya）告終，重複的「消滅」到了第 1 千個周期則形成「大消滅」（Mahāpralaya）。宇宙就是這樣的周而復始地誕生

瞭解其數字序列，這對了解周夢蝶的宇宙觀有很大的幫助。在佛教的典籍《俱舍論》介紹了一套數字序列：

基本單位是「一」；10 個一稱為「十」；
10 個十稱為百；10 個百稱為千；
10 個千稱為萬；10 個萬為洛叉
10 個洛叉為度洛叉；
10 個渡洛叉為俱胝；
10 個俱胝稱為末陀；
10 個末陀稱為阿庚多；
10 個阿庚多稱為大阿庚陀；
……
10 個大毗步多稱為跋羅攙；
10 個跋羅攙稱為大跋羅攙；
10 個大跋羅攙稱為大阿僧企那。[130]

根據學者方廣錩（1948- ）的說法，最後的大阿僧企那的梵文原意解作「無量」，若按照《俱舍論》的數字序列，它是 10 的 51 次方。為了突顯這個阿僧企那究竟有多大，方廣錩於是以科學家計算地球到宇宙的「距離」是 130 億光年為例

和死亡。根據原始教義，一個「大時」相等於一個宇宙的周期，「大大時」有 1 萬 2 千年，稱為「神之年」；於是宇宙的一個周期就是 432 萬年（1 萬 2 千 x360）。「大大時」持續出現 1 千次，就形成一劫（Kalpa），14 劫形成一個 Mavantāra（Mavan，世紀）。

130 方廣錩（1948- ），〈印度佛教講座：佛教的時間與空間〉，《佛教文化》，4（2004）：11。

來說明。這 130 億光年折合成公里是 1.2×10 的 23 次方，折合成毫米也只有 10 的 29 次方。言下之意，阿僧企那是難以想像的大。印度人認為宇宙是不斷的誕生和破壞的，不斷的誕生和破壞才是永恆的規律。[131]他們創造出如此龐大的數字，原因是他們清楚現實的一切皆在生生滅滅之中循環，故有生有滅的東西都不值得追求，所以他們選擇在世界之外追求「無限大」，嘗試突破宇宙重複誕生及破滅的定律。換言之，普通人若要瞭解、衡量高層次世界的事物，就必須要用天文數字了。

周夢蝶的詩亦有提到上述概念，同樣以無限大的數字去想像宇宙萬物。例如：

> 三百六十五個二十四小時，好長的夜！／……／在地平線之外，更有地平線／更有地平線，更在地平線之外之外……（《孤獨國・第一班車》）[132]

一天只有 24 小時，詩人卻把黑夜的部分想像成「三百六十五個二十四小時」，這是一個數字概念上的誇大。「在地平線之外更有地平線／更有地平線，更在地平線之外之外……」這一句，明顯把世界想像成無限大。另外，在〈細雪・之三〉一詩，他寫到：

131 Eliade, *The Myth of the Eternal Return,* p.115-16.

132 周夢蝶，〈第一班車〉，《孤獨國／還魂草／風耳樓逸稿》，頁 58，60。

> 永遠堅持拒絕長大／十三歲。一生下來就十三歲／而今眼看十三個十萬光年都過去了／你，依舊是十三歲／……／時間如環無端空間如環無端[133]

詩人用「十三個十萬光年」這個天文數字去形容「細雪」的堅拒長大，可見他有無窮的想像，追求的也是「無限大」。即使說自己是一塊石頭，詩人也要說：「我是三萬六千五百零一塊之外的一塊頑石」，[134] 這證明了他喜歡把數字用到詩歌創作之上。在新推出的詩集《風耳樓逸稿》裡，龐大數字的引用更是頻密，舉偶的詩句有：

> 一千年、一萬年、一億年……／終於，世界末日到了／天崩、海焦…、星滅……／白漠漠的一片虛靜瀰漫著無極（《風耳樓逸稿・題未定》）[135]

> 隔著九萬九千九百九十九個世紀／接談——交換一些痛癢、一些顫抖、一些熱（《風耳樓逸稿・落花夢》）[136]

> 一個兩足兩手的／天真的靈魂，和九百九十九個／六足四翅的天真的靈魂／遇面了。而且傾談，而且酣

133 周夢蝶，〈細雪・之三〉，《約會》，頁 112。

134 周夢蝶，〈人面石〉，《十三朵白菊花》，頁 7。

135 周夢蝶，〈題未定〉，《孤獨國／還魂草／風耳樓逸稿》，頁 244。

136 周夢蝶，〈落花夢〉，《孤獨國／還魂草／風耳樓逸稿》，頁 263。

舞、轟飲（《風耳樓逸稿・海上》）[137]

我是三萬六千五百零一塊之外的一塊頑石——赤裸的浪子（《風耳樓逸稿・枕石》）[138]

我底髮，／是神所聚居的淵面的……／八萬四千三百九十六根（《風耳樓逸稿・剃》）[139]

顯然，詩人深知宇宙周而復始地誕生和死亡的常規，所以他希望能透過追求數字上的無限大，從而突破圓形時間的循環。

總的來說，夢想者零距離的想像、視覺的想像、圓形的想像和數字的想像都屬於宇宙性的夢想。而這宇宙性的夢想是建基於孩子的想像，即童年的夢想。當詩人如孩子般在孤獨中夢想時，他自然會認識到無限的存在，以讚賞世界去代替感知。

六、結語

詩人的夢想是一個環環相扣的過程。要想進入夢想的範圍，必先在孤獨的氛圍裡沉思，感受著內心屬於「安尼瑪」的安寧。這一點，周夢蝶能輕易做到。在千頭萬緒中，我們

137 周夢蝶，〈海上〉，《孤獨國／還魂草／風耳樓逸稿》，頁 265。

138 周夢蝶，〈枕石〉，《孤獨國／還魂草／風耳樓逸稿》，頁 272。

139 周夢蝶，〈剃〉，《孤獨國／還魂草／風耳樓逸稿》，頁 298。

要再次借助孤獨去尋回失去的童年的孤獨，使今日與昔日的夢想重迭，這一步驟在周夢蝶的詩中能得到印證。最後，童年的夢想助我們開啟了宇宙的大門，一切有關距離、視覺、圓形和數字的無限想像都得到了充分的發揮。總的來說，研究周夢蝶的詩歌，我們如親身經歷了一次有關詩人的夢想之旅。

周夢蝶詩中的「重複」

李潤森（香港大學本科生）

摘要

周夢蝶被稱為台灣「第一號詩人」，其作品多以自我靈魂為起點，引佛典入詩，感悟現實的真諦，詩作晦澀而多具實質與形式的雙重美學價值，本文以什克洛夫斯基（Victor Shklovsky，1893-1984）、米勒（J。Hillis Miller，1928- ）等眾多學者「重複」的文藝理論來分析周夢蝶詩中的「重複」

關鍵詞

周夢蝶、現代詩、重複、《聖經》、俄國形式主義

一、引言

周夢蝶，原名周起述，筆名「周夢蝶」源於「莊周夢蝶」的典故。1921 年生於河南淅川縣，自幼在私塾學習古典詩詞及四書五經，後因戰亂，隨國民黨軍隊來台。退伍後，1959 年起在臺北市武昌街明星咖啡廳門口擺書攤，專賣詩集和文哲圖書。1962 年開始習禪，終日默坐繁華街頭，成為臺北「風景」。近年來，定居在淡水。曾獲第一屆國家文化藝術基金會「桂冠文學類」獎章。

周夢蝶共有四本詩集出版：《孤獨國》、《還魂草》、《約會》和《十三朵白菊花》，在台灣詩壇具有重要影響。如果以「孤獨」作為前兩本詩集的標誌，那麼第三、第四本詩集卻是走向宗教解脫之途。[1]是故他的詩歌融合了佛、道與基督教，具有濃厚哲思與宗教意味，體現出一種東方的睿智與玄妙。

周夢蝶不僅於詩中融入儒釋道三家的哲思，更在詩的文字上精細雕琢，苦苦吟思。從周夢蝶的四本詩集來看，詩人很有意識地使用「重複」的技巧，並且在詩集的作品中佔有很重要的地位，成為了詩人作詩手法的特色。本文就將集中討論周夢蝶詩中的「重複」現象。

---

1 李奭學，〈花雨滿天——評周夢蝶詩集兩種〉，《娑婆詩人周夢蝶》，曾進豐編（臺北：九歌出版社有限公司，2005），頁248。

二、「重複」的文藝理論

重複是人們習以為常的現象，傳道者說：「日光之下，並無新事」。[2]西方文化認為，凡事皆重複，凡事皆模仿，凡事皆複製。[3]所以「重複」（repetition）一直在西方文藝理論中佔有很重要的地位，並有著自己的哲學根基。在柏拉圖（Plato，428／427-348／347 BCE）的理論體系中，有所謂「現象世界」和「實在世界」的區分，而「理念世界」又是「實在世界」的原型，世間萬物的存在都是由於模仿了理念，即是對於「理念世界」的一種重複。[4]柏拉圖的「理念論」對後世哲學影響深遠，之後亞里士多德（Aristotle, 384-22 BCE）、叔本華（Arthur Schopenhauer, 1788-1860）、尼采（Friedrich Wilhelm Nietzsche, 1844-1900）和佛洛伊德（Sigmund Freud, 1856-1939）等眾多哲學家對於此理論的繼承以及修改，也都是「重複」在哲學思想上的發展。當代學者德魯茲（Gilles Deleuze, 1925-55）更將「重複」區分為「柏拉圖式重複」和「尼采式重複」兩種類別，這一點對於研究周夢蝶的詩歌意義重大，之後將詳細敘述。

至於「重複」的文藝理論，很多後現代敘述學學者都在著作中有所研究。關於這一理論的論述，主要有什克洛夫斯

2　《聖經》（新譯本），（香港：環球聖經公會有限公司，2006），頁1041。

3　梁工（1952-　），《聖經敘事藝術研究》（北京：商務印書館，2005），頁346。

4　梁工，同上書，頁347。

基在《散文理論》(*The Theory of Prose*)中關於「重複」的理論；熱奈特(Gérard Genette, 1930-)在《敘事話語》(*Narrative Discourse*)中關於「頻率」的理論；以及希利斯・米勒的代表作《小說與重複：七部英國小說》(*Fiction and Repetition: Seven English Novels*)中也從小說的種種重複現象進行分析。另外很重要的是，很多的中外學者均對《聖經》中的重複現象進行了很詳細的研究。

而對於詩歌，最普通的提法是「以韻文為形式的任何組成」。[5]韻文的最明顯的特點即是韻腳的相互「重複」。除了韻腳以外，「重複」這一現象，可以說是詩歌這一文學體裁極其重要的特徵，綜觀各國由古至今的民謠詩、格律詩、抒情詩和敘事詩，中國的民歌、古詩以及新詩，都可以發現「重複」與詩歌幾乎是形影不離的，這一點周夢蝶的詩作亦不能例外。以「重複」的文藝理論來分析周夢蝶的詩歌，是十分恰當和有意義的。

(一) 什克洛夫斯基對於敘事「重複」的論述

什克洛夫斯基在《散文理論》(*The Theory of Prose*)中寫道：

> 重複及其具體表現——韻腳和同義反覆，排比反覆，心理排比，延緩、敘事重複、童話的儀式、波折和許

5 羅吉・福勒(Roger Fowler, 1939-99),《西方現代文學批評術語辭典》(*A Dictionary of Modern Critical Terms*),羅吉・福勒編，袁德成譯，朱通伯校(瀋陽：春風文藝出版社，1988),頁205。

多其他情節性手法——都屬於梯級性構造。[6]

所以，什克洛夫斯基認為重複有以下類型：

1. 韻腳和同義反覆

常見的現像是同一詞語的簡單重複，或是聲音相諧、意義相同的詞的重複，或是前置詞的重複，或是相鄰的詩行中，在一行詩首重複上一行詩的末尾的同一個詞。[7]例如芬蘭史詩《卡勒瓦拉》（*Kalevala*）中的詩句：

第七個晚上她逝世了，／第八個晚上她死去了。

韻腳和同義反覆的現象在周夢蝶詩歌中俯拾皆是，是其一個重要的創作手法。

2. 排比反覆

為區分「反覆排比」與「心理排比」，什克洛夫斯基在文中所論述的「節奏排比」應可以認為是「排比反覆」的形式，是指利用文字形式上的差別來構造梯級式的結構。[8]例如：

我怎能詛咒那個上帝未曾詛咒的人／我怎能去詛咒雅

6　什克洛夫斯基，〈情節編構手法與一般風格手法的聯繫〉（"「The Relationship between Devices of Plot Construction and General Devices of Style"），《散文理論》（*The Theory of Prose*），劉宗次譯（南昌：百花文藝出版社，1994），頁33。

7　什克洛夫斯基，〈情節編構手法與一般風格手法的聯繫〉，頁34。

8　什克洛夫斯基，〈情節編構手法與一般風格手法的聯繫〉，頁36。

赫維未曾詛咒過的人[9]

這一形式在周夢蝶的詩中也有著很多的應用。

3. 心理排比

心理排比是利用形象的差別來製造梯級性，因為某些事物之間的關聯而將其放在一起構成排比。例如：

小小松樹季季綠，／我們的瑪拉什卡天天長——[10]

竊以為，「心理排比」這種「先言他物以引起所詠之詞[11]」的手法與《詩經》中「起興」有異曲同工之妙。這樣的一種排比具有隱喻的性質，從而在詩歌中應當有相當廣泛的應用。不過在很多象徵主義詩歌中，詩人通常不會將喻體與本體並列。

4. 延緩

同義排比中的世行與詩行之間的轉移，在俄羅斯民謠詩學中被稱為「延緩」。例如：

他支起帳篷——白白的帳幔；／支起帳篷，開始敲石點火；／敲石取火，他架起篝火；／架好篝火，他煮起粥來；／煮好粥湯，他喝吃起來。／喝完粥湯，他

9 什克洛夫斯基，〈情節編構手法與一般風格手法的聯繫〉，頁36。

10 什克洛夫斯基，〈情節編構手法與一般風格手法的聯繫〉，頁35。

11 朱熹（1130-1200），《詩集傳》，朱熹注（長沙：嶽麓書社，1989），頁2。

開始安息……[12]

這一現象不僅是俄國民謠的特色，而且是各國民歌、詩歌都具有的特點。例如元代馬致遠（1250-1321）的《漢宮秋》：

> 他他他，傷心辭漢主；我我我，攜手上合梁；他部從入窮荒，我鑾輿返鹹陽。反咸陽，過宮墻；過宮墻，繞回廊；繞回廊，近椒房；近椒房，月昏黃；月昏黃，夜生涼；夜生涼，泣寒漿；泣寒漿，綠紗窗；綠紗窗，不思量！[13]

5. 敘事重複、童話儀式與波折

這三種重複的類型主要出現在童話的敘事中，例如同一情境會重複三次，主人翁先後遇到地下的銅王國、銀王國和金王國；童話中將「康復水」分解為「死亡水」和「活命水」；英雄經過三次戰鬥才能拯救公主之類。

什克洛夫斯基在書中對於每一種重複的具體表現都做了詳細的舉例說明，不過似乎並沒有建立起關於「重複」的完整理論體系，故在此引用黎活仁對於什克洛夫斯基理論的一段簡單說明：「以為較簡單的話把『重複』做一介紹，是什克洛夫斯基認為敘事文為了情節向前發展，於是就使用了

12 什克洛夫斯基，〈情節編構手法與一般風格手法的聯繫〉，頁38。

13 馬致遠，《元曲觀止・漢宮秋》，馮文樓，張強主編（西安：陝西人民教育出版社，1998），頁155-56

『重複』的技巧。」[14]

由於其理論的研究對象主要為俄羅斯的民間詩歌，書中對於俄羅斯民間詩歌的各種重複進行了具體的分析，從而得出了上述引文中的重複的具體表現。由於研究對象的相近，竊以為以什克洛夫斯基的「重複」理論來分析周夢蝶的詩作將會十分合適，後文就將具體以什克洛夫斯基的理論為主體來加以闡述。在此需要說明的是，什克洛夫斯基作為俄國形式主義學派的代表，其理論並不是所謂貶義的「形式主義」，形式主義學者自稱為形態學家而反對「形式主義」的稱號。[15]「形式」這個詞並非相對於內容的概念，而是作為藝術現象的主要東西，構成藝術現象的原則的。[16]因此本文在用什克洛夫斯基的理論進行對周夢蝶詩歌的研究時，並不只是關注與詩歌文字形式，其內容亦在討論範圍之內。

(二) 熱奈特的「頻率」理論

熱奈特在《敘事話語》的「頻率」一章中對於「重複」理論有著很詳細的論述，他研究了「敘述與故事間的頻率關係（簡言之重複關係）」。[17]熱奈特認為，每次重複的事物其

14 黎活仁（1950- ），〈敘事與重複：《老殘遊記》的研究〉，《清末小說》，30（2007）：頁89。

15 王薇生（1928- ），〈導言：俄國形式主義學派的緣起和發展〉，《俄國形式主義文論選》，原編者紮挪．明茨，伊．切爾諾夫；編譯者王薇生（鄭州：鄭州大學出版社，2005），頁2。

16 王薇生，同上書，頁2。

17 熱奈特，《敘事話語》（*Narrative Discourse*），熱拉爾．熱奈特著，王文融譯（北京：中國社會科學出版社，1990），頁73。

實是並不完全相同的，「重複」其實是思想上的一種抽象。它除去每次單獨出現的特點，而保留與其他次出現的共性，故而會有「同一事件的複現」。[18]熱奈特將敘事中的頻率關係分為四種類型[19]：

1. 講述一次發生過一次的事

此種是最常見的，例如，「昨天，我睡得很早。」

2. 講述 n 次發生過 n 次的事

例如，「星期一我睡得很早，星期二我睡得很早，星期三我睡得很早，等等。」

3. 講述 n 次發生過一次的事

例如在魯迅（周樟壽，1881-1936）的《祝福》中，對祥林嫂的孩子被狼叼走的一事進行了各種角度，不同聲音的多次重複敘述。

4. 講述一次發生過 n 次的事

例如：「一周的每一天我都睡得很早。」而不是像第二種類型中的逐個敘述。

與什克洛夫斯基的理論相比，熱奈特關於「頻率」的論述注意到了敘述和故事實際發生之間的關係，從而會關注到「講述一次發生過 n 次的事」這種情況。熱奈特的理論與敘事時間的關係更加緊密，而不只是在於文字層面的重複，因而在研究敘事文的敘述手法中十分重要，不過對於抒情詩歌這一體裁來說，似乎沒有明顯的體現。但是應該注意到的

18 熱奈特，頁73。

19 熱奈特，頁75。

是，以熱奈特的角度來看，什克洛夫斯基的「重複」理論所關注的似乎僅限於「講述 n 次發生過一次或 n 次的事」這一現象，因為「講述一次」在直觀的文本形式來說並不能構成「重複」。所以在本文對周夢蝶詩作的分析中，也會加入熱奈特的觀點，茲以輔助。

（三）米勒關於「重複」理論的論述

米勒在其著作《小說與重複》的第一章便以「重複的兩種形式」為題，顯然其接受了德魯茲關於「柏拉圖式重複」與「尼采式重複」的理論。[20]簡而言之，「柏拉圖式重複」是基於世界的共同原型的基礎上的，重複所產生的複製品於原型雖然各有不同，但仍是想要盡可能地接近或同化，[21]反映在敘事中則可以理解為用不同的敘述方式來描寫同一事件、表達同一種意思；而「尼采式重複」則是把世界理解成幻影的，於是互相相似的事物其實有著本質的差別。[22]反映在敘事中則可以理解為，敘述者不斷重複同一敘述，但是每次重複所傳達的意義卻隨著敘事過程的發展或是位置的不同而產生豐富的意義。

在《小說與重複》中，米勒還以《苔絲》（*Tess of the d'Urbervilles*）為例，揭示了兩種範圍內的重複。首先是「細小處」的重複，即小說中詞、修辭格、外形或內在情態

20 米勒，《小說與重複：七部英國小說》（*Fiction and Repetition: Seven English Novels*），米勒著，王宏圖譯（天津：天津人民出版社，2008），頁5。

21 梁工，頁349。

22 梁工，頁349。

的描寫以及隱喻；「從大處看，事件和場景在文本中被複製著」，甚至放大到一篇小說重複另一小說的主題、場景、動機等等。[23]這一點則可牽扯到「互文性」的研究。它體現了米勒一貫的超越單個文本的研究視角，其之後打破文本約束的解構主義觀點在此已經有所體現。

周夢蝶的詩歌中很多地方體現出米勒和德魯茲所說的「重複的兩種形式」，重複或是強調同一意義，或是於重複的文本中挖掘出不同的深意。尤其是偈語的重複，往往帶有難以體味的深意。本文中也會對周夢蝶詩作的互文性進行分析。

（四）《聖經》的重複

米勒在著作中寫道，西方文化有兩個源頭，其中一個就是《聖經》。《聖經》的敘事學經過幾百年的發展已經變得十分完善，著作頗豐。因而關於《聖經》中的重複，也已經有了十分深入的研究。

在範圍上，《聖經》重複的研究由從小處的字詞間的重複，放大到語句的重複、段落的重複，甚至到《新約》對於《舊約》的重複（這也是一種互文性的研究）。在類型上，學者分析了《聖經》中重複的一般種類、重複的內容、重複的變體甚至重複的次數。由於《聖經》的作為經文的特點，它並不完全等同於小說一類的敘事文體，而是保留了大量的古希伯來詩歌「平行體」的特徵，包括同義平行、反義平

23 米勒，頁2。

行、綜合平行等；[24]平行體本身的重複以為造就了《聖經》中「二步遞進」這一十分獨特的重複類型。

「考察各民族遠古文學成長的歷史，一般都是先有詩歌，後有散文。」[25]《聖經》脫胎於猶太人的文學是無疑的，因而《聖經》多多少少都會帶有詩歌的特點，而「經文越像韻文，越重複，越含有隱喻，就越被外部的權威意義所籠罩」，[26]這一點和詩歌，尤其是現代詩歌有著不謀而合之處。周夢蝶在其詩歌中，苦心營造奇異、超現實的夢想世界，「二步遞進」、「預言與驗證」等等重複現象無一不與《聖經》有著相似之處，而由於周夢蝶本人基督教的宗教情懷，更有在詩中直接引用《聖經》章句的做法。與《聖經》頗為相似的，是漢譯佛經中的重複現象。由於古漢語中同一個字可有許多種詞性，故而往往在翻譯佛經時用同一個字即表示動詞，又表示名詞，從而造成重複，例如「以物物物，則物可物。以物物非物，則物非物。」又如「色即是空，空即是色」[27]此種相互顛倒的重複。佛經中的這種重複語句往往成為警句或偈語，鑒於周夢蝶經常引禪意入詩的特色，他的詩中也充滿大量的類似語句。因此，以《聖經》中「重複」的研究來類比周夢蝶詩歌中的「重複」，頗為恰當，甚

---

24 梁工，頁376。

25 梁工，頁376。

26 弗萊（Northrop Frye, 1912-91），《偉大的代碼——聖經與文學》（*The Great Code: The Bible and Literature*），諾斯普羅・弗萊著；郝振益，樊振幗，何成洲譯（北京：北京大學出版社，1988），頁274。

27 方廣錩編，〈譯本三　般若波羅蜜心經〉，《般若心經譯注集成》，方廣錩編（上海：上海古籍出版社，1994），頁7。

至會因其與《聖經》或佛經的互文特性而引出對周夢蝶詩歌的新的感悟。

三、「重複」在周夢蝶詩中的體現

以上所述，是歷來各學者對於「重複」這一文學理論的論述，或出於對小說、或出於對民謠詩歌、或出於對宗教經典的研究。本文旨在融合這些理論，以周夢蝶的詩歌為研究對象，得出對周夢蝶詩歌中「重複」現象的分析以及總結。故下文開始，將著重於周夢蝶詩歌的文本詳細闡述。

周夢蝶的詩歌中有著大量形式的重複，幾乎每一首詩都會用到某種形式的「重複」手法，它們在周夢蝶的詩中有著十分重要的作用，因為詩歌本身是一種極重視形式的文學樣式，甚至可以不顧語法的限制將詞語填入某一固定形式中，以求得詩人意境的表達。這種「不顧語法的形式」就是詩作才中特有的句法，而「一首詩的結構，其最原始的要素是節奏和句法」[28]，本文對於周夢蝶詩「重複」的討論也是建立於詞法、句法的層面的。根據對周夢蝶先生四本詩集中的作品的統計和分析，可以得出，周夢蝶詩中所出現的的形式有：

28 日爾蒙斯基（Viktor Maksimovich Zhirmunsky, 1891-1971），〈抒情詩的結構〉，《俄國形式主義文論選》，原編者紮挪．明茨，伊．切爾諾夫；編譯者王薇生（鄭州：鄭州大學出版社，2005），頁79。

1. 押韻

2. 同一詞語的多次重複

3. 同一句式的多次重複

4. 段落的重複

5. 二步遞進

6. 數字的重複

(一) 押韻

前文提到，根據最普遍的定義，詩歌是「以韻文為形式的任何組成」。[29]對於中文來說，五四新詩以前的古典詩歌無一不是押韻的，從遠古民歌中自覺的押韻，到後來越來越嚴格的古體詩、近體詩的押韻，然後又到逐漸放寬的詞韻、元曲的押韻。自唐代開始，古人官方定製了各種韻書來規範詩詞的押韻。直到五四之後，新詩革命才徹底打破格律的限制，一些詩人甚至在新詩的蛻變中強調「詩要不用典、不用平仄、不用對仗，不要格律」。[30]但是即便如此，很多的詩人在創作時也仍然沒有放棄押韻，從新詩被稱為「白話韻文」「國語韻文」中可見一斑。不過中國大陸當代的各種新詩中，押韻這一手法似乎已經無足輕重了。

俄國形式主義學者中，O·M·勃里克（Osip Maksimovich Brik, 1888-1945）在討論詩歌的語音重複認為應該把詩歌創

29 罗吉·福勒，頁205。

30 向明（1928- ），〈收他腐朽，還我神奇〉，《新詩50問》，向明著（台北：爾雅出版社，1997），頁20。

作比較有意識地理解為詩歌語言的語音結構。維謝洛夫斯基（Alexander Nikolayevich Veselovsky, 1838-1906）指出詩歌具有純音樂的、節奏語音特徵的形式，[31]押韻則可以看作是語音重複的一種。在周夢蝶的詩作中，雖然整體來看並不如古典詩歌般韻律明顯朗朗上口，但押韻這種形式在詩歌中還是有很多運用。例如：

> 無端足下乃湧起千燈／一燈一佛眼／盈耳是梵唄，飛瀑與鳴蟬／了不識身在天上，人間[32]
>
> 韻不險，詩不峭。／雁字人人來時，／敢雲人乞巧？[33]

這些詩句，讀來音節甚為動聽，竊以為頗具幾分宋詞神韻。將中文押韻分解來看，每一次的押韻即使對單字韻尾的重複，因此可以理解什克洛夫斯基將韻腳作為一種敘事重複的形式。「俄國詩歌特別喜歡這一手法，並在這方面達到了形式上的多樣化。」[34]而中文的詩歌由於古時韻書和古典詩詞的成熟，形成了一個很完善的體系，所以即便在現代詩歌對於押韻並無嚴格要求的情況下，詩人仍然能夠在詩作中加入動聽的韻腳，產生一種聲音回環的和諧感。

---

31 勃里克，〈語音的重疊〉，《俄國形式主義文論選》，原編者扎娜・明茨，伊・切爾諾夫；編譯者王薇生（鄭州：鄭州大學出版社，2005），頁6。

32 周夢蝶（1921- ），《十三朵白菊花・夜登峰碧山俯瞰台北》（台北：洪範書店有限公司，2002），頁92。

33 周夢蝶，《約會・既濟七十七行》（台北：九歌出版社有限公司，2002），頁36。

34 什克洛夫斯基，〈情節編構手法與一般風格手法的聯繫〉，頁34。

韻腳的重複並不是建立在文字形式上的，而是建立在音韻上，因此必須要將詩歌以中文朗讀出來才能體會此種重複的妙處。這也是為什麼許多外國詩歌在翻譯後失去了原作的詩意：因為它們失去了韻腳的重複。

(二) 同一詞語的多次重複

同一詞語的重複在周夢蝶的詩中是最常見的重複形式，也有很多的變體，以下一一論述。

1. 同一詞語在同一短句中多次出現

這樣的反覆使用一個詞語的手法在周夢蝶詩中數不勝數，多以單字重複為主，造成類似於文字遊戲的效果，但也是周夢蝶詩的特色。例如：

> 幾度由冥入冥[35]
>
> 此外的一切／一切的一切／一切的一切的一切[36]
>
> 無不如無無……[37]
>
> 樹外雲外山外鳥外外外[38]
>
> 越過識無邊空無邊非想非非想乃至／越過這越過。……[39]

---

35 周夢蝶，《十三朵白菊花‧叩別內湖》，頁100。

36 周夢蝶，《十三朵白菊花‧除夜衡陽路雨中候車久不至》，頁159。

37 周夢蝶，《十三朵白菊花‧兩個紅胸鳥》，頁136。

38 周夢蝶，《十三朵白菊花‧不怕冷的冷》，頁121。

39 周夢蝶，《十三朵白菊花‧空杯》，頁42。

以此可以看出，這樣重複的單字的手法，看似用的是同一字眼，但其實所指卻不盡相同，充滿了「尼采式重複」的意味。例如「無不如無無」一句，「無」與「無無」的關係當然是典出莊子，但這裏不妨做一字面的分析：此句前文是「多不如少，少不如無」，連起來字面的意思可解釋為「多不如少，少不如『沒有』，『沒有』不如連『沒有』也沒有了。」因此這裡的「無無」並不是簡單的堆疊字眼，前一個「無」是作動詞用，而後一個「無」做名詞用，其意義是代指本句句首的「無」。同理可解舉例中的倒數第二例：「樹之外，雲之外，山之外，鳥之外，『外』之外」。至於最後一例，「非想非非想」則是佛學中的「雙遣法」，首先是用「非想」派遣對於「想」的執著，[40]而又怕眾生如此陷入對於「非想」的執著，故而再加一次否定。這是一種哲學中雙重否定的兩難命題，是佛學中般若學證空的方法。東晉大師僧肇的〈不真空論〉用雙遣法證空，不落兩邊以致中道即為範例，而此類「雙遣法」句式在周夢蝶的詩中出現十分頻繁。

除了「雙遣法」外，詞類活用也是佛經中經常出現的，例如「生生不可說，生不生亦不可說，不生生亦不可說，不生不生亦不可說，生亦不可說，不生亦不可說」。[41]佛經之所以如此行文，是因為佛經乃古時以文言翻譯，文言文多詞類活用的特色造就了佛經中用同一字表不同意。類似的重複在我國文言文典籍中也經常出現，例如「老吾老以及人之

40 筆者按：如此之用一次否定即為「單遣法」。

41 《大般涅磐經・下》（香港：集友印製公司，1962），頁27

老，幼吾幼以及人之幼[42]」、「獨樂樂，與眾樂樂，孰樂[43]」等等。而且無論佛經還是古籍，此類語句往往多為警句。其共同特點為，重複的字眼有相同的形式，然而卻有著表意上本質的差別。此種一字多義的現象可以為經文的解釋帶來多種的靈活的變通，文字遊戲式的行文造成了經文內容的晦澀艱深。這種「尼采式的重複」在詩歌中於詩意的構建有著不可代替的作用，周夢蝶詩中的晦澀禪意由此而出。倘若上一例改為「樹外雲外山外鳥外天外」，就頓失了原詩的精髓。周夢蝶的重複用字，「既能恰如其分的表現了抽象哲理的玄妙，而又能以多層次的脈絡、具體架構文字上理解的、視覺的、聽覺的美妙組合。」[44]

2. 使用疊字疊詞

「疊字」是我國古而有之的修辭手法，古代詩歌中已經經常使用，例如：

尋尋覓覓，冷冷清清，淒淒慘慘戚戚。[45]

在周夢蝶的詩歌中，疊字乃至疊詞的現象屢見不鮮，亦是詩人的一大特色。不過這裡所指的「疊字」並不包括上例中所

42 孟軻（372-289 BCE），〈梁惠王章句上〉，《孟子》（濟南：山東友誼書社，1993），頁42。

43 孟軻，〈梁惠王章句下〉，《孟子》（濟南：山東友誼書社，1993），頁54。

44 羅安琪，〈舊典與新詩如何約會——以周夢蝶詩為例〉，《國文天地》，23-10（2008）：頁59。

45 李清照（1084-1156），〈聲聲慢（秋情）〉，《漱玉詞》，胡雲翼編（香港：匯通書店，1970），頁42。

提到的活用現象，而是指單純的重疊字眼的重複。例如：

然而然而然而／畢竟畢竟畢竟[46]

生生世世生生／那人的指尖／欸！生生世世生生[47]

向佛影的北北北處潛行[48]

至此小小／小小小小的一點白[49]

我親眼看見他把一隻一隻又一隻／胡桃般大的蒼蠅[50]

一襲襲鐵的紫外套，被斬落／一雙雙黑天使的翅膀，被斬落／一般般白日夢，一彎彎笑影……[51]

周夢蝶詩中疊字的重複，多為兩次、四次、六次的重複，如「小小小小小小」；疊詞，則多為重複三次，如「然而然而然而」，其有甚者如在《約會・鳳凰》中寫道「甚矣甚矣甚矣甚矣甚矣甚矣」，重複六次。這些重疊將同一個字或詞連疊用，似穿珠成串，在音節上起到明顯的韻律的效果。這裡所體現的重複，是對同一意義的不斷反覆與加強，究其原因，則可追溯到《詩經》這樣的遠古文學。

劉勰（約 465-？）在《文心雕龍》中寫道「故灼灼狀桃花之鮮，依依盡楊柳之貌，杲杲為日出之容，瀌瀌擬雨雪之

46 周夢蝶，《十三朵白菊花・白西瓜的寓言》，頁112。

47 周夢蝶，《約會・重有感之三》，頁89。

48 周夢蝶，《十三朵白菊花・叩別內湖》，頁100。

49 周夢蝶，《約會・即事》，頁91。

50 周夢蝶，《十三朵白菊花・胡桃樹下的過客》，頁36。

51 周夢蝶，《周夢蝶詩文集：孤獨國／還魂草／風耳樓逸稿》（臺北縣：INK印刻文學生活雜誌出版有限公司，2009），頁51-52。

狀，喈喈逐黃鳥之聲，喓喓學草蟲之韻……情貌無遺矣」，[52] 其中所列舉的疊詞均出自《詩經》，可見字詞重疊之一現象出現十分之早。為什麼《詩經》這樣的詩歌要使用字詞重複的形式呢？對於《聖經》重複的研究或許可以用來說明：因為「典型的民間形式，和荷馬史詩一樣不避重複。」[53]民間文學經過長期的口耳相傳，逐漸形成一種固定的格式，慣用疊詞就是其中一種。《詩經》對民間口頭文學的整理，「民間口頭文學的特點就是，有些在書面上不必重複的原話，在口頭上卻有必要重複一遍，這是為了聽眾能加深印象」，[54]無疑疊詞所造成的韻律效果也有助於對於內容的記憶。自《詩經》之後，我國各代文人把疊詞發展成為了詩詞中常用的一種修辭手法，而周夢蝶也繼承於此。其詩中疊詞的反覆，或十分生動地狀寫了某物體，或強調了詩意，或造成綿延不斷的詩境。

3. 同一詞語在不同句中的重複

此處所指之「不同句」，意為以標點或詩行為界。或被詩句中的標點符號隔開，或位於前後相鄰的詩行，總之不是一句連貫詩句中的重複詞語。例如：

寂寞躡手躡腳地／尾著黃昏／悄悄打我背後裏來，裏

52 劉勰，《文心雕龍・物色》（香港：商務印書館，1959），頁122。

53 朱維之（1905-99），《聖經文學十二講》（北京：人民文學出版社，1989），頁150-51。

54 朱維之，同上書，頁150。

來[55]
雖然，雖然名字／名字換了／朝陽[56]
這紫血。連環繞在四周／恨不能以身殉的微雲都確知且深信：／這紫血／絕不可能再咯／第二口的[57]

所舉三例，重複手法並不相同，它們分別代表了周夢蝶詩中三種獨特的不同句中的詞語重複形式。第一例中的情況相對簡單，出現次數亦不是很多，主要都為動詞的重複。更多的例子如：

濕漉漉的昨日啊！去吧，去吧[58]

動詞的重複主要用來表示某種動作或狀態的持續。[59]有時，和名詞重複同樣，通過重複，普通的動作帶有了咒語一般的魔力。[60]周夢蝶詩作中這樣的重複或表達了悠長的延續，或有一種愁苦的祈使的意味。

後兩例均取自《約會・淡水河側的落日》一詩。第二例乍看無故重複了「雖然」和「名字」，似有語法錯誤之嫌。

55 周夢蝶，《周夢蝶詩文集：孤獨國／還魂草／風耳樓逸稿》，頁40。

56 周夢蝶，《約會・淡水河側的落日》，頁101。

57 周夢蝶，《約會・淡水河側的落日》，頁100。

58 周夢蝶，《周夢蝶詩文集：孤獨國／還魂草／風耳樓逸稿》，頁56。

59 西村真志葉（NISHIMURA Mashiba），〈中國民間幻想故事的敘事技巧：重複與對比〉，《民間敘事的多樣性》，呂微，安德明編（北京：學苑出版社，2006），頁69。

60 西村真志葉，同上書，頁69。

因為，如果打破詩行將其連成一句則是「雖然，雖然名字名字換了」，重複句首連詞尚可接受，但將「名字」重複兩遍就說不通了。同樣的例子還有：

> 我我永不凋謝，而你你／你你也永不飛去甚至用不飛來[61]
>
> 奢侈啊！除非／除非你不甘的雀魂[62]
>
> 且喜池內有蝌蚪：池外／池外不遠處有桃花[63]

通過這些例子可以看出，這樣的一種重複形式其實已經成為周夢蝶所固定的一種詩技。它在上一句詩行中寫出下句的開頭，然後將其斬斷，另起一行重複此開頭日寫完下一句詩的全句。其可歸為什克洛夫斯基所論述的「同義反覆」（在一行詩首重複上一行詩的末尾的同一個詞[64]）。但需要注意的是，周夢蝶在用例中的手法重複了上一句的末尾之後，作出的詩句是一種有違於常規語法的語句。此種語句得以在出現在詩中，正是由於詩歌之於小說、散文等其他文學樣式的不同。

對於古典詩歌來說，由於格律限制帶來的創作約束相當大，為了滿足這些約束，「詩人被『授權』放寬語言系統中

61 周夢蝶，《約會・香頌》，頁68。

62 周夢蝶，《約會・詠雀五帖之五》，頁85。

63 周夢蝶，《約會・鴨之一》，頁130。

64 什克洛夫斯基，〈情節編構手法與一般風格手法的聯繫〉，頁34。

的一些正常的約束」，[65]於是詩人可以為遷就格律而寫出一些不符合正常語法的詩句，此之謂「詩的破格」。[66]但是，對於新詩來說，格律的限制幾乎是不存在的，而「如果詩的破格不只是技巧欠缺的藉口，那麼就應該找到詩歌語言偏離語法規範、詞彙規範這一傾向的進一步原因。」[67]在此，周夢蝶詩歌中的破格現象的「進一步原因」可以用什克洛夫斯基的「陌生化」的理論來解釋。

什克洛夫斯基認為，浪漫主義帶來的形象思維導致「自動化」，而「自動化」使人「複雜的一生都是無意識地匆匆過去，那就如同這一生根本沒有存在。」[68]所以什克洛夫斯基倡導，「藝術的手法就是使事物奇特化的手法，是使形式變得模糊、增加感覺的困難和時間的手法」。[69]以此可以理解，周夢蝶詩歌中重複導致不符語法的現象，是為了迴避尋常語言所帶來的毫無刺激感以及自動化的默認。使人「隨意安排語言，因而攪亂了我們經由語言所接受的真實現象」，[70]「以一種新穎的感覺代替了默認。」

最後一例中的重複，可看作周夢蝶純粹對於形式的苦心經營。其特點在於：如在後面的是詩句中再次提到前文已經寫過的事物，則不論句法另起一詩行，將其置於詩行的開

65 羅吉・福勒，頁208。

66 羅吉・福勒，頁208 。

67 羅吉・福勒，頁208。

68 列夫・托爾斯泰（Lev Nikolayevich Tolstoy, 1828-1910），〈列夫・托爾斯泰1897年2月28日日記〉，尼科爾斯可編（歷史出版社，1915），頁354。

69 什克洛夫斯基，〈藝術作為手法〉，《俄蘇形式主義論文選》，茨維坦・托多羅夫選編（北京：中國社會科學出版社，1989），頁65。

70 什克洛夫斯基，〈藝術作為手法〉，頁65。

頭，甚者如例中所示，單成一行。詩集中的其他例子眾多：

殺死。而又
殺活。這靜默！[71]

那人，看來一點也不怎樣的
那人，只用一個笑[72]

白西瓜。唯一的這顆
白西瓜[73]

你，昨日的少年
昨日的
翩翩，臨流照影的野塘[74]
而當世界沉默的時候
世界睡覺的時候
我不睡覺
為了明天
明天的感動和美
我不睡覺 [75]

71 周夢蝶，《十三朵白菊花・聞雷》，頁12。
72 周夢蝶，《十三朵白菊花・靈山印象》，頁31。
73 周夢蝶，《十三朵白菊花・白西瓜的寓言》，頁110。
74 周夢蝶，《約會・風》，頁70。
75 周夢蝶，《十三朵白菊花・藍蝴蝶》，頁143。

詩人在此刻意做出了一種不僅內容上的而且形式上的重複，利用詩歌詩行的特點將重複的字詞對齊放在一起。最後兩個例子中，詩人為了做到這一點，甚至排版時在詩行的開頭故意留空。留空的做法在周夢蝶不使用這種形式重複的詩歌中是極少見的，因此可見詩人對於詩歌形式的刻意雕琢。利用字詞重複以及詩歌的排版作詩的巧妙技巧，於《約會・雁之二》中最令人稱絕：

人人人人人
隻或雙，成行或不成行
在江心，在天末
秋風起時：
秋風有多瘦多長
你的背影就有多瘦多長

是你在空中寫字，抑
字在空中寫你？

人人人人人
何日是了？除非
（秋在高處高高處自沉吟）
除非水流有西向時：
水流幾時西向？
欸！除非你寫得人人人人盡時。

此處引文為了體現出詩作重複的形式美，故而保留了原書中的豎排形式。從這些例子可以看出周夢蝶對於形式的對稱、反覆的美感是著力追求的。詩人並不滿足於只在文義上的重複，更要昭然若揭地把重複的內容在排版上並列在一起。一些本身並無太大重複意味的詩句因此也變得成了重複的鐵證。這是詩人在創作中形成的固定技巧，使用某一技巧時，就有相對應的詩句形式。因為「詩歌的材料既不是形象，也不是情感，而是所謂語言」，[76]詩人的寫作就如填空一般，將重複的「語言」填入應該重複的位置——就如同將具體數值帶入函數一樣。即使沒有數值的帶入，函數本身的存在也是有意義的；即使不填入具體的字詞，周夢蝶所用的這樣一種形式已經具備了重複的意義。

與這樣一種形式具有類比意義的是近體詩的格律。以一首平起、首句押韻的五言律詩的平仄、押韻為例：

平平仄仄平（韻），仄仄仄平平（韻）。
仄仄平平仄，平平仄仄平（韻）。
平平平仄仄，仄仄仄平平（韻）。
仄仄平平仄，平平仄仄平（韻）。[77]

上面共有四行八句每句五字再加五個韻腳，以字面來說卻只出現「平」「仄」「韻」三個字填寫，本身已極具重複特徵，而此處的「平」「仄」「韻」三字，不過符號而已，以符號表示絲毫不影響其表意：

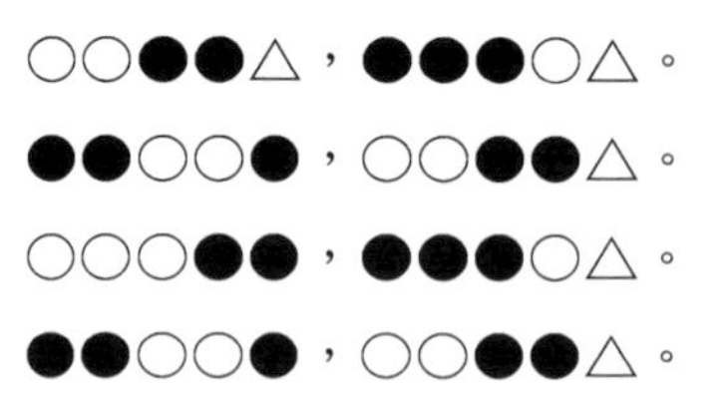

76 日爾蒙斯基，〈詩學的任務〉，《俄國形式主義文論選》，原編者紮娜．明茨，伊．切爾諾夫；編譯者王薇生（鄭州：鄭州大學出版社，2005），頁76。
77 王力（1900-86），《詩詞格律概要》（北京：北京出版社，1979），頁30。

之所以浩瀚的漢字可以用這幾個符號來表示，是因為這些符號是對於漢字音韻上的不同特性的抽象——平與仄。因而，以所有的平聲字為例，既然可用一個符號來表示，即說明所有的平聲字皆具有在聲韻上同樣的特點。以這一角度來數，詩中所有的平聲字便無差別，所有的仄聲字也都是一樣的。因此就可以抽象出上面的格律圖，進而得出結論：今體詩不論用字遣詞如何，其詩都一定會有在音韻上的重複。而且，除了音韻，律詩還有明顯的對仗與押韻的重複。

作近體詩時，內容姑且不論，只要詩人將正確的字填入正確的位置即可成為格律正確的詩，並構成重複。就這一點來說，與周夢蝶詩中所用的技巧並無二般，這正印證了什克洛夫斯基所說的「行式為自己創造內容」。[78]勃里克就在著作中曾經把不同詩歌技巧發展水準時代的形容詞使用分成了兩類，其中一種就是「形容語樸質無華，要求他在語義上不必突顯，而只要佔據節奏句中必要的位置」。[79]這一類類似於「虛詞」的詞語在重格律的古典詩詞中尤其重要（例如《楚辭》中的「兮」），或許周夢蝶正受了古典詩詞的啟發，給自己制定了一套套的「重複格律」。因為周夢蝶詩中的重複，往往不是隨意的，而是體現出一種「以固定形態出現的」的現象，是可以歸類整理的。周夢蝶的詩，表面看來晦澀、難懂，但其所要表達的仍然是近於常人的情思。其詩作中所體現的文字形態，並不是要「可以令人沮喪」，而是通

78 什克洛夫斯基，〈情節編構手法與一般風格手法的聯繫〉，頁35。

79 勃里克，〈節奏和句法〉，《俄國形式主義文論選》，原編者紮挪．明茨，伊．切爾諾夫；編譯者王薇生（鄭州：鄭州大學出版社，2005），頁24。

過這些「重複」的形式來支撐起情思的傳達。「這種方式也有意識的挑戰傳統，在傳統的閱讀習慣與文學表達方式上，固執的想要開出花來。」[80]本文所做的，正是試圖找出隱含在周夢蝶詩中「重複」中的「格律」。

（三）同一句式的多次重複

同一句式的重複就是以詩句為單位來觀察詩句在一首詩中的重複情況。周夢蝶的詩歌自成風格，從文字形式上來說，很大程度上是因為其獨特的組織詩句的手法。正如前文所說，詩中的片段經常是以一種固定的結構重複出現，因而很容易被讀者注意到，詩歌中經常會出現那種所謂「標誌性的文字」，讓人一看便能知道，此詩非周夢蝶所作不可。下面就來具體分析周夢蝶的詩中使用詩句重複所構成的「標誌性的文字」。

1. 詩句內部結構的重複

這是周夢蝶行文中最具標誌性的部分。此類詩句的結構十分固定，多為短語，種類亦為有限的幾種。舉例如下：

千匝復千匝[81]

蹉跎復蹉跎的明日復明日[82]

80 許士品，〈周夢蝶的現代詩與中國文學之聯繫〉，《中國語文》，555（2003）：頁92。

81 周夢蝶，《十三朵白菊花‧人面石》，頁6。

82 周夢蝶，《十三朵白菊花‧嘆詠調之三》，頁178。

愈走愈薄愈瘦愈晦[83]

（昨佛今佛後佛一口如是說）[84]

由柘紅而櫻紅而棗紅醬紅鐵紅灰紅[85]

渴時泉，寒時衣，倦時屋，渡時舟，病時藥……[86]

果後果，因中因，緣外緣[87]

如是果如是因如是緣[88]

一燈一佛眼[89]

一步一漣漪[90]

一痛，永痛！[91]

一藍，永藍！[92]

此五種句式是出現的最多的，每種都是特點鮮明：第一種是「AA 復 AA」的結構，前後所填入的相同的詞語，以「復」字字義的重複加上前後同一詞語字面的重複，渲染重

83 周夢蝶，《十三朵白菊花‧無題》，頁44。

84 周夢蝶，《約會‧重有感之二》，頁87。

85 周夢蝶，《約會‧淡水河側的落日》，頁99。

86 周夢蝶，《十三朵白菊花‧再來人》，頁57。

87 周夢蝶，《約會‧重有感之一》，頁87。

88 周夢蝶，《約會‧白雲三願》，頁123。

89 周夢蝶，《十三朵白菊花‧夜登峰碧山俯瞰台北》，頁92。

90 周夢蝶，《約會‧竹枕》，頁63。

91 周夢蝶，《十三朵白菊花‧疤》，頁106。

92 周夢蝶，《十三朵白菊花‧藍蝴蝶之二》，頁148。

複的無盡與輪迴；第二種是雙字短語的堆疊，所堆疊的短語中必有一字相同，貫穿始終，以「愈A愈B愈C愈D」堆疊的形式出現為多；第三種是三字短語的堆疊，三字短語多是偏正結構，具有文言色彩，堆疊後結構緊湊富有韻律；第四種「一A一BC」當是脫胎於佛經中的語句「佛土生五色莖，一花一世界，一葉一如來」，化用詩中能賦詩以禪意；第五種句式為「一 A，永 A」，空處填入同一單字，逗號亦可不出現，體現出剎那與永恆的對立，以及因果的聯繫。周夢蝶所鍾愛的，似乎特別是第一種：

三千復三千[93]
自有玉貌玉衣人，雙雙復雙雙[94]
翩躚復翩躚[95]
唧唧復唧唧／拳拳復拳拳[96]
尋索復尋索[97]

在《十三朵白菊花‧所謂伊人》一篇中，「三千復三千」這個短語就重複出現了三次。其本身語法意義的重複加上字面用詞的重複，無一不體現了一種無窮無盡的重複感，渲染重複的無盡與輪迴。這種重複技巧似乎取法自民間詩歌《木蘭

93 周夢蝶，《十三朵白菊花‧所謂伊人》，頁114。
94 周夢蝶，《約會‧為全壘打喝采》，頁27。
95 周夢蝶，《約會‧細雪之三》，頁113。
96 周夢蝶，《十三朵白菊花‧吹劍錄之十》，頁195。
97 周夢蝶，《十三朵白菊花‧血與寂寞5》，頁187。

辭》開篇「唧唧復唧唧，木蘭當戶織。不聞機杼聲，惟聞女嘆息。」[98]另有清朝錢鶴灘（1461-1504）流傳極廣之詩句「明日復明日，明日何其多。我生待明日，萬事成蹉跎」。周夢蝶詩中「蹉跎復蹉跎的明日復明日」似有化用錢鶴灘詩句；《十三朵白菊花・吹劍錄之十》中更直接使用了「唧唧復唧唧」。民歌中的的詩句似乎有著強大的生命力，因為「民間口頭文學創作經過長期口耳相傳的過程，形成了世世代代襲用的比較固定的藝術手法和格式，相同的詞語、相似的句式、相仿的段落，以及慣用的疊詞和不變的套語，反覆出現在作品中。」[99]在這裡，當屬於成為慣例的相同句式的重複。周夢蝶的詩句汲取了民謠詩歌中的重複手法，而產生了高於民謠詩歌的詩境。

2. 詩句前置詞的重複

這種重複即是指詩中用相同的詞語作為開頭引導數行詩句，而擁有相同前置詞的詩句句子的結構往往比較類似。例如：

> 讓軟香輕紅嫁與春水，／讓蝴蝶死吻夏日最後一瓣玫瑰，／讓秋菊之冷艷與清秋／酌滿詩人咄咄之空杯；[100]
>
> 想起無數無數的羅密歐與朱麗葉／想起十字架上血淋

98 郭茂倩編，〈木蘭詩〉，《宋本樂府詩集》，郭茂倩、楊家駱編（臺北：世界書局，1961），頁813。

99 梁工，頁375。

100 周夢蝶，《周夢蝶詩文集：孤獨國／還魂草／風耳樓逸稿》，頁27。

淋的耶穌／想起給無常扭斷了的一切微笑……[101]

這樣的詩句具有修辭中排比的特點，詩人往往用此句型來鋪陳意象。以什克洛夫斯基的理論來分析，則是「前置詞重複」類型的同義反覆。

3. 同一句子結構替換中心詞的重複

此種重複在周夢蝶的詩中是出現的十分普遍，並有多種變體。

（1）排比反覆

最簡單的形式是，兩句相同結構的詩句並列，而置換詩句的關鍵詞，形成類似對偶的效果。

天空的一半沒有顏色／小鳥的一半沒有羽毛[102]

門前雪也不掃；／瓦上霜也不管。[103]

這樣的重複可被看作什克洛夫斯基理論中的「排比反覆」，[104]或是維謝洛夫斯基看來於心理排比完全不同的「猶太、芬蘭和中國詩歌中的節奏排比」。[105]維謝洛夫斯基所舉的例子是：

101 周夢蝶，《周夢蝶詩文集：孤獨國／還魂草／風耳樓逸稿》，頁28。

102 周夢蝶，《約會集句六帖　五》，頁47。

103 周夢蝶，《十三朵白菊花・蛻》，頁15。

104 什克洛夫斯基，〈情節編構手法與一般風格手法的聯繫〉，頁35。

105 什克洛夫斯基，〈情節編構手法與一般風格手法的聯繫〉，頁35。

太陽不知道，它哪裡可安息，
月亮不知道，它哪裡有力量。[106]

可見此種重複與周夢蝶的如出一轍。如果上述的重複形式重複的不只是詩句，而是作為整體的數行詩句，則此種重複將發展為段落重複，稍後詳述。

（2）延緩

這種形式中的一種特殊形式是，並列兩句中的後一句重複前一句的某些中心詞，例如：

虛空以東無語，虛空以西無語／虛空以南無語，虛空以北無語[107]
天上的月何如水中的月？／水中的月何如夢中的月？[108]

這樣的寫法會把前一句詩中所寫往前推進一步，可將例句中的句法抽象為：

A 何如 B？／B 何如 C？

如此可以輕易擴展到三句、四句至 N 句無盡的逐級推進的詩句，例如：

106 什克洛夫斯基，〈情節編構手法與一般風格手法的聯繫〉，頁35。
107 周夢蝶，《周夢蝶詩文集：孤獨國／還魂草／風耳樓逸稿》，頁181。
108 周夢蝶，《十三朵白菊花・月河》，頁5。

天把樓梯高高的舉起來　　　　　　A把B高高的舉起來

樓梯把窗　　　　　　　　　　　　B把C
窗把枕頭　　　　　　　　→　　　C把D
枕頭把夜　　　　　　　　　　　　D把E
夜把一鬈香夢沉酣的黑髮　　　　　E把F
高高的舉起來[109]　　　　　　　　高高的舉起來

可以發現，這樣的詩句的本質仍是同一句型結構的重複，替換中心詞，只不過後一句的中心詞重複前一句，如此而作的詩句具有什克洛夫斯基所說俄國民謠中的「延緩」的特質，一級一級逐個推出描寫對象的梯級結構，而勃里克則將此種情況稱作為「接韻」。[110]

（3）顛倒重複

基於第一種排比反覆的基本形式，常見周夢蝶在兩句並列的詩行中，後一句顛倒前一句中心詞而構成重複。例如：

有鳥自虹外飛來／有虹自鳥外湧起——[111]
看你在我，我在你[112]
月入千水 水含千月[113]《月河》

109 周夢蝶，《約會・即事之四》，頁90。
110 勃里克，〈語音的重疊〉，頁8。
111 周夢蝶，《周夢蝶詩文集：孤獨國／還魂草／風耳樓逸稿》，頁161。
112 周夢蝶，《周夢蝶詩文集：孤獨國／還魂草／風耳樓逸稿》，頁158。
113 周夢蝶，《十三朵白菊花・月河》，頁5。

此種顛倒的形式還可以擴大到幾句詩行之間的重複：

> 一片落葉——／像誰的手掌，輕輕／打在我的肩上。
> ／／打在我的肩上／柔柔涼涼的／一片落葉[114]

這是周夢蝶將「回文」融入詩歌的體現，他在《約會·細雪》中曾經直接寫「所有的詩皆回文」，此種風格不能不說受到了佛經、道家、儒家經典等的影響：

> 信言不美，美言不信。[115]
> 日往則月來，月往則日來。[116]

（4）包裹與複現

除了並列的詩行、詩句間會出現重複現象外，重複的詩句也會出現在一篇詩的開頭和結尾，或開頭、中間和結尾這樣相隔較遠的位置。借用《聖經的敍事藝術》（*Narrative Art in the Bible*）中的術語，本文用「包裹」來指一句或一組詩句「完全相同或稍有變化地出現在某段落開頭和結尾的情形」。[117]例如：

---

114 周夢蝶，《十三朵白菊花·積雨的日子》，頁17。

115 李耳（600-470 BCE），《道德經·八十一》（北京：外語教學與研究出版社），頁170。

116 《易經語解》（台南：大千世界出版社，1973），頁43

117 梁工，頁354。

> 行到水窮處／不見窮，不見水——／卻有一片幽香／冷冷在目，在耳，在衣。／／……／／行到水窮處／不見窮，不見水——／卻有一片幽香／冷冷在目，在耳，在衣。[118]
>
> 「凡踏著我的腳印來的／我便以我，和我底腳印，與他！」／你說。／／……／／你以青眼向凡塵宣示：／「凡踏著我的腳印來的／我便以我，和我底腳印，與他！」[119]

除了首尾呼應的「包裹」之外，詩的開頭或結尾也會在詩的中間複現。例如《十三朵白菊花・第九種風》一詩中，「那人在海的漩渦裹坐著——」這一句除了開頭結尾的包裹外，中間還複現了四次，一共出現了六次，猶如交響樂中主題的出現、消失、複現。這樣的「包裹」加「複現」的形式，使得詩歌的結構形式十分清晰，而且可以強調重複的詩句，突顯出詩歌的主題。

4. 預言與印證的重複

根據西村真志葉的論述，「有些助手看透將要發生的事件，通過預知，提前為情節的發展留下軌跡。」「在這些作品中，後來的情節基本按照助手的發話內容而發展，」「從這個意義上看，『預知』便是發話內容轉換為情節後的重複現象。」即是說：預言的事件與被印證發生的事件是重複

118 周夢蝶，《周夢蝶詩文集：孤獨國／還魂草／風耳樓逸稿》，頁158-59。

119 周夢蝶，《周夢蝶詩文集：孤獨國／還魂草／風耳樓逸稿》，頁171-73。

的，「預言與印證」也是一種重複的現象。

西村真志葉的論述是針對中國民間幻想故事的，將其擴展到所有文學作品的範疇，則「預言與印證」體現得最典型的文本當屬於《聖經》。《聖經》中最宏偉的「預言與印證」是《新約》對於《舊約》印證，而最直接的印證則應是《創世紀》中「神說：『要有光，就有了光』」。除此以外，《聖經》中先知的預言得到印證的例子數不勝數。

周夢蝶的詩中經常出現「十字架」、「耶穌」、「上帝」的字眼，用過耶穌五餅二魚餵飽三千人的典故，還有直接改寫、化用《創世紀》（*Genesis*）的語句：

> 主說：要有火！／於是天上有霹靂與閃電。／／又說：要有水！／於是地上有霜露與冰雪。[120]
>
> 鳳年出生的那女子／一覺醒來，指著自己的肚臍說：／開花！／花就開了。[121]

這便是周夢蝶詩中最明顯的預言得到印證式的重複了。其餘的例子還有《還魂草・樹》中較為含蓄的印證：

> 你聽見不，你血管中循環著的吶喊？／「讓我是一片葉吧！／讓霜染紅，讓流水輕輕行過……／／於是一覺醒來便蒼翠一片了！

120 周夢蝶，《約會・風從何處來》，頁144。
121 周夢蝶，《約會・雞蛋花》，頁150。

(四) 段落的重複

由於詩歌篇幅、分行的特點，周夢蝶的詩中出現大段的重複的段落的情況並不多見，大多情況可以並作上文所述的詩句的重複。真正出現段落重複的詩作可以參考《孤獨國・無題七首之五》、《約會・詠雀五帖之五》、《十三朵白菊花・焚》和《還魂草・行到水窮處》幾首。其中《十三朵白菊花・焚》和《還魂草・行到水窮處》的段落重複皆為之前已經論述過的「包裹」現象，在此不再贅述，重點討論《孤獨國・無題七首之五》和《約會・詠雀五帖之五》中的段落重複。

現將這兩首詩摘錄於此。

> 昨天，／你像一枝嬌花／黏著火與酒／飄落在我身邊：／我輕輕拾起，看看有丟下／我沒有暖室，沒有瓶，也沒水：／我是從沙漠裡來的！／／今天，／你像一抹寒雪／頭也不回一回地／向銀灰色的天末遠去：／我彈掉袖口飛塵似地笑笑／本來沒有汗的心又洗過一縷涼颸：／我原是從沙漠裡來的！

> 人之所以為人亦猶／雀之所以為雀／（總有倦飛的時候）／雖然，雖然子非雀／焉知雀／／雀之所以為雀亦猶／人之所以為人／（總有倦行的時候）／雖然，雖然雀非子／焉知子／……

可見這樣的段落重複並不只是單純的複製，而是在重複詩句、段落格式的基礎上加以內容的變化。第一例中，開頭的「昨天」「今天」讓人自然往下聯想，擴展到詩中未寫的「明天」「後天」，這就是什克洛夫斯基所說的「梯級構造」，通過形式上的重複，一級級推出下面的內容。這樣的手法與《詩經》中最為多見，例如《蒹葭》、《關雎》等耳熟能詳的詩篇中，也是同樣的重複手法，在句式的重複中替換中心詞，以達到詩意推進的效果。周夢蝶做詩中使用的這種手法，羅安琪稱之為是將古典文句「拉長、裁切、黏貼、抽換」的現代設計手法，[122]這恰恰體現了周夢蝶詩與《詩經》、唐詩、宋詞等古典文學在形式上的「互文性」。

所謂互文性，就是「將前人的文本加以模仿、降格、諷刺和改寫，利用文本交織且互為引用、互文書寫，提出新的文本、書寫策略與世界觀。」[123]周夢蝶詩中除了這種形式上之於《聖經》、《詩經》或佛經的互文性，更多的是內容上的互文性。除了段落上與其他文本的互文，還有詩集中的詩作間的互文性，還有詩作也其他文本的互文性。例如上例的〈詠雀五帖之五〉，就是源自《莊子・秋水》，這種重複，除了本身兩個詩段的重複，更是整個段落和另外一個文本的重複。

周夢蝶一段時期大量地以典入詩，引用了大量的佛教、道教、基督教以及傳統文學中的篇章、故事，因此體現了極

122 羅安琪，頁56。

123 廖炳惠，《關鍵詞200》，廖炳惠著（臺北：麥田出版，2003），頁145。

其豐富的互文性。例如《十三朵白菊花・四行一輯六題》的〈零時〉：

> 不必說有光／光已有了／／那人一向安息／自一至六日

此詩可看作對《創世紀》改寫的一種重複，從而成為《創世紀》的互文。若非讀過《聖經》則很難體味詩人於這樣看似簡單的詩句中所蘊含的深意，因而覺得晦澀、不知所云。例如《約會・未濟八行》與《約會・既濟七十七行》，僅從詩題中的暗示也應將兩首詩作為互文來閱讀、理解。又如《還魂草・菩提樹下》，整篇就是在講佛祖夜坐菩提樹下修行成道的故事，而詩中也影射了參禪修行的「三關」。類似這樣的與其他文本具有互文性的詩作，若事先沒有讀過其所「模仿、降格、諷刺和改寫」的文本，就很難明白詩人的所指所在。周夢蝶互文的對象多是帶有神秘主義的宗教經典，而「詩作如果實在描寫禪道這類神秘主義的道理，就會變得很難理解」。[124]

（五）二步遞進

「二步遞進」（two-step progression）的稱法取自關於《聖經・福音書》（*Gospel*）的研究。他自書中說，「二步遞進」是福音書中最常運用的修辭手段，經常出現在語詞、文

124 楊風，〈晦澀詩的實質美與形式美〉，《台灣現代詩》，14（2008）：頁47。

句、段落和局部構思中，是理解許多片段的關鍵所在。所謂「二步遞進」，就是「兩個彼此關聯的句子相繼出現，後者對前者進行補充、認定、解說，或從某個角度加以論證。」[125] 在其他學者的著作中，對類似這樣的重複現象均有所提及，但並未如《聖經》研究者這般細緻系統地總結，因為《聖經》中這樣的現象並非如小說作者或者其他文學家一般心血來潮地使用重複技巧，而是源於其古猶太人的平行體詩歌。梁工的《聖經敘事藝術研究》中曾在「二度重複」[126]中提及到這一敘事手法；什克洛夫斯基則在「同義重複」中提到「使用同義詞是果戈理喜歡運用的一種修辭手段」，[127]「幾乎是永遠同時使用兩個同義詞組」。[128]什克洛夫斯基的解釋是，這反映了「形式為自己創造內容」[129]的規律，但現在看來，似乎可以用《聖經》文法的影響來解釋了。

不過，什克洛夫斯基「形式為自己創造內容」的論述是有道理的，一旦使用「二步遞進」的形式，則此形式要求一定要有兩段符合「二步遞進」特點的內容被填入，雖然這樣的重複有時是「純屬多餘，與另一個詞組完全雷同」[130]。以下以周夢蝶的詩為例，做詳細分析。

125 梁工，頁297。
126 梁工，頁363。
127 什克洛夫斯基，〈情節編構手法與一般風格手法的聯繫〉，頁34。
128 什克洛夫斯基，〈情節編構手法與一般風格手法的聯繫〉，頁34。
129 什克洛夫斯基，〈情節編構手法與一般風格手法的聯繫〉，頁35。
130 什克洛夫斯基，〈情節編構手法與一般風格手法的聯繫〉，頁34。

一九五八年，我的影子，我的妻子[131]
上帝呀，無名的精靈呀！[132]
那晚紅，欲言又止的晚紅／那落日，盡此一醉的落日[133]
而當世界沉默的時候／　　世界睡覺的時候[134]
只有一步那麼近／只有一步那麼遠的一點點 [135]
忍，除了忍／不抵抗，除了不抵抗[136]

周夢蝶或是受基督教經典的影響，在行文中也經常使用「平行體」或者「二步遞進」的技巧。前三個例子均是在後一句對前一句作出補充、解釋，後兩個例子則有後者對前者認定、肯定的意味。郭楓在評論中說周夢蝶的詩技「繞來繞去」，[137]所針對的大概就是這樣的具有「二步遞進」意味的詩句了。以熱奈特「頻率」的理論分析之，則應該屬於「講述 n 次發生過一次的事」，因為其實並列的兩個語句所表達的是同一事物，只不過用不同的文字表達出來。一般來講，「二步遞進」應該是「講述兩次發生過一次的事」，然而也有變體：

131 周夢蝶，《周夢蝶詩文集：孤獨國／還魂草／風耳樓逸稿》，頁37。
132 周夢蝶，《周夢蝶詩文集：孤獨國／還魂草／風耳樓逸稿》，頁35。
133 周夢蝶，《十三朵白菊花‧紅蜻蜓》，頁139。
134 周夢蝶，《十三朵白菊花‧藍蝴蝶》，頁143。
135 周夢蝶，《約會‧既濟七十七行》，頁34。
136 周夢蝶，《十三朵白菊花‧半個孤兒》，頁206。
137 郭楓，〈禪裡禪外失魂還魂的周夢蝶〉，《鹽分地帶文學》，4（2006）：頁180。

> 如來，勞碌命的如來／淚血滴滴往肚裡流的如來[138]
>
> 這兒便成為永遠──／淡水河永遠／淡水河側的落日永遠／觀音山永遠／永遠永遠[139]

分別講述三次和五次「發生過一次的事」（這裡一直引用的「發生過一次的事」並不真正地指某一事件，因為熱奈特用這一理論來分析小說，小說由一系列的事件構成，而此處用來分析詩作時，實際應引申為「描寫 n 次出現一次的事物」為宜）。除此以外，在《聖經敘事藝術研究》中，「回文」的結構也被列作了「二步遞進」的一種變體[140]，不過之前已經論述過，故不在此復言了。

在「二步遞進」中，每句詩的文字、形式都是不同的，然而卻都是在表達相同或相似的本質，這樣的重複應是柏拉圖式的，而這樣的重複並非純屬多餘。例如「我的影子，我的妻子」正是通過兩句重複的內容，不露痕跡地表明「我的妻子如同我的影子一樣，與我親密無間、形影不離」。另外，周夢蝶在使用「二步遞進」這一手法的時候，必須要在後一句詩中重複或填入與前句相關的內容，這正反映了什克洛夫斯基所說的「一定的形式要求被填滿，就像抒情詩裡要用詞填滿聲音的空白一樣」。[141]

138 周夢蝶，《約會．花，總得開一次》，頁142。

139 周夢蝶，《約會．淡水河側的落日》，頁101。

140 梁工，頁298。

141 什克洛夫斯基，〈情節編構手法與一般風格手法的聯繫〉，頁36。

(六)數字的重複

郭楓曾在〈禪裡禪外失魂還魂的周夢蝶〉一文中指出周夢蝶喜歡使用「數碼套式」的老套句式。[142]其實觀之周夢蝶四本詩集，數字的使用確是其慣用的風格，但絕不止限於郭楓文中的那一種重複單一數字的套式。

什克洛夫斯基在論述同義排比時寫道「如果詩行中有數字，而數字，眾所周知，是沒有同義詞的，所以取數量順序上的下一個數字，而不管意義上的背離。」[143]而黎活仁就將重複中使用數字的手法歸於韻律所構造的梯級結構中。反觀周夢蝶詩中的數字重複，可以參照下面的例子：

> 我們的銀河／才只有七尺七寸寬／我們的織女和牛郎／已足足涉了三個多月又三年／／唧唧復唧唧／紡織娘紡織著／六與七／／為什麼不四與五／或九與八？／為什麼不？[144]
>
> 我是三萬六千五百零一塊之外的一塊頑石[145]

這些例子在周夢蝶詩中處處皆是，可以看出詩人有意在詩中運用數字的重複。第一例可以看作是「數碼套式」，重複同一數字來達到文字形式的精巧，「七尺七」的回文則對應著

142 郭楓，頁180。

143 什克洛夫斯基，〈情節編構手法與一般風格手法的聯繫〉，頁34。

144 周夢蝶，《十三朵白菊花・吹劍錄之十》，頁195。

145 周夢蝶，《十三朵白菊花・人面石》，頁6。

「七月七」的七夕節，是為「鍛造句子的妙法」。[146]第二例則是純粹的為了韻律和形式了，不能不說是詩人的匠心獨運。第三例所代表的是一種在詩中重複使用大數量級數字的傾向，同樣的例子還有用「百」「千」「萬」「無邊」「無量」這樣的數字詞，或者「三千復三千」、「千匝復千匝」這樣的句式，這其實體現了詩人的佛教思想。數論是佛學中很重要的概念，例如佛教中常出現的「三界」、「四聖諦」、「六處」、「八正道」、「十二因緣」乃至「百八煩惱」等等；除了數論外，佛教的還有自己源自古印度的數字體系。佛教中的數字體系主要記載在《俱舍論》與《華嚴經》中，而周夢蝶常讀的幾本佛經中就有《華嚴經》，[147]因此深諳佛教數字體系是完全應該的。其龐大的單位和無盡的數量級遞增其給人以無窮無盡的感覺，但是無論多龐大的數字，從「一」「十」「百」直到「不可說不可說轉」這樣極大無比數也有自己的單位，意為再大的功德也可以量化，再多的輪回也可以計算。不知詩人是否要表達這樣的嚮往無限卻又永無法到達的感覺。

以上所總結出周夢蝶詩中的重複的六個種類，多根據詩人作詩手法以及目的來分，具體分析了構成重複的操作方式、重複手法的來源、重複的作用以及與其他文學作品的關聯等等，其中劃分的範圍確有重疊。然而周夢蝶詩中的重複現象太多，除了固定的結構外還有許多變體，明確將其歸類

146 郭楓，頁180。

147 應鳳凰，〈「書人」周夢蝶的秘笈〉，曾進豐，《娑婆詩人周夢蝶》，頁287-89。

也是很有困難的。

四、結語

周夢蝶的詩作中，「重複」的現象繽紛多彩，十分複雜，體現出的博採眾長化為己用的特點，是其詩技中很重要的一個部分，也是造就他詩歌的風格——「今之古詩」「以禪入詩」——的主要原因，可以融合什克洛夫斯基、熱奈特、米勒、對《聖經》的研究以及互文性等理論，加以深刻挖掘。

參考文獻目錄

FANG

方廣錩編：〈譯本三　般若波羅蜜心經〉，《般若心經譯注集成》，方廣錩編，上海：上海古籍出版社，1994。

FU

弗萊（Frye, Northrop）：《偉大的代碼——聖經與文學》（*The Great Code: The Bible and Literature*），郝振益，樊振幗，何成洲譯，北京：北京大學出版社，1988。

GUO

郭楓：〈禪裡禪外失魂還魂的周夢蝶〉，《鹽分地帶文學》4（2006）：166-81。

郭茂倩：〈木蘭詩〉，《宋本樂府詩集》，郭茂倩、楊家駱編，臺北：世界書局，1961。

HUI

慧能：《六祖壇經》，南京：江蘇古籍出版社。

LI

李耳：《道德經・八十一》，北京：外語教學與研究出版社。

李奭學：〈花雨滿天——評周夢蝶詩集兩種〉，《娑婆詩人周夢蝶》，曾進豐編，臺北：九歌出版社有限公司，2005。246-49。

黎活仁：〈敘事與重複：《老殘遊記》的研究〉，《清末小說》30（2007）：88-105。

——：〈上升與下降：周夢蝶有關飛行的想像力研究〉，（周夢蝶與二十世紀華文文學國際學術研討會論文），2009。

李清照：〈聲聲慢（秋情）〉，《漱玉詞》，胡雲翼編，香港：匯通書店，1970。

LIANG

梁工：《聖經敘事藝術研究》，北京：商務印書館，2005。

LIAO

廖炳惠：《關鍵詞 200》，廖炳惠著，臺北：麥田出版，城邦文化發行，2003。

LIU

劉勰：《文心雕龍·物色》，香港：商務印書館，1959。

劉永毅：《周夢蝶　詩壇苦行僧》，臺北：時報文化出版企業股份有限公司，1998。

LUO

羅吉·福勒（Fowler, Roger）：《西方現代文學批評術語辭典》（*A Dictionary of Modern Critical Terms*），羅吉·福勒編，袁德成譯，朱通伯校，瀋陽：春風文藝出版社 1988。

羅安琪：〈舊典與新詩如何約會——以周夢蝶詩為例〉，《國文天地》23-10（2008）：56-61。

MA

馬致遠：《元曲觀止·漢宮秋》，馮文樓，張強主編，西安：陝西人民教育出版社，1998。

MI

米勒（Miller, Hillis）：《小說與重複：七部英國小說》（*Fiction and Repetition: Seven English Novels*），米勒著，王宏圖

譯，天津：天津人民出版社。

RE

熱奈特（Genette, Gérard）：《敘事話語》（*Narrative Discourse*），王文融譯，北京：中國社會科學出版社，1990。

RI

日爾蒙斯基（Zhirmunsky, Viktor Maksimovich）：〈詩學的任務〉，《俄國形式主義文論選》，原編者紮挪．明茨，伊．切爾諾夫；編譯者王薇生，鄭州：鄭州大學出版社，2005。

——：〈抒情詩的結構〉，《俄國形式主義文論選》，原編者紮挪．明茨，伊．切爾諾夫；編譯者王薇生，鄭州：鄭州大學出版社，2005。

SHI

什克洛夫斯基（Shklovsky, Viktor）：〈情節編構手法與一般風格手法的聯繫〉（"The Relationship between Devices of Plot Construction and General Devices of Style"），《散文理論》（*The Theory of Prose*），劉宗次譯，南昌：百花文藝出版社，1994。

——：〈藝術作為手法〉，《俄蘇形式主義論文選》，茨維坦．托多羅夫選編，北京：中國社會科學出版社，1989。

WANG

王力：《詩詞格律概要》，北京：北京出版社 1979。

王薇生：〈導言：俄國形式主義學派的緣起和發展〉，《俄國形式主義文論選》，原編者紮挪．明茨，伊．切爾諾夫；編譯者王薇生，鄭州：鄭州大學出版社，2005。

XI

西村真志葉（NISHIMURA Mashiba）:〈中國民間幻想故事的敘事技巧：重複與對比〉,《民間敘事的多樣性》，呂微，安德明編，北京：學苑出版社，2006。

XIANG

向明:《新詩 50 問》，向明著，臺北：爾雅出版社，1997。

XU

許士品:〈周夢蝶的現代詩與中國文學之聯繫〉,《中國語文》555，2003。90-96。

YANG

楊風:〈晦澀詩的實質美與形式美〉,《台灣現代詩》14，2008。43-67。

YING

應鳳凰:〈「書人」周夢蝶的秘笈〉,《娑婆詩人周夢蝶》，曾進豐編，臺北：九歌出版社有限公司，2005，287-91。

ZHOU

周夢蝶:《孤獨國》，臺北市：藍星詩社，1959。

——:《還魂草》，臺北：文星書店，1965。

——:《十三朵白菊花》，臺北：洪範書店有限公司，2002。

——:《約會・既濟七十七行》，台北：九歌出版社有限公司，2002。

ZHU

朱維之:《聖經文學十二講》，北京：人民文學出版社，1989。

朱熹:《詩集傳》，朱熹注，長沙：嶽麓書社，1989。

著者不詳：《大般涅磐經・下》，卷二十一，香港：集友印製公司，1962。

著者不詳：《聖經》（新譯本），香港：環球聖經公會有限公司，2006。

著者不詳：《易經語解》，台南：大千世界出版社，1973。

春天與夏天

周夢蝶的時間意識研究

霍家美（香港大學本科生）

摘要

本論文從時間意識研究周夢蝶詩歌春天和夏天的特色。四季之中，周夢蝶重視春夏多於秋冬；春夏兩季，周夢蝶更是重視春天，數量相對較多，集中歌詠早春、惜春之情不明顯，因此從被囚禁的春天，討論「有女懷春」：對《詩經》的重寫，從倒影在春水，討論自戀情結。因春天而論及女性書寫、酒神意義，但因周詩對夏天的描寫比較少，此文討論亦少。期望透過這篇論稿，能有效測量出周夢蝶詩的特徵，以及周詩與中國古典文學的承傳關係。

關鍵詞

周夢蝶、時間意識、春天、夏天、日本漢學

一、引言

日本學者對中國文學悲秋體系的建構作了許多貢獻，包括傷春、悲秋等，黎師活仁教授在過去 20 年作了不少的整理，[1]和進一步開發，本論文是以黎師〈與傷春拔河：余光中詩的詩間意識研究〉[2]於春夏的建構為基礎，希望可以對周夢蝶的詩歌作一分析。

1 黎師活仁教授有以下關於「傷春」「悲秋」論文：1）。〈秋的時間意識在中國文學的表現：日本漢學界對於時間意識研究的貢獻〉，《漢學研究之回顧與前瞻》，林徐典編，上卷，〈文學語言卷〉（北京：中華書局，1995）395-403；2）。〈悲秋的詞：黃侃的時間意識研究〉，《國文天地》，6.8-9（1992）：89-93，92-95；3）。〈《野草》的精神分析：兼談魯迅的象徵技巧〉，《現代中國文學的時間觀與空間觀》（台北：業強出版社，1993），27-49；4）。〈象徵主義對傳統中國時間觀的影響：何其芳早期作品的「嘆老」表現〉，《現代文學的時間觀與空間觀》（台北：業強出版社，1993）51-79；5）。〈洛夫在八十年代末期遊歷大江南北後的作品〉，《中華文學的現在和未來──兩岸暨港澳文學交流研討會論文集》，黃維樑（1947-）編（香港：鑪峰學會，1994）182-91；6）。〈餡弦詩所見春天的時間意識〉，《方法論於中國古典和現代文學的應用》，黎活仁、黃耀䭾合編（香港：香港大學亞洲研究中心，1999）235-62；7）。〈春的時間意識於中國文學的表現〉，《漢學研究》，3（1999）：529-43。日本學者相關著作中譯，可參青山宏（AOYAMA Hiroshi, 1931- ），〈中國詩歌中的落花傷惜春〉，《日本學者中國詞學論文集》，王水照（1934-]、保苅佳昭（HOKARI Yoshiaki）等編選，邵毅平、沈維藩等譯（上海：上海古籍出版社，1981）85-98。松浦友久（MATSUURA Tomohisa, 1935-2002），《中國詩歌原理》，孫昌武（1937- ）、鄭天剛（1953- ）譯（瀋陽：遼寧教育出版社，1990）。松浦氏著作可謂集大成。

2 黎師活仁教授，〈與傷春拔河：余光中詩的詩間意識研究〉，《韓中言語文化研究》，16（2008）：26。

二、中國文學對春天的歌詠

松浦友久（MATSUURA Tomohisa, 1935-2002）認為：（1）在中國詩歌之中，最常見的與春字有關用語是「惜春」、「傷春」、「感春」、「悲春」、「遣春」、「春怨」、「春恨」、「春愁」、「春懷」、「春意」等等[3]；（2）春天的時間意識分為 3 個方向，即「愁、悲、傷」、「樂、逸、愉」和「惜」[4]；（3）對秋天產生的心情是「悲」，即所謂「悲秋」，而「春的詩情的核心大概是『惜春』」。[5]

《詩經》	悲春	「有女懷春，吉士誘之」（〈召南・野有死　〉[6]） 「春日遲遲，……，女心傷悲」（〈豳風・七月〉[7]）
《楚辭》	樂春 傷春 悲春／傷春	「開春發步兮，……，吾將蕩志而愉樂」（〈九章〉[8]） 「極目千里兮傷春心」（〈招魂〉[9]） 「王孫遊兮不歸，春草生兮萋萋」（〈招隱士〉[10]）

3 松浦友久，頁8。

4 松浦友久，頁24。

5 松浦友久，頁15。

6 孔穎達（574-648），《毛詩正義》，《十三經注疏》，冊2（臺灣：藝文印書館；清嘉慶20年〔1815〕江西南昌府學雕版阮元監刻本），65/8b。

7 孔穎達，頁281/11b-12a。

8 洪興祖（1090-1155），《楚辭補注》，白化文等校點（北京：中華書局，1983），頁148。

9 洪興祖，頁215。

10 洪興祖，頁233。

《古詩十九首》	春時嘆老	「涉江采芙蓉，蘭澤多芳草，……，憂傷以終老。」（〈涉江采芙蓉〉[11]） 「東風搖百草，……，所遇無故物，焉得不速老。」（〈迴車駕言邁〉[12]）
建安時期	悲春	曹植（192-232）〈臨觀賦〉、〈感節賦〉、阮籍（210-263）〈詠懷詩〉、陸機（261-303）〈春詠〉
魏晉時期	樂春 悲春	夏侯湛（243-291）〈春可樂〉、傅玄（217-278）〈陽春賦〉和王廙（274-322）〈春可樂〉 李顒〈悲四時賦〉
六朝、梁	惜春 惜春＋落花	梁元帝（蕭繹，508-554，552-554 在位）〈春日〉 梁元帝〈春日〉（多有遊戲成份）
中唐	三月盡	「惜春」之情，見於「春歸（去）」的用語。 歡迎「春歸（來）」的流行程度，漸次為「春歸（去）」的「惜春」模式所超越。 「春盡」之外，白居易（772-846）又有「三月盡」的用例。
宋詞	傷惜春＋落花	成為宋詞的基調（敘事形式）

11 蕭統（501-531），《昭明文選》，卷29（嘉慶14年[1809]胡刻本），4a。

12 蕭統，29/5b。

三、周夢蝶對春天的歌詠

和中原健二（NAKANARA Kenji, 1950- ）[13]對詩歌常用語彙「春歸」作了詳細研究，認為有「春歸來」和「春歸去」的分別；春歸去到了中晚唐至為重要，手法變化極多。但是周夢蝶的重點，在於「春歸來」，盼早日「春回大地」。

(一) 被囚禁的春天

周夢蝶詠冬天的詩不算很多，羅任玲（1963-）曾經注意到，周夢蝶的春天，常是被囚禁著的。[14]《孤獨國．冬天裏的春天》「用橄欖色的困窮鑄成個鐵門閂兒，／於是春天只好在門外哭泣了。」（63[15]）不但是春天，敘述者也是被囚禁著的，也許是指心靈，即與花爭發的「春心」。

但作者本人是「嚮往一個自由自在的天地」，「在十五歲時，偷偷替自己取了『夢蝶』這個名字。」[16]這說明周夢蝶每年，都為春天的被釋放，而感到無限欣喜。

---

13 中原健二，〈詩語「春歸」考〉，《東方學》75（1988）：49-63；中原健二，〈詩語「三月盡」〉，《未名》，13（1995）：頁1-25。

14 羅任玲（1963- ），〈周夢蝶詩中的二元對立與和諧——以《十三朵白菊花》、《約會》為例〉，曾進豐（1962- ）編，《娑婆詩人周夢蝶》（台北：九歌出版社有限公司，2005），頁273。

15 周夢蝶《孤獨國》，《還魂草》，用2009年「INK印刻文學生活雜誌出版有限公司」《周夢蝶詩文集：孤獨國　還魂草　風耳樓逸稿》的新版。

16 劉永毅，《周夢蝶　詩壇苦行僧》（台北：時報文化出版企業股份有限公司，1998）28；宋雅姿（1951-），〈滾滾紅塵的苦行僧：專訪詩人周夢蝶〉，《文訊》，221（2004）：頁119。

1. 春歸來的喜訊

首先，是在冬天發現春天將來臨的訊息，這是可能的，因為可能有幾天天氣比較暖，或者是像現在常說的暖冬，這一訊息帶給詩人很大的欣喜，他是在街頭賣書的，當然不會喜歡怒號的北風：

> 昨夜，我又夢見我／赤裸裸的趺坐在負雪的山峰上。／／這裏的氣候黏在冬天與春天的接口處（《孤獨國・孤獨國》，53）

周夢蝶有很多詩，是寫早春的，即春歸來，惜春之情很少，這種寫法，與中晚唐詩人重視「春歸去」不同。

> 冬已遠，春已回，蟄始驚：／一句「太初有道」在腹中／正等著推敲（《約會・花，總得開一次——七十自壽兼酬夏宇阿蘋及林華》，137-41）
>
> 懸崖高處，我依稀聽得春天／顫慄復顫慄的／走索的聲音。／／昨日你是積雪，／今日你是積雪下惺忪的春草；／誰家的喜鵲啣來一天紅雲？／在五月的梅梢。／／有鳥自虹外飛來／有虹自鳥外湧起——／你底幽思是出岫的羊羣／不識歸路，惟見山山秋色。（《還魂草・駢指》，160-61）
>
> 靜寂啊，血脈裏奔流著你／／當第一瓣雪花與第一聲春雷／將你底渾沌點醒——眼花耳熱／你底心遂繽紛為千樹蝴蝶。（《還魂草・孤峯頂上》，216）

據說：洞庭湖的層冰／六百里外的昨夜／已被小魚兒吹破，咬碎／／打一個魚肚白的呵欠／早春的風嫋嫋貓背一般弓起（《約會．集句六帖之六》，47-48[17]）

這縷縷髣髴來自玄古的絕壁早春的瀑布似的溫柔／幽幽，幽幽幽幽地／將那雙劍眉／遲來的懺悔——／／覆蓋。（《約會．黑髮》，165-66）

「風不識字，摧折花木。」／春色是關不住的——／聽！萬嶺上有松／松上是驚濤；看！是處是草／草上有遠古哭過也笑過的雨痕（《十三朵百菊花．好雪！片片不落別處》，29[18]）

2. 把春天帶回來和送走的鳥兒

據中原健二說，春歸的方向之中，宋詞慢慢把前代的「春歸來」變為「春歸去」的「惜春」。以下兩首詩寫燕子和杜宇把春呼喚回來，因襲宋詞以前常用的「春歸來」模式：

啣無邊春色而來／一隻乳燕。翩翩／而已的一隻乳燕（《有一種鳥或人．試為俳句六帖——帖各二十字遙寄 Miss 秦嵐日本東京都．之一》，60）

荊棘以尖銳的溫柔攙扶我；／直到我從眩暈與疾蹙中甦醒／纔知道：我是一閃落魄的春天底隕星。／

17 引周夢蝶《約會》，據台北、九歌出版社有限公司2002版，頁碼附於引文之後。

18 引周夢蝶《十三朵白菊花》，據台北：洪範書店有限公司2002版，頁碼附於引文之後。

／……不是杜宇，喚不回春之腳步／而又不是霜神，能於一夜之間／潑笑與淚，愛與別離為一片冷白（《周夢蝶詩文集・風耳樓逸稿・落花夢》，261）

3. 落葉喚春歸

《有一種鳥或人・靜夜聞落葉聲有所思十則——詠時間》說落葉的聲音，像夜歸人的嘆息，也像在喚春歸，這種寫法，不見於中原健二的表述。周夢蝶常常坐禪，因此聽覺的描寫相對突出：

「願春常在！」／／「願天早生聖哲！」／／一句比一句沉摯而哀切：／聽！何來墜落的微響／在千山復千山的霜林之外／點滴明滅，如夜歸人的嘆息（《有一種鳥或人・靜夜聞落葉聲有所思十則——詠時間》，101）

（二）「有女懷春」：對《詩經》的重寫

《詩經》提及春天，如前所述，是懷春：「有女懷春，吉士誘之」（〈召南・野有死麕〉），周夢蝶重寫這一主題之時，卻把「吉士誘之」的結果也寫出來了，女的做了未婚媽媽。《詩經》重視道德教誨，對此加以破壞，可以用布魯姆（Harold Bloom, 1930- ）「誤讀」理論加以解釋，原來後起的作者，為了抗行前代的詩人，於是就有「殺父戀母」的殺父的心理，對前代經典進行種種扭曲，而達到創新的境界：

> 為驚喜，嬌羞與滿足而臉紅？／／看到花開，／眼前便閃過一抹笑影：／朝霞似的／是屬於春天這小女孩／未嫁，而已然做了媽媽的／《十三朵百菊花·吹劍錄·之六》（192）

在春天共偕連理，也是延續《詩經》的婚戀類型：

> 生活裏沒有偶爾，／是挺不好受的——／你說。／偶爾接到一張喜帖，燙金，印有／花圓月好或春雷動了的喜帖；／偶爾一點飛花落入硯池裏（《有一種鳥或人·偶而》，127）

（三）倒影在春水：自戀情結

「讓軟香輕紅嫁與春水」（《孤國國·讓》，27）可能是描寫女子倒影在水中，寫倒影較重要的詩是《孤獨國》的〈寂寞〉，引文開始時寫月的影，以巴什拉《水與夢》（*Water and Dreams*[19]）的語言出之，就是宇宙的自戀；然後寫敘述者的倒影：

> 缺月孤懸天中／又返照於荇藻交橫的溪底／溪面如鏡晶澈／祇偶爾有幾瓣白雲冉冉／幾點飛鳥輕噪著渡影

19 巴什拉，《水的夢——論物質的想像》（*Water and Dreams: An Essay on the Imagination of Matter*），顧嘉琛譯（長沙：嶽麓書社，2005），頁28-29。

> 掠水過……／我趺坐著／看了看岸上的我自己／再看看投映在水裏的／／醒然一笑／把一根斷枯的柳枝／在沒一絲破綻的水面上／著意點畫著「人」字──／一個，兩個，三個……（《孤獨國．寂寞》，40-41）

與春天有關的詩，又有倒影的，是《約會．風──野塘事件》，「雲影與天光」倒影在水裡，倒影在「臨流照影」的野塘：

> 只一足之失／已此水非彼水了／依舊春草／依舊燕子、紅蜻蜓／雲影與天光──／你，昨日的少年／昨日的／翩翩，臨流照影的野塘／／……魚尾紋何罪？野塘何罪？這疑案／究竟該如何去了結？紅蜻蜓想。／至於那風，燕子和春草都可以作證：／「他，只不過偶爾打這兒過路而已！」（《約會．風──野塘事件》，70-71）

巴什拉《水與夢》水的倒影可以使「天可當成水，水可當成天」[20]，在《夢想的詩學》（*The Poetics of Reverie: Childhood, Language, and the Cosmos*）一書說游泳的夢想與飛行的夢想往往二而為一，[21]《大氣的夢想》（*Air and Dream*）於羽翼

20 巴什拉，《水的夢》，頁31。

21 巴什拉，《夢想的詩學》，劉自強譯（北京：生活．讀書．新知三聯書店，1996），頁259。

的分析，也重複著水與天連的想像。[22]倒影與宇宙重疊，有助於周夢蝶飛行的夢想。

(四) 春水與水浴

大地回春，當然可以恢復游泳，巴什拉說河水使人聯想起裸體女性。[23]天鵝水浴是常見的描寫，也許很多人在孩提時都聽過這樣的一個故事，有一隊天鵝走到水邊，脫下羽毛，到水裡裸泳，有一個小朋友把最小的羽毛藏起來，小天鵝發現羽毛不見了，於是哭了，故事的結尾是小朋友後來跟小天鵝成親。巴什拉說水與性有一定的關係，原因就在如此，周夢蝶寫裸泳，也有一首：

> （九宮鳥的回聲似的）／便輕手輕腳出現在陽台上／先是，擎著噴壺／澆灌高高低低的盆栽／之後，便鈎著頭／把一泓秋水似的／不識愁的秀髮／梳了又洗，洗了又梳／且毫無忌憚的／把雪頸皓腕與蔥指／裸給少年的早晨看（《十三朵百菊花·九宮鳥的早晨》，98）

以現在文學批評來分析，這首詩有「生態描寫」的特點，自從意識到公害的弊端，文學的「生態描寫」就開始得到重視，美國作家梭羅（Henry David Thoreau, 1817-1862）成為斯界的先知先覺的祖師，周夢蝶在《約會》有兩首（《七月

---

22 Bachelard, *Air and Dreams: An Essay on the Imagination of Movements*, trans. Edith R. Farrell and C. Frederick Farrell (Dallas: Dallas Institute, 1988) 75-76.

23 巴什拉，《水的夢》，頁39。

四日——梭羅湖濱散記二十年後重讀二首之一》，115-18）；《仰望三十三行（又題：兩個星期五和一隻椅子）》，跋尾說「梭羅湖濱散記重讀二首之二」，119-21）緬懷這位回歸自然的作家。不過這兩首都不提描寫春夏的。梭羅在哈佛大學畢業後，擔任過教職，認識愛默生（Ralph Waldo Emerson, 1803-82）、霍桑（Nathaniel Hawthorne, 1804-64）等作家，但未名成利就，得年 45，沒有結婚。身後名也非他所逆料，他於二十八歲那年在華爾騰湖（Walden Pond）畔旁所撰寫的《湖濱散記》（*Walden*）奠定了大師級的地位。《湖濱散記》是紀錄梭羅在華爾騰湖畔隱居二年零二個月的生活散文，生活簡單，自己種菜，其餘時間用來讀書，梭羅運筆的精妙，也是得到青睞的原因。「生態描寫」，[24]也就是自然環境的描寫，有助於在自然找尋母親，滿足他的戀母情結。《風耳樓墜簡》致友人書說：「你知道，『人是自然的產兒！有幸福是永遠不離開母親的孩子。』（徐志摩[徐章垿，1897-931]語）……而『自然』這位母親，又是永遠年輕，最最高明，最最博厚，最最最慈愛的。」（〈致洛冰之五〉，170）

---

24 凱特・里格比（Kate Rigby），〈生態批評〉（“Ecocriticism”），《21世紀批評述介》（*Introducing Criticism at The 21st Century*），朱利安・沃爾弗雷斯（Julian Wolfreys）編，張瓊、張吓等譯（南京：南京大學出版社，2009）201-41。趙炎秋主編，《文學批評實踐教程》（長沙：中南大學出版社，2007）412-14。魯春芳，〈梭羅「詩意棲居」的親身實踐〉，《神聖自然：英國浪漫主義詩歌的生態倫理思想》（杭州：浙江大學出版社，2009），頁241-53。

好一團波濤洶湧大合唱的紫色！／我問阿雄：曾聽取這如雷之靜寂否？／他答非所問的說：牽牛花自己不會笑／是大地——這自然之母在笑啊！（《十三朵白菊花．牽牛花》，83》

四、尼采的酒神精神

(一) 酒神精神

周夢蝶的詩，有大量的關於喝酒和醉的描寫，這與尼采（Friedrich Wilhelm Nietzsche, 1844-1900）的酒神精神有密切關係，而酒神精神，又影響了巴赫金（Mikhail Bakhtin, 1895-975）的狂歡化論述[25]。

1. 周夢蝶的「霍夫曼情結」（The Hoffmann Complex）

周夢蝶〈冬天裡的春天〉一詩，說冬天因為醉倒而讓人覺得春天將到。加斯東．巴什拉（Gaston Bachelard, 1884-1963）《火的精神分析》（*The Psychoanalysis of Fire*[26]）又說酒是能燃燒的水，燃燒自己而亡，是生命和水的結合，能以小體積容納大能量。

能燃燒，又能發熱；[27]而燃燒時的情景，加上濃郁的酒

25 秦勇（1974- ），《巴赫金軀體理論研究》（北京：中國社會科學出版社，2009），頁134-47。

26 巴什拉，《火的精神分析》（*The Psychoanalysis of Fire*），杜小真、顧嘉琛譯（北京：三聯書店，1992）。

27 巴什拉，《火的精神分析》，頁99。

味，更能令人感受到潘趣酒（Punch）的浪漫價值，[28]即霍夫曼情結。

> 用橄欖色的困窮鑄成個鐵門閂兒，／於是春天只好在門外哭泣了。／／雪落著，清明的寒光飄閃著；／淚凍藏了，笑蟄睡了／而鐵樹般植立於石壁深深處主人的影子／卻給芳烈的冬天的陳酒飲得酡醉！／／今夜，奇麗莽扎羅最高的峰巔雪深多少？／有否鬚髭奮張的錦豹在那兒瞻顧躊躇枕雪高臥？／／雪落著，清明的寒光盈盈斟入／石壁深深處鐵樹般影子的深深裏去；／／影子酩酊著，冷颼颼地釀織著夢，夢裏／鐵樹開花了，開在瞑目含笑錦豹的額頭上。（《孤獨國．冬天裡的春天》，63-64）

酒精是無意識的存在，受酒精影響，人有滔滔不絕的話題。精神病學曾指出酒精會使人狂亂，例如小人國就是在酒精影響的幻想下造成，又小型的幻想正是為追求深度的幻想，即為理想的創造作準備。[29]

酒精可從它無意識中把威力進行跨大化，根據小模式設想大模式，以酒來設想天馬行空的東西[30]。如果面對火缺乏想像，那麼詩意的價值也不復存在[31]。

28 巴什拉，《火的精神分析》，頁101。
29 巴什拉，《火的精神分析》，頁103-4。
30 巴什拉，《火的精神分析》，頁109-10。
31 巴什拉，《火的精神分析》，頁105。

2. 尼采的酒神精神

海德格爾（Martin Heidegger, 1889-1976）在《尼采》（*Nietzsche*）一書指出，醉是一種強烈的情緒，包括節日、競賽、表演、勝利、暴行、燬滅以至特定的氣候如春天，也可以達到陶醉的效果。夢幻和陶醉是兩種強力意志的力量，分別代表「阿波羅」（Apollo）狀態和「狄奧尼索斯」（Dionysus）狀態，為了藝術，陶醉是不可缺少的[32]，陶醉的相反是無聊、厭倦、撤退、精疲力竭、蒼白無力的非藝術狀態[33]；陶醉與力的意志有密切關係。第一，陶醉必須被理解為超出本身的能力，是一種力的提高；第二，是更為豐富，指心情方面，對一切都敞開，為迎接瘋狂做好準備[34]。

> 用橄欖色的困窮鑄成個鐵門閂兒，／於是春天只好在門外哭泣了。／／雪落著，清明的寒光飄閃著；／淚凍藏了，笑蟄睡了／而鐵樹般植立於石壁深深處主人的影子／卻給芳烈的冬天的陳酒飲得酡醉！（《孤獨國・冬天裏的春天》，63）
>
> 戒了一冬一春的酒的陽光／偷偷地從屋頂上窺下來／只一眼！就觸嗅到／掛在石壁上那尊芳香四溢的空杯。(《還魂草・天窗》，101）
>
> 總不能與飛絮同零落／天涯雨橫風急／／慘綠六十有六／以春天的醉眼來測量／或者，並不算十分太老／

32 海德格，《尼采》（北京：商務印書館，2002），頁106。

33 海德格，同上書，頁111-12。

34 海德格，同上書，頁110-11。

或太小／／一一無限好的事物都安立在／一一無限好的所在——（《十三朵白菊花・於桂林街購得大衣一領重五公斤》，166）
你是幸福者／你醉眼朦朧，／把世界緊緊偎抱著／像死吻最後一瓣飛花的春蝶。／／……像死吻最後一瓣飛花的春蝶／你是幸福者！（《周夢蝶詩文集・風耳樓逸稿・幸福者》，232-33）

3. 哈伯瑪斯意義的「公共空間」

哈貝馬斯（Jürgen Habermas, 1929- ）公共空間（public sphere）認為咖啡店在民主進程起過以輿論監督社會的作用，知識分子在茶敘閒聊之時，就會擦出火花，終於導至社會的變革。[35]公共空間初期對西方小說創作起了推動的作用，在台灣也是，1949 年，明星開始營業，後來成為台灣文學史經典作家的黃春明（1939- ）、林懷民（1947- ）、白先勇（1937- ）、季季（1944- ）、陳若曦（陳秀美，1938- ）等到明星伏案寫稿；《文學季刊》創辦人尉天聰（1935- ）、陳映真（1937- ）等人亦曾在咖啡廳三樓進行編輯。當時文

35 哈貝馬斯著，《公共領域的結構轉型》（*The Structural Transformation of the Public Sphere: An Inquiry into a Category of Bourgeois Society*），曹衛東譯（上海：學林出版社，1999），頁14-16。安德魯・愛德格（Andrew Edgar），〈公共領域〉（Public Sphere），《哈貝馬斯：關鍵概念》（*Habermas: The Key Concepts*），楊禮銀、朱松峰譯（江蘇：江蘇人民出版社，2009），124-46；王治河主編，《後現代主義詞典》（北京：中央編譯出版社，2004），166-68。波林・瑪麗・羅斯諾（Pauline Marie Rosenau），《後現代主義和社會科學》（*Post-Modernism and the Soial Sciences*），張國清譯（上海：上海譯文出版社，1998），頁150。

人雅士及作家受到簡錦錐（1932- ）的尊重與照顧，1989 年 12 月，咖啡廳一度關門，2004 年，因為明星已成為成為「集體記憶」，或一股「懷舊」（nostalgia）潮，讓這個文人雅集的據點，在 2005 年 7 月恢後復營業。[36]「懷舊」（nostalgia）是詹明信（Frederic Jameson, 1934- ）[37]的一個重要理論，普遍為大家所接受。

五十年代的台灣流行過存在主義，在明星咖啡廳門口擺書攤的周夢蝶，朝夕與流行文史哲讀物為伍，自然熟悉尼采，評論家認是屬於早期一度陷於柏拉圖式熱戀（？）的作品〈晚安！小瑪麗〉，就有尼采的大名：

> 晚安，小瑪麗／夜是你底搖籃。／你底心裏有很多禪，很多靦覥／很多即使啄木鳥也啄不醒的／仲夏夜之夢。／／仙人掌，仙人掌在沙漠裏／／也偷偷流淚。誰曉得／淚是誰底後裔？去年三月／我在尼采底瞳孔裏讀到他／他裝著不認識我／說我愚癡如一枚蝴蝶……／／
> 露珠已睡醒了／小瑪麗／在晨光熹微的深巷中／賣花女銜著風寒／已清脆地叫過第十聲了。／／明天地球將朝著哪邊轉？／小瑪麗，夜是你底；／使夜成為夜

36 明星咖啡廳的歷史，參簡錦錐（1932- ）口述，謝祝芬撰文，《武昌街一段七號：他和明星咖啡廳的故事》（台北：圓神，2009）。

37 詹明信（Frederic Jameson），〈對於現在的懷舊〉（"Nostalgia for the present"），《後現代主義或晚期資本主義的文化邏輯》（*Postmodernism, or, The Culture Logic of Late Capitalism*），吳美真譯（台北：時報文化出版企業股份有限公司，1999），頁335-54。

> 的白晝也是你底。／讓蘆葦們去咀嚼什麼什麼吧！／睡著是夢，坐著和走著又何嘗不是？（附註：瑪麗，小狗名；《還魂草・晚安！小瑪麗》，176-79）

這首詩內容帶出好幾個重要的話題，「去年三月」提示的春天、「仲夏夜之夢」與周夢蝶說屬於他的季節的夏天、「賣花女銜著風寒」與城市的「漫遊者」和「漫遊女」，以及因此而出現的尼采與周夢蝶對女性的想像等問題。

4. 來書攤搭訕的漫遊者和漫遊女

周夢蝶在台北明星咖啡店擺書攤（1959-80），[38]已成為台灣文學重要典故，很多知名作家於微時曾是常客，當時的《聯合報》副刊編輯林海音（1918-2001），回憶起周詩人的身邊，常有一大堆慕名而來的訪客，[39]原來處女作《孤獨國》作品陸續問世，聲名雀起，[40]來搭訕者絡繹於途。林清玄（1953- ），當代以佛教書寫紅透半邊天的作家，回憶起詩人到明星，常點可樂，照常如喝奶茶一樣加糖，[41]情形就如深圳地局紅酒加話梅，說是因為太苦。

來搭訕的訪客，如今有了一個文學用語：即漫遊者和漫遊女，班雅明（Walter Benjamin, 1892-940）在研究詩人波

38 簡錦錐，頁124-30。

39 林海音，〈默默的，燃燒著的灰燼〉，《剪影話文壇》（北京：中國友誼出版公司，1987），頁54-56。

40 陳玲玲，〈鳥到青天倦亦飛：管窺周夢蝶先生的詩境〉，《書評書目》，80（1979）：頁37。

41 林清玄，〈現代・文學・夢〉，《越過滄桑》（台北：健行文化出版事業有限公司，1992），頁245。

特萊爾（Charles Baudelaire, 1821-67）的作品時把漫遊者（flaneur）這個概念作一發揮，後來又及於女性的漫遊女的概念。[42]大城市出現的初期，漫遊者的代表則有詩人、乞丐、妓女、偵探等人物。到了現代，女性也上班了，漫遊女也遍布各階層。

對詩作的影響，比較明顯的是因為接觸很多女性粉絲，而心靈起伏不定，這種情神上的愛戀：據陳玲玲當年的訪問記，有這樣的一回事：漫遊女甲，北一女畢業（北一女是名校，1904 年創立，位於總統府旁邊），其時芳齡 17，「多愁善感，楚楚可憐」，周夢蝶為她寫了〈尋〉（167-68）、〈失題〉（169-70）、〈還魂草〉（171-73）、〈關著的夜〉（195-98），分手後不期而遇，又寫了〈一瞥〉（174-175）[43]，以上見於《還魂草》。

> 從每一滴金檀花底淚光中／從世尊沒遮攔的指間／窺探你。　像月在月中窺月／你在你與非你中無言、震慄！／何須尋索！你底自我／並未墜失。　倘若真即是夢／（倘若世界是夢至美的完成）／夢將悄悄，優曇華與仙人掌將悄悄／／藏起你底側影。　倘若夢亦非真／當甜夢去後，噩夢醒時／你已哭過——這斑斑

42 琳達・麥道威爾（Linda McDowell），〈置身公共場所：街道與快感空間〉（"In Public：The Street and Spaces of Pleasure"）《性別、認同與地方：女性主義地理學概說》（*Gender, Identity and Place: Understanding Feminist Geographies*），徐苔玲，王志弘譯（台北：群學出版有限公司，2006），頁208-30。

43 陳玲玲，頁38。

的酸熱／曾將三千娑婆的埃塵照亮、染濕！（〈尋〉，167-68）

「凡踏著我腳印來的／我便以我，和我底腳印，與他！」／你說。／／這是一首古老的，雪寫的故事／寫在你底脚下／而又亮在你眼裏心裏的；／你說。雖然那時你還很小／／（還不到春天一半裙幅大）／你已倦於以夢幻釀蜜／倦於在鬢邊襟邊簪帶憂愁了。／／穿過我與非我／穿過十二月與十二月，／在八千八百八十之上／你向絕處斟酌自己／斟酌和你一般浩瀚的翠色。／／南極與北極底距離短了，／有笑聲嘩嘩然／從積雪深深的覆蓋下竄起，／面對第一線金陽／面對枯葉般匍匐在你腳下的死亡與死亡（〈還魂草〉，171-72）

《風耳樓墜簡》說《還魂草・關著的夜》的女鬼，就是芳齡17的北一女學生（《風耳樓墜簡》306）的素描，「幽靈批評」始於哥特小說（Gothic fiction 或 Gothic horror），隨著電話、錄音、錄像、電郵等科技的出現而以另一形態復興。[44]在「男性凝視」下，女性變成亡靈，可以從精神分析原理加以論證，首先如希臘的水仙，愛上自己的倒影，以為是水中

44 安德魯・本尼特（Andrew Bennett）、尼古拉・羅伊爾（Nicholas Royle），〈幽靈〉（"Ghosts"），《關鍵詞：文學批評與理論導論》（*An Introduction to Literarure, Criticism and Theory*），安德魯・本尼特（Andrew Bennett）、尼古拉・羅伊爾（Nicholas Royle）著，汪正龍、李永新譯（桂林：廣西師範大學出版社，2007），頁128-35。戴維・龐特（David Punter），〈幽靈批評〉（"Spectral Criticism"），沃爾弗雷斯，頁351-79。

的仙女，自戀主義於是與自殺和溺死有著一定關係，倒影實際上是溺死在水中的女性；其次，男性筆下的女性，常囚禁於幽閉的空間，[45]那麼女性的亡靈，自然是幽閉於墳墓。

> 怎樣荒謬而又奇妙的遇合！／這樣的你，和這樣的我。／是誰將這扇不可能的鐵門打開？／／感謝那淒風，倒著吹的／和惹草復沾幃的流螢。／／「滴你底血於我底臍中！／若此生有緣：此後百日，在我底墳頭／應有雙鳥翠色繞樹鳴飛。」／而我應及時打開那墓門，寒鴉色的／足足囚了你十九年的；／而之後是，以錦褥裹覆，／以心與心口與口的噓吹；／看你在我間不容髮的懷內／星眼漸啟，兩鬢泛赤……／／挨著我坐下來，挨著我／近一些！再近一些！／不要把眉頭皺得那樣苦／最怕看你以袖掩面，背人幽幽低泣／在燈影與蕉影搖曳的窗前／／……看你底背影在白楊聲中在荒煙蔓草間冉冉隱沒──（《還魂草・關著的夜》，196-98）

另外，漫遊女乙，身世淒涼，秉性剛烈，純情、癡情、激情、縱情，兼而有之，使旁觀者周夢蝶，雖然止乎一般的交往，但不免若有所思，若有所失，為她寫了九首詩：〈一瞥〉（93）、〈晚安！小瑪麗〉（176-79）、〈虛空的擁抱〉（180-

45 蘇紅軍，〈時空觀：西方女權主義的一個新領域〉，《西方後學語境中的女權主義》，柏棣主編（桂林：廣西師範大學出版社，2006），頁52。

81）、〈空白〉（182-83）、〈車中馳思〉（184-86）、〈你是我的一面鏡子〉（189-191）、〈絕響〉（199-201）、〈囚〉（204-06）、〈落櫻後，遊陽明山〉（207-09）。[46]《還魂草》一般定位為一部情詩集。[47]

> 擁抱這飄忽——黑色的雪／不可捉摸的冷肅和美／自你目中／自你吒咤著欲奪眶而出的沉默中／／幾乎可以聽到每一根髮絲喃喃的私語聲／那種可怖的距離／我底七指咄咄喧沸著／說你是空果／我是果中未灰的火核／／……／來自你，仍返照於你的一天斜暉／猝然地紅，又猝然地黯了／向每一寸虛空／問驚鴻底歸處（〈虛空的擁抱〉（180-81）
>
> 依然空翠迎人！／小隱潭懸瀑飛雪／問去年今日，還記否？／花光爛漫；石亭下／人面與千樹爭色。／／不許論詩，不許談禪／更不敢說愁說病，道德仁義／怕山靈笑人。這草色／只容裙影與蝶影翩飛／在回顧已失的風裏。／／風裏有栴檀焚燒後的香味／香味在落日灰燼的臉上走著／在山山與樹樹間——／同來明年何人？此橋此澗此石可仍識我／當我振衣持缽，削瘦而蕭颯。（〈落櫻後，遊陽明山〉，207-08）

周夢蝶和「女性建立很重要的精神關係」，漫遊女把他當作

46 陳玲玲，頁38。

47 翁文嫻，〈看那手持五朵蓮花的童子——讀周夢蝶詩集「還魂草」〉，《創作的契機》（台北：唐山出版社，1998），頁279。

閨友。[48]《風耳樓墜簡》所記，的確有女性朋友跟他說很私密的事（〈致小呆兼示江白蓼〉，136）。

5. 在漫遊女中尋找真理

周夢蝶與女性的交往，也見於書簡，[49]態度有正負兩方面，首先，周夢蝶戀母，見諸獲獎時（第 1 屆國家文化藝術基金會文學類獎，1979）[50]的發言，戀母情結得不到釋放，於是如唐璜（Don Juan）不斷在女性中尋找母親的形象。尼采作品中的女性很多，包括母親、女兒、姐妹、娼妓、小姑娘、娼妓等。[51]以佛教書寫著名的周夢蝶，也有以妓女為題材的，《風耳樓墜簡》說《還魂草・六月》4 首，都是寫妓女的（300）。《風耳樓墜簡》所見，女學者和詩人不少；到書攤來搭訕的女漫遊者，讓周夢蝶如齊美爾（Georg Simmel, 1858-918）那樣扮演對女性的「懺悔牧師式的朋友」的角色。[52]德里達評尼采時指出尼采常在女性心靈找尋真理，[53]周夢蝶也如是，以下一詩用三毛（陳平，原名陈懋平，1943-91）的話為引子：

48 陳旻志，〈我將自己坐隱成碁：周夢蝶其人其詩〉，《藍星詩學》，3（1999）：頁38。

49 曾進豐編，《周夢蝶詩文集：風耳樓墜簡》（台北：INK印刻文學生活雜誌出版有限公司，2009）。

50 劉永毅，頁15。

51 貝勒（Pierre Bayle），〈德里達與尼采〉（“Derrida and Nietzche”），《尼采在西方——解讀尼采》，劉小楓、倪為國選編（上海：上海三聯書店，2002），頁575。

52 北川東子（KITAGAWA Sakiko, 1952- ），《齊美爾——生存形式》，趙玉婷譯（石家莊：河北教育出版社，2002），頁66

53 貝勒，頁572。

> 那傷你至重的，往往也是／愛你最深最深的。／才女三毛曾如是說。／不信牆這真理，是顛仆補破／最後且唯一的？（〈《有一種鳥或人．以刺蝟為師》，108）

三毛出生於重慶，台灣 70 至 80 年代的著名作家，早年書寫在撒哈拉沙漠的生活初露頭角，讀者眾多。喪夫後回到台灣定居，於 1991 年自殺身亡。《風耳樓墜簡》對三毛又有如此的月旦評：「『三毛亦奇女子』，……深溝高壘，防人如防賊的女子，想必都是陰陰慘慘，……一般來說，她們的心路都比較狹窄，神經過敏，疑心重，很容易受傷。」（〈致光雲〉，227-28）。《風耳樓墜簡》記錄了很多女性友人的所思所感，即所謂真理；

> 「下雨也有下雨的情調」，你這句話令我想起我的朋友 G，……她說：「其實颱風也有颱風的情調！」（〈致小呆兼示江白蓼〉，136）
>
> 盲目的，以前的我，她又說，總是讓熱情與幻想牽引著走的！而現在，忽然開張了花非花，霧非霧的眼睛！發現這世界：除了鶼鶼鰈鰈，並不是只有鶼鶼鰈鰈這一盞又薄又窄的玻璃燈籠。（〈報陳庭詩之四——之九〉，189）
>
> 你說，美國像一個巨無霸的機器：定時作息。鐘一停擺，就各自回家，互不往來。（〈致郭秀娟〉，223）

6. 厭女情結

尼采也以反女性主義知名，[54]周夢蝶把女性比作「最溫柔也最酷烈的風」(《風耳樓墜簡・給光雲》，229)，他就是最怕風，有「厭女情結」。[55]有一次談話後，引起誤會，甚感不快，其中的經過是：他與張香華（1939-）等常於明星咖啡屋談詩，某日張香華（1939-）攜姚安莉到訪，說姚的優點很多，姚離去後，周夢蝶的日旦評是，該女士的缺點是「太癡」(〈致鄭至慧之一——之二〉149-50)，引起不快，周後來寫了〈菩提樹下〉(《還魂草》147-48)，表示不再沾染塵俗事。[56]給翁文嫻也說過這件事，[57]但糊去當事人姓名，最後還是跟女記者李惠美[58]和盤托出。

> 誰是心裏藏著鏡子的人呢？／誰肯赤著腳踏過他底一生呢？所有的眼都給眼蒙住了／誰能於雪中取火，且鑄火為雪？／在菩提樹下。一個只有半個面孔的人／抬眼向天，以歎息回答／那欲自高處沉沉俯向他的蔚藍。／／……坐斷幾個春天？／又坐熟多少夏日？／當你來時，雪是雪，你是你／一宿之後，雪既非雪，你亦非你／直到零下十年的今夜／當第一顆流星驀然重明／／你乃驚見：／雪還是雪，你還是你／雖然結

54 貝勒，頁571。

55 David D. Gilmore,《厭女現象》，何雯琪譯（台北：書林出版社，2005）。

56 李惠美，〈周夢蝶 細說紅塵事〉，《中國時報》1997年10月24日，版13。

57 翁文嫻，〈誰能於雪中取火——與周夢蝶對談〉，《創作的契機》（台北：唐山出版社，1998），頁296。

58 李惠美，頁13。

跌者底跫音已遠逝／唯草色凝碧。(《還魂草．菩提樹下》，147-48)

這首詩有「誰能於雪中取火，且鑄火為雪？」一神來令人驚豔之句。[59]從周夢蝶的創傷去解讀，也得到非驢非馬的解釋，「雪既非雪，你亦非你」，是用佛經的「單遣法」舞文弄墨，故弄玄虛一番。事在1977左右。於是對女性築起一度前述《有一種鳥或人．以刺蝟為師》一詩所說的牆（108）。這是周夢蝶的戀母較為深刻的一度創傷。[60]

講出自己的故事，是一種「敘事治療」，「敘事治療」是麥克．懷特（Michael White, 1948-2008）等創建的，周夢蝶很怕訪問，[61]但目前所見訪問稿仍然不少，他講出自己的困惑，嘗試把自己過去的創傷或障礙建立合理的評價，使當事

59 葉嘉瑩（1924- ），〈序周夢蝶先生的《還魂草》〉，曾進豐，《娑婆詩人》，頁33。

60 朱利安．沃爾弗雷斯（Julian Wolfreys），〈創傷及證詞批評：見證、記憶和責任〉（"Trauma, Testimony, Criticism"），沃爾弗雷斯，頁168-97。柯倩婷，《身體、創傷與性別——中國新時期小說的身體書寫》（廣州：廣東省出版集團、廣東人民出版社，2009）。衛嶺（1982- ），《奧尼爾的創傷記憶與悲劇創作》（北京：中國人民大學出版社，2009）。

61 陳旻志，29。其實周夢蝶的訪問稿還有一些，從「敘事治療」角度來看，起了作用：宋雅姿，〈周夢蝶得天獨厚好眼力〉，《文訊》220（2004）：頁62-63；王保雲（1956- ），〈雪中取火．鑄火為雪——訪詩人周夢蝶〉，曾進豐，《娑婆詩人》，頁294-96；翁文嫻，〈誰能於雪中取火——與周夢蝶對談〉，《創作的契機》（台北：唐山出版社，1998），頁283-97；應鳳凰，〈「書人」周夢蝶的秘笈〉，《書評書目》，70（1979）：頁67-70。

人對過去、現在、將來的賦予新的意義。[62]

五、周夢蝶對夏天的歌詠

巴什拉的《夢想的詩學》說：「純粹的回憶沒有日期，卻有季節。季節才是回憶的基本標誌。」[63]童年的世界是圖繪的世界，童年時代所有夏天都是「永恒的夏天」。[64]

> 蟋蟀蟋蟀蟋蟀……／——天氣真熱！／你聽見不？那是／我的熱／被我的熱所追逼／一路／落荒而逃的喘息／／一直逃到眼見得最後一片樹葉／都燒焦了的所在／我的熱乃發一聲喊：／那是雪！是自有玫瑰以來／／最本色／而不畏人說的一段夏日／無刺的（《約會・盛夏》，188-89）

62 馬一波、鍾華，《敘事心理學》（上海：上海教育出版社，2006），頁148。Martin Payne,《敘事治療入門》（*Narrative Therapy: An Introduction for Counsellors*）陳增穎譯（臺北：心理出版社股份有限公司，2008）；亨利・克羅斯著（Henry T. Close），《故事與心理治療》（*Metaphor in Psychotherapy: Clinical Applications of Stories and Allegories*），劉小菁譯（臺北：張老師文化事業股份有限公司，2002）；麥克・懷特（Michael White, 1948-2008），《敘事治療的工作地圖》（*Maps of Narrative Practice*），黃孟嬌譯（臺灣：張老師文化事業股份有限公司，2008）；吉兒・佛瑞德門面（Jill, M.S.W. Freedman）、金恩・康姆斯（Gene Combs），《敘事治療：解構並重寫生命的故事》（*Narrative therapy: The Social Construction of Preferred Realities*），易之新譯（臺北：張老師文化事業股份有限公司，2000）。

63 巴什拉，《夢想的詩學》，頁147。

64 巴什拉，《夢想的詩學》，頁147。

這首詩仍然是以傳統的「苦熱」為主題，插入「雪與火」、「寒與熱」的矛盾對比，這一點是周夢蝶的常用手法。[65]童年無憂無慮，每天都像過節，寓目所及，像繁花似錦，色彩繽紛，玫瑰的紅色，是符合節日的特點。周夢蝶〈致施善繼〉信說：「你問我一年四季偏愛那一季？夏！」（《風耳樓墜簡》，67），說最喜歡夏天的四月，因為很多節日：四月一日是愚人節，四月四日是兒童節，四月八日是浴佛節，四月十三是潑水節，「他認為充滿法喜的好節日」，接受《文訊》記者宋雅姿訪問時如是說。[66]巴赫金《拉伯雷研究》（*Rabelais and His World*）說愚人節屢遭示教會議和司法當局禁止，原因是其詼諧成份，對嚴肅的教會和制度，起了顛覆作用。[67]「嘉年華會」即「狂歡節」，由古羅馬到中世紀，狂歡節沒有中斷過，[68]每年約有三個月以上的時間是過著各種節日狂歡生活。平時階級森嚴的生活，到狂歡節時，卻可以對神聖人事不敬，甚至失控：[69]

> 且喜四月已至。四月／孟夏的四月是我的季節／聽！
> 這笛簫。一號四號八號十三號／愚人節兒童節浴佛節

---

65 葉嘉瑩，頁33。

66 宋雅姿，〈滾滾紅塵的苦行僧：專訪詩人周夢蝶〉，《文訊》，221（2004）：頁121。

67 巴赫金，《拉伯雷研究》（*Rabelais and His World*），李兆林、夏忠憲等譯，《巴赫金全集》，錢中文（1932- ）主編，卷6（石家莊：河北教育出版社，1998），頁90-91。

68 巴赫金，《拉伯雷研究》，頁16。

69 巴赫金，《拉伯雷研究》，頁12。

潑水節。(《有一種鳥或人．四月：有人問起我的近況》，67)

伽達默爾（Hans-Georg Gadamer, 1900-2002）從交往揭示節目的藝術的特質，節目使本來在隔絕狀態的人，聚集起來，進行慶祝，藝術就像節日，藝術就是慶祝。[70]《風耳樓墜簡》致友人書說：「我愛熱鬧，我更愛寂寞。」(〈再致海若之二──之四，158）這就是周夢蝶喜歡節日的原因。從菩薩坐在盛開的蓮花座，可以想像夏天與佛教的關係。

周夢蝶於佛教，自言近於淨土宗，[71]淨土宗透過每日面對向西沉下去的落日，觀想極樂世界的莊嚴相，從太陽，到水，到冰，到琉璃、到蓮座、到觀音等，[72]即想像生的彼岸，相當於天堂的世界。周夢蝶寫詩也使用大量的佛家語，這就像巴赫金在《陀思妥耶夫斯基詩學問題》(*Problem of Dostoevsky's Poetics*）所歸納的「梅尼普諷刺」(Menippean Satire）第 6 種特點，即「天堂入口的文學」，與死者的對話亦屬這一類，這一點前述周夢蝶的「幽靈」書寫，可以比附。[73]「梅尼普諷刺」的 14 種特徵，是用以測量狂歡化的

70 毛崇杰、張德興、馬馳，〈審美理解的哲學──現代解釋學美學〉，《二十世紀西方美學主流》(長春：吉林教育出版社，1993)，頁963-64。

71 劉永毅，頁140。

72 《觀無量壽經》有16觀，分別是：日想觀、水想觀、地想觀、樹想觀、八功德水觀、像想觀、觀音菩薩想觀、大勢至菩薩想觀、雜想觀、總想觀、普想觀、上輩生想觀、中輩生想觀和下輩生想觀。

73 巴赫金（Mikhail Bakhtin, 1895-1975)，《陀思妥耶夫斯基詩學問題》(*Problem of Dostoevsky's Poetics*)，白春仁、顧亞玲譯，《巴赫金全集》，錢中文

基準。

六、結語

周夢蝶很重視春天，數量相對較多，集中歌詠早春，惜春之情不明顯，春水的倒影應該十分重要，但倒影不集中於春天。對夏天的描寫比較少，討論比較困難。這篇論稿雖然短小，但仍能有效測量出周夢蝶詩的特徵，以及與中國古典文學的承傳關係。

（1932- ）主編，卷5（石家莊：河北教育出版社，1998）（北京：三聯書店，1988），頁153。

論文類 U113

雪中取火且鑄火為雪——周夢蝶新詩論評集

主　　編　黎活仁、蕭蕭、羅文玲
責任編輯　吳家嘉

發 行 人　林慶彰
總 經 理　梁錦興
總 編 輯　張晏瑞
編 輯 所　萬卷樓圖書(股)公司
臺北市羅斯福路二段 41 號 6 樓之 3
電話 (02)23216565
傳真 (02)23218698

發　　行　萬卷樓圖書(股)公司
臺北市羅斯福路二段 41 號 6 樓之 3
電話 (02)23216565
傳真 (02)23218698
電郵 SERVICE@WANJUAN.COM.TW
香港經銷
香港聯合書刊物流有限公司
電話 (852)21502100
傳真 (852)23560735

ISBN 978-957-739-697-6
2014 年 05 月初版二刷
2010 年 12 月初版一刷
定價：新臺幣 560 元

如何購買本書：
1. 劃撥購書，請透過以下帳號
帳號：15624015
戶名：萬卷樓圖書股份有限公司
2. 轉帳購書，請透過以下帳戶
合作金庫銀行 古亭分行
戶名：萬卷樓圖書股份有限公司
帳號：0877717092596
3. 網路購書，請透過萬卷樓網站
網址 WWW.WANJUAN.COM.TW
大量購書，請直接聯繫，將有專人為您服務。(02)23216565 分機 610

如有缺頁、破損或裝訂錯誤，請寄回更換

國家圖書館出版品預行編目資料

雪中取火且鑄火為雪 -- 周夢蝶新詩論評集 / 黎活仁 蕭蕭 羅文玲主編.
-- 初版. -- 臺北市 : 萬卷樓, 2010.12
面 ;　公分
ISBN 978-957-739-697-6 (平裝)

1.周夢蝶 2.詩評 3.文集

851.486　　99022972